EL REY DE LOS ESPINOS

EL REY DE LOS ESPINOS

MARCELO FIGUERAS

© 2013, Marcelo Figueras
© De esta edición 2014, Alfaguara Grupo Editorial, S. L. U.
C/ Luchana, 23. 28010 Madrid
Teléfono 91 744 90 60
Telefax 91 744 92 24
www.sumadeletras.com

Alfaguara Grupo Editorial, S. L. U. es una empresa
del grupo Penguin Random House Grupo Editorial

Diseño de cubierta: Riki Blanco
Ilustraciones de interior: Riki Blanco

Primera edición: septiembre 2014

ISBN: 978-84-8365-625-9
Depósito legal: M-21219-2014
Impreso en España
Printed in Spain

Todos los hombres sueñan: pero no del mismo modo.

T. E. LAWRENCE, *Los siete pilares de la sabiduría*

Personajes

Milo Maciel. A los quince años, trabaja como enterrador en el cementerio de San Fernando. Vive en una isla en lo profundo del Delta.

El Baba. Compañero y amigo de Milo, es fanático de los cómics.

Don Maciel. Padre de Milo, es viudo y un borracho de cuidado.

El Viejo. Vecino del Delta que suele acoger a Milo cuando escapa de su padre.

El Bonzo. Compañero de Milo y el Baba. Lo llaman así porque se quemó durante el incendio de la villa donde vive.

Pierre. Compañero que completa el cuarteto. Después de ir a la escuela busca cosas de valor entre la basura, codo a codo con su familia.

La Viuda. Mujer del Autor, el creador de los cómics que el Baba venera.

Helena. Hija mayor del Autor. Licenciada en Historia del Arte, buena dibujante.

Sofía. Otra hija del Autor. Estudia Matemáticas y da clases de apoyo a chicos sin recursos.

9

Bárbara. Melliza de Sofía. Estudia cine y atiende un puesto de primeros auxilios en la villa.

Miranda. Hija menor del Autor. Con catorce años todavía va a la secundaria, pero quiere estudiar Ciencias Políticas.

Baba Padre. Así llaman entre los amigos al progenitor del Baba.

Baba Madre. Ídem, pero a la progenitora.

Coronel Lazarte. Director de una organización antiterrorista llamada OFAC (o como dice el Baba, la *Oh-fuck.*)

Demonti. Director de la Editorial Belvedere, que publica los cómics del Autor.

Tariq el Moro. Caballero medieval, personaje de un cómic del Autor.

Aidan Caninus. Monje *sui generis*, amigo de Tariq.

Artorius. Viejo oficial romano que defiende Britania del acoso invasor.

Medraut. Lugarteniente del *dux bellorum* Artorius.

Lord Wulfsige. Uno de los señores de la coalición guerrera de Artorius.

Saigon Blake. Protagonista de otro cómic del Autor. Mitad irlandés y mitad vietnamita, es un pirata que opera en China durante la Segunda Guerra del Opio.

Lady Qi Ling. Su adversaria, líder de la Sociedad China Libre.

Mateo Cembrero. Marino portugués, socio y amigo de Blake.

Flint Moran. Héroe de otro cómic del Autor. Una suerte de cazador de las praderas, pero del futuro.

Eontamer. Vehículo de Flint Moran, mitad nave espacial y mitad organismo vivo.

Desmond. Asistente de Flint Moran. Es lo que se conoce como un *regen*: un androide con increíbles capacidades regenerativas.

Pte San Win. Creadora de Eontamer y de Desmond, es la científica más eminente de su tiempo.

Metnal. Otro personaje del Autor. Un vampiro de origen maya que persigue criaturas escapadas del infierno.

El Piloto. Mick *Ace* Fowler, líder de los Flying Aces, una escuadra que combate por Inglaterra durante la Primera Guerra Mundial.

LIBRO PRIMERO

LA BATALLA DEL CEMENTERIO

Capítulo uno

Milo

El entierro y la niebla — Los matones de la OFAC — ¿Héroes o farsantes? — Una viuda generosa — El Autor, RIP — Una joya en el polvo — La marca de las garras

1.

Dejó el pozo de un salto. Estaba sudado y lleno de barro. Al echarse un vistazo, reparó en su zapatilla. Tenía encima algo más que mugre. El cascarudo se había enganchado al cordón. Era una bolita negra, del tamaño de una aceituna.

Milo sacudió el pie. El escarabajo salió disparado. Abrió las alas y voló. Eso lo probaba: era una hembra.

La vio perderse en la bruma. Después se estiró, con un tronar de vértebras.

Música de huesos. La canción que conocía mejor.

Este no va a ser un entierro más, pensó. Y recogió la pala.

2.

El amanecer no pudo con la niebla, que seguía posada sobre el cementerio.

Milo había cavado a ciegas. Cuando trabajaba así, solía haber accidentes. Alguna gente se lastimaba adrede: el Mocho Beltrán, por

15

ejemplo, que optó por el camino más corto hacia una pensión. Milo entendía el impulso, pero no estaba tan desesperado; no todavía. Con la última palada, instó a sus colegas a dejar el hueco antes de que incurriesen en un error... o en la tentación.

Liberaron el hoyo y la niebla lo ocupó. Se probaba el traje para la ceremonia.

Sus colegas se disolvieron en la bruma. Mejor así, les daba por beber durante los tiempos muertos y la gente se ofendía. Pero Milo se quedó al resguardo de otra lápida. («Madre y esposa amante».) Quería ver el cortejo.

Fue un afán inútil. La niebla borraba formas y colores. Registró, sí, el ronquido de los coches fúnebres. Se acercaban a paso de hombre, tanteando el camino. Los dolientes estaban irritados, o tal vez nerviosos, porque daban portazos al bajar.

El entierro se estaba poniendo raro. Pero la niebla no tenía la culpa. Para el cementerio era una vieja amiga. Solía llegar a lomos del río, despeinando juncos y espadañas. Lo que la empujaba a tierra era el Nictálope. Así se llamaba el viento que sopla en la penumbra, se lo había dicho el Viejo.

A la niebla le gustaba echarse allí. Se acomodaba entre bóvedas y tumbas, como un gato más. Y Milo disfrutaba de sus irrupciones. Lo apartaban de la rutina.

Cada vez que invadía el terraplén, Milo se transportaba a otra dimensión. Había visto escenas así en las pelis de terror, siempre insinuaban lo mismo.

Algo estaba por ocurrir.

3.

El nombre de la lápida no le dijo nada. Pero el muerto debía de ser importante, o al menos famoso. Ninguna otra gente llevaba multitudes al cementerio.

Había tantas cámaras como deudos. Los *flashes* creaban flores efímeras en la niebla. Perseguían a la Viuda, una mujer de edad indefinida que no reaccionaba ante el acoso. Le hizo pensar en esas estatuas que servían de columnas. ¿Cómo se llamaban? *El Viejo lo recordaría al toque*, se dijo.

El escándalo lo devolvió al presente.

Hasta entonces Milo se había creído al abrigo de la niebla, que le había permitido participar de la ceremonia como prefería, sin llamar la atención. Pero ahora se sentía desnudo o, más que desnudo, inerme. Había entendido quiénes llegaban.

Matones de la OFAC. Cercando el predio con sus autos prepotentes. La incursión lo ofendía, le hacía sentir algo peor que la indefensión. (La palabra que esquivaba era precisa: se sentía *violado.*)

El cura se extravió entre las páginas del breviario. Pero al ver que la Viuda ignoraba el embate (los matones hablaban en voz alta, como si no hubiesen llegado a un entierro, sino a un picnic), retomó la plegaria.

Las sombras perforaron la niebla. Cortaban el camino a través del barro. Pisando lápidas y flores, derribando cruces. Vestían chaquetas de cuero: largas para los más jóvenes, cortas y abiertas para aquellos con panzas como quillas.

Fumaban como si quisiesen engordar la bruma. Milo contó seis bigotes, un arreglo capilar que formaba parte de su ostentación. Ni siquiera disimulaban que estaban armados.

Aquel que quedó al frente (Bigote Uno) se persignó de un modo burlón. Sus secuaces lo imitaron, a excepción de uno, que prefirió eructar.

El cura tartamudeó. La Viuda alzó el mentón.

El oficio prosiguió. Lucas 3, 10. *¿Qué debemos hacer?*, reclamaba la gente a Jesús; la pregunta quedó flotando mientras Milo y sus colegas bajaban el cajón.

Algunos matones empezaron a alejarse, dando por cumplida la misión de irritar. Sus risas rompían sobre la playa del responso.

Milo ya había sido testigo de escenas similares. Entierros vigilados, los llamaban. Al principio lo indignaron, pero había terminado por acostumbrarse.

En cualquier caso, atribuyó su sorpresa a algo distinto.

Cuando vio a los Héroes, su corazón pegó un salto.

4.

Aparecieron entre los árboles. Cuatro hombres con ropas estrafalarias. ¿O habría sido mejor definirlas como disfraces?

Turbante. Cota de malla. Sombrero de piel.

Llamaban la atención como un cuerno en el pecho. Y estaban armados como los de la OFAC, aun cuando su parafernalia fuese digna de un museo. Debía de ser cosa de los matones: algo que se habían reservado como broche de oro.

La niebla se enfrió en un abrir y cerrar de ojos. Pronto comprendió que se había equivocado. Quien elevaba la temperatura era él: Milo Maciel, el hijo del enterrador. El muerto no era suyo, pero todo tenía un límite.

Los dedos de Milo (que eran dedos de labriego, duros como tenazas) arrancaron un crujido al mango de la pala.

Decidió actuar sin pensar en consecuencias. Pero al ver a Bigote Uno, se contuvo. Su expresión no dejaba lugar a dudas. Las visitas lo perturbaban.

Bigote Uno escupió una orden. Dos matones se esfumaron en la niebla.

Milo echó un vistazo a la Viuda. Los Disfrazados inspiraban algo distinto en la mujer: primero sorpresa, después curiosidad y finalmente… ¿Qué era aquello? No estaba seguro de haberlo interpretado.

Las cámaras persiguieron la novedad con sus ojitos rojos. Tanta atención perturbó a los cuatro hombres, que rompieron filas.

Cuando los matones alcanzaron los árboles, ya no había nadie allí.

5.

Los primeros en irse fueron los sicarios. Soltaban comentarios horribles, mientras arrastraban los pies en el barro.

El jefe lo reventó, dijo una boca con bigotes como acento circunflejo. *Le pegó en la jeta, pam pam. ¡Y el turro no caía!*

Después llegó el turno de los deudos. Se despidieron de la Viuda, pero parecían remisos a abandonarla; lo hicieron con lentitud, marea negra en retirada.

(Milo registró una mención que la gente repetía, entre susurros. Hablaban de *las chicas*. Querían saber dónde estaban, cómo estaban, qué se sabía de ellas. ¿Quiénes eran *las chicas*?)

Periodistas y camarógrafos tardaron en irse. Habían registrado que la Viuda seguía ahí, vigilando a los enterradores.

Al fin entendieron que la espera sería vana. La mujer no se había quebrado durante la ceremonia. ¿Por qué iba a regalar lágrimas entonces, cuando todo se había consumado?

Al alejarse el último auto, la Viuda dio dinero a los enterradores. Milo se mantuvo a distancia, con las manos engarfiadas sobre la pala.

Trataba de resignarse (la causa de Milo, creía Milo, era siempre una causa perdida) cuando la mujer lo llamó con un gesto.

Al verla cara a cara, no la encontró tan vieja. En otra circunstancia le habría parecido linda. Pero ahora que nadie la miraba (porque Milo, creía Milo, era eso precisamente: nadie), había dejado de fingir fortaleza. La tristeza lavaba su expresión y la asemejaba a una piedra alisada por el río.

Como hurgaba aún en su billetera, Milo apartó los ojos. No quería desnudar su ansia, nada más impúdico que la necesidad.

Volvió a leer la lápida. Esa vez el apellido produjo un eco. Un sonido muy brusco. De origen alemán, estaba seguro. Lo había oído alguna vez, pero ¿dónde?

—Comprate algo caliente —dijo la mujer. Y le dio un billete de doscientos.

En el bar de Atilio, doscientos equivalían a un menú completo: milanesa a la napolitana, cerveza y postre.

Su expresión (no pudo verse, pero había comunicado algo parecido a la alegría) alentó a la mujer a darle una caricia.

Milo sintió emoción. Algo que no le pasaba desde que su madre perdiera fuerzas.

La última vez que la vio quiso ayudarla. Puso la carita sobre la mano de su madre, que yacía sobre la cama. Los dedos apenas se habían movido, pero Milo supo que el gesto la había complacido: como ya no podía hablar, se lo había comunicado con una sonrisa.

Entonces la Viuda dijo así:

—¿Qué clase de mundo es este, donde los soñadores son fusilados y los chicos trabajan como esclavos?

Y partió sin darle tiempo a arriesgar una respuesta.

6.

Mientras alisaba bordes, echó otra ojeada a la lápida. El nombre esquivo. El epitafio en latín. Pero volvió a fracasar en su intento de identificar al muerto.

La niebla también resistía. A esas horas solía disolverse, se escurría entre cruces y piedras como una serpiente. Aún así, seguía allí, espesa y palpable: un sudario hecho de gotas de agua.

El ruido sugirió que no se había quedado solo. Milo oyó las piezas de metal; después, los pasos. Pensó que los matones habían vuelto y se escabulló. No quería tener contacto con esas bestias. Todavía les debía la muerte de Peluca, pero aquel no era el tiempo ni el lugar. ¿Qué podía hacer contra la metralla munido de una pala?

Lo lógico era irse a gastar los doscientos. A esa hora su vientre pedía auxilio. Sin embargo buscó amparo entre los árboles, un capricho inexplicable.

Los que volvían eran los Disfrazados.

Sus ropas le parecieron todavía más inoportunas. Por los diseños de fantasía (el pirata era estridente, a cuenta del turbante y la chaqueta recamada), pero también por los arreos: la cota de malla del caballero, salpicada de barro; las pieles del aventurero del futuro, arrancadas a animales que no podía nombrar.

El nombre de la lápida, comprendió, era el del Autor.

7.

Milo conocía sus cómics. Nunca había comprado las revistas (estaban, como la vida misma, más allá de su presupuesto), pero el Baba se las prestaba a veces, siempre y cuando respetase sus instrucciones. Regresar a la bolsa de celofán después del uso. No doblar, ni marcar, ni arrugar sus páginas. Mantener lejos del fuego, del río y de don Maciel. (Que las habría vendido por kilos, el Baba estaba en lo cierto.)

Además de su amigo más querido, el Baba era un fan profesional. Tenía la billetera llena de credenciales que lo asociaban a clubes esotéricos: librerías especializadas en cómics, clubes dedicados al *gore*, al *fantasy*, a la ciencia ficción. Para horror de Milo, el Baba valoraba esos plásticos más que al dinero.

Los Disfrazados deben de ser fanáticos, pensó. Gente con poco sentido del ridículo, que homenajeaba al Autor en ocasión del adiós. No contaban con el atenuante de su amigo, que era un pendejo: aquellos eran adultos hechos y derechos.

Milo tardó en identificar a los personajes por una razón. No eran los más populares del repertorio del Autor. Los más conocidos eran otros: Adam de la Selva, Lava Man, Doctor Incógnito. ¿Por qué no había ido nadie vestido como ellos? Los Disfrazados interpretaban personajes de segunda, con los que el Autor rellenaba las páginas que los héroes principales dejaban libres.

El Baba tendría una explicación. En aquel orden de la existencia, lo sabía todo.

Milo los vio congregarse al pie de la tumba. Parecían rezar.

El único que desafió la circunstancia fue el cuarto hombre. Milo ya había reconocido a los otros tres (el caballero, el pirata, el aventurero del futuro), pero aquel se le escapaba todavía. Los Ray-Ban y la ropa de cuero remitían a los motociclistas, cuyo nombre no recordaba. Era un tipo corpulento. Se notaba que había sido fuerte, hasta que los vicios le cobraron su precio.

El gordo le entra a la birra, pensó Milo. *¡Panzas así no se hacen en un día!*

Consideró la posibilidad de que fuese otro hombre de la OFAC. Pero entonces lo oyó hablar. Se expresaba con un acento que no era de ahí. Ni tampoco peruano o boliviano, conocía esas músicas por obra de Pierre y el Bonzo.

—Maldito cabrón. No creerás que has logrado escaparte —dijo. Milo tuvo la impresión de que no se dirigía a uno de sus compañeros, sino a la mismísima tumba—. Tengo métodos para hacerte hablar y tú lo sabes. ¡Voy a arrancarte de ese hueco y a arrastrarte por las calles, hasta que digas lo que quiero saber!

Eso es lo que Milo creyó oír. Absurdo. Debía de haberse equivocado.

El gordo alzó los brazos. Milo pensó que tenía manos muy grandes.

Al instante el suelo vibró. Inaudito, debajo del cementerio no pasaba ningún tren.

Milo reculó y tropezó con una raíz. Cayó cuan largo era, su pala soltó un *clang*.

Qué pelotudo. ¡Me vendí solo!

Se levantó de un salto.

Al mirar la tumba, la descubrió desierta.

El silencio era total, a excepción de lo que se colaba desde fuera: los autos que pasaban por Sobremonte, la sinfonía de la calle.

Se forzó a esperar. Quería ser prudente.

Mientras hacía tiempo, vio algo que brillaba entre las raíces.

Una pieza de metal. Con una imagen grabada. Era un bicho verde, de cola larga y piel manchada. Parecía una lagartija.

Junto a la tumba había marcas frescas. Semicírculos. Más anchos que la hoja de su pala. Los brazos de Milo eran fuertes, pero nunca había llegado tan hondo al primer intento. ¿Qué clase de instrumento cavaba tan profundamente y de un golpe?

Se apuró a borrar las huellas. Pretendía que la tumba quedase impecable, pero el deseo de huir lo entorpeció. El cementerio le era tan familiar, que no recordaba cuándo lo había asustado por última vez.

Poco después el sitio quedó en manos de la niebla. Un velo que cubría la arquitectura de la muerte, una dulce nada.

Capítulo dos

Milo / El Baba

La pesadilla — Don Maciel — Pierre y el Bonzo — La melancolía del Baba — Cómics clandestinos — La salamandra — El Vizconde — El filo de la espada

1.

Decidió volver a casa. Milo vivía en una isla del Delta y dependía del transporte fluvial. El servicio era barato, pero lento: una hora de ida y otra de vuelta (hora y media bajo la lluvia), surcando aguas marrones en lanchas que manchaban el río de aceite.

Había estado a un tris de quedarse en tierra. Comiendo como un tigre, mientras esperaba que sus amigos saliesen de la escuela.

Pero esas horas podían serle útiles en casa. Tenía pendientes tareas que su padre esquivaba, por creerlas ajenas a su investidura.

La razón última de su decisión se debió, sin embargo, a otra cosa. Había oído llegar a don Maciel en la madrugada, derribando todo. Y desde entonces no volvió a dormir. Se quedó atento a los ronquidos de su padre, al estruendo que produjo al caer de la cama. Solo recuperó el aliento al oír que los bufidos se habían reiniciado.

Antes de salir rumbo al cementerio, había volteado el cuerpo de don Maciel, que seguía en el suelo. Lo puso de costado, apuntalándolo con sillas y cajones de cerveza. Era una precaución, pero no ofrecía garantía absoluta.

En sus pesadillas, Milo descubría a don Maciel ahogado en vómito.

2.

La lancha lo dejó sobre el muelle desvencijado. En el Delta cada lote tenía su amarradero, y el de Milo no era excepción.

Subió la escalera a saltos. Se sentía aprensivo.

Don Maciel había derribado sillas y cajones durante el sueño. Todavía estaba tumbado junto a la cama, una mosca sobre papel engomado. Pero respiraba.

Milo sintió un cansancio antiguo que atribuyó al madrugón, pero tenía otra causa: la certeza de haber regresado al infierno diario, esa noria que lo mantenía girando sobre el mismo punto. Sin posibilidad de escape.

Consideró la idea de apuntalar a su padre otra vez, pero la desechó.

Empezaría a limpiar por la cocina.

3.

Desde que trabajaba en el cementerio había visto cosas que pocos ven.

Al principio se había espantado. Cavar suponía exponerse a un olor intolerable, la versión química de un puñetazo. Al rato, infaltables, aparecían los bichos. Asomaban entre los pies, que confundían con su almuerzo: más hondo hurgaba, más gordos eran y se movían con mayor insolencia. De vez en cuando daba con huesos olvidados, que se rompían bajo la pala.

Cuando el Baba preguntó qué ruido hacían, Milo había crujido los dedos. (Música de huesos.) *Así de opaco*, le dijo; *así de ordinario*. La humedad y los bichos convertían un fémur en una galleta vieja.

Con el tiempo sus miedos habían cambiado. Ahora se permitía reírse de ciertas escenas. Pero todavía se avergonzaba porque todas, hasta la más graciosa, volvían a ser tristes al final. Aquel ataúd de pino que se había desfondado, soltando su carga sobre el pozo. (Nada más terrorífico que la miseria.) O el gato atrincherado en la tumba abierta, que le disputaba al muerto el sitial del descanso. (Cómico para todos, menos para el gato.)

La escena más triste lo tuvo de protagonista. El mal de su madre se había revelado tarde. La cirugía exploratoria fue breve, el médico supo a simple vista que la batalla estaba perdida.

Dos meses después Milo conoció el cementerio.

Había imaginado un prado lleno de lápidas, como los que mostraban las películas. Pero el coche fúnebre frenó junto a un edificio. La galería tenía algo de archivo: cajoneras que ascendían al cielo, placas con números y letras.

En cuanto bajó del auto, lo empujaron. Gente desconocida tiraba de su ropa, desplazándolo al frente del cortejo. Allí se agarró del pantalón de su padre. El suelo estaba lleno de pétalos. Su aroma era ponzoñoso, como el de una selva virgen al ser hollada.

Los empleados usaron un elevador para disponer del ataúd. Eran Gómez y Barrios, que más tarde se convertirían en sus colegas. (Y que nunca dejaron de mirarlo desde arriba: en el microcosmos del cementerio, los nicheros superaban a los cavadores en dignidad.)

Milo pensó que habían elegido un nicho alto a propósito. Su madre guardaba las galletas encima de la alacena para preservarlas de sus manos, los empleados debían de haber razonado de igual modo. Evitaban que arrancase la tapa y golpease el cajón. *Siempre tan impaciente, Milo*, decía su madre cuando se ponía ansioso. *Hay que aprender a esperar.* Pero ya era la hora del almuerzo, lo sentía en la panza. Y además tenían que preparar la fiesta.

En la confusión, nadie recordó que el entierro coincidía con su cumpleaños.

Al volver a casa encontró las velitas que su madre, previsora hasta el final, había comprado antes de caer. Las había escondido en una cajita de música. Junto a una flor seca, un *souvenir* de su bautismo y un montón de joyas de utilería.

Eran cinco velas. Milo las echó a la basura. Y no celebró la fecha nunca más.

4.

El padre de Milo honraba la viudez a su manera. No había vuelto a formar pareja, reservaba sus besos para las botellas. Al final el vicio lo quebró y Milo tuvo que agarrar la pala. A don Maciel no le había ido mal como enterrador. Desde que su vida estalló en pedazos, ningún empleo le había durado tanto.

El cementerio de San Fernando era desagradable en general (todos los cementerios lo son, aun los que albergan leyendas), pero también como lugar de trabajo. Cuando no se cavaba, había que aguantar en una oficina inmunda y en la peor compañía: otros sepultureros, los policías de civil que custodiaban el lugar. Pero Milo se las ingenió para obtener del puesto un oscuro prestigio. Las anécdotas que sacaba a la luz hacían temblar a sus amigos, y todavía más a sus enemigos. (Porque Milo vivía en el Delta. Y en el Delta nadie se sostenía a flote sin irritar a otros náufragos.)

Durante los primeros tiempos, sufrió a lo faquir. Los madrugones en invierno eran crueles, el viaje en lancha calaba los huesos. Y cuando caían heladas, todo se complicaba. Había que romper el suelo antes de cavar. Algunos enterradores orinaban en el terreno, un método primitivo pero eficaz.

La primera vez había cometido un error. En vez de cortar la escarcha de a poco, con golpecitos de filo (el método correcto, pronto lo aprendería), había usado la pala como un hacha. Solo consiguió doblarla. Los colegas de su padre se habían cagado de risa. Las lágrimas abrieron surcos sobre sus máscaras de polvo.

Eran hombres mañosos. Nunca disimularon que su presencia les molestaba. Al terminar la tarea se plantaban ante los deudos, observando un silencio que sonaba a amenaza. Que Milo estuviese allí los obligaba a respetar la parte de don Maciel, repartiendo un dinero que hubiesen preferido guardarse.

Cuando le contó lo ocurrido con la pala, don Maciel le pegó y lo envió a conseguir una nueva.

Milo regresó a tierra y se coló en un tren. Buscaba una ferretería donde nunca lo hubiesen visto.

Esa fue la primera vez que robó.

5.

—¿Cuánto hiciste hoy?

Don Maciel asomaba en el umbral de la cocina, acariciándose la tripa.

Milo quiso decir que había sido un día muerto. Pero si sus colegas se iban de la lengua, quedaría en evidencia. Además las pruebas lo condenaban. Aunque la mugre de las manos se había lavado con la vajilla, había olvidado cambiarse la ropa. El barro estaba a la vista. Y llevaba puesto el olor a podredumbre, que le apretaba como una chaqueta vieja.

Nunca se iba a dormir sin bañarse. Calentaba el agua al máximo y rascaba la piel con las uñas, hasta dejarla roja como culo de mandril. Detestaba la idea de que las sábanas se impregnasen de aquel olor. Pero don Maciel se burlaba de sus esfuerzos. Sabía que pronto el hedor se le pegaría, como ya le había ocurrido a él.

—Cien pesos —dijo Milo. Aun en la mentira sonaba a cifra generosa—. Pero le debo setenta a Calimba. La lancha pasa esta tarde y necesitamos cosas: agua, leche, carne...

—Calimba es un ladrón. —Su padre abrió la heladera y la cerró al instante, no había nada que ver—. ¡Comprale a los coreanos!

—No puedo subir a la lancha con tantas bolsas.

—Quejas, quejas. —Don Maciel se acercaba con la mano tendida, un mendigo siniestro—. ¡Cada vez más parecido a tu madre!

Milo dejó caer la escoba. Sonó a látigo contra el suelo. Le indignaba que solo mencionase a su madre para criticarla.

En el pasado, cada vez que Milo había protestado se había ganado una tunda.

—Si tu madre era tan buena, ¿por qué nos dejó? —decía su padre entre bofetones. El cáncer lo tenía sin cuidado, para don Maciel se trataba apenas de una forma perversa del abandono—. El bueno de verdad soy yo, acá. Que te doy techo y comida. Así que cuidame mejor. Soy todo lo que tenés. ¡Lo único que te queda!

Pero las cosas habían cambiado. Milo superaba a su padre por una cabeza. Y había desarrollado un par de brazos formidables. Largos. Nudosos. Hijos de la necesidad.

Don Maciel había empezado a temerle. Sin embargo, se mostraba confiado. Contaba con que no cruzaría el límite que le imponía devoción filial. En el corazón de Milo quedaba algo de luz, estaba seguro. ¿Quién podía saberlo mejor que él?

Pinchó el vientre de Milo con la mano abierta.

Milo sacó cincuenta pesos.

Don Maciel se hizo humo. En el trayecto, fiel a su leyenda, desparramó con los pies la basura que Milo había juntado.

Consciente de que su padre se bebía el dinero, Milo solía esconder parte del botín: lo hacía en cuanto pisaba la isla. Aquella vez no había sido una excepción. Y la estratagema había vuelto a probar su valor.

Milo se consoló pensando que no lo había perdido todo. Pero no consiguió emparchar su ánimo. Un plato se hizo trizas entre sus dedos. Le produjo un tajo en la base de la mano, cortando la línea de la vida.

La sangre goteó sobre la mesada. Se mezclaba con la espuma.

6.

Al día siguiente volvió a la escuela.

A diferencia de sus amigos, no le disgustaba ir a clase. Era verdad que allí hablaban de cosas irrelevantes para su vida: matemáticas complejas, geografía de otros continentes, tiempos verbales. (Milo creía ser puro presente, dado que su pasado estaba sepultado y carecía de futuro.) Pero la escuela le permitía la ilusión de no haberse caído del todo del mapa. Lo obligaba a frecuentar a otra gente, más allá de dolientes, sepultureros y policías; lo hacía sentirse casi humano.

Además lo protegía de la esclavitud. Don Maciel quería que trabajase *full time* a su servicio. *Es lo menos que podrías hacer*, decía. *¡Yo te di la vida, te cuidé el culo durante años!* Por suerte para Milo, cuando se le pasaba el pedo volvía a picarle su conciencia burguesa. Todavía no se atrevía a ordenar que abandonase la escuela. Aunque, a juicio de Milo, solo era cuestión de tiempo.

El vicedirector, llamado Barbeito (parecía chiste, pero era cierto que tenía barbita), había traspasado su coraza y conocía bien el caso. Sabía que, a pesar de ser inteligente, Milo estaba a un paso de ser expulsado del sistema. Y como la situación lo sublevaba, hacía algo que no debía: cuando las planillas de asistencia llegaban a sus manos, transformaba los «ausentes» de Milo en «presentes».

Milo faltaba cuando se veía obligado a trabajar. El vice no era el único que estaba enterado, sus amigos también. Por eso le pasaban los apuntes y, de ser posible, también las tareas resueltas.

Prefería recibirlas de manos del Baba, que era buen alumno y escribía claro.

En Pierre no confiaba, porque oía la mitad de lo que se decía en clase. Su amigo se acostaba a horas obscenas, después de concluida la labor con que contribuía a la economía familiar. Era lo que en el Delta se llamaba un *peinefino*: hurgaba basurales en busca de algo vendible. Los sumideros mantenían con vida a muchos, pero pasaban factura. El hermano mayor de Pierre, Alain (los Tocopilla eran de Pando, Bolivia, y por alguna razón que se le escapaba, sentían debilidad por los nombres franceses), había sido devorado por un alud de desperdicios.

El Bonzo se tomaba en serio la tarea escolar, pero su letra era ilegible. Había perdido dos dedos al incendiarse la casilla que habitaba. (Tanto Pierre como el Bonzo vivían en la villa San Francisco, el más inflamable de los barrios.) El accidente también le había arruinado la cara, mellándola con cicatrices. A menudo sus compañeros (la escuela, como todas, estaba llena de imbéciles) prescindían del «Bonzo» para llamarlo Monster o simplemente La Garra.

La razón que había unido a estos cuatro era sencilla: nadie más quería acercárseles. Ni en el patio de muros alambrados. Ni en el aula. Y mucho menos en la calle.

7.

Para sorpresa de Milo, el Baba lo esquivó toda la mañana. Parecía triste, lo cual era inusual. La melancolía le sentaba tan rara como la inapetencia.

—¿Qué le pasa? —quiso saber Milo.

—Se levantó pelotudo. —Pierre prefería las explicaciones simples.

—Para mí que se le murió alguien —dijo el Bonzo—. Ayer se la pasó dibujando cruces, lápidas, tumbas…

—¿Y no le preguntaron?

El Bonzo y Pierre se encogieron de hombros.

A esa edad los hombres son muy reservados, aun al precio de incursionar en el absurdo.

8.

—Estoy de duelo —le informó el Baba y siguió rumiando. Su adicción a los caramelos blandos había vuelto inevitable el apodo. Pero al ver que Milo se inquietaba, reaccionó—. Eh, loco, pará, no me entiendas mal. Baba Madre está diez puntos. Y Padre también —dijo—. No se me murió un pariente. Al menos no uno de sangre, bah.

Una explicación que desconcertó a Milo todavía más.

Al Baba no le quedó más remedio que aclarar.

El muerto era el autor de sus historietas favoritas. La reverencia que sentía por aquel hombre era tan grande que, cuando decía «el Autor», se oía la A mayúscula.

—Te presté sus revistas mil veces. Las de Editorial Belvedere. ¡Esa colección que trae *Adam de la Selva, Lava Man, Doctor Incógnito*…!

Milo pronunció el nombre que había leído en la tumba.

—Lo bajaron en la calle —continuó el Baba—. Dicen que fueron los terroristas, pero no me la creo. ¡Para mí que fueron los *Oh Fuck!*

—Oí a uno hablar del asunto. Dijo que lo habían hecho mierda, *pam pam pam.*

—*Oíste.* ¿Dónde oíste?

—A ese hombre lo enterré yo —dijo Milo, con algo parecido al orgullo.

9.

El timbre puso fin al recreo y el Baba seguía con la boca abierta.

—¿Por qué no me lo dijiste antes? —susurró mientras volvían al aula—. Yo pensé que lo habían enterrado en un cementerio privado… ¡Pero claro, si el viejo vivía acá nomás: tiene, *tenía* una casa en Virreyes!

No pudo decirle más. El Baba pasó la clase entera haciendo morisquetas y tirando papelitos con mensajes que Milo no respondió.

Su amigo en ascuas era una visión divertida.

A la salida decidió compensarlo. Le mostró la joya que había encontrado entre las raíces. La había conservado lejos de don Maciel, su padre miraba con ojos que calculan en billetes y su equivalencia en copas.

El Baba abrió los ojos como el dos de oros y dictaminó:

—A casa. ¡Ya *mis*-mo!

Durante el trayecto (una distancia mínima: era el único que vivía cerca de la escuela, en un barrio que había sido elegante), Milo le contó lo de los Disfrazados.

El caballero. El pirata. El aventurero del futuro.

—Tariq el Moro. Saigon Blake. Flint Moran —acotó el Baba.

—Eran fanáticos, seguro. O a lo mejor actores, contratados por la editorial. ¡Estaban buenísimos, los disfraces!

—¿Y Adam de la Selva, Lava Man…?

—No los vi. Seguro que estaban, pero no se animaron a acercarse. Había tanta basura de la OFAC que hasta yo me quería escapar.

El barrio ya no era lo que había sido. Demasiados policías. Cuidaban a los turistas y su radio de circulación: los centros comerciales, el puerto, los paseos junto al río que la primavera llenaba de azahares. Nadie en condiciones de elegir vivía allí, sino a prudente distancia. En barrios privados o en la Capital. Donde había vigilancia las veinticuatro horas. Donde se pintaban las fachadas todos los años. Donde la gente no se desvelaba, preguntándose cómo proteger lo que había salvado del desastre.

Y Milo se parecía a los delincuentes que la televisión demonizaba. Bastaba con tener un aire a *pibe chorro* (cara de indio, ropa que lo condenaba cuando era humilde… y también cuando era de marca) para resultar sospechoso.

La gente miraba a aquellos pibes con pavor. Los consideraba una mutación de los monstruos clásicos. Lobizones con Adidas. *Zombies* adictos a la cumbia.

Cuando la gente se cruzaba con Milo, cambiaba de vereda. Se asustaba de sus brazos de gárgola. De su piel envejecida a destiempo, por culpa del frío y la mugre.

Milo no era un *pibe chorro*. Pero cuando la necesidad apretaba, no le quedaba otro remedio que actuar como tal.

10.

El Baba pasó junto a su madre sin saludar, dirigiéndose a la habitación. Pero Milo se detuvo. Sentía cariño por Baba Madre, que lo alimentaba seguido. Ella siempre encontraba algo que elogiarle: su inteligencia, sus modales y también su sensibilidad, que tanto contrastaba con la del hijo a quien acusaba de antisocial.

Baba Madre le decía a Milo que tenía futuro, y que no debía dejar de estudiar. Milo no la contradecía, pero tampoco se hacía ilusiones. Más temprano que tarde la carga de don Maciel caería por completo sobre sus hombros. El futuro sería uno más de los lujos que no podía solventar.

Cuando al fin alcanzó a su amigo, el Baba pidió que cerrase la puerta. Había movido la cama y se había arrodillado, palpando el suelo.

—Hay un episodio de *Tariq el Moro* que leí hace poco… Ojo, de esto ni palabra a nadie. Ni siquiera a los pibes. ¡Si llegás a abrir la boca…!

Levantó un listón y metió la mano en el hueco. Estaba lleno de revistas de Belvedere. El brillo de las tapas lo confirmaba, eran ejemplares recientes.

Al ver que Milo expresaba confusión, el Baba dijo:

—El fruto de mi trabajo. Vendo resultados de exámenes. Hago tareas ajenas. Y me quedo con algún vuelto. —El Baba pasaba páginas y descartaba ejemplares para hurgar en otros—. Ya sé, ya sé: tendría que colaborar con los Baba Padres. Pero ellos tampoco son santos. Padre apuesta a los caballos sin decirle a nadie. Y Madre compra jamón del bueno y lo esconde entre sus bombachas, para que nadie se lo robe.

—¿Cómo la descubriste?

—*Very funny*. ¿Quién era el cuarto tipo? Porque describiste a tres, nomás.

—Un chabón enorme. Vestido de cuero negro, como esos motoqueros…

—¿Hells Angels? Entonces era Metnal.

—¿El vampiro? No, Metnal es flaco y este era bien gordo.

—Gordo como yo, querés decir.

—No, forro. ¡Gordo de verdad!

El Baba no le prestaba atención. Ya había encontrado lo que quería: un ejemplar de *Doctor Incógnito* que incluía una aventura de Tariq el Moro.

Le puso la revista en las narices, señalando un cuadrito.

Allí estaba Merlyn. Hablando de algo incomprensible, dado que Milo no había leído los globitos precedentes.

El Baba golpeó sobre el papel para que Milo viese el detalle.

Merlyn tenía una daga en la cintura. La empuñadura era idéntica al metal que Milo había encontrado al pie del árbol.

—La misma lagartija —dijo.

—Una salamandra —corrigió el Baba—. Aquel que tiene el puñal en su poder regenera sus miembros, aunque se los corten. ¡Cabeza incluida! Como las salamandras de verdad, a las que les crece otra cola si pierden la original.

—Los disfraces estaban bien, te lo dije.

—Dios y los fans estamos en los detalles. Por eso hay algo que no me cierra —dijo el Baba, que ya regresaba las revistas a su escondite—. ¿Cómo es posible que un fan fanati-*quísimo*, como el que produjo o pagó esta réplica, sea tan… *bestia* respecto de la trivia? Quiero decir: ¿por qué llevaría Tariq un puñal que le pertenece a Merlyn?

—Tengo hambre —dijo Milo, que ya se había hartado del tema.

—Compro algo en el camino —dijo el Baba—. ¡Quiero ver esa tumba, *ya mismo!*

11.

Milo se había acostumbrado al cementerio. Conocía a todos sus personajes, tanto los vivos como los muertos. (Cierta gente visitaba diariamente el lugar, el Vizconde había sido uno de ellos.) Cuando tenía un rato entre pozo y pozo, se iba a la tumba del Frente Vital, donde nunca faltaban botellas de cerveza, sidra y tucas de marihuana. Pierre y el Bonzo juraban que el Frente concedía favores. Milo no le había pedido ninguno, al menos no todavía. Prefería reservárselo para algo importante.

Pero había momentos en que prefería estar lejos. El recuerdo de su madre seguía doliendo. Nunca entraba en los nichos. Escapaba de los edificios como si fuesen radiactivos.

Por eso había esquivado el adiós al Peluca. Su amigo había aparecido en una zanja, más agujereado que sus bolsillos. Para peor, la hermana de Peluca, Tania, había entendido su ausencia como un desaire. Lo cual aumentó el desconsuelo de ambos, por cuanto Milo la había iniciado en los misterios del sexo. Tuvo que perseguirla hasta que aceptó su disculpa; y así el placer furtivo se impuso a la muerte.

Tampoco le gustaba el cementerio al atardecer. Aunque no a causa de miedos convencionales, Milo no temía a las ánimas ni al ulular del viento.

Su inquietud remitía al pasado que no lograba sepultar. El tiempo que siguió a la muerte de su madre, cuando don Maciel lo arrastraba al nicho y se quedaban ahí hasta que los vigilantes los echaban.

Todavía le costaba recordar la época feliz, antes de que su padre se convirtiese en don Maciel. Cuando tenía dientes blancos y no había adoptado esa risa de gallina. Cuando trabajaba de portero (o *encargado de edificio,* como prefería definirse) y olía a producto de limpieza en vez de a muerte. Cuando vivían lejos del río, en un tres ambientes donde nada faltaba.

Con los años, hasta su madre había perdido entidad. Para Milo ya no era más verosímil que un hada. Ignoraba si las anécdotas que acudían a su mente eran verdaderas, o si las había reescrito y embellecido mediante la imaginación.

Pero la causa principal de su reticencia era otra. Mientras no aprendiese a efectuar un rodeo, Milo evitaría el recuerdo de los buenos tiempos para no aproximarse al recuerdo en carne viva. Aquella memoria que lo enfrentaba no a las zancadillas de la fantasía (¡ni *zombies* ni lobizones!), sino a los terrores del mundo real: la soledad y el desamor, la expresión desaforada de los profanadores, los vagabundos que le habían enseñado lo que resultaba de la miseria.

Milo huía del pasado, porque no quería pensar en el Vizconde.

Don Maciel hacía bien en creer que todavía había luz en Milo. Pero se le escapaba que ya no era ajeno a la violencia.

12.

Si el Baba y Milo hubiesen llegado antes al cementerio, se habrían cruzado con dos visitantes. En apariencia se trataba de muchachos como ellos. Vestían de modo común y corriente: zapatillas Topper, buzos con capucha, anteojos oscuros. Podrían haber pasado por devotos del Frente. Pero en realidad visitaron tumbas distintas: una nueva y otra que empezaba a amarillear.

Primero se habían detenido donde el Autor. Contemplaron la lápida y las ofrendas florales. Uno de ellos no dejaba de mirar por encima del hombro.

La otra tumba pertenecía a una mujer, de nombre Helena. Según los números de la lápida, había vivido veintitrés años y había muerto cuatro meses atrás.

Un ojo alerta (por ejemplo el del Baba) habría reparado en un dato extra.

Helena y el Autor compartían el apellido.

Los muchachos dejaron allí flores robadas y se fueron. Imitaban el paso desgarbado de un hombre, lo cual ayudaba a su impostura. Pero cualquiera que los observase habría notado que exhibían redondeces (en las caderas, a la altura del pecho) que ni los pantalones anchos ni las fajas disimulaban del todo.

Ganaron la salida y se separaron. Pronto se encendió el alumbrado de la calle.

13.

Al llegar donde el Autor, el Baba tuvo ganas de reír y llorar a la vez. Frotó sus brazos para borrar la piel de gallina, que no sabía si atribuir a los escalofríos que le producía el cementerio o al frío de la noche incipiente.

Abyssus abyssum invocat, decía el epitafio.

—Qué mierda querrá decir —se quejó—. Algo sobre el abismo, supongo. ¿Se puede invocar al abismo? El único que habla en latín es el Doctor Incógnito. Aunque a Tariq también le cabe, por lógica de época. En fin, siniestra la frase. ¡Si me la hubieses dicho antes, la habría buscado en casa!

El Baba toleró que Milo no respondiese. Para su amigo los cómics eran un pasatiempo, nunca le había contagiado su pasión. Además era de pocas palabras, solo hablaba cuando tenía algo que decir.

Por eso no advirtió que había caído prisionero de alguien que lo conminaba al silencio.

14.

En quince años de vida, Milo había sido amenazado por: puños y puñales, cadenas, cuchillas de carnicero, púas de compás, sillas, botellas rotas, palos, pistolas e Itakas, las escopetas que usaban los matones de la OFAC.

Pero nunca antes había sentido una espada en la garganta.

Capítulo tres

Tariq el Moro

Cornwall — El cementerio — En busca de un milagro — Túmulos y trolls — La daga — La llamada a la aventura — Nothing's what it seems — La tormenta invisible

1.

He sido víctima de un truco de feria, pensó Tariq ben Nusayr.

Lo habían engañado como a un tonto. Y al caer narcotizado (¡no cabía otra explicación!), había soñado con un cementerio fantástico.

La niebla le impidió estimar sus dimensiones, pero asumió que se trataba de un sitio vasto. Estaba lleno de ángeles de hierro, posados sobre los monumentos como aves carroñeras. Durante un instante creyó que no soñaba, sino que había muerto y que su alma había sido enviada a un infierno de piedra.

Pronto descubrió que no estaba solo. La gente que circulaba por sus calles parecía viva (eso lo había aliviado), aunque vestía del modo más impropio. Mujeres con faldas escandalosas. Hombres sin arreos. Todos ataviados de negro. La única explicación que se le ocurrió fue que pertenecían a una orden mendicante, llamada a confluir en *peregrinatio* sobre una tumba de nombre abrupto.

Cuando leyó el epitafio, sintió frío en el alma. *Abyssus abyssum invocat*. Una cita de los Salmos (42-43:7) que reaparecía en el sueño para recordarle aquello que lo torturaba en la vida real: el fracaso de la misión que Arthur le había encomendado.

Había oído aquella frase de labios del rey, la mañana en que supieron de la intransigencia de Mordred.

El abismo invoca al abismo, había dicho Arthur.

El rey empezaba a resignarse. Tenía menos hombres y armas que su sobrino, el usurpador del trono. Había perdido a Guinevere. (Que, al comprender las consecuencias de sus actos, consagró su vida a Dios ante Julius el Mártir.) Y el dato más lacerante, aquel que había despojado a Arthur de toda convicción: la certeza de haberle fallado a su pueblo. Al cabo de tantos años como monarca, ¿qué legaría a su gente sino un reino de discordias, empobrecido por las guerras de conquista y debilitado ante el enemigo exterior?

Lo único que podía salvarlo era un milagro. Y en el mundo de Arthur, donde Patrick ya era objeto de leyenda, los milagros tenían un único oficiante.

Ambros. El hijo de un íncubo y de la princesa de Demetia, a quien se conocía con el nombre de Merlyn.

2.

Tariq había recorrido la isla entera en su busca.

Lo había hecho a disgusto, se creía más útil en el frente de batalla. Pero Arthur se lo había pedido. En la hora decisiva había perdido confianza en su capacidad como estratega para, en cambio, apostar su futuro (y lo que era más grave aún: ¡el de su pueblo!) al humor de un nigromante de provincias.

Tariq se había resistido a su comisión. ¿De qué manera podía un hechicero alterar el curso de la Historia? Pero Arthur había insistido. En vísperas de la batalla final, el rey necesitaba a su antiguo maestro.

—¡Si hubiese atendido a sus enseñanzas, no estaría en esta encrucijada!

Arthur había relevado a concubinas, generales y obispos para hablar con Tariq. Las velas multiplicaban sus sombras en la tienda, pero el Moro sentía desolación.

Aquel no se parecía al rey a quien había jurado fidelidad: el vencedor del gigante Retho, el terror de los sajones, el campeón de su gente. Más bien se veía como un viejo, acorralado por los errores de su vida. ¡Si apenas podía sostener la copa!

—Con Merlyn otra vez a mi lado… —Arthur había dejado la frase inconclusa.

Y Tariq se había rendido. Si eso era lo que Arthur demandaba, lo intentaría. Se podía razonar con los britones hasta un punto. Por debajo de sus aires de civilidad romana, seguían siendo criaturas primitivas.

Le dio su palabra y salió de la tienda. Formaría tantos grupos como puntos cardinales y los instaría a partir, reservándose el norte.

La frontera con los pictos era peligrosa. No quería producir más víctimas de las necesarias por culpa de los desvaríos de un viejo.

Arriesgarse a morir por culpa de un mago. La ironía no se le escapaba.

3.

Tariq ben Nusayr había sido educado en los principios aristotélicos y, por ende, en la observancia de la lógica y la proporción. Algo inevitable, siendo su padre Ahmad al-Hakam, traductor al árabe del *Organon* y uno de los científicos más reputados de la corte de Ali Fatima. Pero una vez le había dado la espalda al saber paterno, con consecuencias que aún retumbaban en su vida.

Su madre había caído enferma. Aunque asistida por el médico de Ali Fatima, no tardó en hundirse en agonía. Con la intención de prepararlo, su padre lo abrazó, llamándolo a la templanza.

Pero el pequeño Tariq no había querido resignarse. Y abandonó la casa para perderse entre las calles, con los ojos estragados por las lágrimas.

Fue en el zoco donde dio con el hechicero. El hombre, con un parche que cubría una catarata, pregonaba sus habilidades a gritos. Decía ser capaz de curarlo todo, desde la renquera al estreñimiento, por un módico estipendio.

Tariq le preguntó cuánto cobraría por salvar a una mujer. El hechicero repuso que pondría precio después de haberla estudiado.

El niño lo arrastró a su casa. Entraron a escondidas, usando la puerta reservada a la servidumbre.

Una vez en la habitación de su madre, echó a las criadas y cerró las cortinas, para que nadie viese que había franqueado el acceso a un desconocido.

El hechicero bebió el aliento de la enferma, revisó pupilas y presionó cuerpo y miembros con una cuchara de madera. Finalmente propuso un precio, que Tariq ofreció duplicar si su madre se recuperaba.

El hombre solicitó la mitad de inmediato, a modo de rúbrica de su contrato.

Tariq saqueó las arcas de su padre. Y el hechicero se puso manos a la obra. Su madre, dijo, no padecía nada que una sangría no pudiese curar.

Al principio pareció estar en lo cierto. Las mejillas de su madre recuperaron color, mientras la sangre tamborileaba sobre la jofaina. Pero pronto volvió a palidecer y, sin siquiera abrir los ojos, emitió un largo suspiro.

El hechicero dijo que necesitaba lavarse las manos. Tariq le indicó el camino hacia la fuente más cercana.

Ya nunca volvió a verlo.

Ahmad al-Hakam descubrió a Tariq junto a la cama y a su esposa desangrada.

Como era un hombre moderado, Al-Hakam no responsabilizó a su hijo; le constaba que su mujer habría muerto de todos modos. Pero por mucho que repitió que el médico ya la había desahuciado, Tariq nunca dejó de culparse.

Veinte años después, se veía compelido a registrar la isla en busca de otro hechicero. ¡Si algo abundaba en ese mundo eran los mistificadores!

Esa vez sabía que nada bueno resultaría de su esfuerzo.

4.

Nadie había oído hablar de Merlyn en décadas. Cada vez que recibía a un visitante, Arthur pedía noticias sobre su paradero. Nunca había quedado satisfecho.

Las malas lenguas decían que Merlyn, ablandado por la edad, se había dejado seducir por una aprendiz de hechicera con un brazo más corto que el otro. Y que esta joven, llamada Nimue, lo había encadenado con artes oscuras debajo de lo que se mentaba como «la gran piedra».

Al comienzo, Tariq interpretó las palabras de modo literal. Y luego de pactar el reencuentro con sus hombres (con suerte o sin ella, regresarían a Tintagel a los siete días), había espoleado hasta que no oyó más cabalgadura que la suya.

Fue de túmulo en túmulo. No encontró más que huesos, ropas raídas y restos de viejos conjuros.

Al volver a Tintagel comprendió que su fracaso no había sido único. Dos de los grupos arribaron tarde, diezmados y con las manos vacías. De aquel que había viajado hacia el este no les alcanzó noticia alguna.

A Tariq se le había ocurrido ya que «gran piedra» podía ser una elipsis, una forma poética de describir un monte. Decidido a buscar en el este, que solo había devuelto silencio, corrigió las órdenes dadas a sus hombres: ahora debían hurgar en las tripas de las montañas. Y tras renovar la cita, reemprendió la marcha.

Estudió cada elevación, por modesta que fuese. En túneles batalló contra criaturas deformes, que los locales llamaban *trolls* y habían perdido su humanidad de tanto vivir a oscuras.

No obtuvo más que cicatrices.

Ya en Tintagel, participó de los preparativos de la campaña mientras esperaba la vuelta de sus hombres. Lo único que llegó fue uno de los caballos, con un adorno macabro: una mano cortada y reseca, aferrada a las bridas.

El resto de las noticias era igualmente triste. Mordred reunía un ejército monstruoso, recurriendo incluso al enemigo de ultramar.

La fortaleza Tintagel se alzaba sobre un acantilado. Tariq decidió bajar a la costa. Su intención era preparar una vía de escape en barco, que practicaría en caso de que Mordred los sitiase. Salvar al rey era su prioridad.

Caminaba por la playa, abrumado, cuando vio los huecos por encima del agua.

Las cuevas eran muchas. Contó dieciocho en los bajos del acantilado.

Lo sensato habría sido esperar al día siguiente, para entrar al retirarse la marea. Pero ya no le quedaba tiempo que perder.

Decidió explorar las cavernas, corriendo el riesgo de quedar atrapado o peor incluso: de morir bajo las aguas.

La mayoría de las entradas era superficial, el mar no había horadado más de cuatro metros. Las revisó a la carrera, saltando de piedra en piedra. Finalmente dio con un túnel profundo.

Atardecía. La lengua del sol se espejaba en las aguas y penetraba en la cueva. El túnel se curvaba hacia abajo, más oscuro a cada paso. Si resbalaba sobre las piedras, se quebraría un hueso. Y en lo hondo del pozo nadie lo oiría gritar.

La perspectiva de morir allí lo inquietaba. Prefería hacerlo en el campo de batalla, defendiendo a su rey.

Pero al mismo tiempo se resistía a emprender el regreso. Aunque el pasaje se oscurecía a cada minuto, progresaba hacia las entrañas de la tierra. La idea de que lo que tanto había buscado pudiese estar allí lo movía a perseverar, aun cuando no existía fibra de su cuerpo que no se le resistiese.

Utilizó algas secas, piedras y una concha para fabricar una lámpara.

Su fulgor reveló algo que hasta entonces no había visto por hallarse en lo alto, a un palmo del techo de la gruta.

Las habladurías habían sido precisas, después de todo.

Merlyn se había escondido en el corazón de la tierra.

Al cobijo de toneladas de piedra.

5.

Estaba en un nicho excavado en la roca. Tal como lo había imaginado, según el retrato que Arthur produjo antes de que partiese: cabellera y barba níveas, un cayado retorcido, la túnica estampada con signos zodiacales. (Al decir del rey, Merlyn había sido un dedicado seguidor de la moda.) Llevaba además una espada en la cintura, junto a la funda de un puñal.

Lo protegía un cristal de una perfección que Tariq no había visto nunca, ni en el alcázar ni en la más lujosa mezquita. Merlyn parecía congelado en el tiempo, los ojos tan vidriosos como el material que lo aislaba del mundo.

Le trajo a la mente las imágenes que los hispanos veneraban: Jesús, la Virgen, Pedro crucificado cabeza abajo, tallas barnizadas con laca que les daba un aspecto rozagante y tocadas con cabello verdadero.

Tariq percibió que su lámpara producía un destello entre las piedras.

Sobre una roca plana había una daga.

Se preguntó si sería el puñal que faltaba en la cintura del hechicero. ¿Por qué se lo habría quitado Nimue, cuando le había permitido quedarse con la espada?

Tariq recogió el arma. Le pareció una daga común y corriente. Su hoja desprendía un brillo esmeralda, el verdín había empezado a reclamarla como propia.

A continuación se presentó como uno de los hombres de Arthur y procedió a explicar la urgencia de la hora.

Merlyn no repuso palabra. Ni siquiera parecía haberlo oído.

Seguramente el vidrio le impedía oír. ¡Pero eso no bastaba para explicar por qué sus ojos no veían a Tariq!

Decidió trepar. El nicho estaba cavado a una altura inaccesible para las aguas y, por ende, libre de musgo. Pero de todos modos ofrecía dificultad. Desplomarse suponía caer en la parte insondable del túnel, donde ni la lámpara podía con el abismo.

Aseguró el puñal en su cinto y empezó el ascenso.

Se movió hasta que ya no supo dónde más pisar. Lo único que podía intentar era un salto. Sin embargo, eso lo habría enviado de cabeza contra el cristal.

Se animó a tocarlo con la intención de golpear. Aunque no hubiese registrado su voz, el viejo oiría el repiqueteo. Pero retiró la mano lleno de aprensión. El vidrio se había movido bajo la presión de sus dedos.

Como si estuviese vivo.

—*Bienvenido* —dijo Merlyn. Su voz parecía provenir de todos sitios a la vez—. *Estás a punto de embarcarte en la mayor aventura de tu vida.*

6.

—*Cree en todo lo que veas, por fantástico que parezca* —prosiguió el mago. Hablaba en algo que, sin ser el idioma de Hispania, se le parecía mucho—. *Estaré allí cuando me necesites. Es tiempo de partir, cierra ya los ojos. Abandónate a la música. No pienses más que en ella…*

Merlyn cambió de lengua para cantar. Las pocas palabras que Tariq entendió carecían de sentido. Le anunciaban que nada era real.

Los párpados empezaron a pesarle. Tariq maldijo su cansancio, el esfuerzo de ver en las tinieblas resultaba extenuante.

La cueva se había llenado de bruma. ¡Después de sonreírle brevemente, la fortuna se alzaba en su contra! Sir Ulfin, compañero de batallas y ocasional amante, habría dicho que era la niebla que conjuraban los druidas. Le había contado la leyenda mil veces: el dios Manannán mac Lir apareció en medio de la bruma, para anunciar a los hombres que desconfiasen de sus sentidos… *puesto que nada era lo que parecía.*

Vaya coincidencia. De tanto convivir con aquellos salvajes, terminaría por dar pábulo a sus creencias animistas.

Los párpados del Moro se cerraban. Ya no pudo pensar más.

Al abrir los ojos se había descubierto en el cementerio, junto a sus extraños compañeros.

El hombre con la cabeza tocada por el turbante.

Aquel a quien había imaginado un cazador, a cuenta de su vestimenta hecha de pieles.

Y por último, el hombre obeso. A pesar de que vestía de negro, como los peregrinos, no se les parecía. Los peregrinos transmitían devoción, acaso tristeza.

Ese hombre exudaba peligro.

7.

Ahora estaba de regreso en la cueva de Merlyn. Convencido de que todo había sido una pesadilla que el hechicero le indujo mediante un humo intoxicante.

Como estudiante del oneirólogo Ibn Sirin, Tariq estaba familiarizado con los sueños. Por eso no lo alarmaron las incoherencias. En el cementerio que había «visitado», no había llevado encima su vestimenta original, sino una cota de malla vulgar y, además, rota. ¡No conservaba allí una sola pieza de su armadura, por la que había pagado una fortuna a un herrero frisio! Y en la cintura, en vez de la espada que Ulfin llamaba Na Taibhse (significaba *fantasma*; cuando Tariq la blandía, se volvía invisible), no portaba sino un arma antigua y mellada.

Al despertar en la cueva, todo había vuelto a su lugar. Las piezas de la armadura protegían su cuerpo nuevamente. Y Na Taibhse pesaba en su cadera con la fuerza habitual.

Lo único que había variado era su ubicación. Estaba tumbado sobre el suelo de la caverna, tan lejos del nicho como al principio. Un cangrejo chocaba contra sus botas, con insistencia digna de mejor causa. Que no hubiera caído al hoyo sin fin, cuya boca se abría debajo del nicho, resultaba inexplicable.

Al ver el suelo empapado, comprendió que había perdido la noche entera. Arthur debía de haberlo convocado en su ausencia. ¡Y Mordred podía haber iniciado su asalto mientras Tariq dormía!

Tan sugestionado estaba que le pareció oír gritos y chocar de metales.

Quiso lanzarse a la salida, con intención de sumarse a la lucha. Entonces recordó la razón que lo había llevado allí.

Merlyn seguía en lo alto de la gruta, impermeable a sus desvelos.

Tariq pronunció palabras desesperadas. Se arriesgaba a provocar la ira del hechicero, pero cualquier reacción era mejor que ninguna.

—A usted, que fue artífice de la gloria de Arthur, le diré lo que hasta estas piedras saben ya: el rey está en peligro. ¿Lo dejará morir?

Aun cuando repitió el mensaje en el idioma de Hispania, Merlyn persistió en el silencio.

Tariq cogió una piedra, que produjo un ruido opaco sobre el cristal y rebotó.

—*Bienvenido* —repitió Merlyn—. *Estás a punto de embarcarte en la mayor aventura de tu vida. Cree en todo lo que veas, por fantástico...*

Tariq soltó un grito de frustración. Merlyn estaba senil. ¿Qué clase de ayuda daría a Arthur, aun cuando lograse sobreponerse al hechizo?

Decidió regresar a Tintagel. Una espada serviría a Arthur mejor que nada; y Na Taibhse no era una espada cualquiera.

Pronto comprendió que la sugestión de la batalla (las voces dando órdenes, el *clang clang* de las armas) no había resonado tan solo en su imaginación.

Los hombres de Mordred se habían desplegado por la playa. Una estrella bordada en pecho y espalda: sus uniformes eran inconfundibles.

Entraban y salían de todas las cuevas.

Debían de estar buscando lo que él mismo había buscado, para asegurarse de que Arthur no recibiese ayuda providencial.

Que llegasen a su escondite era cuestión de tiempo.

Y su posibilidad de escapar, nula por completo.

8.

Se convenció de dar pelea. Contaba con su espada y con el puñal de Merlyn.

Al llevarse la mano a la cintura, se sorprendió. Sus dedos le revelaron lo que había escapado a sus ojos.

La empuñadura de la daga estaba rota. Le faltaba una de sus cachas de metal. ¿Se trataría de un arma mágica? Pero Merlyn no era un verdadero *djinn*. Y Tariq nunca había vivido en un mundo de ilusiones. El suyo era un universo donde los monarcas traicionaban a su gente y los farsantes abusaban de los niños tristes.

Su única alternativa era huir. ¿Pero cómo, mientras los hombres de Mordred bloqueasen la salida?

Regresó al vientre de la tierra, cayendo y volviendo a levantarse.

—Por favor, ayúdeme —suplicó a Merlyn—. ¿Conoce otra salida que no sea aquella que ya he usado?

Pero el viejo siguió exhibiendo indiferencia.

Tariq cogió una piedra del tamaño de su puño y la arrojó hacia el cristal con fuerza. Fue un gesto intempestivo, la expresión de su impotencia.

Oyó una detonación sorda. El cristal se agitaba como tela al viento. La piedra no lo había astillado, aunque sí había logrado perforarlo.

Tariq vio que Merlyn se derrumbaba y tragó saliva.

El impacto había llegado a oídos de un enemigo. Convocaba a los suyos a gritos.

Tariq trepó en dirección al nicho. La distancia final la sortearía de un salto. Si tenía que zarandear a Merlyn lo haría, con tal de despertarlo y emprender la huida.

El cristal no se le resistió. Lo arrancó de un tirón. No era sólido, pero tampoco se parecía a ninguna tela que hubiesen registrado sus dedos.

Al tocar al mago, advirtió que carecía de humanidad.

«Merlyn» era un muñeco.

Golpeó su rostro con los nudillos. Sonaba hueco.

—*Cree en todo lo que veas, por fantástico que parezca* —insistía, aun cuando los labios no se moviesen debajo de la barba postiza—. *Estaré allí cuando...*

Las huestes de Mordred ya habían entrado.

Tariq soltó al figurín. A sus pies había un objeto del tamaño de una piña, con un ojo rojo que brillaba de un modo antinatural.

—*Abandónate a la música* —decía «Merlyn».

Pensó en ponerse la túnica para usurpar el lugar del hechicero. Los hombres de Mordred le tenían un temor atávico, Merlyn los asustaría más que su espada.

Pero la música repitió su trampa. Al igual que la primera vez, sintió que la cabeza se le iba.

Se resistió. Su vida estaba en juego.

Durante el sueño creyó ver a Mac Lir flotando sobre las aguas. El dios repetía las palabras de la leyenda, que Ulfin le había referido.

Nada es lo que parece.

Cuando abrió los ojos, estaba otra vez en el cementerio. Solo que ahora era de noche.

Tenía delante a uno de los enterradores, a quien había visto en su primera excursión. El muchacho parecía aterrado, boqueaba igual que un pez fuera del agua.

Como si no estuviese en presencia de Tariq ben Nusayr, a quien el destino había enviado tan lejos de casa, sino de un fantasma.

9.

—¿Qué está ocurriendo aquí?

Tariq lo interrogó en la lengua de los britones, después en latín y, por último, en árabe.

El muchacho pidió que no le hiciese daño. Se expresaba en el idioma del mensaje de «Merlyn», lleno de ecos de su Hispania natal.

El sueño en que «Merlyn» lo había sumido seguía imponiendo sus reglas. Tariq había vuelto a perder su armadura y los oficios de Na Taibhse. El arma con que amenazaba al crío era la pobre espada que ya había empuñado en su «viaje» anterior.

Miró en derredor. No había nadie más, a excepción de un segundo muchacho. Vestía ropas extrañas, como el enterrador, pero al menos no eran negras: ninguno de los dos pertenecía a la orden mendicante.

Este muchacho, entrado en carnes, estaba de pie ante la tumba del nombre altisonante. Al darse la vuelta y ver que Tariq había reducido al enterrador, abrió la boca para balbucear:

—Es T-T-Tariq... *¡Tariq el Moro!*

Se preguntó cómo lo sabía. No había visto a aquel muchacho en su vida.

El sonido de truenos reclamó su atención.

En este sitio embrujado las reglas de la naturaleza no se cumplen, pensó. La noche estaba despejada, podía contar estrellas sin problemas. Y, sin embargo, los truenos batían su tambor; nunca había oído sucesión más frenética. ¿Existían allí las tormentas invisibles?

El hombre de aspecto oriental, su «compañero» del primer sueño, corría hacia ellos a toda velocidad. Saltaba entre las tumbas, un ciervo que huye de lobos.

Los lobos que lo perseguían eran de los que andan sobre dos pies. Contó al menos cuatro, muñidos de bastones que escupían fogonazos.

Tariq no entendía qué clase de abejorros zumbaban alrededor, hasta que una lápida perdió un bocado y otra estalló en mil pedazos.

Si no huía, moriría sin remedio.

Capítulo cuatro

Saigon Blake

El fumadero de opio — *Mateo Cembrero* — *Tráfico secreto* — *La Sociedad China Libre* — Suckerfish — *La sangre de Tsang* — *Un deporte insólito* — Beau geste

1.

Saigon Blake despertó con una sonrisa. Estaba de regreso en el fumadero de Ng-a Choy, tumbado sobre una esterilla. El opio le había concedido un sueño tan profundo que ni siquiera sentía las heridas de la espalda.

El humo lo había transportado a otra realidad. El cementerio cubierto por la niebla, los vehículos con propulsión a motor, el entierro multitudinario (la gente hablaba en español: Blake lo había aprendido oyendo a su socio, Mateo Cembrero), el epitafio en latín...

Los sueños esconden claves, aun cuando su discurrir parezca ajeno a toda lógica. Saigon Blake entendió que la llave que desarmaba su fantasía estaba allí, en aquella frase.

Abyssus abyssum invocat. El abismo invoca al abismo.

No podía referirse a otra cosa que a la verdad que había querido eludir mediante el opio.

Su mejor amigo lo había traicionado.

Junto con el recuerdo volvió el otro dolor, aquel que ardía en su espalda.

Tenía que despabilarse, urdir un plan de fuga.

51

Si no escapaba pronto, los ingleses lo atraparían. Y el juicio sería sumario: una mera formalidad, antes de entregarlo al pelotón de fusilamiento.

2.

Había escogido el local de Ng-a Choy a pesar de sus limitaciones. De los miles de fumaderos de opio que existían en Hong Kong (¡ya superaban la cifra de burdeles!), pocos podían presumir de ser más sucios e incómodos.

Siempre había demasiados clientes, una abundancia que rozaba la promiscuidad. La alfombra de *coolies* intoxicados dificultaba el paso.

Pero los ingleses no lo buscarían allí, por lo menos no al principio. Ng-a Choy proclamaba que nunca abría sus puertas a los occidentales, bandera a la que apostaba su reputación. Lo cual no le impidió hacer una excepción con Saigon Blake, una vez que la cifra adecuada cambió de manos. Con descaro, pretendió que no lo hacía por dinero, sino «en consideración a la sangre oriental» que, entre otras, corría por las venas del pirata.

Le ofreció la celda que destinaba a sus clientes más discretos. Blake no entendió las ventajas del lugar hasta que comprobó que era casi inaccesible. Lámpara en mano, Ng-a Choy lo había guiado más allá del sótano, hasta la profundidad de la piedra que constituía el corazón de la isla.

El sitio era angosto como un ataúd. Blake no se había quejado. Una vez que besase la primera pipa, el mundo exterior dejaría de importarle.

Pero el efecto del opio ya se estaba desvaneciendo. Giró la cabeza. El asistente que Ng-a Choy le había asignado seguía allí a su lado, de rodillas.

Que se tratase de un niño no era excepcional. Se les pagaba menos y resultaban dóciles. Lo sorprendente era que exhibiese rasgos occidentales. Debía de ser por eso que Ng-a Choy lo condenaba a las profundidades: para que no ofendiese a su clientela.

Estaba más sucio que un perro de la calle. Tenía la piel tiznada por el humo del brasero, que alimentaba de manera constante.

¿Sería acaso un huérfano? En los burdeles, la soldadesca concebía mestizos que después nadie asumía como propios. Eso explicaría la indiferencia que exhibía ante su destino. Durante un instante Blake deseó para sí la misma prescindencia, esa capacidad de no experimentar dolor que el opio dispensa con cuentagotas.

El nombre de Lady Qi Ling lo tomó por asalto. Ascendió como una burbuja a sus labios, pero estalló en el camino. Lo único que llegó a la boca fue un graznido.

Con un gesto, el niño preguntó si quería otra pipa.

Blake sintió fluir las lágrimas hasta el cuenco de su oreja.

El niño seguía mirándolo, en espera de respuesta.

3.

Se había topado con Mateo Cembrero en 1856, durante un amarre en Macao.

La Segunda Guerra del Opio estaba a punto de estallar. El Tratado de Nanking que cerró la primera contienda había creado más problemas que los resueltos: el pueblo chino había perdido Hong Kong, asumido deudas millonarias a modo de «reparación» a los ingleses y tolerado la humillación del emperador Xianfeng.

Manchú en tanto que miembro de la dinastía Qing, Xianfeng nunca había descollado por su iniciativa. Durante su tiempo al timón del Reino Central (los chinos no lo llamaban así por consideración geográfica: estaban convencidos de vivir en la tierra más civilizada del planeta), el andamiaje de su poder comenzó a desmoronarse.

La rebelión de los Taiping, que habían recogido la divisa de las tríadas —«¡Saquear a los ricos para aliviar a los pobres!»—, amenazaba con derribar el imperio.

Los bárbaros venidos de allende los mares (ingleses, pero también franceses y americanos) secuestraban cada vez más *coolies* para venderlos como esclavos.

Pero en vez de afrontar los problemas de su pueblo, Xianfeng jugaba a la batalla naval en los lagos de Yuan Ming Yuan, el Palacio de Verano de las afueras de Pekín. El resto del día lo pasaba en la cama con su concubina Cixi, entregado al veneno que los ingleses habían inoculado en toda China: *nepenthe* o droga del olvido, como la llamó

Homero, *Papaver somniferum* para los botánicos o simplemente *af-yum,* el opio del que ya hablaban los árabes en el siglo IX.

El Imperio Británico había librado una guerra para proteger ese comercio infame y, si era necesario, declararía otra más. A mediados del siglo XIX, la droga constituía la más rentable de las exportaciones de la India.

La ventaja de Blake en el terreno de las influencias (su sangre medio irlandesa, la amistad con el plenipotenciario ante China, lord Elgin, a quien había conocido en Jamaica) le facilitó el permiso que necesitaba: desde entonces lideraba una flota de *clippers* y *lorchas* que traficaba opio bajo bandera inglesa.

Los *clippers*, elegantes y veloces, le servían para conectar China con India (donde compraba la droga) y con la Europa que le ofrecía la seguridad de sus bancos.

Las *lorchas* eran convenientes para la navegación en las aguas interiores de China: con casco inglés y velas de junco, transmitían una ambigüedad que las protegía de ser atacadas aun en pleno cauce del Yangtzé.

El negocio prosperó. Pronto comprendió que ya no podría controlarlo solo.

4.

Cembrero lo había impactado por tres razones: su habilidad como marino, su ojo para los negocios y su espíritu independiente.

Aunque le disgustaba que hubiese traficado con *coolies* (los esclavistas desnudaban a sus víctimas y les pintaban letras en el pecho para indicar su destino: C para California, P para Perú, S para las islas Sándwich), entendió que no lo había hecho por convicción.

Cembrero concebía la vida en términos de oportunidades para acrecentar su libertad. Y en un mundo mercantilista, la libertad solo podía ser medida en oro.

Nada detestaba más que someterse a un yugo: ya fuese el del amor o el de las banderías políticas, nacionales y religiosas.

—Ni monárquico ni liberal, ni católico ni protestante: yo soy *cembrerista* —repetía.

Tenía un bigote que le explotaba debajo de la nariz y un sentido del humor del que jamás prescindía. Blake lo había visto sobrellevar las peores situaciones (un asedio pirata, el incendio de la *Pendragon* en alta mar) con una sonrisa y la disposición de encontrar beneficios hasta en el resultado más catastrófico.

Cuando los hicieron prisioneros, Cembrero recuperó barco y libertad venciendo a los piratas en una partida de *mah jong*.

Antes de que la *Pendragon* sucumbiese al fuego, Cembrero rescató sus insignias. En vez de denunciar el siniestro, vistió a su tripulación como piratas chinos, atacó un *clipper* de bandera francesa y cambió las insignias por las de la *Pendragon*.

Según Cembrero, habían salido ganando.

—¡Este *clipper* está en mejor estado que nuestra nave! —había alardeado.

Y abrió una botella de oporto para celebrarlo.

Después de probar su fidelidad en mil batallas, Blake le había confesado la verdadera naturaleza de su tráfico.

En efecto, vendía opio en China. Pero también hacía algo más.

Aprovechaba sus incursiones para proveer de armas a los locales. La gente ya no confiaba en el emperador y estaba empezando a organizarse.

Hijo de un irlandés y de una princesa de la dinastía Nguyen, Blake sabía por sangre lo que significaba ser vasallo.

Con Cembrero a su vera, Blake cumplió la parte inicial del plan. Se había consagrado como socio de los ingleses en Oriente, en tanto que abanderado del libre comercio y proveedor de opio y láudano a China. (También enviaba remesas a Europa, donde la demanda no paraba de crecer; que el doctor probase su propia medicina no era más que un acto de estricta justicia.)

Y al mismo tiempo, en virtud de sus actividades secretas, Blake representaba una de las grandes amenazas al control británico sobre China.

La otra amenaza, claro, era Lady Qi Ling.

5.

Para preservar la fachada de su empresa, Blake se enfrentó públicamente con Qi Ling, fundadora de la Sociedad China Libre.

Qi Ling lo consideraba un contrabandista. Y hacía campaña para que lo expulsasen del territorio chino, acusándolo de difundir la pesadilla del opio. Su preocupación no era infundada. El Reino Central ya no se limitaba a consumir la droga, también la producía. Cada vez se cultivaban menos alimentos y más amapolas.

Blake sabía que Qi Ling lo despreciaba. Había visto refulgir el odio en sus ojos, durante la fiesta en casa de lord Elgin, que los puso cara a cara por vez primera. El suyo no era un odio desbocado, sino algo peor: una determinación más fuerte que la vida, energía que seguiría existiendo aun cuando ese cuerpo (que adivinaba cimbreante, por debajo de la seda) ya no latiese más.

Lord Elgin los había presentado por curiosidad, a sabiendas de que se consideraban enemigos.

A Qi Ling la describió como líder de la Sociedad China Libre, «una respetada organización de beneficencia».

Que Qi Ling recibiese el eufemismo con humor (la Sociedad China Libre era una fuerza revolucionaria que disimulaba su opción por la violencia, para operar en el marco de la ley imperial) fue para Blake un anticipo de la estatura de su adversaria.

A continuación, lord Elgin lo presentó como «uno de nuestros prósperos empresarios».

Los labios de Qi Ling se desvanecieron en el marco de su cara. Y al instante reaparecieron para expresarse en el inglés más delicado.

—La prosperidad de mister Blake crece a expensas de mi gente —dijo. Su voz parecía estar hablando de algo más grato: por ejemplo, de flores o de la primavera—. Me recuerda al pez llamado rémora, *suckerfish* —agregó, consciente del doble filo de la palabra; pues *sucker* es la aleta dorsal de la rémora, que se pega como una ventosa al tiburón, pero además es sinónimo de *tonto*.

Después de lo cual desvió la mirada de lord Elgin y le clavó los ojos. La línea de sus pestañas describía puñales en vuelo cuando dijo:

—Mister Blake se alimenta de las sobras del Imperio Británico.

Qi Ling hizo una reverencia y les dio la espalda, escoltada en su andar por telas susurrantes.

Desde entonces el odio de Qi Ling hizo más ardua su tarea. Había empezado admirando su espíritu y terminado por alimentar una obsesión.

No podía quitarse a esa mujer de la cabeza.

6.

Pero por más que lo deseara, nunca había podido confesarle la verdad. Que Qi Ling lo vituperase como vasallo de los ingleses colaboraba con Blake, ayudándolo a moverse con libertad por territorio chino.

Con el correr de los meses, el rechazo se le tornó intolerable. Blake se volvió dependiente de la misma «medicina» que vendía, secando bolsillos y matando voluntades.

Una vez que se permitió la indulgencia, ya no pudo volver atrás. El sueño de opio era la única circunstancia en que Qi Ling le sonreía y hasta le regalaba un beso.

La razón por la cual se permitió la negligencia fue, por supuesto, Cembrero. Convencido de que su socio lo sostendría (¿o no había probado mil veces su adhesión a la causa?), dejó que la pena nublase su horizonte. Con Mateo a su lado, tanto la fachada del negocio como el contrabando de armas seguirían funcionando.

Casi podía oír la voz de Qi Ling, esa miel que escondía navajas y que lo había definido tan bien (¡mejor que pintado!) ya en el primer encuentro.

En eso se había convertido, a fin de cuentas.

Suckerfish.

7.

Cuando no recurría al opio, se exponía innecesariamente.

Transportaba una carga excesiva de armas por el Chang Jiang (que los coloniales habían rebautizado Yangtzé) hasta la provincia de Qinghai, desafiando al destino una y otra vez. Las bodegas llenas de opio no podían lastrar una *lorcha* de esa manera, tan por debajo de su línea de flotación.

Los controles del emperador eran múltiples a lo largo de una ruta tan larga: ¡más de seis mil kilómetros! Cualquier marinero, por inexperto que fuese, debía de haber descubierto su *bluff*. Pero la suerte había estado de su lado.

Las noches en que ni la temeridad ni el opio lo aplacaban, recurría a otra herramienta: un látigo de tres colas cargadas de clavos. El castigo lo apartaba de las tribulaciones. Se lo había obsequiado un jesuita, el padre José Luis Fernández, a quien condujo en una oportunidad hasta Chongqing.

Debía de haber leído en sus ojos la necesidad de escapar de la tentación.

Materia en la cual, le constaba, el jesuita era estudiante consumado.

8.

Aquel dolor salvó a Blake de la celada. Era el mismo ardor que había vuelto a perturbarlo, escaldando la espalda a medida que el opio huía de su sistema.

Uno de los clavos se le había enterrado en la carne, allí donde no llegaban sus dedos. Le arrancó una risa amarga: se sentía el más redomado imbécil.

Suckerfish, repetía la voz en su mente. Se le ocurrió que lo que ardía no era el clavo, sino las uñas de Qi Ling; una mujer que no dejaría de combatirlo aunque se le sometiese.

Resolvió el asunto con un tirón. El grito fue inevitable.

Mientras limpiaba la púa con los dedos (había quedado envuelta en una pulpa roja), se preguntó por Tsang.

Su criado tenía oído de tísico. Siempre que Blake silbaba, Tsang golpeaba la puerta y le preguntaba si se le ofrecía algo. Por mucho menos que el grito proferido, habría baleado la cerradura creyéndolo en peligro.

Sin embargo, no había señales de Tsang.

Tan solo una mancha de sangre al otro lado de la puerta.

Y un silencio que iba apoderándose de cada estancia, en la casa con vistas a la bahía.

9.

Escapó de las patrullas británicas por un pelo.

Tan cerca había estado de sus bayonetas, que descifró lo que decían. Saboreaban de antemano la captura de Tau Hui, el contrabandista. Ninguno parecía saber que Tau Hui y Saigon Blake eran la misma persona: esa expresión *(tau hui* significaba «ocultar uno su talento», «mantenerse en la sombra») era el alias que lo escondía cuando trabajaba para la resistencia.

Mientras rodaba por las calles, Blake volvía de modo obsesivo a la misma pregunta.

Había encontrado a Tsang detrás de un cortinado, el pecho partido por una puñalada.

Se trataba de una herida insólita. Por el tamaño de la víctima (su criado medía dos metros y tenía el cráneo deformado, como todos los manchúes), pero también por la desconfianza, que en Tsang era una segunda naturaleza.

¿Quién podía haberlo matado de aquella manera, un puntazo de abajo hacia arriba, más que alguien que gozaba de su confianza?

Blake no tuvo problemas para encontrar a Cembrero. Estaba en su taberna favorita, Tai-pan, que consideraba hecha a su medida: allí se llamaba *tai-pan* a los empresarios más poderosos.

Su amigo estaba ya en plena borrachera.

Blake le puso la daga al cuello.

10.

—No puedes culparme —dijo Cembrero. Ni siquiera hacía esfuerzos por resistirse—. Siempre he sido honesto contigo. ¿O no te anuncié que mi causa era el *cembrerismo?* Saigon mío, te empeñaste en cerrarme las salidas. ¡El contrabando de armas es un mal negocio! Aun cuando vendiésemos a mejor precio… porque estamos cobrando apenas lo que nos cuestan… ganaríamos más, ¡mucho más!, si destinases ese espacio en las bodegas a multiplicar la carga de opio.

—El oro no es lo único en la vida —dijo Blake.

—También está la plata. Metales deliciosos. ¿Existe algo en este mundo que supere su valor?

Blake desperdició unos valiosos segundos. En vez de oír las respuestas que acudían a su mente (estaba la amistad, por lo pronto; y la fidelidad a la palabra empeñada; y también aquello que sentía por Qi Ling, la clase de metal que ni la ambición corroe), debió de haber degollado a su socio sin dudarlo.

Pero Cembrero volvió a aprovecharse de su debilidad. Se impulsó hacia atrás con ambos pies, empujándolo contra el muro.

El dolor de su espalda lo cegó.

Volvió a ver en el momento indicado. Un segundo más y Cembrero le habría volado la cabeza.

La bala mordió la pared a un palmo de su oreja.

Lo salvó el hecho de que su socio no estuviese en condiciones de perseguirlo.

11.

Ya donde Ng-a Choy, el opio le había granjeado un sueño bendito.

Durante aquel descanso había visitado un sitio que no comprendió del todo (¡semejante cementerio no podía ser real!), pero al que se aferró como a un salvavidas: le impedía ahogarse en el dolor.

Le hubiese gustado saber quién era el hombre vestido a la guisa del Medioevo; qué clase de armas portaba aquel otro que parecía un pionero del Oeste americano; a qué se debía la amenaza que el último de los hombres transmitía sin esfuerzo. Se le había antojado una reencarnación del Plutón que reina en el infierno.

Era hora de retomar la fuga. Los soldados no tardarían en requisar el fumadero. Los había oído a través de las ventanas de su casa: tenían orden de disparar a matar.

Viéndolo temblar, el niño insistió en su oferta.

Saigon Blake descubrió su propio rostro, reflejado en el metal del brasero. La torsión que deformaba su imagen imitaba el estado de su alma.

Zai, concedió Blake en un soplo.

El niño le proporcionó una nueva pipa.

12.

El opio lo arrastró al paisaje del sueño anterior. Solo que ahora era de noche y el cementerio estaba vacío. O casi: sobre el camino había cuatro hombres.

Fumaban con indolencia, junto a uno de esos vehículos que tanto asombro le habían inspirado. Además del vicio, compartían el aspecto de verdugos. Mirada opaca, movimientos cansinos: la marca de los que se habituaron a matar sin hallar resistencia.

No tardaron en percatarse de su aparición. Uno de ellos lo estudió de los pies a la cabeza y, prodigándole una sonrisa cretina, le dijo algo que comprendió perfectamente.

—Eh, mascarita. ¿Te perdiste camino del baile?

Blake replicó sin pensar, también en español. Esa era una de las ventajas de los sueños: se podía actuar sin sufrir las consecuencias.

—Veo que puedes hablar. No deja de ser un mérito, para uno de tu especie.

Aquel que parecía el jefe se despegó del grupo. Lo siguió otro de los hombres; en la jerarquía le tocaba el rol de sombra.

—¿Con quién te creés que hablás, infeliz? —dijo el líder.

—Mis narices no me engañan. ¡Ustedes huelen como los cerdos que son!

Sabía cómo reaccionarían y se anticipó.

Golpeó al jefe y a su sombra. Dos puñetazos precisos, que bastaron para retirarlos del combate.

Pero algo lo alarmó. Los puños dolían en el sueño más de lo que nunca habían dolido en la vida real.

La superioridad del enemigo postergó sus lamentos. Los matones que seguían en pie esgrimían armas largas. Un tipo de escopeta que nunca antes había visto. Blake contaba tan solo con su Army Black Powder, un revólver elegante (como todos los de Remington) que no podía hacer frente a aquel poder de fuego.

Los matones tenían experiencia en celadas. Se distanciaron de inmediato, complicando el ángulo de sus disparos.

Escapó de un salto, buscando el reparo de árboles y bloques mortuorios. Las armas tronaron a su espalda. Los mensajes de plomo lo superaban en la carrera.

Cuando quiso extraer el Remington, sintió dolor. Sin dejar de correr, observó la mano que ardía. No tenía herida alguna, más allá de una irritación en los nudillos.

Los disparos arreciaban. Apretó el paso.

Obligándose a soportar los pinchazos, desenfundó y abrió fuego por encima del hombro.

¿Qué clase de sueño estaba soñando?

13.

En pleno galope percibió la ironía. Se movía a toda velocidad, en un sitio donde el tiempo no existía y nadie tenía apuro. Correr en un cementerio era un deporte insólito.

La experiencia de Blake en materia de trifulcas era abundante. Allí estaba su piel para dar testimonio, tachada por mil cicatrices. Sin embargo, nunca antes había reparado en ese extraño poder: su mente se desdoblaba en plena acción, permitiéndole pensar, contemplar y decidir fríamente mientras el mundo estallaba a su alrededor.

Incluso en la hora del peligro, su sueño era de una rara belleza.

Las balas del enemigo segaban cruces como espigas.

14.

Encontrarse con rostros del sueño anterior no le sorprendió.

Allí estaba el caballero de tez oscura, espada en mano. Y el jovencito que había destacado entre los enterradores por la potencia de sus brazos.

Había otro muchacho más, un desconocido a quien registró como una incongruencia: seguramente estaba a punto de despertar del sueño de opio.

Pero el tiroteo no amainaba.

Gritó para que sus «viejos» conocidos se apartasen de la línea de fuego; un *beau geste*. La idea de producir víctimas inocentes le inspiraba repulsión, aun cuando se tratase de «gente» irreal, fantasmagoría, rostros que quizás había visto en el pasado y se colaban en el sueño.

Los muchachos obedecieron de inmediato, saltando como liebres.

Pero el caballero medieval no reaccionaba.

Blake disparó una vez más. Fue su última bala.

Comprendió que el guerrero no se defendería.

La decisión que tomó era la única honorable en aquella situación. A pesar de ello, se sintió ridículo: ¡no podía dejar de jugar al héroe ni en sus alucinaciones!

Se zambulló entre las tumbas, derribando al guerrero.

Rodó sobre lápidas y cruces, sintiendo que se partía en pedazos. Para sobreponerse, pensó en el beneficio: la pausa entre los mármoles le sería útil para recargar.

—¿Quién sois? —dijo el caballero con voz estrangulada.

Como no emitió sonido al ser arrastrado, Blake había asumido que era mudo. Pero no lo era, de inmediato insistió:

—¿Qué hago aquí? ¿Qué clase de sueño es este?

Blake no tenía tiempo para preguntas metafísicas. Mientras padecía para llenar el tambor del Remington (el metal ardiente dificultaba más la tarea), advirtió que los matones se habían desperdigado sobre el terreno.

No tardarían en someterlos a fuego cruzado.

Le habría encantado saber el nombre del niño que preparaba sus pipas, para suplicarle que lo sacudiese. O pellizcarse para dejar el sueño atrás.

Pero sus dedos ya dolían demasiado. Y ni siquiera ese sufrimiento lo expulsaba del trance.

Capítulo cinco

Milo / El Baba (II)

Un rayo misterioso — Time out! — *Breve historia del Baba* — *Dobles perfectos* — *Tariq, furioso* — *Metnal* — *Jugando a las estatuas* — *Alguien enloquece*

1.

Milo no podía moverse.

Estoy muriendo, pensó.

Todavía tenía fresco el subidón de la adrenalina. Esquivar las balas lo había lanzado a la estratosfera, más colocado que con la mejor de las pastas. Pero ahora estaba tendido entre dos tumbas, sin dominio sobre el cuerpo. La saliva se acumulaba en su boca. No lograba cerrarla, ni tampoco tragar.

Aun en la ausencia de dolor, asumió que había recibido un disparo. Había oído historias muchas veces, la gente del Delta era rica en esa clase de experiencias. En el fragor de una pelea, en el apuro de una fuga, se podía ligar un tiro y no sentir nada.

La vida se le escurría entre los dedos. En el más apropiado de los escenarios.

¿Existiría la luz al final del túnel de la que se hablaba? Milo no veía túnel alguno. Solo registraba lo que tenía delante y desde su posición tumbada: un parche de cielo, las ramas de los árboles, cruces y lápidas que fugaban en un ángulo antinatural. Al mirar por el rabillo del ojo, vio además algo que querría no haber visto.

Una porción del cuerpo del Baba. Tan inmóvil como las piedras del lugar.

Al pensar en Baba Madre, la tristeza lo alcanzó. Hubiese preferido no afligir a aquella mujer. Le quedaba el consuelo de no sobrevivir a su amigo, preservándose del espectáculo de la pena familiar.

Sintió un tirón dentro del pecho. Se trataba de un latido. ¿El último? Si no lo era, lo parecía al menos, porque el siguiente no llegaba nunca.

El cementerio había recuperado su calma ultraterrena. El viento pasaba página entre los árboles, leyendo verdes plegarias.

Los Disfrazados (Tariq, Saigon Blake) también habían caído. Sus cuerpos yacían a pocos metros, un destello de color entre las lápidas. Debían de haber irritado a las fieras de la OFAC, inspirando su violencia irracional.

El Autor no dormiría solo esa noche. La idea habría reconfortado al Baba, caído tan cerca de su ídolo.

Milo registró pasos. Acercándose.

Se disponían a rematarlo.

2.

Unas botas polvorientas. Eso fue todo lo que pudo ver.

Altas hasta la rodilla. De textura escamosa.

La gente de la OFAC no calzaba nada semejante, su imaginación no daba para tanto. Los militares usaban borceguíes con largos cordones; la caballería, botas lisas. Milo no sabía de nadie que contase con un cuero tan extravagante.

Escamas grandes como placas. El reptil al que habían protegido debía de haber tenido dimensiones de cocodrilo.

¿Dónde había visto aquellas botas? Se trataba de un recuerdo fresco, la verdad lo rondaba como un moscardón.

El hombre así calzado se agachó para mirarlo a los ojos.

Milo cambió la tristeza por miedo.

La cara que lo observaba no pertenecía a un hombre.

Tenía los rasgos desaforados de un mandril.

Un mono enorme y peludo. Que andaba sobre dos pies.

3.

El mandril se levantó y empezó a alejarse, caminando hacia atrás.

Toma distancia para disparar, pensó Milo.

La luz amarilla lo dejó ciego.

Mientras no veía más que formas borrosas y destellos, recordó que ya había percibido una luz semejante. El fulgor (como de día abriendo una ventana en plena noche) lo había sorprendido un minuto atrás, durante la carrera por el cementerio. En aquel instante le había gritado al Baba que se apurase, los matones de la OFAC acortaban distancias. Acababa de propinarle un empujón cuando se hizo la luz.

Un segundo después estaba en el suelo, tieso como una momia.

La respuesta al nuevo fogonazo no pudo ser más diferente. Su cuerpo se contrajo en un espasmo. ¡Volvía a moverse! Se sentó en el suelo, tocándose por todas partes. Su corazón latía locamente, no encontró orificios inesperados. Ni tampoco humedades, a excepción de la nariz, que barrió con una manga.

Y lo más auspicioso: el Baba estaba haciendo lo mismo a su lado.

Milo lo sacudió por la camisa. No se le ocurrió otra expresión de afecto, el catálogo de Milo era pobre a ese respecto. Pero su amigo no se dio cuenta, distraído por el accidente del que estaba siendo protagonista.

—Uh —dijo el Baba, hundiendo el mentón en el pecho—. ¡U-u-*uh!*

Milo vio la mancha en la entrepierna. Crecía a cada segundo.

—¿Se sienten bien?

Les hablaba el mandril.

Milo quiso recular, sus tobillos resbalaron sobre la grava. La criatura era enorme y estaba armada con un rifle que asomaba a sus espaldas.

Pero el Baba no pareció asustarse. Simplemente dijo:

—¿F-f-flint *Moran?*

El mandril llevó una mano peluda a su rostro.

Lo que Milo había confundido con facciones animales formaba parte de una gorra. Al levantar ese faldón, el sujeto lo convirtió en su visera.

El mandril de las botas escamosas era Flint Moran. O mejor dicho, el fan que había vestido el disfraz durante el entierro.

El Baba profirió un extraño sonido. Se había tragado el caramelo blando.

—¿Cómo sabes de mí? —dijo «Moran».

Pero no hubo tiempo para la respuesta. Los émulos de Blake y Tariq el Moro se levantaban también. Lo primero que hicieron fue recuperar sus armas: «Tariq», la espada; «Blake», su revólver.

Milo tendió la mano al Baba para ayudarlo a levantarse.

—Esto no me gusta ni mierda —dijo, aprovechando la proximidad. Hablaba en susurros, no quería que los Disfrazados percibiesen su desconfianza—. Si son fanáticos, ¿por qué llevan armas de verdad? Esa espada, te digo…

Y alzó el mentón para exponerse.

El filo había irritado su garganta. Hasta hacerla sangrar.

4.

—Ustedes y yo nos hemos visto ya. Más temprano, durante el entierro —dijo «Moran»—. ¡Después los perdí en la niebla!

Su voz transmitía una autoridad natural. No tenía el aspecto *nerdy* de los fanáticos, más bien se veía atlético. El Baba se preguntó si lo que teñía su piel era un bronceado de cama solar o maquillaje, para imitar la tez curtida por mil soles.

El disfraz también parecía auténtico. Las pieles de su vestimenta eran genuinas. (A excepción de las botas, quizás: el cuero de cocodrilo costaba fortunas.)

—Pero de ellos no tengo registro —agregó «Moran», señalando al Baba y a Milo.

—Este es uno de los enterradores —dijo «Saigon Blake» mientras metía una bala en el tambor. Después devolvió el revólver a su funda, reprimiendo un gesto de dolor.

Milo lo estudió en busca de una herida. No encontró ninguna.

—Yo lo vi llegar —dijo «Tariq»—. Guio a su amigo hasta la tumba del nombre altisonante. ¡Aquella donde coincidimos por la mañana!

—¿Qué buscaban allí? —preguntó «Moran».

—Ahm, mi amigo, o sea él, quería presentar sus respetos. ¡Es un fan del Autor!

—¿El Autor?

—El hombre al que enterré —dijo Milo. Y repitió el nombre que figuraba en la lápida—. Fue sin mala intención. ¿Podemos irnos?

El Baba quería objetar. Milo le quitó el aire de un codazo.

—¿Viven cerca? —dijo «Moran».

—En Hurlingham —mintió Milo.

—¿Es esto Inglaterra?

—Claro que no. Esto es San Fernando. Hurlingham es otro barrio. Queda lejos, y nuestros padres nos están espe...

—¿Y ustedes? —«Moran» se dirigía a los otros Disfrazados—. ¿De dónde vienen? ¿Son al menos naturales de este tiempo?

—Hasta donde creo, en este instante estoy tumbado en un fumadero de opio —dijo Blake—. ¡Y todos ustedes son parte de mi alucinación!

El hecho de que persistiesen en la charada activó las alarmas de Milo. ¿Por qué insistir en el absurdo, pretendiendo ser los personajes delante de dos nadies como el Baba y él?

Podían ser algo más pérfido que actores. Jugadores de rol enajenados, por ejemplo. El Baba le había contado de gente que se dejaba llevar por su papel, llegando a perpetrar crímenes. Lo cual habría explicado la presencia de armas reales.

Pero el armamento admitía una segunda interpretación. ¿Y si los Disfrazados eran algo más peligroso?

—Si nos disculpan... ¡Nosotros nos vamos! —dijo Milo, fingiendo ingenuidad.

«Blake» produjo un gesto altivo, como quien despide a un criado.

Milo arrastró a su amigo. Pero encontró una resistencia inesperada.

—Okey, señores: *time out!* —dijo el Baba, desprendiéndose de su mano. Había olvidado por completo la mancha de sus pantalones—. Mi amigo Milo y yo toleramos todo sin decir ni mu: los tiros, el susto, la actuación digna de la Academia... Así que no pienso irme sin saber qué pasa. Empiecen a hablar. ¡La intriga me está matando!

5.

El Baba tenía quince años, pero podía dar cátedra de emociones intensas. Ya había soportado dramas que muchos no experimentan nunca;

parte de la cruz que cargaba por haber nacido en ese tiempo, y precisamente en aquel lugar.

Los Babas (que así los llamaba Milo, un apodo que se impuso) eran una de las tantas familias heridas por la crisis. La tragedia había interpretado el guion de siempre, detalle más o menos: gobierno boicoteado por los poderes establecidos, caos en las calles, convocatoria a elecciones anticipadas; victoria de un candidato que, consagrado como Salvador de la Patria, había tomado medidas «duras pero imprescindibles» que empobrecieron a sus votantes, con la excusa de perseguir el bien común.

Baba Padre había pasado dos años en cama, víctima de una depresión. Hasta que un pariente le consiguió un empleo, que estaba por debajo de sus calificaciones y lejos de sus gustos (Baba Padre era periodista), pero llevaba pan a la mesa. Todavía tenían pendiente el pago de muchas deudas. La más grave pesaba sobre la casa, que les había sido inhibida. Aun en caso de sufrir hambre, no habrían podido venderla.

De las razones que volvían traumática esta situación, ninguna era más grave para el Baba que la imposibilidad de comprar cómics.

Las revistas no eran un placer frívolo del que podía privarse, como ya había prescindido de tantos otros. En la vida del Baba desempeñaban, más bien, el papel de la universidad y de la religión: ampliaban su horizonte intelectual y lo cargaban de sentido. De no haber contado con la colección de cómics de su padre (el fan original, que lo había atesorado todo desde Milton Caniff hasta Joe Sacco) y los ejemplares añadidos *sotto voce*, seguramente no habría tolerado el cruce del desierto.

Pero la crisis había pergeñado otras formas de acosarlo. Ya le habían robado dos bicicletas (nunca hubo una tercera) y cuatro pares de zapatillas. Lo habían amenazado con palos y navajas, humillado con palabras y bofetones. Solo se sentía protegido en presencia de Milo. Ni siquiera su casa era un refugio: la Maison Baba, como solía llamarla, había sido desvalijada dos veces. Durante la última de las incursiones, además de las pérdidas materiales (lo que más le dolió fue su PC), había sufrido como propia la paliza recibida por Baba Padre.

Hasta su gordura era una afrenta. Milo solía decir que los tres Babas se veían idénticos a excepción del tamaño y, por lo tanto, formaban parte de la misma *matrioshka*. El pequeño Baba había abusado de los azúcares, como tantos otros: chocolates, galletas, Coca-Cola. Pero su robustez actual se debía a otra causa. Este Baba era obeso por culpa de la comida barata. Las harinas. Los fritos. Los quesos. Latinoamérica abunda en niños gordos que distan de estar bien alimentados. Pero en la calle un gordo es simplemente eso: alguien que comió lo que a otros faltaba.

La violencia que los medios amplificaban le había pasado lejos, hasta que sonó la hora del Peluca Rojas. El Peluca iba a la misma escuela, estaba dos cursos por encima del Baba y de Milo. La OFAC lo había ametrallado sin piedad, pero aquella no había sido su única muerte. La definitiva vino después, cuando lo difamaron los diarios y la televisión.

El Peluca había vivido en la villa San Francisco y eso lo convertía en un sospechoso profesional. Pero había sido un delincuente de modo ocasional, y a regañadientes. El pecado que lo había conducido a la muerte era, más bien, el de su militancia política.

El Bonzo llevaba dos meses en la agrupación que Peluca fundó en la villa (se habían bautizado Los Descarriados) cuando ocurrió el incendio que se lo comió vivo. Hasta entonces, el Bonzo era Jonathan Vergara. Después, nunca más. El Baba todavía se sentía culpable por el apodo. Los bonzos históricos se incendiaban adrede, pero su amigo nunca había querido asarse. El error fue producir la analogía delante de la gente equivocada. A saber, los imbéciles de sus compañeros.

Milo, Pierre y el Baba habían montado guardias en el Hospital del Quemado. Cuando llegaba su turno, el Baba realizaba esfuerzos para no escaparse.

Todavía no se había acostumbrado al rostro sin nariz del Bonzo, a su piel rosada y bulbosa de monstruo del espacio.

Lo quería del modo más entrañable, eso no había cambiado. Pero no dejaba de estremecerse cada vez que lo veía.

6.

Mientras se reponía del tiroteo (no había corrido así ni para su profesor de gimnasia, que era un psicótico), el Baba había sucumbido a un estado similar al encantamiento.

Solo tenía ojos para los Héroes.

Aunque coincidía con la interpretación de Milo (debían de ser actores, contratados por Belvedere como parte de un homenaje de dudoso gusto), el parecido con sus modelos le puso la piel de gallina. Eran un calco de los dibujos del Autor.

Que los matones de la OFAC hubiesen desaparecido no lo sorprendía. *Durante mi desmayo*, pensaba, *deben de haber perdido el rastro y optado por irse. Son supersticiosos, con tal de rajar del cementerio cualquier excusa les sirve.*

No, aquel peligro no ocupaba lugar en su mente. Lo que lo obsesionaba era encontrar una explicación a los Disfrazados.

La ropa que vestían era impecable. Se le ocurrió que la editorial había encargado un *merchandising* que aún no había salido a la venta. Sonaba digno del perverso de Demonti, el capo de Belvedere, eso de fabricar disfraces bajo cuerda en espera de su oportunidad.

Las batallas entre Demonti y el Autor por el control de sus creaciones habían sido legendarias. Hasta entonces el Autor se había salido con la suya, vetando cada intento de producir muñequitos y diseñar videojuegos. Pero su muerte suponía una oportunidad para Demonti. ¡Bien podía la Viuda haber cedido, allí donde el Autor se había mostrado intransigente!

Pero en cualquier caso, no habría cedido tan rápido. Y además el vestuario parecía caro. Los fans del Autor no eran banqueros, sino *nerds* como el Baba: irredentos y orgullosos de serlo. La mayoría no estaba en condiciones de pagar una chaqueta como la de Blake, ni la cota de malla de Tariq (¡tantas piezas de metal!), ni las pieles que Moran vestía.

Demonti debe de estar produciendo algo en secreto: adaptaciones para el cine, o una serie. Ahora que la tecnología digital lo abarata todo… Eso explicaba el *casting*. El Baba llevaba años estudiando los dibujos del Autor como escritura sagrada. ¡Parecidos tan deslumbrantes no se encontraban de un día para otro!

Lo que no cuadraba era la decisión de basar el proyecto en personajes secundarios, en vez de recurrir a los más populares: Doctor Incógnito, Lava Man, Adam de la Selva.

Ni el hecho, por cierto, de que portasen armas de verdad.

En cuanto los Disfrazados les permitieron irse, el Baba decidió que su curiosidad pesaba más que cualquier otra consideración.

Quería saber. *Necesitaba* saber.

A pesar del tiroteo, de la carrera agónica y de la grima que le inspiraban los cementerios, se estaba divirtiendo como nunca.

7.

—¿No les parece que ya está bien?

El Baba sonaba como si retase a los adultos.

—Mi amigo Milo y yo no formamos parte de la *Oh Fuck*. Somos fans. ¡No hace falta que finjan más! La actuación fue estupenda, ¿eh? Y la producción... *Chapeau!* Mirá esta cota de malla, que hasta parece oxidada. Auch: je, me corté... Saigon Blake de mi alma, ¡esa chaqueta debe de costar un huevo y la mitad del otro! Están igualitos, *congratulations*. ¡Tal como me los imaginé!

—¿Iguales a qué? —preguntó «Moran».

Milo hacía señas frenéticas, pasando el filo de la mano por su garganta. No estaba claro si le pedía que se callase o si insinuaba que los degollarían.

El Baba lo ignoró y siguió adelante.

—¿Cómo que *a qué*? ¡A las historietas!

—Historietas —dijo «Blake», con la neutralidad de un robot.

El Baba arrojó la revista por el aire. Trazó un arco, golpeó el hombro del pirata y cayó al suelo como un pájaro muerto.

Era la última edición de *Doctor Incógnito*, que incluía como *bonus* una aventura de Tariq el Moro. La había llevado todo el día enrollada en un bolsillo, a modo de homenaje al Autor.

«Blake» la recogió con cierta aprensión y se puso a hojearla.

—¿Qué va a ser al final: película o serie? ¿Y quién produce: HBO, Netflix, Showtime...? —preguntó el Baba.

La expresión confundida de los Disfrazados (debían de haber firmado cláusulas de confidencialidad) lo impulsó a probar otra interpretación:

—¿O están jugando a un juego de rol? Claro, si están jugando no me lo van a decir: ¡las reglas son las reglas!

—Este eres tú —dijo «Blake», enseñándole a «Tariq» una página donde figuraba dibujado varias veces.

«Tariq» observó la revista a prudente distancia, como si le temiese.

—Yo he vivido eso —dijo en un soplo.

—Es el capítulo en que Tariq busca a Merlyn —dijo el Baba—.
Cuando lo encuentra en una caverna y descubre que…

—¿Cómo sabes tú de eso? —preguntó Tariq.

«Blake» lanzó la revista a los pies del Baba, un guante que entrañaba desafío.

—¡Si eres hombre de Mordred o de Nimue, reza tus últimas plegarias! —dijo Tariq, llevando la mano al pomo de su espada.

Pero en vez de asustarse, el Baba aplaudió.

Clap. (Pausa.) *Clap*. (Pausa.) *Clap-clap*…

—Bra-*vo* —dijo sin dejar de golpear—. Me diste escalofríos.
¡Piel de gallina, te juro!

Y se adelantó para enseñar los pelos erizados de su brazo.

«Tariq» desenvainó y se le echó encima.

8.

Pero «Blake» se interpuso. Milo tampoco perdió el tiempo, ya había cubierto al Baba con su cuerpo.

—Sabes más que nosotros —dijo «Moran», agitando la revista que había recogido—. Así que habla de una vez. ¿Qué hacemos aquí?
¿Quién y para qué nos han convocado?

—Si supiese, no les habría preguntado —dijo el Baba—. Yo sé
que no parecemos gran cosa, pero que se burlen de mi amigo y de mí
es de mal gus…

Para impedir que el Baba ahondase su fosa, Milo le tapó la boca.

—El único que sabe qué hacemos aquí es el hombre al que enterraron —dijo una voz de ultratumba.

El Baba no se meó encima porque ya lo había hecho. *Nos encontraron*, pensó. *Los matones de la OFAC nos van a fusilar, ¡como al Peluca!*

Pero estaba equivocado.

El sujeto que se había sumado a la conversación estaba solo.
Vestía de negro de pies a cabeza, anteojos incluidos, y llevaba encima
el chaquetón de cuero que más temprano había inducido a Milo al
error. Saltaba a la vista que no pertenecía a la OFAC. Demasiado elegante. Bajo la luna, los detalles metálicos de sus botas producían un
fulgor perlado.

«Moran» y «Blake» le apuntaban con sus armas. «Tariq» parecía feliz de haber encontrado otra excusa para blandir la espada.

El recién llegado hizo un gesto en dirección a las sepulturas.

—El problema es que llegamos tarde.

Su voz tenía un acento latinoamericano que el Baba no pudo localizar.

—Te dije que eran cuatro —susurró Milo—. ¡Ahora estamos peor que antes!

El Baba recordó la mención al cuarto hombre que Milo no había reconocido.

Le encontró un aire a los Hells Angels, en efecto. *Más bien parece haberse comido a uno*, pensó, para arrepentirse de inmediato. ¿Cuántas veces había sido víctima de la misma broma?

La imagen de Metnal se encendió en su mente. Nacido Daniel Medina en Guatemala, Metnal era el vampiro de una revista que el Autor había discontinuado meses atrás. El personaje también sentía predilección por la ropa de cuero, de hecho conducía una Harley. ¡Pero los dibujos lo mostraban delgado!

—Y aun así, aquí estamos —dijo el recién llegado. Las armas no le inspiraban más que desdén—. Otra vez en el cementerio. Perros ligados al amo muerto por un lazo invisible. Una reunión extraordinaria, ¿no les parece? El guerrero medieval, el pirata, el aventurero del futuro…

El Baba asintió en silencio. La mordaza de Milo no le permitía hacer otra cosa.

—¿Sabes tú qué estamos haciendo aquí? —preguntó «Moran» al hombre de negro.

—Tengo una idea, sí. Pero preferiría que hablásemos en otra parte. ¡Este lugar apesta!

—El señor tiene razón —intervino Milo—. ¡Los matones de la OFAC pueden volver!

—Yo no me preocuparía por ellos —dijo «Moran».

—Entonces no los conoce —insistió Milo—. ¡Cuanto más lejos los tenga, mejor! Mi amigo y yo, si no les molesta…

Milo ensayó una retirada, arrastrando a un Baba que bufaba entre sus dedos. Pero «Moran» los detuvo.

—Ustedes vienen con nosotros —dijo. Y levantando la mano que aferraba la revista—: ¡Perdieron la posibilidad de escurrirse cuando nos mostraron esto!

9.

La comitiva emprendió la marcha a través del cementerio.

—Cómo nos cagaste, gordo —masculló Milo.

Flanqueados por «Blake» y el «Tariq» de la espada inquieta, no tenían posibilidad de escape.

Pero el Baba no se ofendió.

La acusación le resbalaba. Estaba demasiado contento.

Aunque Milo se fastidiase, agradecía que no los hubiesen expulsado de la aventura... o lo que demonios fuese que estaba teniendo lugar.

10.

Su alegría tuvo la más breve de las vidas.

Sintió pánico al minuto de andar, cuando se toparon con los matones de la OFAC.

«Tariq» fue el primero en distinguir a los verdugos en la noche. Emitió un sonido gutural, alzando la espada.

Milo derribó a su amigo para protegerlo de los disparos.

Pero no sonó un tiro. Ni gritos. Ni hubo movimientos por parte de los matones: presentaban siluetas imperturbables, recortadas contra la plata lunar.

El Baba los contempló desde el suelo, sin dar crédito a sus ojos.

Los cuatro gorilas de la OFAC parecían jugar a las estatuas: posición de carrera, armas en ristre, congelados en plena acción.

Aun así, «Tariq» estaba dispuesto a golpearlos.

El Baba percibió el terror que latía por detrás de las máscaras. Los hombres de la OFAC estaban tan inmovilizados como Milo y el Baba lo habían estado y, por ende, podían ver del mismo modo. Sus pupilas saltaban de «Tariq» a «Blake» y de «Blake» a «Tariq», que los amenazaban con sus armas.

—Yo no lo haría —dijo «Moran» a «Tariq»—. En este momento, su densidad molecular es demasiado alta. ¡Tu espada se partiría en mil pedazos!

«Tariq» le devolvió a «Moran» una mirada extraviada.

El Baba se incorporó, sintiendo en un tobillo el manotazo con que intentaban detenerlo. Pero Milo fracasó, el Baba era más ágil de lo que sugería.

Caminó entre los matones petrificados, como quien se pasea por un museo.

Los observó por delante y por detrás. Pegó su cara a uno de los rostros. Levantó un brazo (¡ah, esos ojitos!, ¡las pupilas giraban enloquecidas!) y tocó la frente de una «estatua» con sus nudillos. Más fuerte cada vez. Sin obtener otro sonido que un eco sordo.

El Baba soltó una risita. Que enseguida se transformó en carcajadas. Le saltaban las lágrimas mientras arrojaba ramitas, piedras, semillas que recogía del suelo y rebotaban contra la solidez de aquellos cuerpos.

—Boludo, pará. ¡Me estás asustando! —dijo Milo.

El Baba demoraba en recuperar el habla, entre hipos y ronquidos.

—En este momento... uf... pesan toneladas —dijo. Y a modo de demostración, pretendió empujarlos.

Los pies del Baba resbalaron sobre el suelo.

—¡Sólidos como un bloque de cemento!

—¿Cómo lo sabes? —preguntó «Moran».

—¡Yo sé todo! —dijo el Baba—. ¿Sobre ustedes? *Pfff...* ¡Sé más que ustedes mismos!

Y procedió a demostrarlo.

11.

—¡Tariq ben Nusayr, *el Moro!* —dijo el Baba, agitando un dedo-chorizo ante las narices del «actor»—. Hijo de un célebre científico de su época, que lo alentó a viajar y a conocer mundo. Pero en lugar de ampliar sus conocimientos, Tariq se enganchó con Arthur, el rey de las leyendas, creyendo que iba a lanzar una nueva era de justicia en el mundo. Y así fue al principio de sus aventuras... episodios uno al veintipico. Pero entonces se pudrió todo. Arthur se dejó picar por el bichito de la ambición y empezó a invadir a troche y moche: Irlanda, Islandia... Y después se le metió en la cabeza conquistar Europa. Lo cual lo enfrentó al emperador Leo. Que tiene entre sus aliados al rey de España,

Ali Fatima, de cuya corte forma parte el padre de Tariq… ¡Y ahora está en la disyuntiva de ser fiel a sus promesas o a su sangre!

«Tariq» resintió la mención de su dilema y levantó la espada. Pero esa vez la amenaza no surtió efecto. El Baba le dio la espalda para dirigirse al pirata y prosiguió.

—¡Saigon Blake, nacido Sai Blake, como el lord Sai que fundó la dinastía de los Nguyen! Hijo de un marino irlandés y una princesa vietnamita. Que está buenísima, dicho sea de paso: ¡cómo dibujaba minas, este hombre!

—A este, lo admito, no lo conozco —aclaró el Baba, pasando ante el motociclista. Después de lo cual se refirió al último de los Héroes—. ¡Y Flint Moran! En este cómic, el Autor trasladó la mitología del Oeste primitivo, la época de los pioneros, gente como Daniel Boone, Davy Crockett… al espacio exterior. ¡Planetas salvajes! ¡Colonizadores enfrentados a especies indígenas! ¡Iglesias-imperio que solventan un ejército de conquista!

—Al principio me tomó desprevenido —continuó el Baba, decidido a desasnar a Milo—. ¿Te suena el nombre Pte San Win? Me lo imaginaba. Pte San es la científica más eminente del tiempo de Moran, y su enamorada. —La mención de Pte San Win perturbó a Moran. Para el Baba, en cambio, su reacción fue tan previsible como la furia de Tariq—. A pesar del amor, en el cómic hay tensión entre los personajes. Discuten mucho por la cuestión de la violencia. Ella pretende que es innecesaria. Moran le dice que resulta inevitable, en un universo creado a partir de un *big bang*… No me apurés, voy a lo siguiente. En el último episodio, Pte San le ofreció a Moran un arma distinta: un condensador molecular. A simple vista parece una manopla: algo que se engancha entre los dedos mediante anillos, sosteniendo la pieza en la palma de la mano. La idea de Pte San es la siguiente: que no hace falta matar a un adversario, cuando se lo puede reducir modificando su estructura molecular.

Dicho lo cual el Baba, para pasmo de todos, se echó a cantar.

12.

—*Hoy las ciencias adelantan / ¡que es una bar-ba-ri-dad!* —entonó, repitiendo versos de *La verbena de la paloma* que había aprendido de su bisabuela.

Hasta los matones lo miraban como si hubiese perdido un tornillo.

—¿Se entiende? ¡Este *gadget* convierte a cualquiera en una mole ultrapesada! —dijo el Baba, mientras fingía jugar a las escondidas detrás de las «estatuas»—. Y después puede volverlo a la normalidad, ¡como hizo con nosotros! Lo gracioso es que, en el cómic, Moran rechaza el regalo. Pega media vuelta y se va, porque tiene pendiente un vuelo con su nave nueva... otra obra de Pte San, dicho sea de paso: ¡es genial! Y al final ella se va también, dejando el condensador ahí. ¡Se ve que Moran volvió a rescatarlo sin que ella se diese cuenta! ¿Es así o no? —dijo, volviéndose a «Flint».

El aventurero lo miró con ojos acerados.

El Baba eligió no hacerse cargo de aquel filo.

—Los muchachos no solo imitan a los Héroes a la perfección —dijo, palmeando el hombro de «Flint»—. ¡Sino que además retomaron sus historias donde el Autor las dejó!

Lo cual al Baba le parecía graciosísimo. Para total desconcierto de todos los presentes. Tanto hombres como estatuas.

13.

Las burbujas que hacían pop en la mente del Baba no eran inexplicables.

Hasta ese momento había negociado con la realidad sin quejarse. Encajó el susto del tiroteo, toleró la actuación de los Disfrazados, construyó explicaciones que lo ayudaban a seguir funcionando. Pero al acercarse a los matones de la OFAC y golpear *toc toc* con sus nudillos, sintió que algo se le derrumbaba dentro.

Fue como tocar una columna de hierro. Que, para mayor disparate, lo miraba con ojos inyectados por el terror.

Por eso la risa. Nunca había imaginado que enloquecer pudiese ser divertido.

Capítulo seis

El Baba

Vértigo — Eontamer — Un cómic omnisciente — Blake acepta la existencia de Blake *— El sueño dentro del sueño — Historias de la Diáspora — La caída de Tecumseh*

1.

El Baba (todo él: su metro sesenta y siete, sus noventa y dos kilos, su escoliosis y el resto de su vibrante humanidad) tenía miedo de volverse loco.

Y al mismo tiempo, la locura se le presentaba como una tentación. Nunca había experimentado nada más delicioso que la euforia que lo embargaba. En el más perturbador de los escenarios. Y en la más inesperada de las compañías.

El Baba era consciente de haber llegado a una frontera. La línea que marcaba el punto en que las certezas dejaban de ser tales. Estaba a un paso de un territorio nuevo, donde nada sería ya como había sido: ni las reglas del espacio, ni la dirección del tiempo, ni la razón como guía de la fabricación de sentidos.

Hasta entonces los universos habían coexistido en balance: la realidad aquí y la ficción allá. La claridad con que distinguía un elemento del otro había funcionado como prueba de su cordura. Pero aquella noche había roto sus diques.

Mientras se alejaban de las «estatuas», el Baba se cubrió la entrepierna (si hubiese visto a alguien como él: despeinado, nervioso y meado como un crío, ¿no lo habría juzgado del peor modo?) y pensó en sus padres.

Los imaginó sentados a la mesa. Entrándole al pan y al vino al tiempo que protestaban por su demora, con el noticiero de fondo. Melodía repetida: pantano económico atribuido al Gobierno anterior, inseguridad, la perspectiva de un cataclismo planetario... ¿Qué habrían dicho de saber que marchaba entre tumbas, escoltado por los héroes de su infancia?

No existía forma de pensar su presente que excluyese la posibilidad de la locura.

Lo que le esperaba, en el futuro que estaba a segundos de distancia, sería aún más increíble que un condensador molecular.

2.

Cuando «Moran» los instó a moverse, el Baba obedeció. Mientras los matones siguiesen petrificados (el Monumento a la Crueldad, o mejor: a la Represión), todo lo demás se le antojaba auspicioso.

Avanzaban por la necrópolis, arropados por el silencio más artificial, cuando ocurrió aquello que tornaría lo de las «estatuas» en una nimiedad.

El actor que hacía de Flint Moran empezó a desaparecer.

El Baba vio que su cabeza se disolvía, como si fuese un holograma y el proyector hubiese dejado de funcionar.

Después se desvaneció su espalda, dejando de interponerse entre el Baba y la visión del cementerio; y por último se esfumaron sus talones.

El Baba clavó los frenos. Y Milo se lo llevó por delante.

No produjeron más que balbuceos. Los cinco que quedaban aguzaron la mirada, tratando de encontrar algo que ya no estaba allí.

El brazo se materializó en el aire. La mano peluda aferró al Baba y pegó un tirón.

Por la expresión que Milo produjo a sus espaldas, el Baba entendió que también había desaparecido.

3.

De no ser por la suciedad y el desorden, el Baba habría creído estar dentro de la nave de Flint Moran.

Pte San Win la había bautizado Eontamer. Estaba diseñada para saltar entre universos. Y en la ficción *(en la ficción,* se repitió el Baba, como si aquella parte de la frase necesitase ser reafirmada) tenía una naturaleza doble, a horcajadas entre lo tecnológico y lo orgánico.

Según su creadora, Eontamer era una nueva forma de vida.

El comando sugería un capullo, ordenado en torno al sillón-cama del piloto. (Eontamer carecía de líneas rectas, al igual que el común de los organismos vivos.)

Parte del suelo y de los paneles estaba cubierta por espuma, como si el combate contra un incendio acabase de concluir. Y la luz que se encendió en cuanto entraron era gris metálica, lo cual no auguraba nada bueno. Por lo demás, la distribución y los instrumentos reproducían fielmente el diseño del Autor.

—¡Es igualita! —dijo el Baba a Milo. Su amigo también había sido arrastrado dentro—. Cada detalle... ¿Estás viendo lo que yo veo?

Pero Milo parecía haberse apagado. Como si no desease más que echarse a dormir en un rincón.

—Lástima el desorden —prosiguió el Baba—. Desmond conserva todo limpito y brillante.

—¿Desmond, el *re-gen?* ¿El androide?

Fucking Milo. Nunca se acuerda de nada importante.

En cuanto entró el último (más que perdido, «Tariq» se veía asustado), Eontamer se cerró y produjo algo parecido a un ronroneo. Toda su estructura vibraba, como esos sillones que dan masajes. La luz del comando sumó un filtro dorado, tornándose menos agresiva.

Mientras «Moran» servía de beber, el Baba hizo un nuevo esfuerzo para adaptar lo que estaba viviendo a las constricciones de la realidad.

¿Formaba el cubículo parte de la producción de un film? El set parecía carísimo, lo cual sonaba raro. Aunque el Autor tenía su fama (considerable en Francia, España e Italia, donde *Adam della Giungla* era un *hit),* ni por asomo podía compararse con los gigantes que convencen a Hollywood de abrir la chequera.

El Autor no era Stan Lee. Ni Frank Miller. Ni Alan Moore. Ni tampoco Neil Gaiman. Y la Editorial Belvedere era a empresas como DC Comics, Gryphon y Marvel lo que Aldosivi a Boca Juniors: la sombra de un deseo.

Cada respuesta abría interrogantes nuevos. Sin contar las circunstancias para las que no encontraba explicación alguna. ¿La invisibilidad de la nave? Podía tratarse de un truco óptico, pero... ¿El absurdo del set construido en pleno cementerio?

Se frotó los ojos como si quisiese reiniciarlos. *De ahora en adelante me limitaré a observar, despojándome de prejuicios. ¿Cómo dice Sherlock? «Una vez que se elimina lo imposible, lo que resta, por improbable que parezca, debe de ser la verdad».*

La puerta que separaba la «cabina» de la «sección de carga» (*Me encuentro a punto de agotar mi provisión de comillas*, pensó el Baba) estaba deformada por un golpe. Retorcida como si hubiesen aspirado el metal, aplicando una fuerza centrífuga.

Un poder que, a todas luces, no podía ser humano.

4.

El motociclista ganó el centro de la escena.

—Empecemos por el principio. La gente me conoce por el nombre de Metnal.

—*Bullshit* —expectoró el Baba, deseoso de volver a un terreno donde se sentía seguro—. El vampiro Metnal es flaquito como un palo, y usted...

La mirada del motociclista lo convenció de guardar silencio.

¿Cómo logra producirme escalofríos a pesar de la distancia?

Con su voz untuosa y casi hipnótica (adecuadísima para el personaje; de hecho todas lo eran, otro de los aciertos del *casting*... si es que tenía sentido seguir pensando en aquellos términos), «Metnal» dijo que la oportunidad de entender lo que estaba ocurriendo dependía de la suspensión de su incredulidad.

Al menos esa noche debían desterrar la palabra *imposible* de su vocabulario.

Y para predicar con el ejemplo, refirió su propia circunstancia.

5.

Cuatro meses atrás había sufrido una tragedia que trastocó su mundo. *(La fecha en que la revista de Metnal dejó de salir,* pensó el Baba.)

Durante un tiempo pensó en morir y se entregó a los excesos, con la ilusión de precipitar el trámite.

Una noche, en Devil's Fork, Carolina del Sur, mientras revisaba el equipaje que un turista había perdido junto al lago Jocassee, «Metnal» había dado con un cómic en español.

—¿Algo como eso? —intervino «Moran», señalando el ejemplar de *Doctor Incógnito* que había dejado encima de una consola.

—Precisamente.

El cómic lo tenía como protagonista. Narraba los últimos tramos de su vida, tal como había sido antes de que la tragedia la descarrilase.

Metnal creyó que se trataba de una broma elaborada. Pero entendió que se trataba de un misterio cuando encontró información sobre el cómic, y por añadidura sobre el Autor, en los recovecos de internet.

Por eso sabía de antemano de la existencia de Tariq, Blake y Moran, a quienes había reconocido durante el entierro.

Ya los había visto antes… *dibujados.*

Blake pidió precisiones: ¿estaba sugiriendo que existían narraciones similares a la de Tariq, pero con Moran y él mismo por protagonistas?

El Baba se apresuró a confirmarlo. ¡Ese era el modo en que había aprendido lo que sabía sobre ellos!

Las revistas le habían proporcionado los pormenores de sus vidas, algunos de los cuales (el nombre real de Blake y la historia de su madre, las características del arma de Moran) había glosado minutos atrás, a la intemperie.

Metnal retomó su narración.

6.

En México había conseguido otros ejemplares de *Metnal el vampiro.* La narrativa nunca dejaba de describir episodios de su vida. Decidió viajar a Argentina en busca del Autor. Quería saber cómo era posible que un desconocido, que además vivía tan lejos, estuviese al corriente de su historia casi a la vez que ocurrían los hechos reales.

El periplo había sido lento y complicado. Por tierra a lomos de su Harley, con tramos cubiertos en barco. Al atravesar el mar Caribe había soportado el peor tifón de su vida. Pero nunca había vacilado en su intención de completar la travesía.

Necesitaba entender por qué habían dejado de «escribirlo», justo cuando la tragedia asomó la cabeza. La escritura podía ser consecuencia de algo más insidioso que el espionaje: ¿y si era más bien un medio de control, a la manera del vudú?

No sabía si el Autor se había limitado a contemplarlo, o si le había dictado sus actos cuadro tras cuadro.

¿Acaso no había sucumbido a la angustia cuando el Autor dejó de escribirlo y, por ende, de señalarle el camino?

En el fondo de su alma rogaba que así fuese. No solo porque la negativa a seguir escribiéndolo habría explicado su *lost weekend*, el tiempo perdido tratando de ahogar el dolor por la vía de los excesos.

Había otra razón por la cual deseaba que el Autor poseyese control sobre su vida.

Quería convencerlo de que reescribiese su destino.

O, de resultar imprescindible, obligarlo a que lo hiciese.

7.

Tariq fue escueto, como si temiese que cada palabra aumentase su indefensión en aquel mundo que ni siquiera su padre se habría explicado. Pero cuando llegó a la escena del encuentro en la caverna, repitió las palabras de Merlyn con precisión.

Esa evocación puso en ascuas a Flint Moran.

—Son las mismas palabras del mensaje que recibí, convocándome a este tiempo y lugar —dijo. Y giró la cabeza hacia los controles de la nave.

Una grabación comenzó a sonar.

—*Estás a punto de embarcarte en la mayor aventura de tu vida* —dijo una voz cascada, creando ecos en el espacio cerrado—. *Cree en todo lo que veas, por fantástico que parezca.*

—Merlyn. Es él, no tengo duda —dijo Tariq. Parecía aliviado: ¡al fin algo que encontraba familiar!

Concluyó el relato hablando de la extraña música y de la sensación de volar sobre las aguas.

—Me habéis impresionado como gente honorable —dijo—. Y es evidente que os movéis a vuestras anchas en este mundo, o que al menos lo encontráis familiar, cuando es puro misterio para mí. ¿Estará entre vuestros poderes, por ventura, aquel que me ayude a despertar?

Su voz había adquirido la vibración de la angustia.

El Baba vio en sus ojos el brillo que anticipa las lágrimas. Si en efecto era un actor, se trataba de uno de exquisita persuasión.

Tariq cerró su apelación de esta manera:

—¡Mientras yo sigo aquí, en esta cárcel de ensueño, mi señor galopa hacia el abismo!

8.

—Me llamo Saigon Blake —dijo el pirata—. Hoy es el día 2, o en su defecto, 3 de junio de 1860. Y estoy tumbado sobre una esterilla, en un sótano de piedra, a metros del puerto de Hong Kong. ¡En mitad de la alucinación más portentosa de mi vida!

Añadió que referiría las circunstancias que lo condujeron al fumadero, siempre y cuando se le permitiese ser discreto en materias privadas.

Blake se definió como un hombre de negocios, dedicado al comercio en la China. Su empresa, sostuvo, había prosperado al ritmo de la difusión internacional del opio. (La misma sustancia que le estaba induciendo la alucinación: una ironía, tal vez derivada de la culpa, que no se le escapaba.)

La India y la China dedicaban extensiones cada vez más vastas al cultivo de amapolas, una planta de cuatro pétalos que tardaba cuatro meses en crecer y cuya flor vivía, en el caso más extremo, solo cuatro días. Al caer los pétalos la amapola revelaba la vaina que tenía por corazón. El jugo de esa vaina, cocido hasta adquirir la consistencia de la cera, constituía la mercancía que el mundo entero, ávido de evasión, demandaba desde sus capitales con voz perentoria.

El pirata atribuyó su caída a lo que en principio pareció bendición: el toque de Midas que hasta entonces había coronado sus empresas.

La multiplicación de riquezas había alentado la ambición de su socio, Mateo Cembrero. Lo cierto era que Cembrero lo había traicionado; y que el dolor que le había producido esa decepción, más agudo que el de las pérdidas materiales, lo había impulsado a intoxicarse aquella noche en Hong Kong.

(En ese punto el Baba volvió a sentir el cosquilleo de la excitación. El último episodio de *Saigon Blake* había concluido con el pirata escapando del cerco inglés. ¡Pero nunca imaginó que Cembrero fuese a revelarse como un Judas!)

Blake dijo entonces lo siguiente.

Aunque sus interlocutores no fuesen reales (para Blake, el Baba y compañía tenían la entidad de un fantasma), no le molestaba hablar con ellos del sueño que todos habitaban. ¿Y por qué? Porque sabía de dónde había obtenido la ocurrencia de narrar un sueño dentro del sueño mismo: era parte de una leyenda africana que le había contado un amigo, Richard Francis Burton.

Y mientras así decía no dejaba de mirar en derredor, fascinado por la tecnología que creía estar imaginando.

Está convencido de que su mente inventa historias para sobrevivir, pensó el Baba.

Como la Scheherazade de *Las mil y una noches*.

9.

Así habló Flint Moran, llegado su turno:

—En las últimas horas, he perdido mi casa y mi planeta.

—¿T-T-*Tecum*-seh? —dijo el Baba. Eso sí que era tremendo. Hasta donde sabía, Moran había abandonado el planeta al final de su última aventura.

—La Iglesia Universal lo atacó con su flota, con la excusa de que Pte San realizaba experimentos heréticos. Ahora Tecumseh es una más de sus colonias.

—Me está jo-*dien*-do... Y, uh, ¿Pte San...?

Flint Moran abrió la boca pero no dijo nada.

Cuando volvió a hablar, su voz parecía pertenecerle a otro.

—Quiero creer que todo lo que sabes viene de una fuente ajena a la Iglesia —le dijo al Baba—. Porque si no fuera así...

—¡Todo lo que sé lo aprendí en revistas como esa! —dijo el Baba, señalando el ejemplar que Milo había recuperado y desplegaba sobre sus piernas—. Las historias de Flint Moran forman parte de una revista llamada *Adam de la Jungla*. ¡Si quiere que vaya a comprar una...!

—Nadie saldrá hasta que hayamos entendido qué ocurre —terció Metnal.

Entonces Moran contó su historia, para beneficio de aquellos que no lo conocían... ni habían leído *Adam de la Jungla*.

10.

Moran se consideraba un espíritu libre.

Durante años había vagado por los planetas (producto de la ingeniería humana, en su mayoría) que habían acogido a la especie después de la Diáspora.

—Perdón por mi ignorancia, pero... ¿Diáspora? —preguntó Blake.

—El éxodo que el género humano se vio forzado a emprender, cuando la Tierra se tornó inhabitable.

La expresión de los Disfrazados movió al Baba a intervenir.

—Moran habla de algo que el cómic ubica en el siglo XXII, así que tranquilos. Se da como consecuencia de una sumatoria de factores: catástrofe ecológica, superpoblación, caos político... ¡Los ejércitos más poderosos del mundo, lanzados a reprimir pobres y enfermos contagiosos! En la ficción del Autor... a quien estas plagas le parecían pocas, como se ve... también estalla una peste con epicentro en Japón, que convierte a la gente en una versión *sui generis* del *zombie*.

Dicho lo cual, Moran retomó su relato.

Desde adolescente se había comportado como un saltamontes. Con la galaxia a su disposición, la humanidad se había vuelto más diversa de lo que había sido en la Tierra.

En Qumram, la cultura islámica había hecho del planeta una nueva Alhambra: un prodigio de fuentes y aguas en circulación, donde nadie era más respetado que los científicos.

Gracias a las fortunas amasadas en los casinos, los descendientes de las razas originales de Estados Unidos habían financiado asteroides que recrearon sus tradiciones. Entre ellos estaba Tecumseh, hogar de los lakota.

Moran (que tenía sangre cherokee por parte de madre) había dedicado los primeros años de su independencia a viajar. Buscaba el asombro que produce una cultura nueva: en el universo que le había tocado en suerte, uno no soñaba con conocer mundo, sino *mundos*.

Aquellas civilizaciones observaban un precario equilibrio entre la ciencia que les había permitido volar y construir planetas (un objetivo monumental, pero no más de lo que habían sido las pirámides en su momento) y la realidad de los ecosistemas que habían desarrollado para sobrevivir.

Los animales clonados o diseñados en laboratorio dictaban sus patrones de conducta. En Tecumseh, los bisontes se habían reproducido a una velocidad inesperada y se habían convertido en una plaga.

La flora ponía a prueba sus propios experimentos. Los árboles de Bloomfontein, que medían un promedio de ciento cincuenta metros, eran una visión que quitaba el aliento.

Una vez garantizadas las condiciones de su existencia, la vida había explotado en busca de nuevos cauces.

Durante su derrotero por aquellos mundos artificiales, Moran probó suerte como cazador y curtidor de los cueros más exóticos. Taló juncos de color rojo y sembró arroz en lo que hasta entonces había sido un desierto.

Y en cada puerto, la creciente influencia de la Iglesia Universal había alimentado su desconfianza.

11.

Al principio la había desdeñado como lo que era: un culto esotérico que vendía orden y sentido en el universo post-Diáspora. La angustia que producía creerse a la deriva en medio de la nada le granjeaba clientes aquí y allá.

A medida que visitaba mundos, Moran reparó en la repetición de ciertos fenómenos.

Los acólitos de la Iglesia Universal contaban con capital para comprar tierras, fundar empresas, abrir medios de comunicación. Así se convertían en árbitros de usos y costumbres, criticando todo lo que se apartase de las prácticas que recomendaban, tan arcaicas como la Tierra misma. Esto había molestado a Moran, por su tendencia a negar la diversidad que tanto apreciaba. ¿Por qué razón las bereberes de Siwa, que habitaban un planeta desértico, de baja densidad demográfica y con seis hombres por cada mujer, debían aceptar el mismo orden social que Quarry, el Planeta Ciudad?

El comercio entre mundos todavía era incipiente. Se habían autoabastecido para sobrevivir; los productos que llegaban de otras partes satisfacían el gusto por la novedad. Pero Moran advirtió que existía un producto con el don de la ubicuidad. Había empezado a encontrarlo en cada planeta donde hacía pie: se trataba de una droga química llamada *swamp*, o *sW*.

Aunque nada tenía en contra de los alucinógenos (cosa que subrayó con una mirada dirigida a Blake), este en particular estaba siendo utilizado de una forma que le repugnaba.

En cuanto las píldoras comenzaban a circular, llegaba la Iglesia Universal, con la excusa de instalar su operación proselitista. Dado que acreditaba experiencia en la lucha contra el *swamp* y ofrecía tratamiento a sus víctimas, las sociedades le abrían los brazos. Y las adicciones bajaban de inmediato.

Pero al poco tiempo ocurría un rebrote. Los representantes de la Iglesia manifestaban verse superados y proponían el combate contra el tráfico. Como los gobiernos ya habían comprobado que sus fuerzas de seguridad no podían con el flagelo, concedían autorización a la Iglesia para ingresar sus soldados.

La visión de esos uniformes con una estrella en pecho y espalda producía escozor en Moran.

(*¿Una estrella por insignia?*, preguntó Tariq. Pero Moran no se hizo eco, prosiguiendo con el relato como si no lo hubiese oído.)

Habían instalado bases por todas partes, abocadas a lo que llamaban «maniobras de entrenamiento en suelo hostil».

No tardaron en difundirse historias sobre repentinos cambios de gobierno, apoyados por empresarios locales, medios de comunicación... y, por supuesto, la Iglesia.

A esas alturas Moran ya había empezado a involucrarse.

12.

Al principio había hecho cosas menores. Ayudar a familias de Minos a construir canales. (Un acólito de la Iglesia había construido un dique con la intención de acaparar el agua y obligar a vender los terrenos a bajo precio.) O evitar la captura de una mujer de Ashanti llamada Efie, perseguida por defender los derechos de sucesión matrilineal. En Ashanti el matriarcado había sido práctica secular, hasta que la Iglesia modificó las leyes introduciendo el principio masculino.

Pero un año atrás (según su calendario, claro; la referencia sonaba inútil en aquel presente tan confuso) había cruzado una línea.

Cuando la Iglesia utilizó la excusa del *swamp* para atacar Filastin (según dijeron, el villorrio de Acre daba asilo a traficantes), Moran había participado activamente en su defensa.

—Se trataba de un pueblo agricultor que no conocía más flagelo que su propio alcalde. En Acre faltaban las armas y sobraban los niños —dijo Moran.

Durante la defensa murieron soldados de la Iglesia. Desde entonces Moran tenía orden de captura en los mundos sometidos a su dominio.

La idea de no poder viajar libremente por el espacio lo había angustiado más allá de las palabras.

Se había instalado en Tecumseh, porque no estaba bajo control de la Iglesia, porque le habían ofrecido trabajo (la caza del bisonte se pagaba bien, hasta que la proliferación de las bestias llegase a niveles tolerables) y porque las píldoras del *sW* brillaban por su ausencia. En Tecumseh la gente se embriagaba a la vieja usanza: con tabacos y alcohol, como el *phéta* que acababa de servirles.

Fue allí donde conoció a Pte San Win.

Ella lo contrató para probar el prototipo de una nave.

Cuando le aclaró que tenía vedado el acceso a muchas rutas, Pte San le dijo (de modo un tanto misterioso, por cierto) que su nave viajaría a regiones donde nadie había oído hablar de la Iglesia Universal.

Pronto supo que Pte San recibía presiones, a cuenta de las «direcciones heréticas» de su práctica científica.

Pero nada los había preparado para el asalto frontal que recibirían.

Ni para su violencia: los escuadrones de la Iglesia acabaron con la resistencia y conquistaron Tecumseh, haciendo flamear sus insignias de modo descarado.

Moran se había salvado gracias a un momentáneo malestar de Eontamer.

(Siempre habla de la nave como si estuviese viva, pensó el Baba. Era uno de los rasgos más simpáticos del cómic, del que debía acostumbrarse a hablar en pasado: ¡ya no habría más historias salidas del plumín del Autor!)

Eontamer seguía varada en el espacio cuando fue descubierta por la flota enemiga, que regresaba de perpetrar su acto más infame.

La habían atacado con saña. Entendió que tenían órdenes de destruirla.

Con Eontamer parcialmente inoperante, no halló forma de evitar el abordaje: sus enemigos lanzaron un *tosk* que perforó el fuselaje en cuestión de segundos.

(Al oír esa palabra, la nave sufrió un escalofrío que todos sintieron. Aun así, Moran no explicó qué era un *tosk* y el Baba tampoco lo intentó. Las marcas sobre la puerta de hierro inspiraban un horror que le costaba verbalizar. Una cosa era permitir que un dibujo le produjese escalofríos, y otra muy distinta considerar que una criatura así pudiese existir, aunque fuese en otro mundo.)

Varado en el espacio, a Moran no le había quedado otra puerta de fuga que la del tiempo.

Cuando echó mano de aquella tecnología que Pte San todavía no había calibrado del todo, la voz de la grabación se había apoderado de la nave.

El programa de emergencia lo había lanzado hacia el tiempo y lugar que ahora habitaba. Ni siquiera estaba seguro de que Eontamer estuviese en condiciones de funcionar otra vez.

Temía haberse convertido en un náufrago del tiempo.

Capítulo siete

Milo / El Baba (III)

Urdiendo el escape — ¿La última obra del Autor? — ¿Héroes o terroristas? — El cómic entrega una pista — To be or not to be — El vigilador da la alarma

1.

Milo oyó las historias a medias.

Que el Baba engañase a los adultos, fingiéndose interesado, era oportuno. Lo liberaba para procurarse medios de ataque (a solas habría confiado en sus puños, pero con el Baba...) y encontrar un modo de fugarse de ahí.

Sus ojos dieron con un objeto entre la basura desparramada por el suelo. Un trozo de metal que, seguramente, pertenecía a algún panel. Su filo refulgía bajo las luces.

Por eso había concebido la estratagema de la revista. La rescató de la consola donde Moran la había dejado y pretendió aplicarse a la lectura. Su intención era disimular el diente de metal entre las páginas del cómic.

Ya se había apoderado del arma cuando oyó a Metnal hablar así:

—Todos hubiésemos valorado un encuentro con el Autor. ¡Teníamos, tenemos miles de preguntas que demandan respuesta! ¿Cómo sabía lo que nos estaba pasando, qué clase de... satélite, cámara o visor utilizaba para seguirnos a pesar de la diversidad de nuestras circunstancias? Y lo más importante: ¿se limitaba su poder a la observación? ¿O acaso ejercía, además, algún tipo de control sobre nuestras vidas?

—¡Yo soy el único amo de mi destino! —protestó Blake.

Metnal sacudió la cabeza. Era de aquellos que saben que la vida domina al hombre con sus marejadas. La rebelión de Blake debía resultarle una ingenuidad, o cuando menos una pérdida de tiempo.

Hizo algo que sugería capitulación. Se aproximó a Blake y le tendió una mano. ¿En signo de respeto, o más bien de despedida?

Blake se la estrechó. Y Metnal comenzó a apretar.

—Tus manos duelen —dijo Metnal. Hablaba con el tono neutro de un hipnotizador—. No dolían antes. Pero cuando golpeaste a esos verdugos en el cementerio... te vi hacerlo, yo estaba ahí entonces... tus huesos empezaron a quejarse. Necesito saberlo, Saigon Blake: en cualquiera de tus sueños, o de tus viajes al país del opio, ¿sentiste dolores como el que ahora sientes?

Blake calló, pero sus dientes rechinaban.

—Cuatro meses atrás, cuando el Autor dejó de... *escribirme*, mi vida se transformó en un infierno —dijo Metnal sin soltarlo—. Todo cambió. *Todo*. Hasta los perfumes y los colores. Entonces descubrí dolores... físicos, sí, pero también de los otros... que ni siquiera imaginaba que existían. ¡Tal como ahora te está ocurriendo a ti! Así que no te engañes, Saigon Blake. Puede que nosotros sigamos siendo quienes éramos. Pero nuestra realidad ya no es la misma. Y si no nos adaptamos a ella...

Soltó su mano antes de completar la frase.

Blake retiró el brazo como quien recoge un látigo.

2.

Moran verbalizó la pregunta que todos se formulaban. ¿Habían coincidido allí, en aquella hora y en ese mundo, por pura casualidad?

El único que se animó a responder fue Metnal.

—¿Gente que proviene de tiempos y lugares diversos, cruzándose en un único sitio y en el mismo minuto? ¿Los mensajes registrados por una voz idéntica, llamando a Tariq y a Moran a la aventura de sus vidas? ¿Las tragedias que nos arrancaron a Blake y a mí del cauce de nuestra existencia? Yo creo que el Autor nos convocó por alguna razón —dijo Metnal—. Su cálculo fue perfecto... a excepción de un detalle.

—Su muerte prematura —dijo el Baba.

Blake preguntó quién querría asesinar a un artista.

—Este país es raro —continuó el Baba—. Siempre funcionó como banco de pruebas del poder mundial. Por ejemplo, durante años fuimos gobernados por militares. Al final cayeron en el descrédito, se volvieron indefendibles. Entonces los poderosos buscaron otro modo de llegar al gobierno. Intentaron mil veces, hasta que se les dio. Por eso tenemos hoy un gobierno conservador y represivo.

—¿Conservador?

—¡Enemigo de los pobres! Nos gobierna una aristocracia que, aunque suene delirante, llegó al poder por el voto popular. La fuerza del dinero: tanto marketing, manejo de los medios, propaganda... Lo cierto es que convencieron a la mitad más uno de que el lobo era buen guardián de las ovejas. Mis padres entre ellos, mal que me pese. ¡Y eso que son gente educada!

Milo creyó llegada su oportunidad. Le hizo señas al Baba para que siguiese hablando.

—Desde que el presidente actual ganó las elecciones —dijo el Baba, aceptando el juego—, favoreció a sus amigos y produjo pobres a destajo. Para controlar las protestas, creó una policía plenipotenciada: triplicó su presupuesto, duplicó el número de efectivos y sacó decretos que los eximen de responsabilidad en la represión. Ahora hay Escuadrones de la Muerte, acá. ¡Como antes en Brasil!

—Escuadrones de la Muerte —insistió el Baba, percibiendo el desconcierto—. Bandas que asesinan a chicos pobres. Los acusan de actividades criminales que ni se molestan en probar. Una forma drástica de inspirar miedo, a la vez que practican el control demográfico. La OFAC viene a ser la *elite* de esos grupos de choque, creada con la excusa de lidiar con el terrorismo. O Efe A Ce. Oficina Federal de Asuntos Comunitarios. Los tipos que quedaron allá atrás, duros como estatuas.

Su discurso resultó truncado apenas Milo pasó a la acción.

3.

Eligió a Tariq para practicar su apertura. Era justo que sintiese un filo en su garganta. Pagaría la angustia que le había provocado, al emboscarlo en el cementerio.

El guerrero no se resistió. Comprendía lo que el metal dentado podía hacer a su cuello. Milo lo despojó de la espada con su mano libre. Era más pesada de lo que había imaginado.

Le dijo al Baba que se apoderase de las otras armas.

Pero su amigo no se movió.

—¿Qué te pasa, sos sordo?

El Baba frunció la jeta. Expresaba su desacuerdo con la jugada. Pero como Milo no se hizo cargo, terminó obedeciendo para no ser traidor.

Milo quería estrangularlo. ¡Se estaba arriesgando por él, y el muy infeliz hacía caras como quien pide disculpas!

El Baba se guardó el condensador molecular. Ignoraba su funcionamiento, mejor no convertir a nadie en piedra... ni petrificarse él mismo por accidente.

Después se abocó a las armas convencionales. El rifle de Moran también le producía desconfianza. El Autor lo había dibujado a partir de las líneas de un Colt clásico, como los que Buffalo Bill había usado antes del Winchester; pero esta versión disparaba dardos narcóticos. ¡Quién sabe qué efecto producirían sus pinchazos sobre hombres comunes y corrientes! En caso de verse obligado a disparar, prefería la simpleza del Remington de Blake.

Acto seguido, se enfrentó a Metnal. Su expresión no dejaba lugar a dudas, la circunstancia en que Milo los había puesto le disgustaba. Por eso el Baba conservó su distancia, al tiempo que preguntaba:

—Y usted, ¿tiene armas o...?

—Ni las tengo ni las necesito —dijo Metnal—. ¡Pensaba que también ustedes querían entender qué está pasando!

—Yo le voy a decir lo que entiendo —dijo Milo.

Y empujó a Tariq hacia delante con un pie.

4.

—Sus historias suenan bien. Lindas —dijo Milo—. Pero lo que yo oigo es otra música. ¿Qué se creen, que porque soy chico tengo que ser tonto? ¿Quiénes los perseguían a ustedes, allá atrás? Los hijos de puta de la OFAC. Yo pienso: *Estos tipos están disfrazados, usan sobrenombres o alias ridículos*. Y me pregunto: ¿a quiénes suelen perseguir los de la OFAC? A pibes como yo, claro, pero últimamente y cada vez más a otro tipo de gente. ¿Y quién es esa gente, tan dada a tomar personalidades ajenas, pasar a la clandestinidad y usar nombres de guerra? Sí, señor: ¡los terroristas!

El Baba lo oía con tanta atención que relajó su vigilancia, ganándose un reto:

—Ojo, gordo: dejá de papar moscas, ¿querés?

El Baba volvió a levantar el Remington.

—Que quede claro, yo no tengo nada contra ustedes —prosiguió Milo—. ¡Los enemigos de la OFAC son amigos por definición! Pero su lucha no es la mía. Ya tengo suficiente con mis problemas. Y no me gusta que me metan en quilombos. ¡Nos podrían haber matado, allá afuera!

—El Autor sabía lo que hacía —dijo el Baba, que había vuelto a distraerse para recuperar su revista.

—¿De qué hablás?

El Baba le mostró la página final de la aventura de Tariq.

—El último cuadro, fijate. Yo ya lo había leído, pero claro: ¡entonces no sabía a qué se refería!

Milo no quería apartar la vista de los adultos. Eran gente peligrosa, no necesitaban más que un segundo para dar vuelta la partida. Pero el Baba insistía.

Al pie de la página había un anuncio: *No se pierdan el próximo episodio. Por primera vez, Tariq el Moro, Saigon Blake y Flint Moran entrecruzan caminos... ¡La Aventura de la Cofradía Trotamundos!*

—Yo sé que es difícil de creer —dijo el Baba, pasándoles el cómic a los adultos—. Pero en este delirio que estamos viviendo, hay solo una explicación que me cierra.

—Hasta ahorita estabas convencido de que éramos actores —dijo Metnal, resistiéndose a la noción que el cómic acababa de insinuarle—. ¡Y tu amigo cree que somos terroristas!

El Baba asintió de manera frenética.

—¡Prefería pensar que eran actores! —concedió—. O fanáticos psicotizados. O terroristas, incluso. ¡Si hasta me dije: *Querido mío, te estás volviendo loco!* Todo eso sonaba mejor y más plausible que, que... la verdad.

—¿A qué te refieres? —dijo Moran, más confundido que Milo.

—A la posibilidad de que ustedes no sean personas, sino personajes de ficción. Quiero decir —agregó el Baba tragando saliva—, que simplemente no existan.

5.

Esto es lo que ocurrió mientras Milo, el Baba y los miembros de la Cofradía Trotamundos trataban de entender su circunstancia.

Uno de los vigilantes del cementerio descubrió las «estatuas» que interpretaban, aun a su pesar, los matones de la OFAC.

Al principio creyó que se trataba de adornos mortuorios, por cierto flamantes, dado que no habían estado allí la noche anterior.

El detalle de los ojitos que se movían le pareció detestable.

Pero la disposición de los monumentos llamó su atención. No formaban parte de tumba ninguna, más bien parecían estar corriendo entre ellas. Se preguntó si las autoridades del cementerio querrían convertirlo en parque temático. Ahora que el Gobierno lo malvendía todo... Allá ellos, mientras no dejasen de pagarle la indemnización.

Cuando se topó con el auto abandonado, asumió que correspondía echarse a temblar. La ausencia de matrículas sugirió la identidad de sus dueños. Revisó la cabina con su linterna: vacía por completo.

A pesar de que su superior odiaba las llamadas nocturnas, decidió dar la alarma.

6.

Poco después de las diez, seis vehículos de la OFAC atravesaron uno de los portones del cementerio.

Llegar donde las «estatuas», vincularlas al auto abandonado y decidir un curso de acción les insumió cuarenta minutos. Todos los razonamientos se estrellaban contra el absurdo del descubrimiento.

Desconcertados, los sicarios de la OFAC optaron por el procedimiento más obvio: pedir refuerzos (muchos, creyendo que el peso de los números ahogaría el miedo que los atenazaba) para peinar el cementerio de un extremo al otro, en persecución de la amenaza terrorista a la que, como de costumbre, culpaban de todo.

Diez minutos después comenzaron a aparecer. Autos sin matrícula, patrulleros y dos camiones antidisturbios.

Faltando minutos para las doce, el pequeño ejército inició su avance por la necrópolis. Llevaban linternas, Itakas, pistolas, el pelo erizado en la nuca y la determinación de disparar a lo primero que se moviese.

Lo primero que se movió fue Milo.

Capítulo ocho

Saigon Blake (II)

Consideraciones metafísicas — Jack Feeney y John Ford — El episodio del futuro — Tariq bebe de más — La sed del vampiro — Una visita inesperada

1.

La idea golpeó a Blake.

Podía aceptar que estaba viviendo algo que no era alucinación, sino un fenómeno para el que debía haber explicación científica.

¿O no existían acaso coordenadas donde los barcos desaparecían? ¿No era la península de Kamchatka un paisaje más extraño que el centro de la Tierra? ¿No había visto cosas igualmente inexplicables —el liliputiense Tom Thumb, los siameses Chang y Eng— en las exhibiciones de P. T. Barnum?

Pero que le dijesen que nunca había estado vivo lo sublevaba. Y sus compañeros sentían la misma indignación. Ni Tariq ni Metnal ni Moran podían considerar la idea de no ser reales. ¡Era el absurdo más grande que habían oído!

¿Acaso no estaban pensando, desplegando los atributos de la consciencia de sí? ¿No contaban para nada los sentimientos que habían experimentado desde que pisaron el cementerio: la angustia, el desconcierto?

Y la prueba definitiva de que la suya no era una existencia imaginaria: allí estaban sus cuerpos, ¡carne sólida, sudor, sangre palpitante!

Pero la experiencia de las últimas horas (Blake quería ser honesto consigo mismo, no podía menos que intentarlo) demandaba el beneficio de la duda.

Se había visto involucrado en infinidad de peleas durante su vida. Sin embargo, no recordaba haber sentido dolor semejante al que inflamaba sus manos.

En las narraciones que lo habían enamorado de pequeño (esas historias que lo impulsaron a convertirse en aventurero: Homero, la saga artúrica de cuyas páginas había brotado Tariq, las novelas de Dumas...), los héroes distribuían puñetazos a diestra y siniestra sin quejarse.

Tal como le había ocurrido a él... *hasta entonces.*

¿Dolían así las manos cuando uno golpeaba en aquel mundo, que el muchacho había proclamado como el único real?

2.

—Supongamos por un momento que dices la verdad.

Blake necesitaba salir del marasmo. Por eso abordó al muchacho entrado en carnes, aquel que parecía saberlo todo y producía ideas inquietantes.

—Demos por cierto, con propósitos especulativos, que estos caballeros y yo somos, ahm... *personajes*, mas no personas. Y que hemos venido a dar a este lugar, en este momento, no a causa de un hechizo, un sueño de opio y un navío... uh, *estelar*, sino por la voluntad de un artista. ¡Por más disparatado que esto suene!

—Al contrario —dijo el chico robusto. (Todavía ignoraban su nombre)—. ¡Es la única explicación que cuadra! Piensen un poco. ¿Cómo es posible que un tipo como yo... que no viajó mucho, ni forma parte de sus mundos... sepa las cosas que sabe sobre ustedes? ¡Incluso aquellas que creen secretas!

El chico se detuvo, nervioso, escrutando sus rostros. Debía de haber encontrado allí la misma incredulidad de antes, porque se dirigió a Metnal y le dijo así:

—Usted que es contemporáneo nuestro, ¡tiene que haber visto *Blade Runner!* ¿No? Déjeme probárselo, entonces. Sea bueno, ¡cuénteme algún recuerdo!

Metnal tuvo que vencer su propia desconfianza antes de decir:

—Nací en Tikal, Guatemala, el 2 de noviembre de 1902. Emigré a México y después a Estados Unidos, en busca del padre a quien nunca había conocido. No estaba seguro de lo que haría al encontrarlo, si abrazarlo o... Mientras tanto, necesitaba sobrevivir, claro. En Los Ángeles me empleé como mensajero en los estudios Universal. Un día me tocó en suerte llevar una pieza a un tal Jack Feeney, que también trabajaba para...

—¿La anécdota de John Ford? Feeney se cambió el nombre por John Ford antes de empezar a filmar, ¿no es cierto? Yo no vi sus películas... creo que *The Searchers* por televisión, en un canal de clásicos... pero me acuerdo porque figura en un episodio de *Metnal*. ¡Uno de los primeros! La historia de su iniciación como vampiro. ¿No lo atacó uno de ellos en un cine, mientras miraba una película de su amigo?

Metnal se había quedado de una pieza.

—¿Algún otro recuerdo? —preguntó el muchacho—. ¿Usted, Tariq? ¿Blake?

Pero no encontró eco.

Las remembranzas se agolparon en la mente de Blake. Se acordaba de su madre, que olía a *tong-king*: almizcle. De la noche en que se había fugado de su casa, con siete años, para colarse en el *S. S. Tarleton*. Del sonido de Qi Ling al desplazarse, seda sobre seda...

Pero sentía miedo de conjurarlas en voz alta.

¿Qué sería de él, qué corrosión devoraría lo que creía su alma, si el muchacho demostraba que nunca habían existido?

3.

Por enésima vez en esa noche, cerró los ojos y deseó despertar.

Pero cuando volvió a abrirlos seguía allí. En el comando de la nave más excepcional que hubiese pisado.

4.

—Hay cosas que igual no se explican —dijo el enterrador, que se negaba a rendirse: todavía esgrimía la espada de Tariq—. Por ejemplo, el idioma. Tariq habla un español antiguo, *okey*, y Blake aprendió de su socio. ¿Pero Moran? ¡No me vas a decir que en el espacio hablan como nosotros!

El chico robusto echó un vistazo a Moran, como quien pide permiso. Y después extendió un brazo, tocándolo en la base del cuello. Todo lo que había allí era una pequeña cicatriz, recubriendo una protuberancia.

—En el futuro de *Flint Moran*... me refiero al cómic, ¿eh?... estos implantes son comunes. Una especie de *chip*, que le permite al cerebro registrar un idioma desconocido y decodificarlo. ¡Y entonces te deja hablarlo, como si nada!

Blake no entendió. ¿A qué clase de *chip* se refería? Pero vio que el enterrador tocaba también el cuello de Moran. Sus dedos bruscos le arrancaron al cazador una expresión de displacer.

Resultó obvio que aceptaba la evidencia, porque acto seguido bajó la espada.

Blake propuso entonces una moción de orden.

Si en verdad eran personajes que habían coincidido en la tumba de su Autor, cabía pensar que habían sido convocados por una razón. ¡Eso era lo que sugería el volumen de ilustraciones!

Por primera vez, Tariq el Moro, Saigon Blake y Flint Moran entrecruzan caminos. La frase se expresaba en un presente ya consumado. Lo que les esperaba, una promesa demasiado vaga para su gusto, estaba cifrado en la frase final: *¡La aventura de la Cofradía Trotamundos!*

Preguntó si existía un volumen que describiese la peripecia que los aguardaba.

—Ese fue el último episodio —dijo el chico morrudo—. Salió a la venta hace dos días. Y ahora, con el Autor muerto...

—Hecho que nos releva de toda responsabilidad —dijo Moran—. ¡Nadie puede emprender una misión si no sabe en qué consiste, ni cuál es su objetivo!

Estaba tan ansioso por volver a su mundo como Blake de reencontrarse con Qi Ling. Ahora que era un fugitivo de la justicia británica...

Entonces lo asaltó una noción que paralizó su alma.

¿Existía el mundo del que había venido, o se trataba también de un espejismo?

Y su corolario insoslayable: ¿existía Qi Ling?

—Puede que haya un episodio más —dijo el enterrador.

5.

No era de los que hablaban por hablar. Y ya había demostrado su preferencia por la acción. Cuando tomó por rehén a Tariq, que estaba tan cerca de la puerta, quedó claro que sabía lo que hacía.

—Estas cosas tardan en imprimirse —dijo el enterrador—. Si el Autor tenía un calendario de entregas...

El muchacho robusto se le fue encima y le estampó un beso.

—¡Mi amigo es un genio! —dijo—. La semana que viene sale *Lava Man*, con un episodio de Saigon Blake. Ahí tiene que empezar *La aventura de la Cofradía Trotamundos*. ¡Los originales deben de estar en la editorial!

Blake preguntó si existía manera de consultar ese texto.

—...Sssupongo que sí. Alguna forma debe de haber. ¡Nosotros los podemos ayudar! —dijo el gordito, aun cuando la expresión del enterrador transmitía una negativa—. ¡No va a ser tan difícil como detener a Mordred, o vengarse de Cembrero, o... detener a la Iglesia Universal!

Blake dijo que si iban a acompañarlos, correspondía que se presentasen.

—Alejandro Ferla —dijo el gordito. Y les tendió la mano, saludando a uno tras otro. Después ofreció unas píldoras *(Caramelos. Son masticables... ¿No?)*, y mientras se llevaba una a la boca, confesó—: ¡Pero me dicen Baba!

El enterrador no se movió de su lugar.

—Yo soy Milo —dijo.

Y nada más.

6.

El Baba (un apelativo desagradable que, sin embargo, llevaba como un blasón) quería ir a la editorial de inmediato, en busca del episodio inédito que lo explicaría todo.

Pero Milo hizo pesar la cordura.

¿Moverse por la ciudad en compañía de cuatro fantasmas, para llegar a un edificio cerrado que, por ende, no les dejaría más remedio que ingresar ilegalmente? Un curso de acción semejante no haría otra cosa que convocar a la OFAC.

Moran dijo estar en condiciones de abrir cualquier puerta y ofreció los servicios de Eontamer. Pero la nave pareció contradecirlo. Su luz volvió a ser metálica, como al comienzo; y la estructura vibró al tiempo que se oía algo parecido a un bufido... *que solo podía haber salido de un animal gigantesco.*

A Blake se le ocurrió la más inquietante de las ideas: que no estaba dentro de una nave, sino en el vientre de un Leviatán.

Milo dijo que lo único sensato era conseguir ropa nueva (para tres de ellos, al menos: según creía, Metnal podía pasar por asistente de cierto tipo de músico) y presentarse el lunes en la editorial.

Nadie discutió a Milo. En una situación tan desquiciada, su guía cobraba el valor del salvavidas en un naufragio. Pero la postergación los sumió en la melancolía.

Salir corriendo en pos de un Grial de papel los habría ayudado a distraerse. A olvidar las dudas que los enfrentaban a la locura (nadie lo mencionaba, pero Blake sabía que todos se planteaban la posibilidad), o peor aún: a la evidencia que negaba entidad a su ser.

El primero en sucumbir a la presión fue Tariq.

7.

La forma en que apuró otra copa desnudaba su necesidad de atontarse. Perseguía una inconsciencia que (¡nadie lo entendía mejor que Blake!) descendiese sobre su cabeza como una bendición.

Pero el *phéta* no hizo más que atizar su fuego.

—He visto cosas increíbles en mi tiempo —dijo Tariq—. Un niño con alas rudimentarias en la espalda. Nubes que al estallar producían una lluvia de polvo rojo. Aves altas como yo, que corrían en lugar de volar. Pero todo aquello tenía su razón de ser. ¡No existe fenómeno que no pueda ser explicado por la ciencia! Y, sin embargo, no consigo creer lo que habéis sugerido aquí.

Tariq extrajo el puñal de su cintura. El gesto perturbó a Blake, que se le aproximó fingiendo naturalidad.

—Puedo persuadirme, incluso, de estar siendo víctima de un sueño profundísimo —prosiguió el Moro—. Conozco sabios capaces de inducirse un trance, durante el cual viven vidas enteras en su mente. Pero lo que no puedo aceptar es la sugerencia de que... *no existo.* ¿Qué es la existencia, a fin de cuentas? ¿Acaso no es sólida mi carne? ¿No tengo un nombre que me diferencia de la nada? ¿No resuenan mis palabras, no corre sangre por mis venas?

Dicho esto, se propinó un tajo en el antebrazo.

Blake se concentró en Metnal. Su reacción le preocupaba más que la herida del guerrero. El pirata estaba familiarizado con el apetito de los vampiros. De niño había robado el libro de Polidori de la biblioteca paterna. Su protagonista, lord Ruthven, sentía una sed de sangre que se imponía a sus modales aristocráticos. Ya de adulto, en la China, Blake había oído hablar mil veces del *jiang shi* y sus crímenes nocturnos.

Los ojos de Metnal se encendieron con un resplandor malsano. Al comprender que Blake lo observaba, optó por torcer la cabeza y mirar a otra parte.

Pero el Baba, que también había reparado en la actitud de Metnal, cometió el error de creerla indiferente.

—¿Qué clase de vampiro desprecia una oferta tan jugosa?

Metnal no se movió. Había adoptado una posición antinatural, como si se escondiese detrás de su hombro.

—Perdón que insista, pero para mí este tipo es un farsante —dijo el Baba—. ¡No me extrañaría que fuese un espía de, de... ya saben *quiénes!* El Metnal del cómic es un príncipe oscuro, mezcla de Drácula y Holden Caulfield. Sin embargo, este señor...

El discurso del Baba se ahogó en su boca. El motociclista vomitó un chorro de sangre negra sobre su rostro, salpicando a Milo por añadidura.

Olía tan mal que Blake no pudo reprimir una arcada.

—Si vuelves a dudar de mi identidad, te la confirmaré de un modo más categórico —dijo Metnal—. En lo que hace a mis dimensiones... Puedo volver a mi peso original muy rapidito. Todo lo que debo hacer es vomitar más sangre, hasta que...

—No, gracias —dijo Milo.

El Baba vomitó también, aferrándose el vientre con ambas manos. En ese instante sonaron golpes sobre el fuselaje.

Capítulo nueve

Flint Moran

Rodeados — M249 — Eontamer en problemas — Orugas salvadoras — Milo se viste de negro — La vanguardia salta a tierra — Lo que queda de Desmond

1.

—¿Y eso?

Moran los llamó a silencio.

Los golpes se repitieron a lo largo de la nave.

—Hay alguien fuera —dijo Metnal.

—¡Eontamer es invisible! —dijo el Baba.

—Pero no inmaterial —replicó Moran.

Las pantallas de la nave reproducían imágenes del exterior.

Había hombres con linternas en todo el cementerio.

Una de las cámaras dio con la fuente del ruido.

Dos hombres se habían topado con la mole de Eontamer. Mientras uno trataba de verla a la luz de su linterna, el otro golpeaba el fuselaje con su escopeta.

—Cagamos —dijo el Baba. Olía como una gangrena.

Milo dijo:

—¡Es gente de la OFAC!

Se habían apiñado detrás de Moran para ver las pantallas.

—El sistema de defensa convierte a la nave en una superficie refractaria —explicó Moran—. Reproduce imágenes de su entorno,

111

anulando la suya propia: una forma de mímesis. Pero la luz no la atraviesa. El hombre de la linterna no puede vernos, pero adivina los contornos de la nave deslizando su luz sobre el metal.

—O sea que puede hacer blanco sobre nosotros —dijo Blake.

—Esas armas no nos dañarán —replicó Metnal.

—Pero estas sí —dijo Milo.

Señalaba el ángulo de una pantalla, donde las luces se recortaban contra una silueta inquietante.

Moran magnificó la imagen.

Era un vehículo blindado. Con una torreta en el techo, armada con cañones giratorios.

—M249 —dijo Milo—. Como las metralletas de la invasión de Irak, pero de última generación. Acá las usaron por primera vez en una villa. ¡Atravesaban las casas de chapa y salían del otro lado!

—¿Qué clase de criatura es? —preguntó Tariq, al tiempo que apretaba la herida para frenar la sangre.

—Una que puede matarnos aunque nos quedemos acá adentro —dijo el Baba.

Parecía haber olvidado la mugre que lo empapaba.

2.

Eontamer no estaba en condiciones de despegar. Ya lo había anticipado con su protesta, pero ahora lo certificaba con números sobre las pantallas. La lectura era desalentadora: no podría efectuar maniobras complejas, como los saltos en el tiempo, hasta que no se le permitiese cicatrizarse. Y aquello demandaba un tiempo insoslayable... a no ser que lo acelerase mediante la transfusión de un *re-gen*.

—¿Qué es un *re-gen*? —preguntó Metnal, que había seguido el autodiagnóstico de la nave.

—¡Un androide! —dijo el Baba.

El muchacho tenía la compulsión de mostrar lo que sabía. Empezaba a irritarlo.

—Pero no cualquier androide —continuó—. Uno con la capacidad de regenerarse a sí mismo, como Desmond. A propósito —dijo el Baba volviéndose hacia Moran—, ¿dónde está Des...?

El estruendo lo conminó a callar.

3.

Las pantallas lo explicaban todo. El hombre de la escopeta había empezado a disparar contra la nave, a tontas y a locas.

—Imbécil —dijo Moran—. En cualquier momento recibirá un rebote de sus propios cartuchos.

Los disparos convocaron a los hombres de la OFAC y a otros que vestían uniformes azules. Confluían sobre la nave en busca de una explicación.

Moran quería oír sus voces. Pero el viaje había malogrado el sistema auditivo de Eontamer: solo registró un ruido a fritura que ahogaba las palabras.

La frustración de Moran encontró eco en la nave. Las luces de la cabina se habían puesto rojas. Y la estructura vibraba, sometida a espasmos. Para Eontamer, las balas que arañaban su piel conjuraban momentos traumáticos.

—¿Carece la nave de medios de defensa? —preguntó Blake—. ¿Cañones...?

—Este no es un barco pirata.

—Prefiero morir luchando a quemarme aquí dentro —dijo Tariq.

Moran confirmó que la tracción estaba intacta. Aún tenían una oportunidad.

Además de volar, Eontamer podía desplazarse en superficie mediante un mecanismo de tracción a oruga. ¡Saldrían de allí rodando!

El único problema era que la nave no desarrollaba gran velocidad sobre tierra.

Aunque dejasen el cementerio, los vehículos de la OFAC les darían alcance.

A no ser que encontrasen manera de detenerlos.

Pero para eso debían salir al exterior.

Y la puerta de la nave se abría en las narices de los hombres de la OFAC.

4.

Milo preguntó si la nave tenía otra salida.

—No —dijo Moran.

—Estamos jodidos —dijo el Baba.

Moran explicó que, al descender a la manera de un tren de aterrizaje, las orugas dejaban un espacio que permitía saltar a tierra. Todo lo que debían hacer era correr hacia la nariz de la nave, en dirección opuesta a las huestes de la OFAC.

—Escapen si quieren —concluyó Moran—. ¡Yo no abandonaré a Eontamer!

—Si creásemos una distracción...

—Yo voy —dijo Milo.

—Ni en pedo —dijo el Baba—. ¡Te van a matar!

—Soy el único que conoce el cementerio.

—¿Y una vez que bajes, qué vas a hacer? ¿Tirar piedras a los blindados? Estamos lidiando con la OFAC. ¡La *Oh-Fuck!* ¿Tengo que recordarte cómo es esa gente?

—Yo puedo hacer algo al respecto —dijo Moran.

Entre las provisiones de la nave había una caja de AC9. Un explosivo plástico, que se cortaba y moldeaba con los dedos y se pegaba al contacto. Detonaba con una señal de radio o ante un brusco cambio de temperatura.

—Parece plastilina —dijo el Baba.

Milo imaginó algo que le arrancó una sonrisa.

—Es todo lo que necesito —dijo.

5.

Milo dibujó para Moran la ruta que lo sacaría del cementerio.

Blake usó el hollín de los paneles quemados para tiznarse la piel y reducir, así, su visibilidad en la noche; no dejaría que Milo se expusiese solo.

Tariq quiso sumarse a la expedición, pero el Baba lo atosigó con amenazas. Trataba de explicarle los peligros que suponía una tecnología superior.

—¿Balas? —preguntó Tariq. Ni siquiera conocía la palabra.

—Son como... a ver... dardos que matan a distancia. Bolitas de plomo ardiente. ¡Llegan mucho más lejos que una flecha!

—Armas dignas de un cobarde.

—¡Bienvenido al mundo moderno!

Tariq decidió bajar de todos modos.

Moran le ofreció a Milo ropas oscuras: una chaqueta, pantalones de cuero, botas y un par de guantes que impedirían que el AC9 explotase al calor de su piel.

Una vez cambiado, Milo dejó que Blake le ennegreciese la cara. Al ver que Metnal también se embadurnaba, preguntó:

—¿Viene con nosotros?

—Pues claro. ¡Es mi mejor oportunidad de procurarme una cena!

Moran no lograba abrir la puerta que el *tosk* había arruinado. Eontamer había perdido fuerza en ese cuadrante.

Lo que la tecnología no pudo, Moran lo obtuvo de una patada.

Eontamer volvió a bufar. El cazador ignoraba si se estaba quejando o expresaba agradecimiento.

Estaban yéndose cuando Milo recordó algo.

Regresó al bollo de su vieja ropa. Hurgó en los bolsillos y sacó un objeto brillante, que entregó a Tariq.

—Lo encontré en el cementerio, después de que se fueron.

Era el trozo faltante del puñal con que se había cortado.

Como encajaba a presión, lo volvió a su lugar con golpes secos.

—Me pregunto si tendrá los mismos poderes que en el cómic —dijo el Baba.

Moran no sabía de qué hablaba, ni le interesaba saberlo.

Tenía preocupaciones más urgentes.

6.

El área de carga estaba devastada. El *tosk* había arremetido contra todo lo que encontró a su paso. Los jirones de hierro daban testimonio de su poder ciego. Moran identificó la brecha por la cual había entrado: una grieta que estaba lejos de cicatrizar… y por la que podía colarse un ejército, si lograba detectarla.

Condujo a sus socios hacia la bodega. Las penumbras probaban que Eontamer había perdido el control de sus vísceras.

Una vez allí, Moran accionó la oruga de modo manual.

Las compuertas se abrieron con un ruido ensordecedor. Motores, chasis y cintas que se desperezaban, luchando contra su tonelaje.

—Pagaría cualquier cosa por ver las jetas de los *Oh-Fuck* —gritó el Baba—. ¡Se están cagando de miedo!

Quien parecía asustado, sin embargo, era el Baba.

Milo pegó la cara a la de su amigo y le espetó:

—Vos te quedás acá. ¡No quiero que tu vieja me cague a palos!

Moran intuyó que el Baba nunca había pensado en ofrecerse. Pero la intervención de Milo lo salvó de un silencio que solo lo habría humillado.

Apenas las orugas descansaron sobre tierra, Moran dio la señal.

Milo fue el primero en saltar.

7.

La ráfaga sorprendió a Moran en el área de carga.

Las balas se filtraron por la grieta, estrellándose contra el techo. Rebotaban en ángulos inesperados. El Baba se tiró al suelo y empezó a reptar en dirección al comando. Pero Moran lo retuvo allí.

Tenía en mente otros planes para él.

Para acelerar la sanación de Eontamer debía iniciar la transfusión, y cuanto antes. Sin embargo, Moran no podía encargarse, al menos no entonces: ¡necesitaba conducir la nave lejos del cementerio!

Todo lo que el Baba tenía que hacer era recoger a Desmond y llevarlo al comando. Una vez allí, Moran ensamblaría el androide al sistema. En el peor de los escenarios, guiaría al Baba paso a paso, para que lo hiciese por las suyas.

Moran se puso de pie y corrió en dirección a la puerta rota.

A pesar del peligro, se sentía exultante. Las discusiones sobre realidad y ficción le habían producido una migraña. Pero la acción disipó aquel dolor. En la situación límite podía prodigarse, se sabía útil en la emergencia. ¡Le probaría al Baba que Flint Moran estaba vivo, de la manera más incontrastable!

El grito del muchacho lo alcanzó al minuto. Entendió que ya había llegado donde Desmond.

Moran lo había dejado sobre su cucheta, apenas cubierto por una manta.

El *tosk* había destrozado al androide. Todo lo que quedaba del *re-gen* era un torso, un brazo, media pierna y un cuello que culminaba en el maxilar inferior.

Y en el medio del pecho, un corazón traslúcido.

Todavía bombeaba de modo espasmódico, una medusa golpeada por las olas en la playa.

Capítulo diez

Milo (II)

Explosiones en la noche — Eppur si muove — *El corcel enemigo* —
Una burbuja en la superficie de la realidad — *Carrera suicida* — *El*
último blindado — *Milo se rompe*

1.

Milo galopó entre las tumbas sin mirar atrás.

Lo seguían tres hombres forjados en batalla que, hasta hacía
poco, no habían tenido para él más espesor que el del papel.

Las balas producían escándalo, pero ninguna silbaba cerca.

Una vez que la nave quedó atrás, hizo un alto para estudiar el
panorama.

Protegido por un monolito, vio al enemigo que descargaba sus
armas contra Eontamer. En la noche del cementerio, los fogonazos
funcionaban como *flashes*.

La nave todavía era invisible, aunque (Milo no pudo menos
que apreciarlo) del modo exacto en que Moran lo había descrito.

Su superficie simulaba la prolongación del entorno. Reflejaba
el cielo estrellado, los árboles, las tumbas, al tiempo que detenía la luz
de los fogonazos y las linternas.

La claridad se curvaba sobre el fuselaje, describiendo sus contornos.

Eontamer tenía forma ovoide. Como una pelota de rugby o un
zepelín.

En plena escaramuza, Milo dedicó un segundo al asombro.

El viejo cementerio (un escenario que, de tan familiar, solía encontrar anodino) se había transformado en otra cosa: un sitio dantesco, arrasado por criaturas escapadas del Séptimo Círculo.

Allí estaban las huestes de la OFAC a un palmo de sus narices, las ráfagas, los gritos, las llamaradas, la nave-espejo que se alzaba entre los árboles como un tótem.

Nunca había visto nada más espectacular. Ni más increíble.

2.

El ataque era insensato y, sin embargo, no cejaba.

La brisa llevó un regalo de humo hasta el monolito. Milo estaba familiarizado con el perfume de la pólvora, pero aquella versión se le antojó más penetrante.

Los hombres de la OFAC se enfrentaban a la circunstancia con lógica primitiva. Tan pronto el rebote de las balas impactó en uno de los suyos, se habían considerado atacados, redoblando su embestida.

El blindado que habían visto en la pantalla ya estaba disparando. Habían llegado tarde. El Baba estaba expuesto a sus balas imparables.

Milo inclinó la cabeza en preparación para la carga, cuando Blake lo detuvo.

Desviaba su vista en otra dirección, apuntando con el cañón de su Remington.

Los blindados eran dos.

El segundo se sumaba ya a la batalla, derribando cruces y lápidas en su avance.

3.

La única carta con que contaban era la sorpresa. Si la usaban bien, ganarían las espaldas del enemigo, concentrado en la nave como foco de su ataque.

Llegar al primer blindado no era imposible. El vehículo había frenado cerca de la línea de fondo: entre Milo y el acorazado de la

OFAC no había más de siete u ocho hombres. Una cantidad razonable, Blake y los suyos lidiarían con ella.

Pero si el segundo blindado alcanzaba la vanguardia del combate... ¡Tendrían que enfrentarse a todos sus adversarios para volarlo!

Milo no esperó a que concluyese su evolución. Ya no había tiempo.

Tariq y Blake le abrieron paso en silencio.

El guerrero hería con su espada y remataba con la daga: golpes limpios, que propinaba con mínimo esfuerzo.

Blake también apuñalaba, con una hoja llena de arabescos. Había entendido que el Remington convocaría al enemigo, con su percusión tan diferente a la de las armas modernas.

Milo olvidó su cometido por un segundo. No podía abstraerse de la imagen de los Héroes en acción. Estaba viendo un cómic que había cobrado vida.

—¿Necesitas llegar allí arriba?

La voz de Metnal lo forzó a reaccionar. Se expresaba a gritos mientras señalaba las alturas del blindado, coronadas por la M249.

Milo asintió.

—¡Camina detrás de mí!

Lo siguió hasta el instante en que Metnal fue fusilado.

4.

Tres explosiones. Recortaron la silueta del vampiro con su luz. El sonido llegó a Milo con retraso, efusiones secas: *pac pac pac*.

Metnal trastabilló en el lugar.

Y después retomó su marcha.

El verdugo que le había disparado a quemarropa (chaqueta de cuero, bigotes: el típico sicario) no atinó a nada. La sorpresa consumió los segundos de que disponía para salvarse. ¡Le había puesto al gordo tres tiros y, aun así, continuaba avanzando!

Metnal desgarró el cuello enemigo, con dedos largos de uñas como navajas.

La cabeza del sicario voló lejos. Su cuerpo se desplomó allí mismo.

Metnal le dijo a Milo algo que no escuchó. Estaba concentrado en la boca del vampiro, que chorreaba un baba negra pero brillante. Cuando el vampiro se le abalanzó, Milo sintió miedo.

Un segundo después estaba en lo alto del blindado.

Metnal lo había lanzado hacia arriba. Como si pesase lo mismo que un gato.

5.

Le costó salir del trance. Pero la visión de que gozaba desde allí (las metralletas escupían muerte sobre el refugio del Baba) no le dejó otra salida que la acción.

Sacó un trozo de AC9 de cada bolsillo. Los pegó sobre los cañones que disparaban a mansalva. El metal de las armas quemaba, a cuenta del uso continuo.

La doble explosión lo alcanzó en el aire, en mitad del salto que había dado para salvarse. Sintió que lo empujaba la mano de un gigante.

Apenas hizo contacto con el suelo, se echó a rodar. Algo blando y tibio amortiguó su caída.

El blindado ardía. Eso era bueno.

Pero el segundo vehículo se detuvo a pasos de la nave fantasma. Todos sus disparos le impactaban de lleno.

¿Qué esperaba Moran para salir de ahí?

No quedaba más remedio que intentar lo imposible.

6.

Tariq y Blake estaban listos para la embestida. El pirata había recogido escopetas enemigas y puesto una en manos del caballero. Le enseñaba rudimentos: la ubicación de ambas manos, el modo de apuntar.

Milo buscó a Metnal. Como no lo vio de inmediato, lo supuso ido.

Pero ahí estaba. Echado a cuatro patas, bebiendo de un cuello por el que había pasado la espada de Tariq.

Blake llamó a Milo a la urgencia de la hora:

—¡Trataremos de abrirte paso!

Un chirrido infernal concitó su atención.

Las orugas de la nave se habían echado a andar.

Los hombres de la OFAC eran presa de la confusión. Comprendían que algo estaba ocurriendo, pero no estaban en condiciones de dilucidarlo.

Si la nave hace ese ruido al andar, podrán seguirla, pensó Milo. Las balas ya no repicaban sobre el fuselaje. Ahora se perdían en el cielo, el blanco de tiro no estaba allí.

Los sicarios comenzaron a moverse. Además de guiarse por el sonido, ubicaban la nave mediante las linternas: era la única porción del cielo que reflejaba su luz.

—¡Ahora o nunca! —dijo Blake, lanzándose a la carrera.

Pero ya era tarde.

El segundo blindado se había puesto en movimiento, acelerando a una velocidad superior a la de sus piernas.

7.

Las hordas de la OFAC se iban. Algunos sicarios corrían detrás de la nave, gritando y disparando. La mayoría, sin embargo, había optado por regresar a sus vehículos. Coches policiales y autos sin matrícula se sumaban a la persecución, desde calles contrapuestas del cementerio.

Milo perdió la iniciativa. Temía que todo hubiese sido en vano, que el Baba estuviese avanzando hacia una muerte segura.

Estaba tan absorto que tardó en oír la bocina.

El auto desde el que llamaban era un Peugeot azul, desprovisto de identificación: parte de la flota de la OFAC.

Pero no lo conducía un sicario, sino un Metnal sobre el que se mezclaban varias sangres. Con gesto imperioso, el vampiro los invitaba a subir.

Apenas Milo se puso a su alcance, Metnal preguntó:

—¿Sabes conducir?

—¡No!

—Mierda... Si alguno de estos idiotas toca mi Harley... ¡Venga, vamos!

Milo abrió la puerta trasera para Blake y Tariq.

Metnal pisó el acelerador. Las cubiertas giraron en falso.

El Peugeot corcoveó y saltó hacia delante, como lanzado por una catapulta.

8.

Metnal le pidió a Milo que señalase un camino alternativo. Adelantarse a la fila de vehículos era insensato, no por la velocidad que habría demandado (con Moran conduciendo a sesenta por hora, no habría sido difícil superarlos), sino por capacidad de fuego. Apenas entendiesen que no formaban parte de los suyos, los sicarios les dispararían. Y si dañaban el motor o los dejaban sin neumáticos, ya no alcanzarían al blindado.

Por fortuna era tarde y el camino estaba despejado. Lo cual no impidió que el vampiro propinase sustos a conductores y peatones. Reía cada vez que sorteaba un obstáculo, rozándolo siempre.

Milo se descubrió sonriendo también. Pero no por las razones de Metnal.

Cada vez que miraba hacia atrás para asegurarse de que el vampiro no hubiese golpeado nada, veía a Tariq y a Blake demudados por el pánico. Echados sobre el asiento hasta casi acostarse. Y más rígidos que un cadáver: los nudillos de las manos que aferraban las escopetas estaban lívidos.

—¿Nunca viajó a esta velocidad? —le preguntó a Blake.

—Solo en caída libre.

Metnal demandó más indicaciones.

Milo había enviado a Moran por Sobremonte. Como no estaba seguro del ancho de la nave (que, por cierto, derribó parte de la entrada al cementerio en su arremetida), había elegido las arterias más espaciosas. Su intención era adelantarse ahora por una vía paralela, hasta que pudiesen interceptar la caravana. Cortaría camino por Acevedo o Manuela García, lo que menos lo preocupaba era respetar el sentido de las calles.

Estaban llegando al cruce con José Ingenieros cuando le preguntó a Metnal si, a su juicio, habrían superado ya la marcha de Eontamer.

—¡Pues claro!

—¡Entonces pare en esa avenida!

Consciente de que, a semejante velocidad, sería difícil detener su marcha, Metnal puso a prueba una maniobra. Dobló para meterse en la avenida, sin pisar el freno: no quería que el auto volcase. Al virar, una de las ruedas traseras pegó contra el cordón del bulevar.

Un disparo explotó a sus espaldas.

Milo se agachó de manera instintiva, creyendo que alguien los perseguía.

Pero los disparos no volvieron a sonar. Intrigado, preguntó a Metnal:

—¿Reventó una goma?

—¡Nos habríamos estrellado!

—¿Qué fue eso, entonces?

Metnal señaló hacia arriba.

El techo del Peugeot ostentaba una nueva vía de ventilación.

—Os pido disculpas —dijo Tariq.

El disparo se le había escapado al sufrir el golpe en la curva.

—Y es así como funciona el gatillo —dijo Blake, completando su educación.

9.

Una vez encauzado por la avenida, Metnal recurrió a los frenos. El auto derrapó, produciendo un escándalo.

Milo bajó y miró hacia atrás. El fenómeno que buscaba estaba a trescientos metros, aproximándose por Ingenieros.

A la cabeza del convoy venía Eontamer. O, para ser más precisos, una nada enorme detrás de la cual, suponía Milo, estaba la nave de Flint Moran.

Ahora que el panorama estaba despejado, podía apreciar el espejismo.

Se veía como si la realidad se hubiese achatado a dos dimensiones (¡al igual que un cómic!) y la nave fuese un globo que combaba su superficie. Parecido a la burbuja que abultaba el techo, en el baño de su casa. Solo que, en este caso, la burbuja se agrandaba a medida que Eontamer seguía andando.

Se oía como un desfile de tanques. El asfalto temblaba a su paso.

Detrás venía algo que sí lograba ver: una docena de vehículos liderados por el blindado, que se apiñaban en su intento de sobrepasar a Eontamer.

Cada vez que el blindado pegaba una acelerada, el globo en la superficie de la realidad le cerraba el paso.

Milo no podía ver a través de Eontamer, pero captaba reflejos de la realidad circundante: los edificios más próximos, los postes de luz, solo que curvados, por culpa de la superficie de la nave.

—¡Ahí vienen! —anunció.

Metnal dijo a Tariq y a Blake que debían bajar. Si se quedaban dentro del auto, no conseguirían otra cosa que lastimarse. En cambio conminó a Milo a sentarse a su lado y ajustarse el cinturón.

—¿Qué va a pasar con ellos? —preguntó el muchacho.

—Esperarán en esa esquina, sin exponerse. ¡Si todo sale bien, dentro de poco estaremos otra vez en la nave!

Metnal aplastó el embrague, puso marcha atrás y giró, metiendo el auto en la calle que tenía más cerca. Al instante se detuvo, aunque no apagó el motor. Aceleraba en el lugar: estaba esperando el momento indicado.

Milo quiso decirle que había olvidado ajustar su propio cinturón. Pero la visión de la camisa a la altura del pecho lo disuadió. Tenía tres agujeros, los rebordes chamuscados por obra de las balas que había recibido en el cementerio.

Tratándose de Metnal, la precaución del cinto estaba de más.

10.

El globo que producía Eontamer asomó en la esquina, perseverando por la avenida. Y el Peugeot salió a la carrera, cebado como un toro.

La intención de Metnal era inequívoca. Milo levantó ambos brazos para cubrir rostro y cabeza y cerró los ojos.

La brutal colisión lo dejó sin aire.

A continuación del estallido oyó frenadas, choques sucesivos.

Cuando sus pulmones volvieron a abrirse, no tragó más que humo. Tosió a lo perro, luchando contra la hebilla y el estorbo del *airbag*.

Metnal estaba tumbado sobre el volante roto. Se había clavado un cuerno del aro en el pecho. Perdía sangre así como el auto perdía gasolina, podía percibir ambas fragancias en el aire.

Milo se dejó caer sobre la calle.

Metnal había interceptado la marcha del blindado, que había perdido un neumático delantero. Pero el conductor, ileso a excepción de un corte en la ceja, ya estaba maniobrando para librarse del abrazo del Peugeot.

Milo se levantó haciendo sonar astillas de cristal.

Usó el auto estrellado como pedestal. En un par de zancadas estaba encima del blindado, las manos llenas de AC9.

Volvió a volar a consecuencia del estallido. Lo perseguía un incendio, que arrebataba el aire a sus espaldas.

Cayó corriendo sobre sus pies. Pero la fuerza que lo impulsaba era demasiada. Se desplomó sobre el hombro izquierdo, que hizo de quilla sobre el pavimento.

El dolor le nubló la vista. Se había roto algo, eso era seguro.

No logró salvar a Metnal. El Peugeot era una pira, al igual que el blindado.

Buscó la asistencia de Tariq y Blake, soñaba con abandonarse en sus manos.

Pero la esquina estaba desierta. No había ni rastro de los Héroes.

Alcanzó a ver que Eontamer seguía su marcha, sin esperarlo. Y también entendió algo más.

La gente de la OFAC había pedido refuerzos. Cuatro autos policiales se aproximaban a la nariz de Eontamer, a toda velocidad y con las sirenas a tope.

La catástrofe procedió a un ritmo somnoliento.

Mientras contemplaba su evolución, comprendió hasta qué punto los sicarios se habían equivocado. Superados por la circunstancia, solicitaron auxilio sin dar precisiones sobre la amenaza a combatir. Por eso los patrulleros habían acudido a ese paso, casi volando.

Se clavaron bajo las orugas, resultando aplastados.

El ruido fue espeluznante, aunque piadoso en su brevedad. Las víctimas no llegaron a entender qué ocurría. Ni siquiera Milo daba crédito a sus ojos: los autos parecían aplastarse solos, como si fuesen víctimas de una implosión.

Superado el escollo, el globo en la superficie de la realidad se alejó más rápido.

Milo no intentó alcanzarlo. Su hombro le impedía correr.

11.

Esperó durante horas a que Moran llegase al sitio convenido: la X marcada, a modo de meta, sobre el mapa que había dibujado. Era un terraplén abandonado, entre fábricas que habían quebrado en la onda expansiva de la crisis.

Pero nadie apareció. Ni el Baba, ni los Héroes que se habían esfumado en la esquina, ni los asesinos de la OFAC.

La noche no se había enterado de nada. Se sentía tibia sobre la piel, en abierto desafío al almanaque. La luna saltaba sobre los árboles, otro gesto irresponsable.

Se acurrucó entre tambores de aceite, para poder ver sin ser visto. El bajón de la adrenalina lo empujó a un breve sueño.

Cuando despertó, todo seguía igual.

El terraplén era un viejo conocido. Otro de sus hogares sustitutos. Le había ofrecido santuario muchas veces, cuando se fugaba de los golpes de su padre. Allí estaban la alambrada caída, los faroles vaciados a piedrazos, los vidrios rotos, el perfume residual: grasa de máquina, aserrín, basura. Los sonidos formaban parte indivisible del escenario: tren distante, chapas que crujían por la baja de temperatura.

De no haber sido por la ropa que vestía, se habría convencido de haber sido víctima de un sueño. Pero el atuendo seguía allí, palpable e insólito sobre su cuerpo. La chaqueta peluda de Moran le transmitía su humedad. Olía a perro sucio. El hombro dolía más que nunca. Tenía que hacerse ver antes de que soldase en mala posición.

En la guardia se reirían de él. Preguntarían de qué se había disfrazado. ¿De cosaco, de cazador de la estepa? Después lo llenarían de antibióticos, vendándolo sin decir más. Estaban habituados a sus silencios, Milo nunca hablaba de las heridas.

La única vez que le aconsejaron denunciarlas, había amenazado con no volver.

Los médicos se avinieron a sus reglas. Preferían curar lo que tenían a mano a no curar más nada.

12.

Con el correr del tiempo, la noche se enfrió. ¿O acaso era él quien había perdido temperatura? Llevaba horas sin comer ni beber. Había empezado a temblar sin darse cuenta, pero ya no podía pensar en otra cosa: el hombro dolía más al tiritar.

No se animaba a moverse de ahí. Cada ruido extemporáneo le sonaba a anuncio de llegada. *Deben de ser ellos*, pensaba. Nunca lo eran. *Cinco minutos*, se decía. Y los cinco se hacían diez, veinte, una hora más.

Por momentos se convencía de estar delirando. ¿Personajes de cómic cobrando vida? ¿Lápidas taladas por disparos? ¿Policías diezmados por un zepelín invisible?

Lo único sensato era irse. Hacerse emparchar en la guardia y agarrar una lancha hasta lo del Viejo, que lo dejaría echarse en un sillón. (Volver a su propia casa estaba fuera de cuestión: cuando don Maciel lo viese...) Pero no, antes tenía que visitar al Baba. Para quedarse tranquilo.

Estará en su cuarto, como siempre a esta hora: viendo una serie, leyendo revistas o jugando con la Play. (Uh, me olvidaba: ¡se la robaron!)

Se preguntó qué diría si los Baba Padres le informaban de que su amigo no había vuelto; qué haría si encontraba patrulleros en la puerta. Y se quedó donde estaba. Aunque doliese cada vez más. Aunque el olor a perro húmedo tornase el aire irrespirable. Aunque las sirenas policiales se aproximasen de un modo inquietante.

Pasó lista mental de sus padecimientos. Solía hacerlo cada vez que se lastimaba, su rezo laico. Clavícula rota. Un diente flojo, o dos: regusto a sangre. Magullones varios. Rodillas inflamadas. Raspones, quemaduras. Al pasar una mano por la nuca recogió cenizas de su pelo.

No hubo aflicción en el recuento. Lo distraía de su soledad.

EXPLICIT LIBER PRIMUS

LIBRO SEGUNDO

ARCÁNGELES Y BANDIDOS

Capítulo uno

Bárbara

La mala hostia de la tía Beba — El apartamento misterioso — Azrael — Tres cámaras — La prueba del delito — Fleur du Lys — El traidor — Un terrorista nudista

1.

De niña había estudiado teatro. En una escuela que ella misma eligió, a pasos de Chacarita y por eso lejos de casa. Era lo que deseaba entonces (¡siglos atrás!): ser actriz. Hacerse la payasa, llorar a gritos, seducir al mundo. Nadie la había apoyado más que su madre. *Bárbara es melodramática*, decía, *mejor que lo canalice*. Si la viese ahora... Nunca imaginó que haría un uso tan peculiar de su aprendizaje.

¿Cuánto hacía que había jugado a ser una señora por última vez? Ni siquiera lo recordaba. Pero seguramente había sido con Helena. A ella le encantaba. Cualquier excusa que remarcase que era la mayor encendía un brillo en sus ojos.

Bárbara se había resistido siempre a jugar a las señoras. Le parecía aburrido. Tacitas de té, zapatos grandes, muñecos en lugar de hijos: ¿dónde estaba la gracia?

Ahora el juego le parecía peligroso, nomás.

En el espejo, Bárbara se vio igual a la tía Beba. Que en verdad era tía de su padre e idéntica a la Tootsie de la película. La cara empolvada, los anteojos como platos, la peluca evidente. Había adoptado hasta sus modismos: el andar de muñeco a cuerda, la manía de despejarse la nariz con un soplido.

La tela en que se había envuelto para aumentar su cadera era molesta. Pero por lo menos no había tenido que fajarse las tetas, como hizo para visitar el cementerio.

Un tipo se le había acercado cuando subió al colectivo.

—¿La ayudo, señora?

Bárbara lo miró con cara de culo (otro gesto típico de Beba, que se ofendía por cualquier cosa) e ignoró el brazo que le tendía. Una cosa era que el disfraz funcionase y otra muy distinta pasarse de lista.

Lo ideal era conservar las distancias. Nadie debía advertir que no había arrugas debajo del maquillaje.

Por lo demás, mostrarse desagradable no le costaba nada. Estaba triste y furiosa a la vez, enojada con la vida y con el universo. Tenía ganas de emprenderla a bastonazos con el primero que le diese una excusa.

Pero entonces habría llamado la atención.

Y si alguien la identificaba, podía darse por muerta.

2.

Aproximarse a esa cuadra (de todas las calles de todas las ciudades de todo el mundo, ¡tenía que regresar justo a aquella!) le desquició los nervios. No quería ver el triste escenario, descubrir manchas de sangre. Por eso se concentró en la búsqueda del número. Lo había memorizado: *642, 2.º B*, decía la etiqueta del llavero. Debía de tratarse de un edificio a mitad de cuadra. En efecto, allí estaba: justo al lado del negocio de electrodomésticos. Los televisores repetían las imágenes del cementerio, no habían parado durante el fin de semana.

Le costó encontrar la llave dentro de la cartera. *Guantes de mierda*, pensó. El accesorio le había resultado inevitable: no existe forma convincente de envejecer las manos. Pero Bárbara sabía que los guantes no tenían la culpa. Sus manos temblaban, simplemente.

El edificio era antiguo. Años cuarenta, calculó. Le hizo recordar al Kavanagh por su estilo internacional (Bárbara lo había visitado una vez, como asistente en el rodaje de un largo) y porque carecía de portero eléctrico. ¿La llamaría al orden el recepcionista si no se anunciaba? Por las dudas evitó el ascensor, usando las escaleras de mármol. Su disfraz la obligaba a subir lentamente, pero el recepcionista la ignoró.

Entró al departamento en silencio y cerró con llave. Olía a alfombra sucia, a cinta de máquina de escribir. Los ambientes estaban vacíos, pero mostraban signos de haber servido como oficinas: viejos calendarios, fichas desparramadas, un sello. (Leyó las letras invertidas, había pertenecido a un contador.) Las persianas estaban bajas excepto la que daba a San Juan, pero de todos modos no quiso encender las luces.

Recién entonces se deshizo de las partes molestas del disfraz: la peluca, los anteojos, los guantes. Pero no se acercó a la ventana que daba a San Juan, todavía no. Eso la habría obligado a ver la calle, el sitio preciso en que había ocurrido la emboscada. Y para eso necesitaba reunir fuerzas.

3.

El crimen del Autor la había malquistado con Los Arcángeles. Estaba acabada para la organización, aunque nadie hubiese tenido la delicadeza de comunicárselo. El único que había expresado simpatía era Azrael. Le había dicho que debía ser fuerte, que a pesar de su fracaso la *orga* no la abandonaría. O sea, las taradeces de rigor. No había podido apreciar si Azrael era sincero o tan solo quería seducirla en su desgracia.

Azrael. Bárbara odiaba aquellos alias. Le parecían ingenuos y pretenciosos a la vez. Y, sin embargo, se veía obligada a usarlos a diario, porque no tenía otros nombres que aplicar a aquellas caras. ¡Ni siquiera sabía la verdadera identidad de Azrael! Había oído decir que tenía un negocio de carteras (marcas internacionales, onda Vuitton) con sucursales en varios *shoppings*, y a Bárbara le sonaba posible. Más que como revolucionario, Azrael la impresionaba como un vendedor untuoso: siempre pulcro, con la palabra adecuada en la boca, capaz de cualquier cosa con tal de cerrar trato.

Desde la muerte del Autor *(mea culpa, mea culpa)*, Bárbara debía reportar dos veces por día a su superior. La idea era informar sobre su trabajo, pero a partir del incidente no le habían encargado quehacer alguno. Eso la sublevó al principio, el ninguneo era la parte inicial de su castigo. Pero al mismo tiempo le había otorgado una libertad que fue muy útil. Sin ella se le habría dificultado visitar el edificio de San Juan.

Las cámaras seguían encendidas. Eran tres. Dispuestas para planos picados, apuntando a través de la única ventana abierta.

A través de sus visores comprobó que, aunque miraban el mismo sitio, habían producido encuadres distintos: general, americano, primer plano.

Recuperó los guantes. No quería dejar huellas, tampoco era cuestión de facilitarle el trabajo a la OFAC.

Cuando apretó *rec*, las pantallas confirmaron lo que pensaba: que las cámaras habían grabado hasta agotar su capacidad. Para encontrar el hecho que habían registrado (y Bárbara ya tenía, a esas alturas, una clara imagen mental del hecho en cuestión), iba a tener que revisar horas y horas de material. Que seguramente parecería digno de Warhol. Tres planos fijos de la misma calle, interminables, hipnóticos, con la excepción de un par de minutos hitchcockianos. O mejor: propios del Haneke de *Caché*, por la forma en que la cotidianeidad se vería arrasada por un ramalazo de violencia.

A continuación retiró los discos y los guardó en la cartera, dentro de un pañuelo de seda. (¡Otra antigualla estilo Beba!)

Durante un instante creyó que se saldría con la suya: estaba a punto de abandonar el lugar sin detenerse a estudiar el escenario del crimen. Todo lo que tenía que hacer era reconstruir su disfraz y dirigirse a la puerta. Pero en el último momento sucumbió a una fuerza inexplicable, que la llevó a espiar por el visor que construía un primer plano.

Abyssus abyssum invocat, pensó.

Allí abajo estaba el quiosco de golosinas. Lo reconocía por las imágenes que habían abarrotado la televisión. Lo que importaba era el muro contiguo: de granito pulido, la superficie que había recibido el lamparón de sangre.

Tocó apenas el *zoom* para mejorar el foco. Alguien se había tomado el trabajo de lavar la mancha. Pero no había triunfado del todo, Bárbara estaba convencida de ver su sombra sobre la pared.

Un resabio oscuro. Lo último que el Autor había pintado en vida.

4.

Se sentía descompuesta, pero volvió a usar la escalera. No tenía ganas de meterse en un cubículo con rejas. Desde que pasó a la clandestinidad, sentía claustrofobia.

En cualquier caso, su debilidad convenía al personaje de Beba. Que descendió lentamente hasta el vestíbulo, sin soltar la baranda de roble de Eslavonia.

Llevaba la carterita bajo el brazo, como cualquier señora que pretende que no la roben. Y estaba dispuesta a defenderla hasta la muerte, porque guardaba algo más valioso que dinero y documentos falsos.

Esos discos eran la prueba física que condenaría a los asesinos del Autor.

Que hubiesen caído en sus manos era una broma del destino.

5.

Dudó antes de meterse en el locutorio. Una vieja que demanda servicio de internet llamaría la atención. Pero su deseo era más grande que el miedo. Por suerte había mucha gente. El empleado la registró apenas. Respondía mecánicamente, atento a las imágenes de la televisión.

Navegó del modo más aleatorio: *The New York Times*, Wikipedia, YouTube. Yibril (sí, otro de esos alias ridículos) le había dicho que, cuando una computadora estaba intervenida, uno de sus márgenes fluctuaba, en forma de onda o línea serrada. Los márgenes de aquel monitor se veían nítidos.

El Facebook de Fleur du Lys tenía entradas nuevas. Eso la alivió. Significaba que Fleur du Lys no se había dado por vencida.

Las entradas más recientes ofrecían subtextos que Bárbara encontró obvios. Uno era un poema de Howard Moss que se llamaba *The Pruned Tree*, o sea, *El árbol podado*. El texto completo engañaría a los espías, que seguramente despreciaban los poemas. Pero los ojos de Bárbara se clavaron en los versos que decían exactamente (¿cómo podía equivocarse?) lo que Fleur du Lys sentía: *...Mi herida ha sido mi sanación / Y las pérdidas me vuelven más hermoso... / Despojado, me regocijo en lo que me han quitado. / ¿Qué podrá hacer la luz de luna con mi nueva forma?*

El otro era un enlace que conducía a un video de Leonard Cohen en YouTube. La canción que se llamaba «El traidor».

Bárbara la conocía. Se trataba de aquella que decía: *Los soñadores cabalgan contra los hombres de acción. / Mira cómo los hombres de acción se repliegan.*

Se preguntó si Fleur du Lys estaría haciendo algo más que homenajear a su padre, fan de Cohen desde siempre. ¿Trataba de decirle algo mediante la elección de «El traidor»?

Luchó contra la tentación de enviarle un mensaje. (Figuraba entre los contactos de Fleur du Lys como *1derChini*) Algo vago pero esperanzador. Que le asegurase que a pesar de la tragedia le torcerían la mano a la suerte. Pero no encontró nada que no sonase naíf o lleno de clichés: nada a la altura de Cohen o de Howard Moss.

Por eso se limitó a conectar el *pendrive*, cerciorándose de que no la viesen (una vieja que maneja con destreza un bicho así sería aún más llamativa), y esperó a que el virus terminase de descargarse.

El próximo que usase ese terminal lo encontraría sin sistema alguno.

6.

Se aproximó al mostrador para pagar. La televisión machacaba con la misma noticia de los últimos días. Un hecho execrable: la profanación del cementerio de San Fernando. Las cámaras mostraban un panorama de tumbas arrasadas. Como la niebla tornaba imposibles los planos generales, apelaban a la elocuencia de los detalles. Las cruces rotas. Los ángeles destrozados. Lo cual no dejaba de ser un contrasentido, si como pretendía la información el grupo responsable se llamaba *Los Arcángeles*.

El ministro del Interior (la gente lo llamaba Monjenegro, en un alarde de imaginación más bien módico) insistía con el mensaje de siempre. Los violentos habían vuelto a probar su voluntad disociadora. La ciudadanía continuaba unida en su rechazo a un acto deleznable. Los responsables serían perseguidos, juzgados y castigados con el rigor que la ocasión demandaba. Por fortuna, se contaba con el instrumento idóneo: la Ley de Emergencias Institucionales que el Congreso había sancionado recientemente, en previsión de contingencias como la actual.

Estos tipos son tan literales, pensó Bárbara, *que su ley usa L. E. I. por acrónimo.*

Un periodista recogía testimonios de vecinos. Decían haberse despertado a causa del estruendo. Algunos juraban haber visto fugarse a los terroristas, en autos sin matrícula que eran una confesión en sí mismos.

—Qué barbaridad, ¿no? —dijo el empleado mientras le daba su cambio. Era lo mismo que le había dicho a su cliente anterior.

Bárbara estuvo a punto de responder una grosería (las *barbaridades* eran su especialidad), pero se abstuvo para atender a un nuevo testimonio.

Una mujer decía haber visto a un hombre desnudo. Corriendo por la avenida en plena noche. A metros de los patrulleros aplastados. Era un hombre gordo, precisó, al que estaba en condiciones de describir en detalle.

Bárbara se preguntó lo útil que sería el *identikit* de un pene.

—Estoy segura de que era un terrorista —decía la mujer—. ¡Segu-*rísima*!

El cronista preguntó en qué basaba su certeza. La mujer le replicó de manera airada:

—¿No me oyó cuando le dije que el tipo estaba desnudo?

Capítulo dos

Milo (III)

Visitas en Belvedere — Reencuentro — Ligamen — Interludio qui-
rúrgico — Lawrence de Guatemala — Lo que Blake ocultaba — La
Viuda abre sus puertas

1.

El escándalo del cementerio no había amainado el lunes, cuando la
comitiva se presentó en la Editorial Belvedere.

Estaba compuesta por seis personas trajeadas: cuatro adultos y
dos menores de edad. Los menores eran adolescentes. El más delgado
tenía el brazo izquierdo en cabestrillo. Reclamaban una reunión con
Demonti, el director de la empresa.

El más robusto de los adultos dijo ser el doctor Nalmet. Presentó a los otros tres como sus colegas: los doctores Benussa, Kebla
y Ramón. Sobre los adolescentes no dio precisiones. A continuación
Nalmet explicó el objetivo de su visita.

La recepcionista preguntó si habían pactado el encuentro. «La
agenda del señor Demonti», dijo, «está muy cargada».

Nalmet respondió que Demonti haría una excepción, cuando
entendiese que ellos eran los abogados de la Viuda. (No dijo Viuda,
por supuesto, sino el nombre real de la mujer, coronado por el apellido que «Benussa» hallaba altisonante.)

La recepcionista pidió un minuto y desapareció.

No tardó en volver, diciendo que el señor Demonti los recibiría. Pero que, dado que estaba en una reunión, solicitaba que lo esperasen.

¿Té, café?

Algunos aceptaron té. El gordito optó por café.

Lo pidió bien cargado, como la agenda del señor Demonti.

2.

Milo se estaba yendo del terraplén cuando oyó el bramido de las orugas.

Había avanzado en dirección al escándalo (sin correr, porque el dolor se lo impedía) hasta que detectó una porción de la noche que se ponía abotargada. O mejor: como hinchada de humedad.

Mientras ayudaba a Milo a quitarse la ropa prestada, el Baba explicó la causa de la demora.

Una vez sorteada la persecución, Moran se había detenido para curar a Eontamer.

Para eso debía conectar los despojos del androide al sistema central de la nave. (Había dicho «sistema nervioso», para ser preciso.)

Tal como el cómic lo establecía, Desmond estaba hecho de metal y plásticos, sí, pero también de una materia orgánica llamada *ligamen*. (¡Otra de las creaciones de Pte San Win!) Esa sustancia lo convertía en un *re-gen*, lo que le concedía el poder de regenerarse a sí mismo.

Como la cola de una salamandra.

Lo de Desmond con la nave era, en esencia, una transfusión. Desmond aumentaba la proporción de ligamen que existía en el sistema de Eontamer, y la nave se reparaba más rápido. ¡Fuselaje incluido!

El relato del Baba se completó con un regodeo en las minucias de la intervención. Que tenía mucho de quirúrgico.

—Plasma. Tripas. Caños. Mucosas. Un verdadero asco. ¡Fue ge-*nial!*

Camino del hospital, demandó que Milo contase su parte de la aventura. Y protestó cuando Milo despachó el cuento con su laconismo de siempre.

¿Cuál era la gracia de vivir algo semejante, si uno no iba a relatarlo con lujo de detalles?

3.

Cuando regresaron al terraplén con el cabestrillo (los médicos le habían ofrecido un yeso que abarcase el torso, pero Milo optó por el plan B a pesar del dolor que le vaticinaron), Blake y Tariq ya estaban allí.

Y también Metnal. Enterito y rozagante.

Todo lo rozagante, en fin, que podía esperarse de un vampiro.

Vestía ropas que Moran le había prestado. Túnicas que usaba en sus visitas a planetas desérticos. Parecía un jeque que había abusado de los *kebabs*.

Como sus prendas de cuero ardieron en el Peugeot, había necesitado vestimentas de emergencia. Dado que la tarea resultaba ímproba, por cuestiones de volumen que sobrevolaron el relato, se había conformado con las sábanas que arrebató de un patio.

Así ataviado, regresó al cementerio en busca de su Harley.

Y mientras rescataba la motocicleta, no se privó de asustar a la gente de la OFAC, muy sensible (más que nunca, al cabo de semejante noche) al contacto con fantasmas.

Condujo entonces hasta la esquina donde había dejado a Tariq y Blake. Allí los recogió. («Deben de haber constituido un espectáculo», dijo el Baba. «El gordo ensabanado, el pirata y el guerrero medieval, armados con Itakas y montados en una moto de película».)

Milo dijo que había buscado a los Héroes en esa misma esquina, sin encontrarlos. Pero nadie se hizo eco de su comentario.

—Se perdieron la cara de estos dos, cuando me vieron llegar envuelto en sábanas —dijo Metnal—. ¡Parecía Lawrence de Arabia en su moto Brough!

(«Lawrence de Arabia después de los postres», susurró el Baba, que a pesar de haberse lavado seguía oliendo a sangre podrida.)

Milo insistió en la desaparición de Tariq y Blake. E hizo notar que Blake había recurrido también al guardarropas de Moran. El pirata lo había impresionado como un hombre elegante: debía de haber mediado una buena razón para que se desprendiese de su rico atuendo, vistiendo a cambio pantalones que lo adocenaban.

La forma en que Blake cambió de tema lo convenció de que había algo, allí, sobre lo que no hablaría ni bajo tortura.

4.

Poco después Milo entendió qué era lo que había ocurrido.

Se lo dijo el Baba a espaldas de los Héroes. Su amigo no había oído confesión alguna, pero fue testigo de parte del asunto y completó el resto mediante inferencias.

Mientras esperaba en la esquina el desenlace de los hechos, Blake se había visto asaltado por un malestar. Algo que no recordaba haber sentido en toda su vida. («En su trayectoria como héroe de cómics», especificó el Baba.)

Había sido víctima de un irrefrenable deseo de mover el vientre. Que solo descifró cuando ya era tarde.

Tariq padeció algo similar a continuación. La experiencia de Blake, triste pionero, le sugirió lo que debía hacer si no quería arruinar sus ropas.

Los desechos quedaron allí, en plena calle.

Sometidos a un curso veloz de humanidad, los Héroes se habían conjurado para mantener el secreto. Y el Baba y Milo ya no volvieron a mencionar el asunto.

5.

El domingo por la tarde compraron ropa en Carrefour, con dinero escamoteado a Baba Padre. (Ya lo habían castigado por la desaparición del viernes: ¿qué podían hacerle ahora?) Una vez ataviados de civil, el Baba condujo a Milo y a los Héroes a la casa del Autor.

La Viuda los confundió con fanáticos y pretendió despedirlos.

Allí Milo jugó su baza. Le recordó a la Viuda que había sido uno de los enterradores. ¡Aquel a quien le había dado doscientos pesos!

La Viuda lo reconoció. Y al reparar en el cabestrillo, preguntó qué le había pasado.

Milo dijo que los matones de la OFAC vigilaban la tumba de su marido. Y que junto a sus amigos había sido víctima de una agresión, por el simple hecho de visitar el cementerio con intención de homenajearlo.

Presentó a los adultos como fans del extranjero: un guatemalteco (Metnal), un marroquí criado en España (Tariq), un australiano

(Moran) y un norteamericano nacido en Hawaii (Blake), que se habían subido a un avión apenas supieron la triste noticia.

—Casi nos matan —insistió Milo—. ¡Nos corrieron a tiros!

La Viuda respondió con un silencio. A la luz del incidente que le reportaban, la herida de Milo adquiría un significado ominoso.

La mujer contempló al resto de la comitiva.

El Baba había previsto este instante de duda, y organizado la presentación.

Le había sugerido a Milo que oficiase de portavoz, seguro de que el brazo lastimado llamaría a la Viuda a la compasión. Había comprado ropas simples y claras para los Héroes, disfrazándolos de gente convencional. Su intención era distraer de su parecido con los dibujos, para lo que contaba con la gordura de Metnal y el rostro ahora afeitado de Blake. Y a modo de *coup de grace*, explicó, se colocaría delante, codo a codo con Milo: su rostro de querubín convencería a la mujer de sus buenas intenciones.

La Viuda alzó los ojos para ver más allá de los visitantes. En la vereda de enfrente, advirtió Milo, había un auto sospechoso: sin matrícula y con gente en su interior. Y por eso mismo la Viuda se apartó, invitándolos a entrar.

Capítulo tres

Milo (IV)

En casa del Autor — La L. E. I. — El acoso — Hijas y personajes — El principio del fin — Anarquía — Dios dibuja cómics — Orden de captura — Una acusación infundada

1.

El living de la casa era simple. Decoración de los ochenta. Sillones con funda plástica. Televisión antediluviana. Fotos familiares. Ni siquiera exhibía premio alguno, de los tantos que el Autor había recibido y el Baba podía mentar de un tirón.

Lo único que insinuaba un temperamento artístico eran las reproducciones que adornaban el comedor. Un Klimt. Un boceto de Picasso. Un autorretrato de Francis Bacon.

El sitio no parecía el hogar de un creador temperamental, sino de una familia de clase media. Y con predominio femenino, como se desprendía de los detalles: las cortinas, las carpetitas al pie de los floreros, la combinación de colores.

Nadie diría que es la casa de un muerto, pensó Milo.

La Viuda repartió agua fresca, que Milo le había pedido para —gesto dramático— ingerir antibiótico y analgésico. Ella había ofrecido gaseosas, pero al Baba ya le constaba que Tariq y Blake no tenían paladar para la Coca-Cola. Los pocos tragos que tomaron les habían producido eructos durante hora y media.

Lo primero que la Viuda quiso saber fue si el cabestrillo se debía a la persecución del cementerio.

Con la sensación de estar diciendo una verdad a medias, Milo respondió de manera afirmativa.

La mujer preguntó a continuación si alguien más había salido lastimado.

La negativa general le concedió un alivio que a todas luces resultaba insuficiente.

El breve interrogatorio cubrió el rango de sus preocupaciones urgentes.

Había llegado el momento de que ella diese explicaciones.

2.

Desde la asunción del actual presidente, el Autor había empezado a recibir presiones.

Algunas constituían tan solo molestias. Intimaciones por ganancias no declaradas en el extranjero. Intentos de clausura de Belvedere por presunta evasión fiscal. Nada que no pudiese ser aventado en tiempo y forma, mediante los oficios de contadores y abogados.

Aquel era uno de las pocos aspectos de la vida en que el Autor se había conducido con transparencia, dijo la Viuda. Habían vivido en esa casa desde el casamiento. No existían propiedades extra a nombre de ninguno de la familia. No había cuentas misteriosas en Suiza ni en isla caribeña alguna.

Pero a partir de la Ley de Emergencias Institucionales, el acoso había escalado.

Gente con credenciales del Ministerio del Interior se presentó en la editorial en seis oportunidades, amenazando con suspender la distribución de las revistas si no se les permitía analizar sus contenidos.

Una vez que el abogado del Autor puso freno a esas iniciativas, la táctica cambió. Las denuncias de particulares inundaron los juzgados, acusando al Autor de incurrir en el delito que la L. E. I. definía como «sedición».

A mediados del año anterior, una de esas denuncias (que acusaba además del mismo crimen a dos escritores y un dramaturgo) había llegado a juicio.

El Autor había iniciado su descargo diciendo su nombre y describiendo su profesión, de un modo despojado de pretensiones: «Yo hago historietas».

Metnal intervino entonces:

—Esa es una paráfrasis de lo que Jack... John Ford, dijo cuando defendió a un amigo al que acusaban en pleno macartismo.

—Mi marido amaba las películas de John Ford —dijo la Viuda, con un temblor en la voz que asomaba por primera vez, pero que no le impidió continuar con su historia.

3.

Aun cuando no lograron condenarlo, el Autor comenzó a pagar el precio del hostigamiento.

Tenía menos tiempo para trabajar. Las horas se le iban en reuniones con abogados, contadores y artistas que pasaban por situaciones similares. Sabía necesarios esos encuentros, pero detestaba que lo alejasen del tablero de dibujo.

De ese modo le hacía el juego al régimen, protestaba.

Las entregas se atrasaron. Demonti amenazó con hacerle juicio.

Empezó a sufrir migrañas. A la distracción de las reuniones, añadió las visitas a los médicos. No encontraron nada raro ni en su cerebro ni en sus ojos.

Y entonces arrancaron las amenazas.

Por teléfono. Por *e-mail*. Por correo. A toda hora. Siempre anónimas.

Tanto ellos como sus hijas estaban convencidos de que los seguían, adondequiera que fuesen. En autos sin matrículas.

Cada vez que usaban el teléfono, oían el clic de las líneas intervenidas.

El Autor no había tenido miedo por su vida. Con la perspectiva de los hechos, quedaba claro que se había equivocado. Sobrestimó el peso de su persona pública: en su condición de artista de prestigio internacional, creyó que no se atreverían a tocarlo.

Lo que temía era otra cosa. Que disimulaba con encierros en el baño y el estudio (de los que emergía con ojos rojos y humores de Zeus tronante), pero que confesaba en la intimidad del dormitorio.

El Autor tenía miedo —pánico, con sudores fríos— por la vida de sus Hijas.

4.

Eran cuatro: Helena, Sofía, Bárbara y Miranda.

El Autor estaba orgulloso de ellas. En la crianza había logrado el equilibrio que muchos padres buscan y pocos consiguen: que aspirasen a la excelencia en su educación, que cultivasen un pensamiento libre y que poseyesen (esta era la clave, el elemento que tornaba posible el balance) una enorme sensibilidad social.

—Mi marido no creía que la sensibilidad para el arte debía crecer a expensas de la otra sensibilidad: la conexión con los demás, con nuestros vecinos, con nuestros congéneres —dijo la Viuda—. Por el contrario, pensaba que las dos no podían sino potenciarse la una a la otra. ¿Cuál era esa palabra que le gustaba tanto? ...*Retroalimentación*. Decía que en un mundo ideal, las dos sensibilidades se *retroalimentaban*.

En este punto se levantó para rescatar una foto del aparador. Era un retrato de las cuatro jóvenes, en un recreo del Delta llamado Las Casuarinas.

Helena, la más gordita, estaba haciendo un máster en Historia del Arte y dando talleres de dibujo en una villa.

Bárbara y Sofía eran mellizas, aunque no se parecían en nada. Sofía promediaba la licenciatura en Matemáticas (el marciano de la familia, según su padre) y daba apoyo a chicos de las escuelas públicas. Y Bárbara estudiaba cine. Cuando no estaba filmando o viendo películas, atendía un puesto de primeros auxilios en un barrio carenciado.

Miranda, la pequeña, había salido tan morena que la acusaban de ser hija del lechero. Desde que medía un palmo, había dicho que quería defender el medio ambiente. Cuando entendió que los seres humanos formaban parte inseparable de ese tapiz, modificó su aspiración y optó por Ciencias Políticas. Estaba convencida de su elección, aunque le faltaban tres años para terminar la secundaria.

Era la que mejor dibujaba, aun cuando no tenía intención de emular a su padre. Cuando Helena se casó, Miranda se hizo cargo de sus clases en la villa.

—Helena murió hace cuatro meses —dijo la Viuda, con una naturalidad que los dejó pasmados—. La mataron simulando un robo. Tres hombres de la OFAC. Le dispararon a quemarropa, a plena luz del día. Después le quitaron la cartera y vaciaron sus bolsillos. Ese fue el principio del fin para mi marido.

5.

Tan pronto como asumió el nuevo presidente, la violencia había crecido en las calles. Se contaban nuevas víctimas a diario. Tiroteadas en sus autos, en bares, en la intimidad de sus casas.

Los medios les dedicaban primeras planas y parte sustancial de su espacio. La culpa de todo, decían, era de la ola delictiva que los jueces hacían posible con su garantismo. Criticaban que la gente saliese en libertad por falta de pruebas, que los convictos volviesen a la calle al término de sus condenas. Aunque las cifras indicasen que, por el contrario, nunca había habido más gente hacinándose en las cárceles.

No tardaron en aparecer voces que señalaban lo que los medios no querían ver.

Muchas de las víctimas actuaban públicamente en su comunidad. Delegados sindicales. Maestros. Militantes de ONG. Periodistas. Todos críticos del Gobierno y propulsores de una política que acabase con la exclusión social.

Era verdad que no se trataba de figuras prominentes, pero el argumento seguía siendo válido: los rasgos comunes permitían hablar de una campaña de violencia perfectamente dirigida.

Pronto recurrieron a la excusa del terrorismo.

Tres atentados habían dado pie al inicio de la cacería.

Reivindicados como propios por una organización que se hacía llamar Anarquía (firmaba sobre las paredes con una A entre paréntesis), tuvieron por primera consecuencia la ofensiva de la OFAC: de inmediato comenzaron las vigilancias físicas y electrónicas, los operativos en busca de sospechosos.

De nada sirvió que muchos cuestionasen la existencia de esa banda.

—Mi marido y yo conocemos parvas de personas que hacen trabajo político, social, cultural —dijo la Viuda—. ¡Y ni uno solo sabe de nadie que milite en Anarquía!

Eso sí, le constaba que alguna gente se había unido a Los Arcángeles.

—Cosa que no debería haber dicho, qué tonta. Si alguno de ustedes fuese un infiltrado... lo cual no sería raro, en estos días... ¡me llevaría de los pelos a la cárcel!

—No se preocupe —dijo el Baba. Entre fascinado y horrorizado por la historia, todavía no había podido estudiar el retrato de las Hijas—. Los muchachos no entienden ni jota de nuestros quilombos. Se lo juro por mi madre —dijo, haciendo una cruz sobre sus labios.

Después de lo cual sonrió, gozando de antemano con la broma, y dijo:

—¡Vienen de muy lejos!

6.

Según el ministro Monjenegro, los atentados habían sido toda la prueba necesaria para dar por cierta la existencia de (A)

Un cuarto golpe contra un funcionario electo, esta vez fallido, había detonado la iniciativa de la Ley de Emergencias.

Tanto el Autor como sus Hijas habían participado de la campaña en contra de su sanción. Les parecía un instrumento maligno, que limitaba las libertades con la excusa del bien común.

Pero el Congreso la había aprobado, congratulándose de haber respondido a lo que denominaban «el clamor popular».

Se revocaron licencias de radio y televisión. Se clausuraron medios. Se habilitaron mecanismos de censura previa.

Fue entonces cuando (A) volvió a la carga.

Volaron el auto del coronel Lazarte, titular de la OFAC.

Emilio Lazarte no era militar, sino abogado. Pero le decían así porque imitaba a los uniformados en su porte, en el bigote, en la voz de mando con que respondía a la más pueril de las consultas. El diario *Página 12* lo había representado en la cama, vestido con un pijama estampado como ropa de combate; un obvio fotomontaje, pero no por ello menos gracioso. El atentado, sin embargo, careció de gracia. Lazarte no había recibido rasguño alguno. En cambio su chofer terminó hecho pulpa.

A continuación, (A) secuestró a un empresario y pidió rescate.

La campaña del Gobierno se volvió abrumadora. El estado de las cosas, se argumentaba, no dejaba otra salida que pasar a la acción.

En combinación con otros crímenes que ocurrieron simultáneamente, el asesinato de Helena supuso el comienzo de la represión.

La OFAC ya no temía golpear de modo desembozado, a sabiendas de que gozaba de impunidad.

Sus hombres atacaban porque la ley los protegía, pero también —esto era lo más difícil de tolerar— porque contaban con el apoyo de buena parte de la gente.

7.

El sonido de una garganta al ocluirse los distrajo.

Metnal se había tragado todo el aire, y de golpe.

Estaba mirando la foto de las Hijas, que había arrebatado de manos del Baba.

Al advertir que lo observaban (parecía haber palidecido más de lo habitual), articuló una sola palabra a modo de explicación:

—Lara.

—Claro que es Lara —dijo la Viuda—. Los rasgos son idénticos, ¿no le parece? —Y después, dirigiéndose al resto de la (confundida) comitiva—: Mi marido usó a Helena de inspiración para uno de sus cómics, *Metnal el vampiro*. Ella es Lara, la enamorada que la Muerte le arrebata al protagonista.

—Y Helena...

—Mi hija mayor, sí. La que fue asesinada. Esa es la razón por la que mi marido dejó de escribir *Metnal*. Se sentía culpable por haberle dado los rasgos de Helena a un personaje muerto: como si hubiese convocado la mala suerte sin quererlo. ¡Le dolía horrores dibujar su carita, su sonrisa...!

Moran se apoderó de la foto sin encontrar resistencia.

—¡Pte San Win! —dijo al instante.

—Del mismo modo usó a Sofía para su historieta del espacio: *Flint Moran*. Ella es Pte San Win. El nombre lo tomó de la mujer sagrada de los indios lakota —dijo la Viuda—. Y en *Saigon Blake*, Bárbara es...

—Lady Qi Ling —dijo Blake, que había tomado la foto de manos de Moran.

—Bárbara tiene ojitos achinados. Así le dijimos siempre: ¡la Chini! La única que no apareció nunca fue Miranda. Le dijo a su padre que, si la metía en un cómic, le retiraba el saludo. Y mi marido aceptó el límite.

—¿Y a usted? —preguntó Milo—. ¿Nunca la dibujó?

—En una de sus primeras historias. *Jack Feeney,* se llamaba. Ese era el nombre real de John Ford. ¡El director de cine! Claro, ustedes son tan jóvenes… El Feeney de la historieta era un corresponsal de guerra que tenía los rasgos de mi marido. Yo era Patty, la novia a la que le contaba cada aventura mediante cartas. «Qué más querrías», le decía yo. «El cómic expresa tu deseo más profundo: ¡tenerme lejos!»

Fue la primera vez que sonrió. En aquel instante no estaba allí, sino distante en el tiempo, repitiendo su broma ante el Autor.

—Como la revista no funcionó —dijo al regresar—, me echó la culpa de su mala suerte. Y yo le respondía que la mala suerte se la había buscado al ponerle a Feeney su cara fea. De hecho, no le dio rostros reales a ningún personaje más hasta que tuvo éxito con *Lava Man, Doctor Incógnito* y todas las otras.

Después dijo:

—Era supersticioso. Pero no lo admitía, el muy cabezota. Estaba convencido de que el universo ofrece signos todo el tiempo, señales que debemos interpretar para actuar correctamente. Deformación profesional, le decía yo. ¡Mi marido creía que Dios trabajaba como un autor de cómics!

8.

Por la forma en que el Baba se retorció, Milo entendió que su amigo compartía la idea.

9.

A modo de cierre, la Viuda se disculpó. Le angustiaba pensar que habían corrido riesgos por el hecho de idolatrar a su marido.

Estaba convencida de que la OFAC seguía vigilándola.

Siempre había un auto sin matrícula a metros de su puerta, lo verían en cuanto saliesen. Les recomendó caminar en dirección contraria, para evitar ser fotografiados e identificados.

Ahora que le constaba lo que había ocurrido a sus visitantes, entendía algo más.

Además de vigilar sus teléfonos y controlar sus movimientos, la gente de la OFAC montaba guardia en el cementerio.

En espera de sus Hijas. Que en aquel momento estaban prófugas.

Existía orden de captura para las tres sobrevivientes.

10.

Sofía, Bárbara y Miranda habían respondido a la muerte de Helena consagrándose a la causa de la justicia.

Habían suspendido toda actividad para trabajar con los abogados, recoger testimonios, suscribir denuncias.

Como el caso avanzaba con lentitud exasperante, y estaban convencidas de que las cosas solo empeorarían (el asesinato del Autor había sido, en efecto, la más trágica de las confirmaciones), las chicas se unieron a Los Arcángeles.

El Baba intervino entonces para recordarle a la Viuda que sus amigos «extranjeros» no estaban al tanto de las noticias locales.

Con su deferencia habitual, la Viuda les contó lo básico. Que Los Arcángeles no eran un grupo político, o por lo menos no lo habían sido en sus orígenes. Al principio se trataba de una ONG, la Asociación de Recursos Civiles (ARC), que se especializaba en abusos del poder judicial y, por extensión, de la policía.

Apenas se sancionó la Ley de Emergencias, su sede sufrió un allanamiento y, a la semana, un robo. (Que, vaya casualidad, los había despojado de los documentos que la OFAC no había podido incautar mediante orden judicial.)

Insatisfecho, el Gobierno se escudó en su ley multiuso para prohibir la existencia de la ONG. El decreto sostenía que la ARC había demostrado que estaba «en contra del Poder Judicial, uno de los pilares de nuestro sistema republicano».

A la semana de la proscripción, uno de los dirigentes de la ARC había sido ametrallado en la calle.

El Gobierno sostuvo que se trataba de un ajuste de cuentas entre exmiembros de la ONG y sumó a Los Arcángeles a su lista de terroristas.

Ni funcionarios ni periodistas advirtieron que la profesión de fe no violenta de Los Arcángeles, explicitada en su comunicado fundacional, suponía una contradicción con el concepto mismo de «ajuste de cuentas».

Dos semanas antes del asesinato del Autor, Sofía, Bárbara y Miranda dejaron de vivir en la casa de Virreyes.

Cuando Monjenegro se presentó a la prensa para hablar del crimen, su declaración fue taxativa: ya había sido resuelto. Todo lo que restaba era apresar a los responsables.

El ministro culpó del asesinato a la organización que se hacía llamar Los Arcángeles. Según expresó, el hecho repugnante había sido encomendado a las propias Hijas del Autor, a modo de iniciación en los ritos terroristas.

Por eso la policía y la OFAC perseguían a sus Hijas. Por eso las esperaban en el cementerio.

Para arrestarlas por el crimen contra su padre.

11.

Esa misma tarde, mientras Milo y compañía disfrutaban de la hospitalidad de la Viuda, los medios difundieron esta información: Los Arcángeles habían reivindicado el atentado contra el cementerio de San Fernando como propio.

Según el Gobierno, habían tratado de completar la tarea iniciada con el homicidio del Autor, arrasando la tierra donde reposaban sus restos. La oportuna intervención de personal de la OFAC había logrado que la cosa no pasase a mayores. Aunque no habían impedido los destrozos, frenaron la destrucción antes de que llegase a la tumba que, según decían, había sido su objetivo.

Ya entrada la noche, los medios seguían repitiendo esa información. Nadie se hizo eco, sin embargo, de la desmentida que el grupo, o alguien que se atribuía su representación, lanzó de inmediato.

Mediante un video, la joven que se hacía llamar Munqar pedía a la población que no se dejase engañar por una operación tan burda. La destrucción del cementerio era un acto de violencia irracional y, por lo tanto, ajena a los objetivos de la agrupación. La atribución de semejante culpa era una maniobra del Gobierno (¡otra más!) destinada a demonizar a Los Arcángeles.

Esas imágenes no llegaron nunca a la televisión. Resultaron vetadas, en cumplimiento de la normativa de la Ley de Emergencias, que impedía transmitir proclamas terroristas.

El mensaje solo circuló por internet. Lo cual significaba que fue visto apenas por los pocos privilegiados que, en un país tan injusto como Argentina, estaban en posesión de terminales.

Capítulo cuatro

El Baba (II)

*La voz del tiburón — Nalmet obtiene una confesión — The Gryphon
Group — This meeting's over — El estudio del Autor — Los Héroes
pronuncian un ultimátum*

1.

—Por favor, pasen, caballeros.

El Baba salió de su ensueño (estaba recordando la visita al *sancta
sanctorum* del Autor: su estudio, que la Viuda había accedido a
mostrarles) para seguir a la secretaria de Demonti.

El despacho de Demonti era el negativo perfecto de aquel estudio. De vastas dimensiones, observaba un despojamiento *fashion* apenas perturbado por objetos que costaban fortunas: una Mac de última generación, lámparas doradas, televisor de pantalla plana... ¡Hasta el tacho de basura se veía carísimo!

Demonti ni siquiera se levantó. Tampoco dijo nada: los invitó a sentarse con un gesto. Pero solo había dos sillas.

Era un hombre de cincuenta años, de esos que se aferran a un *look* juvenil como el beduino al oasis. Bronceado de cama solar, vestía un traje de Hugo Boss que desmerecía con una camisa abierta y una cadena al cuello.

Cuando Metnal cedió el asiento a los más jóvenes, se sorprendió. Pero aventó el desconcierto con una sonrisa, estaba habituado a volcar situaciones en su favor.

—Los estaba esperando —dijo al fin—. Aunque esto de caer sin cita previa es un poco... *prepotente*. Porque las cuestiones pendientes son delicadas. ¡Y yo no debería abrir la boca en ausencia de mis abogados! Ehm, ¿de qué estudio dijeron que eran?

El Baba abrió la boca, pero Metnal le ganó de mano:

—Blaskó und Schreck Büro. Estudio internacional, con sede en Berlín.

Metnal hablaba con un acento que nunca le habían escuchado.

—No lo conozco —dijo Demonti. Y después, en un inglés de pésimo gusto y peor pronunciación, agregó—: *You listen to that? Do you know them?*

—*Never heard* —respondió una voz desprovista de cuerpo.

—Caballeros, ejem —dijo Demonti, girando la pantalla de la Mac. Ahí descubrieron a un hombre con anteojos, trajeado, a cuyas espaldas se insinuaba una línea de rascacielos que el Baba había visto en mil películas. Al pie de la pantalla había un rectángulo pequeño, dentro del cual el Baba se encontró a sí mismo, rodeado por la Cofradía. Comparados con la cabeza del neoyorquino, parecían liliputienses—. Les presento a Stanley Brown, del estudio Kittrick, Price, Alcock & Brown. Es el representante legal de la editorial. No se expresa bien en español, pero lo entiende.

El Baba tragó saliva. ¿Cuánto podrían sostener la comedia, en presencia de un leguleyo acostumbrado a zamparse hasta los muebles?

2.

Para colmo Brown podía verlos. *Me cago en Skype*, pensó el Baba. Había cuidado la producción, pero aun así la Cofradía estaba a años luz del *look* adecuado.

El único que mentía bien era Metnal, vestido con el mejor traje de Baba Padre. Pero los otros tres llevaban trajes baratos. La tarjeta del Baba no había dado para más. Cortados al molde de un tipo de hombre nada olímpico, los talles les tiraban de un sitio o de otro. Para que las chaquetas les sentasen de hombros, habían comprado pantalones que bailaban en sus cinturas. De no ser por los cinturones, se les habrían caído al primer paso.

Los detalles también hacían ruido. ¿Un abogado que, como Blake, tenía tatuajes en manos y cuello y cinco argollas de oro en su oreja izquierda?

—*Can't find them in my listings, either* —dijo Brown—. *Not even in Google!*

—Mister Brown debe de haber tecleado mal los nombres —dijo Metnal—. Blaskó und Schreck es un estudio con dos siglos de tradición. Nunca hemos llevado más de diez clientes a la vez. Cuatro de ellos son familias de fortuna, cuyo nombre no me es dado revelar. Cinco son nobles europeos. La muerte de Charles Albert Browning, Jr., que en paz descanse, hizo posible que aceptásemos al Autor como décimo cliente.

—*Let's begin* —dijo el altavoz.

3.

—El motivo de esta visita es protocolar —arrancó Metnal—. Insistí en venir en cuanto nos registramos en el hotel, para que nos conociésemos lo antes posible. A modo de *ice breaker.* ¡Trabajaremos en sociedad durante mucho tiempo!

—Estamos de acuerdo. ¡Hay infinidad de cosas por resolver!

—Mi nombre es Nalmet.

—¿Qué clase de apellido es ese?

—Árabe. Mi familia es de origen marroquí —replicó Metnal—. Ellos son los doctores Benussa, Kebla y Ramón, nuestros socios en Argentina. Y estos dos jóvenes, Diego y Gael, nos asesoran en materia de cómics.

Demonti miró a Milo y el Baba con cara de asco apenas disimulado. Debía de estar harto de los fans que consideraban a los personajes de su propiedad.

—Estamos a su disposición. Ya le hemos dejado nuestros datos a su asistente. ¡Espero que desarrollemos una relación cordial! —dijo Metnal.

—*Seems they're already leaving* —dijo Demonti.

—*Don't miss the oportunity!*

—¿Qué oportunidad? —dijo el Baba.

Pero los Héroes no lo oyeron. Se estaban despidiendo de Demonti, mientras Metnal fingía recordar algo en el último minuto y expresaba la petición que era la verdadera razón de su visita.

—Ya que estamos, le comento… La Viuda desearía conservar los originales de la última entrega de su marido, si es que ya han dejado de darles uso industrial.

—*Originals? No way.*

—Los originales son propiedad de Belvedere durante veinte años —dijo Demonti—. Transcurrido ese tiempo, vuelven a manos del Autor. O en este caso, de sus herederos. Si es que para entonces, ahm, *le quedan* herederos.

Cínico hijo de puta, pensó el Baba.

—Estamos al tanto de esa disposición —mintió Metnal—. Lo que la Viuda solicita es un favor. Las últimas páginas dibujadas por su marido tienen un valor sentimental.

—Entiendo. Pero aunque quisiera dárselas… y ya lo oyeron, el doctor Brown no me dejaría… las páginas no están acá. Los hechos de los últimos días nos convencieron de tomar ciertas medidas. Si no han puesto al tanto al doctor Nelfat de lo ocurrido, estaría bien que lo hiciesen de una vez —dijo Demonti, dirigiéndose a «Benussa», «Kebla» y «Ramón» con tono condescendiente—. Como no queríamos ponerlos en riesgo, ni exponernos a un robo, los guardamos en la caja de seguridad de un banco.

Estamos fritos, se dijo el Baba.

Pero Metnal no se arredró.

—¿De qué banco estamos hablando?

—*Don't tell them. You don't have to!*

La mirada de Metnal se volvió agresiva. Pero controló la voz, que le salió de la garganta con una mezcla exquisita de seducción y amenaza:

—¿No sería apropiado comenzar nuestra relación con un gesto de buena voluntad?

Demonti sintió la presión. Parecía reparar por primera vez en el porte de los cuatro hombres, desplegados como guardia pretoriana: cualquiera de ellos se veía en condiciones de partirlo por la mitad con sus manos.

Prefirió confesar. Los documentos estaban en la sucursal en San Telmo de un banco de Estados Unidos, cuyo nombre no terminó de pronunciar.

—*You've made a mistake!* —lo interrumpió Brown—. *Turn the tables, then. Tell them about the merger!*

—¿De qué fusión habla su, ehm, apoderado? —insistió el Baba.

—Si me permiten, caballeros —dijo Demonti—. Tengo algo que anunciarles.

4.

—En mi carácter de fundador y socio mayoritario de la Editorial Belvedere, acabo de firmar un acuerdo con el Gryphon Group de Estados Unidos. Como sabrán... si es que están en el tema, claro... Gryphon es la matriz de la que salieron cómics como *Kill Force*, *Dominion* y *White Lord*. Mediante esta fusión...

—¿Cuándo la firmó? —dijo el Baba, que veía todo rojo—. Hoy es lunes. ¿Fue el viernes, sobre el cuerpo tibio del viejo?

—Lo importante —dijo Demonti sin inmutarse— es que de ahora en adelante nuestras revistas saldrán con el sello GG en toda Hispanoamérica. Y que nuestros títulos estarán disponibles para adaptaciones al cine, videojuegos, *remakes*...

—¿Va a dejar los personajes del Autor en manos de Gryphon?

—*You are completely out of line, boy!*

—Por favor, Gael —imploró Blake.

—Se trata de una noticia inmejorable —dijo Demonti—. Gryphon puso a nuestra disposición su equipo de dibujantes y escritores... gente de prestigio internacional, deberían saberlo... para que continuemos con nuestras revistas. En este momento hay tres equipos en plena actividad: pronto habrá nuevas ediciones de *Doctor Incógnito*, *Adam de la Selva* y *Lava Man*. No habrán creído que nos disponíamos a cerrar la editorial, ¿no es cierto? ¡Lo importante es honrar el legado del Autor!

Los puños del Baba temblaron. ¡Milo y los Héroes no entendían lo que estaba en juego!

—Toda las historietas de Gryphon están protagonizadas por fascistas —explicó, como si Demonti y Brown ya no estuviesen presentes—. *Dominion* es un superhéroe de mandíbula cuadrada, que viaja por la galaxia exterminando razas de presuntos monstruos. *Kill Force* es una fuerza de mercenarios que mata musulmanes con la excusa del terrorismo. Y *White Lord*... Son cómics misóginos, homofóbicos y de una violencia al nivel del *gore*. ¡Esa es la gente que de ahora en adelante escribirá *Saigon Blake*, *Tariq el Moro*, *Flint Moran...*!

—*Who's this creep, really?*
—*You're the only creep here, Brown-noser!*

El insulto del Baba tuvo efectos inesperados, puesto que la comunicación vía Skype se interrumpió. La imagen había quedado congelada, mostrando a un Brown borroso y con la boca abierta en un grito mudo.

—Tus prejuicios no te dejan ver el bosque —dijo Demonti—. Lo hablé mil veces con Autor. ¡La Aventura no tiene ideología! Si hasta el Gobierno está encantado con la fusión. ¡En adelante, trabajaremos sin interferencias creativas!

—Una bendición desinteresada, seguro.

—*This meeting's over* —dijo Demonti.

Metnal agarró al Baba del brazo y tiró de él en dirección a la salida.

5.

De regreso en Eontamer, el Baba hizo un esfuerzo para recordar el momento en que había sido feliz. Todavía no habían pasado veinticuatro horas desde la visita al estudio del Autor y, sin embargo, sentía que había ocurrido el siglo pasado.

El lugar estaba tan lleno de tesoros que al Baba dos ojos le habían resultado pocos.

Ubicado en el piso superior, tenía la mesa de dibujo a tiro del ventanal. El Autor trabajaba con el sol: de seis de la mañana a dos, dijo la Viuda. Las horas vespertinas las dedicaba a correcciones y entintados, y nunca aceptaba interrupciones a no ser que se tratase de «las nenas». Ni siquiera había teléfono en el estudio, que estaba cubierto hasta el techo de parafernalia.

Su colección de cómics, premios, carteles de cine (*My Darling Clementine, Blade Runner*), juguetes, réplicas de armas, discos de vinilo, fotos (algunas familiares, otras con gente que reconoció a simple vista: Hugo Pratt, el viejo Burne Hogarth), una máquina de escribir Remington Rand, un proyector de cine de 16 milímetros, estantes llenos de películas.

Debajo del vidrio del escritorio, a un costado de la Remington, había una frase en latín: *Hic meus locus pugnare est et hinc non me removebunt.*

—Significa: *Este es mi lugar de combate y de aquí no me moverán* —dijo la Viuda.

Los Héroes miraban para todas partes sin saber qué ver.

El Baba se preguntó si sentirían algún tipo de emoción. Después de todo, habían sido concebidos en aquel lugar.

Empezó a disparar preguntas. Una detrás de otra, hasta atosigar a la pobre Viuda. Descubrió que el Autor guardaba ejemplares de sus obras en el sótano, con precauciones parecidas a las suyas: bolsas de celofán que precintaba.

El resto de las preguntas las había preparado de antemano, anticipándose a las necesidades de la Cofradía. Fue así como obtuvo los datos que los ayudaron a enfrentarse a Demonti: el hecho de que la Viuda estuviese en busca de un abogado nuevo, los detalles sobre la factura industrial de las revistas. Según entendió, los originales de la inminente *Doctor Incógnito* debían estar ya de regreso en la editorial.

Pero nunca había imaginado que Demonti les depararía aquel mazazo. A la luz de lo ocurrido, que los originales estuviesen en la bóveda de un banco era un contratiempo menor.

¿Los personajes del Autor en manos del grupo Gryphon? Se trataba de una noticia catastrófica. Esa gente pervertiría el código de los Héroes, poniéndolos a hacer —y a defender— todo lo que hasta entonces habían combatido.

Sin embargo, aquella corrupción no parecía el más grave de los hechos en danza. Lo más inquietante era otra cosa, que los Héroes de carne y hueso, dedicados a despojarse de sus ropas de calle, no se estaban tomando con la debida seriedad.

¿De qué modo les afectaría en el mundo real el hecho de que otras cabezas escribiesen sus historias, de que otras manos dibujasen su presente?

6.

Esta vez se contuvo al ver a Metnal en calzoncillos.

El domingo, cuando el vampiro se quitó el atuendo símil árabe para vestir las ropas de su padre, al Baba se le había escapado una sonrisa.

La idea de espiar a un Héroe en paños menores sonaba graciosa en sí misma. ¡Pero además el gordo era más blanco que la leche!

Lo malo fue que Metnal se dio cuenta y lo incendió con la mirada. El Baba se pellizcó y buscó un tema que le permitiese distraerse del asunto.

—¿Está seguro de que quiere salir al sol? —preguntó—. Como se supone que ustedes son sensibles a la luz...

Con una pierna metida en los pantalones nuevos, Metnal extrajo algo del morral que había traído de la Harley.

El Baba lo atajó en el aire. Era un envase de plástico.

Neutrogena Sunblock Lotion, Sensitive Skin, SPF 100.

—Protector solar —había dicho Metnal mientras se subía los pantalones—. El pobre Drácula no conoció los beneficios de la ciencia.

Fue la última de sus bromas.

Desde que supo que su amada Lara tenía los rasgos de Helena, Metnal había perdido las ganas de reír. Y el encuentro con Demonti solo había aumentado su mal humor.

El Baba compartía el sentimiento. Aun sabiendo que Metnal era casi invulnerable, el Baba temía por su destino... y por el de todos los Héroes.

Milo le preguntó si de verdad era para tanto. Debía de haber leído las sombras en su cara, lo conocía mejor que sus padres.

—¿Lo de Demonti? Es mucho peor —dijo el Baba—. Con la gente de Gryphon dirigiendo la colección, la obra del Autor va a ser destrozada, negada y reescrita en pocos meses, como si nunca hubiese existido.

—¿Te parece posible que, al retomar las historias, la gente de Gryphon...?

—¿Vaya a convertir a Blake y compañía en sus esclavos? Suena tirado de los pelos, pero después de las cosas que hemos visto...

—Lo del robot me impresionó.

—¿Quién, Desmond?

—No puedo creer que esa cosa esté viva.

—¡Pero lo está! ¿No viste latir su corazón, la vía de suero con que Moran lo alimenta?

—Y en ese caso, ¿no está sufriendo? Digo, así mutilado, con su... su... sangre cayendo por tubos...

—No es sangre. Se llama *ligamen,* ya te lo expliqué. Materia orgánica, pero de una clase muy especial —dijo el Baba, mirando en dirección a los Héroes. Cuchicheaban en un rincón—. ¿De qué habla esta gente? Están misteriosísimos.

Como si lo hubiesen oído, los Héroes caminaron a su encuentro. Blake asumió la voz cantante.

—Tenemos algo que decirles. Algo importante.

7.

—Vamos a asaltar ese banco y a robar los originales.

—¿Pero cómo? —saltó Milo, la voz de la razón—. ¡Un banco no es joda! Tiene alarmas, cámaras de vigilancia, rejas…

—No se preocupen —dijo Moran.

—Lo importante es la condición —dijo Metnal.

—Si esos papeles no echan luz sobre el dilema —dijo Tariq—, nos daremos por relevados.

—Eontamer estará operativa en veinticuatro horas —dijo Moran.

—Paren, paren, paren —intervino el Baba—. A ver si entendí. Lo que están tratando de decirnos es, ehm… que si los originales no… no *explican* qué está pasando y qué hacen ustedes acá…

—Volveremos a casa —dijo Moran—. Yo puedo llevar a Tariq y a Blake al tiempo al que pertenecen… y regresar después a mi universo. ¡Tenemos cuestiones que resolver!

El Baba vio que Metnal sacudía la cabeza. ¿Por dónde pasaba su desacuerdo?

—Tomaremos esa fortaleza, ese… *banco* —dijo Tariq—. Para entender qué está ocurriendo. Y por vosotros, que habéis arriesgado la vida para protegernos. Pero si los dibujos no resuelven el enigma…

—Dentro de un día, estaremos lejos de aquí —concluyó Moran—. En todas las dimensiones sugeridas por la expresión.

Capítulo cinco

Saigon Blake (III)

Peor, imposible — Milo el agorero — El secreto de la Cofradía — ¿Sueños delirantes o proféticos? — Cuatro jóvenes en un jardín — El dolor de ya no ser

1.

Ninguno de ellos estaba cualificado para asaltar un banco.

Blake ignoraba la tecnología de la que dependían sus medidas de seguridad. Los poderes de Metnal eran insuficientes: las puertas de metal y los barrotes hechos de aleaciones novedosas estaban más allá de su fuerza. Y Tariq ni siquiera había oído hablar de semejantes cosas. El pobre hombre parecía una cámara de ecos, destinado a repetir cada palabra desconcertante que oía. ¿Banco? ¿Alarmas? ¿Titanio?

Moran poseía maquinaria superadora. Estaba la extraña manopla que había usado en el cementerio; y también su arma secreta, de la que dependía el éxito de la operación. Sin embargo, al igual que sus compañeros, lo ignoraba todo respecto del banco: sus sistemas de vigilancia, la organización de su planta.

Nadie lo decía, pero todos lo sospechaban.

Eran la banda de atracadores más inapropiada.

2.

Milo había hecho lo imposible por disuadirlos.

El muchacho tenía razón. Si esperaban un par de días, el cómic que buscaban estaría a la venta en todas partes. Y en caso de que no deseasen perder tiempo, podían asaltar la imprenta o uno de los camiones de la distribución. ¡Sería más fácil que sortear las defensas de un banco internacional!

Pero el Baba manifestó su desacuerdo. El único modo de asegurarse de que los de Gryphon no hubiesen alterado el cómic era, dijo, ver los originales. Necesitaban cerciorarse de que Demonti no hubiese hecho desaparecer información vital.

Y los Héroes lo habían apoyado. Esperar, dijeron, carecía de sentido. Preferían ocuparse de inmediato a cruzarse de brazos. Plantearon incluso que el tiempo podía estar jugando en su contra. ¿Qué ocurriría si, al desvelarse el dilema, se revelaba que habían perdido horas preciosas para la misión que el Autor había querido encomendarles?

Además, aunque la revista impresa resolviese el misterio, querían devolverle a la Viuda los originales que, contrato o no, le pertenecían por herencia directa.

Milo no había discutido la justicia de la causa. Lo que trataba de hacerles entender era que, aun cuando estuviesen en condiciones de abrir las cajas, debían considerar los riesgos que correrían durante el proceso. Si dejaban activada tan solo una de las alarmas (Milo no era un experto, pero no hacía falta serlo para prever que habría más de una), la policía y los mastines de la OFAC los rodearían en minutos.

Y entonces ya no podrían abrirse paso a golpes de AC9. Los camiones blindados se habían llevado toda la provisión que Moran atesoraba.

Metnal le dijo que entendía su posición. Y que nadie lo obligaría a hacer algo en contra de su voluntad. Si el atraco le parecía demasiado peligroso, tanto el Baba como él podían regresar a sus casas, o bien esperar su regreso en la seguridad de Eontamer.

El Baba se negó de plano.

—¡Yo voy con ustedes! —dijo.

Y Milo se ofendió.

—Están locos. Empezando por vos —dijo, señalando al Baba—. Pero yo no me bajo. Y menos si se llevan a mi amigo. ¡Ese banco es la boca del lobo! Por favor, piénsenlo otra vez. Yo creo que el hecho de que estén acostumbrados a… bueno, *a ser lo que son*, los tiene confundidos. En las revistas los héroes no mueren nunca…

—Nadie está a salvo —musitó Metnal.

—Pero esto no es un cómic, sino el mundo real. Y además el Baba y yo no somos de papel. Ni podemos poner fichas que alarguen nuestro tiempo, como en los videojuegos. ¡Esta es la única vida que tenemos!

—Hay cosas peores que la muerte —dijo Moran.

—¡Lo único que sé —insistió Milo— es que van a poner en peligro al Baba, y totalmente al pedo!

Quisieron replicarle. Pero Milo los dejó boqueando. Antes de que articulasen palabra, se retiró a un rincón para quitarse el traje.

El Baba acudió en su ayuda. El cabestrillo limitaba sus movimientos. Sin embargo, Milo lo rechazó. Acusaba a su amigo de complicidad en el delirio.

Blake lo observó mientras luchaba contra la ropa. Lo veía fruncir el ceño a causa del dolor y mascullar, aunque no descifrase sus palabras. Seguramente protestaba contra ellos, que habían vivido mil y una aventuras pero desconocían los peligros del mundo real.

El muchacho tenía razón. Otra vez.

¿Qué pensaría de saber los verdaderos motivos que los empujaban a la acción?

3.

Al principio Blake creyó ser el único afectado. Desde que había encallado en ese mundo, todos los intentos de conciliar el sueño culminaban en fracaso. Por más que cerrase los ojos y permaneciese inmóvil, no conseguía perder la conciencia.

Su cuerpo había sido desterrado de los dominios de Hipnos con la complicidad de Nix, la Noche Madre: ni siquiera la oscuridad y el silencio obraban el milagro.

Se sentía como el imago de la mariposa: imposibilitado de regresar a la crisálida que lo había contenido.

Había empezado a recurrir a ese tipo de imágenes para explicar su situación. Le servía pensar que su existencia anterior había sido larval. Que el mundo nuevo se correspondía con una encarnación suya también nueva, aun cuando todavía no pudiese comprender cuál había sido su evolución particular… más allá de la combustión intestinal, por cierto.

Pronto advirtió que no era el único en padecer insomnio.

Tariq se echaba en un rincón de la nave pero no descansaba. Las pupilas bailaban de manera incesante debajo de sus párpados.

Moran no se iba a dormir a otra parte, como había creído la primera noche, sino a supervisar la reparación de Eontamer. Blake lo había descubierto en la madrugada: el aventurero hablaba solo, echado junto a los restos del autómata, mientras manipulaba los tubos que salían de su cuerpo.

Cuando el autómata se movió (levantó su único brazo, cuya mano Moran estrechó), Blake se había pegado el susto de su vida.

El único que parecía descansar era Metnal. Como ni siquiera producía los movimientos mínimos que induce la respiración, se veía como un cadáver. Que durmiese con los ojos abiertos resultaba perturbador.

En especial, porque no podía determinar si dormía de verdad.

4.

No tardaron en encontrar otros síntomas, tan compartidos como la falta de sueño. Una debilidad física que hasta entonces no habían conocido, manifestada como estado febril. Pérdidas frecuentes del hilo del pensamiento, o de la conversación: debían hacer un esfuerzo para recordar dónde se habían quedado antes del apagón.

—¿Y qué hay de los recuerdos? —preguntó Tariq.

El guerrero había puesto el dedo en una llaga.

Blake ya lo había advertido. Sus propios recuerdos eran difusos, fragmentarios; hasta los hechos que le habían ocurrido días antes (la traición de su socio Mateo Cembrero, la muerte de Tsang, la agónica huida por las calles de Hong Kong) parecían distantes, como si hubiesen ocurrido hace mucho… o en una vida anterior.

Tariq refirió unos sueños que había tenido, en los días previos a lo que coincidían en llamar el Gran Salto. Durante las horas de descanso que se permitió en su busca de Merlyn, había sido asaltado por imágenes y sensaciones para él inéditas: el vértigo de volar, la visión de un ejército de monstruos de hierro.

Cuando escapaban del cementerio, comprendió que los monstruos del sueño se parecían a los vehículos que los sometían a persecución.

Moran había experimentado una angustia de muerte durante el viaje de regreso a Tecumseh. A la luz de la catástrofe, atribuyó el sentimiento a una premonición. Pero ahora, al sugerir a Tariq que precisara día y hora de sus sueños, se permitió considerar otra explicación.

A pesar de que procedían de épocas y de mundos tan diferentes, habían sentido lo mismo en sincronía.

Aproximadamente a la hora de la muerte del Autor.

5.

La decisión de asaltar el banco cuanto antes era, pues, razonable en el contexto de la situación. La respuesta a sus males podía estar esperándolos en un sótano blindado. Y si lo que hallaban en esas profundidades no resultaba suficiente (en esto habían sido honestos con Milo), partirían de inmediato. Para volver a sus circunstancias originales y ser nuevamente quienes siempre habían sido.

Si es que tenían suerte.

Metnal refirió un sueño recurrente, que lo había visitado desde que había perdido a Lara. La veía en un jardín, jugando con otras jóvenes de su misma edad. Tomándose de las manos, girando en una ronda.

Al descubrir la foto de las Hijas en casa del Autor, Metnal comprendió no solo que Lara «era» Helena; también supo entonces que las otras jóvenes del sueño tenían nombre: Sofía, Bárbara, Miranda.

Lara nunca había tenido hermanas.

—Ahora puedo interpretar los detalles de aquel sueño —dijo Metnal—. El jardín donde jugaban a la ronda es el mismo que se ve a través de la ventana, desde el estudio del Autor.

Cuando en diálogo con Milo los Héroes aludieron a otros peligros, Blake entendió a qué se referían.

Metnal trató de decirle que ya no estaban a salvo, por más que Milo los creyese invulnerables. ¿Y si la debilidad tenía que ver con las nuevas manos que escribían sus historias? Ninguno de ellos estaba en condiciones de medirlo. Pero la inquietud del Baba, que tanto sabía de esos asuntos, no auguraba nada bueno.

Moran describió la situación de este modo: a su juicio, se enfrentaban a un peligro más grave que la muerte. La perspectiva de la peor de las servidumbres, porque cuando el esclavo no advierte que es esclavo, la rebelión nunca sobreviene.

Se refería al peligro de perder la identidad. De dejar de ser quienes habían sido hasta entonces para empezar a ser Otro, otros, nadie. Nada.

Capítulo seis

Tariq (II)

El robo de los carruajes — *Ataque nocturno* — *La placa mágica* — *El arma secreta* — *La naturaleza de Metnal* — *La trampa de hierro* — *Cercados por el enemigo*

1.

Tariq llevaba días en ascuas, pero la inminencia del ataque aumentaba su ansiedad. Se sentía a punto de dar un brinco y dejar su piel atrás.

Lanzar una carga antes de estudiar el terreno conducía al desastre. Pero no tenía manera de tomar precaución alguna. Las preguntas que formulaba solo obtenían respuestas que no le servían.

¿Podían utilizar las armas capturadas al enemigo (según Blake, se llamaban *escopetas*: qué nombre más ridículo) para perforar muros?

La respuesta era negativa.

¿Existían armas más poderosas? Claro que sí: cañones. Pero según le dijeron, no serían necesarios, puesto que no preparaban una embestida frontal, sino una sorpresiva. Entrarían de noche como ladrones en el templo. El arma secreta de Moran daría cuenta de las defensas en un abrir y cerrar de ojos.

¿Vestirían ropas oscuras, pues, para confundirse con las tinieblas?

Por el contrario, había dicho el Baba. Lo mejor era que usasen sus prendas originales.

A esas alturas Tariq había optado por callar. No estaba en condiciones de incorporar saberes ni de luchar contra razonamientos cuya lógica lo superaba. Si ese lugar guardaba tantos tesoros como decían, ¿cómo era posible que no hubiese nadie custodiándolos?

Calzarse la daga lo tranquilizó. Una vez reparada la empuñadura, el tajo del brazo había desaparecido en horas.

El Baba le había dicho que, en el cómic, la daga curaba las heridas. Explicación que, por supuesto, no había satisfecho a Tariq. Las heridas se trataban con agua y jabón, con alcohol, con emplastos, con vendas que protegían de las infecciones. ¡No existían metales con propiedades curativas!

Pero tampoco podía negar la evidencia de su piel.

De seguir viviendo en la incertidumbre, terminaría aceptando la existencia de la magia.

Si mi padre lo supiese, pensaba, *se moriría de vergüenza.*

2.

Entrada la noche, iniciaron sus movimientos.

Metnal robó dos vehículos de esos que llenaban a Tariq de pánico.

(No había nada vergonzante en sentir miedo. ¿A qué hombre le gustaba subir a un carro sin corceles, que se movía por obra de un hechizo?)

Metnal rompió cristales, abrió puertas y escarbó debajo de la rueda del pescante. Los carros respondieron a sus caricias, ronroneando como felinos.

El vampiro se hizo cargo de una de las ruedas. (*Volantes,* se llamaban: otro nombre absurdo.) Blake y Moran viajarían en su carro, junto con el arma secreta.

Milo se montó en el vehículo más pequeño, en compañía del Baba.

Tariq toleró de mal modo que lo relegasen al segundo carro. A su modo de ver, era el vehículo de aquellos que no serían de utilidad durante el ataque.

Mientras concluían un trámite difuso (cambiaban las placas de metal de los carros, grabadas con letras y números, por las de otros carros), Blake le explicó que todos tenían asignadas tareas vitales. Hasta el Baba resultaba imprescindible. ¡Era el único, más allá de Metnal, en condiciones de conducir uno de los vehículos!

El viaje se le antojó interminable. El Baba conducía muy mal para su edad. (Tariq había empezado a cabalgar a los cuatro años.) Las sacudidas le producían náuseas, un malestar poco recomendable en la antesala de una ofensiva.

Milo oficiaba de guía, leyendo un mapa a la luz de una mínima lámpara. El Baba y él eran los únicos que usaban guantes. (Guante, en el caso del herido.) Según había oído, el uso de sus manos desnudas podía perjudicar a los muchachos.

Los Héroes no tenían nada que temer a ese respecto, o al menos eso le habían dicho. Esa era otra de las tantas explicaciones que Tariq había reclamado, para olvidar poco después. Le pareció que el Baba le hablaba en lenguas.

—Vucetich. Pianito. Computadora —había dicho el Baba.

Tariq no había entendido una sola palabra.

—Por casualidad —dijo el Baba a mitad de camino, sin quitar las manos del volante—, ¿no sabrá usted lo que significa *abyssus abyssum invocat?*

—*El abismo invoca al abismo.* Un versículo del Libro de los Salmos. Me sorprendió encontrarlo en la lápida del Autor.

—¡Yo pensé lo mismo! En general, se ponen cosas genéricas… tipo *esposo y padre ejemplar*, esas cosas… o frases más *up*, esperanzadoras… qué sé yo: *El cielo no podía esperar*, o… ¿quién fue el que dijo por últimas palabras: *Luz, más luz? …Anyway*, me pregunto si ese no será otro mensaje que el Autor nos dejó.

—Querrás decir *les* dejó —lo corrigió Milo.

—Ufa, vos siempre…

—¿Ves ese edificio? Ahí adelante —dijo Milo—. ¡Ya llegamos!

Tariq contempló la mole que Milo señalaba. Un cartel anunciaba el nombre del lugar con letras brillantes.

¿Cómo pasarían desapercibidos, entrando a un edificio que estaba más iluminado en plena noche que bajo la luz del sol?

3.

Las puertas del banco eran de cristal.

Cualquiera que recurriese al cristal como defensa debía de estar en connivencia con otras fuerzas. La clase de poder inexplicable (el arte de Merlyn, sin ir más lejos; o peor aún, el del Autor) que Tariq había negado su vida entera.

Milo se colocó un gorro (tenía una suerte de alero que se extendía a partir de la frente, protegiendo los ojos) y sacó del bolsillo una placa rectangular.

—No te olvides de la media —le dijo al Baba.

—¿Por qué tengo que usar una media de mujer?

—Porque a mí la gorra me tapa la jeta, ¡pero a vos no!

—La puta que te parió.

A oídos de Tariq, la frase sonó inconclusa. ¿Qué intentaba decir el Baba sobre la madre de Milo? ¿Qué había hecho aquella mujer desgraciada, qué se esperaba de ella?

—Con mi vieja no te metás —dijo Milo, y bajó del carro.

«*La puta que te parió* es una broma», concluyó Tariq. En vez de ofenderse, Milo había sonreído.

El muchacho se aproximó a la puerta de cristal. Y pasó la placa por una solapa que sobresalía a un costado, sobre el muro.

La puerta se abrió. Milo la empujó con el hombro sano y los invitó a acercarse.

Tal como Tariq había temido.

En aquel mundo, la diferencia entre ciencia y magia negra era inexistente.

4.

Milo y Moran fueron los primeros en entrar. El resto permaneció en el umbral.

Tariq vio que Milo señalaba puntos en las alturas. Cada vez que marcaba uno, Moran dirigía su brazo en esa dirección. La manopla producía un sonido grave, que hacía vibrar al universo; y al silenciarse dejaba una niebla plateada flotando en el aire.

Acto seguido, el blanco al que había apuntado (una confección de metal que le sugería una serpiente de un único ojo) adquiría un aspecto pétreo, no muy distinto al de los matones del cementerio.

—¿Estás seguro de que eso es todo: tres cámaras y nada más? —dijo el Baba. Tenía la cabeza envuelta en una tela que borraba sus rasgos. Como si se hubiese calzado una segunda piel, robada a alguna criatura de los pantanos.

—A la vista no hay más —dijo Milo, moviéndose con Moran hacia una segunda puerta.

El Baba instó al grupo a unirse a la vanguardia.

La segunda puerta también era de cristal, en este caso, de hojas dobles. Pero Milo desistió de usar la placa mágica. Tal vez porque había cadenas del otro lado, ligando los pomos de ambas puertas.

—Ojo ahí —dijo el Baba.

Señalaba una cuarta serpiente de metal, del otro lado de las puertas de vidrio.

—Apártense todos —dijo Moran.

Retrocedió dos pasos y alzó la mano.

Aquella vez la niebla fue azul.

La puerta se desintegró. Tariq bajó la vista, alertado por el golpe sobre sus botas, y así comprendió lo que ocurría.

El vidrio de las puertas se había convertido en líquido, derramándose por el lugar. La cadena y los candados reposaban en un charco.

Milo le pidió a Tariq que desenvainase. Y le indicó qué hacer: acabar con la cuarta serpiente, cortando el hilo que la unía al muro.

—¿Bastará con eso? —dijo Tariq.

—¡Con el cable cortado ya no funciona!

Tariq seguía sin entender, pero obedeció.

—Lo más difícil viene ahora —dijo Milo.

5.

Anduvieron a tientas por el salón (no existía más luz que la mortecina que manaba de unas lámparas) hasta que dieron con otra puerta, protegida por barrotes. Había llegado el momento de emplear el arma secreta, que Metnal cargaba sobre sus espaldas. Era el único en condiciones de mover semejante peso.

Depositó el arnés con delicadeza. Moran apartó las telas que envolvían la carga. La habían ocultado para no espantar a nadie, en caso de cruzarse con curiosos.

A pesar de estar familiarizado con el contenido, Tariq se estremeció. El cadáver mutilado que se negaba a morir era otra afrenta a su experiencia. En los días que llevaba allí, el autómata de Moran había desarrollado una lengua que bailaba con vida propia, como si buscase el tope de un paladar que aún no existía.

—Desmond, viejo amigo —dijo Moran palmeando la única pierna que el autómata conservaba—. Todavía no puedes oírme, pero sé que me percibes.

El corazón latió más rápido en el pecho transparente.

—Lamento exponerte cuando tu condición es tan delicada. ¡Pero necesito que me ayudes una vez más!

Tomó la mano del autómata (la derecha, ese era el flanco que se había salvado de la mutilación) y la apoyó sobre la cerradura de la puerta de barrotes.

Durante un instante, nada ocurrió. Moran insistía en golpear la mano yerta contra la forma de metal.

De repente los dedos cobraron vida. Zumbaban como abejas. Perdieron toda semblanza humana. Se doblaban en posiciones imposibles.

—Las manos de Desmond son un catálogo de herramientas —dijo Moran.

—Como esos cortaplumas multiuso, tipo Victorinox. ¡Pero elevado a la enésima! —dijo el Baba.

Tariq nunca descifraba del todo las palabras del muchacho. ¡Hablaba de la manera más abstrusa!

—Destornilladores, pinzas, soldador —dijo Moran.

—Sierra, martillo, tenazas… Un set minúsculo para trabajar sobre circuitos —agregó el Baba.

—Y un set de llaves universales, por supuesto.

La mano metió su dedo medio en la ranura de la llave. Los zumbidos se tornaron más agudos.

—Se nos viene la noche —dijo Milo.

Otro que hablaba raro. ¡La noche estaba encima de ellos desde hacía horas!

Entonces la cerradura produjo un chasquido y se abrió.

6.

Milo y el Baba las habían llamado «cajas de seguridad». Por primera vez en aquel mundo confundido por Satán, las palabras se correspondían con las cosas: centenares de cajas metálicas empotradas en los muros, en lo más profundo de aquella fortaleza.

—Me gusta —dijo Metnal contemplando la catacumba—. Lejos del sol, hermético… ¡En un lugar como este, dormiría como un bebé!

Desde que había comprendido la naturaleza de Metnal, Tariq lo encontraba repugnante. Había tenido que controlarse mil veces para no descabezarlo de un mandoble. Pero el *vampyr* les había brindado una ayuda inestimable; podía decirse, incluso, que había preservado sus vidas al exponerse como lo hizo.

Tariq se había prometido darle una oportunidad. Quizás Metnal estuviese a tiempo, todavía, de aspirar a la redención.

7.

En lo profundo de la bóveda, la Cofradía se enfrentaba a nuevas dificultades. Ignoraban qué cajas contenían los benditos papeles. Buscaban la proverbial aguja en el pajar.

Para empeorarlo todo, el arma de Moran no servía en aquella instancia.

—Si altero la composición molecular de las cajas, transformaré también sus contenidos.

El autómata podía repetir el truco con las cerraduras, pero eso le habría insumido un tiempo del que no disponían. Tal como Milo les recordaba de modo obsesivo, el riesgo que corrían aumentaba a cada segundo.

Hubo un instante de desconcierto, que Tariq toleró en silencio. El desafío estaba más allá de sus talentos.

—En condiciones normales, Desmond habría arrancado los paneles —dijo Moran.

—¿No le alcanza con una mano sola?

—Lo que le falta es un punto de apoyo. Si contase con sus dos pies… Aun así, no estoy seguro de poder transmitirle la orden. El dedo en la cerradura era mensaje suficiente para sus circuitos. ¿Cómo pedirle que arranque el panel, si carece de oídos?

—Metnal puede oficiar de punto de apoyo —dijo Blake—. ¡Tres piernas son mejor que una!

Moran cerró la mano del autómata sobre el borde del panel. A continuación solicitó a Metnal que abrazase al autómata por su torso y lo empujase en dirección contraria a la pared. De esa manera combinarían sus fuerzas para arrancar el frente metálico que contenía las cajas.

La primera vez fallaron. Apenas Metnal empezó a empujar, la mano del autómata se desprendió del borde.

La segunda vez ocurrió lo mismo.

A la tercera, lo que quedaba del autómata pareció comprender. Su mano se engarfió sobre el filo y no lo soltó.

El panel no cedía.

Metnal apoyó sus pies contra la pared, para impulsarse con mayor fuerza. Los músculos del cuello se le tensaron como cuerdas.

Cuando el panel cedió (un ruido escalofriante, el metal expresaba el dolor de su desgarro; después sobrevino el *cataplán* del derrumbe), Metnal y el autómata quedaron atrapados debajo del hierro.

8.

Ninguno pareció saber qué hacer, hasta que Milo pidió que levantasen la trampa.

Apenas anularon la presión que los detenía («Ahora entiendo lo que sienten las moscas en la telaraña», dijo), Metnal reptó hacia fuera arrastrando a Desmond por su única mano.

El autómata dejó a su paso una estela de baba. Pero estaba entero, al igual que Metnal. El *vampyr* y el engendro eran más fuertes de lo que aparentaban.

Los cajones se abrieron con un tirón.

Revisaron sus contenidos a once manos, desparramándolo todo. (La mano número doce estaba inmovilizada por el cabestrillo de Milo. La mano número trece, perteneciente al autómata, yacía en el suelo adosada a su dueño. La pobre bestia respiraba pesadamente, soplando a través del agujero de su cuello.)

Tariq vio joyas a granel, piezas de oro, fajos de papeles del tamaño de un naipe. Pero nada que se pareciese a lo que buscaban.

Fue Moran quien descubrió los tubos.

—¡Acá están! —dijo en cuanto quitó la tapa de un cilindro rojo.

Dentro de los tubos, enrollados como un papiro, estaban los dibujos del Autor.

—Por favor, apuremos —dijo Milo—. ¡Oigo ruidos que vienen de arriba!

Capítulo siete

Tariq (III)

*Sitiados — La treta de Milo — Los rehenes avanzan — El percance
del Baba — Estalla la violencia — Tariq sucumbe — El* Top Ten *de
los más buscados — Huellas*

1.

Subieron los escalones de tres en tres. Pero no llegaron ni a asomar las narices en el piso superior. Milo, que lideraba la marcha, los conminó a frenar.

—Ca-*gamos*. ¡Policía!

Las luces de los carros militares (Tariq las recordaba, ya lo habían impresionado la noche en que se fugaron del camposanto) teñían
el sitio de colores a través de los cristales.

—Nos están esperando —dijo el Baba. La segunda piel de su
cara se inflaba con cada expiración.

Milo se quitó la gorra e hizo lo mismo con la piel extra de su
amigo. Entre la cara de pánico y sus cabellos de punta, la visión del
Baba movía a risa.

—¡No tiren! —gritó Milo—. ¡Mi amigo y yo somos menores,
nos tienen de rehenes!

Dicho lo cual instó a Moran a apuntarlo con la escopeta y alzó
su brazo útil en señal de rendición.

Milo y el Baba salieron así, fingiéndose prisioneros. Se quedaron pegados a la puerta, para que los soldados no viesen más que el
cañón del arma que los amenazaba.

Tariq quiso blandir la segunda escopeta, pero Blake no lo dejó.

—Los muchachos pueden salir heridos por error.

Blake tenía razón. Aun así, Tariq se sintió ofendido.

—¡No vamos a tirar, quédense tranquilos! —dijo una voz que provenía de la calle. Sonaba como si saliese del fondo de un cubo de metal, pero, aun así, poderosa.

Tariq se preguntó si sus sitiadores serían gigantes.

—Caminen detrás nuestro —dijo Milo a la Cofradía—. Mientras hagamos de escudo, no van a disparar. Eso sí, cuando lleguemos a la calle...

Avanzaron en dirección a los hombres de azul (ninguno era un gigante, se cercioró Tariq: triste consuelo) que los apuntaban con un arsenal.

2.

La visión de los «rehenes» disuadió a los soldados de disparar. El chico del brazo en cabestrillo y el gordo tambaleante distaban de parecer atracadores.

Finalmente, Moran cedió a Tariq una escopeta. Aunque era evidente que lo había hecho porque no quedaba más remedio (Blake ya tenía una, Metnal necesitaba ambos brazos para lidiar con el autómata, los muchachos fingían ser sus víctimas), el guerrero se sentía reconfortado.

Ahora era cuestión de que la suerte no lo traicionase. Lo último que deseaba era volarle la cabeza a Milo.

La marcha hacia la puerta concedió tiempo a Moran para colocarse la manopla.

El Baba soltó una larga ventosidad.

—Perdón —dijo—. ¡Son los nervios!

Tariq se sintió reivindicado. No era el único en producir estallidos en los momentos de peligro.

Para expresar su agradecimiento, repitió la broma que Milo le había enseñado:

—¡La puta que te parió!

—Y que conste que el vampiro soy yo —dijo Metnal—. ¡Pero es él quien huele como si hubiese comido un muerto!

Estaban a un metro de la calle cuando Moran usó su arma. Asomó la mano por el hueco que dejaban los muchachos. Una ráfaga gris inmovilizó a los soldados más próximos.

Milo y el Baba se zambulleron, buscando la protección de la pared.

Blake disparó su escopeta. Los uniformados desaparecieron detrás de los carros.

Tariq disparó también. Las descargas lo dejaron sordo.

Metnal apretó el paso todo lo que su cruz se lo permitía. Una visión que no habría desentonado en un bestiario: un hombre con tres piernas y tres brazos.

Tariq lo vio recibir disparos y matar a tres soldados, con las garras que ahora completaban sus dedos. Un cuarto fue reducido por un golpe involuntario de Desmond, propinado al moverse el vampiro; Metnal lo remató en el suelo, aplastando la garganta con el pie.

En cuestión de segundos se hizo el silencio. No había nadie que sirviese de blanco, ni más gargantas que desgarrar.

Solo se oía un ulular que se aproximaba.

—Vienen más en camino —dijo Milo, que ya había saltado a la calle.

3.

Se atuvieron al plan acordado.

En cuanto depositó a Desmond en el baúl de un carro (el más grande, que ahora sería conducido por el Baba), Metnal se apoderó de otro par de escopetas y ocupó el pescante de uno de los vehículos militares.

Milo se alejó caminando. Nadie confundiría a un muchacho vendado con un intrépido atracador.

El Baba y los demás aguardaron su momento dentro del carro grande.

Cuando el ulular lo alcanzó, Metnal salió a toda marcha. Detuvo al primer carro militar de un topetazo en su flanco. Al segundo lo dejó fuera de combate de un escopetazo.

Los cristales volaron en pedazos. El carro perdió el control y se estrelló contra los vehículos detenidos en la calle.

El tercero siguió a Metnal, tratando de impedir que se perdiese en la ciudad.

El ulular amainó. Tal como habían imaginado, los carros militares se habían concentrado en la persecución de Metnal, sin saber que nada (nada humano, cuando menos) podía detenerlo.

El carro del Baba partió a la más moderada de las velocidades, respetando en cada esquina el código de luces que a Metnal le divertía ignorar.

La idea era que nadie reparase en ellos, en su regreso al vientre de Eontamer.

4.

Tariq se permitió un respiro y sintió dolor. Su cota de malla estaba rota en el vientre.

El ardor no lo perturbaba, el fuego lo había mordido ya mil veces en batalla. Pero ese dolor que palpitaba en sus entrañas no se parecía a ninguna herida que hubiese recibido antes.

Sentía que se había tragado una roca del tamaño de una cabeza; el peso le reventaba los intestinos.

Tuvo miedo de quitar las manos del vientre; la sangre manaría a borbotones y la vida se le iría con ella.

—Me han herido —atinó a decir.

A continuación se desmayó.

5.

El robo del banco también fue atribuido a Los Arcángeles.

Como además de dinero y joyas se habían llevado obras del Autor (que la Editorial Belvedere, según su director Héctor Demonti, había atesorado en reconocimiento a su valía), la policía dijo que el móvil de semejante acto no entrañaba misterio.

A Los Arcángeles no les había bastado con asesinar al Autor y arrasar su tumba. Ahora el grupo terrorista (en cuyas filas, dato cruel, militaban sus Hijas) buscaba acabar con el legado de un hombre insigne de la cultura argentina.

Sobre las razones de este ensañamiento, Monjenegro no albergaba dudas. Así como Los Arcángeles se manifestaban con violencia en contra de un Gobierno democrático, también repudiaban las expresiones artísticas preferidas por las mayorías. Se trataba de una banda de iluminados, convencidos de estar en posesión de una verdad que querían imponer a sangre y fuego.

Una sangre y un fuego, dijo, que no tardarían en revertir sobre sus cabezas.

El Ministerio del Interior difundió imágenes registradas por una cámara de la calle. Mostraban a integrantes del grupo, vestidos con disfraces que completaban la burla, escapando de la institución saqueada. Uno de ellos se había ataviado como un jeque árabe.

El ministro aclaró que el Gobierno investigaba la conexión internacional: «Estamos convencidos de que el grupo cuenta con apoyo de terroristas musulmanes, parte del *Top Ten* de más buscados del FBI».

Las imágenes demostraban que Los Arcángeles habían utilizado como rehenes a dos jóvenes, cuyos rasgos no se identificaban debido a la pobre resolución del video.

Sobre su paradero, se temía lo peor. Era probable que ya hubiesen sido asesinados.

Había tres cuestiones, sin embargo, sobre las que el ministro nada dijo a la prensa.

6.

La primera: los agentes petrificados, al igual que las «estatuas» del cementerio. Seguían vivos de algún modo. Habían empezado a comunicarse mediante pestañeos, como las víctimas del síndrome *locked-in*. Pero lo que expresaron no aclaró nada. Carecían de información sobre el arma que los había reducido a ese estado. Y tampoco sabían cómo anular el proceso.

La existencia de tecnología desconocida inquietó tanto a Monjenegro como al coronel Lazarte, responsable de la OFAC.

Hasta el momento habían combatido contra enemigos en inferioridad de condiciones, aficionados que ni siquiera sabían organizarse. Pero este rayo representaba un juego diferente.

Por primera vez se enfrentaban a un peligro cierto.

La perspectiva de que sus hombres se viesen convertidos en fósiles perturbaba a Lazarte tanto como la otra evidencia, que también habían ocultado: las heridas brutales que habían acabado con algunos policías, semejantes a aquellas encontradas en las víctimas de la batalla del cementerio.

Los forenses decían que habían caído bajo las garras de una bestia enorme.

El tercer dato ocultado era incruento, pero no menos ominoso. Desde que llegó a su conocimiento, Lazarte no había pegado un ojo.

La policía científica había encontrado huellas digitales en la bóveda. Más de un centenar, tanto parciales como completas.

Pero la esperanza de identificar a los terroristas no había durado mucho. Y Monjenegro dio orden de callar, hasta que encontrasen la causa del error en las pruebas o el dispositivo que había permitido «colocar» semejante evidencia en la escena del crimen.

Aun cuando pareciesen provenir de manos diferentes (había dedos más anchos que otros, y un juego con cicatrices distintivas sobre las yemas), las huellas digitales correspondían a una única persona. Y para mayor desazón, a una persona muerta.

La bóveda estaba llena de huellas del Autor.

Capítulo ocho

Flint Moran (II)

*La salud de los heridos — Un ADN único — Milo regresa — Hospital
o muerte — El cómic buscado — Similitudes y divergencias — ¿Quién
es el Tejedor?* — Continuará

1.

Habían obtenido lo que buscaban, pero ¿a qué precio?

Tariq yacía en el camarote de Moran, abrasado por la fiebre.
Fue necesario atarlo a la cucheta para que las convulsiones no lo echasen al suelo. En su delirio, no hacía otra cosa que hablar en árabe.
Blake tenía un vago conocimiento del idioma, pero solo identificó la
palabra *umm*. Significaba «madre».

Con Desmond en funciones, los plomos de su vientre habrían
sido extraídos sin riesgos. Además de mecánico, cocinero y abrepuer-
tas, el *re-gen* era un magnífico cirujano. Pero Desmond también estaba fuera de combate.

Apenas pisaron la nave, Moran arropó al androide temiendo lo
peor. Hizo todo lo que estaba a su alcance: conectarle una vía de suero, envolverlo con telas empapadas en aceites balsámicos, llenarlo de
palabras amables que de algún modo (eso deseaba, desde lo más hondo de su alma) Desmond sabría interpretar.

En el mejor de los casos, la aventura del banco había postergga-
do su regeneración por otros dos meses.

Se quedó a su lado, aferrando la mano que tan buen servicio les había prestado. Moran sabía que su presencia era vital para la recuperación. Esa característica había sorprendido hasta a Pte San Win, creadora de la cepa *re-gen*: la forma en que esos androides respondían al estímulo humano.

—Has vuelto a salvarme —le dijo—. No me alcanzará el tiempo para agradecer lo que te debo, ni aunque viva mil años.

La forma en que Desmond vibraba al contacto, y muy especialmente cuando le hablaba, nunca había dejado de fascinarlo. Sin embargo, aun cuando era consciente de lo beneficioso de su proximidad, Moran no podía darse el lujo de permanecer allí.

Tariq estaba en apuros. Milo no había regresado todavía. Y el destino de Metnal seguía en suspenso.

—Ahora debo irme, pero estaré cerca.

Le pareció que Desmond se resistía a soltarlo.

A medida que se alejaba, sentía más culpa.

El *re-gen* era lo más parecido que conservaba a un pariente.

Pte San lo había creado con esa intención, a partir de una muestra de ADN del mismísimo Moran.

2.

El Baba estaba en el sector de carga. Había sacado los originales de los tubos de plástico para distribuirlos en el suelo, sobre una cuadrícula imaginaria.

—Todavía no encontré el episodio nuevo —le dijo.

—No dejes de avisarnos en cuanto lo hagas.

—Y ustedes avisen cuando llegue Milo.

—Te enterarás al mismo tiempo que nosotros. Dejaré conectado el sistema de sonido, para que Desmond oiga mi voz aunque yo no esté a su lado.

Blake lo aguardaba en la cabina de comando, con noticias sobre Tariq.

—Quise quitarle el cinturón, para ponerlo más cómodo. Apenas toqué la hebilla, reaccionó. Casi me ahorca. ¡Si esa es la fuerza que tiene cuando está herido, no querría enfrentarme a él en condiciones normales!

Moran le echó un vistazo por las pantallas. Tariq dormía un sueño profundo, arrullado por las vibraciones de Eontamer. La nave lo bañaba con mil matices de luz dorada, como si le recordase el sol de su Hispania natal.

Al oír el ruido, Moran abrió una nueva ventana en la pantalla. Milo estaba afuera. Arrojaba piedritas contra el fuselaje.

El Baba acudió de inmediato, para abrazarlo y llamar la atención sobre un detalle que se le había escapado en el revuelo.

—Menos mal que no le sacaron el cinturón. ¡La daga que Tariq lleva encima es mágica! Restaña heridas y repone miembros amputados. Pero, claro, estamos hablando de armas blancas. ¡Quién sabe si tendrá el mismo efecto con las balas!

Moran registró las palabras del Baba con escepticismo. No creía en otra magia que la producida por Pte San en su laboratorio. Blake tampoco pareció tomárselo muy en serio, por cuanto apuró al Baba para que regresase a su tarea. Después de la salud de los heridos y ausentes, nada apremiaba más que encontrar el cómic inédito.

Milo estaba en perfecto estado, más allá de la picazón que lo atormentaba debajo de sus vendajes.

Había llegado a Eontamer con ánimo eufórico. Encontrar la nave no le costó nada: estaba en el sitio prefijado, de regreso en el terraplén. Ducho ya en las características de su «invisibilidad», pudo «verla» gracias al efecto de las luces sobre el fuselaje.

Pero la caída de Tariq lo afligió. Pidió verlo de inmediato.

Aunque no lo confesó, era evidente que se castigaba a sí mismo por no haber sido inflexible. Si los hubiese disuadido de emprender el ataque…

—Hay que llevarlo a un hospital —dijo, contemplando los esparadrapos tintos en sangre. Milo tampoco creía en la magia que su amigo daba por sentada.

—Siempre fuiste la voz de la sensatez —dijo Moran—. ¿Te parece conveniente llevar un herido de bala a un lugar público, después de la gresca del banco?

—¿Prefieren que se muera?

—Claro que no —dijo Blake—. Apenas deje de perder sangre, extraeré los proyectiles. ¡No es la primera vez que lo hago!

—Ustedes no tienen la menor idea. ¿Un Itakazo a corta distancia?

Milo levantó las compresas. El vientre de Tariq estaba lleno de sangre, que barrió con su antebrazo. Las heridas eran múltiples.

—Son un montón de perdigones. Así de chiquitos. —Después dijo, dirigiéndose a Blake—: No va a poder sacarlos, porque no los va a encontrar. ¡Basta con que se le escape uno para desatar la infección!

A continuación los apartó del guerrero (la manga de Milo chorreaba sangre) y agregó en voz baja:

—Yo no sé si está a tiempo de salvarse. Pero si le queda una oportunidad, no se la podemos negar. Hay un hospital donde la gente es discreta, te emparchan sin preguntar. ¡Le tienen tanta tirria a la gente de la OFAC como yo!

Blake y Moran se miraron. Como de costumbre, el muchacho ofrecía soluciones. ¡No podían cruzarse de brazos, apostándolo todo a la magia de un arma medieval!

El Baba apareció a la carrera, chocándose contra el marco de la puerta. Se golpeó tan de lleno que Eontamer soltó un lamento.

Pero la cabeza del Baba estaba a años luz del dolor.

—Acá —dijo. Blandía un cilindro de papel, sin dejar de jadear—. ¡Encontré… la puta… *historieta!*

3.

Se abalanzaron sobre el Baba, postergando la emergencia de un modo que pronto los llenaría de vergüenza.

—Esto es lo que viví antes de llegar aquí —dijo Blake.

Las imágenes lo mostraban escapando de una celada, atacando al amigo que lo había traicionado, escondiéndose en un fumadero de opio.

Las páginas siguientes no necesitaban explicación. Allí estaban los Héroes, arribando a un cementerio que a esa altura conocían bien.

A partir de allí comenzaban las diferencias.

Para empezar, no había señales de Metnal.

Un personaje desconocido recibía al trío de Héroes entre las tumbas. Era un hombre con hábito de monje anudado a la cintura, los rasgos velados por una capucha.

—¿Y ese quién es? ¡Yo no lo vi nunca en el cementerio! —dijo Milo.

El Baba lo calló de un chistido, leer los globos del diálogo se les volvía imperativo.

El personaje les daba la bienvenida. Se presentaba a sí mismo como el Tejedor (el Baba no tenía registro de semejante nombre) y los convocaba a «la aventura más grande de sus vidas».

—Lo mismo que Merlyn le dijo a Tariq —repuso Blake, echando una mirada culposa en dirección al herido.

—Las mismas palabras que me trajeron aquí —añadió Moran.

A continuación el Tejedor decía algunas palabras sobre cada Héroe, que oficiaban como introducción de los unos a los otros. Después les confería el título de Cofradía Trotamundos y les preguntaba: «¿Están dispuestos a enfrentarse al más insidioso de los enemigos? Me refiero a Hainaut, El Que Ve en la Oscuridad».

En los cuadritos del cómic, los Héroes se miraban.

Y eso era todo.

La última palabra era simple: *continuará*.

Capítulo nueve

Flint Moran / Saigon Blake

Dios en los detalles — El poder de la daga — La tumba de Helena —
Medio Metnal — ¿Quién es Hainaut? — Los Héroes deciden regresar
— La objeción de Milo

1.

Blake fue el primero en romper filas. Si el Autor quería enviar un mensaje, se lo había reservado para un capítulo que no llegó a concebir.

—Presten atención a los detalles —dijo el Baba, que no se daba por vencido—. A este hombre le encantaba incluir pistas en los dibujos. Cosas que parecen banales, pero que los fans disfrutamos: referencias a otros títulos de la serie, la irrupción de personas reales en plena ficción, datos sobre las lecturas favoritas de los personajes… A Blake le encanta la saga artúrica, por ejemplo: tiene una edición antigua del Monmouth en su biblioteca de Hong Kong, ¿o no? ¡Lo cual funciona, a la vez, como guiño para los que siguen las aventuras de Tariq!

Blake abrió la boca sin decir nada. Había sentido el impulso de preguntar cómo lo sabía el Baba, para rendirse de inmediato ante la evidencia.

Moran le regaló una mirada de empatía. Tampoco se acostumbraba al hecho de que unos desconocidos lo supiesen todo sobre sus vidas.

Se repartieron las páginas para analizarlas.

Milo fue el único en negarse. La salud de Tariq le parecía más importante que los mensajes secretos.

—Si no me ayudan, lo llevo yo solo. ¡No sé cómo, pero lo llevo!

Moran y Blake sintieron vergüenza. Milo estaba en lo cierto: el cómic podía esperar un nuevo escrutinio, pero Tariq no tenía más tiempo que perder.

Estaban sentándolo cuando abrió los ojos.

El velo febril había desaparecido de su mirada.

Le preguntaron cómo se sentía.

Dijo que su vientre ardía como si le hubiesen echado aceite hirviendo, pero que el dolor profundo amainaba.

—Funciona —dijo con una sonrisa débil—. ¡La magia de la daga pudo también con esta herida!

Los perdigonazos habían dejado de sangrar. El fin de la hemorragia era prodigioso en sí mismo. Pero Milo, que no conocía otra magia que la del sentido común, insistía en la necesidad de un dictamen médico.

El Baba se encargó de cerrarles el camino.

Había descubierto algo en las escenas del cementerio.

2.

Uno de los cuadros mostraba al fondo una serie de tumbas. De todas ellas, solo una exhibía un texto parcialmente legible.

Decía: *Helena* y un pedazo de apellido que, aunque incompleto, resultaba fácil identificar como el del Autor.

La única fecha visible correspondía al nacimiento.

—Debe ser la fecha de nacimiento de la Helena real —dijo el Baba—. Cuando pueda, lo confirmo por internet.

Para Moran el dato iluminaba el estado mental del Autor. ¡Había vivido obsesionado por el asesinato de su Hija, hasta su último aliento!

—Por favor, permiso —dijo Milo, tratando de que el Baba le abriese paso.

—¿Adónde me lleváis? —dijo Tariq.

—Son gente de poca fe —replicó el Baba—. ¡No creen en el poder de la daga, quieren llevarlo a un hospital!

Un repique sobre el fuselaje abortó la conversación.

La pantalla reveló la identidad del visitante.

Era Metnal, lo cual constituía un alivio. Pero su traza estaba lejos de resultar tranquilizadora.

Desnudo, despellejado y falto de músculos en la mitad del rostro (la calavera asomaba por debajo, revelando un ojo que parecía asombrado), miraba a cámara con una sonrisa, mientras apretaba un cigarro entre los dientes.

3.

—No pregunten. Y tampoco hagan bromas —dijo al entrar. Su espalda estaba llena de ampollas que burbujeaban—. Todo lo que necesito es un lugar a resguardo de la luz.

Moran levantó del suelo una tapa de metal.

—Aquí es donde guardo los trajes autónomos.

Metnal apagó el cigarro en la palma de su mano y saltó al hueco.

El suelo respondió con un *boum* al estímulo de su peso.

—Compadres… ¡Muy buenas noches! —dijo el vampiro.

Y se encerró sin más trámites.

El primero en salir del pasmo fue el Baba, que seguía pendiente de las páginas del Autor.

—Miren acá, *please* —dijo, remitiendo a uno de los últimos cuadritos—. A estas alturas no sé si soy yo, de puro sugestionado, o si lo que estoy viendo es real.

—Loco, basta —dijo Milo, arremetiendo con Tariq a la rastra—. ¡No podemos perder un minuto más!

Esta vez fue Tariq quien lo detuvo. Quería saber qué había encontrado el Baba.

El Autor había iluminado el dibujo de un charco.

—Ya sé que parece agua, nomás. Pero mírenlo así.

El Baba torció la página, poniéndola cabeza abajo.

Las ondas irregulares del charco se organizaron en otro sentido.

Estaban viendo los rasgos de un hombre. Era la cara del Tejedor, que el Autor había incluido en el reflejo del agua.

—¿No lo ven parecido a nadie? ¡Es el Autor, gente! ¡Su propia cara, tal cual!

El Baba sacudía la página al filo de la exasperación.

—Yo no lo conocí.

—Ninguno de nosotros...

—Y si lo fuese —propuso Blake—, ¿echaría algo de luz sobre la presente circunstancia?

—Este dibujo confirma que el Autor los esperaba. ¡Ustedes no vinieron por error ni accidente, sino convocados por una razón!

—Que nunca sabremos ya a ciencia cierta.

—¡Pero acá dice, ustedes lo leyeron: «Enfrentarse al más insidioso de los enemigos»!

—¿Quién es Hainaut?

—¿El Que Ve en la Oscuridad? Vaya título...

—¡Si lo sabes, dilo de una vez!

Pero el Baba no dijo nada.

No tenía la menor pista sobre Hainaut.

4.

—Está decidido, entonces —dijo Moran—. Ya hemos hecho todo lo que estaba a nuestro alcance. En cuanto Tariq esté en condiciones, emprenderemos el regreso.

—¡Volvamos ya mismo! —dijo Tariq.

—¿Están hablando en serio? —dijo el Baba—. ¿Se van a quedar con la intriga? ¿Sin saber qué esperaba de ustedes el Autor de sus vidas?

—Admito que la situación está llena de elementos... *intrigantes* —dijo Moran—. La existencia de cómics con nuestros nombres. El parecido de las Hijas a las mujeres que amamos. Pero yo no soy un personaje de ficción. ¿Acaso no me ves aquí, delante de ti? ¿No me oyes, no sientes la presión de mi mano? *No tengo nada de irreal.* Y por ende, no puedo descuidar a los míos... ¡gente tan real como yo!... para someterme a los designios de un muerto. ¡Si así lo hiciese, entonces sí dejaría de merecer la existencia!

—Pero no me digan que el misterio...

—No hay tal misterio —dijo Blake—. Aun si decidiésemos ignorar el factor más inexplicable de esta situación... a saber: ¿cómo es posible que un hombre común y corriente nos haya traído hasta aquí, desde nuestros tiempos y lugares? Aunque lo obviásemos, insisto, la cuestión del porqué ya ha quedado sellada. El Autor pretendía que lo salvásemos de la muerte. ¡Pero llegamos tarde! Por eso mismo, lo único que tiene sentido ahora es regresar al punto de partida. Antes de que sea tarde, también, para solucionar lo que dejamos pendiente en nuestros mundos.

—Esto sí que es magia... ¡Mirad!

Tariq levantó los jirones de su chaqueta, enseñando el vientre barnizado de sangre.

Las perforaciones habían empezado a cerrarse. Algunas perdigonadas se veían como marcas de viruela, pequeños pozos que afectaban apenas el tejido superficial.

—Eso es lo que yo llamo una recuperación envidiable —dijo Blake.

—¿Has oído, Desmond? —dijo Moran, levantando la cabeza para que los micrófonos registrasen su alegría—. ¡Volvemos a casa!

5.

Su entusiasmo era el negativo perfecto del abatimiento del Baba.

Milo pasó el brazo sano por los hombros de su amigo y lo estrujó. Pero su afecto no obró el milagro.

—Quedaos con los dibujos, si queréis —dijo Tariq.

—Son de la Viuda —le recordó el Baba.

Un golpe sacudió la chapa bajo sus pies.

—No se olviden de mí —dijo Metnal. Su voz sonaba con sordina—. ¡Yo no pienso irme a ninguna parte!

El Baba se desprendió de Milo para echarse de rodillas.

—¡Yo le consigo pantalla solar, si quiere! —La perspectiva de que Metnal no se fuese resultaba un consuelo—. ¡Y un lugar donde esconderse! ¡Podemos buscar juntos! ¡Seguro que el Autor dejó otra pista, nadie mejor que yo para ayudarlo!

Todo lo que ascendió desde la catacumba fue un gruñido.

Milo carraspeó, como si quisiese borrar la descortesía del vampiro.

—Disculpen —dijo—. Pero... ¿puedo hablar?

—Pues claro.

Milo se rascó la cabeza, como si necesitase una chispa para propulsar su discurso.

—Hum… Yo… Yo soy el menos indicado para decir ciertas cosas, porque… a diferencia de mi amigo, acá… yo no creo en nada. O mejor dicho: creo que este mundo es una mierda, que las cosas no mejoran con el tiempo y que no podemos confiar en nadie. *O en casi nadie* —aclaró, anticipándose a la protesta del Baba—. Si algo me enseñó la vida es a tomar las cosas como vienen. Por eso mismo, ahora que las cosas vienen raras… nunca supe de naves como esta, de heridas que se curan solas ni de gente convertida en piedra… siento que no tengo derecho a hacerme el tonto.

Moran percibió que Eontamer modificaba su iluminación, la nave era sensible a los humores. Su luz había disminuido en intensidad, invitando a las confidencias.

—Si este mundo es raro para ustedes —prosiguió Milo—, imaginen lo raros que son ustedes para mí. Yo no conozco a un solo héroe. ¡En este lugar no abundan! Puede que el Peluca, un viejo amigo, lo haya sido; está claro que no lo mataron porque sí. Pero precisamente: dado que este mundo es una mierda, uno se fija en las pocas cosas que valen la pena. Y cuando yo enterré al Autor, esta mujer, su Viuda, fue generosa conmigo… generosa y, ahm… *tierna*… aunque no tenía por qué. Por eso me siento en la obligación de plantearlo. No porque crea en causa alguna. Ni tampoco porque crea en la mitad de este delirio, que a estas alturas ya doy por sentado. Lo hago porque me siento en deuda con esa mujer. Porque fue buena conmigo y eso no es poco. Así que pregunto, *les* pregunto: ¿y si el Autor los convocó para una misión diferente?

Ninguno de los Héroes dijo nada. La luz de la cabina había virado al bronce.

—Piénsenlo un segundo —dijo Milo—. Si el Autor contaba con ustedes, y en lugar de responderle se van sin hacer nada… Quiero decir, nada de lo que pretendía que hiciesen en este mundo, *mi* mundo… ¿No tienen miedo de que haya… no sé bien cómo expresarlo… *consecuencias indeseadas*?

Metnal golpeó con más fuerza desde abajo.

—¡Eso es lo que yo creo, ni más ni menos!

—¿Cosas peores que las que acaban de pasar? —dijo Moran.

—Entiendo tu preocupación —dijo Blake—. ¿Pero cuál sería el sentido de permanecer aquí sin saber para qué?

—Yo tengo una sospecha —dijo Milo. Y sonrió con picardía, como niño que se aviene a confesar una travesura.

6.

—¿Ustedes piensan que un hombre que perdió a su hija armaría una cosa tan tirada de los pelos… si estuviese en su poder, claro… solo para salvarse a sí mismo? Traten de ponerse en su lugar. ¿Se protegerían ustedes mismos… *o salvarían a las Hijas que todavía están vivas?*

Los Héroes callaron. En otro tiempo podrían haber fingido neutralidad, pero el dilema tocaba sus corazones. Todos venían de experimentar un dolor intolerable: el de la pérdida de alguien amado. Por traición en el caso de Blake, por impotencia en el caso del guerrero, por alevosía en el caso de Moran.

—El experto en estas cuestiones es el Baba —dijo Milo—, pero el asunto pinta tan claro que hasta yo le veo la punta. El Autor se presenta a sí mismo como el Tejedor. Se encuentra con ustedes junto a la tumba de Helena. Y se toma el trabajo de dibujar la fecha de nacimiento de Helena, pero no dibuja la de su muer…

—*¿Helena?*

La voz de Metnal retumbó en las vísceras de la nave.

—¿Estás diciendo que Helena, *mi Lara*, está enterrada en el mismo cementerio que…?

Comprendieron que el vampiro se había perdido esa información.

—Eso sugieren los dibujos —dijo Moran.

Metnal salió de la catacumba. Sus heridas seguían abiertas, pero ya no parecía importarle. Le pidió a Moran algo para vestirse. Había perdido el atuendo de jeque durante el escape, que concluyó entre llamaradas y hierros retorcidos.

Cubriéndose las partes, con la carne llagada y el cráneo asomando, no se veía como el ser temible que había demostrado ser, sino como una figura patética.

—¿Cuáles son nuestras posibilidades de salvar a esas jóvenes, en un mundo que nos resulta tan ajeno? —dijo Blake—. Me remito a la evidencia de la temporada que llevamos aquí… ¡De no ser por la ayuda que ustedes nos brindaron, no habríamos obtenido nada!

—Si es por eso, no se preocupen, ¿eh? ¡Pueden seguir contando con nosotros! —dijo el Baba.

—Y se lo agradecemos —replicó Moran, arrojando una túnica en dirección a Metnal—. Pero el quid de la cuestión no pasa por allí. Si no les molesta, creo que los señores y yo nos debemos un conciliábulo.

Moran sugirió a Milo que esperasen en la zona de carga. Podían aprovechar el tiempo guardando los dibujos, en preparación para su retorno a manos de la Viuda.

—Fantástico —dijo Metnal no bien se colocó la túnica. Su voz había recuperado el retintín irónico—. Antes parecía el jeque Ilderim. Y ahora parezco un senador romano. ¡Después del incendio provocado por Nerón!

Milo fue el primero en moverse. El Baba lo siguió, palmeándole la espalda. Estaba agradecido a su amigo. Había respaldado su tesitura con un argumento más que valedero.

Lástima, pensó Moran, *que estemos condenados a decepcionarlos.*

7.

El concilio fue breve. La postura de Moran se impuso por simple mayoría. Fueron tres contra el voto disidente de Metnal, otra decisión que no había costado anticipar.

Los muchachos oyeron el dictamen sin interrumpir, moviendo la cabeza en asentimiento. Aun contrariados, entendían su posición.

Les informaron de los síntomas que los acosaban: el estado febril, la debilidad creciente, el insomnio. Todo indicaba que, de permanecer en ese mundo, su cuadro empeoraría. ¿Cómo rescatarían a las Hijas en esas condiciones?

—Los que deben intentarlo son ustedes —dijo Moran.

Al Baba se le escapó una carcajada. Pronto comprendió que Moran hablaba en serio.

—Saben cómo moverse en esta ciudad. Conocen sus códigos, su tecnología. ¡Es más de lo que nosotros podemos decir!

Milo sacudió la cabeza. No se veía en el papel de héroe.

—Para convenir una interpretación que nos satisfaga a todos, digamos lo siguiente: que el Autor tenía la intención de que nos conociésemos… incluyéndolos a ustedes, muchachos; seguramente iba a dibujarlos en próximas entregas… y de que cada uno se viese, ahm, *reafirmado* en su misión individual —propuso Moran—. Por eso estoy seguro de que se sentiría satisfecho. De haber pretendido que nos quedásemos aquí, habría evitado nuestro malestar, esta sensación… tan alarmante, por cierto… de estar desintegrándonos.

—¡A lo mejor no pudo! —objetó el Baba—. ¿Cómo iba a prever que Demonti los pondría en manos del grupo Gryphon?

—¿No se les ocurre que quizás estemos haciendo lo correcto? —dijo Blake—. ¿Que el Autor no esperaba que rescatásemos a sus Hijas, sino a sus contrapartes en nuestras historias?

—¿Pero no está muerta, Pte San Win? —preguntó el Baba.

—Mi esperanza es que la Iglesia Universal la haya tomado prisionera —dijo Moran—. Sabe demasiado para que se den el lujo de matarla. Pero la misma razón la convierte en candidata a tormentos. Si no la rescato lo antes posible…

Blake se aproximó a los muchachos.

—Sabemos que lo harán lo mejor que puedan —dijo—. En cuanto a la Cofradía, nos comprometemos a proteger a las contrapartes de las Hijas. Y de inmediato, para evitar que los demiurgos de Gryphon nos conviertan en espectros. ¡Es la única opción que tenemos!

8.

Sorteado el expediente de la despedida, Moran invitó a Tariq y a Blake a ubicarse en un sitio cómodo.

—Puede ser aquí mismo, en los sillones. La partida los hará sentirse de modo, ahm, *peculiar*. ¡Y no quiero verme obligado a recogerlos del suelo!

Moran se desplomó sobre su propio sillón. Ansiaba partir, pero odiaba la idea de ponerse en marcha. Su experiencia en materia de *wormholes* era escasa (nunca antes había hecho uso de uno, hasta que Eontamer lo lanzó al universo que todavía habitaba), pero suficiente para que le constase que el trance era duro.

Le había recordado la visita a Nova Atlantis, que había sido su única inmersión profunda: el dolor intolerable en oídos y articulaciones, la sensación de parálisis.

—Estamos en tus manos —dijo en voz alta, tratando de disimular sus nervios.

Pero Eontamer sabía más y mejor. Empezó a vibrar al tiempo que soltaba un largo y reconfortante mugido. La luz del comando se volvió azul, de intensidades que variaban en función del sector. Así como había ocurrido cuando Pte San lo puso al mando, Moran se sintió en el vientre de una ballena.

El dolor no tardó en llegar. Y a continuación, el vértigo.

Se aferró al sillón, sintiendo que caía a un abismo sin fin.

EXPLICIT LIBER SECUNDUS

LIBRO TERCERO

UN BIPLANO SOBRE EL DELTA

Capítulo uno

Milo (V)

*Delta — Manana Patato — Taza taza — El Viejo — Cuando Milo
descubrió un tesoro — La oportunidad hace al ladrón — La caída del
Sopwith Camel*

1.

El Delta era un laberinto. Miles de islas de múltiples tamaños: algunas
albergaban pueblos enteros y otras tenían sitio para apenas un náufrago. Se discutía si era o no un archipiélago, dado que la definición
hablaba de islas en el mar y el Delta explotaba en la desembocadura
del río. Pero aun cuando el término seguía en entredicho, nadie cuestionaba el adjetivo que solía adosársele: se trataba de un archipiélago
móvil.

    El río modificaba el panorama de modo constante. Si llovía
mucho, era capaz de borrar paisajes completos. A algunos terminaba
por vomitarlos, pero nunca intactos. Los dejaba parecidos a reliquias
de la Atlántida.

    Sin embargo, nada era más drástico que los aludes de barro
creados por los temporales. El tsunami marrón podía unir islas que
habían estado separadas, dividir una en dos o más partes o simplemente arrasarlas, como si nunca hubiesen existido.

    Las guías de turismo describían el Delta como una Venecia na-
tural. Pero callaban que se aludía a Venecia tal como había sido durante el Neolítico.

Antes de diluirse en el mar, el río se dividía en una red de canales nauseabundos. Algunos daban cabida a barcos de buen calado; otros dejaban espacio para una canoa. Ese entramado moldeaba la vida de los isleños, separándolos del morador de tierra firme. En el Delta, los almacenes, las ambulancias, el correo y las patrullas tenían forma de lancha. Las familias que vivían en barcazas se habían multiplicado en los últimos años, otra de las consecuencias de la crisis.

Algunos recién llegados se fingían isleños para esquilmar a los turistas. Los subían a sus naves con la promesa de la navegación, convencidos de que el viaje sería corto. Al atardecer los mosquitos emprendían vuelo, en formaciones similares a nubes. Las guías nada decían al respecto, o lo consignaban en letras microscópicas. Los isleños estaban habituados a estos vándalos (no existía repelente que valiese: la única actitud sensata era resignarse, los mosquitos perdonaban a aquellos de piel curtida), pero ni los turistas más valientes los toleraban. Enloquecidos por el zumbar y los picotazos, terminaban rogando que los llevasen de vuelta al puerto.

Los isleños verdaderos evitaban el contacto con esa gente. Era una de las leyes no escritas del lugar, como aquella que desaconsejaba poner proa al este. Las historias de barqueros perdidos se renovaban cada semana. Siempre había alguien que conocía a otro que no había vuelto a casa. Ese era el significado de las velas que boyaban en el agua por las noches, sobre cuencos de vidrio: una víctima más que sumar a la lista.

Muchos sonreían cuando se les preguntaba por la existencia de mapas confiables. En el resto del mundo los diagramas de esta clase cumplían, entre otras funciones, la de evitar desenlaces fatales. Pero los naturales del Delta estaban convencidos de que la cartografía no era ciencia, sino una rama de la ficción.

Aunque ningún mapa del Delta reflejase la realidad, existía la posibilidad de que lo hiciese algún día. Eso sí: con la fugacidad de una mariposa.

2.

Aquel invierno, la vida de Milo se tornó tan irreal como un mapa del Delta.

En apariencia todo era como había sido, o casi. La herida de Milo obligó a su padre a procurarse cierta sobriedad, para conservar el trabajo en el cementerio. En consecuencia, Milo asistió a clase con una regularidad inédita.

El resto del universo pareció apegarse a sus patrones de conducta. Los choferes de lanchas amenazaron con una huelga que no llegó a puerto. El Gobierno agudizó su ofensiva contrarrevolucionaria, con la L. E. I. en la mano. Y Manana Patato perseveró en su ronda, a pesar de las lluvias y el frío.

Manana Patato era el tonto de las islas. Pasaba a diario por casa de Milo, una vez de ida y otra de vuelta. A las mismas, precisas horas, aun cuando no llevaba reloj a la vista. Eso sí, tenía un paraguas. Que usaba de manera aleatoria: a veces coincidía con la tormenta y a veces no. Lo invariable era lo que decía. Siempre repetía lo mismo, sin dejar de marchar como un trencito:

—*Hoy no mino. Manana miene. ¡Manana o patato!*

Pero aunque el mundo reiterase gestos y parlamentos, la puesta en escena ya no era verosímil. Milo sentía que nada funcionaba como antes. Ni siquiera los salvavidas que había abrazado durante años, en sus horas más negras.

Para permanecer a flote, debía olvidar. Y obligarse a hacerlo era imposible. Con tal de sufrir amnesia se habría tirado de cabeza desde un tejado. Pero Milo tenía experiencia en golpazos. (Los médicos de la guardia solían bromear: *¿por qué número de conmoción cerebral vamos, sexta o séptima?*) Las desmemorias providenciales, lo sabía bien, solo existen en los libros y las pelis.

Y en los cómics, claro.

Había acordado con el Baba que ya no hablarían del «asunto». Pero aun cuando se abandonasen a la cháchara de Pierre y el Bonzo (lo cual suponía, entre otros tópicos, discutir los méritos de Boca con ardor digno de mejor causa), «el asunto» estaba allí.

Detrás de las polémicas sobre las mujeres famosas que se llevarían a la cama. Desviando su atención de la lectura del *Plan Revolucionario de Operaciones*. Preñando los silencios cada vez más frecuentes entre los amigos.

Ese era el peor de los miedos para Milo. Que «el asunto» terminase siendo una cuña entre el Baba y él.

3.

Al principio el Baba se había puesto pesado. Se tomaba a pecho lo de salvar a las Hijas. Quería volver a casa de la Viuda, conectarse con Los Arcángeles.

Milo maldecía el momento en que abrió la boca, poco antes de despedirse de los Héroes.

Todo lo que sugirió entonces fue que, acosado por las jaquecas y la impotencia, el Autor había imaginado que los Trotamundos rescatarían a sus Hijas. (La locura del difunto era infecciosa, se lo concedía.) ¡Pero nunca pretendió que ellos dos desempeñaban rol alguno en aquel escenario!

Nadie en su sano juicio se metía con la OFAC. El coronel Lazarte era implacable. Por mucho que simpatizasen con su causa, Los Arcángeles tenían los días contados.

—En este momento hay miles de tipos, ¡miles!, con todas las armas y la tecnología y, y, y *la guita* a su disposición, siguiéndoles la pista —dijo Milo, la primera de las tardes que habían dedicado a aquella esgrima.

En el marco del cuarto del Baba, pródigo en revistas y juguetes, la conversación había adquirido un tinte absurdo.

—Tendríamos que rezar para que nadie nos relacione con lo del cementerio, ni con lo del banco. ¿Y vos querés salir a la calle a preguntar por terroristas? Tardarían cinco minutos en pescarnos y diez en sacarnos una confesión. ¡Y lo peor es que, aunque dijésemos la verdad, nadie nos creería!

Harto de razonar sin éxito («Aun si encontrásemos a las Hijas, ¿qué les vas a decir: escóndanse en mi habitación, yo les presto revistas?»), Milo optó por callar. Habría sido peor si decía lo que en verdad pensaba. Que lo consideraba un gordo pelotudo, que no sabía atarse las zapatillas y quería desafiar a la OFAC, exponiendo a todo el mundo a sufrir retribución de la Mano de Hierro. ¡Hasta a sus padres!

Desde entonces el Baba había moderado sus planteos. De algún modo (tanto dibujito, tanto cómic) debía de haber leído lo que pensaba en los trazos de su cara.

Pero como insistía mediante indirectas, una tarde se lo dijo con todas las letras.

Que no contase con él para semejante disparate. Que no pensaba arriesgar su vida por una causa dudosa, intentando rescatar a gente del destino que había elegido para sí misma. Y que tampoco hiciese boludeces por las suyas, si no quería que encarase a Baba Padre y Madre y les contase en qué andaba.

—Mejor preso en un loquero que torturado y muerto —dijo.

El Baba lo había mirado con desprecio, pero a Milo no le importó.

Prefería pasar por traidor, por *buchón*, a dejar que su amigo se hiciese daño.

4.

Lo malo era que, aun cuando había cerrado aquellas puertas a conciencia, todavía deseaba hablar de lo vivido. ¿Y con quién iba a compartirlo, sino con el Baba?

Le habría gustado recordar el día que voló por los aires, escapando por un pelo de la explosión. (Pero no quería instar al Baba a tomarse el peligro con ligereza.)

Le habría gustado pedirle las revistas, para descubrirlo todo sobre los Héroes. (Pero se reprimía para no alentar reproches: «Ah, cómo, ¿no era que este asunto no te importaba?»)

Le habría gustado especular sobre la suerte de la Cofradía. ¿Habrían regresado a salvo a sus mundos, y logrado su cometido antes de que Demonti los desactivase? (Sin embargo callaba, el gordo no lo necesitaba para darse manija.)

Le habría gustado expresar su curiosidad por el paradero de Metnal. ¿Dónde estaría ahora, volverían a cruzarse? (Pero no decía nada, la mera mención de Metnal ponía al Baba de mal humor.)

El peso de lo que no podían decirse se había instalado entre ambos, un muro de silencio.

Ya no hacían nada juntos más allá de compartir recreos con los otros dos parias, su sociedad escolar.

«Taza taza», decía el gordo cuando terminaban las clases.

Cada uno a su casa.

5.

Ahora dejaba la escuela al atardecer, por obra y gracia del invierno, y llegaba a su casa de noche. Por lo general encontraba a don Maciel al borde del coma etílico, su padre empezaba a beber durante las últimas horas de servicio. Nunca despertaba antes de la madrugada, a tiempo para comer algo y subirse a la lancha de las seis.

Aquella tarde no fue excepción. En cuanto pisó la escalera, Milo oyó ronquidos. Una vez dentro de la casa, caminó de puntillas, esquivando botellas. La gracia del nuevo esquema era que le impedía cruzarse con don Maciel, y Milo no deseaba arruinarla.

La heladera estaba vacía. Encontró una lata de atún pero no pudo abrirla, la mano que todavía llevaba en cabestrillo no toleró el esfuerzo.

Entonces se le ocurrió visitar al Viejo. A quien no veía desde hacía semanas.

Desde la aparición de los Héroes, pensó, una precisión que no le había pedido a su cabeza.

Frecuentaba su casa desde hacía años, diariamente cuando estaba lastimado. (Era un alivio, el Viejo nunca hacía preguntas incómodas.) Pero a pesar de que contaba con heridas de sobra, aquella vez se había mantenido lejos sin saber bien por qué.

El Viejo tenía un chalet a tres islitas de distancia. Milo lo había descubierto a poco de mudarse. Para llegar allí había que cruzar puentes de madera, el sistema circulatorio que el Delta proveía como alternativa a los canales.

Lo que se veía ya desde el puente eran muros blanco tiza, persianas verdes y tejas que el Viejo no terminaba nunca de reemplazar. No resultaba inusual encontrarlo en el techo, hablando solo y maldiciendo en idiomas variopintos. Milo estaba convencido de que el Viejo era extranjero, aunque manejaba la lengua como un nativo.

Especialmente cuando putea, pensó, con conocimiento de causa.

Llevaba años tratándolo, pero no sabía su nombre. Cuando le había confesado el suyo propio (que le daba vergüenza, don Maciel culpaba a su madre por la elección), el Viejo evitó reciprocar. Desde entonces lo llamaba por ese mote. Para Milo, los hombres de cuarenta eran ya viejos, pero el Viejo lo era de verdad. Aunque delgado y todavía ágil, tenía arrugas dentro de las arrugas.

Milo se había atrevido una vez a revisar su correo. La mayoría de los sobres guardaba tonterías: facturas de un hospital privado, publicidades varias, todo dirigido a un remitente de apellido común y por ende olvidable. Pero había uno que exhibía sellos extranjeros (¿dónde quedaba Zofingen?, ¿quién era el Giacometti que ponía la cara en las estampillas?), y estaba dirigido a un tal Weyl. Milo le preguntó si se llamaba de una manera o de la otra y el Viejo enloqueció. Empezó a agitar los brazos como aspas, lo acusó de entrometido y le dijo que no quería verlo más por allí.

Milo había salido corriendo con el corazón en la boca.

Aquella no fue la primera vez, ni sería la última.

El Viejo tenía un humor de los mil demonios.

6.

El día en que Milo dio con la casa había sido memorable. Las edificaciones del Delta solían ser precarias, poco más que chozas construidas sobre pilares. (La que Milo compartía con don Maciel no escapaba a aquella regla.) Una casa de estilo representaba, pues, un descubrimiento extraordinario. Y la del Viejo estaba en buenas condiciones, con la mencionada excepción del tejado.

Como no surgía de ella sonido alguno, Milo se animó a rondarla. En el fondo había un galpón enorme, con puertas trancadas por cadenas.

Las persianas de la casa estaban abiertas. El pequeño Milo espió a través de las ventanas. No vio mucho (había cortinas de *voile*, para Milo eran un artículo suntuario), pero descubrió un par de cosas que lo empujaron a la imprudencia.

La primera fue que no parecía haber nadie.

La segunda lo decidió a entrar.

Golpeó la puerta y nada. Batió palmas con el mismo resultado.

La puerta cedió apenas tocó el picaporte. ¿Qué clase de persona vivía allí, que cerraba su galpón con cadenas pero desprotegía la casa?

Postergó la respuesta para otro momento. Quería confirmar si lo que había intuido a través del *voile* era verdad.

Las paredes de la casa estaban llenas de tesoros.

7.

Mientras trataba de controlar el géiser de su alegría, pensó en llevarse todo lo que pudiese cargar. Lo escondería en alguna parte, lejos de don Maciel y de los demás, a quienes nunca había confesado su debilidad.

Porque Milo tenía secretos que guardaba de enemigos y amigos por igual. Esto último lo entristecía, aunque la razón de su silencio fuese atendible: estaba convencido de que su gente no lo entendería. A excepción del Baba, por supuesto. Pero el Baba era tan bocón que habría convertido el secreto en noticia. Y Milo no podía arriesgarse a que circulasen ciertas historias.

El Delta era un lugar feroz. El basural de la ciudad, adonde iba a parar todo lo que los ricos despreciaban. Y lo primero que se quitaban de encima era a cierta gente. Milo prosperó allí en la módica medida de la supervivencia, porque se había labrado fama de salvaje. Lo dejarían en paz mientras no desnudase un talón de Aquiles, mientras su corazón no lo delatase, mientras siguiese fingiendo su locura. ¿Qué pensarían en el Delta tirios y troyanos si descubriesen que adoraba leer?

El living del Viejo tenía bibliotecas en todas las paredes. Milo nunca había visto tantos libros en su vida.

Un tesoro verdadero, al alcance de su mano.

8.

El origen de aquella debilidad era transparente. Su madre había disfrutado de los libros. Y existían pocos placeres más contagiosos que la lectura. Milo la había vuelto loca hasta que le enseñó el abecedario. («Siempre tan impaciente, Milo».)

Había aprendido a escondidas, porque su padre no estaba de acuerdo. «Mejor que juegue a lo que juegan todos», protestaba. «Llevalo a la plaza, que le dé a la pelota. A ver si nos sale puto».

Su deseo de aprender había sido abrasador. No tenía nada que objetar a las ilustraciones, que le gustaban como a todo el mundo. Pero lo que Milo quería era descifrar los jeroglíficos que crecían alrededor, como enredaderas. Le parecía que revelaban lo que los dibujos no podían decir; los detalles, el bocado más sabroso.

Pero al poco de enviudar, su padre perdió el trabajo y tuvo que vender todo: muebles, vajilla, cortinas... y, por supuesto, los libros de Milo y de su madre.

Llanto y pataleos sirvieron de poco. A duras penas aceptó don Maciel que conservase tres ejemplares. Eligió versiones ilustradas de *Moby Dick* y de la historia del Rey Arturo y una edición de *David Copperfield* que había sido de su madre.

No le duraron mucho. Alguien se los robó en el refugio de una iglesia, durante el tiempo en que no tuvieron dónde vivir.

Desde entonces sentía emoción cada vez que tocaba un libro.

Se trataba de un placer anacrónico, lo tenía claro. ¿Quién leía en esos tiempos? Pero era uno de los pocos que estaban a su alcance. En casa de Milo no había televisión (la única que compró su padre no había durado un mes), ni servicio de internet. Tampoco poseía un celular. El único teléfono que robó había terminado en el río, en cuanto le dijeron que podía ser rastreado.

Dejando de lado la compañía de sus amigos, la lista de sus placeres era corta: sexo, marihuana, cerveza, los libros del Viejo y las revistas del Baba. Y entre ellos, lo único gratuito eran los libros y revistas, ya que la seducción entrañaba el gasto de algún gesto galante y el porro estaba cada vez más caro.

Por eso había perdido noción de la hora en casa del Viejo. La mayor parte de sus libros le habían parecido raros, hasta que dio con un ejemplar atribuido a un escritor que conocía: Jack London. Estaba en inglés, pero al hojearlo le pareció que se trataba del mismo que había leído de niño, *El llamado de la selva.* Al menos hablaba del mismo animal: el perro Buck, que al cabo de una vida de maltratos asumía un destino de lobo.

El Viejo había encontrado a Milo sentado en el suelo. Rodeado de libros abiertos, una bandada que lo seguía en su vuelo; y con la nariz metida en un ejemplar de *Las mil y una noches.*

Fue la primera vez que Milo huyó de la casa.

9.

A pesar del episodio, volvió tantas veces que terminó por agotar al Viejo.

En cuanto llegaba de la escuela, Milo dejaba su mochila y salía a la carrera. Al arribar a destino, se quedaba cerca del puente (su potencial ruta de escape), vigilando los movimientos de la casa, pero sin ocultarse.

Las primeras veces el Viejo lo había echado. Puteaba hasta en arameo, lo amenazaba con la policía. Milo se iba, pero regresaba días después.

Pronto el Viejo se hartó de la rutina. Salió con una escopeta. Milo se pegó un susto padre. Huyó con tanta mala suerte que se golpeó el hombro con la baranda del puente. Le salió un moretón del tamaño de una manzana.

A los dos días asomó otra vez.

El Viejo se limitó a revolearle algo, y con pésima puntería. Era un reloj despertador, que produjo un escándalo y se desarmó con el golpe.

Aun así, el pequeño Milo siguió visitándolo.

Al mes el Viejo exhibió el llavero antes de irse (desde que Milo se coló, había empezado a cerrarlo todo), pero en el último instante decidió no trancar la puerta.

Milo entendió que le había sido concedido un permiso.

A partir de ese momento tuvo acceso a la biblioteca. Y con el tiempo entendió que hasta podía llevarse libros, siempre y cuando los devolviese a su ubicación original.

Mientras no lo molestase, el Viejo no decía nada. Un arreglo fácil de respetar, porque pasaba lejos todo el día. Cuando no salía en la barcaza (el Viejo compraba y vendía chatarra), se metía en el galpón, donde trabajaba a puertas cerradas. Existía solo una circunstancia en la cual Milo pegaba media vuelta y se iba. Muy de vez en cuando el Viejo escuchaba música. Discos de vinilo, música del año de Matusalén. Eso significaba que estaba de un humor oscuro y convenía no interferir. Como todo en materia del Viejo, Milo lo había aprendido del modo más drástico.

Con el tiempo las reglas admitieron excepciones. El Viejo sucumbió a la tentación de recomendar lecturas. Y al ver que Milo mostraba interés en su barcaza, se avino a enseñarle rudimentos de navegación.

Hasta entonces Milo había vivido de espaldas al río, que disfrutaba en verano y remontaba el año entero por necesidad. Con el Viejo había empezado a valorar los motores, a orientarse por medios mecánicos y naturales.

Ninguno de sus amigos sabía nada al respecto. Eran animales domésticos. El Baba conocía nombres e historias (la de Orión el Cazador: le divertía que hubiese nacido de la mezcla del orín de tres dioses), pero era incapaz de ubicar sus estrellas. En cambio Milo se había familiarizado con el mapa de los cielos. Era mucho más estable que los mapas del Delta.

Navegando había intimado con los vientos de la región. Algunos tenían nombres que le fascinaban. Por ejemplo, el Perfume, el Nictálope y el Azote, que vaciaba los canales de un soplo y hacía que las aguas regresasen como torrente.

10.

Aquellas remembranzas le arrancaron una sonrisa, que cimentó su decisión. Iría a ver al Viejo. Aunque eso lo obligase a mentir que había terminado un libro, el último que le había prestado. (Se llamaba *Matadero Cinco.*)

Como la noche era clara, ni siquiera se molestó en usar su linterna. Esquivaba nubes de mosquitos, que habían sobrevivido al invierno benévolo. Cada vez que sacudía la mano para espantarlos, su clavícula le devolvía la bofetada.

La visión de las persianas verdes lo puso contento. Pero al registrar la barcaza en el muelle se descubrió feliz.

Dijo «buenas noches», anunciando su visita.

Nadie le respondió. Golpeó la puerta con la misma suerte. (Otra puntada.)

Entró.

No había señales del Viejo. Pero la mesa estaba preparada para la cena, con vajilla para dos. ¿Vendría un invitado? Milo no le conocía al Viejo más relaciones que las inevitables: Calimba el de la lancha-almacén, el Tute Alarcón (que le compraba la chatarra que recogía por las islas) y Manana Patato.

Milo salió y dio la vuelta a la casa.

El hallazgo del galpón abierto fue auspicioso. El Viejo guardaba allí un velerito, montado sobre un armazón de madera. Lo tenía desde siempre, llevaba años reparándolo. Tanto afecto sentía por el botecito que cerraba el galpón con candados. ¡Como si los ladrones pudiesen echarse un velero al hombro!

Descubrió la luz encendida, las herramientas desplegadas. Pero del Viejo, ni señales.

Había dejado una escalera apoyada a babor. Milo se tentó y subió al velero.

El panel de instrumentos era raro. En lugar de medidores de velocidad y combustible había casilleros con números y letras, reproduciendo una sigla: *L3MB4*.

No existía elemento que hiciese las veces de timón. Pero Milo había registrado las palas por afuera del casco, lo cual sugería que el mecanismo ya había sido instalado. El timón debía de ser una de las asignaturas pendientes.

Lo que destacaba en el panel era una ranura: cuarenta centímetros de largo, cinco de alto, que se ensanchaba en el medio hasta los quince. A Milo se le ocurrió que el eje del timón debía ir allí, coronado por una rueda o volante.

Al acercar los dedos, se encendió una luz. La ranura absorbió su mano, tiraba de ella para adentro.

El susto hizo que la retirase de inmediato.

11.

—¿Qué carajo hacés? —El Viejo lo miraba desde abajo, echando humo—. ¡Te dije mil veces que no te quiero acá!

Milo saltó a tierra desde la escalera. El dolor del hombro lo dejó ciego. Y para empeorarlo el mamporro del Viejo estaba por llegar, en pago a su osadía.

—Disculpe. —Sudaba frío, estaba al filo del desmayo—. Lo estaba b-bus-*cando*.

El Viejo se le fue encima. Lo sabía aun sin verlo, el tufo de su transpiración lo tomaba por asalto.

Pero no hubo violencia.

Milo recuperó la vista poco a poco, como si alguien removiese velos de su cara. El Viejo seguía allí, a un palmo de sus narices. Podía contar sus arrugas, sus poros. Necesitaba una afeitada.

Los ojos del Viejo lo estaban calando. Cuando lo miraba de esa manera, Milo se sentía desnudo.

—Ya me encontraste —dijo al fin. Luego de lo cual, le dio la espalda—. ¿Qué te pasó ahí? En el brazo —preguntó mientras hurgaba en la caja de tornillos.

—Ahm… Me caí. Pero ya estoy bien, o casi. ¡Falta poco para que me saquen esta cosa!

—¿Y cómo hiciste en este tiempo? Con el trabajo, quiero decir. ¿Te pagan igual?

Las antenas de Milo se sacudieron. Uno de los pocos aspectos en que el Viejo y su padre se parecían era en el desinterés por su persona. Nunca le preguntaban cómo le iba, qué era de su vida. Don Maciel se contentaba con dar órdenes y sacarle plata. El Viejo hablaba solo de temas que le gustaban a él y, por ende, consideraba mejores que el silencio: historia mundial, libros, las noticias de las islas.

—Ahm, sí —mintió Milo.

—¿Y te bancaste la convalecencia sin leer?

Algo extraño pasaba. ¿Ningún castigo por haber pisado el velero, y ahora un interés inusitado por su vida?

—Tenía *Matadero Cinco*.

—Que se lee en un pedo.

A Milo no le gustaba mentirle al Viejo. Pero no podía decirle que la lectura de *Matadero Cinco* seguía inconclusa porque, por primera vez en su vida, tenía material extra para entretenerse: el recuerdo de su aventura con los Héroes.

—Lo, lo terminé hace rato. Pero no encontraba el momento para devolvérselo. ¡Con el brazo así, la cosa más tonta me demanda doble esfuerzo!

—No hace falta que me mientas.

Milo tragó saliva.

—Seguro que te la pasaste leyendo esas revistas —prosiguió el Viejo—. Las que te presta tu amigo, ¿cómo es que se llama?… El Bola.

—El Baba.

—En fin, vos sabrás. ¡Cada uno pierde el tiempo como quiere!

El Viejo subió a cubierta, con una pinza en la mano y la otra llena de tornillos. Se desplazaba con gracia. A diferencia de Milo, ni siquiera se agarraba de la escalera para asegurarse.

Seguía siendo tan flaco como hacía ocho años, cuando lo había conocido. Si uno lo miraba del cuello para abajo y olvidaba el papiro de sus manos, podía pasar por un tipo más joven.

—¿No quiere que lo ayude?

En lugar de la negativa que había dado por sentada, Milo recibió algo que sonó a gloria.

—Con un brazo solo no me servís de nada. Pero si te sacan pronto el cabestrillo… Ojo, no te hagas ilusiones. ¡Ya no hay mucho más que hacer, acá!

—¿En serio? Yo pensé que…

No quería ofender al Viejo confesándole su falta de fe. Siempre había creído que el velero era de esos proyectos que se abrazan para nunca terminar: un aliciente, excusa para convencer a los huesos de seguir moviéndose.

El Viejo bajó sin mirar los escalones, mientras se limpiaba las manos con un trapo. Milo temía que un día se cayese y se rompiese todo.

—La verdad es que pensé que te habías metido en quilombos. ¿No hubo despelote en el cementerio? Me pareció oír…

—¡No tuve nada que ver! —Había respondido demasiado rápido: tonto, tonto, tonto—. A esa hora no estaba ya, me había ido a, a…

—Me alegro. Era lo que me decía. *Milo es demasiado inteligente para meterse en algo así.* Sería una pena que hubieses zafado de tantas cosas en tu vida, para enredarte en una pelea ajena. ¡Pocas cosas más venenosas que la política! Es como una película que nadie entiende, a no ser que le bajes el volumen: la verdad no está en lo que esa gente dice, sino en lo que hace.

Milo estaba chocho. Tenía ganas de ir a buscar al Baba para decirle: «¿Viste, bardo? ¡El Viejo piensa lo mismo que yo!» pero no habría significado nada para su amigo. Le había mencionado algunas veces al Viejo, pero sin confesar el rol que le asignaba en su vida: era parte de su mundo secreto.

Mientras lidiaba con las cadenas que cerraban el galpón, el Viejo le preguntó cuándo había recibido un regalo por última vez. Pero no esperó respuesta, de inmediato le dijo:

—Cuando yo me vaya, mis libros van a ser tuyos.

En otro momento la promesa lo habría hecho feliz. Tener tantos libros a su disposición era un sueño de esos que no alentaba, por temor a que se rompiesen.

Pero todo lo que pensaba ahora era que el Viejo sentía cercana la muerte.

12.

Era obvio que iba a morir en algún momento. ¡Bastante había durado! Sin embargo, Milo había escapado siempre de aquella noción, para no sufrir por anticipado.

Todo indicaba que el momento estaba cerca. Si el Viejo lo decía, debía de ser por algo. ¿Estaría enfermo? ¿Qué sentiría cuando desapareciese? Era el único adulto que se sentía a gusto en su presencia. No existía nadie más: ni don Maciel ni el vice ni sus colegas del cementerio ni los Baba Padres. (Que lo apreciaban, sí, pero a los que nunca había dejado de poner nerviosos.) Dada la posibilidad de elegir, todos lo hubiesen preferido lejos.

Menos el Viejo. Que se iba a morir indefectiblemente, más temprano que tarde.

Recién al descubrirse sentado a la mesa, comprendió algo: que el misterioso invitado para quien el Viejo había dispuesto plato extra era él mismo. ¿Cómo había sabido el muy zorro que iba a elegir aquella noche para visitarlo?

Hizo un esfuerzo para concentrarse en la charla, pero fue inútil. Registraba, sí, que el Viejo hablaba sobre Vonnegut, el autor de la novela que no había terminado de leer.

—Murió hace pocos años. Una pena —oyó que decía el Viejo mientras cortaba el fiambre de los dos platos. (Una delicadeza que don Maciel nunca había tenido, desde que le vendaron el brazo)—. A vos que frecuentás el cementerio te puede interesar. ¿Sabés qué epitafio eligió?

Y le dijo la frase, que Milo olvidó en cuanto las palabras dejaron de vibrar. Algo que ver con Dios. O con la música. O con ambas cosas. Que no podían interesarle menos. Todo lo que quería era saltar por encima de la mesa, para darle a aquel hombre un abrazo tan incompleto como Milo mismo. Y pedirle que no se fuese, que aguantase un poco más para no abrir otro agujero en su corazón.

—En fin, quedateló.

—Perdón, ¿qué cosa?

—El libro. *Matadero Cinco* —dijo el Viejo—. ¿O no es tu cumpleaños, hoy?

El Viejo tenía razón. Por eso había adivinado su visita: ¿con quién más iba a celebrar? No con su padre, estaba claro. El hijo de puta ni siquiera se había acordado.

—*Edamus, bibamus, gaudeamus* —dijo el Viejo. Y le alcanzó el plato con el fiambre cortadito.

—¿Y eso qué significa?

—Comamos, bebamos, gocemos.

Una propuesta atinada. Tal como Milo temía, no les quedaban por delante muchas noches de alegría.

13.

A la mañana siguiente, Milo recibió una visita.

El Baba llegó en una lancha taxi. Algo sorprendente, dado que no conocía la casa ni contaba con su dirección. Milo se había guardado esos datos. No le molestaba tanto la decrepitud de su vivienda como la posibilidad de que el Baba se topase con don Maciel.

La forma en que había dado con su paradero era lo de menos en aquel instante. Lo que intrigaba a Milo era la urgencia de su amigo. Aquello que le impedía esperar a la tarde, al horario escolar que los habría reunido como de costumbre.

Milo dejó de atar pilas de diarios (un alivio momentáneo, hacerlo con una mano en cabestrillo era un incordio) y acudió al muelle.

El Baba no estaba ataviado para ir a la escuela, sino de civil: pantalón de vestir, camisa y corbata. Parecía un Testigo de Jehová, de esos que predicaban puerta a puerta.

—Tenemos que hablar —dijo al poner el pie en la escalera.

La lancha taxi partió enseguida. Milo lo invitó a sentarse en el muelle. Con tal de evitar que se aproximase a la casa…

El Baba se quitó la mochila que llevaba puesta. Estaba llena hasta reventar costuras.

Pero lo que puso a temblar a Milo fue un detalle.

El Baba tenía prendido el broche de corbata de *Star Trek*. Una cosita que le había costado una fortuna antes de la crisis, y que hasta entonces no había sacado de su cajita original. (*¡Para que no se me arruine!*)

Si el Baba había roto el *packaging,* debía de ser por causas mayores. Seguramente había metido la pata y necesitaba ayuda. Siempre hacía lo mismo: se iba de la lengua y forzaba a Milo a dar un paso al frente, para evitar que lo destrozasen.

—Fui a ver a la Viuda —arrancó su amigo, balanceando los pies sobre el agua marrón—. Con la excusa de llevarle un regalo, a modo de agradecimiento. Bombones. Un kilo. Los compré en Baking House. Son un viaje de ida. La cuestión es: me invita a entrar, me ofrece una Coca-Cola y… Eh, ¿hablo yo o pasa un ómnibus?

Milo se distrajo de su cometido original (en cuanto oyó que mencionaba a la Viuda, se había prometido trompearlo: ¡el gordo no escarmentaba!) por culpa de un ruido que venía del cielo. Al principio pensó que se trataba de otra lancha, pero no, era un zumbido que llegaba desde lo alto y no tenía que ver con abejas ni con mosquitos.

—¿Qué hace un biplano sobrevolando el Delta? —preguntó el Baba.

El avión tenía dos pares de alas, en efecto. Y volaba de manera inusual: lento, impreciso y a escasa altura, empeñado en una curva cerrada que lo exigía al máximo.

—Esos aviones son más viejos que la escarapela.

—Primera Guerra. A veces se usan para exhibiciones de acrobacia.

—No lo veo hacer ninguna pirueta.

—Estará pegando la vuelta.

Pero al completar la curva se hizo evidente que no regresaba sobre sus pasos. Más bien avanzaba en la línea de la casa de Milo. Cada vez más cerca. Y descendiendo. A cada segundo percibían más detalles: el remolino trazado por la hélice, las ruedas fijas del tren de aterrizaje…

—A veces sueño que soy testigo de un accidente —dijo el Baba, sin apartar los ojos de la máquina—. Veo que un avión se está por estrellar y no puedo hacer nada.

—Que yo sepa, no hay aeropuertos en esta dirección: ¡nada más que islas y más islas!

—¿Está viniendo para acá o es mi paranoia, nomás?

—¿No será de la OFAC? —dijo Milo, cuyas pesadillas tenían otros protagonistas.

—Ese es un avión de museo. ¡Los de la OFAC tienen Blackhawks!

—¿Qué cosa?

—Sikorskys. ¡Los helicópteros negros y finitos, que parecen avispas!

El biplano estaba ya tan bajo y tan próximo que habían empezado a hablar a los gritos.

Milo descifró la pintura de su vientre. La habían decorado para que se viese como un águila lanzada al ataque.

Pasó tan cerca que agacharon las cabezas por instinto.

Con la intención de verlo alejarse, Milo y el Baba giraron por completo. Y así fueron testigos de su vano intento de recuperar altura. Se oyeron dos explosiones del motor. El avión cimbraba, empezó a emitir una estela de humo.

Los amigos no atinaron a decir nada. Se limitaron a tomarse de los brazos (Milo solo empleó uno) y a apretar fuerte.

El avión se perdió detrás del horizonte de los árboles.

Hubo unos segundos de oración silente, hasta que el sonido certificó el desenlace.

Varios *cracs* distantes, y después la nada.

14.

El Baba se resistía a avisar del desastre.

—Debe de haberlo visto otra gente —se excusó.

—¿Qué te cuesta? Yo lo haría, pero no tengo teléfono, ¡vos tenés tu celular!

—¿Conocés algún número de emergencias aéreas? Ah, ¿viste? ¡Yo tampoco!

—¡Llamá al 911 y que avisen ellos!

El Baba marcó sin disimular su contrariedad. La forma en que le pedían más y más explicaciones al tiempo que le recordaban lo evidente (que el servicio no respondía a emergencias aéreas) solo aumentó su irritación.

—¡Encima me toman por pelotudo! —se quejó ante Milo, con la mano tapando el micrófono.

Cuando retomó el trámite, descubrió que le habían cortado.

Milo le dijo que lo intentase otra vez, pero el Baba se plantó.

—¡Es al pedo! Entre mi voz de pendejo y la historia del biplano, van a pensar siempre que es una joda. ¿Querés hacerlo vos?

Milo aceptó al fin que se trataba de una empresa insensata. Pero le costaba salir de la angustia de haber presenciado una muerte segura.

—Si no querés ser testigo de un segundo desastre —dijo el Baba—, prestame atención.

Esto es lo que Milo oyó, mientras se estremecía como si hubiese empezado a nevar sobre su espalda.

Que el Baba le había preguntado a la Viuda si no le quedaban bocetos o apuntes del Autor.

Que la Viuda dijo que había material bocetado a lápiz en el estudio.

Que lo había invitado a subir y dejado a solas con aquellas páginas.

Que la aventura de Flint Moran, aunque incompleta, introducía un nuevo personaje.

—Yo —dijo el Baba—. O si preferís: un gordo papón igualito a mí. Te lo juro, hermano. Se me cayó la mandíbula, como en un dibujito de Tex Avery. No preguntes cómo supo de mi existencia, porque no lo conocí en persona. ¡Más quisiera! Lo cierto es que pensó en mí, o qué sé yo, ¡me soñó!, para que ayudase a los Héroes en su rescate. Así que vine a preguntártelo por última vez.

El Baba estaba hablando en serio. Milo no recordaba haberlo visto así. Tan desasosegado. Tan… *adulto*.

—Si me hiciese el boludo, no podría ni verme en el espejo. Ya no respiro hasta que leo el diario de punta a punta y me aseguro de que no mataron a ninguna de las Hijas. Y al rato la angustia empieza otra vez.

Milo asintió, sin saber bien por qué. Quizás porque no era ajeno a las pesadillas recurrentes, ni a los miedos que se convertían en miembros de la familia.

El Baba seguía en la suya.

—Yo no sé mucho de nada ni tengo habilidades sobresalientes. Pero también sé que, si algo les pasa a esas chicas, voy a sentir una culpa que, que… no me va a dejar vi-*vir*. Así que decidí irme. Ante todo para no comprometer a mis viejos, como me hiciste notar. Estoy siendo prudente, ¿o no? Quiero estar bien preparado. Todo lo que necesito está acá —dijo, apuntando a la mochila con el pulgar— ¡… y acá!

El pulgar apuntaba ahora a Milo.

El Baba formuló entonces la pregunta que lo había llevado hasta allí, al primer escalón de su Aventura.

—¿Me vas a acompañar o vas a dejar que lo intente solo?

Capítulo dos

Miranda

Flores — El loco del Apocalipsis — Hamlet en versión femenina — La casa caída — Naqir — La Casa n.º 7 — Pruebas de vida — Una noticia de ultratumba

1.

El barrio era feo. Verdad sobre la cual no convenía insistir en presencia de Marga. La vieja juraba que había sido distinto, *altri tempi*. Tradicional. Coqueto. (Ese era el adjetivo que usaba, *coqueto*. Una palabra que pervivía solo en los libros, nunca se la había oído decir a nadie.) Según Marga, en su edad de oro La Perla había sido *otra cosa*. Una confitería elegante, llena de señoras que habían visto «una de llorar» en el Fénix y buscaban consuelo en las masas finas.

«Hasta que llegó la negrada», decía Marga.

Para Marga la negrada y el apocalipsis eran lo mismo. Hiroshima y Nagasaki en combo, dentro de una caja de cartón manchada de aceite: la suma de todos los males.

Que el barrio de Flores tenía historia estaba a la vista. En la basílica que se alzaba frente a la plaza, en la escuela Leandro Alem, en la casa que había acogido a los Marcó del Pont cuando escapaban de la fiebre amarilla. Pero eso era todo: los restos flotantes del *Titanic*. Lo demás había sido demolido y reinventado, con una consistencia digna de mejor causa. El barrio podía ser leído como un catálogo del mal gusto, en su versión de finales del siglo xx. Pretencioso, *demodé* a los cinco minutos de estrenado y venido a menos de modo inexorable.

La «negrada» nunca tuvo plata para construir o remodelar, pensaba Miranda. Los que habían demolido, contratado arquitectos y erigido bancos, negocios y casas «modernas» eran otros. Eso era lo que más le molestaba: no tanto la fealdad del barrio como el deseo que sus vecinos habían expresado a través de la arquitectura. Flores era una mujer pasada de rosca con las cirugías estéticas. Traicionada por su necesidad de negar el pasado, de pretenderse otra por completo.

Una de las tantas cosas que no podía decir delante de Marga. La vieja tenía el alma escindida de la clase media: sensible con su gente, pero intolerante con todos los demás. La irritaban los clientes que no parecían a la altura del local, las madres con muchos niños, el olor a chipá que se colaba cuando abrían las puertas.

—Sacame a ese mocoso —decía en cuanto entraba un nene con intención de pedir. Y Miranda lo echaba, cuidando de que Marga no viese el dinero que deslizaba en su manita: monedas, lo que hubiese atesorado en concepto de propina. Algunos días se metían tantos chicos, que Miranda se veía obligada a caminar uno de los tramos del viaje de regreso. Pero prefería el cansancio a la culpa. Ya bastante tenía con la violencia que sentía al expulsarlos.

—Muy bien hecho, Emilia —le decía entonces Marga, que se sabía una institución dentro de La Perla: llevaba treinta años a cargo de la caja.

Porque Miranda no era Miranda en La Perla, donde trabajaba de camarera desde hacía unos meses.

Allí Miranda era Emilia.

María Emilia Barragán, según su documento falso.

2.

Rendía ganancias a las siete y emprendía la vuelta. Andar por la calle a esa hora era arriesgado, la OFAC prefería operar de noche. Pero el mar de gente que salía del trabajo la hacía sentirse protegida.

Tomaba el colectivo en la cuadra de la basílica. Siempre venía lleno. A menudo dejaba pasar uno o dos, mientras le anunciaban el fin del mundo. El Loco usaba un cajón de Quilmes como podio. Se paraba en los escalones de mármol de la iglesia, que habían perdido sus líneas rectas de tan pisados, y arrancaba con su homilía.

—Arrepiéntanse —bramaba por el megáfono—, porque el tiempo se acaba. ¡El fin del mundo es inminente!

En otro momento, Miranda se habría reído. El Loco posterga-ba el Apocalipsis todos los meses. Pero ahora no reía, porque el vaticinio resonaba de un modo estremecedor.

Para Miranda, el fin del mundo había empezado hacía rato.

Todavía le costaba habituarse a la nueva rutina. Sus compañeros de colectivo, más experimentados, habían aprendido a dormir de pie. Se sostenían unos a otros, despertando a tiempo para bajar. Miranda admiraba ese talento, del que se sentía excluida. Si por milagro obtenía un asiento, podía cabecear, los libros que llevaba encima la aburrían. (Mucho *best-seller* femenino para disimular, las cosas que a Miranda le gustaba leer eran sospechosas: historia, ensayos políticos, su hermana le había recomendado que esos libros no saliesen de la Casa.) Pero nunca se dormía profundamente, por cansada que estuviese. Tenía miedo de pasarse de largo.

Aunque llevaba tres meses en la Casa n.º 11, el barrio de Temperley seguía resultándole extranjero. Sus padres habían trabajado para darle a conocer el mundo real, a menudo se ponían pesados a ese respecto. Pero una cosa era colaborar en la villa para volver a la casa familiar, donde había de todo y todos la amaban, la cuidaban, la estimulaban; y otra muy distinta regresar a una casa ajena, llena de rostros cortados por la tijera del miedo.

Había razones que la ayudaban a perseverar, buenas razones. Ninguna pesaba más que la única negativa: el hogar al que hubiese querido volver ya no existía. La muerte de Helena había sacudido sus cimientos. Pero el golpe de gracia se lo había dado la trampa en que cayó el Autor.

Todo lo que quedaba de su vida pasada eran escombros.

Ni siquiera se reconocía en la imagen que le devolvían espejos y vidrieras: el pelo cortito y mal teñido, para asimilarse al contexto de tanta morena deseosa de esplendores dorados.

Al igual que muchas de sus compañeras de viaje, María Emilia Barragán era rubia con raíces oscuras.

3.

El primero de los colectivos vino hasta el tope, con gente colgada del estribo.

—No hay por qué temer. ¡La redención está al alcance de todos! —vociferaba el Loco. De vez en cuando los policías lo incordiaban. Se lo habían llevado un par de veces, pero siempre volvía, vestido de la misma manera: *jeans* y Toppers, la chaqueta de un frac que debía de haber robado y un pelo de punta que era una obra de ingeniería.

«El Apocalipsis lo va a agarrar peinándose», solía decir Marga.

Miranda había querido interceder, pero le pesó la directiva de su hermana Sofía. No debía enfrentarse a policías por ninguna razón. Ni siquiera en beneficio de otros. Lo cual no dejaba de ser una contradicción en sus términos, porque ¿para qué hacían lo que hacían sino en beneficio de los Otros proverbiales: los descastados, los marginados, aquellos a quienes se les negaba la justicia en todas sus formas? Pero ya no protestaba. No quería que Sofía le endilgase el discurso de siempre. Ese que peroraba sobre la necesidad de ser inteligentes, de no arriesgarse al pedo, de conceder pequeñas batallas para concentrarse en las importantes.

—Envidio tu capacidad de abstracción —había dicho Miranda durante el primer encontronazo—. Vos mirás a la gente y ves piezas en el tablero de ajedrez. Yo miro a un tipo en problemas y veo un tipo en problemas.

—Ojo con tu corazón —replicó Sofía—. Que no está donde está para matarte, sino para empujarte al futuro. De a un latido por vez.

Miranda admiraba la cabeza de su hermana. Había querido más a Helena y quería más a Bárbara, pero Sofía las había mantenido en pie y funcionando, aun en la hora más oscura.

Su padre había sentido debilidad por Miranda. Pero de nadie habría estado más orgulloso, de seguir vivo, que de Sofía.

—Pidan perdón con sinceridad —pontificaba el Loco—. Sáquense de encima la mugre del pecado. ¡Y abracen el destino con un alma serena!

Aunque Miranda no contradijo las órdenes de Sofía, su alma distaba de estar serena.

Siempre había soñado con un mundo más justo. Algo inevitable, dados los padres que le habían tocado en suerte. Esa era la razón por la que había elegido Ciencias Políticas en vez de una carrera que le resultase más natural: Bellas Artes, por ejemplo. (¡Al paso que iba, no llegaría a estudiar ninguna de las dos!) Pero empujar el mundo en la dirección de la utopía suponía un trabajo monumental, cuyos frutos, en el mejor de los casos, recogerían las próximas generaciones. Y desde que su padre había sido asesinado, Miranda ya no pensaba en construcciones a largo plazo.

Cada vez que recordaba la despedida, se afirmaba en la convicción de que su padre había sabido que iba al muere. Y aun así, había marchado a la cita, en la esperanza de estar equivocado. Para terminar condenado por su deseo: todo lo que había querido era negociar protección para ellas, las Hijas sobrevivientes.

—Me estás babeando el pelo —dijo Miranda aquella tarde, al sentir sus labios. Estaba leyendo en su cama, se acordaba hasta del libro: *Guerra y paz en el siglo XXI*, de Eric Hobsbawm. Su padre había tenido siempre la misma manía: abrazarlas mucho, cubrirlas de besos—. ¡Qué pesado que sos!

Las últimas palabras que le había dirigido. *Qué pesado que sos.* Nunca se las había confesado a nadie, ni siquiera a sus hermanas. Tenía miedo de que la anécdota circulase (ingresar así en los libros de Historia: como la Hija que había despreciado al Autor en su despedida, la anti-Cordelia del anti-Lear), pero más que nada temía la reacción de Bárbara y Sofía.

Ya no pensaba en un mundo mejor. Más bien pensaba en obtener venganza. La necesitaba rotunda y enorme, porque solo así eclipsaría al sol de su vergüenza.

4.

—La Casa cayó. Dice Naqir que te cambies a la 7.

Miranda tardó en reaccionar. No estaba acostumbrada al timbre natural de aquella voz. Miró por encima del hombro, desde la fila que esperaba el colectivo, y vio al Loco sentado en el primer escalón que conducía a la iglesia. Estaba revisando el interior de una zapatilla.

—Sabés dónde está la 7, ¿no es cierto? ¡Porque yo no!

El Loco evitaba mirarla, pero le hablaba a ella. Le estaba diciendo que la Casa había caído, que no debía regresar a Temperley. La mentada Naqir era una de Los Arcángeles, aquella que estaba a cargo de su sección. Y por supuesto sabía dónde estaba la Casa n.º 7. Todos memorizaban la dirección de una casa extra, para eventualidades como la presente: la caída de un refugio, la necesidad de trasladarse a otro. En cuanto llegase a la 7, el Ángel a cargo le comunicaría una dirección más, para que tuviese adónde ir en caso de que la nueva cayese también.

La Casa n.º 7 quedaba en San Martín, provincia de Buenos Aires. Relativamente cerca de San Isidro, de la casa familiar.

Pensó en sus compañeros de la casa de Temperley. Casi no los conocía, se cruzaban apenas en los sitios comunes (la cocina, esperando a que se desocupase el baño) y además ignoraba sus nombres verdaderos. Pero eso no significaba que su destino le resbalase. ¿Qué habría sido de ellos? ¿Quiénes se habrían salvado, quiénes estarían en manos de la OFAC… o ya muertos?

Ojo con tu corazón, repitió Sofía en su mente. *Que no está donde está para matarte, sino para empujarte al futuro.*

De a un. Latido. Por vez.

Venía otro colectivo. Con lugar para subir. Si no lo tomaba, se traicionaría. Los polis repararían en ella, la chica elegante a pesar suyo. Eso de esperar tanto para rechazar su oportunidad no podía sino verse sospechoso.

El Loco la miró brevemente, con fuego en los ojos.

Ojo con tu corazón, parecía decir.

Miranda se zambulló dentro del colectivo.

Trató de concentrarse en la urgencia, aquello que debía responderse para sobrevivir. ¿Cómo llegar a San Martín desde Flores? No sabía de ningún colectivo directo. Tal vez el 85 hasta Devoto, y allí el 105. Aunque también podía subirse a un 105 antes: a la altura de El Cid, por ejemplo.

Bajó dos paradas más allá, sin haber pagado el pasaje. Desde que subió había fingido buscar en su cartera algo que no estaba allí. Era una pésima actriz, pero en aquella instancia había sacado provecho de una perturbación real.

¿Había sido el Loco un enviado de Naqir durante todo aquel tiempo? ¿Alguien a quien había apostado allí, en las escalinatas, para protegerla y nada más? En ese caso se habría tratado de una decisión cuestionable. Los Arcángeles estaban cortos de gente, desperdiciar a un

hombre para una tarea como aquella (tan personal, tan inequívoca-
mente egoísta) podía generarle a Naqir un problema mayúsculo.

Pero Naqir era capaz de una cosa semejante. De eso y mucho más.

5.

Naqir había sido la encargada de vigilar al Autor durante las veinticuatro horas de los siete días semanales. Su padre nunca había estado
al tanto, por supuesto: detestaba ser observado, aun por fuerzas que
persiguiesen su bienestar. (Si lo sabría su madre...) Seguramente se
habría resistido a semejante control, y más todavía si hubiese sido
consciente de que la responsable era Naqir.

Ahora Naqir debía responder por su padre. La tarde en que lo
emboscaron, su gente había fallado. Lo habían perdido de vista.
Y comprendieron lo que ocurría demasiado tarde, al oír los disparos.

Naqir quiso aprovechar el episodio en su favor. Le dijo a Sofía
(a quien nadie llamaba Sofía, al menos en el seno de Los Arcángeles:
su nombre de batalla era Munqar) que el crimen había sido consecuencia del error de las estrategias asumidas. ¡Si hubiesen tenido armas a mano...!

Sofía y Naqir llevaban tiempo polemizando en torno a la violencia. Sofía decía que el más mínimo hecho brutal de su parte justi-
ficaría la estrategia del Gobierno, además de comprometer la esencia
de la lucha. La violencia era lo que rechazaban, precisamente, y en
todas sus formas, empezando por el hambre y la discriminación.

Naqir sostenía que una cosa era ser violentos y otra distinta pe-
car de imprudentes. No podían seguir moviéndose entre lobos con
las manos desnudas. ¡Tenían que adoptar algún medio de defensa!

Sofía decía que la vigilancia sobre Los Arcángeles en riesgo había demostrado su poder disuasorio. La amenaza de hacer llegar a
medios extranjeros prueba de los crímenes de la OFAC había frenado
al Gobierno. El presidente era un monstruo, pero no comía vidrio:
sus colegas del Primer Mundo lo sostendrían siempre y cuando no los
comprometiese.

Naqir respondía que esa estrategia había abierto una brecha
entre Los Arcángeles. ¿Por qué la había emprendido la OFAC contra

militantes de línea intermedia (como Helena, sin ir más lejos), sino para subrayar que la organización protegía tan solo a su cúpula?

A juicio de Miranda, la lógica que explicaba la impunidad de Naqir era la del mal menor. Castigarla hubiese supuesto un golpe de efectos impredecibles. Bastante daño había causado ya la acusación que pesaba sobre ellas, Hijas del Autor, como presuntas responsables del crimen de su padre. Los Arcángeles estaban habituados a la difamación, pero ese era un golpe que hasta para los parámetros del Gobierno sonaba indecente.

Acusar a Naqir habría sido darle la razón al enemigo, dado que era tan Hija del Autor como ella misma.

Naqir, que la había entrenado para sobrevivir en la clandestinidad. Naqir, que venía templándola a fuego desde que todavía no caminaba, mucho antes de que existiesen Los Arcángeles.

O sea, Bárbara. Su hermana dilecta.

6.

Llevaba media hora con la novelita abierta en la misma página. Decidió regresarla a su cartera. Despertaría menos sospechas si fingía dormir de pie.

¿Quién la esperaría en la casa nueva? ¿Alguno de los sobrevivientes de la 11, o se trataría de rostros desconocidos? Todo lo que quería era ver a Naqir, a Bárbara, de quien nada sabía desde una semana atrás.

Quería decirle que se había decidido. Que estaba a su lado en la discusión, y no en el bando de Sofía.

Tenían que hacer algo para defenderse. ¡No podían seguir enviando gente al matadero!

Su padre se había hecho eco de la polémica en *Flint Moran*. Allí Pte San (que siempre había tenido los rasgos de Sofía, además) defendía la tesis de la no violencia, contra un Moran que sostenía que la violencia era una de las leyes no escritas de este mundo: del Big Bang a la brutalidad de los procesos geológicos, pasando por la circulación de la energía en las formas vivas (¿no era natural que el predador se cebase en su presa?) hasta llegar a los agujeros negros, de cuya voracidad nada, ni siquiera la luz, conseguía escapar.

Miranda recordaba la respuesta de Pte San a ese argumento:

—Has dicho bien —concedía la científica—. No hay forma de escapar de la violencia *en este mundo*. ¿Pero qué ocurre en otros mundos? Porque está claro que existen otras, casi infinitas, variantes de esta versión del universo. ¿No habrá al menos una entre ellas que excluya la violencia? Y en ese caso, ¿no sería ese mundo el norte al que deberíamos poner proa, el destino al que consagrar nuestras investigaciones?

Lástima que la verdadera Sofía no pudiese argumentar nada parecido.

Al paso que iban, el único universo alternativo que conocerían sería el otro mundo.

7.

Se alejó de la terminal del 105 para preguntar por la calle que había memorizado. Por suerte no estaba lejos. A esa hora la gente empezaba a guardarse, la noche pertenecía a las fieras: delincuentes de poca monta, pandillas, el perverso ocasional, pero ante todo, a los polis de la Bonaerense y sus colegas de la OFAC.

La Casa n.º 7 no tenía nada de conspicuo. Jardincito al frente, puerta de alambre, enano de yeso, techo plano. Entró sin llamar. Las directivas eran precisas, nadie echaba llave mientras hubiese luz solar. La idea era evitar demoras y exposición innecesarias, en caso de emergencia; de noche la cuestión era diferente.

Miranda entró en la casa. No había nadie a la vista. Olía a lavandina, como todos los escondites. Se limpiaban a fondo dos veces por semana, con el acento puesto en las superficies que conservan huellas digitales: mármoles, lozas, espejos. La marca de una zapatilla sobre el parqué le sugirió que la próxima limpieza era inminente, o bien que los moradores eran descuidados.

—¿Harut?

Harut era el alias de Miranda. Todavía le costaba identificarse con el nombre. El chico que la había llamado asomaba desde el pasillo. Veintipocos, pelo apelmazado por la almohada pero, aun así, atractivo. Las casas eran ideales para las relaciones fugaces, cuando no se sabía si habría un mañana, se aprovechaba el hoy al vuelo.

—Yo soy Abbir —dijo, y le estampó un beso en la mejilla. Tenía la piel muy suave para ser un hombre, su perfume le hizo pensar en un bebé—. ¡Bienvenida a la Casa!

—¿Abbir?

—Es hebreo. Significa *poderoso* —dijo, flexionando sus bíceps en busca de un efecto humorístico. Abbir era lindo, pero no muy dado a los deportes—. ¿Querés un mate? Acompañame.

A Miranda no le gustaba el mate, pero se había acostumbrado. Era una infusión popular en las Casas. Tal vez a consecuencia de la practicidad de los termos. Los Arcángeles valoraban lo portátil, todo lo que facilitase las fugas instantáneas: mochilas, tabletas, cámaras, telefonía móvil.

—Ese es tu celular nuevo —dijo Abbir en cuanto pisaron la cocina. Lo había puesto a cargar sobre la mesada, la caja original asomaba en el tacho de la basura. Solían cambiar de teléfono cada dos semanas, e inexorablemente cuando caía una Casa.

—¿Sabés algo de Naqir? —dijo Miranda.

—No, nada.

—¿Y de la gente de la 11?

—Menos todavía —dijo Abbir, poniendo la pava sobre la hornalla—. Pero no te preocupes. Así como te avisaron a vos deben de haber avisado a los demás. Los habrán repartido en otras Casas.

Miranda no replicó, pero distaba de estar convencida.

—Vení que te muestro tu habitación, mientras el agua…

Pasaron delante de otro cuarto, aquel que de momento ocupaba Abbir. Miranda vio un iPod y una revista de cómics sobre la cama revuelta. Un episodio viejo de *Lava Man*. Se preguntó qué diría Abbir si supiese quién era en verdad.

—No es gran cosa, pero…

La habitación que le había tocado en suerte no tenía cama. Apenas un colchón sobre el suelo.

—Si querés, te la cambio por la mía.

—No hace falta, te agradezco. Si no te molesta, me voy a tirar un rato. Cuando llame Naqir…

—¿Y el mate?

—En otro momento.

—Naqir va a ser llevada a juicio popular, eso es inminente. Y entonces todo va a ir mejor. Con el bajón que cunde, ahora…

A Miranda se le escapó una sonrisa. No necesitaba más confirmación de que Abbir ignoraba quién era.

—En la heladera hay comida. —Abbir no paraba de ofrecer cosas: mate, comida, seguridad. Tenía un espíritu gregario, o llevaba mucho tiempo sin tratar con nadie.

Miranda cerró la puerta sin decir más.

8.

Estaba cansada, pero no se tumbó. La ansiedad la mantenía en vilo, y no se aplacaría hasta que Bárbara se comunicase. Su intención de decirle que la apoyaba en la interna había pasado a segundo término. Lo que le urgía era otra cosa: necesitaba ponerla sobre aviso. La gente estaba esperando, *deseando* su caída. Quería decírselo antes de que llegase a sus oídos por otra vía, seguramente desprovista de anestesia.

Bárbara era muy impulsiva. El negativo perfecto de Sofía, un alfa para su omega. Por eso se volvía imperativo contenerla. Si no la llamaba a la cordura desde el afecto, podía hacer algo terrible: rebelarse a Los Arcángeles, llegando al punto de fracturar el movimiento. (Lo cual no beneficiaría a nadie más que al Gobierno. Debía ser por eso que Sofía machacaba sobre la necesidad de mantenerse unidos.) En realidad temía que hiciese algo todavía peor. Más descabellado. Devolverles el golpe al coronel Lazarte y la maldita OFAC, expiando sus culpas mediante la inmolación.

Miranda no podía darse el lujo de perder a otra hermana.

Estuvo a punto de preguntarle a Abbir si no había un locutorio cerca. Meterse en Facebook la ayudaba a sentir que no se había caído del mundo, que todavía podía conectarse con la gente que había formado parte de su vida previa. Pero salir no era prudente, al menos hasta que Bárbara la llamase de una vez.

Cada vez que llegaba a una Casa nueva, se preguntaba quién había ocupado antes el lugar que le asignaban. ¿Hombre o mujer? ¿Todavía vivo, muerto, o en el purgatorio de las mazmorras de la OFAC? Circulaban historias terroríficas sobre los capturados. Pura fabulación, se defendía la cúpula de Los Arcángeles, por cuanto nadie sabía de prisionero que hubiese emergido de las profundidades. Pero lo que estaba confirmado auguraba lo peor. La misma Sofía había aceptado que los encargados de las mazmorras empleaban métodos probados en Abu Ghraib.

A veces, la gente que había pasado por las habitaciones dejaba mensajes o se desprendía de sus recuerdos. Miranda había encontrado fotos, anillos, cadenitas con iniciales. Los mensajes solían ser grabados sobre mesas o paredes. La mayoría anotaba la fecha del día presente. No lo hacían para consumo ajeno, ya que no podían firmar con sus nombres; pero les bastaba para probarse a sí mismos que habían sobrevivido hasta entonces.

Esa era una de las razones por las que se pensaba en el sexo más de lo habitual. Un polvo ayudaba a apartar la mente de la circunstancia, aunque más no fuese por un rato. Cada vez que llegaba a una Casa nueva, Miranda clasificaba a sus machos. Los había *cogibles* e *incogibles*. La taxonomía podía variar, por cierto, sujeta a necesidad. Sin ir más lejos, se estaba planteando la posibilidad de convocar a Abbir: ¿cuán poderoso sería, en verdad?

Pero por lo general no pasaba al acto. Lo que la disuadía no eran los pruritos, el grupo le concedía una deliciosa impunidad: allí era tan solo Harut, uno de los ángeles de la magia según el Islam. Y sus hermanas tenían cosas más importantes en que pensar. A pesar de lo cual habían hallado la manera de trasladar sus rencillas al nuevo contexto: al igual que Sofía, Munqar privilegiaba actividades que consideraba impostergables, lo cual excluía el sexo; al igual que Bárbara, Naqir disfrutaba de su promiscuidad casi masculina. Otra de sus características que la tornaba incómoda y se prestaba a habladurías, incluso dentro del permisivo marco de Los Arcángeles.

Sabía que ninguna de ellas objetaría su conducta. Podía coger con cualquiera, siempre y cuando se cuidase. (Los preservativos eran tan portátiles como los móviles, la cúpula de Los Arcángeles recomendaba su uso.) Lo que las preocupaba era otra posibilidad, que podía derivarse de los mismos deseos que la habían llevado a la cama.

Coger no entrañaba peligro alguno, pero enamorarse sí.

Abbir llamó entonces a su puerta.

9.

—Teléfono. Es Naqir.

Su hermana la esperaba en el celular nuevo. Miranda lo aceptó de manos de Abbir y volvió a encerrarse.

—Nena, soy yo.

Bárbara siempre la había llamado así, *nena*, como si Miranda encarnase la esencia de la niñez que ella misma había perdido al nacer la menor de la familia.

—Quería hablar con vos antes de que te enterases por otra boca.

Miranda se sintió confundida. ¿Por qué le estaba diciendo Bárbara lo mismo que ella había planeado decirle?

—Es horrible, ya sé, pero estamos tomando cartas en el asunto. Nuestra gente *inside* dice que no fueron los Quetejedis, lo cual me inquieta. Porque, si no fueron ellos, ¿quién mierda fue?

Esa era una de las idiosincrasias que Bárbara había tomado de su padre. Cuando hablaban de alguien a quien no querían nombrar, le decían el Quetejedi o la Quetejedi, mezclando ligeramente la expresión «Aquel que te dije».

—Ba… *qir*, por favor, hablá claro. ¡Que no entiendo nada!

En vez de hablar, Bárbara suspiró. Mala señal, su hermana favorita no era de las que necesitan juntar coraje para decir nada.

—Helena —dijo al fin.

Bárbara estaba logrando lo imposible, al añadir más confusión a la que ya sentía. ¿Qué cosa mala podía haberle ocurrido a Helena, una vez muerta?

—Su cadáver. No está. —Bárbara tragó saliva. ¿O había sido Miranda misma, sin darse cuenta?—. Alguien hizo un pozo, abrió el cajón y… se la llevó del cementerio.

Capítulo tres

El Baba (III)

La mentira del Baba — De Bestia a Tarta — La fosa de los N. N. — Blake promete regresar — La despedida de Metnal — Semper fidelis *— El Baba hace un* striptease

1.

Era verdad que el Baba había visitado a la Viuda. Y también que había dado con los últimos bocetos del Autor, un capítulo de *Flint Moran* que continuaba la aventura de los Trotamundos.

Pero no era verdad que se hubiese descubierto a sí mismo como personaje.

Al decir aquello, no solo le había mentido a Milo. («Las mentiras se parecen a las guerras y las bancarrotas», le dijo Baba Padre una vez: «Declararlas es fácil, pero salir de ellas puede ser un infierno».)

También se había mentido a sí mismo.

2.

Desde que Eontamer partiera, su vida había sido un tormento.

El Baba se había convertido en un extranjero. Extraviado en el territorio de su propia vida. Todo le parecía ajeno, más artificial que la paleta de colores del *manga*.

Había perdido contacto con sus padres, que le parecían habitantes de otra dimensión. Los criticaba porque habían bajado la cabeza y renunciado a seguir pensando. Vivían apegados a sus horarios, a sus frases hechas. *(Qué país de mierda.)* Desde que la crisis arruinó su autoestima, se habían aferrado a rituales obsesivos: la caminata diaria, el té digestivo, el lustre sobre los muebles. Y solo parecían sentirse seguros al contacto con objetos y texturas conocidas: el asa de la pava, la tela planchada de una camisa.

El Baba los quería de verdad, o mejor: los amaba todo lo que se puede amar a alguien cuyas virtudes, hasta entonces sólidas, habían empezado a disolverse como un espejismo. ¡Los despojos de Desmond estaban más vivos que sus dos padres juntos!

Ir a la escuela se le antojaba cruel. El Baba era de los afortunados que en cinco minutos estudian lo necesario y nunca olvidan una explicación. Eso lo había convertido en un experto en combatir el tedio durante la clase. Leía revistas a escondidas, dibujaba en vez de tomar apuntes, jugaba con el teléfono o escuchaba música. Pero en la circunstancia actual, las viejas recetas se le habían agotado.

Los cómics (*¡Blasfemia!,* habría gritado tiempo atrás) le parecían menos seductores que la vida. Y el resto de los pasatiempos se resentía a causa de su falta de concentración. ¿Cuál era la gracia de escuchar música sin escucharla, o de perder en los jueguitos porque se distraía en plena partida?

La relación con Milo había sido funcional a su equilibrio. Que un chico así lo aceptase como amigo lo había ayudado a sobrevivir, y hasta a creerse seguro. Milo había establecido que todos los que se metiesen con el Baba se las verían con él. Y nadie en toda la escuela, ni siquiera los más grandes (lo cual incluía a profesores y autoridades, a excepción del rector Urquía), quería vérselas con Milo.

Circulaban demasiadas historias sobre su amigo. Tan pavorosas que ni siquiera los de quinto año las cuestionaban.

Cuando se sugería que eran exageraciones, no faltaba quien remitiese al Tarta. Que había sido Mazzocone, alias *La Bestia*, en el microcosmos de la escuela, hasta que se obsesionó con Milo y lo convirtió en la estrella de sus bromas.

Le decía Cabecita Negra y Negro de Mierda. Se reía de su pobreza, de su padre el enterrador y finalmente (la gota que colmó el vaso) de su madre muerta. Según Mazzocone, que era rubio y pecoso, la señora Maciel había preferido el cáncer a seguir aguantando a los hombres de su familia.

Milo se había peleado otras veces, siempre victorioso. La calle le había enseñado los trucos del cuerpo a cuerpo. Hasta que, al desgarrar una oreja en una gresca en el patio, se había ganado la advertencia: una falta más y sería expulsado. Los profesores que veían promesa en él habían peticionado en su favor, liderados por Barbeito. Pero el rector Urquía no pensaba desaprovechar la oportunidad. La perspectiva de librarse de aquel salvaje lo ponía de un humor inmejorable.

Milo había emboscado a Mazzocone fuera del terreno y de los horarios de la escuela, eludiendo las generales de su ley.

Lo único que el alumnado sabía era que la Bestia había faltado un mes a clase. Y que cuando regresó era otro: un chico de timidez patológica, medicado, que rehuía el contacto con los demás. Habían empezado a llamarlo Tarta porque, si le dirigían la palabra, no articulaba frase sin balbucear.

Sus víctimas del pasado se mofaban de él, siempre con el mismo chiste.

—¡Ahí viene Milo! —le decían.

El Tarta se estremecía y trataba de putearlos, pero sin suerte.

Cuando oía aquel nombre, se le anudaba la lengua.

3.

Además de darle seguridad, Milo había ayudado a que el Baba se sintiese más vivo. Algo de su intensidad se le había contagiado, por proximidad de piel. Aunque a veces la intensidad era tanta que el Baba inventaba excusas para poner distancia.

Milo le había contado su historia con cuentagotas. Por ejemplo, lo de su madre. Esa confesión había tornado posible que el Baba lo acompañase en un trance terrible: cuando salió a la luz que don Maciel no había pagado el nicho en años y hubo que trasladar el cajón.

Había sido una escena desoladora. La única oportunidad en que vio a don Maciel, aunque a distancia: lo impresionó como una figura grotesca, con algo de villano de *Dick Tracy*. El Baba creyó que Milo iba a matarlo ahí mismo, a destrozar a su padre con las manos y arrojar las tripas a los perros. Pero se calmó cuando Milo dio la espalda a don Maciel y se alejó, empujando el carro a solas.

El Baba se le había unido camino a la fosa de los N. N., adonde iban a parar los cuerpos no identificados. Y presenció la tarea en silencio. Milo lo hizo todo por las suyas, no quiso que sus colegas tocasen el cajón. Aun a la distancia a la que Milo lo había condenado, el Baba pensó que iba a desmayarse. El olor que manaba del socavón le había llenado los ojos de lágrimas; una bocanada del infierno.

La experiencia había sido espantosa. Y aun así, le había sugerido al Baba una idea extrema: que Milo había vivido cosas todavía peores. Batallas que no le había contado a nadie, ni siquiera a él, a pesar de todo lo que habían pasado juntos.

Cuando Milo se ensimismaba, el Baba le prestaba especial atención. Lo que veía en sus ojos solía inspirarle escalofríos. El Baba conocía a otra gente huérfana y pobre y desgraciada (el Delta solo era rico en aguas, mosquitos y gente de esa calaña), pero ninguno tenía la mirada de Milo en aquellas circunstancias.

¿Qué veía Milo cuando entraba en esos trances? Según el Baba, no miraba al mundo que tenía delante, sino a un paisaje interior. Que seguramente no se parecía a nada conocido: debía de tratarse de un páramo asfixiante, un desierto de rocas sin pulir, anterior a Dios y a las instituciones y, por ende, sin tiempo. Donde la vida estaba librada a los elementos y la noche eterna era coto de caza de los predadores.

En aquellos momentos el Baba pensaba que, contra toda evidencia, su amigo y él vivían en planetas diferentes.

Pero en cuanto Milo regresaba a Tierra, el Baba lo olvidaba todo. Al minuto de juntarse volvían a ser los de siempre. Maestros en el arte de perder tiempo a dúo.

Sin embargo, algo persistía en el Baba: la noción de que el hilo que los unía era tenue como baba del diablo.

4.

De ahí el desconcierto. El Baba estaba preparado para que Milo se le escapase en ciertas direcciones. Violencia, locura y autodestrucción no suponían sorpresa, la historia de su amigo lo justificaba todo. Pero

Milo había empezado a portarse como... *otro*. Alguien distinto, opuesto a su amigo de siempre: un anti-Milo.

Se había vuelto conservador, miedoso, empachado de sentido común. ¿Cómo era posible que el Baba, cuya falta de experiencia lo descalificaba para la Aventura, estuviese más dispuesto a abrazarla que Milo el sobreviviente?

El colmo había sido la amenaza de ir con el cuento a sus padres.

En la cabeza del Baba ya no había diferencia entre su amigo y los Babas mayores. Milo se derretía en presencia de sus padres, actuaba como un cachorrito. Capaz de hacer cualquier pirueta a cambio de una palmada.

Podía entender esa sumisión, pero no se sentía en condiciones de avalarla. ¡Con tal de sentirse parte de una familia, Milo era capaz de la peor traición!

Y el Baba no estaba dispuesto a traicionarse. Se lo debía a la Viuda. ¡Se lo debía al Autor, *primus inter pares*!

Alguien tiene que ayudar a esas pobres chicas, pensaba. *Aunque sea alguien tan mal cortado para la Aventura como yo.*

Esa fue la primera mentira que el Baba se dijo.

El destino de las Hijas lo preocupaba, en esto era sincero.

Lo que lo determinaba a actuar, no obstante, era su negativa a retornar a una vida de la que ahora abjuraba.

Por incolora. Inodora. E insípida.

Esa verdad lo hacía temblar, pero no podía negarla.

Prefería morir a regresar al laberinto del que había escapado por arriba.

5.

Había intentado convencer a los Héroes hasta el último segundo.

De pie, sobre la rampa de acceso, le había sugerido a Flint Moran que, en lugar de regresar a casa, viajase en el tiempo.

Si la Cofradía encontraba al Autor antes de que fuese asesinado, descubriría cuál había sido su intención al llamarla a este mundo. Pero también podía hacer algo más: ¡salvarle la vida!

—Claro, para ustedes no significa nada —había dicho mientras Milo lo arrastraba a tierra firme—. Pero el Autor es importante para mucha gente, más allá de su familia. ¿No salvarían si pudiesen a, a… no sé, a Sócrates, a Christopher Marlowe o, o…?

Moran impidió que siguiese tirando nombres.

—Si estás familiarizado con mi historia, sabrás que los viajes en el tiempo son azarosos. La tecnología de Pte San está en su fase inicial de desarrollo. ¡La trama del universo se resiste a nuestros burdos instrumentos! En esta instancia, no podría regresar al momento de mi llegada aquí, por mucho que lo intentase. Eontamer sería desviada a otro tiempo, seguramente próximo pero impreciso de todos modos: arribaría setenta y seis horas antes, o después. ¡Y cada intento fallido dificultaría aún más el reingreso a estos días!

—Pero el peligro mayor sería otro —continuó—. Cada visita a un tiempo distinto supone un desafío a nuestra suerte. Aunque nos limitásemos a observar, cualquier virus que transportásemos podría producir resultados desastrosos. ¡Del mismo modo en que la gripe europea devastó a los indígenas de América! Y si además tocamos algo indebido, o alteramos el destino de alguien… Es la lógica del efecto mariposa, elevada a la enésima potencia. El tejido del multiverso se vería modificado. Y entonces ya no podríamos retornar a nuestro presente, porque lo habríamos cambiado sustancialmente… ¡o borrado por completo!

Un resorte había hecho *boing* en el Baba cuando oyó la palabra *multiverso*. Le sonaba de una serie de cómics escritos por Michael Moorcock, aunque dudaba que Moran los conociese: ¡si hubiese visto al aventurero leyéndolos dentro de su propio cómic, al Baba no se le habría escapado!

Blake lo había convocado entonces a la urgencia del momento.

—Todo esto también suena incomprensible para mí —dijo el pirata—. Pero hay algo que sí entiendo, y que compartirás. Si alguien te pusiese en la opción de salvar a gente desconocida… por ejemplo, nosotros… o salvar a Milo y también a tus padres, ¿por quién optarías? Exacto. Eso es lo que estamos tratando de hacer. Salvar a nuestra gente, a aquellos a los que amamos. Una vez que logremos hacerlo, nada impedirá que Moran nos reúna, trayéndonos hasta aquí.

—Si es que sobreviven al intento —dijo el Baba.

—Es un riesgo que debemos correr —dijo Blake, con una expresión que el Baba nunca le había visto. ¿Sería posible que se tratase de ternura?

Habían permanecido a prudente distancia, hasta que la nave se esfumó en un remolino de polvo.

El Baba no pronunció palabra durante el proceso. Estaba distraído, ponderando las dimensiones de su culpa.

La pregunta de Blake había sido retórica. Menos mal que no le había dejado margen para responder, porque, de otro modo, habría debido decirle que se había equivocado.

El Baba prefería salvarlos a ellos, a los Héroes, y zarpar a otra vida, antes que seguir fondeado en aquel lugar por sus Padres-ancla, por su amigo emasculado, por ese país de mierda.

6.

Poco después el Baba despojó a su Padre de prendas que usaba poco, para ayudar a Metnal a pasar desapercibido. Con el pulóver a cuadros, los Timberland y el gabán raído, el vampiro tenía el aire de un contador dispéptico.

La donación se realizó sin que mediase agradecimiento. Metnal ni siquiera había aceptado el número del celular que le ofreció, con la esperanza de no perder el contacto.

Todo lo que había dicho al subir a la moto fue: «Adiós».

Un contador encima de una Harley. Esa sí que había sido una visión extraña.

—¿Qué va a hacer ahora? ¿Adónde va a ir?

—No es de tu incumbencia —había dicho Metnal, logrando que el Baba se pusiese colorado, lo cual le había dado todavía más rabia.

—¿Un consejo? Vuelve a tus cómics —dijo Metnal—. Este mundo es impiadoso. ¡No respeta ni a los muertos! Los únicos que disfrutan de su estancia aquí son los inclementes y los idiotas. Y tú estás muy mal dotado para ser lo primero.

—Por eso te conviene regresar al capullo del que saliste —prosiguió. Acentuaba sus palabras con el dedo índice: pinchando el pecho del Baba, como un niño que pone a prueba la paciencia de un perro—. Asumirte como niño de mamá, rodeado de confort. Convencerte de que la calle es peligrosa. Tu amigo lo sabe, es fácil darse cuenta. Así que óyeme bien: termina la escuela, busca un trabajo que hacer desde casa, cómprate una mujer y sigue masturbándote en la ducha. ¡Pero no intentes salir de tu vaina protectora!

El Baba había apartado el dedo de un manotazo, sin que Metnal pareciese impresionado.

—Es verdad que hay otro mundo ahí afuera —dijo el vampiro—. El mundo de los que no temen matar a cambio de poder o para obtener satisfacción. El mundo de los que venden a sus bebés para procurarse pan o la próxima dosis. ¡Pero en ese lugar no durarías ni cinco minutos!

La marcha de la Harley se había ido disolviendo en el silencio.

Durante ese lapso, el Baba no había hecho más que hilvanar un insulto en su cabeza, tan largo y colorido como los dragones del carnaval chino.

Ni siquiera le había importado salpicar al Autor en el proceso.

7.

—¿Y tus amigos?

Eso fue lo primero que la Viuda preguntó, después de invitarlo a entrar.

Le había costado reconocerlo. El Baba se había ataviado del modo que desconcertó a Milo en el muelle: pantalón de vestir, camisa celeste, corbata (sin el broche de *Star Trek,* en aquella ocasión) y un brazalete azul sobre el que había pintado la divisa *Semper fidelis.* En sus manos llevaba una Biblia y la caja de bombones.

Su intención había sido la de volverse invisible a los cuervos de la OFAC. Además había añadido la precaución de tocar otros timbres, antes de llegar donde la Viuda. Por suerte habían rechazado su oferta de reflexionar sobre las Escrituras. Si alguien le hubiese dicho que sí, habría tenido que improvisar como predicador.

(También había coqueteado con la posibilidad de disfrazarse de mujer. Seleccionó vestidos, pero todo terminó cuando se probó una de las pelucas de su abuela. Con esa mata plástica sobre la cabeza, el Baba era idéntico a Baba Madre.)

La Viuda no había pedido explicaciones sobre su *look.* El miedo a la OFAC explicaba cualquier extravagancia. Apenas lo reconoció, lo hizo entrar de un tirón. Una vez en el estudio del Autor, le preguntó qué hacía y dónde estaban sus amigos.

El Baba le había ofrecido un bombón para ganar tiempo.

Respecto de sus «amigos», el Baba trató de mantenerse próximo a la verdad. Dijo que Milo guardaba reposo. (Que es lo que debería haber hecho por consejo médico, a pesar de lo cual seguía yendo a la escuela.) En lo que hacía a los extranjeros, dijo que habían vuelto a sus países. (Literalmente cierto, aunque con bemoles difíciles de explicar.)

El equívoco yacía en el corazón de la pregunta. ¿Pensaba el Baba en ellos como amigos?

Sabía tanto de los Héroes que los sentía próximos a su corazón. Le habían hecho compañía durante horas deliciosas, sin cuestionarlo nunca ni hacer que se sintiera inadecuado… ¿Pero quién era para ellos sino una sombra, el resto diurno de un sueño?

En cuanto a Milo… Había sido su amigo, sí. Sin embargo la amistad era una relación de ida y vuelta, y el Baba estaba persuadido de haber dado más de lo que había recibido.

¿No había acogido a Milo en su hogar, donde lo alimentaron desde que levantaban apenas un palmo del suelo? (Cuando cursaban sexto, los Baba Padres habían considerado denunciar a don Maciel por abandono de menor. Pero la certeza del dolor que habrían producido al niño, que quería a su padre a pesar de todo, los había convencido de no innovar.)

¿No le había prestado sus revistas? ¿No lo había dejado jugar con sus juguetes? ¿No le había enseñado a usar la Play? Y ahora que le había llegado a Milo la oportunidad de reciprocar, de devolverle una parte de lo que había invertido en él… ¡Todo lo que había obtenido era una negativa, vacío, traición!

La Viuda había elegido un bombón, pero en vez de comérselo se lo había dado a él. Siempre generosa. Y con buen gusto, además: chocolate blanco relleno de dulce de leche, el Baba conocía de memoria el surtido de Baking House.

Mientras se quitaba el brazalete, que le cortaba la circulación, le había preguntado sobre las páginas inconclusas del Autor.

Pero la mujer no le había respondido; no entonces, al menos.

Le había referido en cambio un extraño suceso. Dijo haber recibido una llamada extemporánea de parte de Demonti, el director de la Editorial Belvedere. Contándole que había recibido una visita de sus abogados. Lo cual era imposible, por cuanto ella no había optado aún por apoderado alguno.

El Baba empezó a toser. Se le había ido el dulce de leche por el tubo equivocado.

8.

Según la Viuda, Demonti se había manifestado furioso por lo que entendía como una burla.

—Me dijo que si quería los últimos originales, tendría que haberlo llamado yo misma en vez de mandar a esos fantoches. Esa palabra usó: *fantoches.* Cuatro tipos raros, con más aspecto de matones que de abogados. Y dos críos. Uno con el brazo en cabestrillo y el otro…

El Baba había asentido con énfasis, quería evitarle a la Viuda la molestia de describirlo.

—El estudio de abogacía que mencionó no existe —prosiguió la mujer—. Se lo hice deletrear. Blaskó und Schreck. No figura en ningún listado internacional, lo *googlié.* Pero al hacerlo saltó otra cosa, una conexión inesperada. Blaskó es el apellido real de Bela Lugosi, el más famoso de los Dráculas del cine. Y Schreck…

—Max Schreck fue el *Nosferatu* de la película de Murnau.

—Estuve a punto de llamar a Demonti para putearlo, creí que la broma me la había gastado él a mí. Pero me contuve. Se trataba de algo demasiado… *sofisticado* para su forma de pensar. No, ustedes no podían ser gente de Demonti. Para colmo no sabía dónde buscarlos. Entonces ocurrió lo del banco. Los originales de mi marido de los últimos dos años. Casi me da un infarto.

—No sabe cuánto lo lamen….

—Cayó la policía al rato, nomás. Al mando de gente de la OFAC. Me interrogaron durante horas. Tratándome como si la ladrona fuese yo. Buscando que pisase el palito y revelase algo sobre mis Hijas. Se metieron por toda mi casa, me la dieron vuelta. ¡Les faltó tomarme una muestra de sangre!

—Le repito sinceramente, lo sentimos mu…

—Cuando me hablaron de los cuatro tipos y los dos muchachos… se tomaron el trabajo de mostrarme las imágenes, habían traído un DVD… decidí contarles todo. Eran ustedes, se veía a la legua. Con tres de los grandotes disfrazados como personajes de mi marido. Bastante fielmente, dicho sea de paso.

El Baba sintió que el aire se le congelaba en el pecho.

—Y después cambié de idea. Si hubiesen querido destruir los originales, como dice el Gobierno, lo habrían hecho ahí mismo. ¡En la bóveda del banco! Así que hablá. Pero decime la verdad. ¿Ustedes son de Anarquía?

—No, señora. ¡Le juro que no!

El Baba besó el dedo que dibujaba una cruz sobre sus labios. Un gesto infantil, que lo había hecho sentirse aún más inapropiado para su misión: el Sultán de los Pelotudos.

—¿Sabés por qué te dejé entrar? ¿Por qué te traje hasta acá? Porque este es el único lugar donde la policía no hizo lo que quiso. Lo tenía cerrado con llave. Insistieron tanto que abrí y les dejé mirar sin moverme de acá, para que entendiesen que yo no tenía los originales ni cobijaba bandidos. Por lo tanto, es el único lugar que creo a salvo de micrófonos.

El Baba había sacado entonces el papelito, que entregó a la mujer.

—¿Qué es esto?

Era la dirección de los *lockers* donde habían escondido los originales. Las oficinas de un correo privado, en plena Capital.

—Van a seguir ahí hasta que usted los vaya a buscar —dijo el Baba—. O hasta que nos diga dónde quiere que los pongamos.

La Viuda hizo un bollito con el papel y lo metió en la boca del Baba. Y al instante le encajó otro bombón.

—Con esto —dijo— te va a bajar mejor.

9.

A continuación lo había conducido al baño. Lo obligó a sacarse la ropa y a meterse bajo la ducha. Quería estar segura de que no llevaba micrófonos.

—El calzoncillo no. Se lo pido por favor. —El Baba estaba rojo, no paraba de preguntarse cuándo se lo había cambiado por última vez.

—La humillación de mostrar tus palometas es leve, comparada con la que me hicieron pasar —dijo la Viuda mientras revisaba prendas y zapatos—. El miedo de haber perdido esos originales. ¡La policía hurgando en los cajones de mis Hijas!

El Baba le dio los calzoncillos sin siquiera mirarlos, escondiendo su desnudez detrás de las cortinas.

Juro que de acá en más me los cambio todos los días, se dijo entonces. Una promesa que, por cierto, ya había incumplido.

Cuando la Viuda se los devolvió (sin hacer comentarios, además de generosa era elegante), el Baba los lavó mientras sus lágrimas se mezclaban con el agua de la ducha.

Después del baño había invertido cuarenta minutos en convencerla de sus intenciones. Volvió a apegarse lo más posible a la verdad: dijo que se trataba de un grupo internacional de fans, organizado para proteger la obra del Autor.

Cuando le contó lo del Gryphon Group, supo que había dado en el blanco.

Al comprender que la Viuda seguía careciendo de representación legal, el monstruo de Demonti había evitado informarla del asunto.

Tuvo que frenarla para que no lo llamase en ese instante.

—Elija un abogado y cáigale de sopetón, si quiere. Pero mientras tanto, hágase la tonta. Que piense que usted no sabe nada —explicó—. Si le revela que está en el ajo, el hijo de puta va a entender que habló con nosotros. Peor aún, ¡le va a dar a la OFAC la evidencia que necesita para ligarla al robo!

Por fortuna para el Baba, la furia de la Viuda se había desplazado a otro destinatario.

Supo entonces que había llegado su turno de preguntar.

10.

Cuando la interrogó sobre la posibilidad de que el Autor hubiese bocetado páginas inconclusas, la Viuda había dudado.

—Tal vez en la carpeta grande —dijo—. A mi marido no le gustaba dejar los dibujos al aire libre, creía que el papel se agrisaba y los trazos perdían definición. ¡Era un maniático al respecto!

Le enseñó una carpeta azul, del tamaño de un plano de arquitectura, que se cerraba con elásticos. Allí estaban los bocetos de las primeras páginas de una aventura de Flint Moran. Arrancaba en el cementerio, con el Tejedor (o sea, el Autor encapuchado) arengando a los Héroes.

El primer contratiempo que saltó a la vista del Baba había sido la ausencia de textos. En algunos casos había llegado a insinuar globos vacíos, en otros ni siquiera.

—¿Cómo trabajaba con los guiones? —preguntó—. ¿Los escribía a mano, en la computadora…?

—No escribía guiones —dijo la Viuda—. Lo tenía todo en la cabeza, no sé cómo hacía.

—Pero anotaría ideas, apuntes…

—No que yo sepa. ¡Se sentaba frente al tablero y lo iba volcando todo de una, tal como salía de su cabezota!

En la segunda página, el Tejedor desaparecía y los Héroes hablaban entre ellos. ¡Más globos vacíos! Ni siquiera podía inferir nada, las expresiones de los Héroes eran circunspectas.

En la tercera página, el Tejedor regresaba con un desconocido.

El personaje que no era el Baba, como había fingido, sino el mismísimo Milo.

Un adolescente correoso, fuerte, vestido con una casaca de piel negra (¡como la que Moran le había prestado!) y dueño de unos ojos que transpiraban tristeza.

Capítulo cuatro

Tariq (IV)

De la navegación en sus múltiples formas — Cornovia — *Jugando al escondite* — *Aidan Caninus* — *No Arthur, sino Artorius* — Mala tempora currunt! — *Los lobos*

1.

¿Cuánto tiempo llevaba así, con el agua hasta los muslos y sin animarse a dar un paso?

Eontamer había desaparecido después de proferir una queja.

La nave tenía un color nacarado que relumbraba bajo el sol. Su casco estaba recorrido por nervaduras de proa a popa. Tariq percibió que la mole perdía definición a cada instante, pero sin moverse de allí. Sus dimensiones permanecieron inalteradas, a pesar de lo cual se había ido decolorando. Hasta que comprendió que ya no estaba viendo a Eontamer, sino una formación de nubes sobre el océano.

En el cementerio, el mecanismo que permitía que la nave rodase le había parecido ingenioso. Desplazarse sobre tierra sin caballos suponía un avance, pero no suficiente para saltar de una era a otra: ningún cuerpo sólido *se arrastraba* hasta el siglo VI. Moran explicó entonces que la materia que remontarían para burlar el tiempo y el espacio tenía las propiedades del agua. Ofrecía resistencias y corrientes y podía hundirte en profundidades de las que no se salía, pero a la vez se prestaba a la navegación.

Tariq no se convenció del todo. Una estructura metálica de las dimensiones de Eontamer no podía sino hundirse en cualquier líquido, por espeso que fuese: ¡las leyes del universo no admitían excepción!

Pero, al poco de iniciado el viaje, se rindió a la evidencia. Porque había cosas en este universo que aceptaban ser explicadas a la manera de su padre; pero Eontamer formaba parte de las que, ocurriendo en un reino al que Aristóteles nunca había asomado (salvo, tal vez, en su *Poética),* no dejaban más remedio que creer a ciegas.

2.

Dejó de pensar en prodigios en cuanto saltó al agua. Se trataba del mar que conocía: helado y lleno de sal, el viejo mundo lo recibía con un estremecimiento. Todo lo que importaba entonces era lo que tenía a la vista: aquella playa, las cavernas excavadas en la roca, el farallón hinchado y monstruoso.

Cornovia. Estaba de regreso en Cornwall.

Agitó los brazos para comunicarse con sus compañeros. (¿Lo engañaban sus sentidos o Eontamer no estaba flotando en el agua sino suspendida en el aire, a un palmo del mar?) Quería impartirles un mensaje doble: que había llegado a casa, aunque no entendiese cómo, y que los despedía.

Había estado a un tris de invitarlos a quedarse. Le habrían sido útiles en la lucha. Pero seguramente se habrían negado. Por las razones que los llamaban a sus propios mundos, de urgencia ya conocida; pero también por otra que no confesarían. La separación no podía sino inspirarles alivio. Aunque habían sido buenos socios en la batalla, su proximidad sugería las ideas más perturbadoras. Las de la existencia de múltiples universos en lugar de aquel que habían creído único; de purgatorios donde no estaba claro quién seguía vivo... y quién no.

Eontamer ya se había esfumado, pero Tariq seguía allí, con el agua escurriéndose por sus pantalones de lana.

La playa, las cavernas, el risco. Era el paisaje del que se había ausentado, no había forma de equivocarse.

Y, sin embargo, algo lo retenía allí, con medio cuerpo en el agua; una criatura anfibia que no termina de entender a qué universo pertenece.

3.

El primer signo de que algo no estaba bien asomó en la caverna.

La ausencia de rastros del enemigo no lo inquietaba. Quién sabe cuánto había transcurrido desde su escapada, la marea debía de haberlo lavado todo.

Pero tampoco estaban los restos de la prisión de Merlyn.

¿Qué había sido del cristal que se deshacía en jirones, del muñeco, de las ropas del hechicero? ¿Se lo habían llevado todo las huestes de Mordred, con la intención de disimular la existencia de aquella mazmorra?

Todo lo que quedaba era el hueco en la piedra. Desnudo, un socavón por encima del túnel oscuro.

Ya no tenía nada que hacer allí. Lo sensato era regresar a Tintagel cuanto antes. Confiaba en que la alegría de Arthur por su regreso fuese más grande que su enojo.

La subida lo agotó. La pendiente era escarpada y las ropas llenas de agua aumentaban el peso de su cuerpo.

Una vez en lo alto del acantilado, la vista volvió a refutar sus recuerdos.

Tintagel no estaba allí. Había desaparecido. Como si nunca hubiese existido.

No quedaba una sola de sus piedras.

4.

La fortaleza donde Uther había concebido a Arthur (al menos en la leyenda, que el rey se cuidaba de contradecir) era una construcción deslumbrante, con vocación de eternidad. Digna descendiente del Faro de Alejandría, orientaba a los marinos en aguas procelosas.

Nada de eso existía ahora. Ni los muros infranqueables, ni las torres que en días claros permitían vislumbrar el continente.

En su lugar había un edificio precario, empequeñecido por las dimensiones del peñón. Detrás del foso se levantaba una barrera de piedra y argamasa, que cualquiera habría franqueado con una escalera. Más allá de la pared no había mucho que ver, a excepción de algunos techos: barracas de madera, una casa que producía una columna de humo. Allí no podían vivir más de un centenar de personas, y en condiciones de hacinamiento.

¡Qué diferencia con los salones que Gorlois erigió para reflejar la belleza de Ygerna! Esos rasgos que pervivían en el hijo a quien no había criado: Arthur Pendragon, el más grande de los reyes de la cristiandad.

Tintagel había soportado borrascas durante décadas. Tariq no sabía de fuerza en condiciones de barrerla que no fuese la magia con que Merlyn había desarmado y vuelto a armar el círculo de los gigantes.

Pero nada lo atormentaba más que la desaparición de Arthur.

Tariq no era un hombre religioso. Su padre le había enseñado a no creer más que en el poder del intelecto, a pesar de lo cual le había sugerido prudencia: en un mundo lleno de fanáticos, convenía disimular ciertas convicciones. Pero en aquella circunstancia rezó, a un dios sin rostro y sin nombre que era a la vez todos los dioses.

Oh Señor, dijo en su corazón, *concédeme la gracia de no haber regresado demasiado tarde.*

5.

—¿Se le ha perdido algo?

El hombrecito sonreía con más educación que dientes. Su tonsura lo distinguía como hombre del Dios cristiano. Pero la picardía de sus ojos y el olor que exudaba (a humo, a guiso de legumbres) sugerían una experiencia más bien secular.

Como Tariq seguía mudo, dejó caer el saco que acarreaba y dijo:

—Mi nombre es Aidan Caninus. Seguidor de Patrick el misionero, en *peregrinatio* a Roma. ¿Puedo ayudarlo en algo?

—Busco al rey Mark. Vive en la fortaleza llamada Tintagel. ¿Sabe por ventura si me encuentro muy lejos? He estado algún tiempo fuera de la isla, y por lo visto me falla la memoria.

Caninus lo miró de pies a cabeza. Su expresión lo decía todo. Tariq no tenía aspecto de cortesano ni de mensajero real: con sus botas mojadas y su cota perforada y llena de arena, presentaba una triste figura.

—No conozco a ningún Mark con corona. La última autoridad que se hizo valer por aquí fue la de Ambrosius, que por cierto no era un rey. Y ahora toleramos la regla de…

—¿Quién es Ambrosius?

—Veo que es verdad que ha estado lejos. ¡De otro modo habría oído de Ambrosius, el *dux bellorum* que nos salvó de los sajones!

—Mi ausencia se prolongó más de lo deseado. ¿Lo sorprendería si le preguntase qué año es este?

—Promediamos el *Anno Domini* 515.

El alivio de aquella confirmación duró lo que un puñado de agua. Si estaba en el año indicado y en el punto preciso, ¿qué había ocurrido con la fortaleza? Por descomunales que fuesen las fuerzas de Mordred, ningún ejército podía arrasar Tintagel al punto de borrar todo vestigio de su existencia.

Alguien tenía que estar equivocado. Y no podía, *no debía* ser él.

—Si está usted de paso, Aidan Caninus, no sería extraño que no hubiese oído hablar de Mark.

Caninus escupió sobre la tierra. Las gotas de saliva trazaron un arco a través del hueco entre sus dientes. Después se frotó la calva y empezó a hablarle más despacio.

Tal como se le habla a un tonto… o a un loco.

—Se lo repetiré: en el último tiempo no hemos conocido más autoridad que la de Ambrosius y su heredero Artorius, quien…

—¡Arthur! ¡Es a él a quien busco!

—En ese caso lo encontrará pronto. ¡Siga el estruendo de las batallas y el rastro de muerte!

El comentario irritó al guerrero, pero no lo ofendió. Estaba habituado a que el clero desconfiase de Arthur, por más que el rey hiciese profesión de fe constante.

—¿Podría guiarme hasta él?

—Cuánto lo lamento. Siempre puse distancia entre mi persona y la violencia.

—¿Qué clase de hombre de Dios niega consuelo a los heridos?

—Uno agradecido por el milagro de su vida.

—El rey necesita todo el apoyo que…

—Tal como le dije, aquí no hay ningún rey. Pero si se refiere al *dux bellorum* Artorius, va a necesitar apoyos más sustanciales que el mío. ¡Nada por debajo de Gabriel y su espada flamígera!

6.

La noción de que Arthur estaba en peligro sumió a Tariq en un silencio culpable, que Caninus llenó con su verba.

Para el monje, este «Artorius» era un iluso. Al igual que su predecesor Ambrosius, se desgañitaba tratando de unir a la gente para enfrentarse al enemigo común.

—No le ha ido mal, pero no durará —dijo—. Al primer contratiempo le darán la espalda. La gente no quiere organizarse, confraternizar, esforzarse. ¡Demasiado trabajo a cambio de una recompensa esquiva! Prefieren que los conquisten para que todo vuelva a la normalidad. ¡Y así aplicarse a sacar provecho del nuevo ordenamiento! Eso pone a Artorius de mal humor. Cosa que entiendo, por cierto. Nada me fastidia más que aquellos que se resisten a ser salvados.

Tariq sentía deseos de cascar la tonsura como un huevo. Lo indignaba la forma en que hablaba de Arthur, tanto como su desprecio por los lugareños. ¡Los británicos amaban a su rey, los había visto vitorearlo de costa a costa!

Ajeno a esta tentación, Caninus seguía perorando.

La fortificación que allí veían, donde Tariq había esperado ver Tintagel, era la morada de un señor llamado Cynfawr, o Cunomorus, que había trabado alianza con Artorius y se le había unido con su magra tropa.

Podían llamar a sus puertas y solicitar asilo. ¡Después de todo, no quedaban allí más que hombres viejos y mujeres necesitadas de distracción!

La mirada de Tariq lo convenció de haber hecho la sugerencia equivocada.

Caninus propuso entonces que compartiesen el camino. Les convenía, dijo, apartarse de los senderos más trillados. La gente no veía con buenos ojos a los peregrinos, que pedían a su paso el alimento y la bebida que pocos podían resignar; y tampoco a los guerreros con aspecto de mercenario.

—Yo no vendo mi espada —dijo Tariq, al filo de la ofensa.

—¡Se entiende a simple vista que nadie quiso comprarla! —dijo Caninus. Su mente era más aguda de lo que Tariq había supuesto—. Pero seguramente otra gente será menos comprensiva.

Y con un gesto lo invitó a ponerse en marcha.

Aunque el día era claro, el viento cortaba en lo alto del peñón. Tariq no recordaba haber sentido tanto frío allí, y menos durante un junio primaveral.

Le dio la espalda a aquella idea (¿y si no había regresado al mismo universo del que partió?) como quien se pone a resguardo de un leproso.

Acompañar al monje era una medida sensata. Todavía se sentía perdido, en aquel mundo que se atrevía a disentir con su memoria; y por ende se le ocurrían muchas preguntas que formularle.

De todos modos se negó a entregarle su espada, para suscribir la pretensión de actuar como escudero.

Al tocar la empuñadura comprendió que esta vez no había recuperado a Na Taibhse. La daga de Merlyn seguía en su cintura, pero en lugar de su espada estaba el arma tosca y mellada que había esgrimido durante las visitas al mundo de Milo.

Más que furia, sintió decepción. ¡El sortilegio parecía no tener fin! ¿Quién lo ayudaría en ausencia de Milo, del Baba y de los Héroes, en aquel sitio que aunque se parecía al suyo no dejaba de frustrarlo?

Caninus le preguntó su nombre. Tariq se lo dijo sin obtener reacción alguna. ¿Había vivido Caninus lejos del mundo, o se trataba de un espía de Mordred que trataba de confundirlo?

—Puede llamarme Aid —dijo el monje.

7.

Según Caninus, las amenazas a que Artorius se enfrentaba eran múltiples.

Por un lado estaban los sajones, que nunca dejaban de asolar las costas. ¡Si algo había que reconocerles a aquellos bárbaros era su persistencia!

Completando la pinza, desde el norte asomaban los pictos.

—Horrendas criaturas tatuadas, que se expresan en un lenguaje imposible —dijo Aid—. Artorius debe dar gracias al cielo por ese galimatías. ¡Si pictos y sajones lograsen entenderse, sucumbiría antes de que cantara el próximo gallo!

A Tariq lo desconcertaba la ausencia de Mordred.

Aid decía no haber oído ese nombre, aunque sabía de un Medraut. Pero este Medraut no estaba enfrentado a Artorius: ¡por el contrario, era uno de sus lugartenientes!

—Y, mientras tanto, el ciudadano común debe optar entre dos males —dijo el monje—. No le niego a Artorius el mérito de preservar el orden romano, tal como lo hizo su mentor Ambrosius. ¿Qué sería de nosotros sin instituciones? Pero la guerra nunca puede ser el único camino. Si los pueblos se mantienen fieles a Artorius, soportan la violencia del invasor. Si, en cambio, negocian con los sajones... yo también querría salvar a mi familia, si la tuviese... soportan como pago el desprecio de Artorius, que se traduce en desprotección. Y así se pierden cosechas, aldeas, vidas...

Dicho lo cual, volvió a escupir. Cualquiera que quisiese seguirlos lo haría sin problemas, si atendía a las manchitas que jalonaban el sendero.

—Por eso mismo —continuó—, mi consejo es el siguiente: esté alerta. *Mala tempora currunt!* Las islas han sido diezmadas por una peste que, al llevarse a tantos hombres, nos condenó a una segunda plaga: la del hambre. Verá por doquier campos fértiles que no han sido trabajados. Y cenizas salpicadas por huesos pequeños, los animales son sacrificados antes de tener cría. Con astucia, Artorius culpó a los sajones, diciendo que habían traído la peste en sus barcos. ¡Ahora todo el mundo odia a los extranjeros, sean sajones o no! Y los soldados de Artorius proceden sin sutilezas: aquel que huele a extraño es un traidor hasta que pruebe lo contrario. Y si ese extraño tiene una piel del color de, ahm, *la suya...*

El mar había quedado atrás. Tariq caminaba en silencio, ponderando la información con que Aid lo abrumaba. En su ausencia, las calamidades no habían cesado de llover.

Pero aunque dio por bueno el dato de la peste, Tariq desconocía el resto del paisaje que el monje pintaba. De vez en cuando la población había protestado ante las frivolidades de Arthur: la porfía en la conquista de Europa, por ejemplo. La excusa de la ofensa hecha a Arthur por los embajadores del procurador Lucius Hiberius no había engañado ni a los más simples. El común de la gente detestaba malgastar dinero en busca de gloria, cuando existían tantos que en casa se las veían negras para esquivar el hambre. Al mismo tiempo hacer enemigos no era recomendable, cuando los viejos adversarios se las ingeniaban para seguir incordiando.

Pero en términos generales la población amaba a su rey. Y Tariq lo sabía. Una de las ventajas de no formar parte de la corte: el Moro vivía en el llano, en los altos de una casa de la ciudad de York. Esa era una de las razones por las que Arthur valoraba su consejo: a diferencia de su *coterie,* Tariq estaba al tanto de las necesidades de la gente.

Por eso mismo Arthur se había anticipado a su cuestionamiento. Sabía que Tariq no aprobaría el gasto que demandaría la conquista del continente; y que además se vería sometido a un conflicto de lealtades, por cuanto la campaña llegaría, tarde o temprano, al territorio de la Hispania donde el Moro había nacido. En un alarde diplomático, Arthur le había rogado que permaneciese en la isla. Si se quedaba allí, podría informarle regularmente sobre el desempeño de su sobrino Mordred.

Había sido un hombre de Tariq, pues, quien alcanzó a Arthur al pie de los Alpes y le entregó la carta con la infausta noticia.

Perdido en sus elucubraciones, Tariq tardó en advertir que el monje había cerrado el pico.

Fruncía el ceño, clavando la mirada en (ahora Tariq lo veía también) el grupo de hombres que avanzaba desde el otro extremo del camino.

El monje tenía buena vista, por cuanto tomó su decisión antes que Tariq.

—¡Son hombres de Artorius! —dijo, y salió disparado a la velocidad de un galgo.

Todavía confundido, Tariq preguntó por qué huía.

—¿Acaso no ha oído nada de lo que le he dicho?

Eso respondió Aid, su capa flameando al viento. Y al instante se perdió detrás de una roca.

8.

¿Hombres de Arthur?

El monje debía de haberse equivocado. Aquellos no eran sus colores, ni su formación habitual, ni la manera en que iban armados.

Avanzaban a pie, aferrados a lanzas de puntas herrumbrosas. De la docena, solo uno portaba espada (el resto llevaba puñales a la cintura), mientras que apenas cinco contaban con protección: escudos de madera, petos de cuero. Cascos y mallas brillaban por su ausencia.

Se veían sucios, cansados, famélicos. Más que soldados, parecían manada de lobos. ¿Dónde estaban el rojo, el dorado, la cruz que defendían? ¿Dónde el metal de sus corazas, el orgullo que habían mostrado en batalla?

Tariq alzó la mano en son de paz y dio su nombre. Al igual que había ocurrido con Aid, ninguno de los soldados pareció reconocerlo.

—Debo llegar cuanto antes donde Arthur. ¿Serían tan amables de decirme a qué distancia acampa, y en qué dirección?

Había cometido el error de decir «Arthur» en vez de Artorius, la torsión del nombre indujo a sospecha.

Hablaban entre ellos sin dejar de mirarlo de reojo.

Supuso que desconfiaban, y con buen motivo. Se trataba de un desconocido que pedía ser llevado ante el rey. ¡Podía tratarse de un asesino a sueldo de Mordred!

Pronto entendió que su identidad los tenía sin cuidado. No lo miraban a él, sino lo que portaba: su pobre espada, su daga, su cota de malla. Conocía bien el fulgor de esos ojos, lo había visto en los cortesanos que aspiraban al favor de Arthur: era aquel que enciende la codicia.

Alcanzó a echar mano a la empuñadura. Pero ya nada iba a ser como había esperado.

No cargaron contra él lanza en ristre, como hubiese hecho cualquier soldado. Simplemente se le abalanzaron, tumbándolo con sus cuerpos hediondos.

Sintió puntadas por todas partes, lo apuñalaban hasta en las piernas. Algunos preferían patearlo y apalearlo, como si redujesen a una bestia.

Uno de ellos los detuvo antes de que consumasen el crimen.

Atontado por los golpes y la sangría, Tariq ya no veía más que sombras.

Sintió que lo despojaban de sus botas. El frío le mordió los pies.

Después se desmayó.

Capítulo cinco

Milo (VI)

Muerte zomba — La perspectiva de la fuga — Pierre el bostero y Bonzo el optimista — El cisma con el Baba — Primera plana — La última paliza — ¡Ya mino!

1.

Milo despertó antes del amanecer. De un tirón de pelo, que continuó ardiendo mientras se lavaba la cara y luchaba para vestirse.

—Dale, María —dijo su padre mientras le tironeaba de la melena—. Que tenés atrasadas las tareas del hogar.

Para después partir hacia el cementerio, de mala gana.

2.

Separar papeles de cartones y armar paquetes era aburrido. Y el frío se lo hacía difícil. Ateridos, sus dedos se volvían más torpes que de costumbre.

El brazo, que había permanecido inmovilizado hasta ayer, conspiraba también contra su rendimiento. Se preguntó si se le habría atrofiado. Exageraba, por supuesto. Pero la memoria del dolor lo disuadía de usarlo con naturalidad.

Se consoló pensando que en el cementerio lo pasaría peor. Tenía toda la intención de regresar a la tarea, aun cuando era obvio que

271

todavía no estaba en condiciones: con tal de no soportar las injurias de su padre... Pero al levantar la mesa anoche había roto dos vasos. Y don Maciel lo había sorprendido con un gesto de generosidad. Se había ofrecido a poner el cuerpo un día más.

¿Se habrá dado cuenta y estará tratando de congraciarse?, pensó. Y a continuación se preguntó cuánto hacía que su padre no le inspiraba un pensamiento positivo.

De a ratos caía en un estupor. Como si se durmiese con los ojos abiertos, mientras su cuerpo seguía fiel a la marcha de sus obligaciones. Separar, apilar, atar. Separar, apilar, atar. Separar...

Le daba miedo sentirse así. Temía quedar preso del trance. Volverse *zombie*. Adquirir la mirada de vidrio empañado de don Maciel, de la gente que se apretujaba en los trenes, de los pibes que mendigaban sin darse cuenta de que llovía.

Milo se había salvado milagrosamente del destino cortado para él: la muerte en vida, o *zomba*, como la llamaban sus amigos. («Ese ya fue, palmó, le agarró *la* zomba», solía decir el Baba.) Porque una cosa era tomar de más o ponerse ciego con el fumo. Milo lo había hecho mil veces para levantarse al rato, resacoso pero dispuesto. Sin embargo, estos chicos cruzaban una frontera de la que no se volvía. De tanto darle al paco o meter pastillas dentro del *tetra*, se les quemaba un circuito para el que no había repuesto. Los veía por todas partes, en número creciente. Rondando el puerto, el basural, detrás de una moneda que les garantizase una pipa nueva.

No era que no conociese la tentación. Había perdido cuenta de las veces que quiso intoxicarse para ya no pensar. Pero cada vez que se sintió al borde del abismo (los pibes se pasaban el *tetra*, parecían contentos, hablaban boludeces), la voz de su madre había aparecido de la nada.

Eso es veneno, le decía. *Como el que Claudio proporciona a Gertrude. Nadie bebe veneno por propia voluntad, a no ser que quiera morir. ¿Es eso lo que querés? Porque yo no quería. Yo quería vivir.*

Cuando le llegaba el turno, Milo le pasaba el *tetra* al siguiente.

Ya le había dedicado varios minutos a un nudo elemental que se la había puesto difícil. Si seguía trabajando a ese paso, no llegaría a la escuela.

Por primera vez, la perspectiva de ir a clase lo angustió. No tenía el menor deseo de ver al Baba.

Estaba considerando la posibilidad de desertar, definitivamente.

3.

Extrañaría a Pierre y al Bonzo, por supuesto. Pierre Tocopilla irradiaba afecto, una energía a la que Milo era sensible. Trasladaba a todos los ámbitos de la vida la cara luminosa del hincha de fútbol: su fidelidad (una vez que Pierre abrazaba causa o persona, la abrazaba para siempre) y su voluntad férrea.

Tenía la manía de remitirlo todo a Boca Juniors, el club de sus amores. Cuando en segundo grado dictaron un texto sobre las vacunas, Pierre lo había enriquecido a su manera: dibujó a Riquelme inoculando a un perro con suero antirrábico.

El Baba le había sugerido que escribiese un libro de filosofía inspirado en Boca. ¿O no se trataba de un punto de partida tan válido como el *cogito*?

Pierre se lo había tomado a pecho. Rescató un cuaderno de la basura y lo consagró a su *magnum opus*. Pero nunca pasó de la carátula, que inscribió de esta forma: «BOCA, ¡un sentimiento!»

El bloqueo lo frustró, como si fuese una traición a sus colores. Pero un día la sonrisa volvió a su cara y Pierre concluyó que en aquellas palabras, enfatizadas por los signos de admiración, estaba todo lo que había que decir sobre el asunto.

4.

El Bonzo también era un sol. Que dicha solaridad no hubiese menguado a causa del incendio constituía un dato que, al menos para Milo, revestía la mayor importancia.

A su juicio, la gente que sufría experiencias trágicas se enfrentaba a dos caminos. El más frecuentado era el primero: resentirse, amargarse, culpar al drama por todo.

(Milo no lo admitía, pero era el camino que él mismo había tomado.)

La segunda vía, que no usaba el dolor para justificar el fracaso, sino que lo convertía en la clave del optimismo, era aquella que el Bonzo había elegido. Si el incendio lo cambió en algo más allá de lo físico, era en el modo en que había potenciado lo que ya estaba en su interior: la amabilidad natural, su alegría de vivir.

A Milo le hacía bien estar cerca del Bonzo. Lo ponía en caja, le daba perspectiva. Cada vez que se permitía disfrutar (en compañía del Baba, por ejemplo, o en la biblioteca del Viejo), tenía la sensación de estar habitando un humor prestado. Se sentía parecido al Bonzo: irradiado.

Lo extrañaría. Y también a Pierre.

Pero al Baba no.

Tardaría mucho, si es que alguna vez lo lograba, en permitirle acceso al palacio de su nostalgia.

Todavía estaba demasiado furioso.

5.

La visita sorpresa del día anterior había terminado en trifulca.

Nunca habían discutido de esa manera. Nunca se habían dicho cosas tan feas.

Milo había intentado poner paños fríos (¡una vez más!) a los ímpetus de su amigo.

Primero había cuestionado la decisión de abandonar su casa. Los Baba Padres iban a denunciar su fuga a la policía, aun cuando les hubiese dejado una carta rogando que aceptasen su decisión. Solían pensar que el Baba era número puesto para toda clase de accidentes: sospecharían, pues, que se había unido a una secta, que le habían lavado el cerebro o algo peor. (Para ellos la política era lo peor, como había quedado claro cuando le prohibieron unirse al homenaje al Peluca.) Y al acudir a la comisaría, pondrían a la yuta sobre su pista antes de que el Baba lograse hacer contacto con Los Arcángeles.

Su cara y sus datos estarían a consideración de cada policía, en el sistema de identificación que tenía terminales en los patrulleros. Centenares de efectivos, en capital y provincia, atentos a su captura.

En el mejor de los casos lo detendrían a tiempo. En el peor, conduciría a la policía a las puertas de Los Arcángeles, lo que produciría el efecto contrario al soñado.

Milo le propuso lo que imaginó un camino intermedio: echarle una mano en la investigación del crimen del Autor.

¿No lo habían asesinado en plena calle, a mediodía? Alguien debía haber visto u oído algo que desmintiese la acusación oficial. Si lograban aunque más no fuese sembrar dudas, quitarían presión a la búsqueda de Los Arcángeles, aventando parte del peligro que corrían las Hijas.

—No te digo de presentarme en un juzgado, porque nunca oí que el tipo de la OFAC mencionase al Autor por su nombre. Además, ¿quién le va a creer a un pendejo como yo?

Como el Baba no replicó, dijo:

—Podemos dedicar las mañanas al asunto. No mañana mismo, si no me pongo al día con los diarios, mi viejo me mata. Pero pasado…

—¿De veras pensás que alguien va a abrir la boca para contrariar al Gobierno? —lo interrumpió el Baba—. ¿Quién se confesaría ante dos forritos como nosotros, exponiéndose a las gentilezas de la *Oh-Fuck*? Haceme el favor, Milo… ¡Dejá de tomarme por boludo!

El lenguaje del Baba había irritado su piel.

—¿Te creés que no veo lo que hacés? Seré ingenuo en muchas cosas, pero tampoco nací ayer. Me estás dando largas. ¡Pensás lo mismo que el vampiro hijo de puta! Estás seguro de que el miedo va a ser más fuerte, de que la indolencia me va a ganar, total al gordo no le gusta moverse un ca-*rajo*…

El Baba abrió el cierre de la mochila de un tirón.

—Me ofendés —dijo mientras rebuscaba en su vientre—. Insultás mi inteligencia. Y además me ocultás la verdad. ¿O no te demostré un millón de veces que era tu amigo, que tenía la mente abierta, que podías confiar en mí?

Entonces apareció el papel que buscaba. Era un recorte de diario. *La Nación*. Primera plana. La cobertura del «robo» del banco.

Milo leyó el párrafo que el Baba había subrayado.

«…además de los originales, de valor económico incalculable, desaparecieron 250.000 dólares de las cajas de seguridad. Se estima que la agrupación ilegal los usará para financiar actividades terroristas».

—Un cuarto de palo verde —dijo el Baba—. Linda cifra. De esas que te cambian la vida. Decime, Milo: ¿te suena conocida?

6.

Milo había sentido un calor que subía por su cuerpo como enredadera.

Creyó que iba a estallar en llamas de manera espontánea, como el personaje de una novela de Dickens que el Viejo le había recomendado. Pero no hubo fuego, así como tampoco había palabras que acudiesen a sus labios.

El ultraje era tan grande que se negaba a ser administrado en las dosis homeopáticas del lenguaje.

—¿… Me estás acu-*sando?* —dijo al fin—. ¿Me estás tratando de chorro, justo *vos?*

El Baba bajó la jeta.

—Increíble. Si hay alguien de quien no esperaba… Pero al final mostraste el culo. ¡Sos igual a todos! La van de gente bien por la vida, haciéndose los tolerantes, pero a la primera de cambio te señalan: *¡Ahí está, es ese: el negro de mierda, cabeza, ladrón…!*

Se le habían hecho un nudo todos los músculos. El vendaje del brazo lo aprisionaba, palpitaba con vida propia.

—A ver, decime, vos que estás tan seguro de no haber nacido ayer —prosiguió Milo—. Nos llevamos los dibujos, nos rajamos del banco. Me voy caminando a mano pelada, para que nadie sospeche si me paran; *y vos me ves.* Llega la cana al lugar, donde están las cajas abiertas, todo desparramado. Le dicen a la prensa que falta esa guita, que se la robaron Los Arcángeles… ¿y vos les creés? ¿Les creés al lobo, a la mafia, a los reyes del delito organizado, de la coima, del choreo, *antes que a mí?*

Milo hizo un punto y aparte. Al dolor del pecho se sumaba el de su garganta, irritada por los gritos.

—Si fueses amigo de verdad —retomó la carga—, habrías pensado en cualquier otro. Hasta el vampiro es mejor candidato. ¿O no se abrió de los demás, para rajarse en la moto? ¿Por qué será que no quiso decir adónde iba, ni qué pensaba hacer? Pero no, ante la duda, el tipo alza el dedito y dice: *¡Milo! ¡Atrapen al ladrón en su escondite de lujo, mientras ata cartones con una mano y se caga de frío!*

Se levantó de un salto. El vendaje le cortaba la respiración.

—Tomate-*lás.* Ya mismo —dijo—. No te cago a trompadas por tu vieja, nomás. Dale, rajá. ¡Antes de que cambie de idea!

Para subrayar sus intenciones agitó el puño libre delante de las narices del Baba: una masa curtida y llena de nudos, con la que podría haber convertido un carbón en diamante.

Después de lo cual se arrancó el cabestrillo.

Su momento Hulk. Arruinado por el hecho de que no encontraba la punta del vendaje. Empezó a tironear por cualquier parte.

Milo había rugido de dolor… y de rabia.

El Baba se puso más lívido que las vendas, mientras decía:

—Pará, loco… ¿Qué hacés? ¡Si te falta cuánto: una semana, dos…!

Cortó la venda de un manotazo y se la quitó. El procedimiento demoró más de lo esperado, a pesar de la velocidad que quiso imprimirle.

Como ya no soportaba un segundo más en presencia del Baba, dio media vuelta y se alejó.

Y no volvió a salir de la casa, hasta que llegó la lancha taxi que el Baba llamó para que lo sacase de ahí.

7.

Esa tarde hizo acopio de valor para acudir a la escuela. No tenía el menor deseo de cruzarse con el Baba, pero necesitaba asegurarse de que no se había dado a la fuga.

Con el correr de los minutos (ya había sonado el timbre, la Zanetti arrancaba con los modos del subjuntivo), comprendió que el Baba no asistiría a clase.

Aprovechó el caos del primer recreo para escaparse.

Fue derechito al bar de Atilio, que no le negó el teléfono. Con el celular del Baba no tuvo suerte: contestador. Decidió probar con el número de la casa.

—Tiene unas líneas de fiebre —le dijo Baba Madre—. ¡Está haciendo frío! ¿Te estás cuidando, vos?

—Yo estoy bien, quédese tranquila.

—¿Seguro? Porque mi hijo está deprimido. Se piensa que soy tonta, me dice que soy una hinchapelotas… ¡Me va a engañar a mí, que lo parí! Yo estoy segura de que se engripó por eso: por el frío, obvio, pero también por la tristeza, que te baja las defensas… ¿Vos sabés qué le anda pasando? Te lo quería preguntar, pero como no tengo dónde llamarte…

La angustia de la mujer lo dañaba. Lo hacía sentir como un cadáver, el peso de la tierra sobre el pecho.

—Es que discutimos feo.

—¡Me lo imaginé! Anoche le pregunté por vos. Se le llenaron los ojos de lágrimas y cambió de tema.

—Pero no se preocupe. Yo la voy a arreglar. Eso sí, no le diga nada, no le cuente que la llamé.

—¿Qué pasó? ¡Si ustedes son como hermanos!

—Ojo, doña, que se va a cortar, no tengo más monedas.

—Sé bueno, decime algo. ¡Necesito entender…!

—Se va a cortar. Fue mi culpa. ¡Pero no se preocupe, yo la voy a arreglar!

—¿No tendrías que estar en el colegio, vos, a esta hora?

Milo colgó.

8.

Aquella noche no pegó un ojo.

Le echó la culpa a su hombro. El cabestrillo le había dado contención. Ahora sentía que el brazo se le iba a desprender. Cuando se diese vuelta sobre el sofá, se le caería al piso: peso muerto, una pieza de cera que dejaría al descubierto un agujero obsceno en su cuerpo.

Pero en realidad pensaba en el Baba.

Había hecho lo imposible por relegarlo al trastero de su mente, y aun así había fracasado.

Le pesaba la promesa dada a Baba Madre.

Quería serle fiel, pero no sabía cómo. Cada vez que imaginaba la situación (plantarse delante del Baba, decirle…), se ponía tan nervioso que le daban náuseas.

No es que no tuviese mejor cosa en qué pensar. Había vivido los últimos días hilando planes, que reescribía a toda hora.

Pero algo lo traicionaba siempre. Aun cuando su mente estuviese apagada (Milo *zombie*, preso del estupor-prisión), el Baba se las ingeniaba para colarse en sus pensamientos.

Por ejemplo entonces, en plena labor. Milo seguía fijándose en la fecha de cada diario que apilaba, a pesar de que se trataba de algo que el Baba le había pedido antes de la pelea.

Su deseo había sido guardar los diarios que hablaban de la muerte del Autor. Se había quedado con el ejemplar de *Clarín* de Baba Padre, pero codiciaba los otros, alma de coleccionista.

—Vos que juntás papeles —le había dicho—, si te cruzás con los diarios de ese día… ¡Por tu viejo no te calientes, que yo te los pago!

Y allí estaba ahora. Muerto de frío, fastidiado… y chequeando a pesar suyo las fechas de cada ejemplar.

Esa fue la razón por la que reparó en la foto.

9.

No formaba parte de la edición buscada. Precedía al crimen del Autor en un mes y medio, cuando menos. Pero la demanda del Baba lo había puesto en alerta, y la mente de Milo hizo *clic* antes de que entendiese el motivo de la iluminación.

Clarín, primera plana. El título no le dijo nada: simple y convencional, había leído muchos del mismo tenor antes y después.

Terroristas abatidos en enfrentamiento con la OFAC.

Y debajo la foto descarnada, a todo lo ancho. Estas fotos también se habían tornado familiares. Los diarios se parecían cada vez más a una versión gráfica de *Crónica TV:* cuanta más sangre, mejor; morbo afrodisíaco.

El fotógrafo había usado el *zoom* para saltar el cordón policial.

El cuerpo en primer plano yacía sobre una sopa oscura: el torso sobre la calle, las piernas sobre la vereda. Parecía mirar a cámara, como si respondiese a la noción de que los medios deben ser atendidos en cualquier circunstancia.

Lo que llamaba su atención era el rostro, esa cara cuyo ceño no había podido desanudar ni siquiera la muerte. ¿Dónde había visto antes aquella expresión?

El segundo cuerpo estaba más lejos y, en consecuencia, ofrecía una evidencia discutible. Pero Milo reparó en la larga cabellera pegoteada de sangre: se veía rubia, a lo sumo blanca.

¿Un anciano? ¿Cuántos viejos conocía que cultivasen semejante pelambre? En cualquier caso se trataba de un viejo corpulento, debajo del impermeable se insinuaba un físico cultivado.

El cuerpo final era una mancha. Había caído de rodillas y muerto hecho un ovillo, la posición era clara a pesar del fuera de foco.

El texto no ofrecía pistas sobre sus identidades, decía que estaban pendientes de verificación. Pero Milo no las necesitaba.

¿Sería posible? Había solo una persona en condiciones de sacarlo de la duda. Y esa era, precisamente, la única persona a quien no quería convocar. Se habría dejado partir la clavícula otra vez, con tal de no admitir ante el Baba que tenía razón.

Porque el Baba la tenía.

Al pie de uno de los árboles más apartados de la casa, enterrados dentro de una bolsa de plástico, estaban los billetes verdes que Milo se había llevado del banco.

Custodiados por hormigas, lombrices y escarabajos.

10.

No lo había planeado. Pero la oportunidad le había abierto los ojos.

Una vez vaciadas las cajas, descubrió que tenía a sus pies una fortuna. Joyas. Monedas de oro y plata. Dólares, euros. Recordó palabras de don Maciel, una de esas frases que usaba para justificarse: «Si no caminaste nunca mirando hacia abajo, en busca de una moneda, no me podés juzgar».

Como sus compañeros estaban distraídos, recogió los fajos sin que lo viesen. Cinco paquetes gordos, billetes de cien. Metió algunos dentro del pantalón (tenía dos pantalones, nomás: de esos amplios, pródigos en bolsillos, que se ajustan al talón con correas) y los restantes dentro del cabestrillo.

No guardó más, porque sus compañeros se habrían dado cuenta. Prefería robar poco a ser avergonzado por los Héroes.

Por eso lo indignó la cifra del diario. Se había llevado cincuenta mil y ni un dólar más. La diferencia se la habría quedado la policía, seguramente.

Esos doscientos mil le dolían en el alma.

Hasta entonces había vivido en las nubes, imaginando usos para su botín. Quería viajar, ver el mar. Comer buena comida. Comprar zapatillas, toneladas de ropa y de fumo. Y arreglarse los dientes. Y cortarse el pelo, para ya no parecer un salvaje. Si procedía con juicio, podría hacer un poco de todo... durante algún tiempo, al menos.

Cuando el Baba le reveló la cifra oficial del robo, se deprimió.

Cuarto de millón. Un monto que podría haberse llevado él solito. Si se hubiese animado a esconder más fajos...

Ahora los cincuenta mil le parecían nada. Poco más que un vuelto.

Aquella había sido la primera experiencia de Milo con la naturaleza ilusoria del dinero, ese espejismo: nunca se lo alcanzaba del todo.

Había acudido de vez en cuando a las raíces del árbol, a solazarse ante su tesoro. Pero desde que el Baba leyó el recorte, no había vuelto a excavar. Tenía miedo de ver el paquete embarrado y decepcionarse aún más.

Doscientos cincuenta mil hubiese sido la cifra ideal, pensaba. Con un cuarto de millón le habría alcanzado para todo lo que soñaba. (Una moto como la de Metnal, o aunque más no fuese una versión nacional. ¡Una colección de cómics que humillase al Baba!) Pero ante todo le habría alcanzado para cumplir el más apremiante de sus deseos.

Abrir una cuenta a nombre de su padre y, dando por cumplido su deber filial, poner distancia entre él y don Maciel.

Se lo había prometido la noche de la batalla en el cementerio, cuando volvió vendado y su padre lo molió a golpes.

«Siempre el mismo hijo de puta», le había dicho mientras lo zamarreaba. «Te hiciste vender a propósito, para no tener que laburar».

En vano había intentado mostrarle las radiografías, que daban testimonio de su herida en blanco sobre negro.

«Te quebraste para no tener que trabajar», insistió don Maciel, modificando el discurso para adaptarlo a su conveniencia. «Yo te conozco, soretito; a mí no me engañás».

Con doscientos cincuenta mil habría sido distinto. Pero Milo solo había atinado a robar cincuenta.

La cifra no alcanzaba para disolver el lazo que lo ataba a su padre; una sumisión como la del perro apaleado por su dueño.

11.

Seguía cavilando —sobre el deseo de volar de allí, sobre la necesidad de decirle al Baba lo que había descubierto en *Clarín*—, cuando oyó a Manana Patato.

Al principio no le había prestado atención. Nunca lo hacía, el loco era fiel a su mantra: *Hoy no mino, manana miene. ¡Manana o patato!*

Pero aquella vez era distinto. Patato no estaba diciendo lo que solía decir.

—*¡Ya mino!* —decía—. *¡Mino acher! Manana no, hoy no. ¡Acher! Ahí voy, ¿ein? ¡Ahí voy!*

Cuando a Milo le cayó la ficha, el loco ya había desaparecido.

En los años que llevaba allí, Milo no había registrado del loco otra cosa que la promesa aplazada: *Hoy no mino, manana miene.* Aquel o aquello que tanto se demoraba parecía haber llegado al fin.

¿Algún pariente? ¿Padre o madre? No, Patato era viejo para que sus padres siguiesen vivos. ¿Hijos? ¿Quién podía haber tenido el coraje —o más bien la inconsciencia— de entregársele?

Milo sentía un vago afecto por el enajenado, que nunca se había elevado a la categoría de interés. Ni siquiera sabía de qué isla venía.

Pero aquella mañana, el misterio de Patato le resultó irresistible.

Y sin pensar demasiado, empezó a seguirlo para descubrir quién había *menido.*

Milo el sensato optó por evadirse. Tironeado entre la angustia de sus «miserables» cincuenta mil y la perspectiva de confesarse ante el Baba, eligió la distracción.

Todo lo demás podía esperar, mientras Milo se abandonaba a su pasatiempo.

Se guardó la hoja del diario y salió detrás del loco.

Nada más fácil que seguirlo a distancia.

—*¡Ya mino!* —repetía Patato a gritos, para una audiencia de cotorras.

Milo cruzó el primer puente, tratando de no ser descubierto.

Ya no regresaría entero a su isla.

Capítulo seis

Saigon Blake / Flint Moran

A orillas del Bei He — Versiones sobre Qi Ling — El Camino de la Desobediencia — El leopardo — Un lamento por Tsang — La Casa Pulpo — In fraganti — ¿Vivo o muerto?

1.

La invisibilidad de Eontamer volvió a ser útil en Tianjin.

A tan corta distancia de Pekín, la presencia de extranjeros estaba prohibida. Si caían en manos del emperador Xianfeng, Blake y Moran serían sometidos a juicio y despojados de sus cabezas.

A Blake le había costado adaptarse a los mapas que la nave producía. La profusión de colores y movimientos (se desplazaban sobre las pantallas, a medida que Eontamer modificaba su posición) confundía al pirata, habituado a mapas desteñidos por el agua y el sol.

Pero al fin dio con formas que conocía, y guio a Moran al sitio buscado: la casa de Lady Qi Ling sobre el Bei He.

La fundadora de la Sociedad China Libre vivía a orillas del río. Tenía otras propiedades en Macao y Hong Kong, pero de todas ellas la casa del Bei He, tan próxima al Palacio de Verano (aquella morada llena de lagos artificiales, donde el emperador solía jugar a la batalla naval), era su favorita.

Esto lo sabía Blake, porque se había ocupado de averiguarlo. Antes de la Caída, cuando todavía no era esclavo del opio, había dedicado tiempo a aprenderlo todo sobre Qi Ling.

2.

La casa estaba donde le habían indicado: sobre la orilla este del Bei He, veinte millas más allá de Tianjin, en cuanto se sorteaba una curva del río. Pero nada tenía que ver con la descripción que recordaba. Le habían hablado de una pagoda digna de Yuan Ming Yuan, rodeada de árboles en miniatura y jardines de piedra. Según su informante, se accedía a ella a través de un puente de mármol, que se curvaba sobre un estanque rico en lirios y peces dorados. Sin embargo, el edificio que ahora observaba (único en varias millas a la redonda, tal como Eontamer le había enseñado desde lo alto) era otra cosa. Se parecía tan poco a lo que le habían descrito, y por ende a Qi Ling, que olía más bien a estratagema de decepción.

Era una casa elemental, baja y techada con bambúes; antes un refugio que una vivienda.

Al persistir en la contemplación (cosa que hizo, francamente, porque se había quedado sin planes alternativos), advirtió que la casa debía de ser más de lo que aparentaba.

Ninguna morada sin importancia estaba custodiada por tantos soldados.

Vestían de civil en un intento de pasar desapercibidos. Pero los traicionaba su postura. Aun en reposo, observaban el equilibrio que constituye la mitad de la ventaja en batalla; y al moverse exhibían la gracia que ilumina al músculo entrenado.

Sus armas también llamaban la atención. El ejército del emperador usaba arcos, lanzas y espadas. Las únicas armas de fuego de que disponían eran mosquetes del siglo XVI, una precariedad que habían pagado cara al enfrentarse con los ingleses. Los soldados de Su Majestad Británica contaban ya con los flamantes Armstrong, cañones que disparaban fragmentos de metal. La caballería más aguerrida se desintegraba bajo su fuego como si estuviese hecha de mazapán.

Pero estos soldados chinos tenían armas modernas. Pistolas Remington, rifles Mauser y Lee-Metford que colgaban de sus hombros, y que Blake podía identificar incluso a distancia.

—Sería irónico —dijo Blake a Moran desde el árbol que habían escogido como atalaya— resultar baleado por las mismas armas que les proporcioné.

3.

Esperaron a que cayese el sol.

Convencido de que los soldados custodiaban algo que bien podía ser Qi Ling, Blake tenía intención de colarse en la casa.

Presentarse a cara descubierta no constituía una opción. Dispararían antes de que pudiese hacerse entender.

Atacar tampoco sonaba razonable. ¿Quién sabía cuántos soldados se refugiaban en la casa?

Sus paneles de madera se limitaban al contorno: en el interior de las viviendas, las paredes solían ser de cáñamo o papel. Y Blake no quería correr el riesgo de incendiar el lugar... ni de alcanzar a Qi Ling con una bala perdida.

—¿Quién es esa mujer? —dijo Moran, una vez que el *phéta* le desató la lengua. Habían regresado a la nave invisible para encarar la espera—. Quiero decir, quién es Qi Ling más allá del doble perfecto de una hija del Autor.

—Esa es una pregunta que muchos nos hacemos también en este mundo —repuso Blake.

Existían muchas versiones de la historia de Qi Ling.

Había quien decía que formaba parte de la Sociedad de las Tres Armonías o, como la llamaban los ingleses, las Tríadas. ¿Y qué eran las Tríadas? Organizaciones secretas que operaban en el territorio de la China desde el siglo XVIII. Su objetivo: devolver el Trono del Dragón a la dinastía Ming, que había sido víctima de la usurpación de los manchúes. El emperador actual, Xianfeng, también era un manchú, y por ende se lo consideraba el último de una serie de impostores.

Pero Blake descreía de esta posibilidad. En el pasado reciente, las Tríadas se habían desviado de su cometido para convertirse en sinónimo de bandidaje y depredación. ¡Le resultaba absurdo imaginarse a Lady Qi Ling como delincuente!

Otros decían que formaba parte de la rebelión Taiping.

Liderada por un hombre llamado Hong Xiuquan, la revuelta Taiping había prendido como la pólvora en el pueblo descontento. Hong Xiuquan no tenía intención de deponer al emperador, pero era astuto y se había apoderado de alguna de las consignas popularizadas por las Tríadas. Usaba el mismo grito de guerra: *¡Saquear a los ricos para aliviar a los pobres!*

Hong Xiuquan prohibía el consumo de opio entre sus seguidores, lo cual volvía convincente su asociación con Qi Ling. En el mismo sentido jugaba la relevancia que el movimiento otorgaba a las mujeres. Entre los Taiping, hombres y mujeres luchaban codo a codo. Conquistada Wuchang en 1853, Hong Xiuquan entró en la ciudad con una escolta insólita: treinta y seis guerreras bellísimas a lomo de caballo.

Algunos sostenían que Qi Ling era una de las treinta y seis.

—No te imaginas cuán conservadores son los chinos —dijo Blake a su ensimismado oyente—. Aquí las mujeres ofician de esposas y madres. Tan solo en las clases más altas se permite a las concubinas tener voz y una cierta injerencia. Una de las amantes del emperador, llamada Cixi, gobierna en la práctica por encima del Hijo del Cielo.

Sin embargo, Blake no creía que Qi Ling fuese discípula del rebelde Hong Xiuquan.

Lady Qi Ling era una mujer cultísima y refinada. Y el discurso mesiánico de Hong solo había seducido a gente sencilla, indignada por los lujos que eran norma entre los cortesanos.

No, Qi Ling no podía formar parte de esa turba.

—¿Necesito recordarte —dijo Moran— que sigues sin responder a mi pregunta?

4.

Todo lo que Blake sabía era lo siguiente.

Qi Ling había fundado una sociedad llamada China Libre. La creó a comienzos de 1857, cuando quedó claro que el Imperio Británico iba a utilizar el incidente del *Arrow* para obtener de China más concesiones.

—Según Confucio, cualquier promesa arrancada por la fuerza carece de entidad ética —dijo Blake, paladeando el licor de Moran—. La Sociedad China Libre difunde este precepto con la excusa de educar en el Tao, o Camino del Cielo. Lo que pretende en realidad es llamar a los ciudadanos a la desobediencia.

El influjo de la Sociedad China Libre se había propagado en pocos años. Sus acólitos ya eran multitud. Se decía que Qi Ling contaba con recursos ilimitados (¿dinero de las Tríadas, de Hong Xiu-quan, del mismísimo Trono Celestial... o de todos a la vez?), pero aun así la tarea a la que se enfrentaba era de una magnitud sobrehumana.

¿Cómo combatiría la plaga que hacía estragos en todos los estamentos de la sociedad: desde lo más hondo, donde moraba la gente inculta y manipulable por los aventureros como Hong Xiuquan, hasta la cima, con los opiómanos Xianfeng y Cixi como exponentes? ¿Cuánto dinero sería necesario para combatir el hambre al que la pésima administración y el vasallaje ante los británicos tornaba inescapable?

—Es tiempo de actuar —dijo Blake, mirando hacia arriba.

Moran creyó que hablaba como un miembro más de la Sociedad China Libre. Pero el pirata se refería a otra cosa.

El cielo que se veía a través de Eontamer (porque aquella era otra de las propiedades de la nave: estaba hecha de una materia que se transparentaba a voluntad) era azul cobalto.

Había llegado la hora de entrar en la casa.

5.

Blake se despojó de chaqueta, botas, arreos y hasta de su Remington. No llevaría consigo más arma que el puñal con arabescos.

Ante la sorpresa de Moran, explicó las razones de su decisión.

Construido sobre pilotes, ese tipo de casa crujía bajo el peso más leve. Y el ruido viajaba de estancia a estancia sin estorbos, a través de sus muros de papel.

Qi Ling sabía lo que hacía. Había levantado un refugio a prueba de intrusos.

El pirata se echó al suelo entre los pastos, avanzando sobre pies y manos. Una técnica que le había enseñado Tsang, que era oriundo de los manglares del sudeste. En su hora, como criado de Jim Blake, Tsang había oficiado como maestro del pequeño Sai: lo había adoctrinado para nadar con el silencio de los cocodrilos y avanzar por tierra como un leopardo, sobre las almohadillas de sus dedos.

Pensar en Tsang afectó su concentración. Se detuvo donde estaba. El más mínimo error traicionaría su posición.

Todavía le dolían las manos por los golpes dados en el otro mundo. Pero había otro dolor que le resultaba más ominoso.

Desde que huyó de su casa no había tenido tiempo de penar por Tsang. Con él se había ido algo más que un mentor. Tsang era el último lazo que lo ligaba a su padre, a quien había servido primero.

Blake ardía en deseos de volver sobre sus pasos y perseguir a Mateo Cembrero: su exsocio, el Judas. Pero la venganza debía esperar.

La noción de que Tsang podía no haber existido nunca (¿o no se limitaba su pasado a una serie de recuerdos «inventados» por el Autor?) lo asaltó con insidia. ¿Era irreal el amor que le habían prodigado en su infancia? Y en el mismo sentido: ¿eran falsas las enseñanzas impartidas?

Blake estuvo a punto de desplomarse. En aquel instante dudó de todo lo que sabía, empezando por las técnicas de Tsang.

Si el Baba tenía razón, y aquello que creía verdadero era fantasía (¡el invento de un hombre que nunca se había alejado de su escritorio, y en consecuencia no había pisado un manglar!), estaba engañándose a sí mismo.

En cuyo caso, todo su saber se reducía a nada. Y la posibilidad de imitar al leopardo no era más que una ilusión.

Se sentía indefenso como un bebé, en un universo que, como la casa de Qi Ling, le resultaba desconocido por completo.

6.

Vació la mente de pensamientos innecesarios. Su vida dependía de la capacidad de respirar sin sobresaltos; debía desandar los caminos de la especie y disolverse en la parte animal del ser, tal como Tsang, *su* Tsang, le había enseñado.

Volvió su atención al entorno. El *ostinato* que producían los grillos. Los gránulos de tierra, disolviéndose bajo la presión de sus dedos. Los pastos que se pegaban a su frente húmeda.

Los muros de la casa empezaban a sonrojarse a la luz de las lámparas.

Había elegido un camino que pasaba equidistante entre dos guardias. Podía verlos perfectamente, islas carboníferas en un mar de plata.

Era la vía más peligrosa. Contaba, por ello mismo, con la ventaja de lo inesperado. Y con el amparo de los pastos altos, que el viento barría sin cesar: se movían como olas.

Por fortuna no había jardineros entre los hombres de Qi Ling. Al cobijo de la vegetación crecida, Blake resultaba invisible.

Retomó la marcha. El leopardo se aproxima a su presa con lentitud, dando pasos lánguidos pero constantes; no se lanza a la carrera hasta que se torna imprescindible.

Sus huesos rechinaban, sus músculos estaban entumecidos.

Pero su cuerpo recordaba.

Había avanzado así otras veces. Con menos torpeza, estaba seguro; pero construyendo una memoria de la que ahora podía servirse.

Estuvo tentado de detenerse entre ambos soldados, por puro alarde. A esas alturas sabía que no lo descubrirían.

Pero mantuvo la cadencia de sus pasos y su respiración, el movimiento lento era imperceptible en la amplitud del paisaje.

Una vez que se coló entre los pilotes, se permitió un descanso.

Entre las sombras estaba a salvo.

7.

La casa tenía la más peculiar de las formas.

Estaba organizada alrededor de una estancia central: un círculo de cuatro metros de diámetro, que irradiaba ocho gajos, o estancias menores, de líneas ondulantes que concluían en un punto único.

Desde su eje la visión era inequívoca: Qi Ling había ubicado ocho soldados sobre el terreno, en línea recta al ángulo formado entre los gajos.

De esa manera no dejaba flancos al descubierto. ¡Ningún hombre se acercaría a la casa sin ser visto!

Pero Blake no era un hombre, al menos no en ese momento. Era un felino, una bestia de presa.

¿O era apenas el héroe de un cómic?

Espantó el pensamiento como quien avienta una mosca.

Cinco de los ocho gajos estaban a oscuras. En los tres restantes había lámparas, goteando luz entre los maderos del suelo.

Tenía que cuidarse de no pasar debajo de esas estancias. La luz encendería su cuerpo, vendiéndolo a los guardias.

Uno de los gajos oscuros chorreaba agua. ¿Se había bañado allí Qi Ling? Otro pensamiento perturbador.

Revisó los maderos de cada suelo oscuro. Un trabajo ingrato pero insoslayable: con los ocho soldados en plena vigilia, no tenía otra oportunidad que ingresar a la casa por debajo.

Al cuarto intento tuvo suerte. Había tres listones cortos que habían perdido sus cuñas de ajuste. Formaban un hueco por el que su cuerpo pasaría sin problemas.

Dios estaba de su lado. ¿O debía atribuirle esa ventaja al Autor?

Aflojó el primer madero con la punta del puñal. No percibió ruido ni movimientos.

Una vez completada la tarea, pegó un salto. Dependía ahora de la fuerza de sus brazos.

Le llevó segundos habituarse a la penumbra del lugar. La habitación estaba vacía, a excepción de una lámpara apagada y una esterilla cubierta por mantas.

Que todavía estaban tibias.

Estoy perdido, pensó en cuanto la voz lo alcanzó.

—Bienvenido a la Casa Pulpo, donde nadie tiene secretos —dijo Qi Ling.

Estaba en el extremo angosto de la habitación, vestida con una túnica que le permitía confundirse con las paredes.

Qi Ling echó la capucha hacia atrás. Su cabello todavía estaba mojado.

Después avanzó hacia Blake.

El pirata abrió los brazos y soltó el puñal.

Quería comunicar que no pensaba agredirla, aun al precio de resultar agredido. Qi Ling debía de estar armada, era una mujer que no se dejaba sorprender.

El sorprendido, en todo caso, fue Blake. Porque sabía que Qi Ling era capaz de todo, pero nunca imaginó que le saltaría encima y...

8.

El revuelo que llegó hasta Moran solo podía significar una cosa: Blake había sido capturado.

O muerto. Entre las voces que se colaban desde la casa, la del pirata brillaba por su ausencia.

Mi amigo Blake, pensó Moran. Era la primera vez que lo consideraba así, y ya estaba dándolo por perdido. En las últimas semanas no había hecho más que cortar lazos. Su hogar había desaparecido, su gente había sido exterminada.

Contaba con Eontamer para volver antes del holocausto, pero aquello no invalidaba la conclusión: la Iglesia Universal había elevado la apuesta. El ataque demostraba que, de ahora en adelante, estaría dispuesta a considerar beligerantes a los pueblos y planetas que, como Tecumseh, se negasen a formar parte de su confesión.

Alguien debía detenerlos. Cuanto antes.

Ardía en deseos de emprender el regreso a su tiempo, al planeta Umbra que curia y pontífice habían escogido como sede de su poder.

Pero no podía abandonar a Blake en la estacada. ¿O sí? Aun cuando obtuviese evidencia de que vivía, las probabilidades estaban en su contra. Un ataque frontal contra un enemigo que lo superaba en número y capacidad de fuego sería suicida. Eso había tratado de explicarle a Pte San cuando le presentó el condensador molecular. Se trataba de un arma maravillosa, pero que solo podía ser usada a corta distancia. Resultaba inútil ante adversarios que lo mantendrían a raya con rifles.

En aquella ocasión había tenido el mal tino de comentarle lo siguiente: que había creado un arma que solo podía ser concebida por una mujer. La perspectiva femenina también había quedado en evidencia en la falta de un nombre adecuado. «Condensador molecular» era una descripción, más que un bautismo. Si algo sabían los hombres era que las armas necesitan un nombre: como la Army Black Powder de Blake, como la Caliburn del rey a quien Tariq servía.

Lo había dicho con un humor que Pte San no registró. Lejos de mostrarse divertida, le dio la espalda y lo dejó, sin darle tiempo a articular una disculpa.

Pero no se llevó el condensador.

Ahora que así cavilaba, Moran sopesó la manopla de metal. La sentía más pesada que nunca, porque a su carga física había agregado la de la pérdida.

¿Debía aproximarse a la casa disparando, en busca de la oportunidad de emplear el condensador? ¿O era su deber, por el contrario, preservarse para regresar a Tecumseh y frustrar el ataque de la Iglesia Universal?

¿Valía la vida de Blake más que un planeta entero?

La decisión a la que se enfrentaba era difícil, pero simplísima en sus términos. Se trataba de optar entre actuar como un hombre… o como un héroe de cómic.

Capítulo siete

Milo (VII)

Un estallido — Queen East Indiaman — *Sopwith Camel* — *El Piloto* — *Sentencia de muerte* — *Milo gana tiempo* — *Patato obra el prodigio* — *Mutilado* — Morituri

1.

No le costó seguir a Patato. De vez en cuando lo perdía de vista, pero el chiflado no dejaba de vociferar. Era la versión humana de un camión con bocinas, de esos que anuncian compraventas, candidatos y circos.

Avanzaba por senderos marcados. Milo se preguntaba si los habría abierto el mismo Patato, de tanto frecuentarlos. El Viejo le había contado que los japoneses creaban sus plazas sin senderos, para que los visitantes dibujasen el mejor camino con sus pies. Gente inteligente, los japoneses. Una sabiduría forjada en el dolor.

¿Por qué no se hablará de Hiroshima tanto como se habla de otros genocidios?

La música de Patato-Hamelin sonó otra vez y Milo olvidó Hiroshima para recordar un estallido más próximo. Había ocurrido durante la noche pasada, una nueva escaramuza de su guerra personal.

Don Maciel lo había despertado en la madrugada. Esto no tenía nada de inédito *per se*. Su padre no lo despertaba adrede, por el contrario, trataba de moverse con sigilo. Pero en su intoxicación era inevitable que tropezase. Siempre pateaba algo que había quedado en el suelo, o tiraba los contenidos del botiquín al buscar una aspirina, o daba un portazo porque no podía controlar sus movimientos.

Sin embargo, aquella noche había sido diferente.

Don Maciel había salido de su habitación y se había quedado allí, en el living. Quieto. Guardando silencio. Despedía un olor que ya no le quitaba ni la ducha más escrupulosa. Era su huella digital, una marca que le habría permitido identificarlo entre miles: mezcla de sudor frío y tierra podrida, salpicada de alcohol.

Cuando el perfume se volvió intolerable, Milo entendió que su padre se había arrodillado a su lado.

Apenas sintió los dedos en la mejilla, se apartó de un salto.

2.

Se habían quedado así, sin saber qué hacer. Don Maciel, en el suelo, como si hubiese sido sorprendido en plena confesión. Milo, en el extremo opuesto del sofá. Su equilibrio era precario, el peso del cuerpo volcado sobre la punta de los dedos; la posición de quien se apresta a correr.

Parecían animales salvajes que habían coincidido en la misma jaula.

Aun en la oscuridad, Milo vio que la mano de don Maciel se marchitaba sobre su pecho; una flor carnívora. Todavía podía sentir su aspereza en la cara.

—Eh, loco —dijo don Maciel. Había sonado a queja—. Yo entiendo, claro que entiendo. Uf… Pero ojo, que yo no fui siempre así. Y vos lo sabés. Tenés que saberlo. ¿Te acordás? No me digas que no te acordás.

¿Qué había sido aquello? ¿Una disculpa? Nunca había oído la palabra *perdón* en boca de su padre. Lo más parecido que había expresado era el llanto. A veces se quebraba después de golpearlo. De pequeño, Milo se sobreponía al dolor para consolarlo. Escupía la sangre que se juntaba en su boca, con tal de no deshacer el abrazo que lo unía a ese cuerpo.

Como Milo no produjo comentario alguno, don Maciel se levantó y se marchó a su habitación. En el camino insistió, quizás para compensar su falta de vehemencia: «Yo no fui siempre así, che».

Sin dejar de caminar tras las huellas de Patato, Milo se cuestionó si las palabras de su padre habrían expresado pesar. O si más bien se habría tratado del orgullo de los perdedores consuetudinarios, que se saben consistentes en el error.

Las cotorras se habían llamado a recato. Pero no eran las únicas que, en aquellas islas olvidadas por el hombre, habían optado por el silencio.

Llevaba varios minutos sin oír la voz del loco.

3.

El paisaje también había cambiado.

Ya no existían más puentes. Todo lo que unía aquellos islotes eran troncos llenos de verdín, botes encallados, puertas que flotaban lejos de sus casas, diques improvisados con mampostería rota. Que Milo pisaba con aprensión creciente, temiendo reeditar su fractura.

¿Cuánto tiempo había caminado? A falta de medida objetiva (Milo nunca había tenido un reloj), buscó la referencia del sol. Pero le fue esquiva: no distinguió otra cosa que un brillo pálido, amurado detrás de las nubes como el personaje de Poe.

Estaba arrepentido de haber cedido a su impulso. Se lo tenía merecido. ¿A quién se le ocurría aceptar a un loco por guía?

En ese instante oyó un fragmento del discurso conocido:

—*Acher. ¡Manán...!*

Apuró el paso para salir de la espesura que tejían lianas y madreselvas. Pero no halló más que un nuevo canal de aguas amarronadas, sin puente a la vista.

Una sombra se desplazaba del otro lado: a diez, doce metros, en la isla que sucedía a aquella que pisaba. Allí estaba Patato. Eso supuso, al menos. Tanto el sonido como la sombra habían sido fugaces.

La pregunta era, en todo caso: ¿cómo demonios había cruzado?

Milo sonrió al encontrar la respuesta. Patato sería loco, pero también era listo. El cauce del agua se encrespaba apenas por encima del objeto hundido. Se acuclilló para verlo mejor. Después probó con un pie, para asegurarse de que el cilindro resistiría su peso.

Era hierro puro. Mientras no resbalase...

Resignado a mojarse las zapatillas, Milo dio el primer paso.

El canal no era muy ancho. La columna de hierro oculta bajo el agua no llegaba a la orilla opuesta, pero lo dejaría a una distancia que sortearía de un salto.

Estaba a mitad de camino cuando se detuvo. Aleteó con los brazos a la manera de un equilibrista. Había percibido una depresión en la superficie del hierro, a través de la suela de sus zapatillas.

Un grabado. Leyó a través del prisma del agua.

Queen East Indiaman, 1802.

Una vez que saltó a la orilla, giró la cabeza y confirmó su intuición. La boca hueca, aunque enterrada a medias en el fondo, no dejaba margen de error.

El cilindro de hierro era un cañón.

¿Qué hacía un arma del siglo XIX en aquellos lares? ¿Tendría algún valor económico? Si las cosas no hubiesen pintado tan mal entre ellos, le habría pedido al Baba que le sacase una foto para ofrecer el trasto por internet.

Pero no podía contar con el Baba.

Apuró el paso. Quién sabe cuánta ventaja le había sacado Patato en esos minutos.

En aquella isla no existía nada parecido a un sendero.

4.

Milo no recordaba esos parajes. Pastos que llegaban a la cintura, árboles retorcidos por una mano gigantesca. *Loco de mierda.* ¿Dónde se había metido?

La sensación de que los pastos le tironeaban de las piernas lo puso nervioso. Estaban babosos, se le pegoteaban al pantalón.

El terreno de la isla se hundía, sumiéndolo todo en un fangal. Los junquillos. Los nogales de formas caprichosas. Los hongos como discos encajados en las cortezas. Los lirios amarillos, que parecían sables.

No había señales de Patato. Ni tampoco huellas.

Milo hizo un alto. En su afán por ubicar al loco y preservarse del barro, se había salteado el foco de atención más obvio: algo que lo llamaba a gritos desde arriba.

El biplano que había visto caer con el Baba estaba encajado en la copa de un árbol. Las ramas lo sostenían allí, como quien enseña un trofeo.

El Sopwith Camel le mostraba su vientre, pintado como ave de presa. El águila seguía en posición de ataque, pero había perdido las garras. Le faltaba el tren de aterrizaje.

Las hojas del árbol habían absorbido el golpe, pereciendo en el acto: abrasadas o taladas por la hélice. Además de la pintura de guerra, los restos del avión reproducían letras que formaban parte de una inscripción mayor.

Milo leyó: *I R F O.*

El paisaje disimulaba el resto de la evidencia. Pero ahora que estaba al tanto, Milo percibió los detalles incongruentes. La rueda oculta entre los pastos. Una paleta de la hélice rompía la superficie del pantano.

Una voz restalló a sus espaldas. No se trataba de la efusión nasal de Patato, más bien sonaba adulta y un tanto engolada. Además hablaba en un idioma que desconocía. ¿O se trataba más bien de varios idiomas a la vez?

Milo oyó el amartillarse de un revólver.

5.

—Manos arriba —dijo—. Y dese la vuelta. Lentamente.

Eso sí lo entendió, las primeras palabras que el hombre había articulado en español. Estaba vestido como un piloto de la Primera Guerra Mundial. Llevaba botas embarradas, capote hasta las rodillas y una gorra de cuero con orejeras. Coronando la testa, un par de antiparras. La mitad inferior de su cara exhibía el tiznado del humo. Su sonrisa relumbraba por encima del arma.

—Vaya, vaya —dijo. La situación parecía divertirlo—. Hablando del diablo… ¡Y yo que creí que mi caída había sido un accidente!

Milo estudió su rostro. Quería ver más allá del gorro y del hollín. El Piloto era un hombre joven, treinta y pico a lo sumo. Pero sus rasgos no pertenecían a nadie que Milo identificase. Aunque tenía idea de haberlo visto en alguna parte. ¿Quizás dibujado? Tal vez no se tratase de un recuerdo, sino de una asociación: todas las personas de atuendos exóticos con quienes se había cruzado procedían de un cómic.

—¿Es usted u... *uno de los Héroes?*

—Mmm. Algo que no dejo de preguntarme —dijo el Piloto—. ¿Qué es un héroe? Los diccionarios lo definen a partir del coraje y la acción excepcional. Pero el valor no explica nada por sí mismo. Y además mucha gente hace cosas impredecibles por codicia, miedo o inconsciencia. Hasta donde entiendo, Aquiles estaba lejos de ser el más afilado de los instrumentos. ¿Cuánto valor hay, por ejemplo, en aquel que mata para no ser muerto o porque no sabe hacer otra cosa?

Milo titubeó. No sabía si el Piloto esperaba una respuesta o se conformaría con su asentimiento.

—¿No debería perturbarnos el hecho de que aquel a quien se llama *héroe* sea un villano para otros? Mis superiores abominan del Barón Rojo, pero Von Richthofen es un ídolo para los alemanes. Shakespeare ensalzó al Henry de Agincourt. Pero desde el punto de vista francés, no era más que un cochino invasor. ¡Y qué decir de Ricardo Corazón de León, a quien se le dedican tantas baladas aunque arruinó a Inglaterra!

Sin bajar los brazos, Milo movió los ojos de aquí para allá. Buscaba la figura de un camarógrafo, temía ser víctima de una broma.

—Tendrás que decírmelo tú —concluyó el Piloto, acercando el cañón del revólver a su nariz; olía a aceite industrial—. ¿Considerarías héroe a quien mata a un muchacho aunque, ay, lo encuentre desarmado?

6.

Milo no supo qué lo angustiaba más, si el anuncio de su muerte o su indiferencia ante la noticia. El Piloto lo miraba como si fuese tonto. La piedra que había arrojado no llegaba nunca al fondo de su pozo.

Finalmente dijo, con más bronca que miedo:

—¿... A mí? ¿Y por qué a mí? ¡Si yo no le hice nada!

—Uno de los aspectos más desagradables del asunto. Con mucha frecuencia los héroes trabajan para gente indigna. ¿No obedeció Heracles al infame Euristeo? ¿No fue usado el Cid por Alfonso el fratricida? Yo fui enviado aquí por un hombre rico y poderoso, que me persuadió de que el curso de la guerra dependía de...

—¿*Cómo, guerra?* No puede ser, acá hay un error. Para empezar, se equivocó de persona —alegó Milo. La boca del revólver temblaba a un palmo de su cara.

—Tú eres aquel a quien busco, de eso no cabe duda.

—¿P-p-pero cómo lo sabe, eh? ¡Si nunca me vio en la puta vida!

Sin quitarle los ojos de encima, el Piloto metió la mano en su bolsillo y sacó una foto.

Blanco y negro. De imagen granulada y, por lo tanto, imprecisa. Pero el protagonista del retrato era Milo. Aunque Milo no reconociese el lugar que aparecía de fondo, ni se hubiese vestido nunca con ropa semejante.

—Se parece a mí, ya veo. ¡Ahí está el error! Pero no soy yo, le juro.

—¿Acaso tienes un hermano gemelo?

—No, no, pero…

—¿Un doble, como *El prisionero de Zenda?*

—No que yo sepa, pe…

—Tendrás que esforzarte más si quieres vivir.

—Ahm, a ver, ¿cómo se llama el tipo al que busca?

—Si digo el nombre me responderás que no eres tú. ¿Llevas documentación encima?

—No, acá no. ¡Pero si me acompaña a mi casa…!

—Buen truco.

Milo se mesó el pelo, exprimiendo su cabeza en busca de un argumento convincente.

—El tipo que usted busca es alguien importante, ¿o no?

—Lo es y mucho, para mi patrocinador.

—¡Ahí tiene! Yo no soy importante. ¿No me ve, no ve la pinta que tengo? Nadie importante vive por acá, en estas islas, al contrario. Yo no tengo casa propia, ni auto, ni familia, casi. Ni siquiera tengo un peso, trabajo en el cementerio. Soy nada, yo. ¡Soy nadie!

El Piloto corrigió la altura del revólver, centrándolo en su frente.

—Lamento oírlo —dijo.

—¿Qué cosa, qué dije?

—Tu confesión. ¿No acabas de decirme que eres nadie? Porque así es como se dice *nadie* en alemán: *niemand.* Que es el apellido, o al menos el alias, de la persona que vine a matar.

7.

Milo estaba habituado a sobreponerse a golpes, asaltos y celadas. Pero nunca se había encontrado en situación más apremiante.

Reducir a su verdugo era improbable. El Piloto tenía la complexión de una muralla. Y aunque lograse esquivar el primer disparo y darse a la fuga, terminaría baleado por la espalda.

Solo contaba con su ingenio. Y ahora que lo pensaba, con algo más.

—¿Quiere plata? Tengo algo de plata. Ya sé lo que le dije antes, pero la plata no está en el banco, la tengo acá nomás. Enterrada en un pozo. En el fondo de mi casa. Ya sé que suena *trucho*… Quiero decir, ¡raro! Pero le juro que…

—Lo siento.

Los brazos de Milo empujaban hacia abajo. Pesaban toneladas. Como el Piloto no se opuso, completó el movimiento que dibujaban en su derrota.

—Y yo que pensé que era uno de los Héroes… Ningún tipo decente mata a alguien desarmado, y a quemarropa. Esto es una ejecución, nomás. Y usted es un verdugo. ¡Un reverendo hijo de puta!

El Piloto se ofuscó… pero no disparó.

Le pegué en un lugar que le duele. Si sigo hurgando en esa herida…

—Típico. Es de los que se esconde detrás del uniforme, para justificar…

—¡Cállate!

El grito lo frenó en seco. El vello de la nuca de Milo se había erizado.

—Entrégame los planos y te dejaré ir —dijo el Piloto. Y a continuación se secó la boca, que el grito había llenado de saliva, con el dorso de su manga.

Planos. ¿De qué planos habla? ¿Qué carajo…?

—Se refiere usted a, uhm, los planos de…

—No me subestimes. Quiero los planos ya mismo, o…

—¡Está bien! Está bien. Los tengo, ahm, *cerca*. ¡Me va a tener que acompañar!

El Piloto bajó el arma hasta la cintura, desde donde seguía apuntándolo.

Entonces los alcanzó la voz de Patato.

8.

—*¡Ministe, pol fin!* —decía el chiflado. Su voz repicaba en algún lugar a espaldas del Piloto, perdida entre los árboles—. *¡Qué weno, che...!*

Milo saltó para manotear el revólver. Era su única oportunidad de preservarse del fuego.

El balazo lo ensordeció. Un ardor abrasaba su mano derecha.

Bajó los ojos con la esperanza de descubrir el arma, quemándolo al calor del estallido.

Todo lo que vio fue un muñón. El disparo le había arrancado tres dedos. Solo le quedaban pulgar y meñique, que temblaban de manera incontrolable. Parecía la pinza de un insecto.

Vomitó entre sus pies.

Sonaron dos tiros más. Ya no se sobresaltó, había perdido la conciencia de enfrentarse a la muerte.

Al alzar los ojos descubrió que el Piloto le daba la espalda. Había disparado en otra dirección. Hacia los ceibos.

Patato. El tonto se había expuesto en su favor. Y ahora estaba muerto. O herido en medio de la nada, a distancia del puesto de socorro más cercano. Milo no podía saberlo, el cuerpo del Piloto le bloqueaba la escena.

Quiso convertir sus manos en puños y embestir. Pero ya no le quedaba más que un puño, el de su mano menos hábil.

Cuando el Piloto se dio vuelta para terminar la faena, Milo ya no estaba allí.

9.

El terreno irregular dificultaba el avance. Demasiados árboles. Pastos altos que frenaban sus piernas. Peligrosas pendientes hacia el lodo.

Milo aprovechó aquellas idiosincrasias. Sabía dónde pisar, dónde no. La curva que trazaba el límite entre los pastos y el fangal lo beneficiaba, sumaba más árboles entre su cuerpo y las balas.

Pero aunque limitado por las botas y el capote, el Piloto era dueño de una herramienta que borraba las distancias.

Milo se encogió por puro instinto. La bala lo superó, dejando una estela de calor a la altura de la oreja izquierda. Recién entonces percibió el *crac* a sus espaldas, en medio del bosque el proyectil se había adelantado al sonido.

Había pasado cerca. Muy cerca.

Milo conocía el terreno, pero el Piloto era ducho con su arma.

10.

La conciencia del peligro movió a Milo a cometer un error.

Le imprimió a sus piernas más velocidad de la que podían manejar. Su cuerpo se escoraba hacia delante, sin que sus pies restableciesen el equilibrio.

Caería de bruces. Sin más resistencia que oponer al golpazo que la de su mano rota o la del hombro que todavía cicatrizaba.

Se dirigía en línea recta hacia un árbol.

Volcó su peso hacia la izquierda, tratando de esquivar el tronco.

Otro *crac* restalló. Pero esta vez la trayectoria de la bala no lo afectó; estaba ocupado cayendo.

Golpeó de lleno contra el suelo. En lugar de detenerse en el punto de impacto, se deslizó sobre el barro.

A cuenta del dolor, empezó a ver todo blanco.

Si se desvanecía, quedaría a merced del Piloto, que lo remataría como a un perro viejo.

Y yo con los cartones a medio embalar, fue su último pensamiento.

Capítulo ocho

Tariq (V)

Crucificado — ¿Mordred o Medraut? — El árbol sin raíces — Libertad vigilada — Artorius — Los imazighen — Las semillas — El frío del Norte — El puñal oculto

1.

Volvió en sí antes de llegar al campamento.

Le habían atado las manos e improvisado un yugo. La lanza pasaba debajo de sus axilas: lo llevaban entre dos.

Sus pies estaban helados. Ni siquiera sufrían los raspones que les infligía el camino.

Había perdido la cota de malla. Aunque no estaba lejos: viajaba en el morral de uno de sus captores, cantando a cada paso.

Los soldados no advirtieron que había despertado. Tampoco hizo esfuerzo alguno para alertarlos. Le convenía que siguiesen asumiendo el peso de su cuerpo, malgastando energía.

Tariq iba a necesitar toda la suya, y muy pronto.

2.

La visión de las fuerzas acantonadas lo sobrecogió.

Aquello no era un campamento de Arthur.

¿Tiendas irregulares, mugrientas, sin estandartes? ¿Dónde estaban los centinelas? ¿Por qué había tanta gente andrajosa, y niños, y perros, moviéndose a su antojo entre los soldados, exponiéndose a una muerte cierta en caso de emboscada?

¿Y dónde estaba la tienda de Arthur, cuyos pabellones conocía tan bien?

No tardó en entender qué obtenía la gente del contacto con la tropa.

Vio a mujeres devolver ropa limpia a los soldados, a cambio de un mendrugo.

Vio a niños cargando la cruz de espadas ajenas, que transportaban hasta la piedra del herrero.

Vio a hombres que vendían odres de cerveza a los combatientes, en presencia de otros que rogaban por un trago.

Vio a jóvenes, ¡casi niñas!, salir de las tiendas con el sigilo que sucede a la vergüenza.

¿Qué clase de ejército era aquel?

La desventura de un niño, magro como rata de albañal, terminó de sublevarlo. Había volcado una jofaina después de lavar los pies de un soldado. Al rodar por el suelo con palangana y todo, embarró la espada que acababa de afilar.

El soldado se levantó de su silla (no le importó pisar tierra con los pies mojados, contaría con que el niño volviese a lavarlo) y empezó a golpearlo con el mástil de su lanza.

La criatura se ovilló en el suelo sin ofrecer resistencia.

Tariq contrajo los músculos, partiendo el madero que lo transportaba.

Fue lo único que resultó tal como había deseado.

Cayó al suelo como un saco. ¡Los pies no le respondían!

Ni siquiera pudo alzar los brazos, para protegerse del castigo. Desprovistos de circulación, pesaban como piedras.

Entre las piernas de sus enemigos, vio que el soldado seguía apaleando al niño.

Los lobos arrastraron a Tariq (por las ropas, por los cabellos) hasta las tinieblas de una tienda.

3.

Lo amarraron al eje central, colgando de los brazos. Si permanecía mucho tiempo en esa posición, su corazón se pararía. Los crucificados no morían a causa de los lanzazos ni por la rotura de las piernas. Lo que los mataba era el torrente de sangre que, desplazado de sus miembros superiores, inundaba el pecho con fuerza de vendaval.

Tariq buceó en su alma, en busca de aceptación para el destino que se le presentaba. Pero no halló ninguna. Dejaba muchas cosas libradas a su suerte. El niño a quien no había podido defender, el rey a quien había decepcionado... y las Hijas, a quienes había negado ayuda. Sin contar con la ironía del asunto. ¿Morir a manos de las huestes de Arthur, de esos mercenarios sin alma que había contratado en su ausencia?

Mordred entró en la tienda sin anunciarse.

4.

Era Mordred, lo habría jurado. Y sin embargo...

Habría reconocido ese rostro entre miles. La flama amarilla de la mirada, el risco de los pómulos. Una red de venas finísimas se insinuaba debajo de la piel.

El cuerpo conservaba la elegancia del original, sus proporciones de araña. Torso mínimo y miembros interminables. Los brazos que agitaba como aspas eran un don terrible en el campo de batalla.

Pero sus cabellos eran largos y sucios en vez de cortos y perfumados.

Tampoco portaba la coraza de metal con que solía pavonearse. Tenía un peto de cuero repujado, que estaba lleno de raspones y olía a humedad.

—¿M-Mordred?

—Lo han informado mal, extranjero.

Lo acompañaba un hombre desprovisto de arreos de guerra. No era lo único de lo que carecía: tenía el aspecto reblandecido del noble o del obispo, y un rostro de facciones olvidables.

Vestía un capote de mangas anchas que le permitía esconder las manos. Una posición de placidez que conservó, mientras Mordred desenvainaba y decía:

—Mi nombre es Medraut. O sea que me confunde con otro. ¡Y yo que me creía el único Adonis de esta isla!

Para después blandir la espada sobre la cabeza de Tariq.

5.

Las ligaduras sucumbieron al tajo. Sin sostén, Tariq se desplomó.

Mordred / Medraut le preguntó su nombre.

El hombre de las mangas anchas se adelantó a la respuesta.

—Qué importa su nombre. Es un infiel, está a la vista. Su cara es tan oscura como su alma —dijo—. ¡No es digno ni del aire que respira!

Tariq no le prestó atención. Todavía lo desconcertaba el hecho de que Mordred actuase como si no lo conociera. Debía de estar sometiéndolo a desprecio, por haberse ausentado en la hora más difícil; el trato que se dispensa a un cobarde.

—No finjas que lo ignoras —respondió Tariq.

Mordred no perdió la calma.

—A no ser que me falle la memoria, juraría que nunca lo he visto —dijo—. Y aun así, le he ofrecido mi nombre, en señal de buena voluntad. Se lo pediré solo una vez más: ¿tendría la gentileza de decirme quién es?

—Tariq. Ben. ¡Nusayr!

Mordred seguía mirándolo con expresión neutra. Insistía en la farsa. ¿Con qué motivo?

Le preguntó de dónde era oriundo.

Tariq asumió que decir la verdad (venía de otro mundo: ¡aquel sitio no era el mismo del que «Merlyn» lo había arrancado!) le valdría el escarnio. Lo acusarían de mentir para excusar su ignominia. Por eso eligió decir:

—De allende los mares. —Una verdad a medias.

—Ah. Un navegante —dijo Mordred—. ¿Vive del comercio honesto o es un saqueador como los sajones?

¿Mordred, enemigo de los sajones? Se estaba burlando. Una muestra de su calaña, ningún hombre de honor humilla al adversario que yace a sus pies.

Y, sin embargo, Mordred seguía esperando su respuesta, con algo que parecía curiosidad sincera.

¿Sería posible que Caninus le hubiese dicho la verdad? No podía pensar otra cosa, la idea era como una abeja encerrada en su cráneo. ¿Y si no se trataba del Mordred a quien había conocido, sino de Medraut, el lugarteniente de Artorius?

En aquel caso debían de ser gemelos separados al nacer.

6.

—Los sajones son mis enemigos —dijo Tariq—. Lo han sido desde que juré fidelidad a la causa de Arthur Pendragon.

—¿Se refiere a Artorius? ¿*Mi* Artorius?

Las heridas de Tariq palpitaban con vida propia. Pero aun en su debilidad hizo un esfuerzo para controlarse. La pretensión de Mordred / Medraut de ignorarlo todo le sonaba a afrenta.

—Me refiero al rey de estas tierras.

Sonó una risa. La prueba que había esperado: Mordred reía siempre de aquel modo, ¡tenía que tratarse de Mordred!

—Pues en ese caso, su lectura de las estrellas lo ha llevado por mal camino —dijo Mordred—. Esta tierra no está bajo dominio de rey alguno. Respondemos al *dux bellorum* Artorius. El Imperio nos dejó librados a la suerte, pero en humilde medida luchamos para preservar las instituciones. Tarea de titanes, ya que estamos rodeados por bárbaros. Lord Wulfsige puede dar fe de mis palabras. —Se dirigía ahora al hombre sin manos—. ¡Dígale al caballero que su nave ha naufragado en las costas equivocadas!

—Yo no veo a caballero alguno —dijo Wulfsige—. Apenas veo a un extranjero que viste ropas de este lugar e imita nuestro acento, como el eco a la voz que usurpa. Un árbol sin raíces es un peligro. ¡Nada se puede hacer con él, que no sea quemarlo!

Tariq se había equivocado respecto de aquel hombre. La suya no era la languidez del prelado, sino la del verdugo.

¿Responderían sus piernas esta vez, si se enfrentaba a la eventualidad de huir?

Necesitaba tiempo para recuperarse.

Procuró que sus interlocutores se lo concediesen, argumentando:

—¿No combate su Artorius a pictos y sajones? ¿No defiende a la Iglesia?

Ninguno de sus captores lo contradijo.

—Ese es el Arthur a quien yo sirvo. ¡Lléveme donde él y se lo confirmará!

Pero Mordred / Medraut no parecía convencido.

7.

Se acuclilló ante Tariq. Mordred / Medraut tenía la más inquisitiva de las miradas. Se le antojó que estaban preguntándose lo mismo: si el otro mentía, y por qué.

Hubo un fulgor en los ojos de su adversario que no supo interpretar. A continuación, Mordred / Medraut gritó:

—¡Erconwald!

Un soldado entró en la tienda. Era uno de los lobos que habían reducido a Tariq, aquel que funcionaba como líder.

—Devuélvele a este hombre sus pertenencias —dijo Mordred / Medraut.

Disimulando su contrariedad, el soldado salió.

—Si me dejase llevar por la evidencia, debería conservarlo como prisionero y enviarlo desarmado al combate —dijo Mordred / Medraut—. No estoy en situación de correr riesgos innecesarios. ¡Lo más probable es que sea un espía!

—Le he dicho que los sajones…

—Su discurso cuadra al de un enajenado: repite los hechos, pero distorsionados, la marca de la locura.

—¡Le he di…!

—*¡No me interrumpa!*

Había logrado enfurecerlo. Era un camino insensato, le convenía callar.

El soldado regresó con un manojo de cosas que arrojó a su lado. Acto seguido retrocedió hasta la entrada de la tienda, donde permaneció montando guardia.

Mordred / Medraut retomó su discurso:

—Lo más piadoso sería entregarlo a un convento. Pero ha logrado intrigarme. No me explico cómo ni por qué, sin embargo, lo encuentro familiar. ¿Es posible que nos hayamos cruzado antes?

Tariq calibró su respuesta. No quería contrariar a su captor, lo más conveniente era seguirle el juego.

Negó con la cabeza.

Medraut se puso de pie. Y lo ayudó a levantarse.

Nada de lo que el soldado había devuelto le pertenecía. Había un capote sucio, botas gastadas, un broche, un cinturón, una espada todavía más primitiva que la que había traído del otro mundo.

La daga de Merlyn y la cota de malla no formaban parte del tesoro.

El soldado sostuvo su mirada, como si lo desafiase a denunciarlo.

Tariq recogió el cinturón y procedió a abrochárselo.

—Permanecerá aquí, en esta tienda —dijo Medraut—. Y mañana cabalgaremos hasta el campamento de Artorius. Yo no sé cómo juzgarlo. ¡Dejaré que él decida!

La perspectiva del reencuentro con Arthur inspiró una sonrisa en Tariq.

—Si lo ofendí, me disculpo. Es usted muy generoso.

—Uno de mis defectos, sí. Lord Wulfsige no deja de recordármelo. ¡Dice que será la causa de mi caída!

Estaba a punto de salir cuando Tariq lo retuvo:

—¿Qué sabe usted de Mordred, el hombre a quien lo encontré tan parecido?

Medraut se encogió de hombros. Su expresión parecía franca.

—¡Nunca había escuchado ese nombre, siquiera, hasta que usted lo pronunció!

8.

Erconwald primero, y más tarde otros soldados, se sucedieron en la vigilancia. Tariq era un prisionero al que se trataba con caridad cristiana, pero prisionero al fin.

Aun así, Aid se las ingenió para entrar. Se había presentado ante el guardia con la excusa de bendecirlo. Después le ofreció hidromiel (el monje no había perdido el tiempo) y, una vez que se hubo congraciado, pidió ver las heridas del reo. El guardia alegó que era un infiel, en quien todas las gracias serían desperdiciadas. Y Aid le dijo que, por el contrario, el infiel representaba una oportunidad. ¿Qué mejor manera de probar la superioridad de la caridad cristiana?

El monje atendió sus heridas con una tela húmeda, emplastos vegetales e hidromiel a modo de desinfectante. Cada chorro malgastado de ese modo le arrancaba un suspiro.

Lo había seguido a distancia, preocupado por su destino.

Cuando le agradeció la deferencia, Aid relativizó sus méritos.

—No puedo afirmar que mis motivos hayan sido altruistas. El campamento está lleno de soldados que, en vísperas de la muerte, temen negarle algo a un monje. ¡Empezando por los tragos!

Tariq pasó aquella noche en vela. El ardor de las heridas era lo de menos, lo desvelaba su circunstancia.

No encontraba razón para que Mordred actuase así en su presencia.

Esperaba lo peor del enemigo de Arthur: la muerte misma, que intentase sobornarlo. ¿O no había probado Mordred ser de la más baja estofa al humillar a su pariente, despojándolo de trono y de mujer? Pero que Mordred devolviese a Tariq a las filas de Arthur estaba más allá de toda lógica.

La única explicación coherente era que tanto Aid como Medraut decían la verdad.

Que no existía un Mordred en ese mundo. Y que Medraut era quien decía ser: un lugarteniente de Arthur / Artorius, en su campaña contra el enemigo sajón.

Tariq tenía la más tenue de las nociones sobre las propiedades de Eontamer, pero no podía dejar de considerarlo: ¿lo había llevado la nave a un mundo que se parecía al suyo, al punto de vivir el mismo año calendario... pero que era en esencia un mundo distinto?

9.

La comitiva partió al amanecer: Medraut, Wulfsige, Tariq, Caninus (la presencia de un hombre de Dios siempre era bienvenida) y una veintena de soldados.

Cabalgaron con dirección norte, bajo una lluvia pertinaz.

Ni siquiera el paisaje le resultaba familiar. Pantanos y barriales demoraban la marcha. Casi no vio signos de industria humana, más allá de un arado carcomido por el óxido y una choza abandonada.

Si alguien frecuentaba aquellos parajes, se escondía de la comitiva. Solo se cruzaron con un tonto. Vestía un pantalón con las posaderas desprendidas y hablaba en un galimatías del que comprendió pocas palabras.

Edamus, bibamus, gaudeamus, repetía. Irónico, dado que no contaba con más alimento que un racimo de bayas que agitaba como cascabel.

A mediodía cruzaron un río. El campamento de Artorius estaba a trescientos metros, al cobijo de un bosque de hayas.

Que sus trazas fuesen apenas más ricas que las del cantón de Medraut ya no lo sorprendió. Las fuerzas que combatían al invasor eran tan irregulares, que ni siquiera se habían proporcionado estandartes o banderas.

Medraut le hizo una advertencia: si se aproximaba demasiado a Artorius o hacía un movimiento sospechoso, lo mataría sin pensarlo dos veces.

Lord Wulfsige estaba demasiado lejos para oír, pero conocía el mensaje. Le enseñaba a Tariq sus dientes diminutos. Del contraste entre el rostro del hombre y la boca infantil surgía una sonrisa repulsiva.

Tariq entró en la tienda. No tenía más muebles que una docena de banquetas y una mesa llena de mapas.

La comparación resultó inevitable. La tienda que Arthur solía usar (vivía más tiempo allí que en su palacio) era cuatro veces más grande. Estaba llena de muebles dispuestos siempre según la misma configuración. Los sillones y el reclinatorio, con frutas frescas al alcance de su mano. La mesa redonda que se desarmaba para su transporte, rodeada de sillas cuajadas de oro. Y en ubicación preferencial, el trono, que había sido una pieza adusta hasta que Arthur lo reemplazó por el sillón de Mustensar, el Rey de los Africanos. Se trataba de un asiento tallado en una madera oscura y exquisita, natural de un árbol desconocido. Pero estaba cubierto por huesos humanos.

A Tariq le producía el más profundo disgusto. Era la expresión de cuánto había cambiado Arthur, desde que se había lanzado a la conquista.

Pero nada de ese lujo existía en aquella tienda.

Tariq avanzó con Medraut a su vera. Las botas ajenas se hacían sentir sobre sus pies heridos.

Wulfsige marchaba a sus espaldas, las manos dentro de las mangas.

Artorius los esperaba. Estaba sentado sobre una silla en forma de equis.

10.

Era Arthur, sin lugar a dudas. Los mismos ojos coronando el rostro augusto, la complexión de oso… ¡Si hasta tenía el semblante triste de la última vez, cuando había dicho: *Abyssus abyssum invocat!*

Todo lo demás era diferente. Había dejado que su barba creciese como un arbusto. (Habría sido roja, de no mediar la traición de las canas.) No vestía armadura ni las ropas que solía usar en tiempos de paz; su atuendo era más apropiado de un cazador o un trampero, hecho de cueros, pieles y telas rústicas.

A su derecha, colgando de una te de madera, estaba la armadura de un general romano. El peto de metal repujado, los faldones de cuero, la espada ancha y corta. ¿Por qué le destinaban ese sitial de honor? ¿Dónde estaban la armadura que Arthur había lucido en tantas batallas, el escudo con la cruz por divisa?

El corazón de Tariq quiso que las similitudes pesasen más que las diferencias. Sin contenerse (¡llevaba días soñando con ese momento!), cayó sobre sus rodillas y lo exaltó:

—¡Mi señor!

Permaneció de bruces, sin alzar la vista, mientras Medraut explicaba la circunstancia. Tenía miedo de ver a Arthur a la cara y leer allí su desconocimiento.

La posición de Tariq tenía otra ventaja: le permitía controlar a Wulfsige por el rabillo del ojo. El sayo multicolor de su adversario brillaba a sus espaldas. Wulfsige no solo tenía dientes pequeños, sus pies también eran diminutos.

—Corresponde oír la historia de labios de su protagonista —dijo el rey.

Tariq sintió que las lágrimas nublaban su vista. ¡Era la misma voz que tanto amaba!

—Habla, gentilhombre —prosiguió el rey—. Dime qué te trajo aquí. Y de ser posible, produce testimoniales que avalen tus palabras. ¡No corren tiempos de confiar a ciegas en un desconocido!

—Soy Tariq ben Nusayr, señor. —Le había costado sobreponerse al nudo en la garganta—. ¿Es que no me reconoce?

—¿Acaso debería?

Tariq tragó saliva. Lo que se consumaba no era su sueño, sino su pesadilla: Arthur renegaba de él.

Su pesar fue tan manifiesto que el rey (si es que cabía considerarlo así: Aid había dicho *dux bellorum*, ¡en ese mundo nada era lo que había sido!) optó por explicarse.

—Mi proceder fue descortés y por ello me disculpo —dijo—. Su piel es el mejor testimonial de su origen. ¡Siendo extranjero, no tiene por qué estar al tanto de lo que ocurre! Nos sorprende en medio de una guerra. Mi gente… en su mayoría britones, nacidos y educados bajo la protección del Imperio Romano… se enfrenta a una amenaza múltiple. Los pictos nos acosan desde el norte. Se pintan la cara para ir a la batalla y hablan un idioma ininteligible. ¡Es más fácil dialogar con un búho que entenderlos! Los escotos, en cambio, llegan en barcas desde el oeste. El hambre los impulsa a robar, razón que cualquiera hallaría comprensible; lo que no se justifica es que su palabra sea menos firme que una casa erigida sobre un pantano.

—Pero el peligro más acuciante —prosiguió el *dux*— llega desde el otro mar, aquel que baña nuestras costas por el este y el sur. Los sajones llevan tiempo frecuentando nuestro territorio. Algunos se han quedado, formando familia con mujeres locales y trabajando honradamente. Otros proceden como piratas: masacran, saquean y huyen. En los últimos tiempos, sin embargo, se han puesto más ambiciosos. Conquistan nuestros pueblos y los esclavizan, con la ayuda de britones de escasa lealtad y aún menos escrúpulos. Pero la mayoría de nuestra gente no quiere someterse a su regla. Los encuentran brutales y sanguinarios. Además son polígamos, no temen vivir en el escándalo. ¡Y adoran a dioses que no son los nuestros!

Un carraspeo interrumpió el discurso. Lo había proferido un hombre de mediana edad, que se había deslizado a la diestra de Artorius sin que Tariq lo advirtiese. Llevaba al cuello una cruz de oro y piedras y una estola de seda, estampada con signos cristianos: un pez, un Alfa y una Omega.

—Quiero decir que son paganos —se corrigió Artorius—, y no respetan la autoridad de la Santa Iglesia. ¡Oponernos a su avanzada es nuestro deber como cristianos!

El *dux bellorum* echó una mirada al hombre de la cruz, que asentía satisfecho.

Torciendo la boca en una mueca (la tutela de la Iglesia lo irritaba, eso era evidente), Artorius retomó la palabra.

—Por eso estamos en pie de guerra. Y desconfiamos de todo aquel que desciende de un barco.

—Los infieles no han traído a esta tierra más que la enfermedad que acompaña al pecado —intervino el hombre de la cruz.

—El arzobispo Fastidius cree que todo aquel que no profesa su fe es un heraldo de la muerte —dijo el *dux*—. Algo inevitable, imagino, dado que hizo su fama persiguiendo herejes. Pero yo considero que mi fe me compele a ser hospitalario con los hombres de buena voluntad, más allá de su credo y de su raza. Por eso lo invito, lord Ben Nusayr, a que nos diga qué lo trae a estas tierras, tan distantes del sol que frecuenta su hogar; y por qué razón quería ver a este viejo soldado.

Tariq se convirtió en el centro de las miradas. Podía sentir los ojitos de Wulfsige, taladrándole la espalda.

Se puso de pie, hizo un gesto reverente y dio un paso al costado, para dirigirse también a los presentes... y poner distancia, a la vez, del hombrecito de las mangas anchas.

Esperaban su alocución. Tariq humedeció sus labios, pero no produjo sonido alguno. Si hablaba del futuro y del mundo en que Artorius había sido Arthur, lo tomarían por loco y encerrarían en un convento. Lo último que deseaba era quedar en manos del arzobispo. Estaba claro que no podía decir la verdad.

Lo que no estaba claro era qué diría a cambio.

11.

Tuvo la sensación de haber vivido ya esa misma escena. En algún sentido era verdad: había ocurrido años atrás, cuando puso pie en la isla por vez primera. Sir Ulfin, a quien había conocido en una casa de baños, lo convenció de presentarse en la corte de Arthur. El rey agasajaba a todo visitante que le refiriese historias del ancho mundo. Durante la cena Arthur le había preguntado, en efecto, qué hacía un hombre rico e instruido tan lejos de su hogar. Y Tariq respondió en tono reflexivo, puesto que la pregunta le había parecido más profunda de lo que sonaba a primera oída.

Esta vez, en presencia de Artorius, Tariq se preguntó si el Baba no estaría en mejores condiciones de responder. Sin duda recordaría el episodio tal como el Autor lo había escrito. Pero a medida que sus palabras cobraron vuelo, entendió que el pasado no había sido más que un ensayo, una aproximación a lo que había querido decir; y que esta vez sí había dado con la respuesta correcta.

Le habló a Artorius de su pueblo originario, los *imazighen*. En tiempos más iluminados (aquellos del viajero Heródoto, por ejemplo) habían sido llamados libios o numidios. Pero había quienes les llamaban *bereberes* de manera despectiva, confundiéndolos con bárbaros. Lo cual constituía un error no menos flagrante por extendido, ya que los *imazighen* atesoraban un saber acumulado durante siglos: ¿o no había prosperado su gente al oeste del Nilo, cuna de la civilización humana? ¿Y no habían sido ellos, sin ir más lejos, quienes habían salvado tantos volúmenes de la biblioteca de Alejandría de la destrucción a manos de los intolerantes?

(Tariq no necesitó mirar al arzobispo para entender que la referencia a Alejandría lo inquietaba; le bastó con la sonrisa satisfecha de Artorius.)

El Moro había nacido bajo la égida del *amazigh* Ali Fatima. Tiempo antes de que Tariq naciese, el rey había cruzado el mar, en busca de un clima más benévolo que el norafricano. Y aunque se había valido de sus soldados para conquistar parte de Hispania, también había llevado consigo a sus científicos, artistas y filósofos.

En cuanto se aseguró el control de los nuevos territorios, Ali Fatima bajó los impuestos e impuso una política de tolerancia. Hartos de la regla de los germanos, los locales recibieron la iniciativa con beneplácito. A partir de aquel pacto de mutua conveniencia habían florecido las ciudades y las fuentes. Se había optado por el uso de una numeración más práctica que la romana. Se había difundido la técnica del molino de viento. Y se había reavivado el estudio de la astronomía, la zoología, la medicina y la botánica, que los visigodos habían relegado en su desprecio por el saber científico.

El padre de Tariq, Ahmad al-Hakam, era uno de los hombres de ciencia más reputados de la corte de Ali Fatima. Fue Al-Hakam quien educó a su hijo en la *summa* del saber, familiarizándolo con las categorías aristotélicas, la poesía y el uso del astrolabio. Y dada la comunión de su sangre, también fue Al-Hakam el primero en percibir en Tariq el perfume de la insatisfacción.

A Tariq le gustaba aprender, pero no quería ser científico ni maestro. Disfrutaba del mundo natural (el clima de Hispania era más benéfico que el de su tierra natal, en esto Ali Fatima había estado en lo cierto), pero tampoco quería estudiar geografía ni astronomía. Y había sobresalido en esgrima y equitación (los caballos que se criaban en los establos de Ali Fatima eran los mejores del mundo), pero no quería ser militar: Al-Hakam le había enseñado el valor de la libertad, y no estaba dispuesto a renunciar a ella para integrarse en un orden cerrado.

Una tarde su padre lo llevó a pasear por los jardines del palacio. Le mostró entonces una planta de garbanzos. Hurgó entre sus flores blancas y arrancó una vaina con tres semillas en su interior, que guardó en el interior de su chaqueta. En cuanto abandonaron los dominios de Ali Fatima, se metió en un terreno silvestre, rico en una maleza que en Hispania llaman diente de león.

—Aquí se llama *dandelion* —intervino Caninus.

Al-Hakam cortó el fruto de una de esas plantas, cuidando de que no perdiese su pelambre característica, y le dijo a su hijo lo siguiente: que la pregunta más importante que un hombre debía responderse era, simplemente, qué clase de semilla sería. Porque la vida, estaba a la vista, era un fenómeno breve y pasajero, como la lumbre de una vela. Y lo único que contaba era el legado que un hombre o mujer dejarían, por acción u omisión, cuando sus vidas llegasen al fin del pabilo.

(Aquí el arzobispo estuvo a punto de intervenir, quizás para decir algo respecto de la vida eterna que premiaba a los cristianos. Pero esa vez fue Artorius quien carraspeó, invitando al arzobispo a la discreción.)

Al-Hakam le había dicho que la mayor parte de los hombres tiene semilla como la del garbanzo: una que cae a los pies de la planta original, y se reproduce cerca. La gente que se contenta con lo familiar, hasta el punto de odiar lo desconocido, es numerosa. De no haber sido por Ali Fatima y su alma inquieta, decía Al-Hakam, él mismo habría seguido viviendo en el solar de su familia.

Pero otros hombres tienen semillas como las del diente de león: que han sido creadas para volar con el viento y caer donde el destino las lleve. El peligro que estas semillas corren es el de morir entre rocas, sin haber dado fruto.

Al-Hakam dijo que Tariq pertenecía a esta última categoría. Y que no debía avergonzarse por ello. Si no se encontraba a gusto en Hispania, donde había nacido y yacía su madre, era porque su destino lo esperaba en otra parte.

Tariq había puesto rumbo al norte. Le habían dicho que la gente que vivía en climas fríos era más industriosa; y que al verse forzados a batallar contra los elementos aguzaban su ingenio, lo que les volvía más sabios. Pero solo había encontrado señores que trabajaban para aumentar sus riquezas, a costa del sufrimiento de sus pueblos; y que empleaban la pausa del invierno para desarrollar su ambición, mas no su sabiduría.

Al arribar a la isla lo había asaltado una banda de rateros, que le habían propinado una paliza, despojado de sus pertenencias y dado por muerto. De no haber sido por la caridad de Aidan Caninus, dijo, habría sucumbido al frío y al hambre.

(Aunque sorprendido, Caninus se apresuró a jugar su parte: sonrojado como una doncella, hizo gestos de pretendida modestia.)

Había sido el monje, precisamente, quien le había hablado de Artorius.

(Aquí Caninus dejó de sonreír, temeroso de que Tariq repitiese sus palabras *verbatim* y lo malquistase con el *dux.*)

Le había dicho que Artorius era un hombre que, en vez de refugiarse en la Roma a la que siempre había servido, optó por permanecer allí, organizando a su gente; que en lugar de congraciarse con el poder arrasador que llegaba de fuera, intentaba mantener vivas las instituciones republicanas y la flama del saber (que constituían, por cierto, la única herencia buena de la dominación romana); y que a diferencia de los señores que encontró en su viaje, que fomentaban el terror y la discordia, este Artorius apelaba a los mejores instintos de su pueblo, al que trataba de unir contra toda esperanza.

(A estas alturas del relato, Caninus ya no cabía en su piel. Durante un momento Tariq temió que le enviase un beso a distancia.)

—Esa es la razón por la que solicité verlo, mi *dux* —dijo Tariq—. Porque quería convencerme de que todavía existen hombres que aspiran a lo mejor por encima de lo posible, aun a riesgo de que su semilla caiga sobre roca.

Dicho lo cual, inclinó la cabeza, indicando que su alocución había llegado al fin.

La semilla que acababa de arrojar estaba produciendo efectos disímiles, acorde a cada suelo. Wulfsige se veía indignado, el arzobispo, aburrido y Caninus parecía a punto de prorrumpir en aplausos.

El rostro de Artorius, sin embargo, tenía un aspecto inescrutable. Se mesaba la barba, sin dejar de mirarlo a través de párpados entrecerrados.

Cuando al fin abrió la boca, se dirigió así a su lugarteniente:

—Sé gentil, Medraut. Viste a este hombre de acuerdo a su alcurnia.

Después habló para Tariq:

—Por favor, acepte mi hospitalidad. Una vez que se haya instalado, comeremos juntos. ¡Tenemos mucho que conversar!

Medraut parecía confundido, como si no hubiese comprendido la orden de Artorius o la encontrase absurda.

Terminó indicándole a Tariq que lo siguiese.

Wulfsige se hizo a un lado. El movimiento lo forzó a separar los brazos. Algo metálico brilló dentro de sus mangas.

Durante todo ese tiempo había estado preparado para apuñalarlo.

Capítulo nueve

Metnal

El bote robado — The Black Watch — *La isla sin sol* — *Daniel Medina & Daniel Dodge* — *Chak* — *La metamorfosis* — *Hablando con los muertos* — *Una declaración de odio*

1.

Detuvo la camioneta en zona prohibida, en la calle que bordeaba el río. Era de madrugada y el lugar estaba vacío. Metnal bajó del vehículo, miró en todas direcciones. Estaba solo, sí. Sorteó la cadena que vedaba el paso y se movió entre los botes. Ese tramo del río estaba lleno de explanadas como aquella: superficies de cemento en pendiente hacia el agua, llenas de botes que nadie usaba.

El Baba le había dicho que el Delta había sido una colonia inglesa virtual, llena de clubes de remo. Ya casi nadie remaba allí (el deporte se había perdido con la degradación del lugar), pero los botes permanecían.

Le costó dar con uno que estuviese en buen estado. Era largo y angosto, tal como necesitaba. El Baba había dicho que, a medida que uno se internaba en las islas, los canales se volvían estrechos.

Apartó la lona que cubría el bote para revisar su interior. Pero no se deshizo de la áspera tela: le sería útil para disimular su carga.

Regresó a por ella a la camioneta robada. Olía a alcanfor y aceite de lino, que no disimulaban el hedor de fondo. El bulto tenía una forma sospechosa. Por suerte no había curiosos a la vista, el frío desalentaba los paseos nocturnos.

Depositó la carga en el bote y la cubrió con la lona. Se aseguró por última vez de que nadie lo observase. Entonces rompió la cadena y empujó el bote al agua.

Se alejó lentamente de la zona portuaria. Dejando atrás naves ancladas, buques semihundidos, la burbuja de luz de la ciudad.

Una vez entre las islas, la oscuridad fue total. Pero Metnal no dudaba respecto del camino. Su nariz le señalaba el rumbo, era la mejor de las brújulas.

El olor a muerte llamaba a los suyos como la madre a sus cachorros.

2.

La noche se fue en un abrir y cerrar de ojos. En cuanto llegó la claridad, Metnal comprendió que necesitaba refugio. No le costó dar con una isla en la que hubiese una casa abandonada. Amarró el bote al muelle y se llevó la carga.

Pasó el día dedicado a un sueño inquieto. De vez en cuando humedecía las sábanas que envolvían su presa y murmuraba palabras de aliento. Cualquiera que lo hubiese visto habría pensado que se dirigía a un recién nacido.

El siguiente tramo del viaje fue más agitado. Su carga había empezado a sacudirse en el fondo del bote, como un insecto que se despereza en la crisálida. Metnal siguió expresando frases de aliento. No se atravesaba aquel trance sin experimentar confusión, lo había sufrido en carne propia.

Metnal había muerto en un cine de Los Ángeles. Sin alojamiento ni perspectivas, había gastado sus últimas monedas en licor y el precio de la entrada. Se trataba de un programa doble, del que formaba parte una película (*The Black Watch*) dirigida por Jack Ford, a quien había conocido cuando trabajaba como mensajero de los estudios Universal. Borracho como estaba, ni siquiera pudo luchar contra el hombre que se le echó encima en la oscuridad. Pensó que estaba siendo víctima de un degenerado y cerró los ojos, creyendo que su desgracia no era inmerecida.

Solo reaccionó al sentir dolor. El extraño lo había lastimado, la sangre corría caliente por su cuello. Intentó una última resistencia que fue tan vana como la primera, su atacante parecía hecho de hierro.

Qué extraña manera de morir, pensó.

Despertó en un hospital. Débil y presa de la fiebre.

El médico lo saludó como si se tratase de Lázaro resucitado.

Le contó que al revisar la sala para cerrar, el proyeccionista lo había hallado en su butaca. Al verlo teñido de sangre, había llamado a una ambulancia.

Durante el viaje, lo habían declarado muerto. Pero al bajar la camilla, los movimientos del cuerpo que había creído yerto alarmaron al enfermero, razón por la cual apuró su traslado al pabellón de emergencias.

La revisión inicial había sido frustrante. Parecía carecer de toda herida. El médico supuso que la sangre que lo empapaba era de otro, o bien que padecía tuberculosis y había vomitado el contenido de sus venas; por eso le suministró una transfusión y lo desplazó al ala de los contagiosos. Pero los análisis habían dado negativo. Y Metnal seguía inconsciente. Para mayor desconcierto, la penicilina que le habían suministrado no parecía tener otro efecto que el de aumentar su temperatura.

Su despertar había resultado una sorpresa. Todavía tenía fiebre, pero dentro de parámetros normales. El médico le dijo que no le daría el alta hasta asegurarse de que no sufriría una recaída. De todos modos le recomendaba que se hiciese ver por un especialista, porque su corazón estaba muy débil: emitía latidos apenas perceptibles.

Cuando le preguntó qué había ocurrido (el médico se dirigía a él como *mister Medina*, nombre que constaba en los documentos que llevaba encima), Metnal dijo que un hombre había intentado estrangularlo en el cine, y que no recordaba más. El médico replicó que eso explicaba el derrame de sus ojos.

Al día siguiente, durante el chequeo de rigor, la enfermera dictaminó que su termómetro se había roto. Era la única explicación posible, dado que la medición de la temperatura de Metnal resultaba inferior a veinte grados. El segundo termómetro midió lo mismo. Ofuscada por lo que creía una partida defectuosa (su estetoscopio también era errático, el pecho de *mister Medina* sonaba apenas), la enfermera volvió a ausentarse. Metnal llevó el termómetro a la bombilla de su lámpara. La marca subió rápidamente.

Cuando la enfermera regresó, le dijo que el instrumento no era defectuoso, sino lento. Y le devolvió el termómetro. Todavía marcaba poco más de treinta y siete.

No había sabido explicarse el porqué de su mentira. Puro instinto, concluyó cuando su condición estuvo clara. Terminó por asumir que los latidos que habían creído oír en su pecho pertenecían a los médicos y enfermeras. Enfrentados a la evidencia contradictoria del Metnal consciente con corazón mudo, habían confundido el latir de sus propias sangres (que sin duda oían por dentro, al taparse los oídos con el estetoscopio) con los latidos del paciente. Cuando uno se enfrenta a lo imposible, cualquier evidencia que reafirme el sentido común suele ser bienvenida.

Durante la ronda de la tarde usó una excusa para que la enfermera se alejase y volvió a elevar la temperatura del termómetro. La mujer no discutió la marca. La aliviaba que los números certificasen la salud de aquel paciente tan gris e inquietante.

3.

El segundo día del viaje transcurrió también bajo techo. Metnal dio con lo que había sido un taller de reparación de lanchas. Allí comprendió que su carga se inquietaba cuando la alejaba del cauce de agua. Por eso se tumbó a su lado, sobre una plataforma flotante que los mecánicos utilizaban para trabajar sobre los cascos.

Al tercer día todo se hizo más difícil, porque ya no había edificaciones sobre las islas. Consideró la posibilidad de dejar el bote en alguna playa y permanecer debajo de la lona, junto a su carga; pero a punto de amanecer dio con un puente de piedra a medio derruir. Podía acampar sin problemas debajo de su arco incompleto. Era lo suficientemente ancho para proporcionar sombra el día entero.

Cuando todavía era Daniel Medina, habría escapado de un lugar así, húmedo, oscuro y lleno de alimañas. Pero ahora que era Metnal, las alimañas huían de su presencia y los insectos se guarecían en lo más profundo de sus agujeros.

La tercera noche era joven todavía cuando su nariz le indicó que había llegado. El sitio cumplía con todos los requisitos. La isla parecía virgen, no encontró en ella construcciones ni restos artificiales. (Eso era todo lo que los hombres dejaban a su paso, además de huesos: edificios y basura.)

Aquella isla había desarrollado una vegetación desaforada. Rica en plantas aéreas: en cuanto amaneció, Metnal supo que el sol no llegaba a la tierra. El aire que se respiraba a ras del suelo estaba cargado de agua. Y al caminar, los pies se hundían en una alfombra, mezcla de hojas, limo, frutos y la materia orgánica que habían donado las criaturas muertas: lampalaguas y escuerzos, alacranes y ciempiés, coipos y carpinchos.

Levantó la cabaña cerca del río, pero a prudente distancia de las mareas. No necesitó más material que la trama que las epífitas tejían sobre su cabeza; tan simple como unir placas con unos pocos nudos. Todo lo que quería era que el cubil fuese amplio y que no tuviese más abertura que la entrada.

En cuanto acabó, depositó allí el bulto (se movía incesantemente, como una bolsa llena de serpientes) y se fue a dormir al bote. A esas alturas ya no podía darse el lujo de tumbarse junto a su carga.

Demasiado peligroso.

4.

Daniel Medina había nacido en 1902 en las inmediaciones de Tikal, la ciudad legendaria de Guatemala. (En idioma maya, *Tikal* significa «lugar de las voces», su madre se lo había dicho mil veces.) Los registros lo identificaban como hijo de Fabiola Medina, empleada doméstica, y de padre desconocido.

Su madre aseguraba que provenían del linaje más antiguo de la región. Y que la gente de su sangre debía preservar las prácticas del templo del Gran Jaguar, aunque en secreto, para no desafiar la ley del hombre blanco.

Daniel no tenía interés en los ritos del pasado. Convencido de ser mestizo (su piel era más pálida que la materna), lo obsesionaba la idea de descubrir quién había sido su padre.

Su madre guardaba el secreto con el mismo celo que dedicaba a los ritos mayas. Pero otra gente no fue tan reservada. Y la documentación certificó lo que decían las malas lenguas, o al menos demostró que los chismes se basaban en datos reales.

Todo indicaba que Daniel Medina era hijo de un ingeniero estadounidense. Había vivido en Guatemala entre 1900 y 1903, trabajando para la United Fruit. Fabiola limpió su casa durante algún tiempo, conservaba los recibos de pago de la empresa. Pero en 1903 el ingeniero renunció de un modo abrupto y retornó a su país.

Daniel no le dijo a su madre que se iba, ni en qué dirección. Simplemente se llevó sus ahorros, con la intención de llegar a Estados Unidos.

Le hizo prometer a su vecino Jacobo que cuidaría de Fabiola. Y emprendió la marcha a la ciudad de Flores, primer objetivo de su peregrinación.

Durante el tiempo que consumieron el viaje y la búsqueda, se dijo que lo alentaba el deseo de reconstruir su historia. Quería saber las características de la mitad invisible de sus raíces. De dónde venían. Con quién las compartía. (¿Tendría hermanos en Estados Unidos?) Pero en el fondo alentaba una esperanza que no se atrevía a hacer consciente: la de que su padre lo reconociese como hijo. Lo cual le habría permitido reclamar para sí la nacionalidad estadounidense. ¿Cuántas veces había cargado su pelo de gomina frente al espejo, preguntándose si alguien creería que había sangre blanca en sus venas?

Daniel dio finalmente con Daniel Dodge, su padre carnal. (¡Fabiola lo había bautizado con el mismo nombre!) Lo encontró en la ciudad de Los Ángeles. Estaba soltero, un dato que lo alegró. Trabajaba en la industria petrolera y vivía cerca de la terminal ferroviaria de Southern Pacific.

Lo vigiló durante una semana. Su piel oscura lo ayudaba a ampararse en las sombras, la gente morena era invisible en Los Ángeles. Pronto entendió que su padre bebía mucho, a pesar de que la ley Volstead estaba vigente; y que su sitio preferido era un prostíbulo al pie de las montañas de Santa Mónica.

Una noche lo echaron de modo destemplado. Dos matones lo arrojaron a la calle, en medio de un coro de gritos femeninos. Daniel resistió la tentación de exponerse, esos hombres habrían sido demasiado para él. Pero se acercó en cuanto se perdieron dentro del local.

Dodge no podía conducir, la bebida y los golpes lo habían dejado medio tonto. Pero aceptó, o al menos no discutió, la oferta de Daniel de conducir en su lugar.

Lo llevó a su casa (cuando se despejase, le diría que le había proporcionado la dirección en plena borrachera) y lo tumbó sobre un sillón. Tenía la intención de velar a su lado. Una vez que amainase la resaca, le confesaría quién era.

Pero Dodge no lograba dormirse. La adrenalina que había generado durante la paliza se imponía a la intoxicación. Y empezó a hacerle preguntas.

Cuando le dijo que era oriundo de la región de Petén, Dodge admitió conocerla. Había vivido allí tres años, hasta que un escándalo convenció a su empresa de la necesidad de trasladarlo. Daniel no preguntó a qué clase de escándalo se refería. Ya había comprobado que su padre era hosco y difícil, y no quería que nuevas revelaciones lo hiciesen dudar de su cometido.

Dodge siguió interrogándolo. Finalmente, la suma de aparentes coincidencias (el nombre de Fabiola, su fecha de nacimiento) disparó una alarma en su cerebro enmohecido. Le preguntó quién era en verdad, y qué demonios quería.

En cuanto confesó su filiación, Dodge se incorporó sobre un codo y lo estudió. Bajo el alero de las cejas fruncidas, sus ojos se tornaban invisibles. Daniel no podía siquiera adivinar qué pensaba. El pitido de un tren sonó muy cerca.

Dodge sonrió al fin, descubriendo un diente que debía de ser de oro, pero parecía verde. Y le dijo que si esperaba sacarle algo, estaba perdido. Fabiola no era la única india a quien le había abierto las piernas; habrían sido más de no haberlo conminado el embajador a dejar Guatemala, antes de que prosperase su solicitud de captura.

Se levantó, avanzó a tumbos hasta un mueble y extrajo un revólver.

—Vete de aquí ya mismo —le dijo.

Dodge sostuvo que la única razón por la cual no lo mataba (¿quién dudaría de su palabra, si alegaba que lo había sorprendido robando?) era en agradecimiento a sus oficios como conductor. Consideraba su deuda saldada: le había dado la vida y Daniel lo había llevado a su casa. El intercambio entre ambos había concluido de manera definitiva. Si volvía a toparse con su jeta mugrienta, dispararía sin dudar.

Daniel caminó hasta el amanecer, llorando y moqueando. Nunca se había sentido más despreciado; y eso que se consideraba experimentado en la materia.

Tardó un par de días en recuperar la compostura e intentar la llamada a Petén que no había realizado desde su partida. Como su madre no tenía teléfono, llamó a casa de Jacobo, su vecino, con la intención de que fuese a buscarla. Quería pedirle perdón y anunciar su regreso.

Jacobo le dijo que su madre estaba muerta; y que no se lo había comunicado antes porque no sabía a qué sitio escribirle.

«Fue culpa mía», admitió Jacobo entre sollozos. Se había dejado conmover por el dolor de Fabiola y le había confesado la razón de la fuga de Daniel.

Al rato Fabiola había descolgado la ropa seca y había usado la soga para ahorcarse.

5.

Daniel Medina empezó a beber. Imitaba al padre a quien odiaba, el Daniel original, resignado a la idea de que había recibido su vileza por herencia. Cualquier otro en su situación habría ido en busca de Dodge y lo habría matado, aunque solo fuese para vengar a su madre de manera retrospectiva. Pero cuando Daniel pensaba en el crimen, sus manos se echaban a temblar. No tenía madera de asesino.

Lo metieron preso por borracho. Cuando al fin salió, ya lo habían echado de su trabajo. Volvió a beber, protagonizando un escándalo en la vía pública. Esta vez le prometieron que lo deportarían. Ya estaba camino de la frontera cuando el camión volcó a causa de una mala maniobra.

Regresó a Los Ángeles haciendo dedo. Y una vez allí, sin saber bien qué hacer, decidió meterse en un cine.

Despertó en el hospital tiempo después.

Una noche recibió una visita. El hombre lo sorprendió, no lo había visto venir; parecía haberse materializado junto a su cama. Era pequeño y enjuto. Llevaba puesta una camisa blanca y un pantalón ceñido por una faja. Si le hubiesen dicho que tenía mil años, lo habría creído. Cuando abrió la boca, reveló dos cosas: que prácticamente carecía de dientes y que hablaba en español.

Le dijo que había sido él quien lo había atacado en el cine.

Metnal no se asustó. El hombrecito mentía. Su atacante había sido un hombre de gran tamaño y mayor fuerza, por completo opuesto a aquel despojo. ¡Todavía recordaba el poder de sus dedos sobre el cuello!

El hombrecito siguió hablando. Dijo llamarse Chak, que significaba «garra». Se consideraba tío segundo de Fabiola. Y había sido su maestro en las artes antiguas.

Según decía, había puesto proa a California en cuanto Jacobo le informó de su paradero. Su intención era sacrificar a Daniel. Lo consideraba culpable de la muerte de Fabiola, un crimen contra lo sagrado.

Pero al descubrirlo triste y envenenado por el licor, había experimentado una piedad profunda. Después de todo, era pariente suyo, en tanto que hijo de su sobrina segunda. Lo había hallado más joven de lo esperado. En su inexperiencia, no podía sino estar confundido por la sangre invasora que circulaba por su cuerpo.

Daniel Medina (que así lo llamó el viejo, como si hablase de alguien que no estaba ahí) no había tenido tiempo de aprender lo esencial; y a pesar de ello, avanzaba obstinadamente en busca de la muerte. Por eso había decidido darle el don que, creía, Daniel estaba reclamando con desesperación.

La ceremonia que inició en el cine había quedado truncada, por el inoportuno fin de la película y la aparición del proyeccionista. Por eso había acudido al hospital: para terminarla. La única condición que le ponía era que, una vez realizada la transformación, regresase a Tikal para ser iniciado en los misterios de su verdadera gente y abrazar el servicio a Hunab Kú, el Dios Creador.

Dicho lo cual, sacó de su faja un puñal de obsidiana. De su empuñadura pendían las tenazas de un alacrán, que sonaron como un crótalo.

El viejo alzó la daga sobre su cabeza.

Metnal despertó con un grito. Sentía una sed abrasadora. Todo había sido un sueño, se dijo. No había cicatrices sobre su pecho desnudo. Pero al mirar en derredor, entendió que ya no estaba en su cama. En las camillas vecinas no había sino muertos. Estaba en la morgue del hospital. ¿Quién había sido el idiota que lo había llevado allí?

Se movió hasta un grifo. El agua le supo a hiel. Bebió sin saciarse. Después se quitó la etiqueta que llevaba atada al dedo gordo del pie.

Decidió escapar de aquel sitio lleno de chapuceros, antes de que alguien lo matase de verdad.

Robó el uniforme de un cirujano. El personal nocturno no cuestionó su paso.

A poca distancia fue víctima de arcadas. Vomitó el agua que había bebido (había vomitado muchas cosas durante su vida, pero nunca agua) y se sintió mejor. Esa mejoría se acentuó a medida que caminaba. Ya no experimentaba debilidad ni malestar alguno, por el contrario: estaba excitado, con ganas de correr, de saltar. Pensó que su cuerpo había acumulado energías durante la convalecencia y le pedía quemarlas. No corrió para no llamar la atención, pero caminó a buen paso. Cuando llegó a los confines de la ciudad, decidió seguir. Se metió por los caminos que se perdían en las colinas. Poco antes del amanecer lo ganó el cansancio.

Rompió las tablas que tapiaban una bodega abandonada. Y se tendió en el hueco entre dos piedras, que alguna vez había ocupado un tonel.

Antes de sucumbir al sueño advirtió que las manos se le habían hinchado. A consecuencia de la larga caminata, seguramente. Y además sus uñas estaban siendo víctimas de un hongo. Se habían puesto grises y llenas de escamas. Debía de haberse contagiado en el hospital. La gente acudía a esos sitios para sanarse y terminaba pescando algo nuevo, todos los hospitales eran un hervidero de virus.

Volvió en sí al caer el sol. Y emprendió el regreso a la ciudad. Al desplazarse delante de un escaparate, reparó en las diferencias que el personal médico no había podido percibir, dado que nunca lo habían visto antes de su internación.

La etiqueta estaba en lo cierto. Daniel Medina había muerto. Su alma parecía haber trasmigrado a otro cuerpo. Lo de sus ojos era más que un derrame, puesto que el blanco ya no era blanco, sino rojo oscuro. Su cuello se había ensanchado, parecía propio de un estibador o de un boxeador profesional. Todo en él se había engrosado, al punto de sugerir que sus dimensiones eran mucho más vastas que las originales. ¡Si hasta su nariz tenía más bien aspecto de hocico!

El largo inusitado de sus uñas y pelo, que había atribuido a su larga convalecencia, demandaba otra explicación. De acuerdo al calendario que veía detrás de la vidriera, solo había pasado tres días en el hospital.

Se mantuvo a distancia de los vecindarios que había frecuentado, para no alarmar a ningún conocido. Robó unas gafas oscuras, asaltó a un hombre en un callejón (con las manos desnudas, su aspecto inspiraba el temor adecuado) y pagó por adelantado una semana de pensión. Fue una precaución atinada. El proceso estaba lejos de haber concluido. A las molestias de su metamorfosis añadió aquella de su casero, que golpeaba a su puerta para cerciorarse de que seguía vivo.

No lo estaba, ya no. Pero podía decirle al casero que lo dejase en paz.

Tardó poco en comprender hasta qué punto había dejado de ser Daniel Medina. Las manos de la bestia en la que se había convertido no temblaban al matar.

Habían arrancado la cabeza de Daniel Dodge como quien quita maíz de su chala.

6.

Llevaba ya siete días en la isla cuando oyó el ruido. Creyó que se trataba de ramas que se rompían. ¿Se aproximaba un extraño, o un animal de grandes dimensiones?

Al girar la cabeza, comprendió su error. Lo que había sonado era el espinazo de Helena, al abandonar la posición supina. Parecía un gusano de seda gigantesco.

Metnal no hizo intento de acercarse. Ella debía quitarse las sábanas por sus propios medios. Cualquier contacto con un cuerpo ajeno la habría sumido en el pánico.

No tardó en asomar entre los faldones de la tela. Tenía expresión de desconcierto y ojos demasiado grandes para su cuerpo. Metnal sabía que todavía estaba ciega. Con el correr de las horas empezaría a distinguir formas, sobre todo en la oscuridad. Pero nada malo pasaba con su olfato (era el único de los sentidos que, lejos de anularse o pervertirse en la muerte, simplemente se intensificaba), y por eso distinguió el hueco húmedo y sombrío que ofrecía la cabaña.

Metnal esperaba que se desprendiese de las sábanas como las serpientes de su piel, para arrastrarse dentro del cubil; pero Helena lo sorprendió. Primero liberó un brazo y contempló su mano. Como no podía verla, liberó el otro y pasó sus dedos sobre la palma opuesta. El tacto también se arruinaba en la muerte, convirtiéndose en un instrumento romo. (Todo se sentía inerte al pasar al Otro Lado: hasta la piel más amada.) Sin embargo, Helena entendió lo esencial: que sus manos ya no eran lo que habían sido, ni suaves ni cálidas ni precisas, sino nudos arbóreos de los que salían ramas mochas.

Sacudida por la revelación, llevó los dedos a su rostro. Que tampoco era ya lo que había sido, aunque Metnal no podía dejar de amarlo. Los músculos se habían encogido, la piel se había apergaminado. Esta exploración duró poco, Helena decidió que tenía una tarea más importante para sus manos. Se echó la sábana encima y se tapó la cara a excepción de los ojos, al igual que hacían los leprosos para disimular sus llagas. Y cubrió la distancia que la separaba de la cabaña sobre sus rodillas, palpando el terreno con una mano.

Lo mejor era no molestarla durante aquellas primeras horas como regresada. Metnal despejó el terreno para que no hubiese obstáculos entre la cabaña y el río y subió a un árbol, donde durmió.

7.

Lo despertó un ruido animal. Un ave graznaba en las inmediaciones. En cuanto Metnal se removió en su percha, el pájaro calló.

Al poco rato volvió a ocurrir: el graznido, el despertar, el silencio. No se trataba de un animal, sino de Helena. Estaba aprendiendo a emitir sonidos a través de su nueva, limitada garganta. (Cuando la vida abandonaba el cuerpo, las cuerdas vocales eran de lo primero en anquilosarse.) Pero cuando percibía la inquietud de Metnal, elegía callar. Tal como había sugerido al cubrirse con la sábana, su condición actual la llenaba de vergüenza.

—Mi carne se pudre —dijo en cuanto estuvo en condiciones de articular palabra. Le hablaba desde el cobijo de la cabaña.

Metnal explicó que eso era cierto a medias. Los componentes orgánicos tendían a desintegrarse, pero los minerales se mostraban más activos que nunca, combinándose con los elementos a su alcance (en este caso: barro, madera y hojas secas, el caparazón de ciertos insectos) para proporcionarse una nueva estructura.

Lo que no le dijo era aquello que no quería decirse a sí mismo: que la mayoría de los regresados enloquecía y perdía los últimos vestigios de humanidad, para empezar a odiar todo aquello que les recordase lo que habían sido.

Metnal lo sabía bien. Ah Puch había enviado a varios de ellos para asesinarle.

8.

Tiempo después la oyó hablar a solas, entre susurros. La mayoría de las palabras le resultaron incomprensibles, pero hubo una que lo decidió a intervenir.

Helena había preguntado, en un tono que aun en su oquedad expresaba angustia:

—¿Papá?

—Ahora existes en dos planos a la vez —dijo Metnal, tratando de calmarla—. Tienes un pie en este mundo, el de los vivos, desde el que te hablo. Pero el pie restante quedó plantado en el Otro Lado. Algunos de tus sentidos funcionarán mejor aquí. Por ejemplo, el olfato. Es por eso que hueles tu propia carne en descomposición. No te preocupes, el proceso tiene fin y será pronto. Pero tu vista no mejorará mucho más, puesto que está conquistada por la muerte. Por eso me ves como me ves: una forma opaca e imprecisa. ¡Como si yo fuese un fantasma! Pero a todos los que moran del Otro Lado los verás claramente, con la nitidez que antes reservabas para los vivos.

Helena produjo un silencio, antes de formular la pregunta que Metnal sabía inevitable.

—Tu padre ha muerto, sí —le respondió—. Por eso puedes verlo, aunque no tocarlo. Si quieres saber cuándo y cómo ocurrió, nadie mejor que él para decírtelo. Porque tu oído está afinado ahora en ambas direcciones: oirás a tu padre del mismo modo en que me oyes. Las voces de cada orilla se superpondrán en tu cabeza. Pero me han dicho que algunos logran bloquear uno de los lados, o filtrar voces a voluntad.

Metnal se apartó entonces. Creyó que Helena masticaría la información que acababa de darle, para emprender luego un diálogo con su padre. Pero ella dirigió las noticias a un norte que le parecía más apremiante.

Dijo dos nombres que Metnal desconocía.

—Mi hijo. Mi marido —aclaró—. ¡No puedo verlos!

—Eso se debe a que están vivos, y lejos de aquí.

Metnal pensó que Helena iba a alegrarse, pero no podía estar más equivocado.

La oyó soltar un grito. Sonaba a bosque que estalla bajo el fuego.

Metnal reculó. Temía que saltase a su garganta, para estrangularlo con dedos que eran como sarmientos.

—No pueden verme así —dijo Helena—. ¡Se morirían del horror!

Quiso rebatirle. Al menos ella y su marido estaban en el mismo mundo. Podían olerse, estrechar sus manos, que era más de lo que muchos estaban en condiciones de hacer. ¡Si ese hombre la amaba de verdad, no desperdiciaría una oportunidad semejante!

Sin embargo, carecía del coraje que la argumentación demandaba. Y entonces Helena habló por él.

—Te odio —rechinó.

Y eso fue lo último que le dijo durante mucho tiempo.

Capítulo diez

Saigon Blake / Flint Moran

El otro Blake — Reacción vergonzante — Noticias de lord Elgin — El palacio en peligro — ¡La luna nos ataca! — No se puede volver a casa — Vísperas de la masacre

1.

Qi Ling atacó, tal como Blake había temido. Se le lanzó encima, derribándolo. El golpe hizo vibrar los cimientos de la casa.

Los soldados se apiñaron en el umbral, un frenesí erizado de armas. Pero no hicieron nada más que asombrarse, porque Qi Ling todavía estaba besándolo.

2.

No sabía qué lo desconcertaba más: si las caricias de su adversaria o las voces con que los soldados le daban la bienvenida.

—¡Tau Hui! ¡Tau Hui! —decían, llamándolo por el alias que usaba para vender armas a los rebeldes.

Siempre empleó a Tsang para negociar con la Sociedad China Libre: que Qi Ling lo considerase enemigo había sido parte de la mascarada que colaboraba con su misión. ¿Cómo era posible que aquellos hombres, a quienes nunca había visto, estuviesen al tanto de su identidad secreta?

Lo que decían además de su nombre también sumaba a su confusión.

«Está vivo», repetían mientras enfundaban las armas. «Tau Hui está vivo».

Le habría preguntado a Qi Ling qué estaba ocurriendo. Pero hablar con una segunda lengua ocupando su boca era imposible.

3.

Qi Ling no lo soltó hasta que fue inevitable, con el propósito de recuperar aire.

—Te creíamos muerto —dijo entonces, mientras secaba una lágrima con el dorso de su mano—. ¡Michael aseguró que te había fusilado!

Qi Ling se refería a sir John Michael, el general a las órdenes de lord Elgin. Que tenía todas las intenciones de fusilarlo y lo habría hecho, de haberlo atrapado antes de que se escondiese en el fumadero de opio.

Pero eso no ocurrió nunca, se dijo Blake. ¿Por qué creía Qi Ling lo contrario?

Necesitaba tiempo para pensar. La única manera que tenía de asegurárselo mezclaba negocios con placer.

Blake cogió el rostro de Qi Ling entre sus manos y volvió a besarla.

Las risas de los soldados confirmaron que había hecho lo correcto.

4.

Tanto Qi Ling como su gente sabían ya que Saigon Blake era Tau Hui, el pirata que proporcionaba armas a los rebeldes. También podía inferir que los unía una relación previa (intensa, a juzgar por la forma en que Qi Ling retribuía sus atenciones), o que al menos estaban contentos de que no hubiese sido fusilado.

Todavía sentada encima de él y sin despegarle los labios, Qi Ling le palpaba el pecho. Blake había creído que se trataba de otra de las variantes de su efusión, pero entendía ahora que buscaba allí las marcas de las balas.

—Estoy bien —le dijo—. ¡Nadie me ha fusilado!

—¡Pero…! ¡Pero…!

—Nunca confiaste en la prensa británica. ¿Qué te hizo pensar que es bueno hacerlo ahora?

Ella soltó una carcajada y al instante, sin pausa alguna, se disolvió en llanto. El cuerpo de Qi Ling se sentía mínimo entre sus brazos; un pájaro al que la tormenta había derribado de su rama.

Recogió sus piernas, incómodo. La mujer lloraba de alegría por su regreso, y a su cuerpo no se le ocurría mejor agradecimiento que una erección.

5.

Las palabras de consuelo terminaron por surtir efecto. Y Qi Ling entendió que debía retomar el talante del mando si no quería perder el ascendiente sobre sus hombres.

Blake sintió alivio. Esa mujer tranquila, precisa y dura que increpaba a los soldados sí que se parecía a la Qi Ling conocida. Los puso a parir por haber fallado en su guardia, que Tau Hui había vulnerado sin problemas, y por seguir descuidando sus puestos mientras celebraban su «resurrección».

—Tu aparición no puede ser más providencial —dijo ella en cuanto se quedaron solos—. Gracias a la torpeza del manchú, estamos a un tris de una nueva guerra. —Llamar manchú al emperador Xianfeng era una expresión de desprecio—. ¡Y los bárbaros siguen teniendo todas las de ganar!

Blake pretendió que, a consecuencia de su fuga y ocultamiento, no estaba al tanto de las novedades.

Qi Ling dijo que las fuerzas del emperador habían apresado a cuarenta soldados, entre ingleses y franceses. Los habían descubierto en territorio prohibido a los extranjeros. Pero el asunto era todavía más grave. También había caído prisionero Thomas Bowlby, corresponsal del *Times* de Londres. (El muy idiota había salido a hacer compras en Tongxian, cuando existía un precio sobre la cabeza de cada extranjero.) Y el príncipe Seng, comandante del ejército imperial, acababa de arrestar al cónsul británico en Cantón, Harry Parkes, y al mismísimo Henry Loch. Para indignación de los invasores, Seng había obviado la bandera blanca que Parkes y Loch portaban cuando llegaron a su presencia.

—¿Loch? —repitió Blake, azorado. Henry Loch era el secretario privado de lord Elgin, ministro plenipotenciario de la Corona en China. Blake conocía bien a Elgin, que había oficiado como su protector hasta que Mateo Cembrero lo traicionó.

—Seng acaba de darles a los invasores la excusa que necesitaban —dijo Qi Ling—. Mis informantes coinciden. ¡Lord Elgin prepara un ataque al Palacio de Verano!

Lo cual constituía una noticia terrible. El destino del emperador y su general mongol le preocupaba poco, pero Blake imaginaba la suerte del palacio bajo los cañonazos europeos. El sitio era tan fastuoso como delicado, lleno de *trompe l'oeils*, pagodas y jardines; bibliotecas y artefactos históricos dignos del mejor museo; jades, porcelanas y sedas de precio incalculable.

—¿Cuál es tu plan? —preguntó Blake.

—Liberar a los prisioneros. Antes de que los bárbaros inicien su marcha. ¡Tenemos que despojar a Elgin de sus razones para la violencia!

Qi Ling necesitaba más armas. Pero Tau Hui ya no podía proporcionárselas.

En su ausencia, Cembrero debía de haber vendido el cargamento: ciento veinte cajas de la fábrica Remington, de cuya llegada Tsang le había informado en la noche fatal. Y aunque no lo hubiese hecho aún, su exsocio no le permitiría disponer del tesoro. En la presente circunstancia, lo creía capaz de vendérselo al mismísimo Elgin a un precio vil que el ministro pagaría con gusto, asegurándose de que sus enemigos siguiesen usando lanzas, picas y mosquetes.

Ni siquiera estaba convencido de que aquellas armas fuesen la clave del éxito. Las mazmorras del ejército imperial estaban custodiadas por los mongoles del príncipe Seng. La ferocidad de aquellos hombres era objeto de leyenda. En el mejor de los casos, los rifles garantizaban que la matanza sería mayúscula.

Durante un instante creyó que los disparos y los gritos eran cosa de su imaginación, que se anticipaba a la maniobra militar. Pero Qi Ling reaccionó a su influjo, recogiendo una pistola y perdiéndose en los pasillos. Aunque ninguno de los disparos hubiese impactado aún en la casa, era evidente que se daba por atacada.

Ese fue el momento en que Blake recordó.

No había llegado solo a las orillas del Bei He.

6.

Al salir registró lo que decían los hombres de Qi Ling, con gargantas abrumadas por el miedo. A la cuarta vez que lo oyó repetido, se rindió a la evidencia de que no había entendido mal.

Decían: «La luna nos ataca».

7.

Esto es lo que Blake vio, en cuanto se expuso a la intemperie detrás de Qi Ling.

Que la luna se había agrandado hasta ocultar el cielo y pendía sobre la Casa Pulpo como una condena.

Que los hombres de Qi Ling no se ponían de acuerdo en el modo de enfrentarse a la amenaza. Algunos disparaban a lo alto, otros oraban de rodillas. Un par de soldados se había desvanecido.

Que un viento abrasador se abatía sobre los hombres, agitando los pastos.

La luna habló entonces con voz atronadora, llamando a Saigon Blake. Los chinos rodearon al pirata, creyendo que la luna demandaba su sacrificio.

Blake se adelantó. Qi Ling fue la única que trató de detenerlo.

—Descuida —le dijo—. El Imperio Británico no ha podido conmigo. ¿Por qué habría de temerle a un satélite polvoriento?

Se aproximó a la luna agitando ambos brazos. El resplandor encendió su cuerpo, haciéndolo visible en plena noche.

—¡Aquí estoy, sano y salvo! —dijo—. ¡Deja ya de aterrorizar a esta gente!

La luz del disco se opacó hasta disolverse.

Los pocos hombres que quedaban de pie se hincaron entonces. Uno de ellos formuló un comentario que le llegó a pesar del viento.

«Tau Hui es tan poderoso», dijo el soldado, «que hasta la luna le obedece».

Eontamer se posó en tierra con un sonido exangüe. Blake descubrió que Qi Ling ya estaba a su lado, y se maravilló de su coraje.

En el reposo, la superficie de Eontamer reprodujo la textura de la Casa Pulpo. Parecía hecha de madera y bambú.

—Bienvenido, Hombre de la Luna —dijo Qi Ling a Moran en cuanto abandonó la nave—. Si eres amigo de Tau Hui, también lo eres mío.

—¿Tau Hui? —preguntó el cazador.

—Ya te lo explicaré —dijo Blake—. Ella es...

—Lady Qi Ling —se adelantó Moran, produciendo una reverencia que, aunque lenta y ceremoniosa, provocó sobresalto en los hombres, que seguían siendo víctimas del miedo—. Tau Hui me ha hablado de usted en los términos más elogiosos.

Qi Ling dirigió a Blake una mirada amorosa, que sumió a Moran en el estupor.

—Este es Flint Moran —dijo el pirata—. Y esta —agregó con un gesto dirigido a la nave— es el arma que necesitas.

8.

Hubo una comida ligera, a cuyo término Qi Ling se retiró a su aposento. Pero la mirada que dirigió a Blake comunicaba una promesa que desmentía el adiós.

Su cuerpo ardía en deseos de seguirla. El carraspeo de Moran lo llamó al orden.

—¿Qué es esta costumbre de beber solo agua en las comidas? —protestó el cazador, estirando las piernas que hasta entonces había cruzado sobre la esterilla—. ¿O es que esta gente no conoce el alcohol?

—El licor de arroz es particularmente adictivo. Pero mi amada es una líder inflexible. En su lucha contra el opio se ocupa de que su gente no reemplace una adicción por otra. Y un soldado con alcohol en el cuerpo, estimado amigo, no es más confiable que un niño a quien se le pide que conserve un dulce.

Blake estaba convencido de que sus palabras habían sido inocuas. Aun así, produjeron en Moran algo parecido a la melancolía.

—Acompáñame a buscar mi botella. Debo contarte algo para lo que necesito coraje —dijo—. Después de lo cual te liberaré para que vayas a, uhm, *descansar*.

La piel curtida de Blake disimuló su vergüenza.

Moran apuró dos copas de *phéta* antes de confesar la suya.

—Estuve a punto de abandonarte y regresar a mi universo —le dijo.

—Pero no lo hiciste —repuso Blake.

—Hice más que suficiente. Si Qi Ling te hubiese sido hostil, le habría proporcionado el tiempo que necesitaba para matarte.

—No hablemos más de lo que no ocurrió.

—¡Si en el último tiempo no hemos hablado de otra cosa!

Moran no parecía dispuesto a perdonarse; al menos no antes de beber un poco más.

—El mérito de mi permanencia es de Eontamer. Le ordené partir, pero se resistió. Le dije: «Vamos ya, que no hay tiempo». Y me respondió: «Nada hay sino tiempo». ¿Qué pensarías si descubrieses que el barco que comandas o... o... tu caballo, se ha convertido en tu mejor parte? A estas alturas ya no sé cómo relacionarme con ella: si como se hace con una montura o como si se tratase de mi conciencia.

Los paneles de luz se pusieron turbios y rojos, la nave resentía la comparación. ¿O era más bien el modo en que se sonrojaba?

—Pero en fin, basta ya de hablar de mí —dijo Moran—. Lo que me intriga es otra cosa. Nuestra reciente experiencia nos ha afectado, eso es manifiesto. A mí me ha vuelto capaz de traicionar. Pero tú has tenido mejor suerte: ¡viajar entre mundos potencia tu seducción! ¿Cómo explicar, si no, que hayas obtenido en minutos lo que se te había negado durante años?

—La transformación de Qi Ling no es mérito mío —dijo el pirata—. Disfruto de, ahm, *sus efectos*, no lo negaré. Pero sus causas me dejan perplejo.

Dicho lo cual, refirió la historia del fusilamiento que nunca había padecido.

No había terminado, todavía, cuando las luces de la sala se extinguieron. Pero el pasillo había empezado a brillar. Eontamer los conducía al puente de mando.

Moran cogió la botella y le indicó que lo siguiese.

—Lo que cuentas no es imposible —le dijo en plena marcha—. La ciencia de mi sistema ha probado ya la existencia de otros mundos. En cantidad infinita.

—¿Infinitos mundos?

—Que coexisten con el nuestro.

—¿Te refieres a otras civilizaciones, viviendo en la inmensidad del espacio?

—Me refiero a mundos que resultan invisibles a nuestros ojos y están más allá de nuestro alcance. O mejor dicho: lo estaban —precisó Moran—, hasta que Pte San Win desarrolló la tecnología de esta nave.

Y se detuvo ante una consola que Eontamer llenaba de formas y colores.

9.

Lo que Moran explicó al pirata desafiaba su imaginación.

Aquello que Blake consideraba el universo, con sus planetas, su miríada de estrellas y su espacio insondable, era apenas un universo más: un grano de arena en la extensión de una playa. Moran subrayó que el símil no constituía una exageración, por cuanto existían otros en cantidad que iba más allá de lo cognoscible.

Contrariamente a lo que sugería el sentido común, no se trataba de universos distantes en el sentido físico. De algún modo estaban más próximos uno del otro de lo que ellos estaban en ese mismo instante; solo que, por definición, el ser humano estaba capacitado para vivir apenas en uno de ellos a la vez. En consecuencia, el conocimiento que se tenía de los universos múltiples no era experiencial, sino especulativo: se conjeturaba mediante cálculos y proyecciones.

—Hasta que un descubrimiento científico… algo en torno a una partícula tan minúscula como veloz: no preguntes cómo ni porqué, pero es así… persuadió a los científicos de que lo imposible se había convertido en un anacronismo —dijo Moran. Y lo invitó a concentrarse en las pantallas de la nave.

El panel de Eontamer mostraba una figura en constante movimiento y transformación (los colores eran tan vivos y sus evoluciones tan reales, que Blake tenía la sensación de que escapaba de la pantalla), con algo de monstruo marino: algo así como un gusano gigantesco, pero con múltiples cabezas o tentáculos que no cesaban de moverse, cortarse y renacer en otro punto de su cuerpo tubular.

—Esto es lo que se llama agujero de gusano. —Como hablaban en inglés, al que Moran había virado en la compañía de Blake, la palabra que empleó fue *wormhole*—. Una suerte de… atajo o pasadizo, que comunica dos o más puntos en el tiempo. En la teoría, dotado de la nave indicada, cualquiera podría viajar, por ejemplo, a Troya o a Tenochtitlán para registrar la Historia con sus propios ojos. Pero como semejante viaje entrañaba dificultades que durante mucho tiempo estuvieron más allá de nuestra técnica… la necesidad de estabilizar el *wormhole* mediante una densidad energética negativa, por ejemplo… nadie especuló sobre la otra posibilidad que estos atajos abrían: que conectasen no solo distintos tiempos de nuestra misma Historia, sino también distintos universos.

Moran dijo que la experiencia cotidiana ofrecía una aproximación a los universos múltiples.

—Cada vez que nos enfrentamos a una decisión, se despliegan ante nosotros dos o más senderos. Pero el hecho de que finalmente optemos por uno… tú elegiste esconderte en el fumadero de opio, por ejemplo… no significa que los otros dejen de existir. Aunque te cueste creerlo, debe de haber un universo donde en lugar de esa casa astrosa está la pagoda que te habían pintado. Y otro donde mataste a tu socio en la taberna. Y otro donde Cembrero te mató a ti. Y uno, por cierto, en el que resultaste capturado y fusilado. Si me preguntases qué creo, diría que Eontamer nos ha traído precisamente a ese universo.

Donde existía un cuerpo idéntico al de Blake, con varios orificios en el pecho y oculto bajo tierra.

10.

Pero Moran contaba con más información destinada a deslumbrarlo.

El registro y mapeo de los *wormholes* era una práctica nueva, e inevitablemente imprecisa. Todo indicaba que aquellos pasadizos no eran estables. Solían modificar su trazo, y hasta combinarse con otros. Moran definió esta configuración como «anillo romano»: se trataba de un entramado de *wormholes*, verdadera red de túneles entre tiempos y universos.

—Así como antaño se navegaba sin saber qué había al otro lado, para descubrir hoy qué existe en el extremo opuesto hay que atravesar el túnel —dijo Moran—. Con una dificultad añadida, que hasta ahora no habíamos tenido forma de probar. Y que, para nuestra desgracia, nos ha convertido a la vez en testigos y en víctimas.

Moran se echó sobre el sillón del comando. En cuanto lo hizo, el asiento se reclinó, acomodándose a su cuerpo como los brazos de una madre; al tiempo que los muros se volvían transparentes, permitiéndoles contemplar la bóveda celeste.

El cazador bebió del pico y le pasó la botella.

Blake ya no tenía sed, pero bebió igual. Estaba seguro de que el alcohol le sería necesario para amortiguar el golpe de lo que Moran no se animaba a decir.

—Durante mucho tiempo no entendí por qué Pte San me mantenía a distancia —arrancó Moran—. Pensaba que, a lo sumo, no quería distraerse de su investigación. Yo la presionaba, le decía que todos los seres humanos… incluyendo aquellos que, como los científicos más dedicados, quieren creerse una raza aparte… necesitan afecto, o cuando menos, solaz. Y ella respondía que yo erraba el eje del análisis, pero se negaba a elaborar. Hasta que llegó el día en que Eontamer estuvo lista y me explicó los peligros del viaje. Todos me parecieron afrontables menos uno. Y comprendí que ella temía lo mismo, puesto que le tembló la voz al detallarlo.

Aquí Moran estiró la mano, reclamando la botella.

—Me dijo que, aun cuando el viaje resultase exitoso, existía la posibilidad de que no volviésemos a vernos. —Aquí creó una pausa para beber más *phéta*—. Porque no había forma de garantizar mi regreso a aquel exacto, preciso universo. Lo más probable era que fuese a dar a uno que, por mucho que se le pareciese, estuviese habitado por otro planeta Tecumseh, otra Iglesia Universal… y otra Pte San Win.

11.

La suerte no había sido avara con el pirata. Había ido a dar a un universo casi idéntico al suyo, donde Qi Ling amaba a un Blake que había tenido el tino de dejarse atrapar. Pero el pobre de Moran no sabía qué encontraría al reemprender el viaje, en las coordenadas que alguna vez había ocupado su mundo. ¿Habría muerto Pte San en aquel destino alternativo? ¿Lo desconocería ahora, lo odiaría, le resultaría indiferente?

Se compadeció de su nuevo amigo. Sentía el deseo de prometerle que lo acompañaría, pero se contuvo. Le temía a la perspectiva de su propio regreso. ¿Quién le garantizaba que su próximo universo, tercero en sucesión, sería tan auspicioso como el que ahora pisaba?

—No te preocupes —intervino Moran, como si le hubiese leído el pensamiento—, que colaboraré contigo y con la causa de Qi Ling, antes de intentar regreso alguno. No puedo dejar de pensar que todo esto es una retribución por mi negativa a salvar a las Hijas en aquel mundo que nos reunió. Lo mejor es hacer todo el bien posible, ¿no lo crees así? Aquello que está a nuestro alcance, en lugar de postergarlo con la excusa de un bien incierto o ulterior.

El puente de la nave produjo una sucesión de destellos que dejó a Blake medio ciego.

—¡Por una vez al menos, Eontamer coincide conmigo! —remató Moran.

Blake palmeó un brazo duro como una roca y le recomendó que descansase.

—Uno de los dos debería hacerlo —prosiguió mientras se alejaba rumbo a la puerta.

—Bastardo —repuso Moran con una sonrisa—. ¿Ves el color que ha adoptado la nave? ¡Es el verde de mi envidia!

—Duerme bien. Y, ahm, *también tú, Eontamer.* —El pirata se había dirigido alguna vez a la nave que timoneaba, pero retóricamente y, por supuesto, sin recibir respuesta alguna. Por eso le sorprendió la ráfaga de música. No se parecía a ninguna otra cosa que hubiese escuchado. Tuvo que elevar el volumen de su voz para hacerse oír y concluir su mensaje—: ¡Que mañana tendremos que impedir una masacre!

Explicit liber tertius

LIBRO CUARTO

EL HOMBRE QUE VOLVIÓ DE LA MUERTE

Capítulo uno

El Piloto

The Flying Aces — Contacto en Francia — Buscando a Niemand — El hombre que caminaba sobre las aguas — Un interrogatorio — Las consecuencias del crimen

1.

No existe misión demasiado difícil.

La frase favorita de Tom Carnarvon, líder de los Flying Aces. Rubicundo Tom, mujeriego Tom, el Carnarvon de la risa (¡y el cigarro!) siempre a flor de labios.

Tom le había enseñado a volar. Le gustaban todas las máquinas que se movían. Era dueño de cuatro motocicletas y doce automóviles, entre ellos un Daimler y un Crossley, el Mercedes inglés. Pero siempre había preferido los aviones. Durante su bautismo de vuelo, la voz de Tom lo había tranquilizado desde el asiento trasero.

Sin embargo, no eran aquellas las enseñanzas que Mick *Ace* Fowler valoraba más. Lo que le agradecía, lo que lo consagraba como una figura rectora en su existencia, era que Tom Carnarvon le había enseñado a vivir.

Lo había acogido bajo su ala al despuntar el siglo. Tom era ya por entonces Thomas Fielding Carnarvon III, heredero de la mansión Newbury y pesadilla de su padre, sir Herbert Stanhope Carnarvon, a quien Tom llamaba *sir Herbicide* con un brillo de malicia en sus ojos verdes. En cambio Mick era un mocoso de pelo pegoteado y zapatos rotos, a quien había pescado hurgando en el taller mecánico de la mansión.

La habilidad de Mick con los motores lo había persuadido de ofrecerle un empleo. Pero Tom («Llámame Tom», le había ordenado ya en su primer encuentro: un apretón sellado con grasa y aceite) hizo mucho más que eso. Lo había convencido de que la verdadera aristocracia no dependía de blasones, sino del compromiso con los principios elevados. Empezando por la justicia, en la que siempre había creído (funcionaba, en efecto, como su religión secular) aun cuando mantuviese distancia de la carrera política que *sir Herbicide* soñaba para él.

Tom pensaba que todo ser humano merecía una oportunidad (sir Herbert solía espetarle, sin ocultar su desprecio: «Suenas como un americano»); y que los primeros a quienes se debía respeto eran, precisamente, los adversarios.

—Yo también sería magnánimo si tuviese asegurados techo y comida —protestaba Bucky Shoales, responsable del taller. Bucky (que venía de los marjales, como Mick) no sentía entusiasmo alguno por las misiones peligrosas. Su corolario era siempre el mismo, pérdida de máquinas y trabajo redoblado. Amaba demasiado esos aviones para tomarse su destrucción a la ligera. Para Bucky los pilotos eran una consideración secundaria: si querían arriesgar sus vidas, allá ellos. Pero las máquinas no habían nacido para estrellarse, sino para brillar en testimonio al ingenio humano, a su voluntad de sobreponerse a las limitaciones.

Por eso pataleó cuando Tom sumó a los Flying Aces al esfuerzo bélico, aun cuando valorase la inyección de dinero que aceleraba el desarrollo de las máquinas. Cada vez que Tom comunicaba una misión y planteaba objetivos que redefinían lo imposible, Bucky expresaba su desacuerdo: levantándose antes de tiempo, bufando, tirándose pedos y prometiendo catástrofes.

Pero él mismo, Mick *Ace* Fowler, no había cuestionado nunca la fe de Tom Carnarvon. Más bien había hecho propio el credo de su amigo. Tom no aceptaba la existencia de imposibles. Le parecía una palabra propia de pusilánimes o faltos de imaginación.

Las cosas son imposibles, le gustaba decir, *hasta que se encuentra el modo adecuado de acometerlas.*

2.

Mick le había dado la razón en cada una de sus misiones. Y ahora que Tom estaba muerto (por obra de la ironía más terrible: abatido por aviones Fokker que eran una versión perfeccionada de sus propias máquinas), se sentía compelido a elevar el listón aún más, como si se lo debiese a título personal.

Por eso agradeció la misión que le había encargado el conde de Hainaut: porque parecía imposible. Y porque se la habían encomendado tan solo a él, a Mick *Ace* Fowler, el agente solitario. Lo cual significaba que podía ser osado sin temer por el destino de sus compañeros. Nunca lo había dicho, pero lo pensaba: a menudo la escuadra era una rémora. Lo obligaba a contenerse, a retrasarse.

Con Tom a su lado, se había atrevido a todo. A torear una formación de doce naves alemanas. A penetrar las líneas enemigas esquivando descargas de fusilería. A aterrizar en una franja de terreno que hubiese sido angosta para un arado. *No existe misión demasiado difícil*, repetía Tom en su cabeza. Y siempre tenía razón.

O la había tenido. Al principio creyó que Hainaut le había puesto un objetivo que tan solo parecía imposible. Ahora entendía que se trataba de algo peor.

Aquella misión era diferente.

3.

Desde que derribaron a Garros, todo había ido a peor. La nave del francés cayó en manos enemigas. El ingeniero Anthony Fokker había desmenuzado la máquina con la intención de estudiarla y mejorarla. Y fue así como el Fokker DR 1 se convirtió en un dolor de cabeza. En especial en manos de Von Richthofen. Que estaba ganando la guerra del aire, al tiempo que hacía algo más insidioso: la leyenda del Barón Rojo diezmaba la moral de los Aliados de un modo más contundente que la metralla.

La muerte de Tom tuvo un efecto devastador, pero la acefalía de los Flying Aces había durado poco. La escuadra consagró a Mick por aclamación; entre otras razones, para liberarlo de toda sospecha. Sin embargo, el Alto Mando recibió el nombramiento con una peti-

ción de calma y prudencia. Estaba claro que desconfiaban de un ple-
beyo como él. ¿Quién era Mick Fowler sino el hijo de un comercian-
te en bancarrota y, peor aún, descendiente de un dictador de las
pampas?

El Alto Mando no se había atrevido a discutir su autoridad: no
les convenía malquistarse con la élite de los pilotos ingleses. Pero el
hecho de que hubiesen encargado la ofensiva al conde de Hainaut
traicionaba sus verdaderos sentimientos. Preferían a un aristócrata,
¡aunque fuese francés!, antes que a un compatriota sin más blasones
que su habilidad.

También cabía otra interpretación. Mick sospechaba que el Alto Mando lo consideraba responsable de la muerte de Carnarvon. Las
malas lenguas decían que lo había dejado solo frente al Barón Rojo.
¿Cómo podía alguien pensar que le había fallado a su mentor y amigo
en la hora decisiva?

4.

Hainaut era un intrigante. Su fortuna superaba la de Creso. Decían
que había financiado las locuras de Garros. (El paradero del francés
seguía siendo desconocido: algunos decían que había muerto, otros
que era prisionero de los alemanes.) Lo indiscutible era que la floti-
lla que Hainaut bautizó Chevaliers de l'Air superaba en número, y en
capacidad de fuego, a la fuerza aérea inglesa.

En cuanto los Aliados lo pusieron al frente, Hainaut prometió una estrategia y se encerró en el silencio. Y la furia de Mick fue
escalando hora tras hora. No había mejor forma de revertir el impacto de la muerte de Tom que cargarse al Barón Rojo. El tiempo
jugaba en su contra. Cada día perdido era una nueva confesión de
impotencia.

Cansado de que el Alto Mando le diese largas, había decidido
tomar la iniciativa. Le dijo a Bucky que mintiese sobre su paradero y
subió a su avión.

El clima sobre el Canal le fue favorable. Mick lo interpretó como un buen augurio. Volaba a territorio francés con un único objetivo: presionar a Hainaut. Le sugeriría que lo había enviado el Alto
Mando en misión oficial.

Si la jugada salía mal, podía pagarlo caro. El Alto Mando lo enviaría a prisión. Pero el riesgo lo entusiasmaba. Sabía que, de seguir vivo, Tom lo habría aplaudido.

Era la clase de locuras que le gustaba acometer.

5.

El muy *cochon* del Conde ni siquiera lo había recibido. Pero a cambio le ofreció una misión secreta. Según Hainaut, el curso entero de la guerra dependía de su éxito. El hombre gordo y perfumado que se había presentado como su asistente (se apellidaba Valise, o sea, Maleta) había invitado a Mick a un *calvados* y le había proporcionado los detalles.

Valise dijo que los Imperios Centrales preparaban una máquina aérea superior a todo lo conocido. Su diseñador era un ingeniero muy joven, a quien los alemanes escondían en una fábrica de Jutlandia. El avión que había creado tenía un poder tan grande, que nadie más que él estaba en condiciones de pilotar el prototipo.

La misión encargada a Fowler era inquietante en sentidos que no había previsto. Debía robar los planos originales de la máquina. Pero también se le pedía algo más: que eliminase al ingeniero.

—Yo soy un soldado, no un asesino —protestó.

—Comprendo su resquemor —dijo Valise—. Pero piense en las vidas que salvará. ¡Sin el ingeniero, la industria bélica de los Imperios sufrirá un retraso que precipitará su derrota!

El sobre con las instrucciones incluyó además una cifra en *papiermarken*, la foto del ingeniero (aunque borrosa, confirmaba su juventud) y las coordenadas de la fábrica de Jutlandia.

Valise le dijo que el Conde, a quien consideraba un piloto insuperable, le recomendaba «volar a la más baja altura sobre el mar del Norte».

Ya se había puesto de pie para despedirlo cuando le entregó una esquela. Todo lo que tenía escrito era un número de ocho cifras.

—Memorícelo y destruya el papel —le ordenó Valise—. Le será útil en caso de emergencia.

Luego de lo cual se excusó, perdiéndose detrás de un cortinaje.

6.

La tormenta sorprendió a Fowler sobre el mar del Norte. Un aguacero ensordecedor. No veía siquiera la nariz de la nave.

El consejo de Hainaut había sido atinado. Los vientos rugían por encima de su cabeza, de haber volado más alto se habría convertido en un juguete de las ráfagas. Elevó una plegaria de agradecimiento a Bucky Shoales. Consciente de los rigores del clima en aquellas latitudes, había reforzado cada juntura de la máquina.

—Prefiero que pese un poco más a tener que despegarte del suelo —le había dicho cuando le expresó sus dudas.

Una bocanada de aire levantó la nave como si fuese de papel. Se echó encima del timón por puro instinto, temía que el temporal lo arrancase del asiento. Y bajó la cabeza. Si lo sorprendía un relámpago, quedaría ciego durante instantes cruciales.

Cuando alzó la vista ya no estaba subiendo, sino bajando a toda prisa. La lluvia había cesado. Se le ocurrió que había sido víctima de un desvanecimiento, entrando en el *loop* que lo precipitaba a tierra.

No tuvo margen para alzar la nariz. La copa de los árboles se aproximaba a toda velocidad. Morir al mando de un avión no le molestaba, prefería irse tal como había vivido. El alivio que sintió ante la perspectiva de no tener ya que cometer un crimen fue, sin embargo, una sorpresa.

Todo se puso negro. Oyó crujidos que atribuyó a sus huesos y no registró nada más.

7.

Volver en sí fue pura alegría. Se sentía dolorido, pero estaba vivo y además entero. ¿Cuánto tiempo había perdido? No tenía forma de saberlo, su reloj se había detenido. La vegetación había absorbido el golpe, aunque destrozó el avión en el proceso. Si concretaba su encargo, se vería obligado a encontrar otra forma de escape.

Pero se estaba adelantando. Nada le urgía más que bajar del árbol, sin romperse los huesos que conservaba intactos de milagro.

Se le fue un día en la tarea, o al menos lo que sintió como un día entero. Sus músculos protestaban cuando les encargaba la tarea más simple. En algunos trances, incurrían en rebelión. Cuando llegó el salto final, sus piernas no ofrecieron la resistencia que había esperado y lo arrojaron a tierra.

No encontró fuerzas para levantarse. Se abandonó al sueño.

Acababa de beber un trago de agua sucia cuando oyó que alguien se acercaba. Venía canturreando, desprevenido por completo. Y entonces ocurrió el segundo milagro.

Convocado por los dioses, el mismísimo ingeniero acudía a su encuentro.

8.

Tenía los cabellos más largos, pero era el hombre de la foto. Aunque su aspecto no correspondiese al de un científico. No solo por las vestimentas que lucía, inadecuadas para un laboratorio. (Se veían sucias y gastadas.) Los ingenieros que Fowler conocía usaban gafas y eran enclenques. Este hombre se veía a gusto a la intemperie. Sus movimientos tenían la agilidad de un ciervo.

Podía resultar una clase de obstáculo que no había tenido en cuenta.

Que pretendiese ignorar el alemán lo confundió. Estaban en Jutlandia, ese idioma era el único que permitía fingirse parte del paisaje. Pero lo desconcertó aún más que sí le respondiese cuando, casi como broma, lo interpeló en español. No había imaginado que el idioma de su abuela (una Terrero, hija del exgobernador de Buenos Aires, Juan Manuel de Rosas) pudiese serle útil en las marismas de Jutlandia.

Le dijo a Niemand que conocía su identidad. Pero el ingeniero persistió en la actuación.

Niemand negaba ser Niemand. Y de modo convincente.

Mick Fowler no necesitaba ayuda para sentirse culpable. Saberse obligado a matar al ingeniero lo ponía de un humor negro, más turbulento que la tormenta. Su consuelo era la certeza de que no debía matarlo aún. Primero debía arrancarle los planos que Hainaut codiciaba.

Cuando regresó el canturreo, esta vez a sus espaldas, comprendió que la voz original no había correspondido a Niemand, sino a una segunda persona. Estiró el cuello para verla. Seguía siendo invisible.

El ingeniero quiso aprovecharse de su distracción. Le saltó encima. Pero Fowler reaccionó a tiempo y le disparó.

Pisó uno de los dedos de Niemand en cuanto empezó a perseguirlo. Ni siquiera el asco pudo con el alivio que sentía.

Había estado a punto de malograr su misión, matando a Niemand antes de tiempo.

Aunque no estaba seguro de merecerla, la suerte seguía de su lado.

9.

Con la mano destrozada Niemand no podría pilotar, aquello era un punto en su favor. Pero si el ingeniero escapaba y avisaba a los suyos, la misión se complicaría. Mick *Ace* Fowler devendría cazador cazado. El ejército alemán saldría a perseguirlo entre los fiordos. Y la posibilidad de obtener los planos se reduciría a cero.

El hombre que había rescatado a Niemand (aquel que canturreaba mientras se movía por los marjales: debía de ser su guardaespaldas) era listo. Había huido por el lodazal. Los pasos allí dados se borraban al instante. Pero lo que no desaparecía, lo que seguía flotando, era la sangre. Las gotas se articulaban en una línea de puntos, que lo enviaban en la dirección correcta.

Al superar un nudo de árboles vio lo que buscaba. El guardaespaldas cargaba al ingeniero sobre su hombro. Alzó la pistola. Pero no disparó. Temía darle a Niemand. Lo que lo disuadió del todo, sin embargo, fue otra cosa.

El guardaespaldas caminaba sobre las aguas. Como Cristo en los Evangelios.

Se forzó a hacer puntería. Pero ya era tarde. La espesura se había tragado a sus presas, al otro lado del canal.

Al llegar al agua vio el cañón sumergido. El guardaespaldas seguía siendo hábil, pero no tenía poderes sobrehumanos. Cruzó el canal tal como el fugitivo lo había hecho, practicando equilibrio sobre la superficie curva del metal.

No llegó lejos. Ya no había sangre sobre el sendero. Si habían atajado entre las hierbas altas, la línea de puntos se volvería invisible.

La senda marcada bordeaba el río y llevó a Fowler a una casa: simple, de madera, erigida sobre pilares. Se preguntó si los fugitivos se habrían ocultado allí. Comprendió que pertenecía a una mujer. Colgaba ropa de un alambre, con toda la calma del mundo.

Fowler guardó su arma. Se quitó el gorro y se lavó la cara en un hilo de agua.

Aun así, sorprendió a la mujer. Le dio los buenos días en alemán, con la intención de tranquilizarla. Entonces la mujer lo sorprendió a él.

—¿Turista? —preguntó en español.

La presencia de turistas en Jutlandia, y en plena guerra, sonaba a despropósito. Pero más alarmante era el hecho de descubrir allí a otra persona que, como Niemand, pretendía hablar solo en español. ¿Existía una colonia latinoamericana entre los fiordos? ¿Era aquella la razón por la cual Hainaut lo había elegido: porque llegó a sus oídos que era nieto de una argentina? En ese caso, ¿por qué no lo había puesto al tanto, para ahorrarle la perplejidad?

Decidió seguirle la corriente, ofreciendo una sonrisa cuya virtud era que podía significar muchas cosas. La mujer volvió a la tarea, asegurando una sábana con un broche azul.

Le explicó que se había perdido al separarse de su guía. Por fortuna llevaba consigo una foto suya, dijo. Y le enseñó el retrato de Niemand.

—Ah. ¡Usté es amigo de Milo!

Fowler repitió su sonrisa de Gioconda. Solo entonces comprendió que Valise no le había dicho el nombre de pila del ingeniero. *Milo Niemand*. No sonaba mal.

Las indicaciones de la mujer fueron precisas. Milo vivía a pocas islas de allí. En una casa despintada, que parecía a punto de caerse. Tenía una veleta con forma de gallo que un temporal había doblado por completo.

—*Vielen Dank* —se despidió Fowler.

Alguien lo observaba a través de una ventana. La niña parecía un eco tardío e imperfecto de la dueña de casa. Tenía un vestido a cuadros que le recordó un damero. Apoyaba su labio leporino sobre el cristal, como si buscase el alivio de su frescura.

10.

El camino a la casa atribuida a Niemand le dio tiempo para evaluar su situación. Entendía que algo estaba mal. Lo de la gente que hablaba en español lo desquiciaba, pero seguramente tenía una explicación. Los alemanes podían estar usando una colonia latinoamericana como tapadera del ingeniero y sus talleres, por ejemplo.

Pero había algo para lo que no se le ocurría respuesta alguna.

Estaba convencido de que había ido a dar con el sitio equivocado.

Ni el relieve ni el follaje se correspondían con los de Jutlandia. La península debía estar llena de fiordos que comunicaban con el mar, no de islotes acotados por canales de agua dulce y templada. La temperatura en verano no sobrepasaba los quince grados; sin embargo, allí hacía más de veinte, quizás veinticinco.

Fowler se había preparado para un paisaje costero, gris y desolado. Pero marchaba en medio de una vegetación tropical: árboles enormes (gracias al Cielo por ellos), plantas epífitas y acuáticas, mosquitos, mosquitos, mosquitos...

La posibilidad de haber desviado el curso durante la tormenta tampoco era grande. Por mucho que se hubiese alejado de la equis marcada en el mapa, paisajes semejantes no existían en las inmediaciones: para dar con algo parecido, había que atravesar Europa entera y besar el Mediterráneo. Y además estaba claro que había caído en el sitio indicado. ¿O no se había encontrado cara a cara con Niemand, y después con gente que se proclamaba su vecina?

Algo estaba mal. Muy mal. Pero no podía darse el lujo de abandonar su misión, o siquiera posponerla, hasta entender qué demonios pasaba.

Tenía que recapturar al ingeniero, arrancarle los planos (quién sabe qué clase de cosas se vería forzado a hacerle, antes de obtener una confesión) y matarlo. Y todo el que se interpusiese en su camino correría la misma, aciaga suerte. Justo entonces, y solo entonces, se abocaría a resolver el enigma.

No existe misión demasiado difícil, repetía Tom Carnarvon en su cabeza.

Pero por mucho que adorase a su amigo muerto, esta vez no le creyó.

Capítulo dos

Milo (VIII)

El despertar del Hombre Pingüino — ¿Qué fue de Patato? — La escopeta nacional — Los misterios del Delta — Fórmulas — Un banquete interrumpido

1.

Tenía que estar muerto. ¿Qué opción había? Tumbado sobre una superficie blanda como nube, con la cabeza llena de helio: por supuesto que había muerto.

Como nunca había pisado aquella habitación, no reconoció el lugar. Pero no desentonaba como parte del Cielo. Casa sólida de techo a dos aguas, brisa que se colaba por la ventana, el rumor del río. Si hasta había un retrato de su madre sobre la mesa de luz. ¿O no era su madre? La foto en blanco y negro hablaba de una mujer remota, tan borrosa como sus recuerdos. Pero aunque no fuese su madre, debía de ser la madre de alguien. Tenía una expresión entre sabia y sufrida que decía: *Aunque ya no pienses en mí, sigo extrañándote.*

Al deslizar la mano sobre las sábanas sintió dolor. Y entonces lamentó no estar muerto de verdad.

Las vendas ejercían una presión uniforme sobre su mano, o lo que quedaba de ella. Subrayaban una forma que le era ajena. Ya no se trataba de una mano, sino de una aleta. Milo se preguntó para qué serviría un hombre con extremidades de pingüino. Imaginó que había caído en manos de un científico a lo doctor Moreau, que injertaba partes animales en seres humanos: patas donde iban pies, hocicos en lugar de narices. Pero era consciente de no haber tenido tanta suerte. Tan solo había seguido a Patato hasta el avión, donde el Piloto le había volado la mano.

¿Qué habrá sido de mis dedos? ¿Dónde estarán? Seguramente entre los pastos. O en el barro, moviéndose a lomos de unas hormigas. Cada vez que cerraba los ojos veía el fogonazo y, a contraluz, las sombras de sus dedos al volar.

El llanto lo sorprendió. Era algo que no practicaba desde hacía siglos y por ende había desaprendido. Las convulsiones llenas de mocos lo hicieron sentirse vejado. Para colmo el Viejo asomó la jeta en ese momento.

—Ups. *Sorry.* Vuelvo después.

Entender que ya no podía cubrirse la cara (no como antes, al menos) no hizo más que aumentar su humillación. Se giró hacia la ventana, la mano izquierda acudió en su rescate por primera vez.

—Cualquier cosa, pegame un grito —dijo el Viejo y desapareció.

Pero Milo no lo llamó. Se quedó tumbado, nomás. Sin fuerzas para nada. Dejándose retener por aquellas sábanas que ya no se sentían como nubes (¿cuándo había descansado en una cama por última vez?), sino austeras y secas como una mortaja.

2.

El Viejo retornó con un vaso de agua y el antibiótico. Milo tragó sin decir nada. No tenía fuerzas para rebelarse. El llanto lo había despojado de la energía que le quedaba.

Siguió esquivando la mirada del Viejo, no lo quería dentro de su cabeza.

—¿Querés que le avise a tu papá? Debe de estar preocupado.

¿Don Maciel? Muy gracioso. Si se entera, va a venir a pegarme. Ya lo estoy oyendo. «¡Te hiciste volar los dedos para no trabajar!»

Milo aseguró que no con la cabeza y le devolvió el vaso.

Sin decir más, el Viejo se hizo humo.

En cambio este tipo me conoce apenas, y aun así respeta mi silencio.

Se durmió sin siquiera darse cuenta. Al despertar, el Viejo estaba otra vez a su lado. Sentado sobre una silla, los brazos de alambre cruzados sobre el pecho. Una de sus rodillas saltaba de modo espasmódico, como si tuviese vida propia. Aquella vez no pudo contenerse y, como Milo seguía sin abrir la boca, le dijo:

—¿Cómo estás?

La pregunta era pertinente. *¿Cómo estoy? Para empezar, estoy mutilado.* Su mano derecha ya no le serviría de nada. Ni para destapar una cerveza. Ni pegar una piña. Ni limpiarse el culo. Ni hacerse una paja. Ni tocar a Tania. Con lo que le gustaba hundir los dedos en sus humedades. ¿Sería lo mismo acariciar con la izquierda? ¿Dejaría Tania que la tocase con su mano-pinza?

Tampoco podría usar la pala. Lo cual significaba que ya no trabajaría en el cementerio. Y que don Maciel sería despedido al fin, con la excusa de sus ausencias. A no ser que se conmoviese por la desgracia de Milo y optase por la sobriedad, defendiendo el puesto de trabajo que tanto necesitarían.

Very funny, diría el Baba. ¡Nada más improbable!

Desde la muerte de su madre, la única desgracia que conmovía a don Maciel era la falta de alcohol.

—Si querés te llevo al hospital —dijo el Viejo, cansado de oír su silencio—. No lo hice antes porque, ahm, desconocía la circunstancia en que... pasó lo que pasó. Tu mano estaba llena de pólvora. Conozco el olor, las quemaduras que produce a corta distancia. Tuve que frotar como loco para lavarla. El riesgo más grande era la infección. Por suerte no pasó nada. ¡No tuviste fiebre desde entonces!

Milo sentía una frescura en la frente, que atribuyó a la mano del Viejo. ¿Cuántas veces lo habría tocado mientras estaba desmayado?

—¿Cómo me encontró? —Su voz salía ronca, irreconocible.

—Más que cómo, lo que importa es dónde. En el umbral de la casa. Con un torniquete en el antebrazo, practicado con... *esto.*

Y levantó algo del suelo para enseñárselo.

Un cinturón trenzado. Viejo, sucio. Lo había visto mil veces, sosteniendo los pantalones desmesurados de Patato.

Quiso incorporarse. Pero la mano derecha ya no le prestaba ayuda y hacerlo con la izquierda resultaba raro, insuficiente. El Viejo le puso una mano en el cuello y tiró para delante. Aun con su auxilio, el esfuerzo de sentarse lo dejó jadeando. Aceptó el agua que le ofrecía el Viejo. ¿Cuánto tardaría en habituarse a beber con la otra mano?

—¿Me vas a contar qué pasó o...?

La pregunta quedó colgando. ¿Cuáles eran las alternativas que se le presentaban, adónde lo conducía el puente de los puntos suspensivos?

Podía seguir callando, aunque ya había agotado la excusa de la convalecencia. El Viejo no había dejado de ayudarlo, le debía una explicación. Aunque también podía mentir, claro. ¿Cómo explicaría la pólvora negra, el cinturón que el Viejo conocía tanto como él? No se le ocurrió nada. ¡Qué trabajo sobrehumano, mentir!

Lo más fácil sería desgranar la verdad. Dejarse llevar por ella sin pensar.

Empezó por la visita de Manana Patato, que había pronunciado palabras sorprendentes. Y siguió con el biplano en la copa del árbol. El tipo vestido como piloto de la Primera Guerra le había hablado en alemán (Milo desconocía el idioma, pero le había sonado nazi, con perdón del anacronismo), después en inglés y francés, y finalmente en español.

En su confusión, el tipo había querido matarlo y Patato lo había salvado. Locos al cuadrado, un clavo sacando al otro. ¿Por casualidad había visto al tonto desde entonces, o sabido algo de él?

El Viejo no respondió. Tan solo le dedicó una de esas miradas-excavadora que tan bien le salían. Milo quiso sostenerla porque había dicho la verdad, pero no pudo, eso le dio bronca. ¿Qué se suponía, que debía decirle *toda* la verdad? ¿Contarle de los sentimientos que le inspiraba su padre, de las veces que había robado, de los Héroes que habían llegado de sabía Dios dónde? ¿O pretendía más: que le hablase de aquellas noches en el cementerio, cuando don Maciel dormía la mona al pie de los nichos y el Vizconde...?

Pero ya no dijo más, porque el Viejo se levantó y lo dejó solo.

Poco después, la puerta principal dio un golpe al cerrarse.

3.

El sol ya había caído cuando el Viejo volvió. Crujió la puerta, los listones protestaron bajo su peso. Pero no subió de inmediato. ¿Habría olvidado que tenía un huésped?

Estaba a punto de llamarlo (no necesitaba nada, solo certificar que seguía existiendo para el Viejo) cuando registró las pisadas sobre la escalera.

Como la habitación se había llenado de sombras, Milo se estiró para encender el velador. Por suerte la mesa de luz estaba a la izquierda de la cama.

El Viejo entró con un vaso de agua y una escopeta.

Dejó el arma al pie de la cama y siguió camino de la ventana. Milo lo perdió de vista un instante (después de espiar a través de las cortinas, el Viejo las cerró), porque solo tenía ojos para la escopeta. Recién reaccionó con el *crac* que produjo el Viejo al quebrar un blíster, del que extrajo una píldora de dos colores.

—¿Y eso qué es?

—Antibiótico. Uno más fuerte. Dosis para caballos.

Milo se llevó la píldora a la boca sin protestar.

—No tengo noticias de… Patato, como vos lo llamás. Siempre vuelve a la clínica, pero esta vez no lo hizo. Hay enfermeros buscándolo por todas partes. La directora quiere llamar a la policía, para hacer la denuncia.

Milo tragó con esfuerzo.

El Viejo se sentó. El retrato de la mesa de luz concitaba su atención.

—Seguí el sendero, como me indicaste —dijo, todavía conectado con la foto—. Y ahí estaba. El avión. Un Sopwith Camel. Yo tenía un modelo a escala cuando era chico. Que me había regalado mi padre y yo guardaba a escondidas, para que mi madre no protestase. *Krieg ist kein Spiel,* solía decirme. Lo repetía cada vez que me pescaba metido en batallas de fantasía. A veces me lo decía en español también, porque amaba este idioma y quería contagiármelo. Significa «La guerra no es un juego».

El Viejo cerró los ojos. Como el tiempo pasaba sin que se moviese o roncase, Milo temió que se le hubiese muerto ahí. En su inquietud agitó las piernas debajo de la sábana, produciendo un siseo que arrancó al Viejo del trance.

—Es raro este lugar. El Delta —dijo—. Parte de su rareza es obvia, está a la vista: el laberinto de los canales, las islas, las tormentas que lo desbaratan todo. Pero además es raro por, ahm… *otras cosas.* Hay quienes piensan que nadie se adentra en la Tercera Sección porque queda lejos, nomás. O que los barcos se pierden porque sus timoneles se emborrachan y no ven venir el Azote. Y no es así. No necesariamente, quiero decir. Ya sabemos que este lugar está lleno de gente que se pone en pedo y hace cagadas.

¿Sabía algo el Viejo sobre don Maciel, más allá de lo que le había contado? Milo siempre había sido parco, apenas le había dicho que era su único pariente y que trabajaba en el cementerio.

—Tan pronto te adentrás en la Tercera Sección, se taran los aparatos. Los instrumentos de medición. Relojes, medidores, brújulas —dijo el Viejo, con sus dedos vibrando como agujas—. ¡Se vuelven locos! Y como en esa zona siempre está nublado o neblinoso, ni siquiera podés guiarte por el sol y las estrellas. Antes de enfilar para ahí hay que tomar recaudos, yo lo aprendí de la peor manera. Tirar boyas de cierto tamaño, por ejemplo… ¡tuve que comprar un montón!… porque a las chiquitas se las lleva la corriente. Si no lo hacés, lo más probable es que te pierdas. Que metas tu barco en canales cada vez más angostos, cruzados por vegetación aérea. Cuando te querés dar cuenta, el canal ya no es canal sino pantano, tu barco se encajó en el barro y… Vos no escuchaste hablar nunca del Triángulo de las Bermudas, ¿no es cierto? Estuvo de moda hace mucho. ¡Antes de que nacieras!

Milo se removió en la cama. Por lo general le gustaban las divagaciones del Viejo, siempre le enseñaban algo nuevo. Pero aquella vez las encontró irresponsables. Patato debía de andar por alguna parte. A lo mejor estaban a tiempo de salvarlo.

—Lo que trato de decir —retomó el Viejo, como si hubiese percibido su impaciencia— es que te creo. Llevo tiempo encontrando cosas… raras, acá en el Delta. Raras, insisto, porque… *never mind*. Tu Piloto no me resulta insólito. ¡He visto cosas peores en estos años!

—¿Peores?

—Quiero decir…

El Viejo hizo un gesto de impotencia y se inclinó sobre la mesa de luz. Parecía que iba a agarrar la foto, pero apagó el velador. En la nueva penumbra regresó a la ventana, echando un vistazo a través del cortinado.

—Si querés leer, andá al pasillo o metete en el baño. Cuanta menos luz haya acá, mejor. —Después recuperó la escopeta y enfiló hacia la puerta—. Y mantenete lejos de la ventana. Si el tipo ese pensaba matarte, no descartes la posibilidad de que persevere.

4.

El Viejo le llevó la cena en una bandeja (hamburguesas con puré, de las que podía dar cuenta sin necesidad de usar cuchillo) y un par de libros: *El hombre en el castillo*, *La brújula dorada*. En otro momento le habrían fascinado, pero ninguno despertó su interés aquella noche.

Todos los ruidos le resultaban sospechosos. Las aguas, los perros, la casa, los murciélagos, el viento entre las hojas, los árboles, las lanchas y hasta su estómago, que apenas había recibido alimento.

Lo mantenía en vilo la perspectiva de un futuro negro. ¿De qué iba a trabajar, ahora que solo disponía de su mano más torpe? Milo no quería dar lástima ni vivir de limosnas. La autoconmiseración era una especialidad de su padre y Milo no deseaba parecérsele. Antes de convertirse en un borracho inútil y egoísta, prefería morir: que el Piloto se colase en la habitación y lo despachase rápido.

Pam pam y a otra cosa, adiós Hombre Pingüino. Mejor irse a tiempo. Antes de que el miedo echase el ancla y Milo se convenciese de sobrevivir a cualquier precio.

5.

Los gritos del Viejo lo despertaron ya entrada la mañana.

—Si querés desayunar, mové el culo —dijo desde el pie de la escalera—. ¡Que perdiste unos dedos de mierda, no las piernas!

Al Viejo no lo ablandaba ni siquiera su desgracia.

Decidió quedarse arriba. Tenía menos voluntad que una babosa.

Permaneció acostado hasta que su vejiga empezó a torturarlo. No había bebido mucho, tan solo el agua que había empujado el antibiótico. Pero sentía que alguien había inflado una pelota en su pelvis. Y tampoco daba para mearle la cama al Viejo. Así que rodó hacia el lado izquierdo. Al dejar caer las piernas y sentarse, la presión se multiplicó.

El peor momento fue el inicial, la tarea ciclópea de levantarse. Sus piernas vacilaron, solo contaba con una mano. Pero perseveró y traspuso la barrera de la segunda silla, donde el Viejo había depositado su ropa, limpia y doblada.

Una vez en el baño, maniobrar con la izquierda supuso una nueva complicación. Para no salpicar el inodoro, optó por mear dentro del lavatorio.

Al principio no salieron más que unas gotas. Los músculos del pene estaban contracturados. Su pis era oscuro y apestaba a medicamento.

La imagen que le devolvió el espejo no era terrible. Vio al mismo de siempre, aunque demacrado y con los labios llenos de cortaduras. En el rectángulo de plata y cristal, Milo seguía siendo Milo; tanto era así que, al introducir en el cuadro la mano vendada, la encontró ajena, impostada. Como si se tratase del brazo de otro.

Durante el camino de regreso, estudió la planta superior. Nunca antes había pisado las escaleras.

¿Cómo habrá hecho el Viejo para subir conmigo a cuestas?

El pasillo tenía una mesita de adorno, una lámpara y un par de reproducciones de cuadros clásicos. Pero existía además una tercera puerta, que el Viejo había dejado cerrada.

Se preguntó si sería sensato abrirla. En las casas del Delta todo sonaba: cada paso, cada puerta, cada manija. Si el Viejo estaba atento, se habría dado cuenta ya de que había frenado a mitad del pasillo. Pero el silencio de la casa era absoluto. Todos los sonidos que lo alcanzaban (las chicharras, el río) provenían del exterior.

Abrió con un movimiento único y firme.

A juzgar por el polvo, el Viejo no había usado aquel lugar en mucho tiempo.

6.

El sitio era un estudio. Más grande que la habitación del Viejo, el arquitecto debía de haber concebido aquel ambiente como dormitorio original.

Milo registró el escritorio. Estaba cubierto de libros, cuadernos, lápices, bolígrafos y tres calculadoras diferentes. A la izquierda vio un bastidor de corcho, sobre el que destacaba un mapa del Delta con el logotipo de Prefectura. Sobre el mapa había pinchado un papel de calcar. Ese papel estaba lleno de anotaciones: dibujos de islas que no figuraban en el impreso, corrección de límites de otras islas, flechas que señalaban cursos de agua, puntos señalados con equis a los que el Viejo había puesto fechas. La más antigua: 1959. La más reciente databa de tres años atrás.

Un rincón estaba ocupado por una computadora y una impresora antediluvianas. La silla era de esas que se desplazan sobre ruedas. Sobre la pared había una ventana triangular, que Milo identificó de inmediato: era la apertura por la que el Viejo salía al tejado, durante sus excursiones reparatorias.

Las estanterías se distinguían de la biblioteca de abajo por su tamaño (no cabía ni la décima parte), pero también por su unidad temática. Los volúmenes hablaban tan solo un idioma, el mismo que el Viejo había garabateado en cuadernos y anotadores. Matemáticas. O física. O química, a Milo le daba igual porque no diferenciaba una disciplina de las otras. ¿O no se expresaban todas mediante fórmulas exóticas?

Los papeles del escritorio estaban llenos de números, letras griegas y símbolos, dibujados por la mano exasperada del Viejo. Y los libros, mayoritariamente en inglés y alemán, mantenían la misma tesitura críptica.

Unos cuantos habían quedado olvidados sobre el escritorio, el polvo no mentía al respecto. *The Physics of Stargates*, Enrico Rodrigo. *Gesammelte Abhandlungen*, Hermann Weyl, volúmenes I al IV. *Black Holes and Time Warps*, de Kip Thorne. Este fue el único que Milo abrió (¡como si fuese a entender algo!) para arrepentirse de inmediato. Las marcas de sus dedos quedaron sobre la capa de polvo. No se le ocurrió mejor idea que ponerle encima el lapicero.

¿Se dedicaba el Viejo a las fórmulas matemáticas, físicas o lo que fuere? ¿Qué hacía entonces allí, juntando chatarra en el Delta? ¿Lo habrían echado de alguna universidad, se habría jubilado? Era un tipo culto, pero aunque solía hablarle de temas abstrusos no se había metido nunca con los números. Aunque le gustaba hablar del Big Bang, la materia de las estrellas, la esquiva naturaleza del espacio-tiempo. Esas cosas lo chiflaban.

Salió y cerró con cuidado. El silencio lo persiguió hasta la habitación. Se tumbó un rato, trató de interesarse por los libros. Pasó de Philip K. Dick a Philip Pullman en cuestión de minutos. La dificultad que representaba cambiar de página lo arrancaba de los relatos, volviéndolo a la vida de la que había querido escapar.

Al fin optó por vestirse. Con lentitud y torpeza, pero ante todo con rabia.

El Viejo tampoco estaba abajo. Ni en la cocina, ni en el comedor, ni en el living tapizado de libros.

Al principio no se animó a salir. Si el Piloto lo estaba buscando y había dado con la casa, le dispararía en cuanto asomase.

Lo que más lo perturbaba, sin embargo, era otra cosa.

Si el Piloto daba con Milo, se toparía primero con su benefactor: o sea, con el Viejo, que se había tomado en serio la idea de montar guardia para, llegado el caso, defenderlo a escopetazos. Ni siquiera la potencia de su arma podía convertir el combate en un enfrentamiento justo. El Viejo era eso, viejo: frágil, delgado, una momia. El Piloto era joven, fuerte, ágil... *y capaz de disparar a quemarropa.*

Milo no quería que nada malo le ocurriese al Viejo. Ya bastantes culpas tenía encima, para verse obligado a cargar con otra.

Lo más probable era que nada hubiese pasado. El Viejo debía de estar en el fondo, dedicado al velero.

Desde una de las ventanas alcanzó a ver el galpón. Las puertas estaban cargadas de cadenas y candados.

Y la barcaza del Viejo seguía amarrada al muelle.

Milo tensó sus músculos, reacción instintiva al peligro. Pero al flexionar la mano-aleta sintió dolor y recordó que ya no era el de antes, aquel Milo a quien muchos consideraban una amenaza, sino un lisiado: una criatura risible e indefensa.

Así como no había señales del Viejo, tampoco las había de la escopeta.

Milo eligió un cuchillo de cocina y salió por la puerta de atrás.

7.

Su intención era recuperar el dinero escondido. Los dólares robados de las cajas de seguridad le permitirían viajar lejos. Aunque más no fuese en una lancha clandestina, con proa a Uruguay. Allí podría empezar de nuevo, viviendo humildemente. Con un poco de suerte le alcanzaría para poner un negocio: un quiosco de revistas o de cigarrillos. La clase de emprendimientos que le sientan a un manco.

¿Y don Maciel? Al carajo con don Maciel. ¿Dónde estaba su padre cuando Milo necesitaba cuidados, cuando el Vizconde...?

Puesto a elegir entre su vida y la de su padre, Milo no dudaba: que don Maciel se las arreglase solo, como él mismo lo había hecho desde que llegó al metro de altura.

Pero no quería ser desagradecido con el Viejo. Regresaría a dejarle un mensaje, relevándolo de la responsabilidad. Esa carta le serviría además para probar su inocencia, si el Piloto lo presionaba. Eso sí: ¿escribir con la izquierda? Uf...

Ya había cruzado el puente por debajo, con el agua a la cintura, cuando la idea lo asaltó. ¿Y si el Piloto había sorprendido al Viejo en su barcaza? Improbable: en ese caso habría dejado al Viejo y avanzado en busca de su presa. Pero aquello no significaba que el Viejo no estuviese *de todos modos* en la barcaza. Podía haber sufrido un ataque: baja presión, infarto, y estar agonizando sobre cubierta. Eso era más factible que el ataque del Piloto. Y el Viejo seguía siendo el tipo que había recogido a Milo cuando estaba herido, que lo había curado y protegido de las sospechas de la Bonaerense. ¡No podía arriesgarse a que le ocurriese algo malo!

Ya que estaba en el agua, saldría por allí al canal central. Quería preservar la mano del líquido (los riachos del Delta eran cualquier cosa menos limpios, no debía exponerse a una infección), pero la realidad lo venció. Todavía estaba débil. A los pocos metros se cansó de sostener el brazo fuera del agua.

Con una mano sola se le hizo difícil elevarse a bordo. Al dejarse caer sobre cubierta advirtió que la venda se había soltado, una serpiente gris que yacía exhausta sobre los tablones.

El Viejo tampoco estaba ahí. Lo cual prolongaba el misterio de su desaparición. Milo dejó el cuchillo, se ató la venda como pudo y buscó un arma más contundente. Lo primero que agarró fue un bichero. En caso de combate cuerpo a cuerpo, le sería más útil. Sin embargo, encontró algo mejor.

Un arpón ballenero. Empuñadura de madera, punta de metal con forma de flecha. Se veía casi nuevo. Habría jurado que no se fabricaban cosas así desde los tiempos de *Moby Dick*. Pero la evidencia sugería lo contrario. ¿Qué hacía el Viejo con una cosa semejante? ¡No había ballenas en los canales del Delta!

Así armado, regresó al agua. Salió a tierra debajo del puente, arrastrándose para no ser visto. Se sentía una mezcla entre el cocodrilo de J. M. Barrie y el capitán Ahab.

Avanzó por caminos alternativos, aquellos que solía usar cuando temía que don Maciel lo siguiese hasta la casa del Viejo. Precaución que se había probado inútil. En cuanto Milo salía de su campo visual, don Maciel olvidaba que existía. Hasta que lo desvelaba la necesidad y recordaba que alguien podía, no: *debía* ayudarlo.

Estaba mojado, sentía frío. Y no toleraba la visión de su mano rebanada, que escondía bajo la axila aun cuando la pose frenase su andar.

Pisó tablones podridos, esquivó el cadáver agusanado de una comadreja.

El camino lo llevó al árbol entre cuyas raíces estaba el tesoro. Una vez allí, estiró el cuello para echar un vistazo a la parte trasera de la casa. No vio nada fuera de lo normal. Los sonidos eran múltiples y bulliciosos, como acostumbraban serlo en ausencia de don Maciel. Cuando su padre estaba en la casa, las criaturas más musicales (cotorras y gatos, para empezar) solían poner distancia entre sus cuerpecitos y aquel hombre abrasivo.

Empezó a cavar con la punta del arpón y se detuvo. Lo más sensato era ocuparse primero de lo demás (cambiarse de ropa y llevarse algo de repuesto, tal vez cortarse el pelo de un par de tijeretazos) para recién después manotear la bolsa.

Llegó a los pilotes y se agachó. Lo lógico era entrar por la puerta de atrás, que daba al lavadero. Pero no estaba de más poner la oreja, atendiendo a los ruidos de la casa desde abajo. ¿Cuántas veces se había escondido ahí, escapando de su padre?

No escuchó nada raro. Chorreaba vino entre los tablones.

Lo que llamó su atención fueron las huellas sobre la escalera. Pies grandes marcados con barro, suelas lisas. El calzado de don Maciel se limitaba a tres pares: alpargatas, zapatillas y ojotas. Las marcas no se correspondían con nada similar. Y las huellas eran frescas, se percibía al tacto.

Subió arpón en mano. La puerta produjo un chirrido. Si había un extraño adentro ya era tarde, seguramente lo había escuchado. La puerta completó su desplazamiento, golpeando contra el tope de la heladera. Milo se detuvo, en espera de ecos. Oyó el siseo de una bolsa de plástico, desplazada por las corrientes.

Las huellas de barro conducían al living y terminaban disolviéndose. Todo el suelo estaba sucio. *(Te lo dije, María. ¡Estás atrasa-*

da con las tareas del hogar!) Un desconocido había pasado por allí, en efecto, pero se había ido hace rato. Flotaban los perfumes de siempre: la madera húmeda, el olor a muerte que su padre exudaba y le había pegado a todas las superficies.

Entonces oyó al gato. No era la primera vez que un bicho de esos se metía en la casa. Su presencia lo tranquilizó, si maullaba así era porque todo estaba bien.

Rastreó el maullido hasta la habitación. La puerta estaba cerrada. Pero al abrirla no dio con el gato, sino con su padre.

Estaba sentado sobre una silla medio desfondada. Con las manos atadas a la espalda. Apestaba a lo de siempre, pero además a mierda y a vómito. Tenía las orejas reventadas a golpes, parecían repollos. La sangre que había perdido bajaba por la silla y creaba el charco que Milo confundió con vino.

Cuando Milo asomó, el gato arqueó el lomo y le enseñó los dientes. Llevaba horas allí, como dueño y señor de la habitación por cuya ventana se había infiltrado. ¿Qué derecho tenía aquel intruso a hollar su territorio?

Capítulo tres

Tariq (VI)

Preparativos de batalla — El niño de las flechas limpias — Emboscada nocturna — Caninus el hereje — La ira del dux *— Búsqueda desesperada — Los invasores*

1.

No podía dormir. A pesar de las mantas, su cuerpo habituado al sol del Mare Nostrum seguía destemplado. En la oscuridad de la tienda no hacía más que pensar. Llevaba horas repasando las diferencias entre su mundo original, aquel de Arthur y Mordred, y este de Artorius al que Eontamer lo había arrojado.

El mundo nuevo era una versión degradada. Empezando por el clima: lluvia constante, heladas, lodazales por doquier. Continuando por las construcciones, tan incómodas como precarias. Y qué decir de la comida. Lo único que su estómago retenía era la carne asada.

La involución se volvía ostensible en materia de industria: desde los instrumentos de peso y medición hasta la parafernalia de la guerra, todo era de calidad deficiente. No existían armaduras como las de los frisios. Las únicas que servían eran aquellas que, al igual que la de Artorius, habían sido abandonadas por los romanos. Muchas estaban remendadas de mala manera, ya que los herreros eran inferiores a los originales. Las espadas, escasas, estaban hechas de un hierro pesado y frágil a la vez.

Los caballos brillaban por su ausencia. Los pocos ejemplares de que se disponía, descendientes de las montas de los romanos, estaban en manos de los nobles o de las autoridades militares. Y Tariq no era ni una cosa ni la otra.

Vivía allí gente simple, lo cual no tenía nada de malo. Pero además de simple era inculta y, en consecuencia, supersticiosa. Por debajo de la pátina de civilidad subsistían costumbres atávicas, como los sacrificios animales y la lectura de la suerte a través de runas. El culto al dios cristiano convivía en los hogares con las religiones antiguas, sin que esto supusiese contradicción. El arzobispo luchaba contra las viejas prácticas, desgañitándose desde el altar. Defendía la pureza de su fe mediante la palabra griega *ortodoxia*, lo cual era un absurdo, porque *ortodoxia* significaba «opinión correcta» y opinión no equivalía a saber, sino a simple creencia, un castillo de nociones enlazadas en el aire.

Artorius avalaba al arzobispo a cambio de su apoyo. En aquellos tiempos de desintegración, la Iglesia que había difundido Patrick el Santo seguía siendo un elemento convocante. Creaba comunidad a partir del ejercicio del rito. Y Artorius sabía que su oportunidad de imponerse al invasor pasaba por convencer a los locales de que poseían un interés común, algo más noble y duradero que la conveniencia del momento.

Tariq no había osado preguntarlo, pero sospechaba que el arzobispo aportaba además algo material a la campaña: a saber, el oro de Roma. Lo cual habría explicado el esfuerzo que Artorius hacía a diario, para controlar su temperamento y no disponer del arzobispo mediante una patada en la zona que Al-Hakam llamaba *culus*, con propiedad grecolatina. El *dux* era un líder sensato, consciente de que hacían falta ideas para ganar una batalla... pero también los medios adecuados.

Podía señalar desventajas del mundo nuevo de manera interminable. Pero todas quedaban equilibradas cuando consideraba su única virtud.

En su mundo original, la relación de Tariq con Arthur se había resquebrajado cuando el rey abrazó su sueño imperial. El Arthur inicial lo había seducido de modo similar al de Artorius: se trataba de un señor que había puesto coto al invasor y lo había despojado de sus riquezas, para repartirlas entre los suyos con generosidad. Tariq había sostenido largas conversaciones con aquel Arthur, que se había mostrado abierto al concepto de *polis* y discutido la *demokratía* como forma excelsa de gobierno. Pero también había prestado oído a otras voces, más interesadas; y había hecho suya la idea de que el poder solo subsiste si se multiplica de manera constante.

Cuando Arthur le pidió que permaneciese en la isla, Tariq sintió alivio. Más allá de lo que podía representar para el reino de Ali Fatima, el Moro no había querido formar parte de un ejército lanzado a matar por pura ansia de conquista.

Durante la cena inicial, Tariq le había preguntado a Artorius si poseía un escudo con la imagen de la cruz de Cristo. (Este era un escudo del que Arthur Pendragon se había sentido orgulloso.) El *dux* respondió que el arzobispo insistía en que usase símbolos cristianos en armas y pendones. Pero que se había negado, porque no quería llamar a confusión. Esgrimir un arma en defensa de la familia era aceptable, a falta de mejor remedio; pero matar en nombre de Jesús, que había predicado el amor y el perdón, le sonaba contradictorio.

Aquella fue la primera vez que Tariq se sintió a gusto en el mundo nuevo.

2.

Le siguieron semanas de trajín. Artorius se multiplicaba en el frente, tratando de llegar a la batalla en las mejores condiciones. Supervisaba el entrenamiento de los soldados (la mayor parte era muy joven y no había entrado nunca en guerra) y la construcción de defensas. Analizaba la información que le acercaban los *scouts* y reformulaba planes. Se reunía con fuerzas locales: el clero y los nobles, pero también con las mujeres de los soldados y con los herreros y con los encargados de alimentar al ejército. E inspeccionaba campamentos sin anunciarse, asegurándose de que sus hombres viviesen en condiciones dignas… y no abusasen de su fuerza.

El campamento donde Tariq había estado prisionero era responsabilidad de Wulfsige. Pronto entendió que Wulfsige era uno de los nobles que apoyaban a Artorius porque, en esencia, tenían mucho que perder en la eventualidad de la conquista sajona. (Algunos sostenían, sin embargo, que su madre había nacido al norte del río Elba, lo cual ponía sangre germánica en sus venas.) Por algún motivo que a Tariq se le escapaba, pero que quizás fuese monetario como en el caso del arzobispo, Artorius no inspeccionaba nunca el campamento de Wulfsige.

—Si me viese obligado a distinguir entre los que me apoyan, separando la paja del trigo, me quedaría apenas con un puñado de valientes —había oído decir al *dux*.

Por más ajetreada que hubiese sido la jornada, Artorius guardaba siempre un rato para hablar con Tariq. Esto no había tardado en generar suspicacias, dado que el *dux* postergaba audiencias que le solicitaban señores de su coalición, pero nunca dejaba de verse con el Moro.

Caninus, que tenía oídos atentos, se lo había confirmado. El más activo a la hora de sembrar insatisfacción era el arzobispo, que recelaba de la influencia del infiel sobre el *dux bellorum*.

Por lo general Tariq y Artorius se reunían a medianoche, cuando los demás habían sucumbido al cansancio o conspiraban en las sombras. La conversación giraba en principio sobre las urgencias (el tiempo que les quedaba antes de la batalla, sus necesidades en materia de armas y vituallas), entre copas de hidromiel. Pero pronto derivaba a temas inesperados: Homero, Egipto, anécdotas de sus infancias.

En ocasiones conversaron de temas que, Tariq lo sabía, habrían inflamado las sospechas de los lores. Antes de verse absorbido por la carrera militar, Artorius había estudiado jurisprudencia al igual que su padre, que había oficiado de *praetor peregrinus* al servicio del Imperio. Desde entonces le había quedado afinidad por las cuestiones del derecho natural que asiste a cada ser humano; por las formas republicanas de gobierno, que aunque convertidas en cáscara vacía en Roma, resultaban promisorias en Britania; y por los límites que la ley imponía, o debía imponer, al uso de la fuerza.

Pero nunca disfrutaba más que cuando el Moro hablaba de su tierra: aquella Hispania henchida de sol y rica en fuentes de agua, donde había sido feliz hasta que murió su madre.

Mientras hablase de caballos y de mares cálidos, Artorius parecía satisfecho.

El Moro se preguntaba si el *dux* lo incitaba a hablar para imaginar paisajes que, lo sabía, nunca llegaría a visitar.

3.

A menudo los interrumpía Medraut, que era el último en retirarse a su tienda. Artorius le preguntaba si tenía novedades, Medraut daba su parte y el *dux* lo relevaba hasta el día siguiente. Tariq estaba convencido de que Medraut habría aceptado una copa; y de que, aunque no tuviese gran cosa que decir (apenas sabía leer, su infancia había sido un episodio que prefería olvidar), habría agradecido la oportunidad de oírlos conversar al calor del fuego.

Según Artorius, Medraut había crecido en la pobreza. Se decía que era hijo de un cazador y de una mujer de origen picto a quien su padre había secuestrado. Cuando se le preguntaba al respecto, callaba o respondía con evasivas: sus orígenes lo llenaban de vergüenza.

El *dux* vio a Medraut por vez primera cuando uno de los lores lo sometió a su justicia. Aquel señor acusaba al muchacho de haber matado un gamo de su propiedad. Medraut dijo que lo había hecho para alimentar a su padre, postrado por una herida que nunca cerraba.

Artorius pidió que le mostrasen el arco y las flechas que el acusador había aportado, además del gamo, como prueba del delito. El muchacho estaba sucio como un topo, pero sus armas estaban limpias y en perfecto estado. El *dux* pensó que era el signo de un alma que no se rendía ni aun vencida. Y como esa tarde había bebido de más y se sentía invulnerable, se atrevió a proponer una solución salomónica.

Le ordenó a un soldado que separase la osamenta del gamo en cuartos. Una vez que las piezas estuvieron listas, dijo a Medraut y al señor ofendido que aquel que las dejase antes listas para la olla (una picardía del *dux,* que sabía cuán difícil era deshuesarlas) se quedaría con la carne.

Medraut se abocó a la tarea. En cambio el lord hizo un gesto de asco y declinó la oportunidad. Artorius le dio una pieza de oro y lo invitó a retirarse. A continuación le dijo a Medraut que volviese a su casa con la carne fileteada. Lo acompañaría el *medicus* del ejército, que se encargaría de aquella herida rebelde. Tan pronto hubiesen alimentado y curado a su padre, Medraut regresaría al campamento para recibir instrucción militar.

Alentado por las confidencias, Tariq le preguntó al *dux* si alguna vez se había casado. Dos veces, dijo Artorius. Y había enviudado en ambas ocasiones. (Ninguna de esas mujeres se había llamado Guinevere.) La más dolorosa había sido la primera, porque su esposa murió durante el parto, llevándose a la niña de la que nunca se desprendió: Artorius dispuso que las enterrasen juntas, unidas por el cordón umbilical. La segunda se había consumido durante la reciente peste. Se decía por allí que tenía un hijo bastardo, fruto del encuentro con una molinera. Pero aunque le había procurado al muchacho educación y trabajo, nunca había logrado embarcarlo en una conversación. Era demasiado tímido, o quizás algo tonto; en cualquier caso, ninguno de los dos había logrado que el otro dejase de serle ajeno.

Al término de esas charlas Tariq dormía como un bendito, acunado por el alcohol. Pero aquella noche Artorius había faltado a la cita. Un ataque pirata a la altura de Cardiff lo había obligado a ausentarse. Aunque era tarde para repeler la ofensiva, el pueblo agradecía la visita de su líder y la ayuda para levantar nuevas defensas.

Sorprendido por la noche clara (desde que llegó no había visto más que cielos encapotados), Tariq quiso contemplar las estrellas. La configuración no era la misma que había estudiado en el *Almagesto*. Se convenció de estar viendo una constelación que no formaba parte de las cuarenta y ocho clásicas, pero el frío lo disuadió de seguir a la intemperie. Por eso había regresado a su tienda, donde se desvistió y echó mano a las mantas de que disponía.

Pero no había logrado dormirse. Comparar ambos mundos había sido un juego; lo que lo mantenía en vilo eran los problemas que su circunstancia le presentaba. ¿Existía algún modo de retornar a su mundo original? (Quizás Eontamer pudiese llevarlo, si Moran afinaba sus cálculos… y en el improbable caso de que la nave retornase.) Y la duda más grave: de verse enfrentado a la oportunidad de regresar, ¿la tomaría? En aquellos días sentía más afinidad con Artorius que con Arthur. Pero no podía jurar que, de vencer, el *dux* no se vería tentado por alguna aventura imperial. La adicción al poder trastornaba al más sensato de los hombres.

Lo que salvó la vida de Tariq aquella noche fue su vejiga.

4.

Orinar en esas condiciones era un incordio. Tariq llevaba años viviendo en países nórdicos y todavía no se había habituado a mear en un odre: el hábito le parecía insalubre. Pero, por cierto, entendía la razón de semejante práctica. Hacerlo a la intemperie en invierno era peligroso. Quien lo hiciese se exponía no solo a enfermarse, sino también a los lobos.

Consideró la posibilidad de mear en el suelo, en un extremo de la tienda. Pero así habría quedado expuesto al mismo tufo que quería evitar.

Decidió salir. El invierno estaba aún lejos de su momento más crudo; y el contraste que ofrecerían sus mantas al regresar le concedería la tibieza que hasta entonces se le había negado.

Se echó la capa sobre el cuerpo desnudo y dejó la tienda.

El proceso fue más largo de lo previsto. El frío contraía los mismos músculos que intentaba relajar.

Para tornarlo todo más tortuoso, alguien se rio de él. Al volver la vista, advirtió que no se trataba de risas, sino del piafar de un caballo. Estaba amarrado a un carro, en la frontera del campamento.

El conductor pareció alarmarse. (¿Es que nunca había visto orinar a un hombre?) Golpeó al caballo con una vara y se perdió en la noche.

Tariq regresó a la tienda para toparse con una escena incomprensible. El hombre, un desconocido, metía sus ropas dentro de un saco: tanto aquellas que se había quitado para dormir como el resto de su provisión, que Artorius le había obsequiado.

Pero había además un segundo intruso. Se acercaba de puntillas a la pila de mantas. Este personaje alzó un puñal y con su mano libre retiró las frazadas.

Comprendió que sus intenciones excedían la del robo.

Echó la capa sobre el intruso más próximo y lo golpeó con la jofaina, que por fortuna había evitado usar. Después empleó el mismo implemento a manera de escudo para protegerse del puñal. Al burlar la estocada reconoció a su asaltante: era Erconwald, el oficial que le había birlado sus pertenencias. Tariq le arrojó la jofaina a la cabeza, sin demasiada fuerza.

Erconwald la esquivó con facilidad. El movimiento comprometió su equilibrio. Tariq, que contaba con ello, barrió las piernas del adversario y lo derribó al suelo.

La lucha fue breve. El Moro se echó encima de su atacante y cogió con ambas manos la que blandía el puñal. Erconwald lo golpeó con su puño libre, pero no pudo evitar que Tariq condujese la daga hacia su cuello. La hoja entró debajo de la mandíbula, cortando la lengua y penetrando en el cerebro. Erconwald escupió sangre negra, se estremeció y murió.

5.

Artorius convocó un juicio al regresar de Cardiff. La noticia lo había sacudido: por lo que ponía de manifiesto sobre la vigilancia en sus campamentos y porque se sentía en falta con Tariq, a quien había concedido hospitalidad.

Sin siquiera quitarse el polvo del camino, reunió a las partes. Recibió en su tienda a Tariq ben Nusayr, la víctima potencial; a Osmund (que tal era su nombre), el agresor sobreviviente; a Wulfsige, que era el señor a quien tanto Erconwald como Osmund habían respondido; a Medraut, que había estado a cargo de la seguridad del campamento; y también al arzobispo Fastidius y a los lores Gerontius, Fergus y Cuil, representantes de la coalición que sostenía el poder del *dux bellorum*.

Tariq expuso los hechos. Los atacantes habían querido asesinarlo y esconder su cuerpo y sus cosas. Al ser informado de su «desaparición», Artorius habría pensado que el Moro rehuía una batalla desventajosa.

El argumento tenía sus méritos. El mismo Osmund (a quien Tariq custodió hasta la llegada de Artorius, al temer un nuevo «fallo» de la vigilancia) se lo había confesado.

Artorius quiso interrogar al prisionero. Pero Wulfsige se levantó para expresar disculpas. Erconwald había sido oficial de su ejército y Osmund era uno de sus mayordomos. Cómo se habían conocido y confabulado estos dos era algo que se le escapaba, dijo; pero estaba dispuesto a asumir su responsabilidad como amo de ambos y a procurar justicia.

Wulfsige se aproximó a Osmund, que con las manos ligadas por cadenas no se animaba a sostenerle la mirada. Le preguntó si se declaraba culpable del crimen reseñado. Osmund solo se atrevió a asentir. Wulfsige le gritó, conminándolo a que asumiese su responsabilidad con toda la voz, como un hombre.

—Sí, señor —dijo el prisionero—. *Mea culpa*. Admito todo aquello de lo que se me acu...

Wulfsige sacó a relucir el puñal escondido entre sus mangas y degolló a Osmund con un único, preciso movimiento. El pobre hombre produjo movimientos convulsivos (el sonido del aire al filtrarse por el tajo fue escalofriante) y se desplomó sobre la tierra.

Artorius se incorporó, lívido de furia. Le espetó a Wulfsige que lo que había hecho despojaba al tribunal de toda autoridad. Tariq pensó que Wulfsige iba a huir o caer de rodillas, abrumado por la indignación del *dux*. Pero el hombrecillo se mantuvo firme, aun cuando Artorius le sacaba tres cabezas y otro tanto de ancho.

Wulfsige le dijo a Artorius que su autoridad como *dux* no borraba aquella que le cabía aún, como señor de su territorio y amo de aquellos sirvientes. Después de la víctima material (dijo, con un gesto vago en dirección a Tariq), nadie había sido más perjudicado por los hechos que él mismo, y por ello le correspondía la satisfacción de aplicar el castigo.

—Sentencia que nunca llegó a ser dictada —dijo Artorius.

—¿Necesito recordarle al *dux* que tenemos asuntos más acuciantes entre manos? —dijo Wulfsige—. ¿Para qué perder más tiempo una vez que el reo hubo confesado, cuando estamos a las puertas de una batalla?

El *dux* se tragó su respuesta. Después vio a Medraut, cuyo semblante se abatió en vergüenza; y finalmente buscó los ojos del arzobispo, en demanda de apoyo expreso. Pero no obtuvo más que un gesto de indiferencia.

Artorius estaba en deuda con la Iglesia, eso era ya sabido. Pero el arzobispo debía a su vez algo a aquel señor oscuro que era Wulfsige.

6.

Al caer la noche el *dux* envió un mensajero a la tienda de Tariq. Artorius se excusaba, diciendo que no podría unírsele por culpa de los preparativos de última hora.

El Moro entendió que el *dux* seguía abochornado. Era comprensible, dado que no solo había sido incapaz de proteger a su huésped, sino que además le había revelado cuán tenue era el poder que conservaba sobre su coalición.

Tariq aceptó las disculpas. Y solicitó al mensajero que, en su camino de regreso, tuviese a bien anunciarle a Caninus que deseaba verlo.

El monje agradeció la botella de hidromiel que Artorius había declinado. Pero cuando le pidió consejo, fue más reticente.

—La verdad es un valor en sí mismo —dijo Aid con el coraje que le concedió la primera copa—. Pero el hombre nunca sabe qué hacer con ella. Son pocos los que la usan con buen juicio. La mayoría la blande como un arma, ignorando que es de aquellas que cortan en ambos extremos.

—Eso no le impidió a usted ser franco conmigo —dijo Tariq.

En cuanto el Moro se acogió a la hospitalidad del *dux*, el monje le confesó que el arzobispo lo ponía nervioso. Si Fastidius descubría que Aid era un hereje, conminaría a Artorius a que lo torturase en espera de abjuración. Porque Caninus no profesaba la *ortodoxia* de Roma, sino la de Pelagio, un monje británico que creía que la naturaleza del hombre no estaba comprometida por el pecado original.

Según Pelagio, el ser humano era libre para optar por el pecado o seguir el recto camino de Jesús; y por eso era responsable de sus actos, sin el atenuante de la mancha que Adán y Eva habían legado a sus descendientes. Como Pelagio, Caninus no creía en la Caída. Más bien pensaba que cada recién nacido era un santo en potencia, que a lo sumo se apartaría de Dios si su educación, los malos ejemplos y la circunstancia lo persuadían de tomar decisiones equivocadas.

Según Aid, la Iglesia de Roma pecaba de maniqueísmo, separando el alma humana de la carne que pretendía impura. El monje estaba convencido, como Pelagio, de que su cuerpo no era sucio *per se*. En su generosidad, Dios dotaba al hombre de cuerpos perfectos e impolutos; por algo un bebé olía fragante como una rosa. (Cuando no había excretado sus inmundicias, claro.) Uno podía ensuciarlo, sí, y someterlo a prácticas abyectas. Pero en esencia un cuerpo era una nave como cualquier otra: un vehículo preparado para llegar a destino, si se lo conducía del modo adecuado.

Y retozar con una moza o gozar de un buen vino formaba parte de lo que, al menos para Caninus, constituía el adecuado mantenimiento de la nave.

—Ser franco no supone ser tonto —repuso Caninus mientras rellenaba la copa—. Cuando le confesé mi circunstancia, ya sabía que usted era un hombre de buen corazón. No olvide que fui testigo de lo que hizo, o quiso hacer, al ver el castigo que aquel guardia propinaba al pobre escudero. Y que sus palabras ante el *dux* me abrieron las puertas de este campamento. No me pareció justo que se viese comprometido por mi secreto. Pero ni siquiera entonces me confesé en busca de expiación. Más bien contaba con que asimilaría la información como el racionalista que dice ser; y también recordé (¡que mi sinceridad no lo ofenda!) que es usted un infiel. ¡Las disputas teológicas deben parecerle tan serias como una riña entre gallos!

Tariq quería saber si convenía decirle a Artorius toda la verdad.

—Deposita usted demasiada carga sobre estos hombros. —Aid siempre se ponía florido cuando bebía. Si no obtenía una respuesta pronto, ya no le sacaría más que un sinfín de argumentos alambicados, y lo que era peor: ambiguos—. Pero entiendo que sienta que le debe al *dux* algo que trasciende el vasallaje. En ese caso recomiendo sinceridad absoluta. Si las relaciones que nos importan no pasan la criba de la verdad, pues entonces no valían mucho para empezar.

Tariq dejó a Caninus con su botella a media asta y marchó en busca del *dux*.

7.

Artorius dijo que sus tareas podían esperar, si traía el Moro un propósito urgente. Y lo invitó a sentarse ante el fuego, despidiendo a sus sirvientes hasta el otro día.

Tariq dijo que había cavilado sobre la conveniencia de contar algo que no podía probar. Pero que había decidido confiar en su buen criterio, sabiendo que Artorius dispondría de la información con sabiduría. Entonces le informó de lo que Osmund le había dicho y habría confesado, de no haber sido muerto.

Según Osmund, el mismo Erconwald lo había reclutado a petición del lord. La tarea que Wulfsige les había encomendado era asesinar al infiel y deshacerse de su cuerpo, de modo que pareciese que se había fugado a causa de su cobardía. Osmund se había mostrado aprensivo, dado que nunca había matado a hombre alguno. Pero Erconwald le dijo que la violencia estaría a su cargo. Todo lo que Osmund debía hacer era robar las cosas de Tariq y desaparecer el cadáver. Como recompensa obtendría la gratitud de Wulfsige y lo que sacase de la venta de los enseres del Moro.

Persuadido de que el cuerpo pesaría demasiado, Osmund asoció a su primo. Y le prometió la mitad de sus ganancias, si lo esperaba con su carro al borde del campamento.

Aquel era el carro que Tariq había visto, cuando salió a orinar. El primo de Osmund asumió con su presencia que la celada había fallado, y decidió escapar.

Desde entonces Tariq había mantenido prisionero a Osmund, alimentándolo con comida provista por Caninus. Temía que Wulfsige lo mandase matar, y no estaba desencaminado. Tariq cedió a un perro el estofado que los guardias le habían servido, y Caninus lo encontró muerto poco después.

El Moro dijo que había intentado hablar con el *dux* a su llegada, pero que la instauración del tribunal se le había adelantado. Y que aun cuando estaba alerta, sabiendo que Wulfsige podía intentar algo, nunca había imaginado el descaro con que procedió.

—Debí haberle hecho firmar a Osmund una confesión escrita —dijo Tariq.

—No estoy sorprendido —lo excusó el *dux*—. Lord Wulfsige es una serpiente, y no ha hecho más que conservarse fiel a su naturaleza. Lo que me apesadumbra es la certeza de no poder confiar ya ni siquiera en quien confiaba. El peso que conlleva mi puesto es terrible. Por la responsabilidad que entraña, sí, pero también porque nos enajena de la humanidad. Desde que recibí este cargo, nadie ve en mí a Artorius el hombre, sino al dignatario del que se obtienen prebendas y favores.

El *dux* dijo además que, durante aquel interregno entre batallas, sus conversaciones nocturnas habían sido fuente de solaz; y que nunca dejaría de estarle agradecido por ello.

Aquellas palabras sonaron a despedida.

Mientras regresaba a su tienda, Tariq se preguntó cuál había sido el resultado de su iniciativa. Había anticipado una cierta resistencia, y hasta rechazo: el mensajero suele ser confundido con su mensaje y emplazado a pagar el precio de las palabras que expresa. Pero el *dux* no había cuestionado su historia. Lo que sí había hecho era reservarse su juicio: no le había ofrecido a Tariq ni el más mínimo indicio respecto de lo que haría con la información brindada.

Lo más probable era que no hiciese nada. La batalla era inminente y, en esa encrucijada, el *dux* no podía renunciar a las fuerzas de Wulfsige.

A la mañana siguiente comprendió hasta qué punto se había equivocado. Artorius había hecho propia la información que le había entregado y actuado en consecuencia.

Lo que Tariq no había previsto era que el *dux* dirigiría su furia al único que creía en condiciones de tolerarla.

A saber, su lugarteniente Medraut.

8.

Caninus lo despertó con la noticia. El *dux* había responsabilizado a Medraut por lo ocurrido: después de todo, la seguridad del campamento estaba a su cargo. Y a continuación lo había acusado de serle por completo inútil. Las pruebas mostraban que no estaba en condiciones de hacer valer ni siquiera una orden simple. ¿Cómo podía confiarle su vera en la batalla?

Los rumores decían que Medraut no había intentado defenderse. (Los gritos del *dux* habían viajado más allá de los confines de su tienda; sin embargo, nadie había oído palabras de Medraut.) Simplemente había cedido su comando y, sorprendiendo a todos, se había despedido con un acto de generosidad.

Podría haberse llevado a muchos hombres, que no habrían cuestionado su liderazgo ni siquiera en la hora de la crisis. No obstante, optó por irse solo, después de encomendarles que fuesen fieles a la promesa de defender Britania. Su lugar estaba allí, protegiendo a sus familias. Siendo huérfano y todavía soltero, Medraut no tenía nada que defender más allá de su honor: por eso podía darse el lujo de renunciar a su puesto, sin dañar a nadie más que a sí mismo.

Cuando Tariq dejó su tienda, Medraut ya había partido a lomos de la única riqueza que conservó: su caballo.

Artorius no había hecho esfuerzo alguno para retenerlo.

El campamento estaba siendo arrasado por los rumores. La gente no disimulaba su inquietud.

Lo que le daba peor espina a Tariq era el hecho de que cada facción se había replegado sobre sí misma: los hombres de Wulfsige no hablaban más que entre ellos, al igual que aquellos que respondían ante Gerontius, Fergus y Cuil. Los únicos que corrían de una parte a otra eran los diáconos que servían al arzobispo.

Tariq vio ir y venir a un par de jinetes, portando mensajes que le hubiese gustado interceptar.

Mientras tanto, Artorius no recibía a nadie. Había dejado órdenes expresas al respecto: que nadie traspusiese el umbral de su tienda, con una única excepción.

Los sirvientes que reponían su licor podían entrar toda vez que hiciese falta.

9.

El peso extra de Caninus demoró la marcha. Pero la compañía del monje le era indispensable. Tariq sabía que el color de su piel le cerraría puertas. Con la amenaza de invasión pendiendo sobre la isla, podía hasta convertirlo en blanco de violencia. Por eso le había pedido a Caninus que se sumase a la búsqueda. El caballo que el *dux* le había cedido era robusto, habituado a la carga de un soldado romano con armadura completa. Con dos hombres encima se movería a paso lento, pero no emitiría queja. Lo único que importaba era sostener el tranco hasta dar con Medraut.

¿Un monje que compartía cabalgadura con un infiel? La visión suscitaba la curiosidad, cuando no la hostilidad, de aquellos que se cruzaban en su camino.

Pero el don de gentes de Caninus obraba maravillas. El monje repartía bendiciones como quien lleva agua al desierto y, entre un *hosanna* y un *laus Deo*, dejaba caer que Tariq era un converso, consagrado a defender la fe de Roma.

Pero otras veces no les permitían siquiera acercarse. Y Tariq espoleaba al pobre caballo para huir de la lluvia de piedras.

Por fortuna Medraut había llamado la atención de igual manera, en aquellos caminos frecuentados por labriegos, peregrinos y recaudadores de impuestos. Ocasionalmente, alguien recordaba al guerrero anguloso, que había pasado galopando a la velocidad del viento; y a cambio de una bendición, un trago de hidromiel o un trozo de pan, se avenía a señalar la dirección que había tomado su borrasca.

En esto coincidían todos: Medraut había galopado hacia el norte.

Al llegar a un sitio que los locales llamaban Y Ty Ogofog (en honor a la verdad, puesto que el territorio era rico en cuevas) fueron objeto de una celada. De la flecha que le llegó por la espalda solo registró el golpe, porque llevaba puesta su cota de malla. La había encontrado entre las cosas que quitó a Erconwald, antes de entregar su cuerpo a los soldados.

Cuando los atacantes enseñaron sus caras, el Moro empujó a Caninus del caballo y pasó a la ofensiva. No le costó mucho desbandarlos. Eran gente débil, mal armada y peor entrenada. Al ver que una segunda flecha estallaba en su pecho sin hacerle daño, se dieron a la fuga: el hombre oscuro, gritaban, era invulnerable.

Poco después empezó a diluviar. El agua cayó durante tres días, sin más que breves interrupciones. Creyeron que la suerte los había abandonado hasta que llegaron a las inmediaciones del Muro de Adriano. En la entrada de Birdoswald, un fuerte romano recuperado por el actual señor de Rheged, les confirmaron que alguien que respondía a la descripción de Medraut llevaba dos días alojado allí.

En cuanto entraron al establo, Caninus identificó el caballo de Medraut. Todavía llevaba la montura que usaban las fuerzas del *dux*: una imitación de las romanas (con estribos, a diferencia de las que se fabricaban en la isla), que ostentaba la imagen de un oso (eso significaba *arto* y, por extensión, Artorius, en el lenguaje de los britones) grabada sobre el cuero.

El caballo estaba empapado y resoplaba sin cesar, lanzando vapor por las narices. Todo indicaba que Medraut acababa de llegar: al igual que Tariq y el monje, había forzado la marcha para ganarle a la noche.

Tariq preguntó por el dueño de aquel caballo. El crío del establo le dijo que lo encontraría en la vieja armería, que el señor de Rheged había transformado en comedor para sus tropas.

El Moro subió los escalones de tres en tres, con el corazón en la boca.

10.

Medraut estaba hundido en un sillón, con los pies sobre un taburete y la mirada perdida en la danza del fuego. Volutas de vapor se desprendían de su cuerpo, que la lluvia había calado durante horas.

Tariq se le aproximó en silencio. Medraut no pareció registrarlo, sumido en la contemplación de aquel pequeño infierno. Pero antes de que abriese la boca preguntó si lo había seguido para matarlo.

El Moro dijo que sus instrucciones eran más bien opuestas.

Esa frase picó a Medraut, que le dirigió la vista por vez primera; y señaló la silla vacía que tenía más próxima.

Tariq le informó de que Artorius enviaba sus disculpas. El *dux* quería que le diese la oportunidad de expresárselas personalmente, y por eso le rogaba que regresase al campamento. Lamentaba haber sucumbido a la furia, que lo había llevado a enfrentarse al único en quien confiaba.

—Hizo bien en desconfiar de mí —dijo Medraut—. ¡Ya no creo en la causa que representa!

El Moro decidió ignorar el comentario y completó su mensaje. Si Medraut volvía para ser reivindicado en ceremonia pública, el *dux* le devolvería el comando de sus tropas.

—Demasiado tarde —insistió Medraut.

Con el don de la oportunidad que lo caracterizaba, Caninus acercó una botella y copas. Convencer a Medraut, estaba claro, iba a demandar de Tariq toda su persuasión… y su paciencia.

El Moro no se arredró. Después de haberse impuesto al *dux*, toda otra empresa sonaba a poca cosa.

Lograr que Artorius entrase en razón le había exigido el más ingente esfuerzo. Para empezar había tenido que acceder a su tienda, vigilada de día y de noche. Lo consiguió reduciendo a dos guardias, a quienes ató y amordazó para que no alertasen sobre sus intenciones. Después había tenido que rescatar al *dux* de su marasmo alcohólico. Asunto que inició con amenazas a los sirvientes: les dijo que si volvían a darle una gota de hidromiel, los enviaría al infierno del que era representante.

Había encontrado a Artorius fuera de combate. Era un triste remedo de la figura de autoridad que había aprendido a respetar. Semidesnudo y salpicado por vómito (se respiraba en la tienda el más enrarecido de los aires), yacía cruzado sobre su litera, como una marioneta despojada de hilos.

Tariq lo había reanimado a golpes, sabiendo que no contaba con mucho tiempo. A pesar de la amenaza, los sirvientes irían donde Wulfsige, interesado en preservar el aislamiento que el *dux* había dispuesto para sí. Por eso mismo hizo lugar al aire fresco, extinguió el fuego (entre las brasas halló hierbas calcinadas, de un perfume embriagador: otro ardid de Wulfsige) y vertió agua sobre la cabeza de Artorius.

El *dux* se quejó, solo quería que lo dejase dormir. Pero cuando Tariq lo llenó de bofetadas, se indignó, poniéndose de pie. No hizo más que tropezar y caer, pero el tumbo ayudó a despertarlo.

A medida que Tariq desgranaba los hechos, el *dux* había ido asumiendo una pose de sobriedad. Lo cual no sorprendió al Moro, porque el estado de las cosas habría estremecido a un muerto.

Con Medraut ido y Artorius fuera de combate, Wulfsige había asumido el liderazgo. Lejos de protestar, la coalición se había apresurado a expresarle su apoyo: después de todo lord Wulfsige era el más rico entre ellos y la campaña resultaba impensable sin su aporte. El arzobispo Fastidius le había extendido su más calurosa bendición; y en lo que parecía una retribución proporcionada, Wulfsige había prometido llenar la isla de templos cuando obtuviese la victoria.

Pero como no tenía un pelo de tonto, Wulfsige se había procurado recaudos. Consciente de carecer del genio estratégico del *dux*, y huérfano del liderazgo de Medraut, había iniciado contactos con los generales sajones. A espaldas de la coalición, sus mensajeros (aquellos hombres a caballo que llamaron la atención de Tariq) habían informado al invasor de la intención de Wulfsige de llegar a un acuerdo; y al mismo tiempo habían tomado medida de las fuerzas sajonas, para que Wulfsige evaluase sus posibilidades del modo más realista.

El hecho de que la campaña prosiguiese indicaba que Wulfsige no había llegado a una conclusión. Pero si llegaba a asumir que el triunfo de los sajones era irreversible, entregaría a todos los lores de la coalición (y por supuesto a Artorius, como su cabeza visible) con tal de preservar sus tierras y asociarse al nuevo poder. Puesto en la disyuntiva, elegiría ser un traidor rico antes que líder del reino más efímero.

Artorius entendió entonces que debía retomar el mando. Pero también reparó en lo siguiente: si no contaba con el apoyo de Medraut, en quien reconocía a su mejor lugarteniente, se presentaría cojo a la batalla.

En aquel momento habían llegado los hombres de Wulfsige, con orden de apresar al Moro por desobediencia al *dux*.

Bramando como el oso que siempre había sido, Artorius los echó de su tienda. Y mientras golpeaba sobre el vello rojo y blanco con su puño, les recordó que seguiría siendo *dux* hasta que un hombre mejor que ellos (y que la alimaña a quien respondían, agregó) pusiese fin al latir de su corazón.

11.

En la vieja armería de Birdoswald el hidromiel corrió como agua. Sin embargo, Medraut se mostraba irreductible. Lo más trágico era que no lo inspiraba el resentimiento ni la obcecación, sino el más meditado de los argumentos.

La causa del *dux*, sostenía, ya no tenía futuro.

El derecho de los britones existía, y era indiscutible en el plano legal. Se trataba de los naturales del lugar, aunque sus raíces se hubiesen desvirtuado al recibir la sangre y los modos romanos. Tampoco estaba en disputa la necesidad de defender la propia cultura, y más aún cuando se comparaba con los atributos bárbaros del invasor: ¡los sajones no sabían escribir siquiera!

Lo que Medraut creía era que, por mucho que los asistiese la razón, los britones sucumbirían a la presión que recibían desde tantos frentes. Porque no solo se trataba de pictos, escotos y sajones. Existían otros pueblos oriundos del continente, igualmente bárbaros y aún más poderosos (anglos, jutos, suevos y francos), que habían puesto la mirada en la isla como alternativa de supervivencia.

Atrás quedaban los días en que los sajones visitaban la isla con ánimo de pillaje. Lo que impulsaba a las tribus que asolaban la Britania ya no era la codicia, sino la desesperada necesidad de no sucumbir. Estaban acosados por los hunos, que perforaban sus fronteras en número superior a sus fuerzas. Y si el dilema que tenían entre manos era enfrentarse a las huestes de Artorius o al ejército infinito de Atila, ¿quién dudaría sobre su resolución?

Una fuerza como la de Artorius no podía sostener semejante ofensiva. Le faltaban armas, soldados, entrenamiento adecuado. En las actuales condiciones defender un frente, o hasta dos, de manera efectiva, suponía desguarecer los restantes; más temprano que tarde alguno de los invasores metería una cuña que ya no podrían extraer. Si es que no existía ya: desde que pusieron pie en la isla, los sajones habían engendrado con britonas hijos que habían crecido confundidos, sabiéndose deudores de una doble lealtad.

Y además, en el improbable caso de que Artorius se impusiese: ¿a qué clase de poder daría lugar? El *dux* había sido siempre un líder renuente. La circunstancia lo había llevado a la práctica militar y, después, al incómodo sitial de árbitro entre pueblos, tribus y señores que nada tenían en común, más allá de su tendencia a reclamarlo todo sin estar dispuestos al sacrificio.

Durante años había conservado un precario equilibrio, anotándose victorias más importantes que la legendaria de Mount Badon. Que todos los estamentos sociales tuviesen voz, por ejemplo. (Si los necesitaban para fabricar pan y poblar sus ejércitos, no podía existir un recto gobierno sin sus representantes.) O el control centralizado de la práctica impositiva, que proscribió los abusos en que los señores solían incurrir. O la negativa a tolerar la esclavitud, caída en desuso desde la retirada romana pero impulsada nuevamente por los sajones.

Sin embargo, al aumentar la presión sobre las fronteras Artorius se había visto obligado a depender de los señores. Y esa dependencia le estaba cobrando un precio tan alto (la Iglesia tampoco escondía la mano, a la hora de este diezmo) que la causa que defendía había terminado por desnaturalizarse.

Si los bárbaros vencían, no tardarían en aceptar aquello que los britones brindaban: superioridad técnica y científica, las ventajas de la alfabetización. En cambio, si Artorius triunfaba, no tendría más remedio que dar rienda suelta a los señores: y eso derivaría en mayor autocracia.

El corazón de Medraut estaba con Artorius, que en otras circunstancias habría sido un gran gobernante. Pero su cabeza le decía que lo mejor para los britones era capitular, y cuanto antes. De ese modo el derramamiento de sangre no empañaría su integración en el nuevo orden que estaba *ad portas*.

Tariq le dijo que, si regresaba junto al *dux*, la causa tendría una oportunidad. Medraut no formaba parte de la liga de los señores, pero su ascendiente sobre tropa y plebe era innegable. Por mucho poder que acumulasen, Wulfsige y sus pares no se atreverían a contradecirlo. Y además estaba lo otro, la razón que había convencido al Moro de viajar hasta el Muro de Adriano, confín del mundo civilizado.

A ojos de Tariq el espectáculo de Artorius sobreponiéndose al derrumbe había sido magnífico, muestra de lo que el ser humano es capaz de hacer en su hora mejor. Pero el espectáculo que le había seguido, aquel que el *dux* produjo al asumir su error más grave y exponerse al dolor, le había resultado desgarrador.

Artorius había envejecido veinte años en una hora. Porque eso era lo que hacía el dolor, cuando enfrentaba al hombre a lo irreversible: volverlo impotente, balbuceante en la palabra, el pulso y el paso. Tariq mismo había envejecido al morir su madre, a pesar de que era un niño. Por eso se había condolido ante la visión del guerrero, que había caído de rodillas y ensuciado su cabeza con cenizas.

El *dux* lloraba de manera arrasadora, como ocurre a aquellos que desoyeron a su corazón durante demasiado tiempo. Decía que su vida había sido un fracaso: una torre hecha de arena, que en su necedad había consagrado al viento.

—Desde que la vida me despojó de afectos, no hice más que servir a otros. Y por favor, no me atribuya una humildad que nunca tuve: lo hice porque me creía necesario, el gesto con que Dios demostraba que no se había olvidado de los hombres —dijo, todavía echado sobre el polvo—. Llevo tanto tiempo tratando de conciliar partes, que olvidé que el único afecto que vale es aquel que se ofrece de manera desinteresada. Como el de un padre o una madre. O el que te regala un hijo.

Según admitió, Medraut se había comportado desde el comienzo con una mezcla de devoción y rebeldía. Artorius la había hallado fascinante e irritante a partes iguales.

—Solía decirme que había sido generoso con el muchacho de la cara sucia y las flechas limpias. Pero hoy creo que, por el contrario, mi motivación más profunda fue egoísta; que envidiaba el afecto del niño por su pobre padre; y que quise enajenarlo de aquel lazo, y por eso lo recluté y lo conservé a mi lado: porque quería comprarlo para mí. ¿No es eso, acaso, lo que hacemos los poderosos que no hemos aprendido a crear otro tipo de vínculos?

Artorius decía que Medraut no había dejado nunca de expresarle gratitud. Pero que también le había dado algo que valoraba aún más: la seguridad que sentía desde que entendió que había dado con alguien en quien confiaba.

—Yo le retribuí mi atención y mi experiencia, y lo ascendí, y lo senté a mi lado en la mesa y en la batalla. Pero nunca lo consideré otra cosa que un subordinado. No entendí hasta que fue tarde que su corazón no funcionaba como los demás. Y que la mezcla de devoción y rebeldía que me destinaba, por mucho que me irritase, era aquella que separa al hijo común del buen hijo.

El *dux* había estirado la mano hasta su capa sucia y cogido un broche de plata con forma de oso. Y le había pedido a Tariq que buscase a Medraut, para que le entregase la joya y le dijese lo siguiente: que por favor regresase. Si no quería retomar sus funciones, no protestaría. Todo lo que le importaba era que asumiese el lugar de su hijo. Artorius quería adoptarlo formalmente, para que se lo considerase su heredero.

Al ver brillar el broche en poder de Tariq, Medraut se cubrió la cara. El Moro creyó que le había asestado el golpe de gracia, y se sintió victorioso.

Pero entonces Medraut repitió que ya era tarde. Y lo invitó a cabalgar bajo la lluvia, para que comprobase que no había estado diciendo más que la verdad.

12.

Cuando dieron con la avanzada de los jutos (una panda de hombres casi blancos de tan rubios, vestidos con parches de cuero y armados con hachas), Tariq llevó la mano al pomo de la espada. Le extrañó que los invasores no replicaran el gesto agresivo; pero más aún que lo obviaran con la mirada. Solo tenían ojos para Medraut, a quien saludaron con respeto.

Mientras Tariq y Caninus lo buscaban, Medraut había hecho contacto con los jutos. Les había entregado mapas que detallaban los mejores caminos. Y había puesto a su jefe, el rey Osten, en presencia del líder de los pictos, Drust, nieto de Drust el legendario, ofreciéndoles el mismo plan de acción. (Medraut dominaba aquel idioma fracturado: su madre, lo admitió, había nacido en el seno de una tribu picta.)

Si jutos y pictos actuaban en conjunto y se atenían a sus consejos, sorprenderían a las fuerzas de Artorius en cinco días. El poder disuasorio de su número daría por terminada la batalla antes de empezar. Lo único que Medraut había demandado era que no hubiese derramamiento inútil de sangre. A los invasores les convenía más asociarse a los britones que convertirlos en esclavos.

Tariq y Medraut cabalgaron un trecho más, hasta alcanzar un risco.

Desde allí se veía un mar gris y bravío. La playa estaba cubierta por botes largos. Desde aquella altura no pudo calcular su longitud, pero apreció otros detalles: que estaban desprovistos de velas, por ejemplo, aunque dotados de quince pares de remos. Los custodiaba un grupo pequeño de jutos. El resto se había integrado ya a la columna invasora.

Medraut no ha exagerado, se dijo Tariq mientras contemplaba la fila interminable de los soldados. *La batalla es inminente.*

Y a todas luces, estaba perdida.

—Demasiado tarde —repitió Medraut.

Pero ya no hablaba para Tariq. Se lo decía *in absentia* al padre putativo a quien había traicionado, precisamente porque lo amaba.

Capítulo cuatro

El Viejo

Mea culpa — *Anton Homolka* — *La ciudad de las ratas* — *Regreso a Harvard* — *Everett y el multiverso* — El Aleph *conduce al Delta* — *El Rey de los Espinos* — *1967-1970*

1.

Ha sido mi culpa.

Eso era lo que repetía, un disco herido por un rayón. *Mi culpa. Ha sido mi culpa, ha sido...* El Viejo recorrió la casa, el jardín, abrió el galpón arrojando a un costado las cadenas, y en todos los sitios oyó la misma cantilena.

Milo no estaba por ninguna parte. El Piloto debía de haber dado con la casa y raptado al muchacho, al encontrarla desprotegida. A medida que los minutos se escurrían, cada vez buscaba menos a Milo y más su cadáver.

Tanta historia vivida y aún no comprendiste el abecé de su funcionamiento, pensó. *¡Las desgracias deben ser evitadas antes de que ocurran!*

Mientras revisaba el muelle por debajo, el Viejo empezó a funcionar en lo que llamaba su modo *debería.*

Debería haberme quedado. Debería haberle cedido la escopeta. Debería haber sido menos discreto, y avisarle de que me iba.

Ah, la discreción. Siempre la había usado como excusa, diciendo que era marca de una buena educación. Cuando en realidad le servía para eludir todo aquello en lo que no quería verse involucrado. Era tan discreto que nunca había desarrollado una relación afectiva. Tan discreto que encontraba inquietante toda actividad social. Tan discreto que descreía de la política y su predilección por la masividad.

Un adjetivo incorrecto, se dijo. *Lo que soy no es discreto, sino cobarde.*

2.

Se había alejado de Milo para ir al sanatorio. Si hubiese contado con un maldito teléfono… Pero nunca se había decidido a instalar una línea o comprarse un celular. Solo lo había considerado recientemente, dada su edad. Si se caía o sufría un ataque, le serviría para pedir ayuda. Sin embargo, había terminado por desecharlo. Prefería agonizar en su casa, o en mitad del río, o tumbado sobre el jardín, a morir dopado en un hospital: aspiraba a una muerte *discreta*.

En el sanatorio nada sabían de Homolka. Ese era el nombre del tonto a quien Milo llamaba Patato: Anton Homolka. Según la directora del establecimiento, la policía seguía huérfana de pistas. Era una mujer muy amable. Llevaba quince años al frente del hospicio y al comienzo, como sus antecesores, había expresado curiosidad respecto de Homolka.

Le había llamado la atención que el loco estuviese internado en la casona *desde antes* de que se fundase allí el sanatorio. Los registros lo establecían: el edificio había figurado a su nombre y sido objeto de una donación.

Había llegado al extremo de rastrear la cuenta que pagaba la internación de Homolka. Descubrió que no provenía del Banco Provincia, entidad que le transfería el dinero mes a mes, sino de otra fuente original: una sociedad con sede en Londres, llamada Caliburn. La directora había buceado en internet, hasta dar con un muro infranqueable que no hizo más que aumentar el misterio. Caliburn era una empresa de exportación e importación. ¿Qué interés podía tener una sociedad semejante en el cuidado de un loco de Sudamérica?

Le había contado todo aquello porque el Viejo era el único visitante que Homolka recibía. Al principio lo había sometido a interrogatorio, hasta que aceptó su argumento: que el Viejo se había habituado a la presencia del loco y le había tomado cariño. En retribución, el Viejo había prestado oídos al cuento del misterio sin añadir leña al fuego. Nunca dijo que ya estaba familiarizado con aquella información, porque en su momento (¡tantos años atrás!) había investigado lo mismo. Si le hubiese insinuado la razón por la que Homolka patrullaba las islas…

El Viejo también se había guardado este dato: que Homolka había pasado por su casa antes de desaparecer. Si la policía entendía que había sido el último en verlo, le pondrían la lupa encima. Y el Viejo no quería a nadie husmeando entre sus cosas.

Era un hombre muy discreto.

3.

Homolka lo había ayudado a cargar a Milo hasta la habitación. Como de costumbre, no había dicho nada que iluminase lo ocurrido. Apenas las pavadas de siempre: *Hoy mino, che, qué weno, qué caló.* Después había retomado el camino al sanatorio, que al cabo de tanto tiempo *(Casi un siglo,* pensó sin sorprenderse) era capaz de recorrer con los ojos cerrados. Y el Viejo se lo había permitido.

Estaba claro que Milo había sido prioridad, necesitaba su atención. Tanto lo preocupaba que ni siquiera atinó a devolver el cinturón del torniquete. El pobre Homolka se había visto obligado a sostener el pantalón mientras caminaba.

Pero nunca debió haberlo dejado solo. Lo comprendió tarde *(La historia de mi vida),* cuando el muchacho le contó la historia del Piloto. ¿Quién otro podía tener motivos para agredir a Homolka, un alma simple, que no fuese ese maldito intruso?

Ha sido culpa mía, ha sido culpa mía.

Anton seguía sin aparecer. Y a Milo se lo había tragado la tierra. El Viejo había perdido a sus dos únicas relaciones de un mismo golpe.

4.

Consideró extender el radio de su búsqueda. Ir a casa de Milo. Pero no quería cruzarse con su padre. Era un borracho desagradable. El

Viejo había tardado en entender que Milo no se lastimaba porque fuese torpe y fogoso. Eso había pretendido el chico cada vez que llegaba renqueando, o amoratado: «Me caí de un árbol», «Me trompié en la escuela».

Con el tiempo el Viejo había asumido que esos «accidentes» eran obra de Maciel, cuando menos algunos. En su momento había sentido la tentación de preguntar, de entrometerse. Pero la había resistido. No podía darse el lujo de considerar problemas ajenos. ¡Tenía asuntos más importantes entre manos! (Por aquel entonces decía deberse, todavía, a la urgencia de su misión.)

Si caía donde Maciel en ausencia de Milo, podía meterse en líos. Despertaría la curiosidad del hombre, que siempre tomaba derroteros malsanos. Un vecino de las islas le había confesado que Maciel le ofreció a su hijo por dinero, cuando se enteró de que había sido cura. Nunca había quedado del todo claro si se lo estaba vendiendo como esclavo o para servicios aún menos *sanctos*. En cualquier caso el Viejo no podía presentarse ante Maciel como cliente potencial, o víctima de futuros chantajes. Aun cuando ya hubiese dado por perdida su misión, no quería atraer la atención hacia el tesoro que ocultaba en los fondos de su casa.

No, lo mejor era permanecer allí. Esperando. Si Milo estaba bien regresaría o le enviaría una señal. Y si no era así…

Se sirvió un vaso alto de ginebra. Le ayudaría a controlar sus temblores. No quería rayar un disco, o arruinar la púa que tanto le había costado conseguir.

El Viejo necesitaba escuchar un poco de música.

5.

Tenía un reproductor de discos de vinilo Ken Brown, que se había comprado en los años setenta. Era bonito, con forma de arcón. Pero en el living se tornaba invisible, opacado por los libros que pintaban las paredes de mil colores.

Había consagrado estantes enteros a ensayos filosóficos, estudios literarios, biografías, libros de biología y de historia. (Por cantidad de volúmenes, era fácil concluir que sentía mayor interés por ciertos períodos y acontecimientos: la Inglaterra del Medioevo, las

Guerras del Opio libradas en la China, la Segunda Guerra Mundial.)
También poseía muchos libros de matemáticas y física, que había usado durante sus estudios y su carrera en Harvard (entre ellos, sin ir
más lejos, estaba toda la obra de su padre) y ahora arrumbaba en otro
lugar de la casa.

Pero a Milo solo le interesaba la ficción. De pequeño había devorado los grandes relatos de aventuras (de *La Odisea* a *Los tres mosqueteros),* las narraciones de género (Verne, Poe, Conan Doyle), los
clásicos de la literatura fantástica (de *Alicia* a Lovecraft) y, por supuesto, los volúmenes con descripciones de prácticas sexuales. El
Viejo nunca había terminado *El libro de Manuel* de Julio Cortázar,
desde que lo compró a mediados de los setenta. Pero ahora la edición
tendía a abrirse sola, en páginas que abundaban en palabrotas o hablaban de masturbación.

Con el tiempo los gustos de Milo se habían diversificado. Había llegado a leer traducciones de Conrad y también *Moby Dick.* Lo
que el Viejo no había previsto fue su interés por el *Quijote.* Aunque
ignoraba si había seguido el texto o tan solo las marcas en lápiz, una
red minúscula que se amarraba a la trama impresa de numerosas páginas. Milo debía de creer que las había hecho el Viejo, durante sus
estudios de español. No era la primera vez que se interesaba por su
pasado.

La mayoría de los libros en español eran herencia de la madre
del Viejo. Ella le había insuflado el amor por el idioma desde que era
un bebé. *Mi niño* sonaba más dulce que *mein Kind; te amo* tenía una
música de la que *ich liebe dich* carecía.

En su amor por la ficción, Milo se parecía al Viejo cuando era
niño. En aquel entonces al Viejo lo perdían novelas como *Viaje al
centro de la Tierra* y *El mundo perdido* o la serie de Edgar Rice Burroughs sobre Pellucidar. Había tardado en comprender que lo fascinaban porque compartían un rasgo: la presencia de dinosaurios. Los
libros sostenían, incluso, que en algún punto remoto del planeta
aquellas bestias no se habían extinguido.

Desde que leyó esas aventuras había soñado con probar que lo
de Verne, Conan Doyle y Burroughs no era fantasía, sino intuición;
o en su defecto, con encontrar fósiles que le permitiesen identificar
nuevas especies. Ardía en deseos de aplicarle a alguno de aquellos
monstruos el calificativo *weylensis.*

Se habría dedicado a la antropología, seguramente, si la guerra no hubiese metido la cola. Pero eso no había ocurrido.

No en aquel universo, al menos.

6.

El 7 de diciembre de 1941 los japoneses atacaron Pearl Harbor. Un mes después el Viejo (que por entonces era joven en demasía, y acababa de naturalizarse americano) se presentó como voluntario y empezó su entrenamiento. Lo hizo a pesar de la oposición de Helene Joseph, a quien llamaban *Hella*: su propia madre. Ella no creía en las bondades de ninguna guerra. Pero el Viejo arguyó que, si todos hacían su aporte, aquella guerra en particular se acortaría.

Sus primeras misiones habían tenido lugar en 1943. La más ambiciosa despegó en febrero de 1945. El Viejo había sido uno de los ochocientos pilotos aliados que arrojaron bombas incendiarias (650.000, según el informe oficial) sobre la alemana Dresde.

Mientras sobrevolaba la ciudad en llamas, no podía dejar de pensar que alguien había anticipado esa escena; la posibilidad terrible de matar a miles como se mata hormigas, sin ver nunca las caras desencajadas de las víctimas ni lidiar con sus cuerpos. La había leído en *The War in the Air*, novela que H. G. Wells había publicado en 1907 y profetizaba un futuro de poblaciones aniquiladas desde lo alto. No fue el único de sus vaticinios en hacerse verdad. *The Shape of Things to Come* había anunciado en 1933 que una segunda guerra devastaría Europa, a consecuencia (¡siempre ocurría igual!) de los traumas infligidos por la primera.

Dos meses después solicitó una junta médica. Llevaba semanas padeciendo insomnio, temblores y sudores fríos. Lo sometieron a una serie de análisis interminables. La guerra llegó a su fin antes de que se expidiesen al respecto.

Jamás volvió a subirse a un avión.

7.

Cuando le llegó la baja, viajó a Marsella en barco y a Dresde por vías férreas.

El bombardeo había destruido el noventa por ciento de la ciudad, incluyendo sus tesoros históricos: la Semper Opera Haus, el palacio Zwinger. La inmensa mayoría de las víctimas (las cifras diferían: el mando aliado trataba de minimizarlas, pero se hablaba de medio millón de muertos) habían sido civiles: mujeres, viejos y niños.

La autoridad militar quiso vedarle el acceso. Cuando al fin hizo pesar sus conexiones y obtuvo luz verde, le recomendaron que no saliese desarmado.

Caminó sin rumbo por las calles devastadas. Muchos edificios habían sido vaciados por dentro, conservando la cáscara de sus fachadas. Las ventanas sin cristales se abrían a un cielo cargado de nubes.

El olor incitaba al llanto. Los alemanes ya habían retirado los cadáveres desperdigados, pero quedaba otro tanto debajo de los escombros. Acceder a estos despojos era difícil, máxime en una ciudad que había perdido su maquinaria pesada.

Las ratas se habían multiplicado a partir del bombardeo. Pero una vez que la basura y los cuerpos accesibles fueron retirados, empezaron a padecer las estrecheces del hambre. El consejo recibido del Alto Mando había sido tímido. Para protegerse de los verdaderos amos del lugar habría necesitado no un arma, sino un lanzallamas. Le habría sido útil, al menos, para defender al perro al que vio huyendo, con una docena de ratas prendidas de su rabo.

Pero también había niños jugando entre las ruinas. Ponían en ello la misma energía que habrían desplegado en un parque de atracciones. En sus manos, un escombro se convertía en un castillo y un metal retorcido, en un puente.

Mucho después, cuando llegó a sus manos un ejemplar de la novela, el Viejo entendió que entre las víctimas del bombardeo de Dresde se habían contado algunos americanos. Prisioneros de guerra del Regimiento 423. Los soldados nazis los habían forzado a recoger cadáveres, mientras los sobrevivientes tiraban piedras y los maldecían.

Uno de ellos había sido Kurt Vonnegut. El autor de *Matadero Cinco*.

8.

Con la guerra terminada retomó la universidad. En Harvard, donde ya había ingresado en 1937 para consagrarse a la Física.

El regreso fue duro. Le costó convencerse de que el estudio tenía sentido después de Auschwitz, Riga, Treblinka... y Dresde, claro; y a sabiendas de que la contribución de la ciencia podía tornarse equívoca y volverse en contra de su sujeto, como Hiroshima y Nagasaki habían demostrado.

Pero nadie parecía sentir dudas similares. Las teorías de Einstein y sus aplicaciones prácticas, tan inquietantes, habían convertido la posguerra en una Edad de Oro para su campo académico. El entusiasmo era palpable, en Harvard se vivía una primavera de la mente. Los fondos para la investigación fluían, generosos. Y el Viejo terminó asumiendo que había otros caminos para la exploración, más allá de los trillados por Oppenheimer.

Pensar el universo suponía, además, un efecto colateral. En el contexto de la vastedad del cosmos, se volvía más fácil redimensionar la muerte de millones. ¿Qué importancia tenía una guerra librada en un punto infinitesimal del universo, cuando se avanzaba a diario en el diseño de una teoría que lo explicaría Todo?

Completó un máster, se dedicó a la docencia. A excepción de colegas, maestros y familia, no buscó ni sostuvo relaciones duraderas. ¿Cuál era el sentido de enamorarse de alguien a quien nunca podría decirle la verdad?

9.

En 1957 oyó hablar del multiverso por vez primera. Toda la universidad comentaba el artículo que *Reviews of Modern Physics* le había publicado a Hugh Everett, un veterano de Princeton. El Viejo recordaba a Everett de la cátedra de Eugene Wigner: frente amplia, risa fácil, siempre con un cigarrillo en la boca.

El artículo postulaba su formulación del estado relativo. Mediante las herramientas de la mecánica cuántica, Everett sugería que cada persona tenía historias alternativas en número (casi) infinito, que se realizaban en igual cantidad de mundos paralelos. Lo cual suponía que la realidad no era única, sino más bien un árbol con ramas que se bifurcaban todo el tiempo en nuevos brotes.

Los comentarios que circulaban eran salvajes. El mundo académico se reía de la tesis. Pero el Viejo no se había unido al coro de las hienas. Aunque no estuviese del todo persuadido de los argumentos de Everett, necesitaba creer que existía un universo donde el bombardeo de Dresde no hubiera tenido lugar.

Lo que Everett había querido expresar en términos científicos (función de onda, decoherencia: ese tipo de cosas), el Viejo lo leyó en clave religiosa. La tesis del multiverso reafirmaba aquello que hasta entonces había existido en su alma como intuición: la idea de que, con cada decisión, el hombre *elige* el mundo donde vive.

Nada dijo entonces en favor de Everett, por dos razones. Primero, porque no contaba con herramientas para defender la tesis. Y segundo, porque aunque sabía que Everett tenía razón, no estaba en condiciones de probarlo.

Trató de olvidar el asunto. Hasta que un alumno le habló de *El Aleph.*

10.

Hasta ese momento no había oído siquiera mencionar a Borges. La guerra le había arruinado el placer de leer ficciones. Pero una tarde se lanzó a una defensa de Everett y sus teorías tan apasionada como (a conciencia) endeble.

Al término de la clase, un alumno le preguntó si había leído *El Aleph.*

Según dijo, el cuento hablaba de un punto singular del universo desde el cual se veía todo lo que había sido, era y sería. Algo que remitía, aunque solo fuese por aproximación, a las características de lo que John Archibald Wheeler había bautizado «agujero de gusano»: un túnel que conectaba puntos distintos del espacio-tiempo.

Melvyn no encontró traducción del cuento al inglés, y tardó meses en conseguir una edición argentina. Leer en español fue duro al comienzo, porque no había visitado el idioma desde que era niño; pero el esfuerzo fue recompensado por la sensación de reencontrarse en espíritu con su madre.

El tono del relato lo desconcertó, porque en muchos tramos era farsesco. Pero la precisión con que describía el fenómeno, su vinculación con experiencias similares (Borges citaba a Richard Francis Burton, según el cual «el universo está en el interior de una de las columnas de piedra que rodean el patio central» de la mezquita de Amr, en El Cairo) y el hecho de que aclarase que el *aleph* del relato había sido obturado por una demolición, le sugirieron que el autor podía estar disimulando la importancia del descubrimiento, o cuando menos intentando confundir sobre su ubicación real.

Sintió el deseo de hablar con Borges. Pero entendía que ni una carta ni el teléfono serían eficaces para evaluar su sinceridad o plantear ciertos temas.

En julio de 1959, aprovechando el descanso académico, subió al primero de una serie de barcos que lo llevaría hasta Buenos Aires.

11.

La culpa de que acabase en el Delta fue de Borges.

Le había hablado del lugar durante una fiesta en la Villa Ocampo. Las Secciones Primera y Segunda lo tenían sin cuidado, eran sitios para turistas y desprevenidos. Pero la Tercera Sección, dijo, era «simplemente otro mundo». Estuvo perorando sobre el asunto durante más de una hora. Y Borges era de los que solo sabía mucho de aquello que le interesaba de verdad.

Cuando le preguntó por qué no vivía allí si tanto le gustaba, Borges dijo que reverenciar el pasado y querer volver a él no eran lo mismo.

El Viejo había descubierto la casa del Delta en 1959, durante una de sus exploraciones. Le sorprendió que una edificación tan rigurosa en lo estilístico (podría haber sido obra del mismo arquitecto que había construido la casa natal de Zúrich) estuviese enclavada en una zona tan dudosa. La alquiló por dos meses, para usarla como base de su relevamiento de los canales. No tardó en reparar en la presencia de un enajenado que pasaba por delante, siempre a la misma hora, diciendo: *Hoy no mino, manana miene, ¡manana o patato!*

Un día el loco dijo *Hoy mino, ya mino.* Y el Viejo lo siguió. Y así dio con el primero de sus tesoros: una pipa de opio. La arrancó del cadáver de lo que parecía un *coolie*.

Alquiló la casa un año más. Al llegar la primavera, Manana Patato volvió a decir *Hoy mino*. Esa vez encontró un morral que guardaba una edición de las *Historias* de Heródoto de 1897, una brújula, un revólver Webley MK I, una bufanda de lana y una hogaza de pan. El pan estaba fresco.

Al otro día siguió a Patato en su camino de regreso. En el sanatorio le dijeron que el hombre se llamaba Anton Homolka. Era su interno más viejo. Aunque carecía de familiares y amigos, el pago por su internación se debitaba mensualmente de una cuenta del Banco Provincia.

El Viejo no obtuvo más información, y mucho menos de boca del mismo Homolka. Todo lo que dijo cuando lo interrogó fue que lo había enviado «el Rey de los Espinos». Al oír esa expresión el corazón del Viejo había dado un vuelco, pensó que el tonto provenía de un universo que conocía bien. Pero no consiguió confirmarlo. Cuando le preguntaba quién era el Rey de los Espinos, Homolka repetía: «Es el rey más pequeñito de todos». Y ya no decía más.

Compró la casa del Delta por un precio que encontró exorbitante.

Siguiendo a Homolka, que desde entonces no había envejecido un ápice, cosechó el tesoro que aún escondía. Pero nunca encontró aquello que buscaba. Ya ni siquiera iba en pos del loco cuando revelaba que *Hoy mino*. Lo cual constituía un descuido. Si el Viejo no disponía de los hallazgos como de costumbre, podían caer en manos de extraños. Y esta gente llamaría la atención sobre el lugar.

El tiempo perdido en vano lo había desanimado. Su única, módica esperanza pasaba por el velero. Pero la tecnología avanzaba a menor velocidad que su reloj biológico. A esas alturas imaginaba que moriría solo, sin haber vuelto a vislumbrar el prodigio que le habían enseñado (y sobre todo: ¡arrebatado!) cuando no estaba en condiciones de valorarlo.

Todo indicaba que Homolka ya no volvería a decir *Hoy mino*.

12.

El Viejo eligió el álbum azul: *1967-1970* y puso la cara A del primer disco.

Los Beatles constituían la parte más «moderna» de su colección musical. Esto insinuaba que era anticuado, pero de hecho lo había sido ya cuando Los Beatles se hicieron famosos. Al principio le parecieron estridentes, limitados y ubicuos. Pero cuando empezaron a probar cosas raras, llamaron su atención. El primer disco que se había comprado fue *Revolver*. Para entonces llevaba tiempo viviendo en la Argentina.

Qué maravilloso sonido, el *tuc* de la púa al caer sobre el surco. Pura anticipación.

Let me take you down / Cause I'm going to / Strawberry Fields / Nothing is real...

Strawberry Field era el nombre de un hogar del Ejército de Salvación, en las afueras de Liverpool. Según propia confesión, Lennon solía jugar en su jardín. El Viejo recordaba un hogar semejante en Gloucestershire. Se llamaba Blue Sky. Un nombre paradójico, habida cuenta del clima del lugar. Estaba lleno de huérfanos con guardapolvos grises, que ni siquiera se hacían oír cuando los sacaban al patio. Quedaba cerca de Cheltenham, la escuela a la que su madre lo había enviado cuando lo sacó de Suiza.

Helene Joseph había muerto en 1948, ya en Estados Unidos. Durante sus últimos años, el Viejo la vio poco y nada. La obsesión que desarrolló respecto de los campos de concentración los había alejado. Cada vez que la llamaba o iba a visitarla, Helene le decía: «¿Has visto, has leído?», para a continuación hablarle del último, intolerable descubrimiento. Las cámaras de gas. La montaña de dientes de oro. La suerte de la familia Hurwitz, con la que habían veraneado a orillas del Maggiore.

El Viejo sentía que su madre le decía esas cosas a modo de reproche. Como si señalase que no había hecho todo lo posible. Lo cual estaba lejos de la intención de Helene, como el Viejo tenía claro. Para su madre era un héroe de guerra. Un piloto condecorado. ¡No podía estar más orgullosa de su hijo!

Pero el Viejo sabía hasta qué punto estaba equivocada.

It's getting hard to be someone / But it all works out...

Durante algún tiempo había creído que todo se iba a arreglar. Cuando leyó la tesis de Everett. Cuando le hablaron de *El Aleph* y decidió viajar a la Argentina. Cuando Anton Homolka lo puso en la pista de lo inefable.

Hacía mucho tiempo, sin embargo, que había perdido la esperanza.

Ya no salvaría al mundo, no. Esa tarea no era cosa de cobardes.

¿En qué había estado pensando, antes de irse al demonio? Ah sí: Milo. Buen muchacho, aunque muy lastimado. *Damaged goods.* ¿Dónde mierda se había metido?

El Viejo se llenó los bolsillos de cartuchos, se colgó la escopeta del hombro y se dirigió a la casa de Milo.

Capítulo cinco

Qi Ling / Blake / Moran

Senggelinqin — La suerte de los prisioneros — Sobre la Ciudad Prohibida — El pequeño sirviente — Blake se convierte en fantasma — El traidor verdadero

1.

El general Seng no levantó la vista de su plato. Comía con los dedos. Su cara, chata y ancha, estaba arrasada por cicatrices de acné. Las marcas cuestionaban su fama: antes que un guerrero sanguinario, Seng parecía un adolescente. Vestía ropas lujosas, de una talla que no era la adecuada. Aun sentado, se le percibía más bajo que la media de los mongoles. Le gustaba la comida grasienta, tal como revelaba su avidez. Y a juzgar por el olor que exudaba, era tan renuente al agua como a los perfumes.

No debo engañarme, se dijo Qi Ling. A pesar de las derrotas de Tongxian y Zhangjiawan, el general seguía siendo un hombre de cuidado. Seng era aquel que había puesto coto al avance de los Taiping, degollando a todos sus prisioneros. Seng era aquel que había apresado al cónsul de Cantón, ignorando la bandera de tregua que lo protegía; y que al negarse Parkes a producir una reverencia, le había estrellado la frente contra el suelo, como a un niño a quien se le inculcan modales.

Contratar a Seng había sido una jugada temeraria del emperador Xianfeng. (Tanto, que olía a estratagema de su hermano más joven, el príncipe Gong; o mejor aún, a iniciativa de la concubina Cixi.) Porque los mongoles habían detentado alguna vez el trono de Xianfeng. Y Seng era un hombre ambicioso, que codiciaba el poder que los manchúes conservaban a duras penas.

Hasta entonces el mercenario había sido útil a la causa del emperador. Pero los bárbaros habían aniquilado la caballería de los mongoles. Los cañones Armstrong troncharon corceles y jinetes. Y los sobrevivientes fueron arrollados por los caballos árabes, que los ingleses habían entregado a las riendas de *sikhs* y *spahis*.

Los sueños imperiales de Seng habían sido, pues, reducidos a polvo. Pero algo lo retenía en aquella tierra, a pesar de que ya no podía aspirar a un triunfo militar. El general había tomado la precaución de abandonar Pekín, acampando fuera de sus murallas: la ciudad entera lo protegía del avance invasor. Sin embargo, no había huido. ¿Esperaba negociar con los bárbaros a espaldas del emperador? Harry Parkes y sus pobladas patillas objetarían semejante acuerdo. Pero Qi Ling conocía las prioridades de Su Majestad Victoria. La reina no permitiría que una frente machucada se interpusiese entre ella y sus ganancias.

Debo tener cuidado, se dijo Qi Ling. *No hay nada más peligroso que una fiera acorralada.*

Por eso exageró su reverencia (Qi Ling no era inglesa, pero era mujer) y apeló a su voz más cordial para hablarle.

—Príncipe Senggelinqin, glorioso líder del Ejército Imperial: mis respetos. Me disculpo por presentarme de modo intempestivo. Pero traigo información que, lo sé, encontrará de valía. Mi nombre es…

—Sé perfectamente quién es —dijo Seng con la boca llena.

A su lado, de pie, había un niño que oficiaba de sirviente. No era manchú ni mongol. Sostenía un paño lleno de manchas aceitosas que, a todas luces, había producido Seng al limpiarse manos y boca.

—La hacía lejos de aquí —dijo Seng.

Si supiese cómo he llegado a Pekín, su sucia lengua se quedaría sin habla. La máquina de Moran, el Hombre de la Luna, había surcado la distancia en un suspiro. Y la esperaba ahora en las afueras de la muralla, invisible a los ojos del lego. Qi Ling la había mirado mientras se alejaba a caballo, sin ver otra cosa que las paredes de la ciudad; el sistema que producía la ilusión óptica era ingenioso.

—La urgencia puso alas a mi carruaje —dijo.

Le explicó entonces que lord Elgin consideraba la posibilidad de destruir Yuan Ming Yuan, el Palacio de Verano, a modo de escarmiento para el emperador. Le habló de las riquezas que se concentraban en aquel lugar, dado que no esperaba que Seng fuese sensible al valor del arte. Y le dijo que correspondía negociar la liberación de los prisioneros, a cambio de inmunidad para Yuan Ming Yuan.

—El general no acepta órdenes ni consejos de mujer alguna —replicó Seng. Como si el gesto subrayase su idea de la hombría, despreció el paño del sirviente para limpiarse con una manga—. ¡Mi único señor es el Emperador Celestial!

—Xianfeng pronuncia a menudo órdenes que se originan en otra boca, nada masculina —dijo Qi Ling—. Y además no está en condiciones de decidir sobre lo que ocurre aquí y ahora. Como el general sabe, Xianfeng ha arribado al pabellón de caza de Rehe, en Tartaria, cien millas al norte, donde planea ocultarse y lo custodian tropas que habrían sido útiles en la defensa de Pekín. Si piensa consultarle sus próximos movimientos, no obtendrá respuesta antes de que Yuan Ming Yuan arda... ¡y Pekín sea ya un montón de ruinas!

Esto concitó la atención de Seng, que eructó en el hueco de su mano y se puso de pie. La insolencia de Qi Ling le había sugerido que compartían el desprecio por el emperador; y el dato sobre Rehe le había confirmado que ningún movimiento escapaba a sus ojos.

—¿Se ha decidido Hong Xiuquan a asomar fuera de su jaula dorada?

Qi Ling sonrió. Como tantos otros, Seng sospechaba que la Sociedad China Libre era un tentáculo de la rebelión Taiping. La sondeaba para cerciorarse de que Hong Xiuquan quería sumarse a la resistencia ante el invasor.

Lamentablemente no era así. Qi Ling despreciaba a Hong Xiuquan, pero en aquella hora habría aceptado a sus soldados, aun a costa de concesiones ingratas.

—Todas las energías de Hong Xiuquan —repuso— se dilapidan en la satisfacción de su ejército de concubinas.

Seng dio la vuelta a la mesa, seguido por su pequeño sirviente.

—La rebelión Taiping es un cuento de fantasmas que asusta al invasor, cuando se usa de manera conveniente —prosiguió Qi Ling—. Pero el general sabe que no podemos contar con Hong Xiuquan para alterar el resultado de esta guerra.

Seng era más bajo de lo que había supuesto. Y en la proximidad olía aún peor.

—¿Significa su presencia que cuento al menos con la Sociedad China Libre?

Eso era evidente. Lo que el general quería saber era otra cosa: cuántos hombres le respondían, dónde estaban ubicados, con cuántas —y cuáles— armas contaban. Para valorar qué clase de golpe podían asestar al invasor... y también, de resultar victoriosos, si la Sociedad China Libre le disputaría el triunfo.

Qi Ling debía ser discreta.

—Tengo hombres más que suficientes. Y armas que equipararían la batalla. Llevo años proveyendo a mi gente de rifles y pistolas, y entrenándola para su uso —dijo. Le pareció que Seng empezaba a verla de otro modo—. Lo que no tengo son cañones Armstrong. Ni tampoco tiempo. Mis planes se vieron alterados por la codicia de los extranjeros y el error de ciertas decisiones.

Seng se detuvo en seco. Entendió que censuraba la decisión de atrapar a Parkes y Loch. El general no estaba habituado a que una mujer lo contrariase. Pero como se trataba de una mujer que contaba con armas modernas, descargó su frustración sobre el sirviente. El pobre niño lo había rozado cuando Seng se detuvo de manera brusca; y usando ese contacto como excusa, le propinó un empujón que lo lanzó al suelo.

—Por eso acudo ahora al general, en busca de su sabiduría —dijo Qi Ling. Los hombres eran criaturas simples, un elogio obraba maravillas sobre su ánimo—. Si libera a los prisioneros, salvará Yuan Ming Yuan y ganará tiempo que podría sernos...

—El general Seng no se desdice. —Esa era otra característica común a los hombres, les gustaba hablar de sí mismos como si hablasen de otro—. Ya se lo anuncié a Parkes: ¡es hora de que los extranjeros aprendan respeto! Si lo libero ahora, pensará...

—... Pensará que es fácil torcerle el brazo al general Seng. Y a continuación pedirá nuevas concesiones. Que el general aceptará, no por debilidad ni cobardía, sino porque es más inteligente que los bárbaros. ¡Nada más inútil que el coraje, cuando no se está en condiciones de hacerlo valer!

El pequeño sirviente, que se había levantado y aproximado otra vez al general, reculó por instinto. Nadie usaba las palabras *de-*

bilidad y *cobardía* en una frase dirigida a Seng, y mucho menos una mujer. La explosión del mercenario era inminente.

Pero aunque Seng no era sagaz como Qi Ling pretendía, tampoco era tonto. La Sociedad China Libre le estaba ofreciendo la oportunidad de revertir su posición de debilidad. Por eso tragó saliva y encajó el descaro de Qi Ling. Y aunque ya no volvió a comer (que lo desafiasen arruinaba su apetito), retornó a la silla, cuidándose de extenderle a Qi Ling la cortesía.

Toleraría su insolencia, pero la forzaría a permanecer de pie, como un esclavo en presencia de su amo.

El pequeño no sabía qué hacer: si acercarle un asiento, como correspondía, o secundar la actitud prescindente de su señor. Perturbado, optó por presentarle una reverencia. Era un muchacho educado, eso saltaba a la vista.

Seng lo llamó a su vera con un grito. Y cogiendo la fusta que había dejado sobre la mesa, le cruzó la cara de un golpe.

Después lo obligó a echarse en cuatro patas y le puso encima sus propias piernas, como si fuese un taburete.

Qi Ling estaba indignada. Pero no podía darse el lujo de involucrarse. Si perdía el equilibrio, Seng aprovecharía para descontar su ventaja.

—Todo lo que necesitamos —dijo— es que los bárbaros crean que firmaremos tratados humillantes y pagaremos más compensaciones. No será difícil. ¡Es lo que Xianfeng viene haciendo de modo sistemático! Pero esta vez no será igual. *Una promesa arrancada por la fuerza carece de entidad ética*, dice Confucio. El Tao del Cielo nos llama a la desobediencia, que en esta ocasión será sustentada por la fuerza. Eso sí: siempre y cuando obtengamos el tiempo necesario para poner de pie a la revolución.

Seng continuaba apoyando ambas piernas sobre el sirviente, a quien además molestaba ahora con la fusta: hurgaba con el extremo en su cara, obligándolo a cerrar los ojos y fruncir la nariz.

—Nada me complacería más que colaborar con la Sociedad China Libre —dijo Seng—. Pero hoy no está en mis manos conceder lo que pide. ¡Por mucho que lo desee, el general Seng no puede deshacer el pasado!

Dicho lo cual, le explicó qué había sido de los prisioneros.

2.

La Ciudad Prohibida era un prodigio de simetrías. Dentro de sus murallas, los edificios principales se articulaban sobre un eje que recorría de sur a norte. Los salones de la Suprema Armonía, de la Armonía Central y de la Preservación de la Armonía eran aquellos desde los que el emperador ejercía su poder; los salones de la Pureza Celestial, de la Unión y de la Tranquilidad Terrena eran los palacios donde vivía la familia real. Y ahora —Qi Ling lo sabía bien— estaban casi vacíos.

Con sus pocas luces nubladas por el opio, Xianfeng había dejado que el poder se le escurriese entre los dedos. La Ciudad Prohibida ya no era el asiento del trono imperial, sino una casa llena de espectros; una tumba monumental a punto de ser saqueada. Y, sin embargo, en torno suyo prosperaba la vida, ajena a la decadencia de la dinastía Qing. La gente pululaba por las calles: de camino a sus puestos de trabajo, a sus escuelas, comprando y vendiendo, como si en aquel instante no estuviese en juego su destino. Desde el mirador de Qi Ling no se veían mayores que hormigas.

Todavía no se acostumbraba a Eontamer y su transparencia. Esas alturas no eran naturales para los hombres, les correspondían tan solo a las aves. Había aceptado subirse a la máquina porque convenía a su causa, sobreponiéndose al terror. Por fortuna los muros se oscurecían al ponerse en movimiento, protegiéndola del vértigo. Era cuestión de cerrar los ojos, volver a abrirlos… y ya estaban allí, en el punto marcado como destino. Pero ahora que se encontraban suspendidos sobre el cielo de Pekín, y que la nave se transparentaba para permitirle ver más allá de su vientre, Qi Ling sentía constantes escalofríos.

Cuando dejaba de mirar a lo lejos y hacía foco a la altura de sus pies, veía el líquido ambarino que circulaba por el suelo de la nave. Si se esmeraba un poco más, distinguía también una red de capilares. Se extendía por paredes y techo, anudando una trama infinita.

Era como vivir dentro de una medusa gigante.

3.

Blake oyó las noticias que Qi Ling traía, tal como Seng se las había referido. De los cuarenta prisioneros, al menos veinte habían muerto ya. El resto permanecía en celdas infectas, en compañía de criminales comunes. Ni siquiera los dejaban salir para hacer sus necesidades: comían y dormían entre la inmundicia.

Algunos de ellos habían sido trasladados a Yuan Ming Yuan, y obligados a arrodillarse en el patio. Permanecieron tres días en esa posición. Nunca les ofrecieron agua, ni tampoco alimento. Esos eran los que habían llevado la peor parte, dado que los hombres de Seng habían ligado sus brazos y piernas con tiras de cuero humedecido. Al secarse, las cuerdas se tensaban y cortaban piel y carne.

Las manos y los pies se habían hinchado. Adquirieron dimensiones grotescas y un color negruzco. Y los gusanos proliferaron en las heridas. Según Seng, se multiplicaban de uno a mil en el transcurso de un día.

Parkes y Loch habían sido preservados de aquella tortura. Seng se había comprometido ante Qi Ling a ponerlos en celdas individuales, acordes a su rango diplomático. Pero el corresponsal del *Times*, Tom Bowlby, no había tenido tanta suerte. El periodista fue uno de los prisioneros expuestos a la intemperie.

Su cadáver fue arrojado a la celda donde se apiñaban sus compatriotas; y permaneció allí tres días, sujeto a un acelerado proceso de descomposición. Qi Ling no había creído del todo el cuento de Seng (¡era demasiado terrible!); por eso le pidió a Moran que recorriesen el perímetro del palacio a bordo de la nave.

Lo que vieron al pie de las murallas corroboró la historia.

El cuerpo de Bowlby había sido atado a una cruz y arrojado fuera de Yuan Ming Yuan. Donde se había convertido en alimento de cerdos y perros.

4.

Qi Ling y Blake coincidieron en la certeza: lord Elgin ya no daría marcha atrás. Yuan Ming Yuan ardería como había ardido Roma. Los soldados muertos eran lo de menos, Bowlby era toda la excusa que el plenipotenciario necesitaba. Si no tomaba represalias espectaculares, la prensa británica se le lanzaría al cuello. Y Elgin tenía la piel sensible a la mirada de los otros.

Era hijo de Thomas Bruce, el embajador ante el Imperio Otomano que había despojado al Partenón de los frisos de Fidias. En aquel entonces la prensa había acusado a Bruce padre de vandalismo. Después de un arduo debate en el Parlamento había sido reivindicado, pero el Gobierno nunca le devolvió lo que había puesto de su bolsillo a cambio de los mármoles.

Lord Elgin lidiaba todavía con las deudas de su progenitor. Lo último que necesitaba era que la prensa volviese a encarnizarse con su familia. Por eso se apresuraría a pagar el compromiso que Bowlby había creado al morir, con sangre que ahogase toda reclamación. ¿Cuántos chinos sucumbirían hasta que el *Times* y la opinión pública se diesen por saciados?

5.

Blake tampoco tenía buenas noticias. No le había costado encontrar sus *clippers* en el puerto de Hong Kong. Pero las bodegas de los barcos estaban vacías. Mateo Cembrero no había esperado a que su cuerpo se enfriase (mejor dicho, el cuerpo de su otro yo, el Blake original de aquel universo) para desprenderse del cargamento de armas.

Con el rostro oculto por una capucha y su mejor acento manchú, Blake había interrogado a un par de marineros. Ambos confirmaron sus sospechas.

Las cajas habían sido trasladadas la noche que precedió al fusilamiento de su doble, y con destino incierto. El pirata evitó presionar para no ponerse en evidencia, pero imaginaba la suerte del cargamento. ¡Seguramente estaba ya en manos de lord Elgin!

Cuando informó a Qi Ling, Blake se cuidó de verbalizar su presunción. No quería preocupar a su amada más de lo que ya estaba.

Moran sugirió que descansasen mientras Eontamer retornaba a Pekín. Una vez allí, volverían a estudiar la situación con la cabeza fresca.

No les dijo nada al respecto, pero contaba con los buenos oficios de Eontamer. Pte San le había explicado esta extraña ventaja, cuando todavía no había terminado de construir (¿de parir?) la nave.

Cuando el sistema nervioso de Eontamer percibía la inquietud de sus pasajeros, sintetizaba una versión más rica del aire que circulaba por su interior. Al oxigenarse de aquella manera, los pasajeros sentían calma y pensaban con más claridad.

Aquel aire olía distinto. En los últimos tiempos lo había apreciado muchas veces.

Desde que la Iglesia Universal lo había atacado, su vida transcurría de zozobra en zozobra.

6.

Suspendida sobre el cielo de Pekín, Qi Ling sintió que se había purgado de toda impureza. Ya no encontraba rastros de la desesperación que la había poseído.

Cuando Seng le contó qué había hecho con Bowlby, había estado a punto de matarlo. Era más rápida que el mongol y escondía una daga en su manga, no le habría resultado difícil. Ardía en deseos de degollarlo, de verlo vomitar sangre, saliva y guiso por esa nueva boca.

Pero aquella emoción violenta (no solo para el objeto de su odio, sino también para ella: le había hecho sentir que se violaba a sí misma) había quedado atrás. Ahora experimentaba una calma ultraterrena, un equilibrio que encontraba inexplicable; tanto como aquel que sostenía a Eontamer sobre la Ciudad Prohibida.

El pequeño sirviente le alcanzó un té. Le supo más amargo que de costumbre. Aquellas hojas estaban en la raíz de todo el conflicto. Los ingleses se habían aficionado a la infusión. Pero el emperador se había negado a cambiar los viejos tratados, según los cuales China vendería té tan solo a cambio de oro y plata.

La adicción había secado las arcas de la reina Victoria, y había tornado perentoria la revisión de los términos del intercambio. Con tal de llevar a la dinastía Qing a la mesa de negociación, los ingleses habían lanzado dos guerras. Ahora los chinos entregaban su té a cambio del opio de los invasores, pero ni siquiera así hallaban la saciedad.

El nombre que el emperador, nacido Aisin-Gioro i Ju, había adoptado al asumir el trono, le mordía la cola con su ironía: Xianfeng significaba *prosperidad universal*.

Al despedirse de Seng, Qi Ling le había preguntado por qué molestaba al pequeño sirviente.

—Porque puedo —había dicho el general sin dejar de hostigarlo.

Lo que Qi Ling podía hacer en esas circunstancias no era mucho, o al menos distaba de lo que hubiese deseado. El ataque frontal se presentaba imposible. Las fuerzas de la Sociedad China Libre superaban a las invasoras, y no estaban tan mal armadas como las de Seng. Pero se encontraban desperdigadas por el territorio (¡incluso en dominios de los Taiping!), alojadas en campos de entrenamiento. Las brigadas más próximas no aseguraban el triunfo. Reunirlas a todas requeriría meses de marcha forzada, y por ende agotadora, hacia Pekín.

Qi Ling había planeado lanzar la rebelión a mediados del verano siguiente, una vez concluida la temporada de las lluvias; y preveía cinco años de hostilidades. Su primer objetivo era Pekín, donde depondría a Xianfeng reemplazándolo por un gobierno de filósofos, científicos y artistas que responderían al pensamiento de Confucio. (El hecho de no contar todavía con aquellos sabios era un contratiempo que le había parecido menor y que ahora, en la urgencia, se le antojaba gravísimo.) Una vez asegurado el poder central, tenía decidido avanzar sobre los Taiping, quemando sembrados de opio a su paso.

Aquel plan era inviable ahora.

Qi Ling se sentía obligada a elegir entre una plétora de males. ¿Debía emplear las fuerzas de que disponía para sostener al emperador, evitando un vacío de poder que tentase a los aventureros como Seng? ¿Eran los Qing el mal menor, comparados con la perspectiva de una nueva dinastía de emperadores mongoles?

Lo único que jugaba a su favor era el hecho de que los ingleses no quisieran ocupar China. La experiencia de la India estaba señalándoles los límites del poder colonial. Lord Elgin en persona había ayudado a salvar el Raj en 1857, cuando los nativos de la East India Company Army se alzaron contra sus superiores, oficiales de origen británico. Aquel motín había sido aplastado en 1858, pero no faltaba mucho para que otros se encadenasen y encendiesen la mecha de una gran rebelión.

No, los ingleses no estaban en condiciones de asegurarse la posesión del territorio chino; y tampoco podían confiar en fuerzas locales que hiciesen allí lo que los cipayos en la India. Que Seng se hubiese excluido de la lista de potenciales aliados al matar a Bowlby no dejaba de ser una fortuna, en medio de la desgracia.

La circunstancia había abierto una pequeña ventana que Qi Ling debía aprovechar antes que los ingleses pactasen con sus colegas en la codicia (franceses, americanos, rusos) y decidiesen repartirse la China. (Blake pensaba que, según su amigo Richard Francis Burton, África estaba condenada a un destino semejante.)

El problema era que no estaba en las mejores condiciones de alzarse con el poder. Y que, aun en el improbable caso de triunfar, no contaba con nadie a quien entregarle el mando.

El pequeño sirviente rompió la cadena de su pensamiento. Todavía se veía asustado por lo que no podía explicarse (la nave transparente, la altura propia de las águilas), pero seguía mostrándose servicial. Le ofreció más té, al tiempo que informaba de que los señores la esperaban en el puente de mando.

Qi Ling lo relevó del servicio hasta el día siguiente; y le ordenó que leyese la edición de las *Analectas* que le había obsequiado.

Seng había desconfiado cuando le anunció que se llevaría al pequeño sirviente.

—¿Por qué? —preguntó—. Es torpe y enclenque, no sirve de mucho.

—Porque puedo —respondió Qi Ling.

Seng se puso rojo, pero la dejó alejarse en compañía del niño.

Ahora Blake y Moran la esperaban para discutir la acción que iban a emprender. Sus opciones eran limitadas, pero debía existir algún camino con perspectivas de éxito. Todo era cuestión de pensar con lucidez, de ser imaginativos, de evaluar pros y contras con el cuidado que el maestro de *yi* aplica a cada jugada.

Si alguien estaba en condiciones de cambiar la historia, era ella. No porque fuese la más inteligente, ni la más fuerte, ni la más valerosa. Simplemente era la única que estaba en el sitio indicado a la hora precisa.

Porque puedo, se dijo.

El pasillo de la nave se tornó celeste. Era como caminar en el cielo.

7.

La casa había pertenecido a Chui Ng-tsai, uno de los comerciantes más ricos de Tongxian. Y se había salvado de la devastación porque el general James Hope Grant la eligió como morada transitoria de lord

Elgin. El resto había sido objeto de la rapiña. Los *coolies* que formaban parte de la infantería habían arrasado casas y tiendas. No podía esperarse otra cosa de ellos; después de todo los habían reclutado en los bajos fondos de Hong Kong. Hope Grant se había visto obligado a colgar a uno y a azotar a otros tres, en un intento tan vano como tardío de poner coto a las violaciones.

De cualquier modo su infamia los había precedido. En cuanto llegaron a las puertas de la ciudad, se les informó de un suicidio en masa. Un grupo de mujeres había consumido opio en dosis excesivas, para evitar ser mancilladas por el demonio extranjero.

Elgin pernoctaría en aquella casa mientras durase el asedio a Pekín. Con Seng y sus mongoles escarmentados, todo lo que protegía la sede del Imperio Celestial eran sus muros de doce metros y un puñado de arcos y de lanzas.

La tarea parecía fácil, pero no convenía confiarse. Las paredes defensivas eran tan gruesas como altas; y el informe según el cual ya no había más tropas dentro de la ciudad apestaba a trampa abierta. Lo más sensato era asumir que el asedio se prolongaría.

El plenipotenciario no objetó la morada que le habían destinado. Era cómoda y espaciosa, aunque no ofrecía mucho en términos de esparcimiento, a excepción de una colección de dibujos lascivos que halló en una caja laqueada. Por fortuna había llevado consigo una edición de *Sobre el origen de las especies*. No había conseguido terminarla desde que zarpara de Londres. Demasiadas preocupaciones.

Aquella noche no fue la excepción. Aunque apartó su diario personal y las copias del anuncio con que inundaría los alrededores de Pekín, no logró avanzar en la lectura. Se quedó atascado en la página que tenía marcada: un pasaje del capítulo VII, que hablaba de ciertas hormigas y su compulsión a esclavizar congéneres.

Una ráfaga de viento lo obligó a levantarse. Dejó el libro sobre la mesa y cerró la ventana. Después hurgó en muebles ajenos. Seguramente deseaba una copa de brandy, le gustaba beber antes de dormir. Pero no había alcohol en el estudio de Chui Ng-tsai. Saigon Blake había revisado el lugar antes de que Elgin llegase.

El propósito que había llevado a Blake a ese lugar (las enseñanzas de Tsang volvieron a servirle, se había colado en la casa sin ser visto) era equívoco. Qi Ling no había descartado la conveniencia del asesinato. Sin Elgin y con Harry Parkes todavía prisionero, el mando inglés quedaría sumido en la peor de las confusiones y le concedería a la Sociedad China Libre el respiro que necesitaba.

Pero Blake no se consideraba un asesino. La única persona a quien quería muerta era a Cembrero, que lo había traicionado en todos los frentes... y en más de un universo, como había comprobado. En cambio Elgin no lo había decepcionado nunca.

El plenipotenciario no era racista. Pero la experiencia en China había puesto a prueba su templanza. La diplomacia del emperador y su corte, bizantina en sus prácticas y eterna en sus tiempos, podía enloquecer a cualquiera. Y Elgin había pagado su precio. Los soldados comentaban que se mostraba irritable, a pesar de que la victoria era inminente. Y no se equivocaban. El lord Elgin que había llegado a Hong Kong a bordo del *Shannon* era un hombre en la flor de la vida, cuya fuerza manaba de su capacidad para practicar la tolerancia. Pero aquel a quien contemplaba a través de las cortinas era un viejo: había perdido pelo y encanecido, se movía como si sintiese achaques, mascullaba en presencia de nadie. ¡Y todavía no había cumplido los cincuenta!

Blake había tomado la precaución de quitar algunas lámparas del estudio. Prefería la estancia casi en tinieblas, de ese modo sería más efectivo. No tenía intención de matar a Elgin. Pero lo sabía sanguíneo e impresionable y pensaba aprovecharse de su debilidad.

El plenipotenciario había estudiado en Oxford, especializándose en los clásicos: no podía ser insensible a la Escena V del Primer Acto de *Hamlet*. Sin duda reaccionaría cuando recibiese la visita del viejo amigo a quien había ordenado fusilar.

Blake apostaba a que, sumido en la aprensión por la visita de un fantasma, Elgin revirtiese su orden de quemar Yuan Ming Yuan.

8.

Se desplazó apenas para abandonar la protección de las cortinas. No efectuaría movimientos bruscos ni produciría sonido: quería que Elgin lo descubriese por sí solo. Contaba con que lo tomaría por una aparición. El maquillaje que aclaraba su piel (a excepción de aquella que rodeaba sus ojos, allí había aplicado carbón para sugerir ojeras de ultratumba) lo asemejaba a un espectro.

Qi Ling había fingido ofensa cuando le pidió prestadas sus pinturas. Le espetó que antes que una mujer era un soldado. Y criticó su pensamiento, que estimaba viciado por viejos prejuicios: ¿cómo se le ocurría pensar que acudía a la batalla con algo que no fuesen sus armas y su coraje? Pero terminó por ceder ante la insistencia (Blake se había quedado mirándola, no había creído una sola palabra de su discurso), y hasta le prodigó consejos sobre la aplicación del tinte.

Lo último que Qi Ling le había sugerido fue que mantuviese la mente abierta. Si el truco del fantasma no funcionaba, debía contar con planes alternativos. Y el asesinato de Elgin, porfió, no podía estar ausente de esa lista.

El guerrero más valioso, le había dicho, no es aquel que llega adonde nadie llegó, sino el que además vuelve a casa intacto.

Elgin regresó a la silla. Parecía contrariado, carraspeó: tenía la garganta seca.

Blake lo vio recurrir al volumen donde registraba su diario personal, buscar las páginas señaladas por la cinta de seda, coger su plumín de iridio. Pero la inspiración no fluyó como la tinta. Se quedó varado sobre la hoja en blanco; y entonces lo descubrió.

—Dios todopoderoso —dijo.

La sacudida de su mano produjo una efusión de tinta. Blake hizo un esfuerzo para no mirar en esa dirección: los fantasmas no se interesan por las manchas, solo miran a los ojos de sus interlocutores.

—¿Q-qué, qué hace usted aquí?

Blake no respondió ni se movió. Quería que Elgin dudase de sus sentidos.

—¡No debería haber venido!

El pirata se contuvo para no sonreír. ¡Elgin había caído en la trampa!

—¿Es así como piensa pagarme? Si alguien lo viese…

Nadie más lo vería, no. Su propia supervivencia dependía de ello.

—Vaya temeridad. ¡Vaya imprudencia! Lo mejor que puede hacer es irse por donde vino. No sé qué diré si lo descubren, ¡me compromete! Y además no quiero verme obligado a fusilarlo nuevamente. ¡Esta vez no podré usar balas de salva!

Lord Elgin no lo había confundido con un fantasma. Lo había tomado por su doble, el Blake original de aquel universo.

A quien, era evidente, no había fusilado tal como se creía.

En algún punto de aquel planeta existía alguien que era idéntico a él.

9.

—Me gustaría decir que la muerte le ha sentado bien. —A Elgin lo aliviaba que no fuese un fantasma, ni tampoco un asesino enviado por Seng: los colores regresaban a su rostro—. ¡Pero le estaría mintiendo!

Blake dejó atrás el marco de las cortinas. No quería acercarse mucho a Elgin. ¿Qué sería de él si comprendía que no se trataba de *su* Blake, sino de un impostor?

Ni siquiera Elgin era *exactamente* su protector. Se le parecía como una gota de agua a otra, a lo sumo estaba más viejo y agobiado. Pero no debía olvidarlo: así como ese mundo se asemejaba al suyo sin serlo del todo, este Elgin podía diferir del hombre a quien conocía. Lo mejor era moverse con pies de plomo: un paso en falso podía ponerlo frente al pelotón de fusilamiento. (Del que, paradójicamente, había escapado hasta entonces en ambos universos.)

—Me pareció adecuado un toque dramático —dijo el pirata—. *Thou com'st in such a questionable shape**... Si alguien me ve, pensará lo mismo que usted al descubrirme: ¡que no soy un hombre de carne y hueso, sino un espíritu que vaga en pena!

—Le ofrecería algo de beber, pero no tengo nada a mano. ¡Y no creo que convenga convocar a los sirvientes! Dígame, ¿por qué ha vuelto? Supe que el *Rattler* zarpó sin problemas. ¡Lo hacía oculto en sus bodegas!

El Blake original había abandonado China: aquella era una buena noticia. No sentía el menor deseo de cruzarse con su doble. El folclore europeo era claro al respecto. Aquel que se topaba con su *doppelganger* estaba condenado a morir.

—Tenía... cuentas pendientes. Asuntos, ahm, *personales*.

—¿Los ha resuelto ya? Porque su permanencia aquí supone riesgo para ambos.

Blake dio un paso extra en dirección a la mesa. Allí estaba el libro de Darwin, que Elgin había dejado abierto. Le pareció que un pasaje era apropiado a la escena, y decidió leer en voz alta:

---

* Blake cita aquí *Hamlet*, lo que dice el príncipe de Dinamarca cuando se enfrenta por primera vez al fantasma de su padre: «Te presentas bajo una forma tan dudosa...».

—«Existe tan solo una ley general, conducente a la evolución de todos los seres vivos. A saber: multiplíquense, varíen, que los fuertes prosperen y que mueran los débiles...». ¿Es este el nuevo pensamiento que sustenta sus políticas, mi estimado James? ¿La puesta en práctica de la ley del más fuerte?

—Darwin lo llama *proceso de selección natural*. El argumento es ingenioso. Debería hacerle llegar un ejemplar al emperador. Le ayudaría a entender que la naturaleza no colabora con otra dinastía que la de los más aptos.

—En ese caso, hágalo. Pero no destruya Yuan Ming Yuan para probárselo.

—Les pedí a mis asociados que fuesen discretos, sin embargo...

—Nadie habló de más. —Blake quería proteger al informante de Qi Ling, que todavía podía serles útil—. Me enteré de su decisión al leer esto, mientras esperaba a que usted llegase.

Blake señaló las láminas desperdigadas sobre la mesa. Llevaban impreso un texto en chino, que el pirata tradujo así:

—«Ningún individuo, por exaltada que sea su condición, puede escapar de la responsabilidad y el castigo que deben suceder a los actos de falsedad y engaño». ¿Es esta su justificación? A Seng no le importará lo que haga con Yuan Ming Yuan.

—Mi intención es mortificar al emperador.

—Que se encuentra a cien millas de distancia y no aspira más que a salvarse. ¡Los únicos mortificados serán el pueblo chino y sus generaciones futuras!

—¿Desde cuándo le interesa el futuro de China?

Había incurrido en un desliz. El Blake de aquel universo parecía estar interesado tan solo en su propio beneficio.

—Lo que me apena es la destrucción de riquezas —arguyó—. ¡Yuan Ming Yuan abunda en tesoros!

—Mañana tomaremos el Palacio de Verano, en maniobra conjunta con los franceses. Si los soldados siguen comportándose como hasta ahora... y no creo que ni Hope Grant ni De Montauban puedan controlarlos... no quedará ni uno solo de los tesoros que codicia.

—Aun despojado de sus objetos, el Yuan Ming Yuan sigue siendo valioso. ¿Ha visitado sus pagodas, sus jardines? ¡Si Luis XVI resucitase, volvería a perder la cabeza a causa de la envidia!

—Mejor destruir Yuan Ming Yuan que la Ciudad Prohibida.

—¿Y por qué resulta imprescindible destruir algo?

—Porque quiero entrar en Pekín sin disparar un tiro. Cuando incendie Yuan Ming Yuan, los chinos entenderán que hablo en serio.

— No necesitan más pruebas de nuestro salvajismo. Lo que indujo a las mujeres al suicidio fue la noticia de las violaciones de Zhangjiawan. Por eso las que no habían sucumbido aún al opio gritaban: «Déjennos morir, no queremos vivir así».

—No puedo borrar lo ocurrido. Pero ya que sembramos horror a nuestro paso, lo utilizaré como elemento disuasorio. Este cartel que pegaremos en las calles...

—No producirá horror, sino risa. ¡Está lleno de errores gramaticales!

—Le habría consultado al respecto, de haberlo tenido cerca. Pero me lo hacía en el *Rattler*, donde lo escondí porque no quería tener su sangre sobre mi cabeza... aun cuando, por cierto, hizo méritos sobrados para que lo condenase a muerte.

Blake sintió vergüenza. Le debía mucho a lord Elgin, pero en aquel universo le adeudaba además algo capital: el encuentro con Qi Ling. ¿Qué habría sentido de descubrirla en brazos de su otro yo?

Pensar que el Blake de aquel mundo pudiese haber bajado del *Rattler*, tal como él estaba fingiendo, lo llenó de angustia. Su único consuelo era que Qi Ling seguía a bordo de Eontamer, una nave inaccesible para el otro Blake.

A no ser, claro, que alguien lo confundiese con él mismo.

10.

Blake se rascó el ceño con un nudillo. Cuando lo retiró, vio que había adquirido el color de las cenizas. Estaba a las puertas de un furibundo dolor de cabeza, como aquellos que lo habían atormentado al poco de llegar al mundo del Autor. Debía actuar con presteza, antes de que los ramalazos lo dejasen ciego.

Pero no quería matar a Elgin ni siquiera entonces, cuando la urgencia de la situación le concedía una excusa perfecta. La decisión de lord Elgin le parecía criticable, terrible incluso. El incendio de Yuan Ming Yuan borraría de un plumazo milenios de patrimonio cultural, empobreciendo a la humanidad entera mediante un acto de vandalismo. Lo que Elgin se disponía a hacer no era menos infame que la quema de la biblioteca de Alejandría. ¿Pero no valía una vida humana (otro tesoro irrepetible) más que la sumatoria de todas las obras de arte?

Tampoco olvidaba la gratitud que lo unía a Elgin. El hombre se había puesto necio, sucumbiendo a la estrechez de miras de sus superiores; pero siempre lo había tratado como a un igual, aun a sabiendas de que era un mestizo y un pirata.

Si alguien había traicionado esa relación era Blake. ¿O acaso no había abusado de la confianza de lord Elgin, aprovechando su protección para venderles armas a los chinos?

Para Qi Ling y la Sociedad China Libre, Tau Hui era un héroe.

Pero Blake no podía negar la verdad. En presencia de lord Elgin se sentía un traidor.

—¿Qué dirá la prensa, allá en Londres? —Blake quería persuadir a Elgin de su error, aunque solo fuese para salvarlo de la muerte—. Aplaudirán al comienzo, porque interpretarán el golpe como reacción al asesinato de Bowlby. Pero pronto sonarán más voces: la de los historiadores y los artistas, la de los comisarios de los museos. Dirán que el incendio fue un crimen con mayúsculas, digno de una leyenda negra. Y se apresurarán a vincularla con la de su padre. No se engañe usted, James Bruce, octavo conde de Elgin. Cuando devastó un monumento, su padre obtuvo una infamia que nunca se quitó de encima. ¿De verdad quiere emularlo en ese sendero? Al menos Thomas Bruce tenía la excusa de que quería preservar los frisos. ¿Qué dirá usted cuando le pregunten por qué incendió el Palacio de Verano?

Lord Elgin se dejó caer sobre la silla. Pasó el rollo secante sobre la mancha de tinta, pero ya era tarde: el papel la había absorbido.

—Tal vez sea cierto que los hijos repetimos los pecados de los padres.

—Usted es demasiado inteligente para creer eso.

—Una persona inteligente no se habría dejado acorralar. ¡Nada me complacería más que apartarme de este cáliz! Pero no estoy en condiciones de hacerlo. Si pierdo Pekín, mi carrera se hundirá… nimbado por su nuevo halo de santidad, Parkes aplaudirá mi caída… y las deudas que heredé de mi padre acabarán con mi familia. Si quiere hacer algo por mí, váyase de este lugar. ¡Ahórrese el espectáculo! Sacaré adelante el papel de Nerón, aun cuando mi convicción sea escasa.

Nuestro pequeño pacto acabó en la cubierta del *Rattler*, cuando me entregó las armas que destinaba a los chinos. Espero que me haya perdonado el susto que le infligí en el paredón. En aquellas condiciones, era más simple fingir el fusilamiento que enfrentarme a la censura de mis... Querido Blake, ¿se siente usted bien?

La cabeza se le partía, pero aquel era el menor de sus padecimientos.

¿Había oído bien? Claro que sí, pero no podía pedir detalles sin exponerse.

Elgin le había dicho lo esencial, sin siquiera advertirlo. No había sido Mateo Cembrero (el Cembrero de aquel universo) quien había entregado las armas a los ingleses, sino su doble: el otro Saigon Blake, que seguramente seguía escondido dentro del *Rattler*.

¿Cuánta gente sabría la verdad, más allá de lord Elgin? La pregunta no era ociosa.

A mayor cantidad de involucrados, mayor la posibilidad de que la verdad llegase a oídos de Qi Ling. Y si eso ocurría, ella no se contentaría con abandonarlo.

Primero lo mataría. Y después cometería suicidio, al considerarse mancillada como las mujeres de Zhangjiawan.

En aquel universo Saigon Blake no era solo el amante de Qi Ling.

También era el traidor.

Capítulo seis

Milo (IX)

Tercera Sección — Milo oculta un crimen — La última afeitada — Un tesoro escondido — La bolsa o la vida — El intruso — La desaparición del Baba — El búnker

1.

Milo no dijo palabra en todo el viaje. Permaneció sentado sobre cubierta, lejos de la carga, para concentrarse en el paisaje nunca antes visto.

El Viejo no había exagerado. En la Tercera Sección (si es que todavía estaban allí: ¿acaso existía una Cuarta?) todo era más raro que la mierda.

Empezando por el clima. En las horas que llevaban navegando, el cielo primaveral se había encapotado. Un bramido anunciaba tormentas: *rum rum*, frecuencias bajas que hacían vibrar al mundo.

La presión también había variado. Olía a lluvia inminente, un burbujeo de ozono en las narices. Y, sin embargo, la nubosidad era baja y blancuzca. En algunos tramos se fundía con la niebla estancada en los canales.

La vegetación se había enrarecido. Mucho árbol insólito, que parecía sacado de *National Geographic*. Más altos que los sauces y los ceibos habituales. Algunos producían aglomeraciones de ramas, aisladas las unas de las otras. Tenían aspecto de cuadro sinóptico. Milo imaginaba una jirafa deleitándose con sus hojas. Otros funcionaban como el eje de una tienda gigantesca, de la cual se desprendían lianas que, a su vez, se entretejían con helechos y bromelias.

También había cambiado la topografía. Existían islas que (otra novedad) eran pura piedra. Algunas elevaban el nivel del terreno, por lo general plano y propenso a las inundaciones, hasta alturas insospechadas. Milo se descubrió navegando entre cañadones, más propios de los torrentes cordilleranos que del Paraná. En aquellos pasadizos, el silencio que se había adueñado del paisaje se tornaba ostentoso.

Más allá del motor, del agua y de los truenos, no se oía nada. Ni siquiera pájaros. Ni el habitual zumbar de los mosquitos. Lo único que resonaba de vez en cuando era un aullido (debía de tratarse de un perro herido o moribundo) que inquietaba a Milo más que el inusual silencio.

Cada cinco minutos sentía el impulso de preguntar dónde estaban, qué lugar era ese, si sabía lo que hacía. Pero el Viejo manejaba el timón con tanta seguridad, que Milo no quería contagiarle sus miedos.

Cuanto antes se deshiciesen de su carga tenebrosa, más pronto se relajaría.

2.

Milo había salido de su casa a la carrera. Estaba acostumbrado a los olores espantosos, los ataúdes y los monumentos fúnebres, pero nada de eso amortiguó el horror que había sentido ante el cadáver de su padre.

Al verlo torturado, había vuelto a desconfiar de su cordura. Después de tanto desearle lo peor, no podía sino preguntarse si no lo habría asesinado. ¿O no decía la gente que uno puede borrar de su memoria un hecho traumático?

Pero su padre llevaba poco tiempo de muerto. Su sangre todavía no había coagulado. Y Milo, que disponía tan solo de una mano, no estaba en condiciones de haberlo reducido y golpeado así.

El alivio que supuso ese razonamiento no le sirvió de mucho. Milo era inocente como autor material, pero no podía negar cuánto había soñado con un desenlace que se le presentaba como pesadilla.

Sus plegarias más oscuras habían sido atendidas. Don Maciel había recibido castigo. Por todas las veces que lo había zurrado, por tantos menosprecios, por el afecto que se había negado a darle. (Un pastor se lo había asegurado durante una de sus estancias en un refugio: el pecado de omisión podía ser tanto o más grave que el de comisión.) Hasta cabía pensar que la había sacado barata: ¿cómo comparar una única paliza y el corolario del descanso eterno con los años de tortura a los que había sometido a Milo, su propio hijo, carne de su carne?

Pero si era así, ¿por qué se había sentido tan mal al descubrirlo muerto?

Había corrido sin norte, con tal de alejarse de la escena del crimen. Cuando alguien lo atrapó, trató de resistirse: no quería terminar como don Maciel.

Al caer en la cuenta de que luchaba contra el Viejo, se desmoronó.

Le contó lo que pudo entre sollozos. El Viejo le dijo que lo esperase allí, levantó la escopeta que había dejado caer y enfiló hacia la casa de la veleta.

No pudo determinar cuánto tiempo pasó hasta su reaparición; pero sí entendió que el Viejo lo llamaba entonces desde la barcaza, insultándolo por hacerse el sordo y conminándolo a ir a su encuentro de una maldita vez.

Todavía atontado, Milo registró hechos que no estaba en condiciones de conectar. Que el Viejo había recuperado el arpón. (Milo lo había dejado caer en el umbral de la habitación.) Que aunque su escopeta seguía seca, se había empapado hasta el pecho. (Más tarde lo entendería: el Viejo había regresado a su propia casa vadeando el río, para evadir la vigilancia del asesino.)

Le preguntó si tenía idea de quién podía haber hecho semejante cosa.

—No más que usted —dijo Milo.

El Viejo sacudió la cabeza, el asunto le olía mal.

—¿Querés que te lleve a la policía?

Milo no respondió. Deseaba preso al asesino, claro; lo menos que se merecía era que lo encerrasen. Pero entre la Bonaerense y Scotland Yard había un mundo de diferencia. ¿Qué comisario iba a gastar tiempo y recursos en resolver el crimen de un borracho con antecedentes?

—Si no querés que la cana pregunte por tu herida... que está limpia pero debe de tener restos de pólvora todavía... yo que vos cerraría el pico —dijo el Viejo—. ¡Uno le abre la puerta a esos turros y después no se los saca más de encima!

Milo había estado pensando en otra cosa. ¿Qué dirían los médicos que solían emparcharlo después de las golpizas, si la policía les preguntaba qué sabían de él?

Los canas pensarían que Milo había torturado a su padre, a modo de venganza por el maltrato. Y en ese caso, la coartada de la mano no los disuadiría. Los policías no creerían nunca en la existencia de un hombre vestido como piloto de la Primera Guerra. Más bien concluirían que Milo inventaba cuentos, para disimular que se había ensañado con el verdadero autor de la mutilación. O sea, don Maciel.

¿Sacarse de encima a un perturbador del orden y a un pibe de la calle, de un solo golpe? Los policías lo considerarían un regalo del cielo.

Por eso le dijo al Viejo que estaba de acuerdo.

3.

Tumbaron el cuerpo sobre una lona. Después la enrollaron para ocultarlo. El Viejo ató ambos extremos, con la intención de evitar que el cadáver asomase. El bulto parecía un caramelo gigante, o un embutido tamaño baño.

Lo sacaron por la puerta de atrás. Todo lo que tenían que hacer era cortar camino por el fondo, hasta el canal donde el Viejo había camuflado la barcaza. Pero el trabajo fue más largo y arduo de lo previsto. Aunque el Viejo era fuerte, don Maciel pesaba lo que una vaca muerta. Y el brazo derecho de Milo, todavía convaleciente, estaba lejos de rendir lo que la tarea demandaba.

Por fortuna su padre no podía quejarse de caídas y bandazos.

Antes de emprender el camino, el Viejo fue en busca de Calimba. Su lancha-almacén andaba cerca a aquellas horas. Le compró cuatro tonterías, entre ellas lo que Milo había pedido a modo de último deseo: una afeitadora y un spray de crema.

—No me diga que se va a emprolijar —oyó Milo que decía Calimba, desde su escondite—. ¡Cuando se mire al espejo, no se va a reconocer!

—Cosas que uno hace para verse más joven —dijo el Viejo.

Calimba siguió riéndose mientras se alejaba. Seguramente pensaba que no había forma de que el Viejo rejuveneciese, ni aunque se hiciese trenzas de rasta.

Milo afeitó a su padre. Y con el agua que había empleado para retirar la crema, le lavó la sangre de las orejas. En el reposo de la muerte se parecía a aquel que había sido: una versión tumefacta, degradada y hedionda, pero aun así la más próxima a su padre original que había visto en años.

Después volvió a anudar la lona y se sentó, concentrándose en el paisaje.

4.

El Viejo navegó durante horas por aquel horizonte enajenado. Hasta dar con una cala delimitada por altas rocas, y por ende oculta, donde apagó el motor.

Este lugar no puede ser más raro, volvió a pensar Milo. Nunca había sabido de calas semejantes en el Delta.

Habría preferido que el Viejo lo dejase solo, pero no podía arrojar el cuerpo al agua sin ayuda.

—¿Querés decir algo? —preguntó el Viejo, cuando el bulto quedó montado sobre la baranda.

Milo dijo que no. Tampoco se movió. Se sentía incapaz de dar el empujón final.

El Viejo lanzó el cadáver. Después agarró el arpón. Como el bulto flotaba lo golpeó varias veces, agujereando la lona. A continuación usó el mango de madera para hundir el cuerpo. Un sinfín de burbujas estalló en el agua.

Milo sintió el impulso de zambullirse. ¿Y si don Maciel no estaba muerto, sino inconsciente?

El Viejo lo contuvo. Las burbujas, dijo, eran fruto del aire encapsulado dentro de la lona. Pronto desaparecerían. Y siguió presionando hacia abajo.

Cuando se convenció de que el cuerpo ya no emergería, regresó al timón. Pero no encendió el motor. Le concedía a Milo el tiempo que necesitaba, hasta que se resignase a la calma definitiva de las aguas. Don Maciel ya no irrumpiría, boqueando como pez y reclamando una segunda oportunidad. Don Maciel estaba muerto, de una vez y para siempre. Comida para peces. Desperdicio orgánico. Huesos que el agua reduciría pronto a una condición esponjosa.

Todavía no habían salido de la cala cuando el aullido se repitió. Dentro de esa caja de resonancia adquiría otra dramaticidad: sonaba a despedida.

No volvió a registrarlo en todo el viaje de regreso.

5.

Ya estaban en territorio conocido cuando Milo anunció que pasaría por su casa.

—No es muy sensato —dijo el Viejo—. Si el tipo que mató a tu papá es quien suponemos…

—Fue el Piloto. Usted lo sabe, yo lo sé.

—… Lo más probable es que vuelva, o que nunca haya dejado de vigilar tu casa. ¡No quiero que nos sorprenda ahí, ni tampoco que nos siga!

Milo dijo que por eso mismo la excursión se le hacía imprescindible. Quería llevarse las pocas pertenencias que le importaban, y que no estaba dispuesto a perder.

La lista que Milo había armado en su cabeza no era larga. El cortaplumas Victorinox que había robado a Mazzocone después de la paliza. El retrato de su madre que don Maciel escondía debajo del colchón, aun cuando presumía de haber tirado todas las fotos viejas. Y sus escasas ropas, que pensaba recoger en un atado.

Aquel atado era fundamental. Estaba destinado a esconder del Viejo su posesión más preciada: los cincuenta mil dólares que había escamoteado cuando entró al banco en compañía de los Héroes.

Llevaba largo rato sin pensar en otra cosa. Se moría de vergüenza, pero no lograba controlar su cabeza.

Ahora que ya no le debía nada a don Maciel, esa fortuna sería toda para él.

6.

El Viejo le entregó el timón. Milo creyó que anhelaba un descanso. Pero se puso a escarbar en una caja de implementos de pesca. En el fondo había un par de binoculares, de armazón entre despintada y comida por el óxido. Conservaban la correa de cuero original, que sin embargo estaba cortada por la mitad.

Cuando llegaron a tiro de la casa de Milo, el Viejo la estudió a través de las lentes. Con un trozo de cuero colgando a cada lado, parecía un judío ortodoxo que no se había rizado las patillas.

—¿Vos dejaste una bolsa sobre el muelle?

—No, ni en pedo.

El Viejo le pasó los binoculares y apagó el motor.

Las lentes pesaban más de lo que Milo había imaginado. Tenían una inscripción que el daño había vuelto casi ilegible: Flak Fernrohr.

Le costó enfocar, había que girar una rueda. El Viejo tenía razón, alguien había dejado una bolsa encima del muelle. Contenía algo rígido, que le permitía adoptar una forma erguida. No había mucha gente que pasase por allí a pie. A excepción de Calimba, nadie usaba aquel amarradero.

Milo cambió el foco para contemplar la casa. Y así anotó el detalle que el Viejo había pasado por alto.

—Hay alguien adentro. O lo hubo, al menos. La puerta está abierta. ¡Yo no la dejé así, de par en par!

—Mejor nos vamos, entonces —dijo el Viejo.

—No —dijo Milo, que había abandonado los binoculares para recuperar el arpón—. Ahora más que nunca, quiero ir a mi casa. Nosotros somos dos. Usted tiene la escopeta y yo tengo esto, no hay por qué arrugar. ¡Puede ser mi única oportunidad!

Milo callaba el motivo verdadero de su angustia. Antes de descubrir a su padre, había empezado a remover la tierra al pie del árbol. Si el Piloto ahondaba el pozo… ¡No podía olvidar que le había hablado a ese turro del tesoro oculto!

Se pusieron de acuerdo en su proceder. El Viejo, que tenía la potencia de fuego, se aproximaría por delante y llamaría a la puerta. A esas alturas Milo, que conocía las idiosincrasias de la casa, se habría colocado ya en posición de sorprender al intruso.

Corrió agachado, con el corazón zapateándole el pecho.

7.

El pozo del fondo seguía a medio hacer, tal como lo había dejado. Y la sangre de su padre no goteaba ya más entre los listones. Pero Milo estaba listo para verter nueva sangre, que compensase la que los Maciel habían perdido a manos del Piloto.

La idea de volver a matar (porque Milo ya había matado una vez: hacía mucho, en un tiempo que habría pagado cincuenta mil para olvidar) le inspiraba náuseas. El arpón tendía a escaparse de su mano transpirada.

A través de los pilotes vio que el Viejo había llegado al muelle. En lugar de dirigirse a la casa sin dilaciones, como habían pactado, se detuvo ante la bolsa extemporánea. La revisó con los cañones de la escopeta, como quien teme detonar una bomba. Lejos de explotar, lo que allí atisbó no hizo más que aumentar su perplejidad; sus cejas practicaban extrañas contorsiones.

Milo esperó que el Viejo se pusiese en marcha para retomar la maniobra.

La escalera de atrás soportó su peso sin quejas. Esa vez estaba preparado, evitó que la puerta chocase contra la heladera.

Los ruidos le confirmaron que había al menos un intruso. No venían del baño, que era el único suelo con azulejos y no protestaba al ser pisado, sino de la habitación: el sitio donde don Maciel había muerto.

Oyó también algo más. El Viejo subía por la escalera principal. Al verlo asomar por la puerta, Milo hizo un gesto demandando más tiempo. Después dejó el arpón, tumbó una silla y se pegó a la pared que hacía ángulo con el pasillo.

El marco de la puerta repicó tres veces, *toc toc toc*.

Los pasos del intruso crujieron en el pasillo. El Viejo levantó la escopeta.

Milo empujó la silla. El intruso tropezó, se desplomó. Milo le saltó a la espalda.

En el último momento entendió que no se trataba del Piloto y quiso abortar la maniobra. Pero no lo logró, cayó encima de Pierre con todo su peso.

—Pelotudo, la puta que te parió —dijo Milo mientras reanimaba a su amigo—. ¿Qué carajo hacés acá?

Pero Pierre no respondió. Estaba lejos de recuperar el aire que había huido galopando de sus pulmones.

8.

Se llevaron a Pierre a la rastra, a través del puente, hasta el jardín de la casa vecina. Milo agradeció que el Viejo desapareciese, quería hablar con Pierre a solas. Si es que Pierre volvía a hablar. Tenía miedo de haberle roto las costillas.

Tardó un rato en reaccionar. La falta de oxigenación lo había dejado medio tonto. Milo dijo que lo había confundido con un ladrón.

Pierre respondió que había decidido ir a buscarlo porque estaba preocupado. Milo no era de faltar tantos días seguidos. Barbeito mismo se le acercó para preguntarle si sabía algo. El vice estaba desconcertado, le contó que no había entrado llamada alguna para informar de enfermedad o inconveniente.

Pero Pierre se había preocupado aún más cuando el Baba se mostró distante, como si su destino le importase un pito.

—Está con cola de paja —explicó Milo—. Metió la gamba conmigo, y no tiene huevos ni para mirarme.

—Es lo que pensé. Pero entonces el gordo empezó a faltar, también.

Milo le preguntó qué quería decir.

El Baba había desaparecido.

—Al segundo día de faltazo, la que apareció fue la cana. Con los padres del gordo. Para hablar con Urquía. Parece que el Baba piró. Dejó una carta diciendo que no lo busquen. Su vieja estaba hecha mierda, se veía a la legua. Creo que les sacó guita, antes de irse.

Milo arrancó una mata de pasto. Abrió la mano, después frotó los dedos para sacarse las briznas de encima. El jardín estaba bien podado, muy prolijo. Al mirar en derredor, le pareció que el resto también era irreal: los árboles, el cielo que había vuelto a ser azul, la plácida música de las aguas. El lugar invitaba al picnic, a la representación al aire libre de una obra pastoral.

Pero sobre su alma se abatía una borrasca.

El Baba había cumplido su promesa. Se había fugado con su mochilita de *boy-scout*. Dejando una carta que no eximía a sus padres del dolor, ni de las consecuencias de sus actos. Quién sabía dónde estaría. Perdido en la ciudad interminable, mientras se pretendía en la pista de Los Arcángeles. Con toda la policía detrás de él.

Y si la policía estaba metida, la OFAC venía detrás.

9.

El Viejo volvió con paso cansino. Llevaba la escopeta, de la que no se despegaba, pero también algo más.

—Cuando anunciaron que el gordo se había borrado, entendí lo de la bolsa —dijo Pierre.

El Viejo dejó su carga en medio de los dos. Lo de fuera era una bolsa de Carrefour, pero dentro había una bolsa de papel, vistosa y bien armada, como las que se usaban en los negocios finos para realzar el valor de un regalo.

—El Baba me la dio el día antes de rajarse. La bolsa de dentro, bah. La de fuera la puse yo para que la otra no se ponga fea —dijo Pierre.

Milo metió su mano. Dentro había una cajita, envuelta en papel fantasía y sellada con toneladas de cinta adhesiva. Y un sobre, también cerrado, que decía *Para Milo* con aquella letra que habría reconocido entre miles.

—Yo que vos me apuraría —dijo el Viejo—. O si no, métanse en la barcaza. Acá estamos muy expuestos.

Pierre reparó en la escopeta, que el Viejo zarandeaba en sus narices. Pero no dijo nada, por lo menos hasta que el Viejo emprendió camino.

—Loco, ¿estás en quilombos? —susurró Pierre—. ¿Quién es la momia? ¿Qué te pasó ahí?

Señalaba la mano que el Viejo había vuelto a vendarle.

Dijo que había tenido un accidente de trabajo. Y usó los dientes para desgarrar una esquina del sobre.

El mensaje del Baba era breve.

Le pedía disculpas por haber desconfiado y agradecía lo que le había dado durante aquellos años. Hasta ahí se trataba de una despedida típica, casi anodina. Pero además le recomendaba que no abriese la cajita en presencia de nadie.

Ya vas a entender por qué, remataba.

Milo volvió la carta al sobre.

—¿Y? ¿Qué dice? ¿Pone dónde está, algo?

—No —dijo Milo—. Se disculpa por la gamba que metió conmigo, nomás. Y anuncia que se va a conocer mundo. Andá a saber dónde estará, ahora. Gordo pelotudo. Mientras no le pase nada… ¿Cómo viniste hasta acá?

Pierre lo cazó al vuelo. Entendía que lo estaba echando.

—Me trajo el tío de Luli, que tenía una changa. ¡Quedó en buscarme tan pronto termine!

—Yo me tengo que ir. —El Viejo ya había encendido el motor—. Pero gracias, loco, de veras. Por tu preocupación. Y por haberme traído esto.

Pierre echó un vistazo en dirección a la barcaza. El Viejo no le gustaba ni medio.

—¿Seguro que estás bien?

—Sí, hombre, sí. El Viejo es un amigo. Quedate tranquilo. ¡Me dan el alta y vuelvo a la escuela!

Pero Pierre no se tragó su jovialidad impostada.

Se quedó mirándolo con cara de preocupado, mientras la barcaza se alejaba.

10.

El Viejo dio un rodeo. Metió la nave en un canal por el que pasaba apenas. Timoneaba con cuidado, para evitar que la barcaza se diese contra las raíces. Gruesas como brazos, asomaban por el corte de la tierra en las orillas.

Parecen brazos mutilados, pensó Milo. Sus muñones chorreaban savia y resina, llenando el aire de un perfume intoxicante. Los usuarios del canal debían talar seguido, para evitar perforaciones en el casco o que una raíz les vaciase un ojo.

Cuando el Viejo dijo que habían llegado a la parte trasera de su isla, Milo no le creyó. Había dado mil y una vueltas por la zona sin desembocar nunca en aquel canal. Pero al bajar de la nave y adentrarse en la isla, reconoció el paisaje. Ahí estaba la casa de doña Berta, que solo enjuagaba su ropa con agua de lluvia. Y ahí la casa del cura. (Que había ocultado su pasado, hasta que lo alcanzaron las ondas expansivas de un chisme.) Aquella era su isla, en efecto.

El Viejo le había dicho que caminase en línea recta entre las acacias.

—Yo voy en un rato —se había excusado—. Quiero pasar por el sanatorio, para ver si hay novedades sobre el loco.

Milo no había puesto reparos. La soledad le venía bien para abrir la cajita del Baba, sin tener que estar mirando por encima del hombro.

Ya había andado un buen trecho cuando comprendió que había desoído las indicaciones. El Viejo le había dicho que avanzase *entre* las acacias. Y Milo se estaba moviendo por el exterior del bosquecito. Pero los árboles se sucedían en línea recta hacia el interior de la isla. Si seguía caminando, daría con el galpón de todas formas, metro más o menos. Por eso decidió perseverar en el sendero.

Hasta que el suelo sonó hueco bajo sus pies. *Bong bong.*

El rectángulo estaba cubierto por hojas y agujas de pino. Milo lo barrió con su zapatilla. Dos hojas de metal. Cerradas por un candado.

El galpón del Viejo estaba a la vista. Lo cual sugería que pisaba ya la parte trasera de su terreno. ¿Qué ocultaba ahí abajo? ¿Era uno de esos locos que construían búnkeres para protegerse de la bomba? En ese caso había hecho gala de escaso juicio: fabricar un búnker en un sitio que se inundaba cada dos por tres no era buena idea.

Pensó en el llavero del Viejo, digno de san Pedro. Se había preguntado mil veces para qué quería tantas llaves, cuando su casa y su galpón no reunían muchas cerraduras.

El Viejo lo colgaba siempre de un gancho en la cocina.

Milo se aseguró de que nadie lo estuviese viendo y corrió rumbo a la casa.

La cuarta llave que probó fue la correcta.

Levantar la tapa con la mano izquierda resultó un incordio. ¿Cómo mierda lo lograba el Viejo, que aunque ágil parecía hecho de porcelana?

Lo primero que vio fueron los escalones de cemento. Conducían a la oscuridad más absoluta. Decidió bajar, confiando en que sus ojos se habituarían a la penumbra.

A cada paso que daba la atmósfera se volvía más densa y húmeda. Tanto que los escalones estaban mojados; o por lo menos lo estaban aquellos que alcanzó a ver, antes de ser engullido por la opacidad.

La escalera seguía hasta que ya no siguió más. Milo tanteó con los pies, asegurándose de que el suelo fuese liso. Sus ojos empezaban a arreglárselas en la negrura, por eso distinguió formas que alimentaron su curiosidad.

Dio con un escollo al avanzar. Cayó adelantando la mano herida, por puro instinto. El dolor produjo una luz de supernova en su cabeza.

Había tropezado con una superficie curva, helada y llena de moho. Pronto estuvo en condiciones de leer las palabras que tenía grabadas, pero como no daba crédito a sus ojos las recorrió con los dedos.

No era la primera vez que las leía.

El cañón decía: *Queen East Indiaman, 1802.*

11.

Ya era de noche cuando Milo oyó la barcaza, produciendo el *crescendo* de su aproximación.

—Estoy acá —dijo el Viejo en cuanto pisó la casa. Se limpiaba los pies en el felpudo, *ras ras*— Milo, eh. ¿Dónde andás?

Había un sustrato de preocupación en su voz. Como Milo no encendió luz alguna y la casa estaba quieta, el Viejo consideró lo peor.

Milo no le respondió.

Que sufra un poco, pensaba. *Es lo menos que se merece.*

El Viejo asomó al fin en el umbral de la cocina. Llevaba la escopeta en ristre. Al ver a Milo allí sentado, bajó el arma y puso cara de enojado.

—Te voy a llevar a un otorrino —dijo—. ¡Estás más sordo que una tapia! ¿Qué hacés acá a oscuras?

En vez de responder, Milo agarró lo que había apoyado contra la pared. Un objeto que no debía estar allí, la expresión del Viejo lo dijo a las claras.

Mientras esperaba su regreso, Milo había limpiado la espada. Le había quitado verdín y telarañas y lustrado con Brasso, que encontró dentro de una alacena.

Aun en la penumbra, refulgía. Como si absorbiese la poca luz que subsistía en la cocina, o como un tubo que no termina de encenderse.

—Dame eso —dijo el Viejo. Mortalmente serio.

Milo apoyó la punta sobre el suelo y giró la empuñadura como un trompo.

—Sea bueno. Dígamelo. —La espada no paraba de dar vueltas—. ¿Quién es usted? Pero quién es usted *posta*, de verdad.

El Viejo dejó la escopeta sobre la mesada.

—Me llamo Melvyn Ambrose Weyl Joseph.

—Eso y nada es lo mismo —dijo Milo—. Lo que quiero saber es de qué la va. Y qué mierda busca. Lo que tiene allá en ese búnker vale... *una fortuna*. Digo yo, que no sé nada de antigüedades, pero... Y aun así usted vive con dos pesos, junta chatarra... ¿Por qué? ¿Estoy metido en algo que no sé? ¿Un quilombo en el que *usted* me metió, sin comerla ni beberla?

El Viejo se tocó la frente con los dedos, como si quisiera borrar una mancha.

—Dudo que estés en condiciones de entender. La realidad es más complicada que los libros. ¡Infinitamente!

—Mientras diga la verdad, yo lo voy a oír.

El Viejo abrió otra vez la boca, pero no dijo nada. Optó por sacar una botella del aparador. A Milo no le gustó descubrir que también le entraba a la ginebra, como su padre. ¿Es que no existía un puto adulto en quien confiar?

—Si te digo la verdad, no me vas a creer —alegó el Viejo mientras repasaba el vaso con el faldón de su camisa—. ¡Ni yo la creería, si la oyese!

—Últimamente estoy dispuesto a creer en cualquier cosa.

El Viejo llenó el vaso, se sentó. Y empezó a contarle a Milo lo que quería saber... y un poco más.

Capítulo siete

El Viejo (II)

Los Weyl — La amenaza nazi — Viaje al centro de la Tierra — Una discrepancia calendaria — Lady Antonia — Los magos — Las ventajas de la ciencia — Secuestrado

1.

La casa de los Weyl era un edificio de tres plantas que ya estaba en pie cuando Napoleón entró en Suiza. Ubicado en el Altstadt, el casco histórico de Zúrich, tuvo durante siglos una visión del río Limmat que ya no existía, desde que fue ocluida por la mole de un banco. Pero el panorama de naves de carga todavía se apreciaba en 1923, cuando Melvyn Weyl nació en un dormitorio de la segunda planta.

(El Viejo registró la expresión de Milo, que hacía esfuerzos para no errar el cálculo. «Así es», dijo. «Esa es la edad que tengo. ¿Te avisé o no que mi historia estaba llena de cosas difíciles de creer? Si querés que te muestre mi documento...»)

Melvyn era el tercer hijo de un matemático y físico, Hermann Weyl; y de Helene Joseph, una estudiante de Filosofía que había sido discípula de Husserl. Ella era la mujer del retrato que tenía en su habitación. Lo había malcriado como a ningún otro de sus hijos. Una de las consecuencias de esa predilección fue la enseñanza del español, un idioma que amaba por su dulzura, pero también por sus sinuosidades.

(«El *Quijote* que tengo, lleno de marcas y anotaciones, es el que Helene *tradujo* a mi lengua natal»)

Su hermano Joachim era serio y responsable. Físicamente era un clon de su padre. Michael, en cambio, era idéntico a Helene. Tenía el cabello oscuro y la música fácil, prefería cantar a hablar.

Durante el nacimiento le había faltado oxígeno. Por eso su cerebro funcionaba de un modo peculiar. Veía un mundo que no era exactamente aquel que los demás veían.

(«Un poco a la manera de Patato, sí. ¿Me vas a dejar hablar, o pensás interrumpir todo el tiempo?»)

Los Weyl desconfiaban de Hitler, cuya popularidad iba en ascenso. Helene era de origen judío, lo cual significaba que, a los ojos de los nazis, tanto Melvyn como sus hermanos lo eran también.

Hermann intentó cerrar un trato con una universidad americana, la de Princeton, para mudarse allí con toda la familia. Pero la burocracia y la indecisión política prolongaron el asunto más de lo deseable, y Helene no quiso correr más riesgos. Decidió enviar a Melvyn a un colegio de Inglaterra, el Cheltenham. A esas alturas Joachim ya podía optar por sí solo; eligió quedarse con su padre, a cuyo favor aspiraba. El destino de Michael no estaba en cuestión. Aunque fuese mayor que Melvyn, sería siempre un niño y, por ende, dependiente de las atenciones de su madre.

Melvyn partió solo. Por entonces era un niño díscolo, amante de los dinosaurios y pegado a las faldas de Helene. Con tal de no asustarlo, sus padres le habían ocultado el fundamento de su decisión. En consecuencia, el niño que embarcó rumbo a Inglaterra era un muchachito resentido. Estaba convencido de que Hermann y Helene no lo amaban, de que su despacho a otro país constituía un abandono.

(«A veces nos equivocamos tanto con nuestros padres...»)

Solo encontraba consuelo en los libros. Cuando su equipaje estuvo ya listo, lo había esculcado a escondidas. Quitó parte de la ropa que Helene había metido para hacer lugar a más novelas. Seguramente sus padres lo habían advertido, como advirtieron tantas otras cosas. Pero optaron por hacer la vista gorda. Y lo dejaron arrastrar el baúl, para no verse obligados a preguntar por su sobrepeso.

Fue un Melvyn Weyl extenuado y arisco, pues, quien llegó a las aulas del Cheltenham en 1931.

Cuando se apartó de su grupo durante una excursión, nadie lamentó su ausencia. Por lo menos hasta que llegó la hora de regresar y los maestros descubrieron que Melvyn se había esfumado sin dejar rastro.

(«Hasta aquí mi historia suena plausible. Convencional, incluso. Si algo abunda en este mundo, son las historias de destinos torcidos por la guerra. Pero este es el punto, precisamente, en que mi vida se tuerce de manera inverosímil. Tanto que, desde entonces, vivo preguntándome si lo que viví fue real o una alucinación».)

Entonces refirió lo ocurrido durante la excursión a Cornwall. Cuando se metió dentro de una cueva y cayó en un pozo digno de *Alicia en el país de las maravillas*.

2.

(Aquí el Viejo se cuestionó si valía la pena seguir. Era obvio que Milo no iba a creerle: ¡apenas mencionó la cueva de Cornwall, empezó a moverse en la silla, como si tuviese el culo lleno de hormigas!)

3.

Melvyn descendió hasta la playa por los escalones de piedra, consciente de que, al hacerlo, escapaba de la vigilancia de los adultos. Las cuevas al nivel del agua le inspiraron una curiosidad que no quiso resistir. Y cuando comprobó que una de ellas descendía de modo interminable, recordó las fantasías que Verne y compañía le habían inspirado. Ya no creía que se pudiese llegar vivo al centro de la Tierra (su padre tenía la maldita costumbre de saberlo todo en materia científica), pero seguía alimentando la ilusión de hallar fósiles. A Darwin no le había ido mal con los invertebrados de Forth. ¿No merecía él acaso una fortuna semejante?

Por eso se adentró en la cueva más de lo razonable. El suelo estaba húmedo y resbaladizo. La pendiente se tornaba más pronunciada a cada paso.

Hubo una suela que perdió sustento, un movimiento brusco y una caída que, al poco de empezar, se insinuó infinita. Cuanto más hondo caía, más terribles le parecían las consecuencias. Lo mejor que podía pasarle era recibir un golpe definitivo. Peor sería quebrarse un hueso en la oscuridad y morir de hambre, o ahogarse en el agua que llenaría la cueva al caer el sol.

Comprendió que había perdido el conocimiento al volver en sí. No recordaba el impacto que había frenado su cuerpo. Descubrirse intacto le pareció un milagro; pronto entendería que se había tratado apenas del primero.

A excepción de un globo de luz que brillaba muy por encima de su cabeza, estaba en el corazón de las tinieblas. Tenía que salir de allí antes de que la noche lo dejase ciego y el agua pusiese fin a sus desvelos.

La subida fue larga y tortuosa. El recuerdo de las uñas rotas bailando en la punta de sus dedos todavía le producía escalofríos.

Pero al salir no encontró el camino tallado en la piedra. Ni la fortaleza medieval en lo alto del acantilado. Ni tampoco a sus compañeros y maestros. ¿Es que no habían advertido, siquiera, que llevaba horas perdido? ¿Lo habían dejado atrás al igual que sus padres, satisfechos de haberse librado de su odiosa persona?

Melvyn divisó una columna de humo. Olía a caldo.

Provenía de un grupo de casas, construidas en una hondonada. Más que casas eran chozas, comprendió al aproximarse: paredes que utilizaban la arcilla del valle, desprovistas de ventanas y con techos de paja. Inmigrantes, pensó; tal vez gitanos. No del todo indolentes, puesto que habían armado una red de canales con troncos ahuecados para recoger la lluvia.

Su estómago lo empujaba a seguir acercándose. Esa gente debía de conocer el flagelo del hambre, no sería difícil apelar a su simpatía. Pero un revuelo de perros le aconsejó quedarse donde estaba, al amparo de una mata de arbustos.

Los perros oficiaban de cortejo a un hombre. Caminaba con una maza al hombro y un pato en la mano. La bestia estaba muerta, su cuello laxo se contoneaba a cada paso. Uno de los perros le tiró un tarascón. El cazador lo premió con una patada.

Una mujer salió a su encuentro. Recibió la presa y allí mismo, sobre una piedra plana, empezó a quitarle el plumaje. Melvyn se quedó viéndola (*«La piel de los patos es más elástica de lo que había imaginado*, pensó) cuando los arbustos se alborotaron cerca de él.

Se trataba de un grupo de niños que pasaba a la carrera. No eran alumnos del Cheltenham, precisamente. Estaban casi desnudos, cubiertos apenas con trozos de cuero mal curtido. El hombre y la mujer también vestían de forma elemental, y con visible desapego por las normas de higiene.

A pesar de las protestas de su vientre, decidió irse a otra parte. La miseria lo aterrorizaba, no estaba acostumbrado a sus fisonomías.

Buscó una ruta o calle que lo conectase con una urbanización, o al menos con carteles indicadores. Pero no tuvo suerte. Solo vio un grupo de campesinos (debían de serlo, puesto que portaban hoces y tridentes) y una carreta llena de toneles, gallinas y bolsas de harina.

Siguió el carro a distancia, hasta que se le ocurrió que podía subirse sin que su conductor lo advirtiese. El hombre estaba cansado o bien borracho, la marcha lo dormía al pescante.

La carreta llevaba además panes y tortas que Melvyn fue horadando, miga tras miga. Las bolsas lo protegieron del frío de la tarde.

Con el vientre lleno sobrevino el sueño. Cuando despertó, el sol ya estaba alto.

Al asomar entre los parantes, vio que se aproximaban a un pueblo y se congratuló. Pero el caserío distaba de ser lo deseado. Calles de lodo, edificios bajos de madera, una plaza central, una herrería, animales sueltos y gente que hablaba en un dialecto. (Su música sonaba familiar, aunque no pudo identificar una palabra.) Pensó que la elegancia del Cheltenham lo había engañado, y que en la Inglaterra profunda existía un tipo de pobreza que en Suiza no conocían. Pero la suma de incongruencias, manifiesta en los detalles, le puso los pelos de punta.

No había un solo cable aéreo. Ni un anuncio publicitario. (Los carteles estaban decorados con algo que parecían muescas, antes que letras.) Ni una condenada bicicleta, y mucho menos automóviles o autobuses. Ni un solo hombre con vestimentas formales, las corbatas brillaban por su ausencia.

Si coincidían en algo, era en la tendencia a calzar botas y dagas en la cintura.

Presa de la incredulidad (que se espejaba en las miradas que le dirigían al pasar, estaba vestido con zapatos, pantalones cortos y una camisa manchada de barro), Melvyn trastabilló hasta dar con el único edificio que identificaba.

A saber, una iglesia.

La encontró pequeña, simple y fresca. Se tumbó sobre el banco más próximo al altar y allí volvió a amodorrarse.

4.

No despertó en la segunda planta del edificio de Zúrich, donde tenía una habitación decorada con dinosaurios; ni en el dormitorio del Cheltenham College, que compartía con un belga cuyos pedos olían a repollo. (Gillain, se llamaba; qué prodigio, la memoria.) Cuando abrió los ojos, seguía en el mismo banco de iglesia. Y su estómago berreaba como un niño de pecho. Especialmente cuando el hombre lo pinchaba con su bastón.

Era un viejo (eso le había parecido entonces: ¡hacía ya mucho que lo había sobrepasado en edad!) que vestía una túnica gruesa, botas embarradas y una cruz de metal. Lo azuzaba sin parar —*poc poc poc*, con el palo— al tiempo que le decía cosas que Melvyn no entendía.

Por suerte había allí alguien más, que intercedió por él: una mujer de mediana edad y rasgos elegantes, que desplazó el bastón y se le aproximó sonriendo. Tampoco la entendía, pero al menos la mujer (que ostentaba una cruz de metal, al igual que el viejo) le hablaba con dulzura.

Melvyn se fingió mudo. Y la mujer interpretó sus gestos, porque lo llevó a través de puertas y pasillos hasta un salón oscuro y lleno de humo: la cocina. Allí le sirvió una jarra de algo que parecía cerveza tibia (bebió sin protestar, estaba sediento) y un guiso que, aunque se veía horrible, sabía delicioso.

Las hipótesis que barajaba no eran muchas. Podía estar siendo objeto de un rito iniciático de los alumnos de Cheltenham. Pero en aquel caso se habría tratado de una *mise-en-scene* demasiado elaborada.

Podía haber ido a parar a una colonia de tradicionalistas, que vivían de espaldas a la tecnología moderna. Pero esa opción no explicaba el idioma ininteligible. (Tiempo después entendería que los comunes de aquella época hablaban un alemán arcaico, mientras que la gente educada se expresaba en latín.)

También podía haber muerto en la caída. Pero ese mundo era sucio y hediondo para tratarse del Paraíso, y demasiado amable para ser el Infierno.

Quedaba la opción de haberse vuelto loco. En cuyo caso su mente rota estaba produciendo una alucinación perfecta, rica en experiencias sensoriales.

La última hipótesis era la que respondía mejor a los hechos, de no ser por un pequeño detalle.

Para darla por buena, Melvyn Weyl debía asumir que un túnel existente en una cueva de Cornwall lo había llevado a la Inglaterra del siglo v.

Vestido como un colegial. Y sin más equipaje que la brújula que le había regalado el abuelo Joseph.

5.

Una vez satisfecho su apetito, lo llevaron a un edificio lleno de mujeres. Vestían igual que su benefactora y llevaban al cuello cruces similares. Comprendió que eran religiosas, y que la construcción funcionaba como un convento. Allí le quitaron sus ropas y le concedieron un sayo que odió desde el primer instante: olía a perro mojado y picaba en todo el cuerpo. No podía dejar de retorcerse, aun a sabiendas de que al hacerlo aumentaba la curiosidad de sus anfitrionas. Lo observaban como si fuera un mono escapado del circo mientras creaban teorías sobre su identidad y procedencia. (Hablaban todas a la vez. Ciertas cosas no habían cambiado con el tiempo.)

Quedarse quieto y adoptar una posición de dignidad le había demandado esfuerzo. Su salvadora aprovechó la oportunidad para defenderlo. Estaba claro que las demás respetaban su opinión, o al menos le debían deferencia. El común de las mujeres se veían simples y hasta zafias, a pesar del atuendo unificador. Ella, en cambio, transformaba la vestimenta en un elemento más de su autoridad.

Se llamaba Antonia, de la familia Ambrosia, y era hija o al menos descendiente de un rey de Demetia. (Eso lo aprendió entonces: Melvyn sabía rudimentos de latín, a pesar de que la versión que allí hablaban difería de la impartida por el profesor Loncraine.) Era celta por origen, aunque no por cultura, ya que había sido educada en una escuela a la usanza romana.

Su criterio se impuso y Melvyn fue acogido en el monasterio. El poder que le había atribuido no había sido erróneo: lo primero que hizo fue desplazar a una monja para que cediese la celda contigua a la suya, y sin que mediase protesta alguna.

Pareció alegrarse cuando Melvyn demostró que hablaba y tenía nombre. Lo recompensó con una camisa que picaba menos, un chaleco de lana y un pantalón que todavía olía a la cabra que lo había vestido originalmente.

Melvyn no quería más que desandar su camino, en busca del túnel que lo había llevado allí. La idea de meterse otra vez en aquel hueco le disgustaba, pero de momento tenía problemas más inmediatos. La contrapartida de los privilegios que le habían concedido era que Antonia no se apartaba de él, a excepción de las breves, brevísimas horas que dedicaba al sueño.

La mujer lo sentaba a su lado en la mesa. (Un privilegio, puesto que la comida de los sirvientes era aún más espantosa.) Lo llevaba consigo al templo. (Un incordio, puesto que celebraba maitines, laudes, de prima a nona, vísperas, completas y antífonas de la Santísima Virgen.) Y lo hacía objeto de mimos y caricias, con una efusión turbadora. Las monjas de entonces no tenían los mismos pruritos que las de su tiempo, estaba visto.

Le encantaba apoyar la cabeza de Melvyn sobre su pecho y mantenerla ahí, mientras le frotaba el pelo y cantaba bajito.

Antonia había sido una mujer muy bien dotada. Todavía hoy, cada vez que ponía la cabeza en la almohada se acordaba de ella.

6.

Fue en su condición de faldero de la princesa metida a monja que asistió a la reunión. No entendió su tenor entonces. Prefirió jugar con Rex, el perrito que compartía su cama y sus pulgas.

Comprendió, sí, que se trataba de una reunión importante, puesto que Gregorius la lideraba. Gregorius era el viejo que lo había molestado con su bastón. Estaba a cargo del monasterio, pero solo ejercía su autoridad cuando había que tratar con el mundo exterior. El resto del tiempo era Antonia quien mandaba.

Melvyn tomó a los visitantes por dignatarios de algún tipo. Tenían un aire altivo, ropas adornadas con cuentas de cristal, capas sostenidas por broches y un par de flequillos que arruinaban el efecto de importancia que buscaban. Se llamaban Irmin y Cesme. Y no volvió a verlos hasta que regresaron al pueblo dos días más tarde, flanqueando a Vortigern como parte de su comitiva.

Todo el mundo abandonó sus tareas para contemplar la llegada del rey guerrero. El humor general oscilaba entre la curiosidad y el miedo. A Melvyn lo decepcionó el desfile: había esperado lujo y poderío militar y encontró opacidad y fuerza bruta. Aquella no era la marcha de un ejército triunfal: era la retirada de una columna que había sufrido derrota.

De barro hasta el cuello y expresión ausente, los soldados estaban pobremente armados: lanzas y picas, algún hacha. Espadas y arcos brillaban por su ausencia. No llevaban más protección que corazas de cuero, los cascos eran un bien escaso. Los únicos que portaban espadas y cotas de malla eran los oficiales, que marchaban al frente de las formaciones y gritaban como si maldijesen la hora.

Los heridos venían detrás. Mal vendados en carretas y camillas, o saltando sobre muletas improvisadas con ramas. Olían a mugre, a gangrena y a algo más, que Melvyn no identificó, pero que pronto sumaría a su repertorio de perfumes nuevos: aquel de la sangre a medio coagular, el manjar de las moscas.

Más atrás marchaban peregrinos y penitentes. Adaptaban las oraciones al ritmo de sus pasos. Algunos de ellos agitaban lámparas que despedían el humo gris del incienso.

A continuación venían Irmin y Cesme, en una carreta tirada por mulas. Melvyn no había visto caballos en la caravana, a excepción de los dos que se aproximaban. En uno venía un guerrero de pelo casi blanco de tan rubio y largos bigotes; descendían, por cierto, más allá de la mandíbula. Estaba cubierto de pieles y arreos y llevaba en la cintura una espada larga y tosca.

—Vortigern —dijo alguien del público a sus espaldas.

Melvyn se sintió contrariado, el jinete no se correspondía con su idea de un rey.

El segundo caballo transportaba a un hombre envuelto en un capote gris. Parecía interesado en la multitud (miraba a diestra y siniestra, atento a las exclamaciones que surgían a su paso), pero la observaba desde la impunidad que le confería su capucha.

Habría sido una gran oportunidad para escapar y dirigirse a la cueva. Pero lo comprendió demasiado tarde. Todavía no habían pasado los últimos soldados cuando sintió el bastón de Gregorius sobre su hombro.

El niño que entonces era hizo un gesto que prometía obediencia y encabezó la marcha rumbo al convento. El espectáculo le había abierto el apetito.

Mañana sería otro día, pensó.

Y lo fue, en efecto, aunque no del modo que había previsto.

7.

Lo despertaron al alba. Melvyn reaccionó con la oración en los labios, un automatismo que no le había costado desarrollar: *Quoniam in aeternum misericordia eius*, esperando que Gregorius retomase el salmo. Pero Antonia esperaba otra cosa: que la acompañase en su misión junto al arzobispo, como parte de la comitiva de Vortigern.

Eso, y no otra cosa, era lo que Gregorius había negociado con Irmin y Cesme, a quienes Antonia definía como *magis suis:* los magos al servicio del rey.

El viaje les llevó más de una semana, y se hizo arduo en los marjales. Durante el trayecto Melvyn entendió unas pocas cosas, ninguna de las cuales jugaba en su favor. Para empezar, que Vortigern escapaba del ejército sajón. Los *scouts* de la retaguardia juraban que nadie los seguía, pero no había que subestimar el atractivo del oro enemigo. Una mentira se compraba fácil. Y la voluntad de los señores de los territorios que cruzaban, también.

La marcha ya no era solo una fuga, sino además una búsqueda. Vortigern quería construir una torre inexpugnable, donde encerrarse y cortejar el olvido. Melvyn lo había oído gritar por las noches. Todo el mundo fingía sordera, pero después cuchicheaba el día entero. Lo que le impedía dormir, se decía, era el remordimiento. Vortigern penaba por los muertos a causa de su negligencia. (Había invitado a los sajones a su territorio, confiando en que lo ayudarían a batallar contra los anglos, para resultar traicionado; otra de las cosas que el Viejo aprendería más tarde.) Y ahora, sabiéndose terminado, no aspiraba a otra cosa que un refugio donde lamer sus heridas. El hecho de que concediese a sus magos la elección del lugar decía mucho respecto del estado de su alma.

El tercer elemento que complicaba a Melvyn era la dirección de la marcha. Irmin y Cesme conducían al rey hacia el norte, en dirección a Gales.

Cada vez se alejaba más de la cueva que cifraba sus esperanzas.

8.

Una noche, cuando ya habían armado el campamento, Melvyn se vio atraído por un revuelo.

Colarse entre los adultos fue fácil. Muy cerca de la tienda del rey, los hombres improvisaban una rueda. En su interior estaba uno de los oficiales, tumbado en el suelo. Víctima de terribles convulsiones, había puesto los ojos en blanco. A la luz del fuego el espectáculo era dantesco: el pobre hombre no dejaba de sacudirse, mientras arrojaba espuma por la boca.

Lo rondaban Irmin y Cesme, pronunciando encantaciones. Melvyn entendió que los magos tenían miedo. Su expresión era inconfundible. Reflejaba la de Vortigern como un espejo, el rey se había acercado al oír el escándalo.

Cesme desenfundó su daga y se aproximó al caído.

Melvyn buscó a Antonia con la mirada. Pero la mujer no estaba allí, o no había superado la barrera de los curiosos. Esa vez no podía contar con su intercesión.

Por eso empujó hacia delante, rompiendo la barrera de los cuerpos. Asustando aún más a los magos, se echó de rodillas junto al caído.

Había hecho lo mismo por su hermano Michael más de una vez: colocar un freno en la boca (su cinturón, en esta oportunidad), para que no se mordiese la lengua durante el ataque de epilepsia.

Se montó a horcajadas del hombre, mientras le pedía calma a gritos. Fue como domar a un caballo bronco. Por fortuna, apenas encajó el cinturón entre sus dientes el ataque amainó.

Poco después el oficial estaba en pie, lúcido y sometiéndose al examen del arzobispo, que lo confesó y aceptó su profesión de fe en la Santa Iglesia de Roma.

Antes de acostarse, Melvyn vio que el hombre del capote gris se había acercado a hablar con Antonia.

Mientras lo arropaba en la tienda, la mujer le dijo que el consejero del rey se había interesado por él. Maugantius (que así se llamaba) le había preguntado por su origen. Y Antonia le había dicho que Melvyn era su hijo, con la intención de protegerlo. Vortigern era un hombre supersticioso, que se creía perseguido por el infortunio; pero no se atrevería a dañar a una criatura que estaba bajo protección de la Iglesia.

Al día siguiente, ya en plena marcha, Melvyn percibió que todos los hombres lo miraban. Hubo varios que lo palmearon en la espalda, al tiempo que le decían cosas que no entendía del todo. El oficial epiléptico se le acercó para regalarle un broche, a modo de agradecimiento.

Los únicos que lo miraban con mala cara eran Irmin y Cesme.

De Maugantius nada podía decir, porque, como de costumbre, su rostro permanecía oculto debajo de la capucha.

9.

El viaje se tornó penoso al llegar a Gales. Irmin y Cesme no daban con un lugar adecuado para la torre. Cada vez que se detenían, sometían el terreno a sus «pruebas» (más encantaciones e interpretación de runas, Irmin se llevaba el polvo a la lengua para paladearlo) y lo declaraban inapto. Entonces la caravana retomaba la marcha.

Melvyn sospechaba que en cierto sentido era culpa suya. Los magos sobreactuaban la importancia de sus visiones, para compensar el error que habían estado a punto de cometer. Si Melvyn no se hubiese interpuesto, habrían matado al oficial, a quien pensaban endemoniado.

Con este intento de revalidar su poder, Irmin y Cesme pusieron a prueba la paciencia de Vortigern. Hasta que el rey se mostró a punto a explotar y apuraron su bendición al lote que estaba a mano: una planicie al pie del monte Erith.

Vortigern envió emisarios a los pueblos vecinos, con el objetivo de contratar albañiles y picapedreros. Quería iniciar de inmediato la construcción de la torre. Y mientras se talaban bosques y perforaban canteras, los hombres santos hicieron su trabajo: Irmin y Cesme produjeron sacrificios, Gregorius salpicó agua bendita y presidió la primera misa *in situ*. Vortigern no quería correr ya riesgo alguno. Con tal de asegurarse un futuro venturoso, estaba dispuesto a pactar con Dios y con el Diablo.

No pasaba día sin que algún soldado se aproximase a Melvyn para contarle de su dolencia, en la esperanza de que practicase la magia que había salvado al oficial. Pero Antonia los despachaba sin miramientos. Al principio les recomendaba que fuesen donde Irmin y Cesme, que para eso estaban a sueldo del rey. Pero la mayoría de los soldados habían sido educados a la usanza romana, razón por la cual desconfiaban de las supercherías de antaño.

Harta de lidiar con sus reclamos, Antonia le dijo a uno de ellos que Melvyn reservaba sus poderes para asuntos importantes. Y como el argumento funcionó, lo repitió cada vez que fue necesario. De todos modos se sentía insegura, por lo que convenció a Gregorius de abandonar el campamento. Se instalaron en un pueblo cercano, llamado Caerford, donde estaban más cómodos... y a salvo de los idólatras.

La paz no duró tampoco allí. Las historias sobre el niño que había curado a un poseído no tardaron en difundirse. Cada vez que abrían la puerta de la posada se topaban con un enjambre de tullidos, ciegos y leprosos que imploraban una sesión de magia. Gregorius estaba particularmente molesto, porque consideraba que los milagros debían seguir siendo patrimonio de Jesucristo; pero ante todo porque el posadero estaba perdiendo la paciencia. La presencia de Melvyn arruinaba su negocio. Nadie quería beber rodeado de enfermos y mendicantes.

Una tarde, mientras esperaba que Antonia concluyese su excursión por el mercado, vio que un muchacho se le aproximaba a paso vivo. Tendría dos o tres años más que él y vestía el tipo de ropas que Melvyn había aprendido a identificar como lujosas, por la abundancia de cuero y de piedras brillantes. Sus orejas eran grandes, pero se volvían más llamativas aún porque una de ellas formaba ángulo recto con el cráneo: parecía impulsada por un viento de cola. Creyó que se trataba de otro que esperaba un milagro y se le anticipó, diciendo lo que Gregorius le había ordenado que dijese: *Peccator sunt, ego non possum...* Pero nunca concluyó la frase, porque el muchacho le asestó un golpe que lo tumbó en el barro.

—Sanador, sánate a ti mismo —dijo el chico, que se llamaba Dinabutius y era hijo del señor de aquellas tierras. Y se fue satisfecho, creyendo recuperada la notoriedad que, hasta la aparición de Melvyn, había sido parte de su potestad sobre el lugar.

Un par de días después volvió a cruzarse con Dinabutius, que repitió su actuación casi al dedillo. Melvyn alcanzó a cubrir su nariz, todavía resentida, lo cual obligó al matón a concentrarse en vientre y costillas; pero todo terminó igual, con Melvyn en el suelo y Dinabutius sacudiéndose el polvo de las manos.

Lo vio irse desde el lecho de barro, aplaudido por un grupo de niños que había contemplado la escena. ¡Si hasta los cuervos se habían sumado a las burlas, cacareando desde el techo de la casa de baños!

Al registrar que los cuervos disparaban en Dinabutius la urgencia de persignarse, germinó en su cabeza la semilla de una idea.

10.

Evitó mostrarse por las calles hasta que estuvo listo.

Obtener los elementos necesarios no había sido fácil. Tuvo que robar una de las cruces que el arzobispo atesoraba, para sobornar a la cocinera de la posada. Y viajar escondido en la carreta del panadero, para apearse en la herrería y hurgar entre sus desperdicios.

Estaba a punto de darse por vencido cuando halló una pieza útil: el armazón de una ventana circular de pequeñas dimensiones. El herrero se había cansado de esperar los cristales de color con que pensaba armarla. Tenía forma de araña, un centro hueco del que partían rayos, y se veía maleable.

Entonces sobrevino la preparación. Aprendió que el aceite producía mejor combustión que la grasa. Cuando le pidió que cosiese los pellejos de pato, Antonia opuso resistencia; pero al explicarle, entre gestos y frases rudimentarias, que los quería para un juguete, no encontró modo de seguir negándose.

Cuando todo estuvo listo, hizo una pequeña demostración. Y Antonia celebró el prodigio, premiándolo del modo que más le gustaba: uno de esos abrazos que lo arrojaba al mar de sus pechos.

Al día siguiente salió a pasear por el pueblo. No tardó en cruzarse con uno de los rostros que se habían reído de su desgracia. Aquel niño puso pies en polvorosa, para hacer aquello con que Melvyn contaba: avisar a Dinabutius de su presencia.

Buscó los confines del pueblo, aquellos que daban al bosque de hayas. Si el alerta viajaba demasiado rápido, le cerrarían el paso, y su plan se echaría a perder.

Dinabutius y sus secuaces se aproximaban desde la plaza central. Melvyn les regaló una sonrisa desafiante y echó a correr en dirección a los árboles.

Los matones sospecharon al descubrir que, en vez de seguir corriendo, los estaba esperando entre las hayas. Dispuesto a aprovecharse de ese desconcierto, Melvyn hizo unos gestos dramáticos. Imitaba al ilusionista Howard Thurston, que se hacía llamar *El Rey de los Naipes,* a quien había visto en un teatro de Zúrich. El truco funcionó: los «pases de magia» llenaron a Dinabutius de profunda aprensión.

Acto seguido, Melvyn le mostró la cajita de madera. Aquella, que debió haber sido la parte más sencilla del proceso, había sido en cambio la que más le había costado (¡nunca había sido bueno con el lápiz!): dibujar con carboncillo, en su tapa, una reproducción convincente del rostro de Dinabutius. No había quedado como quería, pero por fortuna la cara tenía un rasgo inconfundible: la oreja que parecía tener vida propia.

Al reconocerse, Dinabutius enfureció y estuvo a punto de golpearlo. Pero Melvyn hizo otros pases con brazos como aspas de molino, renovando sus miedos; y mediante gestos, lo invitó a soplar adentro.

Dinabutius vaciló. Midió la reacción de sus secuaces, que inflaban sus propias mejillas, alentándolo; y finalmente sopló.

Melvyn cerró la caja.

—*Anima suis* —dijo, produciendo más gestos cabalísticos.

Todos tragaron aire. La idea de que el alma de Dinabutius hubiese quedado encerrada en la caja les cortaba el aliento.

Melvyn echó mano a un objeto que había escondido más temprano, debajo de una manta. Sus adversarios no dijeron nada, porque no entendían qué era. Golpeó el pedernal una, dos, tres veces, hasta que la práctica rindió frutos y la chispa inflamó el aceite.

El globo de pellejos de pato empezó a inflarse. Su forma dejaba mucho que desear (parecía tener gibas y bubones), pero cumplía con su función. Melvyn sintió que ya tiraba hacia arriba, pugnando por volar.

Colocó la cajita con el «alma» de Dinabutius en la canasta, que había moldeado a partir de la rueda de metal del herrero. Después soltó el globo.

Dinabutius palideció. Ni él ni sus amigos habían visto volar nunca nada, más allá de las aves del bosque. Lo que estaba presenciando era, sin duda alguna, un acto de magia pura.

Y negra, por añadidura. ¡Se estaba llevando su «alma» allí donde nunca podría alcanzarla!

Melvyn se había alejado un poco, temiendo que aquellos brutos fuesen más fuertes que la sugestión. Pero su precaución se reveló innecesaria.

Dinabutius se derrumbó allí mismo, como herido por una flecha.

11.

—Ahm, perdone que lo interrumpa —dijo Milo, que nunca había dejado de removerse en su silla—. Muy linda la historia. Pero yo le pedí aclaración… que me explique por qué tiene, ahm, *todo aquello*, en el fondo… y tengo la sensación de que usted me está, lo que se dice… *boludeando*. Sin ánimo de ofender.

—No hay forma de explicarte lo que querés saber… y por ende mis sospechas sobre la llegada de tu Piloto… sin contarte el camino que me trajo hasta acá.

Milo había sido paciente. El Viejo venía esperando sus protestas desde hacía rato. Pero estaba seguro de que la mención al Piloto, y a su potencial vinculación con el misterio del búnker, le garantizaría su atención un tiempo más.

Le dijo que había regresado a la posada hecho unas pascuas. Estaba tan exultante por la victoria sobre Dinabutius que le costó dormirse. Tenía ganas de sacudir a Antonia para contárselo. Pero los gestos y su latín no habrían hecho justicia a un relato tan pródigo en detalles gloriosos. Entonces comprendió que, en realidad, no era a Antonia a quien quería hablarle, sino a Helene. ¿Quién iba a sentirse más orgullosa que su madre, cuando le dijese que había usado el intelecto para imponerse a la fuerza bruta?

Pasó de la euforia a la tristeza en minutos. Llorar le sentó bien, desahogarse lo ayudó a dormir.

Estaba en el séptimo sueño cuando una mano le cubrió la boca. Abrió los ojos para descubrir a un intruso. No lo reconoció en las tinieblas, pero vio brillar el puñal. Pensó que iba a morir. El intruso se limitó a apoyar la daga sobre su garganta. Melvyn tragó saliva, poniendo a prueba la agudeza del filo.

El intruso lo arrancó de la cama como si estuviese relleno de plumas. Y sin apartar nunca el arma de sus cuerdas vocales, salió por la misma ventana que había usado para entrar.

Caminó por una viga hasta el borde del tejado. Y saltó a lomos de su cabalgadura.

Tumbado sobre la cruz del corcel, Melvyn cerró los ojos y rezó. Le pedía al Dios en quien no creía que por favor, por favor, *por favor*, no lo dejase caer al suelo que volaba debajo de él.

Si el jinete lo soltaba, se partiría el cuello.

Capítulo ocho

Tariq (VII)

Vísperas de batalla — El Búho — Cae un diluvio — Medraut guiando al enemigo — Cuerpo a cuerpo en el barro — Wulfsige cae en la trampa — Un telón negro

1.

La cena fue más generosa que de costumbre. El gesto de la dirección militar constituía una delicadeza: para muchos de los comensales sería el último banquete.

Hubo carne en el potaje. Los pasteles fueron pródigos en riñones o vísceras similares. A última hora circuló el pescado fresco, que muchos soldados no habían probado nunca y produjo una serie de espinosos incidentes. A los postres Artorius ofreció un vino traído de Bourdeaux, que distribuyó entre los soldados hasta que las barricas quedaron vacías.

Lejos de incomodarlo, la tarea lo llenó de gozo. Tariq imaginó que lo hacía sentirse menos solo. Durante la comida no había proferido más que monosílabos. El asiento a su vera, que había insistido en conservar vacío (para irritación de Wulfsige, que se consideraba con derecho a ocuparlo), lo había conminado a sostener un diálogo tan mudo como su interlocutor había sido invisible.

A continuación el arzobispo ofició misa. Por primera vez en la campaña, la asistencia fue multitudinaria. En vísperas de la batalla, hasta el soldado más recalcitrante deseaba saldar las cuentas de su alma.

Tariq asistió para no desertar de la compañía del *dux*. Le pareció que Fastidius se esmeraba en su homilía, que giró sobre la parábola del tesoro escondido. (Mateo 13: 44.) El prelado sugirió que ir al combate era un acto de insensatez solo aparente, como el del hombre que renuncia a sus posesiones a cambio de una parcela de campo; el protagonista de la parábola sabe que esa tierra oculta una fortuna, del mismo modo que el soldado sabía (o debía saber) que estaba luchando por algo más trascendente que su propia vida.

Pero la mayoría de los asistentes no estaba en condiciones de digerir analogías. Ahítos como nunca, cerraron los ojos fingiendo concentración y se procuraron un breve sueño. A espaldas de Artorius resonaba un concierto de eructos y ronquidos que el arzobispo no llegó a registrar, aturdido por las efusiones de su propia voz.

En cuanto Fastidius los pronunció libres de pecado, se disgregaron. Nadie quería perder la oportunidad de revisar su equipo una vez más. Un cordón mal ligado podía afectar la marcha o, ya en batalla, marcar la diferencia entre la vida y la muerte.

Tariq repasó sus armas, ropas y arreos, aun a sabiendas de que no encontraría defectos. Todo estaba como debía, si se hacía abstracción de la ausencia irreparable. Lo inquietaba no disponer de Na Taibhse, y por buenas razones más allá de las afectivas. ¿Cuánto resistiría su espada de hierro en franca batalla?

A medianoche todo el mundo estaba listo, en los confines del campamento. Artorius ordenó que apagasen las antorchas, menos una; y con ella en la mano recorrió las filas.

Se decía que era un orador inspirado. Tariq nunca lo había oído arengar a sus tropas, aunque había comprobado que era capaz de llenar a los lores de un entusiasmo infantil; en cualquier caso, aquello era una consecuencia natural de su genio estratégico. Pero en la ocasión, quizás porque las huestes eran superiores al alcance de su voz, o porque quería evitar la intrascendencia que había conspirado contra Fastidius, se limitó a desfilar ante los soldados.

Se detuvo brevemente en cada par de ojos, como si quisiese grabarse los rasgos de los que combatirían bajo su estandarte. Y así insufló a sus hombres un fuego que permanecía en los corazones, aun cuando la antorcha se alejase.

Ni una palabra se desprendió de sus labios, que había trabado en una extraña sonrisa. Las facciones del *dux* no expresaban nerviosismo ni la ilusión que anima a aquel que se cree llamado a la gloria. Más bien las encendía una íntima satisfacción, la de aquel que sabe que está haciendo lo que debe y ha expulsado toda otra consideración de su horizonte… incluyendo la debida a la propia supervivencia.

Una vez que hubo saludado al último, usó la capa para extinguir la antorcha. Su pecho humeaba todavía cuando montó, invitando a lores y oficiales a imitarlo en el ejemplo.

Los esperaba una marcha en la oscuridad, siguiendo un rastro de piedras blancas. Los *scouts* las habían sembrado en la víspera, para jalonar el sendero. El camino conducía a Camlann, el sitio que Artorius había elegido para la batalla.

Tariq recordó que alguna vez había preparado así el terreno para una aventura nocturna, extramuros del palacio de Ali Fatima; y no pudo evitar sentirse un poco niño.

Pronto no habría más juegos, para la mayoría, que aquel que acababan de iniciar.

2.

Caninus le había sugerido que abandonase la campaña. Las disputas tribales y la defensa de la isla le eran ajenas, en su condición de hombre del Mare Nostrum. Y si aquello no bastaba para disuadirlo, le convenía ponderar la lucha que tenían por delante. Lo único que Artorius prometía era una derrota segura. ¡No tenía sentido desafiar a la muerte por una causa perdida!

Tariq respondió que su argumento suponía una falacia, por cuanto cada disputa entre los hombres ponía en juego el destino de la humanidad. Si uno se negaba a pronunciarse sobre los dilemas de su hora, y en consecuencia rehusaba inclinar el fiel de la balanza: ¿con qué derecho reclamaría solidaridad, cuando la fuerza bruta se opusiese a su reclamo de justicia?

La Historia demostraba que las mejores ideas podían fracasar a pesar de su mérito. Y que, aun cuando triunfasen, corrían el riesgo de ser tergiversadas y sujetas a corrupción. Caninus estaba en condiciones de apreciarlo. ¿O no padecía en carne propia la persecución que la Iglesia consagraba a los discípulos de Pelagio? ¿Acaso no suponía aquella cacería una degradación de la filosofía de Jesús? ¿No había demostrado el Nazareno que abogaba por la tolerancia, y que medía a los hombres por el trato que dispensaban a los más desvalidos?

Tariq había estudiado los Evangelios a instancias de su padre, Ahmad al-Hakam, que creía que la sabiduría se manifestaba en todas partes: tanto en las culturas que florecían en el orbe entero, respuesta local a cuitas universales, como en las características del mundo natural. ¿O no funcionaba la naturaleza como espejo de una Razón por encima del desvarío de los hombres?

La defensa de una idea era, pues, un afán propenso a los equívocos. Pero la defensa de un hombre justo estaba más allá de los cuestionamientos. Al-Hakam se lo había explicado del modo más gráfico, diciendo que un hombre justo era más raro que un camello con alas y, por ende, más precioso. Tariq no estaba seguro, todavía, de haber dado con el terreno donde su semilla fructificaría; pero sí sabía que Artorius era uno de aquellos hombres escasos.

Si lo dejaba caer, se convertiría en cómplice de sus victimarios.

Caninus pareció resignarse al peso de su argumento. Como la violencia le repugnaba, dijo que marcharía en la retaguardia para asistir a los heridos.

Tariq le regaló un odre de hidromiel.

—Si no sobrevivo a la contienda —dijo entonces—, tiene usted permiso para bebérselo todo, siempre y cuando no deje de brindar por mí.

—La carne es débil —había repuesto el monje, guardándose el odre—. ¡No me ponga usted en la tentación de desearle lo peor!

3.

Avanzaron a paso de hombre detrás del Búho, que así llamaban al *scout* que mejor veía en la noche. Su tarea se veía complicada por la distancia entre las piedras blancas y su disposición errática, que habían preferido para que el enemigo no leyese en ella la deliberación de lo humano; y por las nubes que cubrían el cielo y apagaban las estrellas. Pero hasta los ojos de Tariq se habituaron a la negrura que al comienzo había parecido impenetrable. Aunque veía poco, registraba lo necesario: el límite que los árboles ponían al camino, las piezas metálicas de las armas que tenía más próximas y que operaban como grietas en la opacidad.

Nadie hablaba. Y, sin embargo, el ruido que producían era ensordecedor. La tierra latía al paso de las bestias. Todas las correas rechinaban, como si el que marchaba fuese un ejército de grillos. Ramas y raíces restallaban bajo los pies. Su cota de malla parecía hecha de címbalos. De contar con tambores verdaderos, no habrían avisado de su paso de modo más sonoro.

Pero el enemigo, juraba Artorius, no llegaría a Camlann antes que la luz; y cuando llegase, se toparía allí con sus fuerzas ya apostadas y dispuestas al combate.

Durante la marcha, Tariq no dejó de alentar el temor que había anticipado al *dux*: que los soldados aprovechasen la oscuridad para desertar. Pero al llegar a la cañada con los primeros resplandores, concluyó que su miedo había sido infundado. Puede que alguno se hubiese perdido en el camino, pero el grueso del ejército seguía rondando la cifra inicial: alrededor de un millar de hombres.

La mitad había sido aportada por los lores. Artorius respondía por los trescientos que le servían personalmente, desde que había heredado el mando de Aurelius Ambrosius. Entre los soldados más jóvenes, había cuarenta que eran hijos de sajones, decididos a defender su nueva tierra. Medio centenar habría estado más a gusto en la cocina, viendo jugar a sus nietos junto al caldero. Y el más pequeño de todos, Cerdic, hijo de Peredur, cumpliría trece el día de la batalla.

Alto y fuerte como un adulto, le había solicitado a Artorius que hiciese una excepción a sus reglas. Después de todo, lo separaban apenas veinticuatro horas de su ingreso en el mundo de los hombres. El *dux* se había mostrado reticente, a pesar de que Peredur coincidía con el niño; pero terminó por ceder. Si algo tenía claro era que nada sabía respecto del instinto paternal.

La noche fue diluyéndose, amparada por una niebla helada; y entre sus velos, Tariq pensó que no había conocido ejército más irregular que el de Artorius.

Todos los hombres estaban mal pertrechados, o lo estaban de modo apenas satisfactorio. Portaban las armas más variadas: por lo general lanzas, dagas y mazas de factura disímil, con el hacha y la espada ocasional. No pocos entre ellos habían debido fabricar sus propias herramientas, con diversos grados de éxito. Por cada diez escudos, había un peto de cuero; y la proporción respecto de los cascos era menor.

La mayoría de los cascos y tejidos de malla estaba en poder de los oficiales. Aquel que Tariq llevaba en su cabeza había sido regalo de Artorius, que el Moro había modificado para disimular su origen romano y, por ende, el favoritismo. Su impulso inicial había sido obsequiárselo al primer soldado que se le cruzase. Pero en la encrucijada entendió que la prédica disolvente de Caninus no había caído en terreno yermo; y optó por permitirse ese acto de egoísmo.

Tariq sabía, no obstante, que aquel que juzgase las fuerzas de Artorius a simple vista incurriría en error. El *dux* había machacado a sus hombres hasta el desmayo, enseñándoles a actuar como una formación. Tras la vanguardia ligera, los *velites*, venía la infantería pesada; y esta funcionaba en coordinación con la caballería que la flanqueaba, atacando a la manera de una *cohors equitata*.

Pero una cosa era el entrenamiento y otra muy distinta la batalla.

En pocas horas más sabría si las enseñanzas habían cundido; o si las formaciones se disolverían en cuanto atronase el ruido, la sangre produjese barro y el enemigo desplegase su número.

4.

Artorius no descansó, ni dejó descansar, hasta que todos los hombres estuvieron en sus puestos. Ocupó los bosques, la ladera que concluía en el río y obligó a los *velites* a cruzar las aguas, para que se instalasen al otro lado. Finalmente, instó a la caballería a esperar en lo alto de un risco. Procedía casi a ciegas, inspirado por los mapas que había dibujado, puesto que la niebla impedía una visión panorámica. Desde el risco que le había tocado en suerte, Tariq no registraba al resto de las formaciones. Ni siquiera llegaba a ver el agua que corría a sus pies, aunque no pudiese evitar oírla. Prisionero de un cauce roto, el río avanzaba a tumbos entre las piedras.

Si la niebla no se disipa, nos mataremos entre nosotros, pensó el Moro.

Entonces empezó a llover.

El primer efecto de la lluvia fue aquel que Tariq había deseado. En cuestión de minutos, no quedó ni rastro de la bruma. El paisaje se abrió ante sus ojos, adquiriendo una claridad prístina. Pudo ver así, la infantería, que había alzado sus escudos para protegerse del chaparrón; y también las formas que se agazapaban entre los árboles; y el río que imitaba el color de las nubes; y los montes que se superponían al otro lado, creando un desfiladero que moría en la ribera.

Artorius impartió una orden a uno de sus triarios, Agrícola, que asintió y espoleó a su caballo.

—¿Has combatido bajo la lluvia alguna vez? —preguntó el *dux* a continuación.

—Solo en dos oportunidades —dijo Tariq—. En los montes Nervasos, contra los suevos, y en Vouillé contra los visigodos. Y las dos veces me prometí que no volvería a intentarlo. El hombre no está hecho para moverse bajo el agua.

—Todas las criaturas se adaptan a su medio. Menos el hombre, a quien solo se le pide que se adapte a su destino —dijo el *dux*. Y después mesó sus bigotes rojos, expulsando el exceso de agua.

El peso de la cota de malla se multiplicaba a cada minuto. Cuanto más tardasen en entrar en batalla, peor sería para todos. El terreno se aflojaría, los movimientos se volverían más lentos, las tiras de cuero cederían todo lo que hasta entonces habían ajustado y la visión quedaría comprometida. En Vouillé había acabado por combatir de rodillas en el barro, expuesto al tropel de los caballos que trataban de huir aun cuando ya no podían controlar sus movimientos.

El Moro no creía en un dios iracundo, dispuesto a humillar a los hombres por sus osadías; pero sí en un dios similar a un filósofo (y en ello, parecido a su propio padre), que no movería un dedo para impedir la lucha en el pantano. En condiciones normales, el hombre practicaba la violencia como si hubiese nacido para ello. Pero bajo el agua se volvía torpe e inadecuado, malgastando energías a cambio de nada. ¿Anhelaba dios que el hombre entendiese, así, que estaba hecho para cosas mejores?

Tariq vio que Agrícola atravesaba el río, a lomos de su caballo. El cauce había crecido ligeramente, lo que dificultaba su avance. Si la lluvia seguía arreciando, los *velites* quedarían aislados, exponiéndose a una masacre.

—Allí —dijo el Búho, que no solo veía bien de noche.

Señalaba en dirección a los montes que crecían más allá de la cañada, al otro lado de la cortina de agua.

—¡Es Gwent! —insistió el Búho.

Tariq se enjugó los ojos, tratando de ver lo que el *scout* veía.

Allí. El hombre de tamaño de hormiga, que bajaba por el monte usando un sendero abierto por animales. Hacía señas desesperadas con ambos brazos, mientras sus pies resbalaban sobre las piedras.

—Ya llegan —dijo Artorius.

Como si resintiese el anuncio, su caballo golpeó la tierra con un casco.

5.

Una hora transcurrió entre el alerta de Gwent y la aparición de la vanguardia invasora. Poco antes de que avistasen soldados en la cañada, la lluvia se llamó a un alto. A esas alturas, pensó Tariq, que siguiese lloviendo o no cambiaba poco. El agua ya había hecho casi todo el daño que podía. Los caballos se resistirían a bajar por el terreno lavado. Bastaba con que uno perdiese el equilibrio para convertir lo que debía ser una carga en un alud. Y el cauce del río había crecido aún más, lo que comprometía la estrategia que Artorius había elegido. Todavía era posible cruzarlo, aunque a costa de un esfuerzo superior. Pero si el torrente seguía aumentando, las consecuencias serían catastróficas. ¿Cómo saber qué les depararían los próximos instantes?

Tariq agradeció no estar en las botas del *dux,* de cuyo juicio dependían las vidas de tantos hombres.

Que escampase justo entonces pareció contrariar a Artorius. A Tariq se le ocurrió que quizás contaba con la lluvia para seguir escondiendo a su gente. La sorpresa del ataque podía ser más valiosa que una visibilidad perfecta.

En ausencia de la cortina de agua deberá volver a los planes originales, pensó. *Pero su efectividad se ha vuelto cuestionable, en un escenario reescrito por el lodo.*

—¿Recordarán sus instrucciones? —se preguntó el *dux*—. Son tan jóvenes e inexpertos…

—Ha elegido usted a los mejores como líderes —dijo Tariq.

—A ellos me refería, precisamente.

Las huestes del *dux* conservaron sus posiciones, tratando de que la inmovilidad los fundiese con el paisaje. Los arqueros y la caballería estaban protegidos por escondites naturales, pero el grueso de la infantería permanecía expuesta: un sembrado de lanzas que se escalonaba como terrazas sobre la ladera. Y los *velites*… El corazón de Tariq se saltó un latido. ¿Dónde estaba la vanguardia de la infantería? Todo lo que veía en la ribera opuesta era el terreno revuelto por las pisadas. Estuvo a un tris de anunciarle a Artorius que los *velites* habían desertado. Solo lo contuvo el deseo de no convertirse en portador de la infausta noticia.

—Hice mal en desconfiar. ¡Mis *velites* recuerdan sus órdenes! —dijo el *dux*.

Tariq tardó un instante en comprender; y en reevaluar su opinión, asumiendo las ventajas de que los soldados usasen escudos lisos.

Siguiendo instrucciones de Artorius para la eventualidad de la lluvia, los *velites* habían barnizado sus escudos con barro fresco. Después se habían echado al suelo sobre sus vientres, cubriendo cabeza y torso bajo los discos de madera. Piernas y pies quedaban también ocultos, debajo del escudo del soldado que se había tumbado a continuación. Bajo la pátina de lodo, el cuero sin repujados ni pinturas se integraba en el suelo. Tariq imaginó que, desde el punto de vista de los invasores, los *velites* debían de verse como parte del terreno rocoso que anticipaba la ribera.

La columna invasora estaba ya a cien metros de los *velites*. Casi todos los guerreros eran rubios, de largos cabellos y dimensiones prodigiosas. Tariq vio pocas lanzas, la mayoría portaba mazas; eran conscientes de la destrucción que podían producir por el simple hecho de extender sus brazos.

Y, sin embargo, Artorius continuaba en silencio. ¿A qué estaba esperando? ¿Contaba con que el combate estallase naturalmente, cuando el enemigo divisase las fuerzas que se le oponían?

No. Lo que Artorius estaba esperando era algo distinto. Algo que se sabía en condiciones de ver, que habría visto aunque la lluvia hubiese regresado de un modo torrencial.

Medraut era el único que avanzaba a caballo. Armado hasta los dientes. Y portando un escudo que había sido dorado y rojo, cruzado por dos pinceladas de brea.

6.

A su lado iba el hombre más grande que Tariq hubiese visto: tanto, que alcanzaba la altura de Medraut, aunque se movía a pie. Tenía cabellos blancos, pero estaba en la flor de la edad. Sobre su hombro descansaba un hacha de doble hoja. Parecía capaz de derribar un árbol de un solo golpe. Aquel era Osten, el rey de los jutos. Medraut se lo había señalado en la playa.

Al otro lado de Osten iba un palanquín, a hombros de seis guerreros pintados de azul. Encima del palanquín iba un trono, y sobre el trono, se sentaba Drust, nieto de Drust, el líder de los pictos. Este Drust iba teñido de añil, como sus súbditos. Portaba un escudo rectangular, que sin duda había pertenecido a un soldado romano, sobre el que había pintado un jabalí. Y estaba armado con algo a mitad de camino entre el cetro y la maza, coronado por una piedra de aspecto cruel.

Osten giró la cabeza en dirección a Medraut, formulándole una pregunta que el río no dejó oír. Y Medraut le respondió, alzando un brazo en dirección al campamento que el *dux* y sus fuerzas habían dejado atrás.

—Esta será mi última batalla —dijo Artorius.

Tariq miró en derredor, asegurándose de que nadie más lo hubiese oído. El *dux* no podía ignorar que sus hombres, oficiales incluidos, eran un grupo supersticioso. En la inminencia del combate, su comentario no podía haber sido más inapropiado. ¿Tan acabado se sentía, que no temía vaticinar la derrota aun antes de desenvainar?

Pero no había temor en el rostro del *dux*. Por el contrario, había recuperado la sonrisa que lo encendía antes de partir, cuando grabó en su memoria los rostros de sus hombres.

—He conocido filósofos, allende los mares, que sostienen que este universo no es el único que existe —dijo Tariq—. Según dicen, habría otros mundos en número casi infinito, donde se practicarían todos los destinos posibles. Lo cual supondría que, al menos en varios de ellos, se estarían verificando variaciones de esta escena. Aunque sus probabilidades sean escasas, el *dux bellorum* Artorius triunfará en un racimo de esos mundos. ¿Por qué no pensar que el nuestro puede ser uno de ellos?

—De eso no tengo duda. Esta es la primera vez que me enfrento a una batalla conociendo su desenlace de antemano —dijo Artorius. Y extendió una mano húmeda para estrechar la que Tariq conservaba libre—. Yo sé ya que he vencido en la lid que me desvelaba. Y que no lo hubiese logrado de no haber sido por tu intercesión, Tariq ben Nusayr, portador de la gracia.

Un grito resonó entonces, cruzando la barrera del río.

La vanguardia invasora, compuesta por hombres de Osten, había detectado al enemigo. Señalaban con gestos ansiosos a la infantería de Artorius, que permanecía en su posición a este lado de las aguas, sin hacer aspavientos. Los cuernos se hicieron oír entre pictos y jutos, alertando a la porción de la columna que todavía no había asomado en el codo que daba al río.

Tariq fue el primero en desprenderse del apretón. Nerviosa, su mano voló en busca del pomo de la espada.

Artorius llevó la diestra a sus labios y la expuso al calor de su aliento. Una vez que la hubo secado, desenvainó sin apuro.

Allá abajo, en la ribera opuesta, la batalla ya había estallado.

7.

Sin esperar indicación de Osten, los invasores que encabezaban la columna alzaron las hachas y emprendieron carrera al río. Solo advirtieron la peculiaridad del terreno cuando ya estaban por pisarlo.

Los *velites* se incorporaron de un salto, con sus armas ya dispuestas.

La carga de los invasores se frenó, pero no de la forma que hubiesen deseado. Los que corrían más rápido resbalaron sobre el terreno empapado, que no ofreció resistencia a sus talones; y aquellos que les iban a la zaga se enredaron con los cuerpos caídos y se fueron de bruces.

Los *velites* se cobraron sus primeras víctimas, lanceándolas en el suelo.

Osten agitó su hacha y llamó al combate, con un alarido que se impuso a la polifonía de los cuernos.

Tariq vio que Medraut espoleaba a su caballo, para no despegarse del gigante.

Los *velites* retrocedieron unos metros, para obligar a los atacantes a avanzar sobre los cuerpos de sus compañeros. Los jutos sorteaban como podían la barrera de carne y sangre, trastabillando entre brazos y piernas sometidos a estertores. Todavía sacudidos por el horror, gritaban de alegría cuando lograban superarla para ensartarse a continuación en las armas de los *velites*. Que, sumando así cuerpos a la barrera, retrocedían un nuevo tranco.

Los minutos iniciales fueron victoriosos para las huestes de Artorius, cuya estrategia se cobró muchas víctimas a ínfimo coste. Pero el invasor se recuperó pronto, a fuerza de pisotones que terminaron por asentar los cadáveres en el barro; y su ataque se multiplicó en velocidad y cantidad, lo que abrumó a los *velites*, que no tardaron en dar con sus talones en el río. Volviendo a sentir la seguridad que les conferían su número y sus dimensiones, los invasores se aplicaron a talar lanzas y escudos como quien desmonta un bosque.

Era un instante crucial. El agua frenaría el regreso de los hombres del *dux*, forzándolos además a ofrecer sus espaldas al enemigo. Aun cuando los *velites* se pusiesen a distancia de sus brazos, nada los protegería de las hachas que arrojasen.

Artorius lanzó una voz que sus oficiales multiplicaron, hasta que alcanzó el bosque. Y los arqueros se abocaron a su tarea.

A diferencia de lo que Tariq había visto en tantos ejércitos (incluido el romano), los britones no solían usar arco y flecha en sus batallas. Eran armas que reservaban para la cacería. Matar a distancia estaba bien visto cuando se apuntaba a un ciervo, cuya velocidad era insuperable si se lo perseguía a pie; pero se consideraba indecoroso dispararle a un hombre que estaba lejos y, por ende, carecía de la oportunidad de defenderse.

Artorius había respetado los usos locales hasta entonces, negándose a incorporar arqueros a sus fuerzas estables. Pero en la inminencia de una lucha desigual, había decidido optimizar sus recursos; y así fue como reclutó a los mejores cazadores, ofreciéndoles un permiso para abastecerse en territorios de los lores. Casi todos habían aceptado la oferta. El trato no los obligaba a enfrascarse en la lucha cuerpo a cuerpo. ¿Quién podía resistirse a la tentación de asegurar su sustento para siempre, a cambio de tan solo un día de riesgo?

Las flechas se elevaron, culminando su parábola al promediar el río. Y desde allí iniciaron el descenso, diezmando las primeras filas invasoras. Su vanguardia se había desprendido de los escudos, para perseguir a los *velites* con mayor velocidad.

El golpe de los arqueros permitió a los *velites* ponerse a salvo. En cuanto pisaron la orilla amiga, se dirigieron al bosque a través de un pasillo que la infantería trazaba con sus cuerpos. Allí les esperaban mujeres y hombres que atenderían sus heridas, les darían de comer y beber, se ocuparían de su descanso y les entregarían armas nuevas cuando fuese la hora de retornar a la batalla.

Los gritos del gigante Osten organizaron el cruce. Ahora los soldados rubios recurrían a sus escudos para protegerse de las flechas. Su avance progresó así a marcha sostenida, construyendo un puente de madera que serpeaba entre las aguas.

Tariq vio que Medraut frenaba el ímpetu del gigante: lo conminaba a esperar del otro lado, hasta que sus hombres ganasen una posición firme en esta orilla.

El *dux* lo había visto también, porque no tardó en proferir la orden. Los arqueros tenían instrucciones de seguir acosando a los invasores aun después de que cruzasen el río. Forzados a cubrir un flanco por obra de las flechas, no podrían sino mostrarse vulnerables a la carga en pinzas de la caballería.

Artorius espoleó su caballo, que salió disparado.

Tariq sintió un vahído, que no tuvo más remedio que ignorar. Y clavando los talones en los ijares de su bestia, se lanzó a la pendiente enjabonada.

8.

Su suerte estaba atada a la del caballo que montaba, que todavía no conocía del todo. Por eso se negó a imponer su urgencia al animal, cediéndole el control de la bajada. Que, tal como había temido, se reveló peligrosa: no tardó en superarlo un caballo que ya había perdido pie, arrastrando a su jinete en la caída.

Si no logramos atacarlos como se debe, pensó, *al menos los arrollaremos.*

El temor del caballo hizo que perdiese su sitial junto a Artorius. Lo pasó un pelotón de oficiales, más inconscientes o más seguros de sus cabalgaduras. Levantaron en su andar una lluvia de barro, que salpicó su cuerpo y cara, errándole por poco a los ojos; pero también rompieron la piel del terreno, dejando expuestos parches de polvo que permitieron que su caballo se afirmase.

Tariq exigió al animal por vez primera. Y el caballo le respondió, sumándose al frenesí de la tropa.

El Moro oyó el clamor de los hierros al chocar. Alzó su espada y rechinó los dientes. El caballo embistió a dos guerreros rubios, lanzándolos al aire como si estuviesen rellenos de paja. Pero acusó el golpe, frenando su carrera.

La espada de Tariq salió volando. El Moro la había soltado, al luchar para no ser lanzado por encima de su caballo.

Conservó la montura, al precio de descubrirse desarmado. Un guerrero se le venía encima, hacha en mano. Tiró de las riendas, tratando de que el caballo reculase. Lo único que logró fue que se alzase sobre sus cuartos traseros, exponiendo el pecho. El salvaje no dudó, buscando ese blanco. Cortó en cambio una pata de las que se agitaban, por debajo de la rodilla. El trozo cortado se sacudió, todavía unido al caballo por una tira de cuero; y al trazar su arco se enlazó al hacha, que salió despedida de la mano del juto.

Herido de muerte, el caballo saltó. Se fue encima de su atacante, derribándolo.

En su confusión quiso sostenerse sobre la pata que ya no tenía y cayó hacia delante. Tariq oyó simultáneamente el quebrarse de las costillas del atacante y el soplido del aire, al huir de aquel cuerpo.

El Moro se volcó también, incapaz de sustraerse a la inercia. Y ese movimiento lo salvó del paso de otra hacha, que había partido en busca de su espalda. Casi no la vio, pero la sintió silbar cerca de su oreja. No pudo permitirse ni siquiera el alivio. Estaba demasiado ocupado, levantando la pierna para que no la quebrase el caballo al desplomarse.

Se zafó para caer de espaldas sobre el barro. El mundo era un caos de gritos, patas, surtidores de sangre y botas llenas de agua que patinaban sobre el lodo.

Se impulsó con las piernas hasta quedar de rodillas. Y al verse en el punto de mira de tres guerreros a la vez, se fugó por debajo de un caballo mientras buscaba un arma que pudiese hacer suya.

Encontró la espada de Peredur, que ya no podía usarla. El padre de Cerdic chapoteaba en el barro, presa de convulsiones. Un hacha lo había mordido en el muslo. Tariq vio la carne abierta y el doble ojo del fémur cortado. La arteria femoral expulsaba sus últimos chorros, a cuenta de un corazón exangüe.

Tariq cogió la espada, alzó el escudo y se puso de pie.

Los guerreros de los que había huido ya no estaban allí, transportados por la corriente de la batalla. Buscó el caballo que Peredur debía de haber dejado sin guía. Lo que encontró, sin embargo, fueron los ojos de un invasor que acababa de desenvainar su hacha del cuerpo de un *velite*.

Tariq amaba la esgrima, pero detestaba el cuerpo a cuerpo a que lo sometían las batallas. El arte de la espada se veía reducido a mandobles espasmódicos, condicionados por las circunstancias: los ataques que se multiplicaban por flancos simultáneos, las constricciones que proponían los cuerpos que combatían a su lado, la necesidad de preservarse de los corcoveos de los caballos. El guerrero que acababa de elegirlo bajó su escudo, separándolo de su propio cuerpo; eso lo pondría a cubierto del mejor golpe de Tariq. Acto seguido alzó el hacha y embistió.

El Moro levantó su propio escudo, aun cuando sabía que era en vano. Un golpe como el que su adversario se disponía a dar lo hendiría, produciendo además daño en su brazo. Por eso dio un paso al costado, tratando de complicarle el ángulo.

Otro combate se interpuso entre ambos. Tariq sintió que un hierro mordía su cara: una espada amiga lanzada al vuelo, pero no se inmutó. Solo tenía ojos para su contrincante. El juto, en cambio, se distrajo con la lucha secundaria que les había salido al cruce. El golpe que destinaba al Moro mordió a un *velite* en el hombro, con tanta fuerza que lo hizo girar sobre su eje.

Tariq creyó llegada su oportunidad. El hacha había seguido su camino, su adversario no volvería a dominarla hasta que concluyese el movimiento. Pero uno de los pasos que el Moro emprendió fue en falso. Resbaló en el barro espesado por la sangre y sus piernas se abrieron, dejándolo con una rodilla en tierra. Era una posición adecuada para ofrecer el cuello al verdugo, mas no para presentar combate.

La suerte le sonrió en la forma de una flecha, que se clavó en el trapecio de su atacante: las plumas vibraron como cascabeles. Sin embargo, el hombre no produjo más que un respingo; y al completar el hacha la trayectoria que le había impreso, empezó a desandarla con la intención de pescar a Tariq de un revés.

Tenía que levantarse para ofrecer algún tipo de resistencia al hachazo. Y aunque lo lograse, no conseguiría usar el escudo: se vería obligado a interponer su espada, que saltaría en mil pedazos sin disminuir el poder del golpe.

En la batalla, como en la vida, no existe nada parecido a un golpe limpio, repetía Artorius durante la instrucción que impartía a los soldados. *Lo más importante, pues, no es el estilo ni el arma que se esgrime, sino la concentración. Si los sentidos están en alerta, la capacidad de aprovechar cada oportunidad se incrementará.*

Una masa oscura entró en el campo visual de Tariq, a la altura de las rodillas de su atacante. No quiso distraer sus ojos, fijos como estaban en el hacha; pero advirtió que el curso del golpe se modificaba al golpear de refilón contra la masa oscura (¿un escudo?, ¿escudo *enemigo*, para más datos?) y se dispuso a aprovechar la brecha.

La trayectoria del hacha se desvió hacia arriba. Todavía agachado, Tariq bajó la cabeza y se afirmó sobre ambos pies. El hacha silbó por encima y, a continuación, su enemigo se llevó por delante la espada… y a él mismo, atropellándolo.

Nuevamente desarmado (la embestida le había arrancado la espada de las manos), Tariq se puso de pie y apeló a su daga. Quería rematar a su enemigo, que había quedado a cuatro patas y jadeando; la herida del bajo vientre debía de ser grave. El Moro escupió la sangre que le llenaba la boca, lo cual le recordó que había recibido un corte. Pero antes de que diese un paso, lo asaltó otro enemigo. Parecía gemelo del anterior: rubio casi albino, rictus feroz, hacha en mano. Solo que estaba más cerca, con el arma dispuesta encima de su cabeza y sin flecha alguna que frenase sus movimientos.

De no ser por el jinete, el Moro habría sucumbido al hachazo. El oficial asomó como un rayo y propinó un tajo que, aunque impreciso, cortó al enemigo en la cara interna del brazo levantado. Incapaz de completar el golpe, el invasor le concedió a Tariq el tiempo que necesitaba. Se echó de rodillas en el barro, para burlar la barrera del escudo; y desde allí, clavó la daga en el muslo. El surtidor de sangre confirmó que había dado con la arteria buscada. Rodó sobre sí mismo, alejándose de su enemigo. A quien el jinete remató, al retornar de su carga inicial.

Era Artorius, que le indicó que trepase a su caballo.

Tariq usó como escalón la montaña del hombre a quien acababan de matar.

Trotaron unos pocos metros, hasta que el Moro vislumbró el caballo sin jinete que tenían más próximo (Peredur no había sido el único en resultar desmontado) y se apoderó de las riendas.

Desde aquellas alturas evaluó la situación. La caballería no había perdido aún la playa, diezmando al enemigo a medida que salía del agua. Pero el parapeto que los escudos ofrecían a las flechas era cada vez más ancho y efectivo; y en consecuencia, la cantidad de soldados que cruzaban se multiplicaba.

Tarde o temprano, Artorius llamaría a retirada.

A no ser que prefiriese que la caballería entera se inmolase en la playa.

9.

Sostuvieron la posición durante dos horas. El combate a caballo ofrecía ventajas, especialmente en el enfrentamiento con enemigos muy altos: los obligaba a sostener una posición a la que no estaban habituados, con el escudo alzado, y les dificultaba golpear con las hachas de arriba hacia abajo.

Hubo unos quince minutos, al promediar la hora final del enfrentamiento, durante los cuales el cansancio se hizo sentir y la sangre desertó de los brazos enemigos. Las huestes de Artorius aprovecharon la oportunidad, produciendo una carnicería. Tariq buscaba cabelleras rubias que tronchar y solo hallaba rojas.

Pronto asomó una nueva táctica en las filas del adversario. Para evitar una derrota aplastante, empezaron a golpear bajo. Y Tariq se vio obligado a recular, para proteger a su caballo. Los animales que Artorius usaba llevaban protección en cuello, pecho y grupa, al estilo romano, pero nada los salvaba de hachazos que talaban las patas u horadaban su vientre.

Pelear reculando era improductivo. La mano que portaba el escudo ya no podía defenderse, aplicada a la maniobra constante con las riendas. Y herir al enemigo del que quería alejarse se tornaba imposible, salvo cuando el caballo topaba con un hombre rubio de modo inevitable… o le atinaba con sus coces.

Tariq recibió el toque a retirada con alivio. El campo de batalla se estaba tiñendo de azul: los pictos ya habían logrado pisar la ribera.

Dio un tirón a las riendas, con intención de enfilar hacia el bosque. El caballo retrocedió y vaciló sobre sus cascos, como si estuviese borracho. Comprendió que iba a desplomarse en cualquier momento, debilitado por la pérdida de sangre; y alcanzó a quitar los pies de los estribos, para no ser arrastrado en la caída.

Un jinete a quien conocía de rostro pero no de nombre se le aproximó, tendiéndole un brazo. Tariq se enganchó y saltó a la grupa de la otra cabalgadura.

Antes de perderse entre los árboles, miró por encima de su hombro. El caballo que tan bien le había servido resbaló una vez más (una de las patas se había enredado en sus propias vísceras, que arrastraba por el suelo) y se desplomó como si alguien hubiese cortado de un tajo el hilo de su vida.

La maldición que Tariq quiso pronunciar se ahogó en su boca ensangrentada.

10.

Una mujer le limpió el tajo de la cara y lo selló con resina. Otra le dio de beber, agua y después vino. Un paje le trajo botas nuevas, para reemplazar aquellas que las hachas habían reducido a flecos. La mujer que le había curado el rostro le pidió que no se las calzase, hasta que hubiese revisado los cortes de sus pies.

Le habría alegrado ver a Caninus, pero seguramente le habían tocado en suerte otros heridos. La llegada de la caballería al bosque, que Wulfsige protegía por indicación expresa del *dux*, había desbordado la capacidad de los enfermeros. Tariq quiso relevar a la mujer que lo curaba, para que se dedicase a aquellos que estaban graves. Pero las instrucciones de Artorius eran precisas: se otorgaría atención prioritaria a aquellos que estuviesen en condiciones de pelear. En mitad de una batalla, los guerreros eran más importantes que los mutilados y moribundos.

Por fortuna el flujo de heridos se redujo. La infantería había recuperado la iniciativa. Al retirarse la caballería, los soldados de Artorius habían lanzado su carga cuesta abajo. Su peso y su velocidad empujaron al enemigo de espaldas al agua. Y como las flechas incendiarias abrasaban los escudos que protegían el paso del río, los cuernos no tardaron en sonar.

—¿Qué es eso? —La voz sonó femenina en los oídos de Tariq.

Era Cerdic, el hijo de Peredur. Estaba ataviado como un infante. Artorius lo había dispuesto en la retaguardia, como parte de la protección que rodeaba al campamento médico.

—El enemigo llama a retirada.

—¿Significa que hemos vencido?

—No. Significa apenas que lo hemos detenido en la frontera del río. Seguramente reagrupará fuerzas, mientras sus *scouts* buscan puntos de cruce alternativos. Por suerte el *dux* conoce el terreno. Camlann es el único punto por el que se puede vadear el agua, en muchas leguas a la redonda. Debemos darnos por contentos. Esta batalla nos permitió infligir bajas y ganar tiempo.

—¿Tiempo para qué?

—Para que se produzca un milagro.

—Mi padre dice que los sajones avanzan a nuestras espaldas.

—Tu padre dice la verdad.

—¿Qué ocurrirá cuando lleguen aquí?

—Eso es lo que todos querríamos saber.

Cerdic entendió que ya no obtendría respuestas concluyentes, y optó por preguntar algo que no podría sino replicar con sí o no.

—¿Ha visto usted a mi padre?

Tariq recordó los estertores en el barro y el muslo dividido por el hachazo.

—No.

—Con su permiso, lo buscaré entre los heridos.

—¿Y abandonarás tu puesto? ¿Qué pretendes, que el *dux* reniegue de su promesa y te devuelva a las faldas de tu madre?

El muchacho se sonrojó, asustado por la perspectiva. Y con movimientos torpes, se alejó en dirección a los confines del bosque.

Tariq había esquivado la verdad por motivos egoístas: no tenía fuerzas para contenerlo en su dolor. Al enfriarse, su cuerpo le estaba enviando noticias de los cortes y golpes que hasta ahora no había percibido. Y la batalla no había hecho más que comenzar.

Se puso de pie y, todavía descalzo, se dirigió al claro donde Artorius departía con sus lugartenientes.

El panorama era el mismo, en esencia, que Tariq había comunicado al muchacho, con un añadido vital. Desde su puesto de vigía, Gwent había divisado a Medraut, partiendo a todo galope en dirección sur.

—Lo cual solo puede significar una cosa —dijo Artorius—. Que Medraut va al encuentro de los sajones para negociar una ofensiva conjunta. Si están más cerca de lo que pensamos, nos veremos en problemas.

—Ni Osten ni Drust volverán a atacar hasta entonces —dijo lord Fergus.

—Eso es lo que yo haría si estuviese en su lugar —replicó Wulfsige.

—No podemos permitírselo —intervino Tariq. La mirada de los lores sugirió que su opinión no era bienvenida. Pero aun así, insistió—. Tenemos que atacarlos cuanto antes. Nuestra única esperanza pasa por reducirlos antes de que lleguen los sajones.

—Absurdo —dijo Wulfsige—. Aunque los venciésemos… cosa improbable, desde ya… quedaríamos en pésimas condiciones para enfrentarnos a un ejército fresco. ¡No nos darían posibilidad de recuperarnos, están demasiado cerca!

—¿Cómo lo sabe usted? —dijo Artorius.

Wulfsige dejó que una mueca se adueñase de su rostro.

—Tan solo lo supongo —dijo—. Un día antes o un día después, los sajones nos alcanzarán. Tiempo insuficiente para que las heridas se curen. Y ya no encontraremos refuerzos, por mucho que elevemos el precio de sus servicios. Nuestras opciones se han reducido a cero. ¡A no ser que el arzobispo se crea en condiciones de producir milagros!

A Fastidius, que vestía coraza y portaba armas como los demás, el comentario no le hizo gracia alguna.

—Es buen momento para negociar un acuerdo —continuó Wulfsige—. Les hemos demostrado que no somos un hueso fácil de roer. Los jutos se lo pensarán dos veces antes de prolongar la batalla. Han perdido más soldados que los pictos, que además pueden reforzar sus filas en dos días. ¡A Osten no le conviene quedar en inferioridad de condiciones ante su socio! Propongo que le enviemos un mensajero sin que Drust lo sepa. Uno de mis hombres aquí presentes, Ingwald, domina el idioma de jutos y sajones. Si el *dux* está de acuerdo, podemos presentarle estos términos: que no pondremos objeciones a su presencia al norte del Muro de Adriano, y que colaboraremos en su lucha contra los pictos. Todo lo que los jutos buscan es una tierra a salvo de los hunos. ¡Un lado u otro de la muralla debería darles igual!

—Sería cambiar un enemigo por otro —objetó Fergus—. Prefiero a los pictos en el norte que a los jutos. ¿Qué les impediría pactar con los sajones, que a fin de cuentas son una tribu hermana, y aplastarnos para siempre?

—Una salida negociada, por mala que parezca, nos concederá el tiempo que aquí se nos acaba —respondió Wulfsige—. Y además los sajones son ignorantes, mas no tontos. Mientras les cedamos algunas tierras del sur...

—¿Por qué no cede *su* tierra? —dijo Cunomorus, señor de Cornovia.

—La propuesta de lord Wulfsige es sensata —intervino Artorius, acabando con los cuchicheos que se multiplicaban entre los presentes—. Si un acuerdo garantiza la subsistencia de nuestro pueblo, me daré por satisfecho. Después de todo, estoy aquí no para hacer mi voluntad, sino para responder a los deseos de los ciudadanos.

Wulfsige no hizo esfuerzo por disimular su satisfacción. Estaba saboreando el triunfo de antemano. Si el pacto se celebraba, quedaría a un paso del poder. Había sugerido que conseguiría por medios políticos la paz que Artorius arriesgaba en batalla. En cuanto se secase la tinta sobre el acuerdo, desplazar al *dux* no le costaría mucho.

—Pero para que ese acuerdo preserve nuestra dignidad, debemos estar en condiciones de establecer términos —dijo Artorius—. Y eso no ocurrirá hasta que cimentemos una posición de fuerza.

—¿No es eso lo que acabamos de hacer? —dijo Wulfsige.

—Tan solo asestamos un primer golpe. La hora de la verdad es la que viene: cuando dos ejércitos que ya se han medido y sopesado se enfrentan en el campo, hasta que uno obligue al otro a ceder terreno.

—Intercambiar golpes con un enemigo superior es cosa de necios —replicó Wulfsige.

—Lo sería si uno se limitase a golpear sin ton ni son.

—El *dux* tiene un plan en mente, está claro —dijo Dinas, que representaba a los herreros en la coalición—. ¿Sería tan amable de compartirlo con nosotros?

Artorius dijo que, en su afán de no ser menos que Osten, Drust había ubicado a sus soldados en las primeras filas de combate. Suyos eran los hombres azules que asomaron en cuanto la vanguardia juta empezó a ser raleada. Pero los pictos nada sabían de combate formal. Las décadas de lucha contra los romanos lo habían puesto en evidencia. Cuando presentaban una guerra de guerrillas, apañados por un territorio conocido, resultaban imbatibles. Pero en Camlann, a la descubierta sobre el río, no tendrían más remedio que chocar contra formaciones entrenadas.

—Osten ha logrado lo que mis antecesores no pudieron: sacar a los pictos de su territorio y traerlos al nuestro —dijo Artorius—. La infantería penetrará en sus filas, los dividirá y aislará. Los pictos son temibles cuerpo a cuerpo, pero nada podrán contra una máquina de guerra que los eliminará uno tras otro.

—¿Y qué hay de los jutos? Uno de ellos bastaría para detener a diez hoplitas.

—Existe una cosa que los jutos hacen mal, como los jinetes acabamos de comprobar. Y eso es combatir contra alguien que los supera en altura.

Artorius desplegó un mapa sobre la mesa. A lores y representantes no les costó descifrarlo. Sus líneas coincidían con el terreno que ocupaban: la traza rota del río, el bosque protector, la cañada que contenía a los invasores.

—Mientras la infantería se ocupa de los pictos, el grueso de los jutos permanecerá detrás, en la cañada —dijo Artorius. Marcaba las posiciones sobre el mapa con un dedo ensangrentado—. Si un grupo de los nuestros accede a esta elevación, producirá un daño enorme a esos gigantes.

—Nadie puede trepar allí —dijo Wulfsige—. Todos han visto ese farallón. ¡Hacen falta alas para coronarlo!

—Existe una manera —dijo Gwent. El *scout* acababa de llegar, como era manifiesto por su respiración entrecortada—. Al otro lado del río hay una abertura entre las rocas… que conduce a un túnel. El sitio es angosto. Solo pasa un hombre por vez. Pero las piedras están dispuestas… casi como escalones. ¡Es el pasaje que he usado para ir y venir!

Gerontius acotó que había que cruzar el río antes de usar el túnel, un movimiento que el enemigo detectaría. Artorius respondió que la fuerza designada cruzaría con la infantería, en el momento de iniciar su carga. Ocultos por los escudos de la formación, los hombres elegidos alcanzarían las rocas sin ser vistos.

—Las canciones consagrarán como héroes a este puñado de valientes —dijo Artorius—. Porque ellos romperán el espinazo de los jutos, cambiando el curso de la batalla.

—Mis hombres y yo podríamos sumarnos —dijo Morgan la Araña, el representante de los arqueros—. Será como matar a peces dentro de un barril.

—Contaba con ello, master Morgan. Pero la expedición necesita un líder militar —dijo Artorius—. Y para ese honor he pensado en lord Wulfsige.

Desconcertado, Wulfsige frunció el ceño. Todo el mundo lo miraba, en espera de su gesto de aceptación. A diferencia del resto, Tariq lo observaba consciente de lo que Wulfsige debía de estar pensando: *¿Qué se trae Artorius entre manos? ¿Me ha escogido al azar o responde a una estratagema?*

—Concede el *dux* un privilegio superior a mis méritos —dijo.

—Por el contrario —replicó Artorius—. En la hora crítica hay que contar con aquellos que cultivan la sensatez. ¡Y esa es una definición que lo condena!

La sorpresa transfiguró la expresión de Wulfsige. Pero solo entendió cabalmente cuando vio a su hombre, Ingwald, aquel que dominaba el idioma de jutos y sajones, de pie junto a Tariq.

En la hora crítica hay que contar con aquellos que cultivan la sensatez. Así se iniciaba el mensaje que Wulfsige había acuñado para los sajones y que Ingwald había traducido y repetido *verbatim* ante el jefe enemigo.

Que un avergonzado Ingwald asomase ahora del brazo de Tariq significaba que Artorius sabía de su traición. Y sin embargo (Wulfsige se veía tan azorado como Tariq en su momento, cuando Artorius le comunicó su intención), el *dux* no lo había puesto en evidencia. Lejos de ello, le estaba ofreciendo una oportunidad de redimirse.

—Haré lo imposible por estar a la altura de sus esperanzas —dijo al fin, bajando la cabeza.

¿Sería capaz Wulfsige de experimentar el arrepentimiento? A diferencia del *dux*, Tariq no estaba convencido. Por eso había insistido en quedarse junto a Ingwald, al otro lado de la mesa: para protegerlo del puñal del lord. Aquel hombre era la prueba viviente del crimen de Wulfsige. Mientras palpitase su corazón, el lord se vería compelido a andar por el buen sendero.

En cuanto acabó el conciliábulo, Tariq dejó a Ingwald al cuidado de dos soldados. El *dux* confiaba en ellos: les había encargado que llevasen al mensajero a un refugio secreto, y que lo protegiesen con sus vidas.

El Moro los vio alejarse por el bosque. Pero no fue lo único que vio.

Al girarse para volver donde el *dux*, su mirada se cruzó con la de Wulfsige. Los ojos del lord le dijeron que sabía.

El resto de los lores ignoraba la traición de Wulfsige, porque el *dux* así lo había querido. Pero era evidente que Tariq estaba al tanto. ¿O no estaba actuando como pieza vital de la conspiración de Artorius?

De ahora en adelante tendré ojos en la espalda, pensó Tariq.

Artorius lo había designado para que secundase a Wulfsige en la misión.

11.

El movimiento inicial ocurrió tal como el *dux* había previsto. Las huestes invasoras se vieron sorprendidas por la ofensiva de Artorius. La infantería inició el cruce del río y los cuernos sonaron otra vez: los pictos se aprestaban al combate.

Acudieron a la orilla confiados. Muchos se despidieron de sus lanzas, que arrojaron a la distancia: les pareció que el enemigo, confinado por las aguas, sería un blanco fácil. Pero el río no impidió a los infantes alzar sus escudos y trabarlos entre sí, como el caparazón de una tortuga.

Esa misma formación persistió en tierra, ganando en velocidad. Los pictos la atacaron a su manera desmañada, resultando arrollados. Caían al suelo y la formación avanzaba sobre ellos. En cuanto quedaban en el interior del caparazón, infantes desprovistos de escudos los remataban con lanzas cortas. El avance se trabó a pocos metros de la playa, pero nunca dejó de progresar. Testimonio de su efectividad era el rastro que dejaban detrás, un reguero de cuerpos azules y huellas rojas.

Gwent, Wulfsige y los demás se movieron bajo la protección de formaciones similares. El traslado fue exasperante (como refugiarse en una choza precaria del acoso de los lobos, pensó Tariq: solo que la choza era móvil y los lobos eran azules… y, en apariencia, infinitos), pero cumplió con su cometido. Los infantes los guiaron hasta las rocas, donde se hicieron fuertes. Gwent y compañía se escabulleron por debajo de los escudos y se alejaron de la lid, al resguardo de un muro de piedra.

La caverna estaba oscura, pero según Gwent las antorchas eran innecesarias. La luz aumentaba a medida que se ascendía.

El túnel era angosto, en efecto. Para Tariq fue como subir por una chimenea. Gwent había estado atinado en su recomendación de no portar escudos: se habrían trabado en más de un punto del trayecto. Los arqueros se congratularon por haber desmontado sus armas, con la intención de preservar las cuerdas del agua.

Tariq se detuvo varias veces, para limpiarse los ojos de tierra y guijarros. Los desprendía Wulfsige con sus pies, puesto que lo precedía en el camino.

Una vez arriba, hicieron un alto, para que sus ojos se acostumbrasen a la luz que abundaba. Gwent esperó a que el último diese su venia (eran un total de sesenta, veinte de ellos, arqueros) para guiarlos en otro tramo ascendente, esta vez al aire libre.

El camino era claro y simple, pero no exento de peligros. En algunos recodos lindaba con el abismo: un paso en falso o un resbalón y alguien podía despeñarse, perdiéndose entre las sombras del fondo.

Gwent los condujo a un saliente y demandó silencio. Desde allí podían ver el fondo de la cañada y parte de la columna enemiga. Los jutos estaban abocados al descanso, en espera de órdenes de relevar a los pictos. A pesar de las sombras, sus cabellos rubios los convertían en blancos perfectos.

Según Gwent, había otra saliente similar cien pies al norte. Si se dividían, podrían atrapar a la columna entre dos fuegos. Y si lograban producir un alud, meterían una cuña que dividiría al ejército juto.

—Medraut no aprendió mucho del *dux* —susurró Wulfsige—. ¡Ha metido a sus socios dentro de una trampa mortal!

—No contaba con que saliésemos a su encuentro —dijo Gwent—. ¡Todo indica que esperaba sorprendernos en el campamento!

La explicación de Gwent era razonable. Pero a Wulfsige no lo convenció. Por eso buscó los ojos de Tariq, persiguiendo indicios.

El Moro sostuvo la mirada hasta que Wulfsige se rindió.

No obstante, Tariq se apresuró a reclamar capitanía sobre el segundo grupo. Quería irse de allí cuanto antes, no estaba seguro de haber engañado a Wulfsige.

Partieron de allí treinta hombres, pisando en las huellas de Gwent. El trayecto seguía siendo escabroso, con balcones que se abrían a abismos erizados de piedras.

Tariq cerraba la marcha, mirando por encima de su hombro. El oro de Wulfsige habría tentado a cualquiera, no le habría extrañado recibir una flecha por la espalda.

Ya instalado en el nuevo saliente, Tariq instruyó a Gwent para que regresase donde Wulfsige. Buscaría una roca o grupo de rocas y, cuando estuviese listo para iniciar el alud, les enviaría una señal visual. El ataque debía iniciarse de manera conjunta.

Tariq y otros tres soldados se desperdigaron por el desfiladero.

Todavía no había encontrado nada promisorio cuando uno de los soldados, al cobijo de un alero de roca, sugirió mirando hacia abajo:

—Allí hay un árbol marchito, que la lluvia no ha tocado. Si le prendemos fuego y lo arrojamos al vacío…

Tariq se asomó para evaluar la maniobra, y comprendió al instante cuán tonto había sido. No había árbol alguno en la ladera. Quiso girar sobre sus talones para alejarse del borde. El empujón lo pescó en mitad del giro, arrojándolo de costado.

Cayó al abismo como un muñeco; sin siquiera gritar, agitando manos y piernas mientras se bebía el viento. Hubo un primer crujido, seguido del lamparazo del dolor. Y ya no oyó más ni vio nada, a excepción del negro telón de la muerte.

Capítulo nueve

Miranda (II)

Algo gordo — *La chica de la limpieza* — *Tres Hermanas* — *Un* pendrive *ponzoñoso* — *Mamá envía un regalo* — Big Bang Theory — *Final* Humpty Dumpty

1.

Se estaba cociendo algo gordo. De otro modo no la habrían obligado a escaparse del trabajo a última hora. (Desde que dejó la confitería de Flores, Miranda había adoptado una identidad nueva: promocionaba perfumes en Alto Palermo. La OFAC no buscaba terroristas entre chicas que vestían minifalda y olían a Nina Ricci.) Los Arcángeles valoraban la protección que derivaba de esos empleos, y por eso insistían para que los cuidasen.

De la conducción de la *orga*, el más tajante al respecto era Azrael. Aquel a quien le había tocado el nombre del Arcángel de la Muerte; Miranda se preguntaba si sería consciente de la carga que suponía el apelativo. Lo había visto solo una vez, al salir de una reunión que había sostenido con Munqar. (O sea, con Sofía.) Era un tipo de aspecto convencional: treinta y pocos, pelo brillante de gel, eso sí, con talante de jefe. Las malas lenguas decían que en su vida previa había tenido una agencia de colocaciones; de acuerdo con otras versiones, había sido directivo de un banco, lo cual hacía de Azrael un converso.

«Cuidate de los conversos», solía decir su padre, «porque sobreactúan para compensar sus pecados… o su mala conciencia».

Pero su padre ya no estaba allí. Y mientras Azrael siguiese formando parte de la conducción, había que respetar sus directivas. Aun cuando eso supusiese sonreír de las diez a las siete de la tarde (al principio le dolieron músculos de la cara de cuya existencia nada había sabido) y repetir la misma frase idiota millones de veces.

La orden de olvidarse de su trabajo la sorprendió, pero no más que su destino. La enviaban a una Casa de cuya existencia no había tenido noticias: la Casa n.º 13, o Casa Segura, que quedaba (se enteró en esa instancia, cuando la obligaron a memorizar la dirección) en el barrio de Caballito, sobre la calle Pedro Goyena. Que era arbolada y de aspecto residencial, y por eso recomendable para actividades clandestinas. Aunque el 13 de la numeración no augurase nada bueno.

De haber tenido acceso a su mente, su padre habría sonreído. Miranda era la única que había salido supersticiosa como él, las otras eran cultoras de la lógica y el sentido común, dignas Hijas de su madre.

Cuando advirtió que la dirección correspondía a un salón de fiestas, comprendió la contraseña que le habían proporcionado.

—Vengo a averiguar si tienen fecha disponible —le dijo a la «recepcionista».

—¿Qué fecha busca?

—Ahm, en noviembre. Primeros días de noviembre. ¡Después de Todos los Santos!

La chica se levantó del escritorio y le indicó que la acompañase. La condujo a una sala llena de sillas y de revistas viejas. Donde ya había alguien que esperaba, fumando con impaciencia a pesar del cartel que lo prohibía.

—Qué hacés, Flor de Lis —oyó que le decían—. Tanto tiempo sin vernos.

Miranda quiso responder, pero no pudo. Le dolían músculos de la garganta de los que nada había sabido hasta entonces.

Se abalanzó sobre Bárbara y la abrumó con su abrazo.

2.

El golpe debía de haber sido duro para Bárbara: verse apartada de la conducción de Los Arcángeles para volver a las bases, como un militante más. Para empeorarlo, no había solicitado el cambio de alias, lo cual formaba parte de su derecho. La mayoría de Los Arcángeles no había visto nunca a Naqir, pero no existía uno que ignorase el nombre y la cruz de su historia. En cada acción colectiva, en cada Casa a la que fuese destinada, se sospecharía de Naqir en cuanto se presentase.

Miranda vivía en el miedo desde entonces. Esperaba a diario la noticia de que Naqir había hecho algo insensato. Pero Bárbara parecía haber aceptado la pena impuesta, con una sumisión de la que Miranda desconfiaba porque rompía con el registro del personaje.

—No te voy a decir que estoy feliz —confesó Bárbara, con esa sonrisa que era su marca de fábrica: existente tan solo en la mitad izquierda de su cara y, por lo tanto, creadora de un único hoyuelo—. Pero me lo tomo como unas vacaciones. Limpiar las Casas es casi una terapia. ¡Te cansa el físico, pero libera la mente! Lo bueno de no tener responsabilidades es…

—¿Cómo que limpiás Casas?

—Es que me abrieron comité disciplinario. Hay gente que no se banca la discusión franca y abierta. Mucha democracia en acción, mucha libertad de expresión, pero el movimiento está lleno de verticalistas. Gente que piensa que, cuando llegás a la conducción, te convertís en una especie de semidiós digno de adoración… se te acercan con la boca abierta, te juro, como si fueses la reencarnación del Che… y no, no es así. ¡Yo soy la prueba viviente! Cuando dije que la conducción estaba llena de pelotudos…

—¿Qué dijiste?

—Explicando por qué, por cierto, y dando todo tipo de razones… Lo que trataba de hacer era abrir la discusión, invitar a pensar. Pero un flaco se ofendió. Un tal Raaqib, te lo digo por si te lo cruzás. —Bárbara dio una calada más, como si no advirtiese que el tabaco ya se había consumido—. Se me vino al humo, gritándome a la cara. Le tuve que poner un par de bifes.

—¿L-l-le… pe-*gaste*?

—Pero se calmó, ¿eh? Es como dice la vieja, *un par de chirlos a tiempo*…

Miranda rio. Eso sí que estaba a tono con el personaje: sentar de culo a un militante con la excusa de hacerlo por su bien.

—Lo que me alienta es lo que tenemos por delante. Si todo sale como esperamos…

—¿Esperamos, quiénes? ¿Nosotros como Los Arcángeles, o nosotros como…?

—Munqar y yo. Sofía y yo, bah. Y vos también, una vez que Sofi te ponga en autos.

—¿Sofía…?

—Está ahí adentro. Ojalá nos reciba pronto. ¡Me estoy cagando de hambre!

Desde el pasaje a la clandestinidad solo se habían visto fugazmente, y nunca las tres. No les habían permitido juntarse ni siquiera cuando mataron a su padre. La directiva había resultado dura de tolerar, pero respondía a una lógica inapelable. El valor simbólico que las tres hermanas representaban para el movimiento era enorme. Los Arcángeles no podían arriesgarse a que cayesen muertas o prisioneras de un mismo golpe.

—Sofi consiguió un permiso especial —explicó Bárbara. Era la única que le decía Sofi y no Sofía, el modo que había adoptado desde pequeña para reducir a la hermana por debajo de su propio tamaño.

—¿Con qué argumentos? ¡Si no nos dejaron vernos ni a causa de papá!

—Vos viste cómo es Sofi. ¡Si quiere convencer al papa de que la sotana con minifalda es buena idea…!

La imagen del papa en Alto Palermo, vendiendo perfumes, le arrancó a Miranda una sonrisa.

—Yo pensé que me convocaban para decirme algo de Helena. Del… cuerpo —dijo entonces. Todavía le costaba pensar en su hermana como un cadáver, la palabra *cuerpo* tenía una ambigüedad que jugaba en su favor, un cuerpo podía estar muerto, sí, pero también…—. Y al verte acá me dije, sí, descubrieron algo y…

—No, nena, no. Todavía no saben un carajo. ¿No te digo que son una manga de forros?

Bárbara sacó los cigarrillos de su cartera (Parisiennes, los tabacos rubios o *light* le parecían cosa de adolescentes) para descubrir que se habían acabado. Aplastó el paquete con una mano y lo pasó a la otra, que comprimió el bollo aún más; como si la presión le sirviese para descargar energía nerviosa.

—Andá a saber qué hicieron con ella, esos hijos de puta. Los milicos de este país tienen tradición necrofílica.

—Bárbara, *please*.

—Pensá en el cuerpo de Eva. ¿Te acordás del cuento de Walsh? Me encantaría leerlo otra vez, pero en las Casas a las que me mandan los únicos libros son de tapadera. Coelho, *Harry Potter*. A papá le encantaba. El cuento, digo.

Bárbara calló. Estaba recordando y había tomado por la avenida de los recuerdos buenos. Cuando dejaba de actuar como un sargento, cambiaba mucho. Sus rasgos se suavizaban y daban paso a otra mujer; su belleza se volvía serena. Cada vez que se ponía así, Miranda pensaba que aquella era la Bárbara que podría haber sido, de no haber nacido en un ambiente de competencia fraternal... o, por supuesto, de no haber sufrido las tragedias que las habían expulsado del paraíso.

Una puerta se abrió para dar paso a Azrael. Seguía llevando el pelo lleno de gel, pero ahora vestía como un cartero de correo privado.

Al verlas allí encendió una sonrisa, como quien prende una luz.

—Me alegro de verlas bien. —Azrael empleaba el plural, pero solo tenía ojos para Miranda—. Y ya que las tengo a mano, les pido: hagan entrar en razón a Munqar, para que apure el trámite y las saquemos de acá lo antes posible. Lo último que nos falta es...

La «recepcionista» irrumpió con un teléfono en la mano. La llamada era para Azrael, que se limitó a escuchar. Su rostro se transfiguró, revelando urgencia. Dijo «O ka» a modo de cierre y devolvió el aparato a la chica.

—Me tengo que ir.

—Andá, nomás —replicó Bárbara. Miranda advirtió que su hermana imitaba la sonrisa de Azrael, copiada con una perfección cínica.

—Pero no se olviden, ¿eh? Cuanto antes salgan de acá...

Azrael no dijo más. En cuanto les dio la espalda, Bárbara deshizo su sonrisa de modo abrupto, como quien se quita un sombrero.

—No te creo nada —dijo, a sabiendas de que Azrael ya no podía oírla.

—Dale, vamos —la apuró Miranda.

La puerta seguía abierta. Sofía —no, no Sofía, ni Sofi: Munqar, una de las conductoras de la *orga*— las esperaba.

3.

En el tiempo que llevaba sin verla, Bárbara no había cambiado. En todo caso había evolucionado: se la veía más flaca y más fuerte, pura esencia, como si los sinsabores fuesen parte de un entrenamiento que sacaba a la luz su mejor parte. Pero aquel no era el caso de Sofía.

Su hermana mayor se veía consumida y gris. Los kilos que había perdido ponían de relieve sus pómulos, un rasgo que Miranda encontró novedoso. (La de Sofía había sido siempre una belleza contundente, parte de la herencia italiana que debía a su madre; y por eso el nombre le quedaba pintado. Su padre bromeaba que le gustaba dibujar a Sofía, porque le permitía imaginar a una mujer entre la Loren y la Bellucci sin que su madre se pusiese celosa.)

La ropa tampoco ayudaba. Sofía vestía una falda negra, una camisa blanca y zapatos que la adocenaban, al igual que el pelo recogido sobre la nuca. El tiempo que llevaba gesticulando sobre esa mesa había oscurecido los puños de su camisa; y los dientes se le habían puesto opacos (otra novedad), como si hubiese bebido un café que fuera puro colorante y no hubiese tenido tiempo de cepillarse. Lejos de parecer líder de un movimiento de resistencia, se asemejaba a la secretaria de un juzgado de provincias.

Aun así, su expresión resplandeció al verlas. Puso un punto con el bolígrafo a las notas que estaba tomando y se levantó, avanzando hacia ellas con los brazos abiertos.

Fue un saludo mudo. No había nada que decir que no estuviese ya grabado en el gesto: las tres entrelazadas, en una ronda que permanecía quieta.

Miranda no veía a Sofía desde que su padre estaba vivo. A Bárbara sí, habían llorado y maldecido juntas quince días después del crimen, durante la media hora que les concedieron. Pero la última vez que se había cruzado con Sofía, la perspectiva de algo como aquella muerte no había formado parte de sus consideraciones.

Se preguntó si debía decirle lo que no había podido en su momento. Algo parecido a un pésame, la expresión de solidaridad con un dolor que ella también sentía porque seguía vivo, aun cuando su padre no fuese ya más que un despojo. Pero pensó que en ese caso se quebraría sin remedio, lo cual complicaría la fugacidad del trámite que las había reunido. Si empezaba a llorar, no podría parar. Sería como volver a recibir la infausta noticia por vez primera. No, no le diría nada a Sofía sobre el asunto. Prefería que su hermana fuese al punto y aprovechar los segundos restantes para hablar de cosas impersonales: el estado de las cosas, su opinión sobre el futuro.

Pero Sofía no estaba dispuesta a librarla de ese cáliz.

Bárbara regresó a la puerta, se aseguró de que no quedase nadie en la sala de espera y cerró con llave.

Sofía apartó una silla para Miranda, delante de una *notebook*.

—Lo que vas a ver —le anticipó— te va a cagar la vida. Pero Naqir y yo pensamos que... tenés que verlo. Porque llegado el caso, la información que contienen estas imágenes ganará un valor extra si sale de tu boca. Vos sos la hija del señor que tuvo el coraje de hacer lo que acá consta —dijo, recibiendo el *pendrive* de manos de Bárbara (estaba húmedo, ¿dónde lo había escondido?) y encajándolo en la máquina.

El icono apareció en pantalla. Sofía hizo clic y fue a un archivo cuyo nombre Miranda no llegó a ver, las manos de su hermana eran demasiado rápidas. (Lo descubriría más tarde, cuando dispuso de tiempo de sobra para ver y rever la escena que querría no haber visto nunca: el archivo se llamaba *viacrucis.mov.*)

Se abrió una ventana nueva y las imágenes se pusieron en movimiento. Y Miranda vio hasta que ya no pudo ver, porque las lágrimas lo velaron todo y sus ojos se cerraron con fuerza; eran bocas que intentaban tragarse a sí mismas.

4.

Sofía y Bárbara llevaban largo rato hablándole, a veces alternándose, a menudo superponiendo discursos. Pero Miranda no había oído nada, o casi nada. Lo único que registraba era el latir de su sien izquierda. Tenía la sensación de que un *alien* como el de Giger le perforaba el parietal, en su lucha por salir del cráneo; o quizás fuese el cerebro mismo, que quería escapar para no volver a reproducir nunca el estímulo que sus ojos le habían enviado. Pero de todos modos le llegó una palabra. Sus hermanas la habían repetido tantas veces, que al fin dio en la diana de su entendimiento. *Esperanza.* Las imágenes que le habían mostrado eran horribles, sí, pero su horror era proporcional a la esperanza que prometían.

—La vida es así. —Esta era Sofía—. Un fenómeno que, aun cuando supera nuestra capacidad de comprensión, va siempre en busca de equilibrio. ¡Cuando pienso en el bien que puede derivarse de estas imágenes, imagino que alguna vez dejarán de atormentarme!

Pero Miranda no estaba segura. Más bien pensaba que ya no volvería a ver otra cosa, que las imágenes seguirían repitiéndose como un *loop* toda su vida, impidiéndole registrar el mundo exterior. Seguían allí todavía, bailando una danza macabra en su mente. Pronto entendió que no la mareaba su fantasmagoría, sino el movimiento al que Bárbara la había sometido al ponerla de pie y empujarla rumbo a la puerta.

—Dale, nena, vamos —le decía, con una voz cálida que nunca antes le había oído—. A tomar algo fuerte, vos y yo. ¡Y si alguien se molesta, que reviente!

De algún modo atravesó el umbral, todavía sobre las muletas de sus hermanas. La sala ya no estaba vacía, ahora esperaba allí alguien desconocido. Miranda le sonrió sin querer, el chico no formaba parte de las imágenes del *pendrive* y eso era razón suficiente para alegrarse. De inmediato el pibe le devolvió la sonrisa, como si la conociese de toda la vida.

—¿Qué mirás? —le espetó Bárbara, volviendo a ser la de siempre.

—Es que... son igualitas —dijo el pibe, como quien pide disculpas. Era todavía más chico que Miranda: no más de quince, gordito, un querubín en esteroides—. Ustedes dos, bah. —Abarcó a Bárbara y Sofía con un abanico trazado por su dedo—. Igualitas a los dibujos de... su papá. A ella la tengo vista en una foto, nomás. —Ahora señalaba a Miranda, aunque evitase hablarle directamente.

—¿Quién es este pibe? —preguntó Bárbara.

—Me lo mandó mamá —dijo Sofía.

—¿Mamá?

—Dijo que quería colaborar con nosotros. Que era trigo limpio, inteligente y lleno de recursos. Y que ante todo se lo sacásemos de encima, antes de que la volviese loca.

El chico no se mostró ofendido por la revelación. Parecía satisfecho de que se hubiese reconocido el tesón que había puesto en la empresa.

Abrió la boca, pero no llegó a hacer vibrar sus cuerdas vocales. Lo distrajo el mismo ruido que las había sorprendido a ellas: cristales rotos en un ambiente que, aunque próximo, no era el de la sala de espera; seguido por un golpe metálico y el *glissando* de algo que rodaba.

Miranda no reaccionó (todavía estaba anestesiada por las imágenes que, profecía cumplida, ya le habían cagado la existencia) hasta que registró la expresión de Sofía. Su hermana mayor se movió muy lentamente y al mismo tiempo con brusquedad, como si hubiese decidido integrarse en la peli de pesadilla pero saltándose *frames.* Su boca se abrió en algo que pareció un bostezo. Los ojos, sin embargo, se le habían cargado de alarma.

La casa se sacudió. Y a continuación, la puerta que separaba la sala de la recepción se desintegró. Sus astillas volaron por todas partes con trayectoria expansiva, *little bang* que, como toda explosión, emulaba el *big bang* de los orígenes.

Un viento tórrido levantó a Miranda en el aire. Alcanzó a ver que el chico se iba de bruces, al tiempo que sus hermanas caían como palos de bowling. Después oyó un golpe seco y se desplomó en el suelo, desarticulada como una marioneta. Comprendió que el golpe había sido producido por su cabeza, al dar contra la pared del fondo. Había sido un topetazo tan brutal, que le sorprendió estar en condiciones de apreciarlo. Seguramente estaba chorreando materia gris, del mismo modo que Humpty Dumpty había derramado yema y clara al caer del muro.

Nunca imaginé que al morir iba a pensar en Humpty Dumpty, se dijo.

Y ya no pensó más.

Explicit liber quartus

LIBRO QUINTO

UNA VISITA AL REINO DE LOS ESPINOS

Capítulo uno

Metnal (II)

El nahual — El río de los vivos y los muertos — Tema de Lara — Feriado en el infierno — El otro mundo — Un reflejo en el agua — El último viaje de Metnal

1.

Había hecho bien en convocar al nahual. La suerte estaba echada, no tenía sentido alentar esperanzas. ¿Cuánto tiempo llevaban allí sin que Helena cambiase de actitud?

Con el correr de los días se había puesto peor. Ni siquiera se acercaba a la entrada de la cabaña. Prefería arrumbarse en el fondo, a salvo de las corrientes de aire.

Al principio le había ofrecido aliciente. Metnal había alcanzado a ver un pie gris en el umbral, y hasta una mano alzada para protegerse de un inusual rayo de luz. (Sus miembros parecían hechos de hojas y raíces entretejidas.) Pero llevaba tiempo sin dirigirle la palabra.

—¿Qué hago aquí? —le había preguntado cuando todavía le hablaba. El tono monocorde de Helena estaba a años luz de su voz original.

—Estás aquí por mi intercesión —le había dicho Metnal—. Fui a buscarte al sitio del que no se regresa y te traje conmigo. Ahora estás a salvo. Podemos quedarnos en este lugar que preparé para ti... si es que eso deseas, por supuesto.

Helena calló durante tanto tiempo, que Metnal creyó que su silencio se había vuelto definitivo. Entonces ella le preguntó quién era. Estaba claro que no lo había reconocido.

—Mi nombre es Daniel Medina. Pero me llaman Metnal, como los Antiguos de mi tierra llamaban al Inframundo.

No hubo comentarios. Todo lo que oyó fue un siseo de hojas, Helena se movía de manera espasmódica hacia lo más profundo de la cabaña. Metnal pensó que había perdido interés, o que las preguntas le habían consumido una energía que debía reponer. Pronto entendería que el nombre *Metnal* había resonado en ella, sumiéndola en una confusión aún más grande que la que sintió al despertar de la muerte.

2.

Una noche sin estrellas, la oyó. Al principio no le había prestado atención, creyó que dialogaba con alguien del Otro Lado. Era el único signo de presencia que había dado en las últimas semanas: intensas, secretas conversaciones con gente que Metnal no podía ni ver ni oír. Y que agradecía, a pesar de saberse marginado, porque le revelaban que Helena seguía allí; que no había huido durante su sueño, tal como temía a diario, con tal de no volverlo a ver.

Pero no se estaba dirigiendo a nadie de la otra orilla.

—¿Por qué lo hiciste? —repitió Helena.

Metnal no quería responder, porque la verdad iba a exponerlo bajo la más desfavorable de las luces; y eso era algo que deseaba evitar a cualquier precio.

—Por la más egoísta de las razones —dijo al fin. Le habían sugerido que no mintiese ante un regresado, y finalmente entendía el porqué. Ellos podían conversar con la gente del Otro Lado, que todo lo sabía sobre el pasado de los vivos. Y Metnal no quería que Helena oyese la verdad de otros labios que los suyos—. Eres la viva imagen de la persona a quien más amé.

—Pero yo no soy ella —dijo Helena, siempre oculta dentro de la cabaña—. Yo soy, *era* otra. Una mujer distinta, que amaba a otro hombre. Que todavía está vivo, al igual que su hijito. Y que por eso no puede ni podría quererte nunca. ¡Aunque te perdonase el pecado de haberme robado de la tumba!

La idea de ya no poder besar ni abrazar a sus amados la desgarraba. Era como morir otra vez, resucitando tan solo para volver a sucumbir.

Metnal repuso que seguramente ellos preferirían tenerla así a no tenerla.

Ella le dijo que no sabía de qué hablaba.

—Un nene así, chiquito, necesita una madre, no un monstruo —le espetó.

Y se arrastró al punto más distante dentro de la cabaña.

Metnal dijo que, por el contrario, nadie sabía de lo que hablaba mejor que él.

Helena le preguntó qué quería decir.

Metnal dijo que Lara lo había amado a pesar de que él había encarnado lo peor, lo más indigno. Y que ese amor le había permitido romper las cadenas que lo ataban a Xibalbá.

—Por eso la mataron —dijo—. Para demostrarme que, aunque yo hubiese escapado del Infierno, el infierno no me abandonaría.

—¿Lara? —Helena sonaba confundida—. ¿Como el personaje que mi papá dibujó… igualito a mí?

Aquella vez Metnal no respondió.

Cuando sonó nuevamente, la voz de Helena le reveló que había acortado la distancia que los separaba.

—Si hubiese leído la historieta, estaría al tanto de lo que contás —confesó—. Pero nunca hice más que mirar los dibujos que me representaban. Qué ironía, la que va de aquella vanidad a este presente… Pero, por supuesto, yo le decía a mi viejo que me las había leído todas… *Lo siento, papá. Fui una desconsiderada, ya lo sé.*

Helena estaba hablando a la vez con el Autor. El hombre a quien Metnal había perseguido para preguntarle qué poder tenía sobre su persona, y para arrancarle la promesa de que devolvería a Lara a la vida… aunque solo fuese en el cómic.

De modo impredecible el Autor lo había hecho ya, al favorecer su encuentro con Helena. Pero como solía ocurrir en la vida real, se trataba de un encuentro imperfecto: les prometía a ambos un grado superior de infelicidad.

Se preguntó si no existiría una salida a su dilema, que el Autor conociese y pudiese contarle a través de Helena.

Pero ella se adelantó, al pedirle que refiriese la historia que había pasado por alto en su negligencia de hija.

3.

Le habló de la fuga de Tikal, de Daniel Dodge, del suicidio de su madre. En cuanto Metnal mató a Dodge y asumió su condición, había intentado dar con Chak para averiguar qué se esperaba de él. Todo lo que el anciano le había dicho antes de proceder con la ceremonia era difuso: que debía regresar a Tikal para ser iniciado en los misterios de su «verdadera gente» (se refería a los descendientes de los Antiguos, de los que su madre creía formar parte) y abrazar el servicio a Hunab Kú, el Dios Creador. Pero no dio con Chak en rincón alguno de Los Ángeles. Se había desvanecido con la misma discreción que empleó a la hora de colarse en el hospital.

El sujeto que había sido Daniel Medina no tenía intención de regresar a Tikal. Sentía que ya nada lo unía a aquel lugar, donde lo torturaría el recuerdo de su madre. Y además rechazaba la idea de servir a nadie más, por poderoso que fuese. Había trabajado como un esclavo toda su vida: ¿cuál era la ventaja de la muerte, si no lo liberaba de las sujeciones?

Decidió permanecer en Los Ángeles. Ya volvería Chak si quería reclamarle. Le diría entonces lo que pensaba de la clase de vida que le había concedido sin su consentimiento. Y después lo haría añicos entre sus dedos. Chak era tan viejo que se desmenuzaría como una vasija de barro.

Permaneció un tiempo en la ciudad, adoptando costumbres de predador nocturno. Pronto empezaron a molestarlo.

Se encontraba con enviados de Ah Puch, el Señor del Inframundo, en todas partes. Le recordaban que había incumplido su trato con Chak, y que debía pagar por ello. Metnal los ignoró primero y los enfrentó después. Gritaba que dejasen de molestarlo, les decía que no se entregaría sin luchar. Los mensajeros evitaban la confrontación, pero seguían acosándolo. Los nahuales llegaban allí donde se escondiese, bajo distintas formas: perros, chacales, ocelotes, gavilanes y cenzontles, que repetían que Ah Puch no se cansaba de esperarlo. ¡Si era necesario, lo esperaría toda la eternidad!

La criatura que había sido Daniel Medina comprendió al fin que escapar era inútil; y también que había perdido el deseo de hacerlo. ¿Qué sentido tenía su existencia, ahora que se había convertido en un ser de la noche? Huir a diario de los vivos para escapar de los muertos no era una buena transacción. Por eso aceptó la condena, pero en sus términos. Habiendo rehusado el servicio a Hunab Kú, el Dios Creador de quien se consideraba indigno, decidió servir en cambio a un señor más apropiado a sus talentos: Ah Puch, el Amo del Infierno. Renunciar a su libertad no iba a costarle mucho. ¿O no había producido desastres cada vez que había hecho uso de su albedrío?

Cruzó la frontera por la noche. No necesitaba mapas. Los nahuales aparecían por todas partes, guiándolo en su camino.

(Metnal dijo que los nahuales eran espíritus protectores, que solían adoptar la forma de un animal. Helena se negaba a interrumpirlo, pero Metnal percibía su inquietud cada vez que mencionaba algo que estaba más allá de su comprensión.)

De día descansaba en cualquier sitio que proporcionase sombra, o se envolvía en la lona que transportaba por todo equipaje. El calor allí dentro era insoportable, pero aun así era mejor que la alternativa: ni siquiera los vivos toleraban el sol de aquel desierto.

—Y las cremas bloqueadoras no se habían inventado todavía —dijo. Como Helena no acusó recibo (el humor era un bien escaso entre los regresados), su pensamiento se desvió hacia la última persona que se había reído con un comentario semejante.

¿Qué habría sido del Baba y de Milo? Algo le decía que las cosas no estaban bien. En las últimas semanas las formas vivas habían adoptado un talante contrito, o huido del lugar. Las aves brillaban por su ausencia. Las hormigas acumulaban alimento a marchas forzadas, aun cuando faltaba mucho para el invierno. Compartiendo el espacio de una puerta flotante, había visto pasar a una culebra y a un ciervo de los pantanos. Una convivencia que solo era admisible en la inminencia de un desastre natural: tsunami, terremoto o huracán.

Helena preguntó si el punto que había aplicado a su historia era el final.

«Claro que no», dijo Metnal. ¿Dónde se había quedado? Ah sí: en el desierto.

Al fugarse de California se había adentrado en territorio mexicano, hasta dar con el cauce seco del río Lerma. En los tiempos antiguos el Lerma se había llamado Chicnahuapan y había desempeñado un rol sagrado: era el río que separaba el mundo de los vivos de aquel de los muertos. Pero al arribar los conquistadores con su carga de violencia (que incluía, por cierto, la intención de despojarlo todo de su identidad originaria), el Chicnahuapan había terminado por secarse.

Fue allí, sobre las orillas de aquel cauce espectral, donde un nahual con aspecto de perro le anunció su destino. Ah Puch lo quería como guardián de Xibalbá, la ciudad espectral a la que también se llamaba Metnal. Eso era Metnal: el Inframundo, el mismísimo infierno.

Fue entonces cuando asumió el nombre que aún usaba.

En la frontera de aquel sitio había conocido a Lara.

4.

Le había llamado la atención por tres razones: porque era bellísima (al decir esto tuvo la sensación de que Helena suspiraba), porque era ciega y porque acudía a diario con una vasija a cargar agua de un río seco.

Al principio pensó que estaba loca. Pero visitaba el río dos veces al día, siempre a las mismas horas (la segunda, para fortuna de Metnal, tenía lugar después de la caída del sol), con una puntualidad que no parecía propia de una enajenada.

Metnal frecuentaba aquel lugar, por donde entraba y salía de Xibalbá. Ah Puch lo había puesto a trabajar de mastín. Su tarea consistía en perseguir a los escapados del Inframundo, y también a aquellos que pretendían evadir la condena que habían sabido ganarse. (La narrativa del cómic se concentraba en esta práctica: el Metnal de papel tenía forma y modales de monstruo, pero cumplía con la loable tarea de librar a los vivos de villanos ocultos entre sus filas.) Por eso veía a Lara con cierta frecuencia. Descubrió que la muchacha lo obsesionaba; y con el correr de los días se le fue acercando cada vez más.

No tardó mucho en adelantársele. Se sentaba sobre una piedra aún caliente a esperar su llegada y la veía hacer sin decir nada. Dado que no respiraba ni producía latidos, su presencia podía ser tan leve como la de un fantasma.

Pero un atardecer, sin que mediase un saludo o demanda de identificación, ella le preguntó si quería agua. Metnal miró en derredor, para asegurarse de que le hablaba a alguien más; pero no vio a nadie en las inmediaciones. Lara repitió la oferta, confirmándole que le hablaba a él: ¿o no era acaso el hombre que la protegía cada tarde, mientras ella llevaba adelante su tarea?

—Antes de su llegada este sitio se llenaba de bestias al caer el sol —le dijo Lara—. Alacranes. Chacales. Fugitivos de la justicia. Pero desde que usted apareció, señor, nadie me importuna. Por eso le estoy agradecida. ¡Si tuviese algo más valioso que ofrecerle que esta agua, se lo daría ahorita mismo!

Aunque no tenía sed (no había vuelto a beber agua desde su escapada del hospital, ya no la necesitaba), Metnal agradeció la invitación.

Lara extendió las manos con la vasija que había arrastrado por el cauce seco.

Estaba llena de agua fresca. Metnal bebió un sorbo. Y se sintió saciado.

De entonces en adelante se vieron todas las noches. Los encuentros duraban cada vez más, mientras el cielo se cargaba de estrellas.

Ella le fue contando lo poco que tenía que decir. Que había quedado ciega a los cinco años, cuando fue arrollada por un camión con matrícula de Sonora. Que una bruja le había dicho que no se preocupase, porque había perdido la vista para ganar en visión. Y que estaba a cargo de su viejo padre, que decía vivir postrado por culpa de los males de este mundo y solo era feliz cuando Lara le daba de beber.

Metnal se sorprendió a sí mismo al contarle su propia historia. Se había lanzado casi sin darse cuenta, como quien abre el corazón ante alguien que ha conocido la vida entera. Nunca perdió la consciencia de que no quería espantarla. Pero a la vez tenía la inexplicable sensación de que, lejos de rechazarlo, Lara lo entendería.

Al fin del relato ella guardó silencio. Metnal creyó que se había equivocado al confesárselo todo. Entonces Lara se puso a cantar. Entonó un aire muy simple, cuya letra hablaba de una rata vieja. Y al terminar, le acarició la cara como si lo estuviese viendo, o mejor aún: como si ya se conociese sus rasgos de memoria.

Comprendió que estaba enamorado. Como no lo había estado nunca. Ni siquiera cuando su corazón latía de verdad.

5.

Una noche ella le dijo que su padre acababa de morir. Metnal se entristeció y quiso consolarla, pero Lara tenía otros planes. Se la veía ansiosa, excitada. Le dijo que la ventana de una rara oportunidad se había abierto, y que no podía desaprovecharla: Metnal debía huir de allí cuanto antes.

El mastín al servicio de Ah Puch no entendió de qué hablaba. Nunca había sabido que existiese posibilidad alguna de cortar la esclavitud que lo unía al Inframundo.

Lara le explicó que la muerte de un hombre sagrado (y su viejo padre lo había sido: posiblemente el último de su estirpe) imponía a Xibalbá una pausa de veinticuatro horas en su funcionamiento burocrático. Durante ese lapso, nadie cruzaría el umbral que comunicaba con el Otro Lado. Lo cual significaba, de modo inequívoco, que Metnal quedaría liberado de sus obligaciones por un día.

Ella estaba convencida de que Metnal merecía una segunda oportunidad. Aquel era el momento, ¡quién sabía si existiría otro! Le convenía ponerse en marcha antes de que la noticia de su ausencia llegase a oídos de Ah Puch.

Metnal lo pensó un instante. Y después dijo que escaparía, sí. Pero solo si ella lo acompañaba.

No llegaron lejos. Ah Puch envió a una legión de íncubos en su busca. (Había muchos regresados entre ellos, pero Metnal privó a Helena de este detalle.)

El vampiro no les tenía miedo. Criaturas tan rastreras no podían hacerle daño.

Pero el caso de Lara era distinto.

Los emboscaron en una cañada seca, adonde habían bajado para reponer la provisión de agua. Metnal le agarró la mano y emprendió la carrera. Pero los íncubos la hirieron a distancia, de una manera que Metnal nunca había descifrado. Fue como si hubiesen envenenado el aire que ella respiraba. Se le desprendió de un tirón. Al mirar hacia atrás, la vio caer con lentitud, como un árbol que acaba de ser talado.

Los íncubos se les lanzaron encima. Metnal los espantó como moscas. No eran rivales para él, y mucho menos en su furia. Pero al deshacerse del último, comprendió que lo habían atosigado para distraerlo. El cuerpo de Lara ya no estaba allí.

Aquellas bestias carecían de iniciativa. Solo podían haber perpetrado algo semejante obedeciendo una indicación expresa de Ah Puch.

Desde entonces buscaba una nueva puerta de acceso a Xibalbá. (Aquella que había conocido ya no estaba, borrada de la faz de la Tierra.) Quería recuperar el cuerpo de Lara, pero también deseaba algo más: matar a Ah Puch e impedir así que hubiese más víctimas de su perfidia.

Lo que había hecho era demasiado bajo. Incluso para el Señor del Inframundo.

6.

Helena interrumpió el relato, para preguntarle si era posible acabar con Ah Puch.

Metnal respondió que sí. Existía un modo muy concreto de destronar al rey de Xibalbá. Pero aquel que lo intentase pagaría por su osadía. Solo acabaría con Ah Puch quien estuviese dispuesto a ocupar su lugar.

El día que algo tan maravilloso ocurriese la Creación entera lo celebraría, dijo Metnal. Y el Cielo desterraría a la Oscuridad durante una noche completa.

7.

Un día Metnal descubrió que su enfrentamiento con Ah Puch había sido narrado, y en detalle, por una serie de cómics.

Que el Autor estuviese al tanto de su historia le provocó un conflicto. No era imposible que hubiese hablado de más, durante una de las borracheras de sangre que venía permitiéndose. Lo que más lo inquietaba, sin embargo, era otra cosa: que el Autor narrase no como quien refiere algo que le han contado, sino como si hubiese visto a través de sus ojos y sentido lo que él sentía.

Fue entonces cuando emprendió viaje hacia el sur. Pero una tormenta seguida de un huracán lo sorprendió en el mar. Tardó en comprender que aquel tornado le había granjeado la entrada a un mundo que se parecía al suyo como una gota a otra y, sin embargo, no lo era.

Un universo donde, ay, existía otra Lara. Que era la hija mayor del Autor de su cómic. Y que, a la manera de un hierro caliente aplicado sobre su herida, había muerto poco antes de su llegada.

(A esto se refería Metnal cuando hablaba de la indignidad de Ah Puch. Lo de la segunda Lara muerta era demasiado. Ciertas cosas no debían hacérsele ni siquiera al peor de los enemigos.)

—Eso es lo que he vivido —dijo Metnal a una Helena que seguía oyendo en silencio—. Y ese es el camino que me trajo hasta aquí.

Metnal había considerado dos codas posibles para el relato. Una, la más realista, imaginaba a Helena retornando a su mutismo habitual, protegida por el convento de clausura en que había convertido su cabaña. La otra, delirante en su esperanza, aspiraba a que Helena se conmoviese ante su desgracia.

Durante la narración había subrayado los pasajes que mejor podían servirle en esa circunstancia: aquellos que mostraban a Lara trascendiendo los pecados de Metnal, y reconociendo la humanidad que aún palpitaba en sus entrañas frías. Si Lara había podido (esto es lo que Metnal había querido insinuar), ¿por qué no lo haría Helena, que tanto se le parecía?

Lo que no había esperado era que Helena se echase a cantar.

La melodía era torpe, casi al punto de la inexistencia. La garganta seca de Helena la redujo a la categoría de recitado, casi un mantra budista; pero las palabras eran las mismas.

Una rata vieja que era planchadora / por planchar su falda se quemó la cola, cantó. Después hizo una pausa que Metnal estimó larga en demasía (había durado tantos compases como los versos previos) y finalmente completó la estrofa: *Se puso pomada y se amarró un trapito / y a la pobre rata le quedó un rabito*.

—Nunca antes la había oído —dijo Helena. Por la resonancia de su voz, Metnal comprendió que se había aproximado a la puerta de la cabaña—. Pero mi papá me la está cantando... Es que pasó parte de su adolescencia en México, cuando mi abuelo se tuvo que exiliar. Y la niñera que le habían puesto a mi tía, que por entonces era chiquita, le cantaba siempre lo de la rata vieja.

Metnal no dijo nada. Esperaba que Helena siguiese elaborando, entrelazando los hilos de las historias respectivas. Pero en cambio calló. Y no volvió a hablarle durante lo que restó del día.

Ni tampoco al día siguiente. Ni al otro.

Entonces Metnal convocó a su nahual.

8.

Una noche Metnal bajó a la orilla. El calor pegajoso lo había expulsado del sueño y quería refrescarse. Al inclinarse sobre el agua, vio un reflejo encendido por la luna. Al otro lado del espejo estaba Helena, pero no la Helena que había rescatado del ataúd, de piel reseca y vientre vacío de entrañas. Aquella que lo observaba descaradamente era la Helena original, desnuda y rozagante como una sirena.

Miró por encima de su hombro. Se le había ocurrido que el agua reflejaba a una Helena que asomaba detrás de él; pero era absurdo, porque en ese caso el espejo incluiría además su propia imagen. Lo que sí vio al girarse fue algo que destacaba en la puerta de la cabaña, y que nunca antes había estado ahí: las sábanas que oficiaban de sudario. Estaban tiradas en el suelo, salpicadas de barro.

Y vacías.

El agua produjo un *plop,* como si un pez grande hubiese agitado la cola cerca de la superficie. Al volver la vista al río, Metnal descubrió que Helena ya no estaba.

Permaneció allí hasta entender que Helena no regresaría (¡si es que regresaba!) mientras persistiese en obstruirle el camino. Entonces trepó a su percha del árbol, persiguiendo un sueño que lo eludió una y otra vez hasta que decidió arrollarlo.

Al volver en sí, las sábanas ya no estaban.

Metnal saltó a tierra. Se aproximó a la cabaña y carraspeó. No hubo respuesta ni movimiento alguno. El silencio reinaba supremo, la naturaleza contenía la respiración.

Y entonces se oyó el aullido de un perro.

—Algo está a punto de pasar.

La voz de Helena sonaba más grave que de costumbre.

Metnal le preguntó cómo lo sabía.

—Me lo están diciendo… *ellos.*

De este lado no había *ellos.* Estaba claro que se refería a las sombras del más allá.

—Pronto —agregó Helena. Y después, a modo de precisión—: *Muy* pronto.

—Lo sé. —A Metnal le constaba que Yax no podía estar lejos. ¿Pero cómo era posible que *ellos* estuviesen al tanto?

Cuando Helena volvió a hablar, entendió que se refería a otro asunto.

—El río va a desaparecer... *otra vez* —dijo—. Y la frontera entre el Otro Lado y este se borrará como entonces.

Metnal se echó de rodillas delante de la cabaña. Tuvo que hacer un esfuerzo para no colar dentro su cabeza. Lo último que deseaba era intimidar a Helena, pero lo que acababa de oír lo compelía a lanzarse hacia delante.

—¿Estás segura?

—Ellos insisten. Se les oye... *asustados.* ¿De qué puede asustarse uno cuando murió y está del Otro Lado? No entiendo. ¿Qué les pasa, qué está pasando?

El destino volvía a mofarse de las intenciones de Metnal. Qué cabronada. Si hubiese sido más paciente, si hubiese tenido más fe...

—Hasta mi papá está mal. Dice que no imaginó semejante cosa, que si hubiese sabido lo que iba a desatar... ¿*Piloto? ¿De qué piloto hablás?*

Helena ya no se dirigía a él, se había enfrascado en una conversación con su padre.

Los aullidos volvieron a alcanzarlo. Sonaban más cerca.

Helena preguntó si él también los oía. Hasta entonces había creído que llegaban desde el Otro Lado. (Eran tan lastimeros que no hubiesen desentonado allí, en esto Helena tenía razón.)

—Es Yax. Un nahual. *Mi* nahual —dijo Metnal. A esas alturas casi podía olerlo, el perfume del pelaje humedecido por la larga carrera—. Lo he convocado yo. Para que me conduzca de regreso a Xibalbá. Donde Ah Puch dictará mi sentencia. Una muerte indigna, imagino, que me quitará la posibilidad de llegar algún día al Paraíso.

9.

¿Cómo debía entender el silencio de Helena? ¿Le estaba expresando, acaso, la más perfecta indiferencia ante su suerte? ¿O debía leer algo

más en su prescindencia: tal vez satisfacción, la certeza de que Metnal recibiría castigo por sus crímenes... entre los cuales estaba, por cierto, el de haberla retornado a la vida en contra de su voluntad?

—No me dejes sola —dijo ella.

Ahora fue Metnal quien guardó silencio.

—¿Qué va a ser de mí, si te vas? ¿Cómo podés irte cuando está por pasar... *lo que está por pasar?*

Metnal confesó que había incurrido en un error. Convencido de que ella seguía odiándolo, e ignorante de las turbulencias que sacudían el Otro Lado (debía haber interpretado antes la actitud de los animales, el miedo profundo, su unión en la fuga: ¡había sido un tonto por partida doble!), Metnal se había comunicado con Yax y pactado el regreso a Xibalbá. Una cita que no estaba a su alcance deshacer. Y que ni siquiera podía retrasar, a no ser que desease echar sobre Yax un cúmulo de desgracias.

Entonces oyeron el ruido de la espesura al abrirse. Yax los había alcanzado. Esperaba a Metnal entre las sombras, a sabiendas de que su presencia decía todo lo que debía anunciarle.

—Es hora de que me vaya —dijo Metnal.

Antes de partir le sugirió a Helena que no temiese. Cuando el río se borrase y vivos y muertos se encontrasen cara a cara, ella tendría la posibilidad de hacer lo que pocos: proteger a los suyos, empezando por su marido y su hijo.

—Sé que no quieres que te rechacen, al verte como ahora eres. Pero no deberías cometer el error que yo cometí —concluyó—. Si no confías en los que amas, ¿en quién confiarás?

El abrazo de Helena lo sorprendió por la espalda. Las manos eran como raíces con vida propia. Optó por no darse la vuelta, porque no quería incomodarla con su mirada, y a continuación cerró los ojos.

Para recordar un placer similar tuvo que irse lejos, tanto como su infancia. El abrazo le trajo a la mente el bosque que rodeaba Tikal. El pequeño Daniel Medina amaba retozar sobre las hojas caídas.

Deseó que Helena se convirtiese en árbol, que lo encerrase dentro de su tronco y ya no lo dejase salir. Pero las ramas terminaron por liberarlo. Helena seguía siendo Helena (¡seguía siendo Lara!): la clase de gente que respeta el destino que los demás eligieron para sí.

Metnal quitó el follaje que había usado para esconder el bote. Yax volvió a adoptar la forma de perro, para que remar le resultase más liviano.

Ya se había alejado un trecho cuando percibió un sacudón en el agua. Un pez enorme se le había adelantado por un flanco, empujando el remo. Nadó unos metros más y emprendió el regreso, esta vez por el flanco opuesto.

Metnal miró las aguas y no vio pez alguno, sino a la Helena perfecta y desnuda que había creído un reflejo.

Se detuvo un instante a babor, para obsequiarle una sonrisa desde el fondo del agua. Y después retomó el camino a la isla. Allí donde sus pies rompían la superficie, se producía un botón de espuma.

Metnal se giró sobre el asiento de madera.

Vio a Helena salir a la superficie, a la altura de la cabaña. Fuera del agua volvía a verse como antes: como un amasijo de barro, ramas y hojas al que la naturaleza, en su capricho, había dotado de forma de mujer.

Ella alzó una mano para saludarlo.

Metnal volvió la vista al frente y retomó los remos.

Su último viaje iba a ser muy largo.

Capítulo dos

El Viejo (III)

La torre caída — El hijo de Satán — Un lago escondido — Los fósiles — El talego de plata — Oriente — In utero *— El jardín de los espinos — Missing child is back*

1.

La cabalgada fue agobiante. Tanto que el pequeño Melvyn Weyl sucumbió al sueño, a pesar de las sacudidas. Pero el tirón que el jinete aplicó a las riendas lo despertó. Habían llegado a destino.

Bajo la luz del amanecer, Melvyn reconoció el lugar. Era el lote que Irmin y Cesme habían escogido para la torre de Vortigern. Pero el prado que los magos habían sembrado de bendiciones seguía estando yermo. Lo único nuevo era un pozo del que sobresalían vigas.

El dibujo que insinuaban no se parecía al esqueleto de una torre. Más bien tenía algo de barco hundido.

Vortigern y los suyos esperaban en el fondo del pozo, junto a los rescoldos de una hoguera. Allí estaban Irmin y Cesme, que sonrieron al verlo llegar. También Maugantius, el consejero que prefería ocultar su rostro. Y un hombre desconocido, que vestía como un noble: gorro de piel calado hasta las orejas, broche de plata, espada larga. Los rodeaba media docena de sirvientes. A juzgar por sus semblantes demacrados, habían asistido al concilio la noche entera.

Melvyn estaba demasiado asustado para pensar bien. La violencia con que su raptor lo empujaba no prometía nada bueno.

Un mamporro lo arrojó de rodillas ante el rey. Pero Vortigern nada dijo. Fue Maugantius quien asumió la voz cantante. Melvyn lo oía hablar, sin animarse a levantar la mirada de sus botas salpicadas de barro. Sabía que estaba cometiendo un error: debía prestar atención, entender qué pretendían sus captores. Pero su mente estaba fuera de foco. No lograba concentrarse, había olvidado hasta lo poco que sabía de latín. Todo lo que retumbaba en su cabeza era un pensamiento: que moriría allí, a manos de esos bárbaros, lejos de su hogar en el espacio y en el tiempo. ¡Su madre nunca sabría qué había sido de su pobre osamenta!

Fastidiado por la falta de respuesta, Maugantius se acuclilló delante de él. Y se echó hacia atrás la capucha, tratando de subrayar la seriedad de sus intenciones.

A pesar de que todavía era un hombre joven, tenía el cabello, las cejas y hasta las pestañas blancas como la nieve.

Pero lo más sorprendente fue lo que Maugantius le espetó.

Preguntó si entendía lo que había dicho.

Y Melvyn, que hasta entonces no había entendido nada, comprendió esa pregunta.

Maugantius la había formulado en alemán.

Melvyn Weyl todavía sabía poco y nada sobre la Edad Oscura de Inglaterra. Lejos estaban aún su curiosidad por la materia y la repleta biblioteca del Delta. Por eso, ante la sorpresa, pensó inicialmente que también Maugantius venía del futuro. Pero todo en su persona (la piel curtida por las heladas, el estado de su dentadura, la naturalidad con que vestía aquellas ropas y portaba aquellas armas) le sugirió que aun en caso de provenir de otro tiempo, Maugantius debía de haber llegado hacía mucho.

El bofetón del consejero cortó en seco sus especulaciones.

Melvyn aclaró que sí, que lo entendía; aunque no así al rey y a los magos.

El consejero explicó por qué lo habían llevado hasta allí, y de modo tan intempestivo. A medida que hablaba, Melvyn entendió que lo suyo era un alemán arcaico (en vez de decir: *Ich hörte,* que significa «Yo oí», decía: *Ik gihorta),* pero que comprendía en esencia, porque en la escuela había leído trozos del *Hildebrandslied.*

—Un poema épico medieval —dijo el Viejo a un Milo que flaqueaba en su atención—. No importa. Lo que cuenta es que el tipo, mirándome a esta distancia como vos a mí ahora, dijo que el rey me había dictado sentencia. Y que se disponían a aplicarla de inmediato, antes de que el sol asomase.

2.

Esto es lo que Melvyn Weyl entendió entonces, o creyó entender.

Que Vortigern estaba furioso, porque los cimientos de la torre se hundían cada vez que acometían la construcción.

Que Irmin y Cesme se habían manifestado impotentes, diciendo que se enfrentaban a un poder superior.

Y que para acabar con el maleficio, habían recomendado el sacrificio de un niño que no hubiese sido concebido por varón alguno. Una vez muerto, debían regar con su sangre las piedras y la brea que se iban a emplear en la construcción.

—Yo tengo padre —replicó Melvyn, cuidándose de decir *Fatar* en vez de *Vater*.

—Claro que lo tienes. Su nombre es Satán. Lo sé porque hablé con tu madre —Durante un momento Melvyn creyó que Maugantius conocía a Helene, pero se refería a Antonia: lo había visto conversar con ella, en efecto—. Dijo que te tuvo sin haber conocido hombre. ¡Tú eres un íncubo, hijo del demonio!

3.

Melvyn Weyl no supo cómo responder a semejante acusación. En ningún idioma.

Cuando el noble a quien desconocía se quitó el gorro, comprendió que estaba perdido.

Tenía una oreja mucho más grande y torcida que la otra.

La actuación de Melvyn ante el matón Dinabutius había llegado a oídos del rey. ¿Cómo lo convencería, ahora, de que no era un íncubo?

4.

Hizo algo propio de un niño: se lanzó a correr. Si tenía que morir, lo haría pataleando y dando mordiscos.

Su reacción dejó tiesos a los adultos. Y le concedió una mínima ventaja, que sus piernas cortas demandaban.

Escogió el camino del pozo. La pendiente le conferiría velocidad. Llegado el momento, subiría a la superficie trepando por las vigas, la ligereza estaba de su lado.

Pero al superar la frontera de las rocas su marcha se frenó. Los pies se le adherían al suelo como ventosas. Miró las huellas que había dejado atrás y las vio llenarse de agua; sus perseguidores ya estaban cerca, liderados por Maugantius.

Melvyn se detuvo y abrió los brazos. Esta decisión confundió a los adultos, que se detuvieron también. De inmediato el suelo empezó a ceder bajo sus botas.

Maugantius lo agarró por el cuello. Esperaba una rendición, mas no lo que Melvyn hizo. El niño tiró de la espada del consejero. Maugantius quiso conservarla y se cortó ambas manos, encendiendo la mañana con un grito.

Ahora la espada estaba en poder de Melvyn Weyl. Maugantius quiso retroceder y cayó, el terreno lo había atrapado por los pies.

Melvyn vio que todos echaban mano a sus armas. A excepción del rey, que venía a la zaga.

Pero Melvyn Weyl no tenía intención de batallar de ese modo. Alzó la espada, respiró hondo y la clavó en la tierra. Con las manos desnudas hizo un gesto digno de su admirado mago, Howard Thurston. El padre de Dinabutius —que era el noble de la oreja retorcida— fue el primero en frenar. Los demás lo imitaron enseguida, aprensivos como niños.

Melvyn extrajo la espada. El tramo que había hundido (la mitad de la hoja, prácticamente) estaba húmedo, festoneado por innumerables gotitas.

—*Water. Wasser. Aqua!* —dijo, dirigiéndose a todos, pero en especial a Vortigern. Al ver que las huellas se llenaban de líquido había entendido por qué las vigas se torcían: estaban construyendo sobre un reservorio de agua, tal vez un lago subterráneo.

Melvyn entregó la espada a uno de los sirvientes, que se la alcanzó al rey.

—*Out, out. Raus, schluss damit!* —dijo, mientras hacía gestos desaforados hacia el bosque. ¿Cómo le explicaría a esa gente que había que drenar el terreno? ¡Ni siquiera sabía si contaban con tecnología para hacerlo!

El rey contempló la espada. Después repitió el experimento. La hoja volvió a salir húmeda.

Melvyn lo vio hablar con un hombre, a quien hasta entonces había tomado por un sirviente. Se trataba del albañil que lideraba la construcción. Lo que Vortigern dijo entonces le inspiró una sonrisa. El albañil seguía sonriendo cuando dirigió a Irmin y Cesme una mirada malévola.

Los magos fingieron ignorarla. Pero estaban perturbados.

Al ver que Vortigern se le acercaba, Melvyn hincó una rodilla en tierra.

El rey le indicó que se levantase y que lo acompañara.

Maugantius seguía tumbado. La sangre de sus manos salpicaba la tierra.

5.

El albañil, que se llamaba Maoin, se las ingenió para drenar el lago subterráneo. Las aguas fueron derivadas al bosque lindante, creando un nuevo pantano.

Cuando el proceso hubo terminado, Vortigern convocó a Melvyn. Lo había integrado a su corte desde aquel amanecer que casi le había costado la vida. Ya no vivía en el pueblo, junto a Antonia, sino en la tienda que hasta entonces había albergado a Irmin y Cesme. Los magos habían asumido una nueva responsabilidad, la de reforzar con sus poderes las defensas que ponían coto a los sajones; lo cual, en la práctica, equivalía a una pronta muerte. En cambio Maugantius seguía allí, relegado pero todavía en servicio. Vortigern lo necesitaba para conferenciar con los invasores, cuyo idioma dominaba a la perfección.

El pozo era más profundo que nunca, dado que incluía la caverna que había contenido tanta agua. Antes de iniciar el descenso, Melvyn registró la montaña de tierra y piedras con que Maoin rellenaría el hueco.

El albañil los guio hasta el fondo del lago. Quedaba allí un ojo de agua, donde reposaban los objetos que habían motivado la consulta a Melvyn. Tanto el rey como Maugantius los habían visto ya. Pero el consejero, todavía escaldado por la experiencia, no había querido arriesgar otra interpretación que pudiese volverse en su contra. Las características del descubrimiento, sostuvo, caían dentro del dominio de Melvyn. ¿O acaso no ocupaba el sitial que había correspondido a Irmin y Cesme?

Melvyn metió los pies en el agua. Ya había entrevisto de qué se trataba desde la orilla y nada le importaba más que comprobarlo.

Se trataba de dos huevos de dimensiones descomunales. En especial para aquellos que, como Vortigern y los suyos, no conocían ave más grande que una gallina.

Medían más de cincuenta centímetros y eran achatados en los lados: se parecían más a un huso que a un huevo de granja.

Melvyn hundió las manos en el agua. La superficie de los huevos era porosa y llena de canales. El tacto le confirmó lo que suponía: que estaban calcificados. Trató de levantar uno y fracasó. Pesaban demasiado, o bien formaban ya parte de las piedras del fondo.

Los huevos eran fósiles.

Cuando quiso explicarle al rey de qué se trataba, no encontró palabras. El término «dinosaurio» era moderno. Había sido acuñado en 1842, cuando sir Richard Owen bautizó a los reptiles del Mesozoico que abundaban en los suelos ingleses. Melvyn optó por imitar la forma en que, imaginaba, aquellas bestias habían actuado. Pura pantomima: pegó los brazos al cuerpo para fingirlos cortos, bramó, abrió las fauces y sacudió la cabeza. Temía que el rey creyese que había enloquecido, pero le demostró que había entendido la esencia de su actuación.

—*Draco* —dijo Vortigern, usando una mano para dibujar una llamarada que salía de su boca.

Melvyn no lo contradijo. Al fin y al cabo, entre un dragón y un dinosaurio había más semejanzas que diferencias.

6.

Una tarde, espoleado por el aburrimiento, se escabulló de la tienda burlando a sus guardaespaldas. Su intención era perderse dentro del bosque ganado por las aguas.

El sitio se había vuelto inhóspito. Olía a podredumbre y estaba lleno de moscas. Pero su insalubridad le garantizaba que nadie lo buscaría allí. Con un poco de suerte lo atravesaría y llegaría a otro sitio, donde hubiese algo de lo que el campamento real carecía: libros, música, compañeros de juego. ¿Y por qué no una compañía teatral? (Esta era tan solo otra de las confusiones en que Melvyn había incurrido: todavía era temprano para que actores interpretasen misterios de la fe, y más aún para que representasen hechos históricos.)

Al poco de marchar asumió que se había equivocado. Cada vez que arrancaba un pie del barro, destapaba perfumes nauseabundos. Se cubrió la cara con la capa que le habían obsequiado. Pero aunque era casi impermeable de tan gruesa, no constituía barrera contra la hediondez.

—Como en el cementerio —dijo Milo—. Usted no sabe lo que hay que aguantar, cuando se cava después de la lluvia.

El bosque era un cementerio, en efecto. La alteración de su fisonomía había resultado en una mortandad inusual: pájaros, ardillas, zorros, cubiertos de lodo y pudriéndose a gran velocidad.

Los hombres no vieron a Melvyn, porque no imaginaban que alguien quisiese exponerse a semejante tortura. Eran tres y estaban a salvo de las salpicaduras pestilentes, dado que no habían descendido de sus caballos. Las bestias soportaban la prueba a duras penas, sacudiendo cola y cuello y bufando a cada instante. Por eso la quietud de los hombres resaltaba más: tenían las cabezas gachas y hablaban en susurros.

Sin dejar de cubrirse el rostro, Melvyn se ocultó entre las raíces de un árbol. Pensó que uno de los conjurados era Maugantius, porque tenía el cabello largo y blanco. Pero sus rasgos eran enfermizos y estaban llenos de pecas. Supuso entonces que Maugantius era el otro, porque además de albino era compacto y parecía hacer un esfuerzo para contener su fuerza. Pero este tenía barba y bigotes, salpicados de algún pelo rojo.

Maugantius era el tercer hombre. Lo supo a pesar de que la capucha velaba sus rasgos, porque sus manos estaban vendadas.

Fue una de esas manos la que hizo relucir un talego de monedas, para después señalar en dirección al campamento.

Cuando los dos que no eran Maugantius pasaron junto a su escondite, Melvyn se estremeció. Uno de los caballos olía de un modo que se imponía a la peste general. Lo habría reconocido aun en mitad de una cuadra. Había viajado varias horas rebotando sobre su cruz, con las narices a un palmo de su pelambre empapada.

¿Qué había comprado Maugantius con sus monedas? Conocía poco al hombre y sus intrigas, pero se le ocurría el nombre de alguien por cuya desaparición habría pagado, y con gusto.

Su propio nombre: Melvyn Weyl.

7.

Debía partir de inmediato. Además de la amenaza que representaba Maugantius, tenía que hacerse cargo de la precariedad de su situación ante el rey. Melvyn no era un mago de verdad, Vortigern no tardaría en decepcionarse y quitárselo de encima, tal como había hecho con Irmin y Cesme.

La única que lamentaría su pérdida sería Antonia. Pero su dolor no se compararía con aquel que (estaba seguro) sentía Helene, su madre real. Al principio se había consolado, diciendo que su desaparición constituía una retribución justa. Sus padres lo habían enviado lejos de la casa familiar: se tenían merecido sufrir un poco. Sin embargo, el juego se había prolongado demasiado. Había llegado la hora de hacer gala de buen juicio y regresar a casa, o al menos al Cheltenham.

Esperó a que el campamento se durmiese y volvió a fugarse de la tienda. Llevaba un morral lleno de pan y frutas. Su esperanza estaba puesta en la brújula de su abuelo. Tenía que moverse en dirección oeste. En cuanto llegase a la costa, caminaría con rumbo sur hasta dar con los dibujos fragmentados de Cornwall.

El viaje fue largo y peligroso. Los bandidos lo despojaron de su capa y de su chaqueta, de sus botas, de la brújula y hasta de la comida. Lo único que conservó fue el broche de plata que había sostenido su capa, tan solo porque al ladrón se le cayó mientras se alejaba. Pero esas pérdidas significaron poco en comparación con los golpes recibidos. Aun así, se puso de pie y siguió andando, agradecido de que los bandidos no lo hubiesen asesinado… o algo peor.

Llegó a las playas de Cornwall convertido en un mendigo más.

—Y volvió a casa por el mismo túnel —dijo Milo. Sonó más a expresión de deseo que a conclusión.

—Ah, querido mío —dijo el Viejo, volviendo a servirse tres dedos de ginebra—. ¡Si todo en la vida fuese así de fácil!

8.

Había encontrado la cueva, sí. E iniciado el descenso, sin saber bien cómo proceder. En su visita original había caído, despeñarse podía ser parte constitutiva del proceso; pero Melvyn no se atrevía a saltar en la oscuridad. ¿Y si se partía las piernas contra el fondo?

El mar lo relevó de la decisión. Melvyn se había metido en la cueva al atardecer, olvidando las mareas. Estaba al filo del hueco negro, presa de sus dudas, cuando una ola embistió contra sus talones. Y Melvyn volvió a caer, envuelto en espuma.

Despertó en el fondo del pozo. ¿Cómo era posible que no se hubiese ahogado? Había caído dentro de un hueco que la marea llenaba cada ocaso. Pero allí estaba: vivo y además seco. Por encima de su cabeza un resplandor marcaba el camino como la otra vez, única estrella de su firmamento.

Entonces recordó lo que le esperaba y maldijo su imprevisión.

Guantes. Si hubiese sido listo habría empacado un par de guantes para el ascenso. Y al enfrentarse con los ladrones, habría ofrecido hasta su dignidad con tal de conservarlos. ¡Sus uñas nuevas todavía no habían crecido del todo!

Trepó sin convicción (cuando se es consciente del dolor que aguarda, los movimientos pecan por prudentes) y resbaló una, dos, tres veces. Cansado, hambriento, golpeado y aterido, se preguntó si no sería mejor morir allí, sobre ese fondo de roca y arena, que seguir porfiándole al destino.

¿Y si existía otra salida? Cualquier idea era promisoria, en tanto postergase un nuevo ascenso. En aquella penumbra, los grises oscuros definían los contornos de la cueva y el negro señalaba la continuidad del túnel.

Le dio miedo ir más hondo, porque perdería la referencia de la luz. En efecto, el resplandor se eclipsó al poco de adentrarse en el túnel. Decidió avanzar arrastrando los pies y deslizando una mano sobre la pared. De esa manera no caería en un pozo ni perdería punto de apoyo. En el peor de los casos daría media vuelta, para regresar por donde había venido.

Caminar en la oscuridad le produjo mareos. Allí abajo el aire se enrarecía. Olía a roca (porque las rocas huelen, el Viejo podía jurarlo) y a mar y también a algo más, que no podía identificar pero se intensificaba a cada paso. No podía tratarse de una bestia, se dijo. Ninguna criatura con instinto de supervivencia haría nido allí abajo.

Se movió lentamente, como el anciano que todavía estaba lejos de ser. Aquel perfume se le volvía más agradable a cada paso: le hablaba de algo que no era indomable y siempre ajeno, como el mar y las montañas, sino más bien doméstico; algo que no era del todo natural, y por ende sujeto a reglas atávicas, sino producto del ingenio humano. Debía estar alucinando. ¿Qué clase de hombre podía morar en las vísceras de la Tierra?

El perfume lo sometió a una disyuntiva: si quería seguirlo, tenía que desprender la mano de su sostén de piedra.

Se movió hacia delante, tanteando en la oscuridad. Arrastraba los pies, centímetro a centímetro, como si se hubiese convertido ya en una de esas orugas gordas que se pegaban a las piedras.

El olor lo condujo hasta una grieta que se abría a la altura de sus rodillas.

Se echó al suelo. Detrás de la grieta había luz. Y la luz tornaba visible algo que Melvyn creyó espejismo. Si algo no había esperado hallar en las profundidades era una pared lisa, cubierta de estuco y barnizada con una pátina brillante.

Inspiró. El perfume se filtraba por allí. Era intoxicante.

Echado a cuatro patas, usó ambas manos para agrandar la grieta. Ya no le importaron el dolor ni los raspones que comieron de su carne. Cuando no pudo avanzar más, recurrió al broche. Raspó y horadó hasta que se le partió en dos. Entonces tanteó en busca de piedras. Detrás de cada golpe que agrandaba la brecha, venía un plus de luz que lo cegaba.

Así fue incorporando rasgos a la estancia a la que quería nacer. Vio que había una vasija rajada. Nunca había pensado que una vasija pudiese inspirar felicidad. Gritó en espera de una ayuda que nunca llegó. Le pareció oír ruidos distantes, pero no estaba seguro. Siguió golpeando.

Después de mucho trabajo el hueco excedió la medida de sus hombros.

Estaba en un sótano. A la vasija vieja había que añadir una caja de madera sin desembalar, bolsas de carbón, esterillas, un atado de cañas de bambú. Y el rasgo del lugar que más agradeció, por lo que prometía: una escalera.

Fue la subida más penosa. Una serpiente lo habría hecho más rápido. Pero Melvyn no tenía fuerzas para más.

Lo que descubrió al asomar fuera del sótano fue que la planta principal estaba llena de sombras y humo. Al respirar profundamente, entendió. El humo y el perfume que lo habían guiado hasta allí eran la misma cosa.

Lo segundo que descubrió fue que el sitio estaba lleno de orientales.

Intentó alcanzar la calle, pero no fue veloz. Bastaron dos hombres para reducirlo. Vestían ropas simples y estaban descalzos. Le preguntaron cosas que no respondió, porque no las entendía; tampoco ellos entendieron lo que intentaba decir. A continuación lo llevaron ante un hombre oriental, pero gordo como sus dos captores combinados. Se comportaba como si fuese el dueño del lugar.

El gordo se cansó pronto de interrogarlo. Hizo que lo encerraran en un cuarto de uno por uno, pero también que le diesen de comer. Fue una sopa miserable; y fue también la sopa más deliciosa de su vida.

Poco después lo pusieron a trabajar. Al principio no entendió qué función cumplía aquel sitio: imaginó que era un hotel, un garito o un baño público como los del pueblo medieval. Allí era un esclavo, sí. Pero le daban de comer y un sitio donde dormir. De momento no sentía otras necesidades.

Una noche cayó una lluvia torrencial y hubo menos clientes. Bendecido por un momento de ocio, Melvyn lo dedicó a pensar. Comprendió que si no hacía algo pronto, ya no saldría de allí. El gordo lo retenía en contra de su voluntad. Si Melvyn escapaba y hablaba con las autoridades (esto creía: que estaba prisionero dentro de un edificio dedicado al esparcimiento de la inmigración china o japonesa, en un pueblo del sudoeste de Inglaterra), el gordo se metería en problemas. Ergo, lo conservaría como esclavo hasta que muriese de agotamiento... o de viejo.

Pero lo que más lo atemorizaba era otra cosa. Aun cuando todavía podía pensar, nada parecía importante de verdad. Se obligaba a recordar a aquellos a los que había amado y detestado (sus hermanos, su madre, su padre) y ni siquiera así conjuraba el calor de los antiguos sentimientos. Ni nostalgia, ni afecto, ni furia: Melvyn no sentía *nada*.

La única explicación que se le ocurría era sencilla. El gordo ponía en la sopa algo que mataba la voluntad, tanto la suya como la del resto de los esclavos. Porque Melvyn sabía que le convenía regresar al túnel que lo había llevado hasta allí. Pero por más que su cerebro lo repetía cien veces, no lograba que su cuerpo le obedeciese.

Levantar un brazo supuso un esfuerzo. Por suerte el brasero estaba cerca.

(En la cocina, el Viejo se contempló la palma de la mano. No vio la marca, porque la noche ya era completa y seguían sin encender la luz; pero sus dedos palparon las indentaciones. La cicatriz le había hecho compañía todos esos años, creciendo con él. Pero no se la enseñó a Milo, ni lo invitó a tocarla, porque había aprendido a dudar de su valor como prueba. Su existencia física no bastaba para demostrar que se la había hecho tal como decía. Era apenas un recuerdo, subjetividad pura; y no hay nada que la memoria guarde que no sea opinable.)

El dolor de la quemadura se impuso a su indolencia. Si no regresaba a aquel útero que lo paría a distintos mundos, languidecería allí hasta el fin de su tiempo.

Pero el hueco por el que había entrado ya no existía. El gordo lo había tapiado.

9.

Pronto entendió que la suerte no le había soltado la mano. El punto de la pared que le sirvió de puerta sonaba hueco. El albañil se había limitado a disimular el agujero. Melvyn lo abrió por segunda vez, ahora a las patadas. Y se adentró con los brazos abiertos en la oscuridad que antes le había inspirado terror.

—El tercer sitio al que fui a parar —dijo el Viejo— fue por cierto el más raro.

10.

Condenado a la ceguera, caminó sin norte. Tropezó mil veces y se levantó otras tantas. Su cabeza se raspaba contra las piedras del techo. Bebió un líquido que descubrió con los dedos, fluía a través de un hueco en la roca. No sabía a agua, pero tampoco era salado. Pronto se le cansó la vista, de tanto buscar algo que no estaba por ninguna parte. Allí abajo no había ni una astilla de luz.

En algún momento se tumbó a descansar; o tal vez a morir.

Despertó en el interior de un vivero. Las paredes y el techo estaban hechas de un material que Melvyn niño encontró fantástico: traslúcido como un cristal, pero maleable como una tela, que el viento agitaba. Por encima de todo brillaba el más alegre de los soles, borroso como la obra de un impresionista.

Se descubrió echado sobre un sillón. Estaba hecho de un material muy liviano: parecía metal pero no lo era. En un arrebato de esperanza, se dijo que todo lo anterior había sido un sueño. Sus ropas ya no eran los harapos que había usado tanto tiempo, jirones de las prendas que Vortigern le había dado: vestía una camisa blanca y un pantalón (prendas ligeras, limpias... ¡modernas!) y estaba descalzo.

Pero no recordaba cuándo ni cómo había llegado a ese lugar. Y contaba con pruebas palpables de que su experiencia había sido más que onírica. La quemadura de su mano seguía allí, aunque ya no le ardiese. Y los trozos del broche que le había obsequiado el soldado abultaban en un bolsillo.

El vivero estaba lleno de arbustos espinosos. Los había con flores y frutos, más bajos que él y también altos hasta el techo, con hojas espumosas y dentadas. Pero todos, sin excepción alguna, estaban erizados de púas. Algunas medían lo mismo que su dedo mayor, y supuraban un líquido blancuzco.

Se movió con cuidado. No quería sacarse un ojo. Hasta que registró otro sonido, más allá del viento que hacía flamear techo y paredes. Sí, sí: un ruido de tijeras.

El jardinero era un hombre calvo, de barba gris y puntiaguda. Estaba sentado sobre una banqueta plegable. Trabajaba sobre un injerto. No pareció sorprendido por su presencia. Le destinó una mirada y volvió a lo suyo, atando un jirón de tela en torno de la rama.

Melvyn le preguntó quién era. El jardinero dijo llamarse Kip.

—¿Qué es este lugar?

—Mi jardín.

—Nadie cultiva espinos.

—Claro que no. ¡Son los espinos los que me cultivan a mí!

Era lo único que le faltaba: toparse con un lunático.

—¿Tiene usted teléfono, o sabe de alguno que esté cerca?

—Dios, no. —Por algún motivo que a Milo se le escapó, el jardinero encontraba graciosa la pregunta.

—Es que me he perdido, y quisiera avisar a mis padres.

—Cuando uno se pierde, lo que debe hacer es simple —dijo el hombre sin dejar de trabajar—. Desandar sus pasos, hasta el punto en que tomó el sendero equivocado. ¡Y tomar entonces el correcto!

Pensó que le estaba tomando el pelo. Pero como Kip no parecía dispuesto a seguir conversando, se alejó en busca de la puerta del invernadero.

No dio con ninguna. O no sabía encontrarla o el sitio no la tenía. Pero se reencontró con el sillón. Volvió a acostarse, decidido a probarle al jardinero que estaba equivocado. Cerró los ojos, pensó en el sótano, en los huevos de dinosaurio, en Dinabutius, en Antonia, en las profundidades de la cueva de Cornwall...

Y despertó en la cueva del comienzo, tumbado sobre un charco.

Al alcanzar la cima de la escalera, estalló de alegría. Carteles, calles empedradas, un autobús, un cartero en bicicleta: ¡estaba de regreso en su mundo!

La búsqueda que lo había tenido por blanco no había decaído. Los postes del pueblo estaban llenos de carteles con su foto y la leyenda *Missing child*. Se veían flamantes, milagrosamente intactos por las lluvias. Su padre debía de haber pagado para que los renovasen, semana tras semana.

Se aproximó al cartero. El hombre lo reconoció de inmediato.

Melvyn le preguntó qué día era. Tenía la sensación de haberse ausentado durante meses.

Sin embargo, el cartero decía la verdad. El calendario de la comisaría refrendó sus palabras.

Melvyn Weyl había estado ausente tres días, ni uno más.

Capítulo tres

Qi Ling / Blake / Moran (II)

*Las orejas de Huang Zheng — El canal subterráneo — Saqueo — El
informante — Arde Yuan Ming Yuan — El laberinto — Un tiro por
la espalda — El grito en el cielo*

1.

El mundo de Huang Zheng llegaba a su fin.

Lo habían castrado de niño. Su padre, llamado Lin, había incurrido en la osadía de conspirar contra el emperador Daoguang. El
crimen le había valido la muerte en 1851. Pero su condena no había
terminado en el cadalso. El emperador condenó además a los dos hijos varones de Lin: Zheng, de ocho, y Wang, de seis, a convertirse en
eunucos e integrarse en las legiones que trabajaban a su servicio.

Wang sucumbió poco después. Dijeron que sus heridas se habían infectado. Zheng estaba convencido de que la herida mortal
había sido la tristeza.

Pero Zheng sobrevivió. Parecía destinado a una vida de labores
pesadas, hasta que la concubina Cixi lo vio en un jardín (de rodillas
en el barro, calentaba el bulbo de un narciso entre sus manos) y preguntó por él. Le había fascinado la forma de sus orejas, que estimó
señal de buena suerte.

Cixi lo integró en la corte estable de Yuan Ming Yuan. Apostaba a que los jardines prosperasen bajo su atención: Huang Zheng no
temía ensuciarse en pos de la belleza.

Había llevado adelante una vida simple y no exenta de placeres. Era dócil y realista, y por ende escapaba de las lamentaciones. Otros como él habían ascendido a consejeros de palacio, pero la mayoría de los eunucos vivía en la esclavitud.

Superó todas las carencias, menos una. Durante una visita de Xianfeng había oído a un cortesano decir que, a diferencia de la práctica china, los eunucos europeos no carecían de pene. A Zheng le habría complacido poseer el único miembro humano que, al igual que sus flores, crecía o se ponía mustio según se lo irrigaba. Pero no se quejaba, porque la queja habría supuesto que estaba descontento. Mientras se le permitiese trabajar en sus jardines...

Durante años hizo oídos sordos a las murmuraciones. Cada vez se hablaba con más frecuencia de conjuras contra el Trono Celestial. Cuando se le acercaba alguien con la intención de intrigar, Zheng se molestaba: esa clase de asuntos le traía malos recuerdos. Hasta que alguien le dijo que Cixi y el emperador habían huido al norte. La forma de sus orejas no había sido amuleto suficiente. ¿Qué sería de él si Xianfeng resultaba depuesto y su concubina muerta o enviada al exilio?

Pero ni en su peor momento se le ocurrió que Yuan Ming Yuan podía ser también víctima de la desgracia.

Esa fue la razón que lo movió a aceptar la invitación secreta y dejar el palacio en plena noche. Un cocinero a quien bien quería le había hablado de alguien (¡un *alguien* muy poderoso!) que deseaba preservar el Palacio de Verano de la destrucción.

Huang Zheng desconfiaba de los rebeldes. Nada lo tranquilizaba más que la manera lenta e inevitable con que los emperadores se sucedían: como ríos que desagotan en otros, que a su vez... Pero todo indicaba que ese mundo estaba tocando a su fin; y que quizás cupiese hacer algo, más allá de anegar el lecho con sus lágrimas.

Imaginaba que los rebeldes eran gente inculta y fanática. Por eso lo impresionó Qi Ling, que era una mujer elegante y de mirada límpida. Cixi, a quien había aprendido a venerar, tenía una inteligencia prodigiosa que solo destellaba ocasionalmente, a través de la pantalla del opio. En cambio Qi Ling cortaba todo el tiempo, como una hoz recién afilada; supuso que no dejaba de urdir tramas ni siquiera dormida.

Ella le confirmó que Yuan Ming Yuan corría peligro. Y le preguntó si había puertas secretas, dado que no estaba segura de llegar a tiempo antes que los franceses. Si el general De Montauban arribaba primero, las fuerzas de Qi Ling quedarían con la retaguardia expuesta a los ingleses.

Huang Zheng le confesó que no había puertas secretas. Aunque existía un desagüe que comunicaba con el exterior: era el mismo pasaje que acababa de utilizar para dejar Yuan Ming Yuan sin ser visto.

Qi Ling le preguntó por lo ancho que era. Necesitaba introducir allí gran cantidad de hombres, en el menor tiempo posible.

El jardinero dijo que por el canal central podía navegar un junco. Había sido construido para drenar el exceso de agua de los lagos artificiales, durante la temporada de tormentas. Por fortuna no había llovido en semanas. Huang Zheng había salido del palacio sin mojarse más que pies y tobillos.

Qi Ling dijo que lo necesitaba como guía.

Huang Zheng respondió que lo haría con gusto. El Palacio de Verano se había convertido en su mundo, y la perspectiva de que fuese arrasado lo torturaba.

A continuación le preguntó cuándo demandaría sus servicios.

—Ahora mismo —dijo Qi Ling.

2.

Aun en medio de la maniobra, Qi Ling se permitió la contemplación. Los guerreros avanzaban por el túnel en penumbras. Llevaban un gesto fiero en el rostro, las armas en ristre y los pies en el agua. Y aunque se veían temibles, marchaban detrás del delicado jardinero: el más insospechado de los líderes.

Si Cixi se lo hubiese pedido ayer, Huang Zheng habría dado la vida por el emperador. Pero ahora conducía a los rebeldes de la Sociedad China Libre a las entrañas del palacio. ¿Estaban cambiando los tiempos, o dejaba Qi Ling que el deseo nublase su buen juicio? No podía dejar de preguntarse si el jardinero la traicionaría. Hacerlo jugaría en contra de sus propios intereses, pues aceleraría el fin de Yuan Ming Yuan; pero Qi Ling sabía que a menudo los hombres se dejan llevar por sus vísceras. Y los hombres simples como Zheng privilegiaban la obediencia al raciocinio.

—Ya estamos debajo del Jardín de la Primavera Eterna —dijo Huang Zheng. Su voz no era más grave que la de una niña—. Podemos salir aquí a la superficie, o seguir avanzando hasta el Jardín del Perfecto Resplandor, que está cerca de la entrada principal.

Qi Ling llamó a un alto y consideró sus posibilidades.

La noche era clara. Por encima de su cabeza brillaban las alcantarillas, encendidas por la luna; una constelación sobre la oscuridad del cielo raso.

Qi Ling dijo a su lugarteniente que apagase la antorcha e hiciese correr la voz.

El primer fuego murió en el agua. Lo siguieron otros, produciendo un siseo que se perdía a sus espaldas.

Lo que Huang Zheng había olvidado decir (más bien lo que Qi Ling había olvidado preguntar, como responsable de la Sociedad China Libre) era que solo se salía del túnel a través de alcantarillas como aquellas; lo cual no podía sino demorar la emersión de su ejército.

Por eso decidió asomar allí, en el seno del Jardín de la Primavera Eterna. Les convenía hacerlo en un sitio apartado, para que los franceses no les cayesen encima en aquella situación de debilidad extrema.

Huang Zheng asomó la cabeza al exterior; dio su visto bueno y salió a la noche abierta, seguido de su amigo el cocinero.

Qi Ling surgió a continuación, a pesar del peligro. Lo sensato habría sido que otro arriesgase el cuello, para comprobar si habían caído en una trampa. Pero la ansiedad fue más fuerte.

Por un instante la belleza de Yuan Ming Yuan se impuso a su cometido. La luz lunar realzaba contornos. Los jardines que medraban en derredor parecían dibujados por el trazo etéreo, casi alado de una pluma. Las pagodas eran puro esplendor, custodiadas por dragones que asomaban por los tejados. Los arcos de piedra parecían estar acechando desde el comienzo de los tiempos.

Se preguntó si algo de lo que contemplaba era real, o si se trataría más bien de los *trompe-l'oeil* que los jesuitas habían producido para el emperador Qianlong.

Un susurro la puso en guardia. Amartilló su pistola e instó a los suyos a imitarla. Pero no eran enemigos los que se aproximaban. Se trataba de un grupo de animales, en su mayoría ciervos y venados. Lejos de amedrentarse, pasaron junto a ellos sin detenerse, dando saltos: buscaban el refugio de los árboles.

Detrás de la estampida venía un grupo humano. ¿Franceses? No: eran chinos, que agitaban los brazos y gritaban como si hubiesen visto al demonio. Algunos tenían el rostro arrasado por las lágrimas.

En cuanto se abalanzaron sobre el jardinero, Qi Ling entendió que se le parecían en algo más que en la servidumbre. Eran eunucos, como Huang Zheng.

Entre hipos y sollozos comunicaron que los invasores habían entrado al palacio de madrugada. Ante la deserción de la guardia imperial, que se sabía escasa y pobremente armada, los eunucos les habían salido al cruce. Intentaron detenerlos con sus manos desnudas, mientras les gritaban que no cometiesen sacrilegio. Solo habían conseguido que los franceses se burlasen de sus voces atipladas. Veinte de ellos fueron fusilados en el acto; el resto se había dado a la fuga.

Qi Ling no contaba más que con quince, diecisiete, diecinueve hombres. El resto esperaba todavía: hacían fila en las entrañas de Yuan Ming Yuan, emergiendo mediante un goteo de exasperante lentitud.

No podía perder tiempo. Una resistencia pequeña y acotada era mejor que ninguna. Con un poco de suerte sobreviviría hasta que sus huestes se viesen engrosadas.

Pidió a un eunuco que la guiase. Ordenó al resto que llenase de agua las vasijas a su disposición. Les convenía estar listos para apagar incendios. La mayoría de los edificios de Yuan Ming Yuan era de madera, bastaba un disparo para convertirlos en piras. (Paradójicamente, las únicas construcciones que sobrevivirían a las llamas serían los Palacios Europeos que Qianlong había levantado: estaban hechos de piedra.) Por último reclamó a Huang Zheng que permaneciese allí, dirigiendo a los guerreros que salían. Quería que los enviase tras sus pasos, para sumarse a la escaramuza.

A mitad de camino descubrió un cuerpo. Flotaba boca abajo entre nenúfares.

El eunuco le dijo que se trataba de Weng Fu, el gobernador del palacio. Se había suicidado al arribar los franceses, saltando a uno de los lagos; no había querido sobrevivir a la destrucción de tanta belleza.

Qi Ling se preguntó si Weng Fu no habría sido el más sabio de todos.

Apretó los dientes y retomó la marcha.

3.

Los franceses no habían avanzado más allá de la entrada. La riqueza que descubrieron en los primeros pabellones concitó toda su atención. Los cañones (veteranos de las Guerras Napoleónicas y, por lo tanto, más pesados y limitados que los Armstrong) quedaron abandonados ante la puerta del palacio, juguetes que habían perdido el favor de sus dueños.

Los invasores estaban abocados al saqueo. Había soldados ataviados con collares de perlas. Otros cargaban piezas de seda sobre sus hombros. Algunos practicaban tiro al blanco, destruyendo candelabros, pinturas y espejos. Otros se habían echado encima las ropas del emperador, jugando a imitar movimientos ceremoniales. Uno había usado un abrigo de piel a modo de bolsa, para acarrear piezas de plata. Dos se disputaban una vasija de jade, que habían llenado de joyas hasta el cuello. Un oficial vaciaba su pipa sobre las páginas de un manuscrito.

Consagrados al vandalismo, no percibieron la proximidad del enemigo.

Qi Ling y los suyos observaban la debacle a través de las ventanas. Eran ya más de cincuenta. Una balaustrada de piedra les permitía ver sin ser vistos.

Si empezaban a disparar desde allí, acelerarían el incendio. ¡El deseo de preservar el lugar les ataba las manos!

Qi Ling ordenó a su lugarteniente que se alejase con cinco hombres. Una vez que llegasen al lago más próximo, debían disparar al aire y cantar la canción más grosera que recordasen.

Los tiros pasaron desapercibidos, pero la canción funcionó. Un soldado asomó al jardín, vio chinos armados y dio la alarma.

—*Plus d'eunuques?* —preguntó un sargento. Se resistía a desprenderse de la alfombra a la que había echado mano.

Durante un instante de zozobra, Qi Ling pensó que los franceses ignorarían la amenaza. Al sargento le costó una gritería movilizar a su gente. Finalmente aparecieron en el umbral, arrastrando los pies y cargando su botín.

Solo cuando Shap, su lugarteniente, les dirigió una volea de disparos, se convencieron de la necesidad de perseguirlo.

Qi Ling y los suyos los sorprendieron por la espalda.

Causaron muchas bajas en un santiamén. Las armas funcionaban a la perfección y sus hombres hicieron gala de puntería. Qi Ling sintió orgullo, se trataba de un grupo cuyo entrenamiento había supervisado personalmente. Pero estaban lejos de ser los más letales entre sus discípulos...

No tardó en intervenir la caballería. Un oficial llamaba a gritos a los artilleros, les reclamaba que usasen los cañones. ¿De Montauban? No, se trataba apenas de un coronel. Qi Ling le consagró la mira de su rifle. Erró el primer tiro por culpa de un corcoveo, pero el segundo arrancó al francés de su montura.

Su triunfo era momentáneo. Los cañones no tardarían en entrar en juego, arrasando a su gente y también al palacio. Que ya había empezado a pagar el precio: a través de las ventanas vio que los manuscritos del oficial de la pipa ardían, dibujando una montaña de fuego.

No lograría contenerlos mucho más. Todo dependía de Blake. Cuando se despidió del pirata, poco antes de la llegada de Huang Zheng, le había sorprendido su talante arisco. No era el primero a quien le costaba encajar que una maniobra militar estuviese al mando de una mujer.

El hermano menor de Shap, Yamen, cayó a su lado. Allí donde habían estado sus narices existía ahora un único agujero, negro y humeante.

Otra bala dio contra la balaustrada y produjo esquirlas de piedra. Una sucesión de picores le abrasó la cara, se sentía víctima de un enjambre.

¿Dónde estaba Blake?

4.

Aquella noche el sueño del general Grant, comandante británico, había sido interrumpido. La noticia merecía el desvelo: Cousin de Montauban, su par francés, había interpretado de modo libérrimo los términos de su acuerdo y partido rumbo a Yuan Ming Yuan en la oscuridad.

Grant reaccionó enviando un grupo de dragones del rey a modo de avanzada. Necesitaba saber qué escenario le esperaba en el palacio. Los jinetes partieron en plena noche, maldiciendo la informalidad de sus aliados. Y el general ordenó tocar diana para despertar al resto de sus hombres. En lugar de marchar bajo la luz de la mañana, como había anunciado, los quería en camino al amanecer.

Una hora después Grant encabezaba la columna principal, a lomos de un caballo tan malhumorado como él.

Blake observaba las maniobras desde las alturas. Su talante no era más benigno que el del general Grant. Tenía mucho en juego, y no todas las de ganar.

—Todavía no entiendo cómo es posible que esta nave carezca de armas —dijo, reiterando su protesta ante Moran—. ¡Si contásemos con un par de cañones, acabaríamos con los ingleses en su campamento!

—Se lo sugerí a Pte San Win, pero no quiso escucharme —replicó Moran—. Para ella Eontamer era, *es*, un vehículo para navegar entre universos, y no un buque de guerra.

—Cualquiera que se aventure en sitios extraños debe tener cómo defenderse.

—Eontamer tiene sus defensas, no te engañes. Solo que no son tan, ahm, *taxativas* como las que reclamas.

Moran se relajó en su asiento. Al instante Eontamer emprendió la marcha.

A Blake le costaba aceptar que la nave fuese adonde Moran quería, sin necesidad de conducirla con timón alguno. No hacía falta que verbalizase sus órdenes, o estuviese atento al camino. ¡Eontamer lo llevaba a destino aunque cerrase los ojos!

Su primera misión era simple. Dado que a bordo de Eontamer podían ser rápidos como el viento, debían informar de los movimientos de Hope Grant a la columna que Qi Ling había instalado fuera de Yuan Ming Yuan; y entregarle a su superior un sobre con una advertencia, que debía repetir ante sus soldados.

Qi Ling había sugerido que Blake se encargase del asunto, ya que conocía el idioma. Y que Moran ocultase a Eontamer durante el trámite, para no perturbar a unos soldados que no por fieros eran menos aprensivos.

Moran divisó a las huestes de Qi Ling desde el aire. Estaban apostadas en los techos de las casas, templos y negocios que flanqueaban el camino por el que llegaría Hope Grant.

Eontamer se detuvo en un bosquecillo, desde el que se alcanzaba a divisar la majestuosa puerta del Palacio de Verano. Y de inmediato, al igual que un camaleón, se pintó con los colores de su entorno: parecía estar hecha de madera, hojas y sombras.

Blake dejó atrás el bosque, buscando la desembocadura del camino. Llevaba consigo una bandera de la Sociedad China Libre, que Qi Ling había insistido en que portase: serviría como salvoconducto, para protegerlo de algún soldado de excesivo celo que no hubiese oído la noticia de la resurrección de Tau Hui. Con el mástil al hombro no se sentía seguro, sino tonto, y por lo tanto, irritable.

No le costó hacer contacto. Un grupo de hombres de Qi Ling había abandonado su escondite para instalar algo en la boca del camino. Lanzas. Las habían dispuesto de modo que cortasen el paso. Y ahora colgaban algo de sus puntas. Una carga pesada, puesto que ponía a vibrar las astas: se sacudían para un lado y para otro, como la aguja de una brújula indecisa respecto del norte.

Cabezas. Estaban clavando cabezas.

Desde su posición no vio más que cabellos, oscuros u oscurecidos por la sangre. Pero cuando un soldado adornó el trofeo con un gorro, comprendió.

Era la gorra de un dragón del rey. La avanzada de Hope Grant nunca había llegado a su meta.

Blake pidió a los soldados que lo condujesen donde su jefe. Qi Ling le había anunciado que se entenderían bien. Se trataba del informante que venía brindándole un servicio inestimable. El hombre llevaba una doble vida, al igual que Blake; en su condición de dueño de la imprenta que Elgin empleaba para sus proclamas, había estado en condiciones de revelarle la condena que pesaba sobre Yuan Ming Yuan.

Se preguntó qué clase de persona sería para resultar convincente en su papel de impresor, e igualmente eficiente a la hora de degollar dragones.

El comando de la columna funcionaba, en efecto, en el interior de una imprenta. Donde el informante se comunicaba con sus subordinados en un chino plagado de errores gramaticales.

—Ni que estuvieses viendo un fantasma —le dijo al registrar su llegada. Le hablaba en el mismo inglés de siempre, enriquecido por la cadencia de su acento—. No me culpes a mí, fue idea de Qi Ling. ¡Le divertía imaginar tu expresión de sorpresa!

No supo qué decir, pero a Mateo Cembrero no le importó. Se estrechó contra su pecho en un abrazo, pinchándole el cuello con bigotes de cepillo.

5.

Según Cembrero, llevaba años sirviendo como informante de Qi Ling.

—¿Significa eso que me estuviste espiando siempre?

—Todo el mundo es susceptible de ser tentado —dijo Cembrero, mientras servía el par de copas con las que pretendía brindar—. ¡Hasta Tau Hui! Pero no te preocupes. ¡Como está a la vista, nunca rendí un informe que echase sombra sobre tu persona!

Blake era presa del vértigo. Se alegraba de que Cembrero no fuese el traidor que lo había entregado a los ingleses, y al mismo tiempo se decía que no era en verdad *su* Cembrero, sino el doble que le correspondía en aquel universo; el Mateo original había desarrollado negocios paralelos (tabernas, prostíbulos), pero nunca una imprenta.

Aunque este Cembrero también lo había traicionado de algún modo, al simular lealtad mientras trabajaba para Qi Ling y la Sociedad China Libre. ¿Pero tenía derecho Blake a experimentar rencor, cuando el Cembrero de aquel mundo no le había mentido a él sino al *otro* Blake — el verdadero traidor?

—Eso sí, cuando le entregaste las armas a Elgin estuve a punto de huir. —Cembrero se había puesto serio, el licor le había planchado los bigotes—. Sabía que Lady Qi Ling me mataría. Mis días como espía estaban terminados, desde que no supe entender que preparabas una, ahm, *traición*... Pero algo me impulsó a quedarme. Supongo que sabía que no le darías la espalda. Tu amor por Lady Qi Ling siempre fue, uf: ¡abrumador! Por eso decidí callar lo de las armas mientras pudiese. Menos mal. ¡Cuando supe por ella que estabas vivo y a su lado...!

Los ojos de Cembrero se humedecieron. Un gesto muy propio del amigo a quien tanto había querido... *en otro universo*.

Blake no podía bajar la guardia. Porque todas las emociones que le despertaba Cembrero eran equívocas, con una sola excepción.

Aun cuando pensase que se había tratado de una estratagema, este Cembrero sabía de la traición del otro Blake. Y si confesaba la historia ante Qi Ling, aunque solo fuese a modo de broma, le inspiraría sospechas que no le costaría confirmar. ¿Cuánta otra gente habría sido testigo de la negociación con Elgin, de la entrega de las armas, de la subida a bordo del *Rattler*?

Blake no podía darse el lujo de querer a este Cembrero.

Qi Ling lo consideraba un socio fiel, pero para él no representaba más que peligro.

6.

Un estruendo sacudió los cristales de la imprenta.

—Cañones —dijo Cembrero.

Pero no sonaban del modo metálico y entrecortado que caracterizaba a los Armstrong. Más bien latían como truenos.

Los franceses. Disparaban dentro del frágil bazar del palacio.

Buscando eliminar a Qi Ling, que no contaba con más defensa que rifles, pistolas y paneles de madera.

7.

Parte de las fuerzas de Qi Ling había retrocedido, al mando del lugarteniente Shap. Acosado por el bombardeo y la caballería (De Montauban en persona dirigía ese cuerpo, tratando de asegurar la victoria), Shap había regresado al Jardín de la Primavera Eterna. Los Palacios Europeos, construidos con piedra y cemento, eran el único sitio desde el que podía hacer frente a los cañones.

Qi Ling resistía en compañía de unos pocos soldados. Su posición era comprometida, por cuanto había quedado encajada entre el grueso de la tropa enemiga, las balaustradas de piedra y el pabellón principal que ardía a sus espaldas. La proximidad física con el invasor la había preservado de la artillería pesada. Los cañoneros franceses sabían que, si le disparaban a tan corta distancia, correrían el riesgo de recibir el contragolpe de los fragmentos de roca.

En su aislamiento había perdido la posibilidad de reabastecerse. Lo único que demoraba el cuerpo a cuerpo era el fuego graneado que no habían dejado de verter sobre los franceses. Pero las ráfagas no durarían mucho más. La provisión de balas estaba próxima a agotarse.

Qi Ling tosió. La mezcla de humos tornaba el aire irrespirable.

El pequeño sirviente le alcanzó un odre. Qi Ling estaba arrepentida de haberlo llevado consigo. ¡Nada estaba saliendo como había previsto! El incendio podía extenderse al resto del palacio. Blake y Moran brillaban por su ausencia. Carecía de noticias sobre las fuerzas inglesas. Había perdido contacto con Shap. ¡Ni siquiera veía más allá de sus narices!

El niño había insistido en acompañarla. Intentaba demostrarle la dimensión de su gratitud. Pero en aquella hora, el respeto a su voluntad suponía un pobre consuelo. Qi Ling había sido débil. Y ahora se le reclamaba que pagase el precio.

Si en vez de mostrarse orgullosa, hubiese dejado al niño donde Seng, habría prolongado su vida. Las balas que acabarían por matarlo serían francesas, pero era ella, sin duda, quien lo había plantado delante de los fusiles.

Renuente a darse por vencida, le encargó una misión.

—Quiero que te escabullas a nuestras espaldas. Debe haber una puerta o una ventana que no haya sido pasto de las llamas: ¡encuentra un camino que conduzca al exterior! Una vez allí corre y busca a nuestros hombres. Necesito que los guíes hasta aquí, para que cubran nuestra retirada. *Pero no regreses si no es con refuerzos.*

El niño le preguntó quién la asistiría en su ausencia.

Qi Ling le gritó. ¿Cómo se atrevía a cuestionar sus órdenes?

Con los ojos llenos de lágrimas, el niño emprendió la retirada.

Qi Ling sabía que no encontraría a nadie. Cembrero estaría abocado a la pelea con los ingleses y Blake flotaba a mucha distancia sobre el suelo.

Contaba con que no regresase. Por lo menos hasta que todo hubiese terminado. Cuando no quedasen sino cenizas de Yuan Ming Yuan, el humo se disipase y los jardines no exhibiesen más flores que las rojas de la masacre.

8.

Huang Zheng le pidió a Qi Ling que escapase con él. ¿Qué hacía el jardinero allí, cómo había llegado hasta ese punto en medio del fuego cruzado?

—Tal como los conduje a ustedes hasta aquí: ¡a través del sistema de desagüe!

Zheng dijo que había otra alcantarilla muy cerca.

Qi Ling no quería irse. ¡Había enviado al niño al exterior! ¿Qué sería de él si no la encontraba al volver, quién lo protegería de la munición francesa?

Huang Zheng le solicitó entonces un permiso formal. Quería dar paso a sus colegas, que habían descendido al canal subterráneo para cargar las vasijas de agua. Si Lady Ling no lo objetaba, los invitaría a extinguir el incendio.

Le dio su bendición. No creía que pudiesen hacer mucho contra el fuego desatado, pero se sentirían útiles durante la lucha.

Huang Zheng se perdió en una nube de humo. Un ejército de eunucos con vasijas empezaría a salir pronto de las vísceras de la tierra.

Volvió a disparar, en dirección a los fogonazos que producían los franceses detrás de la cortina de hollín. Tenía balas para una nueva ronda, y nada más.

9.

Al ver pasar a un eunuco, le preguntó dónde estaba la alcantarilla más próxima. Como llevaba en los brazos una vasija chorreante, el sirviente indicó la dirección con un golpe de su cabeza.

Lo único sensato era huir. Pero Qi Ling no quería dejar solos a sus extinguidores de incendios. Los eunucos hacían gala del valor que había faltado a los soldados de Xianfeng. ¡El Reino Celestial había abusado de ellos durante siglos y, sin embargo, respondían como su última línea de defensa!

El regreso del niño le inyectó una alegría loca. ¿Cómo era posible que hubiese vuelto tan rápido? ¿Podía inferir que su velocidad significaba…? No, no quería engañarse: una esperanza vana hubiese sido más cruel que el tiro de gracia.

Pero allí estaba Blake, desprendiéndose del sudario de humo. Y también Cembrero, rifle en mano. Y detrás de él un puñado de acólitos de la Sociedad China Libre, cargando una caja de madera… ¡pintada con el símbolo de Tau Hui!

—Municiones —dijo Blake al hincarse a su lado.

—Mi alijo personal —dijo Cembrero—. ¡Sabía que algún día me resultaría útil!

En lugar de serle indulgente, Qi Ling le preguntó por qué no estaba al mando de la tropa que le había asignado.

—Porque no me necesitan. ¡Contamos con una ayuda que no habíamos previsto!

Blake le dijo que el humo complicaba las maniobras de Moran. Eso los obligaba a intentar algo contra el incendio. Para lo cual necesitaba que Qi Ling y sus fuerzas se apartasen del pabellón en llamas.

Huang Zheng arreó a los eunucos rumbo a la boca de la alcantarilla. Y Qi Ling lo siguió, llevándose consigo al pequeño sirviente. Cembrero cerraba la marcha, custodiando el cajón de las municiones.

¿Y Blake?

Se había quedado atrás. Apenas veía su silueta heroica, velada por la humareda.

El pirata desenfundó una extraña pistola y apuntó al cielo.

El disparo no produjo un ruido notorio; o en cualquier caso había quedado opacado por el tiroteo. Pero al instante algo sonó en las alturas, más allá de las nubes negras. Le hizo pensar en árboles que se quebraban y caían.

El niño tiró de la botamanga de su pantalón. Ya estaba en la escalera, pero se negaba a seguir descendiendo sin ella.

Qi Ling se lanzó a sus brazos.

10.

Blake aseguró la tapa de metal por encima de su cabeza. No pudo ver lo que ocurría afuera, pero percibió el peculiar aroma (olía como huele la tierra antes de la lluvia) y recordó lo que Moran le había explicado: que Eontamer contaba con un polvo concebido para extinguir el fuego más rebelde. En su planeta original los incendios forestales estallaban con frecuencia. Lo único en duda era una cuestión de proporciones: Moran ignoraba si la sustancia química de que disponía alcanzaría para ahogar el incendio entero. En cualquier caso, contaba con que la mayor parte del humo se dispersara, permitiéndole dar el golpe que habían preparado.

—Debemos conducir a los franceses a un rincón del palacio que nos permita reducirlos —dijo Blake. En su amplitud, y bajo la luz facetada que producían las alcantarillas, el canal subterráneo le hizo pensar en una catedral del Medioevo.

—El laberinto sería el sitio ideal —dijo el eunuco que lideraba a su gente. Era delgado, suave (en otro contexto no le habría costado confundirlo con una púber) y nunca había perdido la calma.

Blake le pidió que lo guiase. Y reclamó a Qi Ling que permaneciese allí, debajo del pabellón en llamas. Una vez que los ruidos atronadores llamasen a su fin, Qi Ling debía emerger para liderar a las tropas de Cembrero y sus socios inesperados, que a esa altura habrían dado cuenta de los ingleses.

Qi Ling preguntó a Cembrero si había leído la carta que le había enviado por intermedio de Blake.

—Lo hice, y se la di a mis subordinados para que la hiciesen circular —dijo el español—. Pero nuestros flamantes aliados no están al tanto. Lo cual significa que se asustarán tanto o más que los europeos... No me mire así. ¡Lo que hoy suena a contrariedad, ayudará mañana a incrementar la leyenda de la Sociedad China Libre!

Blake ordenó al jardinero que se pusiese en marcha. Y se apresuró a seguirlo, con Cembrero a sus espaldas, para no sucumbir a la tentación de las despedidas.

Corrió por el canal, vadeando las aguas.

11.

Al asomar a la superficie, comprobaron que el incendio había acabado. El aire abundaba todavía en perfumes irritantes (Blake olió no menos de cuatro pólvoras distintas), pero el cielo se había despejado. En aquella sección del parque, a la vista de las estatuas que custodiaban el laberinto, se podía alentar la fantasía de que nada malo estaba ocurriendo.

Entonces Moran entró en acción.

Aun en la distancia, el fenómeno resultaba inescapable. Se trataba del ave más colosal que Blake hubiese visto. Era difícil medir sus verdaderas proporciones, pero la comparación permitía una conjetura: el ala que se ofrecía a su vista cubría la copa de tres sauces. Además gritaba, y cómo: más bramido que graznido, su voz hacía temblar la tierra y producía ondas en el agua de los estanques.

Huang Zheng se había echado a tierra, la frente contra el suelo.

—¡F-fenghuang! —dijo, cuando Blake lo levantó de un tirón.

No estaba desencaminado. Moran le había dicho que se trataba de un ave propia de su planeta, dueña de un nombre que el pirata ya había olvidado: *turul, tukul* o algo similar. El maldito bicho era enorme, con cuello de dragón, pico de águila y una cola kilométrica. Y por lo tanto, se parecía a los dibujos del *fenghuang,* el fénix de la mitología china.

—Se advirtió a los bárbaros de que no cometiesen sacrilegio —decía el jardinero—. El *fenghuang* ha renacido de las cenizas del palacio... ¡Ahora no habrá piedad para el invasor!

El pirata sabía que se trataba de una ilusión. Eontamer había capturado imágenes del ave en su planeta, que reproducía sobre el fuselaje con el movimiento y el color de lo animado por la vida. La imagen y el sonido eran tan convincentes, que hasta Blake encontraba difícil sustraerse al terror. Pero por mucho que bramase y agitase alas sobre sus cabezas, los franceses no tardarían en percibir que no los atacaba: era pura amenaza que nunca se concretaba. Si Blake quería aprovechar la oportunidad, debía apresurarse.

Le dijo al jardinero que fuese en pos de Shap y lo condujese allí, a las murallas del laberinto. Después sacó su Remington, recargó el tambor y se afirmó sobre los pies, para soportar la estampida.

Los primeros en llegar fueron los caballos desbocados. Corrían a tontas y a locas, con la *idée fixe* de huir del azote que venía del cielo.

Acto seguido llegaron caballos con jinetes, que se dejaban llevar por la atropellada de las bestias.

—Venez, venez! —gritó Blake, agitando ambos brazos—. *Cachez vous ici, dans cette place!*

Los jinetes no dudaron; como tampoco lo hicieron los soldados que venían detrás. Vieron a los occidentales que hablaban en francés (Cembrero ya se había sumado a la pantomima), consideraron que la construcción tenía aspecto seguro y se colaron entre las estatuas de la entrada.

Los disparos comenzaron a atronar. Aún presa del miedo, los franceses tiraban al aire, esperando quitarse de encima al animal sagrado. Blake no se inquietó, las balas no llegarían con fuerza a semejante altura. Y mientras Eontamer flotase por encima de la artillería, los cañones no la tocarían. ¡No podían apuntar en el ángulo necesario!

Algunas balas zumbaron cerca de él, lo que le obligó a agacharse. El temor era un pésimo maestro de puntería.

La idea lo capturó. Si una bala perdida acababa con Cembrero, la traición de su doble (de la que lamentablemente no se desligaría, en aquel universo) no llegaría jamás a oídos de Qi Ling.

No quiso reconocerse en su deseo. ¿En qué clase de Blake se estaba convirtiendo, a qué oscuridad lo llamaba aquel mundo intolerable?

Arreó a los últimos franceses al interior del laberinto. En cuanto se perdieron dentro (el jardinero estaba en lo cierto, era un sitio ideal para acorralar al invasor), Shap se desprendió de la espesura a la cabeza de sus hombres. Empujaban un carro lleno de heno, que cruzaron delante de la entrada e incendiaron.

Los hombres de Qi Ling rodeaban el perímetro, pegados a los muros de roca del laberinto. En último término se movieron cuatro más. Uno llevaba una lámpara. Otros dos cargaban un palanquín lleno de hatos de heno, pero parecían sufrir como si transportasen lingotes de plomo.

No tardó en entender qué pretendían. El hombre liberado acercaba un hato al de la lámpara, que le prendía fuego (el heno estaba húmedo, por eso pesaba tanto); una vez que empezaba a humear, los guerreros apostados al pie del muro lo arrojaban al interior del laberinto. Y entonces los del palanquín seguían su camino, hasta dar con los próximos guerreros que recibirían un paquete humeante.

Encerrados, tosiendo y con su visibilidad reducida, los franceses serían cazados sin piedad.

Los disparos no tardaron en arreciar. Los guerreros de Qi Ling habían trepado a las paredes. Tiraban hacia el interior del laberinto, con la calma de quien practica ante un blanco. De dentro salían tan solo gritos de dolor y descargas de rifle lanzadas a ciegas. La música de los Minié y de los Lefaucheux no tardó en acallarse: de un segundo para otro, Blake no oyó más trallazos que los de los Mausers y Lee-Metfords que había vendido a la Sociedad China Libre.

Y finalmente ni eso; tan solo los bramidos del «fénix», que volaba más cerca. Eontamer debía de estar acosando a otro grupo invasor.

El carro que ardía en la entrada ya no era sino brasas. Blake saltó por encima de las cenizas. Llevaba su Remington en la mano, pero no necesitó usarla. La boca de todos los pasillos repetía el mismo espectáculo, con mínimas variaciones: cuerpos de soldados franceses, muertos o moribundos, a menudo apilados unos sobre otros porque habían sido fusilados en pleno intento de escape.

La contemplación de la masacre abrió un vacío en su estómago. ¿Había sido realmente inevitable? Los soldados franceses habrían sido útiles como prisioneros. ¿Qué instrucciones había dado Qi Ling a sus lugartenientes?

Comprendió que no estaba solo. Cembrero había entrado detrás suyo, para evaluar el resultado de la maniobra.

Blake miró en derredor. No había ningún guerrero chino a la vista.

Alzó su pistola. Apuntó a la nuca del español y disparó.

12.

El espejo estalló en mil pedazos. Blake se dispuso a disparar nuevamente, pero no fue necesario. El soldado francés había sucumbido al primer intento. La sangre manaba oscura de su pecho, serpeando entre los fragmentos plateados.

—Me has salvado la vida —dijo Cembrero—. ¿Cómo lo viste?

Blake señaló otro de los espejos de la galería. Duplicaba la imagen del muerto.

13.

Sugirió regresar a la puerta principal de Yuan Ming Yuan. Su intención era cerrarla a cal y canto.

En el camino oyeron gritos femeninos: se trataba de sirvientes del palacio, que les avisaban de la emboscada. Un desgajamiento de las fuerzas francesas se había ocultado entre las rocas del jardín. Los habrían fusilado sin miramientos (¡justicia poética!) si las mujeres no hubiesen interpuesto sus cuerpos.

Los franceses no se animaron a tirar, pero tampoco se dieron por vencidos. Estaban dispuestos a casi todo, con tal de salir con vida de aquel infierno exquisito. Uno de ellos hizo prisionera a una joven y sus compañeros lo imitaron. Avanzaron hacia Shap y sus guerreros, portando a las mujeres como escudos.

Blake vio que los hombres de Qi Ling bajaban las armas. Estuvo a punto de gritar, los franceses los masacrarían y el coraje de las mujeres habría sido en vano.

El movimiento lo dejó pasmado. Ocurrió de manera múltiple pero coordinada, como una coreografía. De repente había dagas en las manos de todas las mujeres; y al instante no las había, porque estaban ya escondidas entre los uniformes franceses.

Los soldados que todavía eran víctimas de estertores fueron degollados.

Estas mujeres no son parte de la servidumbre del palacio, se dijo Blake, *sino la elite de los guerreros de Qi Ling: ¡su escuadra de la muerte!*

Enseguida los senderos se poblaron de gente. Eran moradores de los suburbios. Había tantos hombres como mujeres, viejos y muchachos. Estaban armados con palos, guadañas y cuchillos de cocina. A ellos les debían la derrota de la columna inglesa. Los hombres de Hope Grant se habían cansado de matar, pero terminaron avasallados. Los aldeanos habían brotado de todas partes como hormigas, apaleando, guadañando, acuchillando.

Ahora que el invasor había sido aniquilado (en aquel tramo del jardín, las rocas soportaban cuerpos como ornamento), los aldeanos contemplaron el lugar. Su expresión era reverente, como si fuesen ciegos a los lamparones de sangre y a los muertos que flotaban entre peces dorados.

El estrépito impidió que saboreasen el triunfo.

14.

Venía del cielo.

Blake alzó la vista. El ave que disfrazaba el exterior de la nave seguía aleteando, como si nada extraordinario hubiese ocurrido; pero de repente desapareció; y reapareció al instante; y volvió a esfumarse, esta vez para siempre.

Eontamer se tambaleaba en lo alto. Las nervaduras que cubrían su casco se iban tiñendo de rojo. Perdía torrentes de líquido (¿aceite, combustible?) por el orificio que habían abierto en su vientre. La copa de los sauces se inclinó al ser salpicada, como si ya no quisiese seguir viendo.

Al apartarse del pabellón en llamas, Eontamer se había expuesto al tiro de un cañón que dio con el ángulo adecuado.

Nunca la había encontrado tan parecida a un cetáceo. Que se debatía ante la muerte, a un centenar de metros de altura. El grito que profirió antes de desplomarse era exactamente eso: la queja agónica de un coloso, a las puertas de su extinción.

Moran. Oh, Dios, Moran, no.

Blake pensó en su amigo, en Tecumseh, en las Hijas perdidas del Autor.

La nave hundió la nariz y se precipitó a tierra.

Capítulo cuatro

El Viejo (IV)

El peso del silencio — In libris — *Un reloj en movimiento* — *Claude Eatherly* — *Un broche roto* — *El caracol humano* — *Tim White* — *Una noticia desangelada*

1.

Nunca contó lo que le había ocurrido al caer en la cueva. ¿Quién le habría creído? Su padre no, por lo pronto. ¿Hermann Weyl, que solo confiaba en aquello que pudiese ser probado mediante ecuaciones? Ni siquiera podía decírselo a su madre. Helene amaba las ficciones desaforadas como el *Quijote*, pero su mente estaba formada en el rigor analítico. Si le hubiese contado su experiencia, habría asentido, consintiéndolo; pero en el fondo habría pensado que deliraba, por culpa de la conmoción. O le habría señalado las inconsistencias del relato, dejándolo desnudo en presencia de la verdad. Aunque Melvyn evaluaba la posibilidad de haber sufrido un colapso nervioso, todavía no estaba en condiciones de oír semejante dictamen... y menos de boca de su madre.

Lo que hizo fue callar y mentir. Cuando los Weyl llegaron al hospital, les dijo que había permanecido ese tiempo (tres días no eran nada, para quien tanto había vivido) en lo hondo de la cueva. Alimentándose de moluscos y algas. La quemadura de la mano se la había hecho al rozar contra una roca, durante la caída. Y el resto de sus cicatrices daba cuenta del esfuerzo hecho para regresar a la superficie.

No cuestionaron su relato, ni entonces ni nunca. Estaban felices de haberlo recuperado. Tanto, que hasta su padre se había permitido el exabrupto de un abrazo.

2.

A su regreso al Cheltenham, descubrió que se había convertido en una figura popular. Sus compañeros le demandaban que les firmase los diarios que habían publicado la noticia. (Con títulos como estos: «Estudiante desaparecido», «Misterio en Cornwall», «Una excursión desafortunada».) Y todo el mundo le rogaba que contase su historia. Melvyn fue adornándola a medida que la repetía, para que no perdiese intensidad ni dramatismo. Llegó a decir que se había mantenido a flote noches enteras, batallando contra cangrejos. Una vez llegado a ese límite, su imaginación se quedó sin variantes.

No lo lamentó. Finalmente podría concentrarse en aquello que su público le había impedido hacer, desde que había puesto pie en la escuela otra vez.

3.

Con la ayuda de un profesor hizo una lista de libros sobre la Inglaterra del siglo v. No era larga ni promisoria. Comprendió por qué se conocía ese período como *la Edad Oscura*. El fin del dominio romano había supuesto la desaparición de registros y crónicas. Todo lo que la Historia no había documentado terminó trastocado por las leyendas.

Pero el libro de Geoffrey de Monmouth *(Historia de los reyes de Inglaterra,* que Shakespeare había usado como fuente de *El rey Lear)* le sugirió algo que lo hizo temblar. Un incidente en la parte cuarta hablaba de un niño que había humillado a los magos de Vortigern, develado el misterio de una torre que caía cada vez que intentaban construirla… y encontrado dos huevos de dragón.

—Lo primero que pensé —dijo el Viejo a un Milo que seguía aferrado a la espada— fue que había leído ese pasaje una vez, para después olvidarlo y revivirlo como sueño. Pero ese libro no estaba en mi casa de Suiza. Mis maestros ni siquiera me habían hablado de su existencia. Y además el sueño, por así llamarlo, estaba lleno de detalles que Monmouth no daba, pero que fui encontrando en otros libros. Cómo se vestía la gente de la época: la moda de los broches, por ejemplo. Qué idioma hablaban: latín, el celta que se usaba en Cornwall; los invasores hablaban en un alemán arcaico. (¡Al igual que Maugantius!) ¿Cómo podía haber sabido esas cosas, y de manera tan precisa? Te recuerdo que mi padre vivía entre teorías y mi madre entre diccionarios. ¡Y yo no leía más que novelas!

El misterio persistió. Con el tiempo Melvyn encontró un modo de conversar del asunto con su padre, aunque en los términos más abstractos.

Durante una velada en su flamante casa de New Jersey, oyó a su padre discutir con un colega sobre una materia que, hasta entonces, no había sabido que formase parte de sus intereses. Hermann Weyl había sido compañero de Albert Einstein en el Zurich Institute, y estaba al tanto de sus teorías sobre la naturaleza relativa del tiempo.

—Al ligar tiempo y espacio en una nueva dimensión, Einstein convirtió el tiempo en materia de la física —dijo el Viejo—. Y yo empecé a hacer preguntas que obtenían respuestas cada vez más extrañas. El universo no estaba en equilibrio, sino expandiéndose. El espacio-tiempo era curvo. Los relojes en movimiento avanzaban más lentamente que los quietos. Lo cual explica, entre otras cosas, la parsimonia con que envejecí. La longevidad es una de las pocas pruebas con que cuento para demostrar la verdad de mi viaje. ¡Si a algo me parezco, es a un reloj en movimiento!

Hermann respondió sus preguntas con paciencia. Y el pequeño Melvyn empezó a disfrutar del estudio de la naturaleza del universo. Tanto fue así, que su padre empezó a hablar del incidente de Cornwall como de «el accidente feliz».

4.

En 1937 Melvyn Weyl entró en Harvard para estudiar Física. Seguía aferrado a su secreto, que le había inspirado un propósito: demostrarse que lo vivido no había sido un sueño, sino consecuencia de un fenómeno propio de la estructura del universo.

Los cuatro años que siguieron fueron de estudio intenso y también de frustración. La ansiedad le jugaba malas pasadas. Melvyn seguía a años luz de probar lo que quería, y eso le hacía sentirse un fracasado.

Entonces Estados Unidos se sumó a la guerra. Y Melvyn Weyl se convirtió en voluntario primero y en piloto después. Hasta que le tocó bombardear Dresde.

—Yo fui uno de los que produjo la masacre de la que habla Vonnegut en *Matadero Cinco* —dijo el Viejo—. ¿Alguna vez oíste hablar de los pilotos que bombardearon Hiroshima? Uno de ellos, Paul Tibbets... que bautizó el avión con el nombre de su madre, Enola Gay; si yo le hubiese puesto Helene al mío, mi madre me habría repudiado para siempre... Este Tibbets, digo, no renegó nunca de lo hecho. Para Tibbets un soldado obedecía órdenes, y dado que él había preservado la cadena de mando, se sentía exculpado de toda responsabilidad. Pero existió otro piloto. Claude Eatherly. Este hombre volaba en un B-29 que iba delante del *Enola Gay*. Su misión era informar de las condiciones climáticas. Su avión no arrojó bomba alguna. Sin embargo, Eatherly enloqueció. Se hizo meter preso por crímenes menores, después lo encerraron en el hospital de veteranos de Waco, Texas. La suya había sido una responsabilidad tangencial, pero para Eatherly fue demasiado. Mientras que Tibbets, que había matado a doscientos mil de un plumazo, no perdió nunca el sueño.

El Viejo hizo un largo punto y aparte. Estaba claro que Milo no sabía qué decir. Llevaba años creyéndolo un excéntrico inofensivo, y ahora debía asimilar que estaba en presencia de un asesino de masas.

—Yo sí perdí el sueño —retomó el Viejo—. Lo único que impidió que me suicidase fue el recuerdo de aquella excursión de mi infancia.

Melvyn Weyl pergeñó un plan. Quería retornar al pasado a través de la cueva de Cornwall.

Con tal de negarle existencia al bombardeo de Dresde, se sentía capaz de hacer cualquier cosa.

5.

Terminada la guerra, Melvyn se convenció de que retornar a los estudios era un lujo que no podía permitirse. La vida lo había puesto en posesión de un conocimiento que, bien usado, evitaría la carnicería de Dresde, pero también las de Auschwitz, Treblinka y Riga, Pearl Harbor, Varsovia...

Necesitaba repetir su «accidente feliz». Kip el jardinero le había explicado cómo hacerlo. Tenía que volver al punto de extravío para retomar el sendero correcto. Si regresaba al pasado, impediría esa guerra atroz: ¡por difícil que pareciera, tenía que existir algún modo de lograrlo!

Como físico, pero también como lector de ficción especulativa, estaba al corriente de las dificultades. Aun en caso de desandar el tiempo con éxito, se enfrentaría a infinidad de variables. ¿Qué cambio estaría al alcance de sus posibilidades? Y lo más angustiante, por impredecible: ¿a qué precio, qué se perdería en la transacción?

Cuando consideraba el otro plato de la balanza, las vacilaciones terminaban. ¿Quién podía quedarse de brazos cruzados, creyendo que tenía entre manos una posibilidad, por remota que fuera, de salvar las vidas de millones de personas? Cada minuto que pasaba sin lanzarse a la acción era un minuto perdido.

Sin embargo, procrastinaba, postergando su decisión. Por razones transparentes: si bajaba a la cueva y nada ocurría, se vería obligado a asumir su propia locura; y a aceptar, al mismo tiempo (un uno-dos demoledor), que su deseo de impedir tanta muerte había sido tan solo eso, una fantasía más de las tantas que la guerra había ahogado en un mar de frustraciones.

Pactó consigo mismo un primer paso, de naturaleza condicional. Si regresaba a la playa de Cornwall y encontraba el broche, procedería a dar un segundo paso. Después de todo, sería la prueba de que lo vivido no había sido un delirio.

Se había desembarazado de la joya al salir de la cueva, para no verse obligado a dar explicaciones comprometedoras. A mitad del ascenso había dado con una piedra floja, que usó como tapa del escondrijo.

El broche estaba todavía allí. Roto en dos pedazos, pero estaba.

Lo cual no significó el fin de sus problemas, sino más bien el comienzo.

6.

El túnel prometía acceso a la Inglaterra del siglo v. Melvyn creía aún que el antro regenteado por el chino gordo formaba parte de su presente y estaba ubicado en terreno británico. (Tardó en comprender que había pisado China sin darse cuenta, durante alguna de las Guerras del Opio.) La tercera escala de su viaje, aquella de Kip el jardinero, seguía resultándole desconocida, y por ende no servía para su plan.

La Inglaterra del siglo v solo prometía una victoria improbable. Lo que los americanos del norte llaman *a long shot*. A esas alturas Melvyn contaba con mayores ventajas que las que había tenido durante su primera excursión: ya hablaba latín y la tecnología que transportase consigo le garantizaría superioridad sobre los locales. (Cosas tan simples como una linterna, un encendedor y una pistola podían marcar toda la diferencia.) Pero la gran distancia que separaba aquel tiempo del presente aumentaba los márgenes de error de modo exponencial. ¿Qué podía hacer en el siglo v que le garantizase que el futuro no solo sería otro, sino ante todo mejor?

Dado que corría el riesgo seguir especulando interminablemente, optó por dedicarse a cuestiones prácticas. Lo fundamental era estar preparado para las eventualidades. Contar con un arma de fuego y munición suficientes. Y con herramientas modernas. Y con glosarios y diccionarios. Y con medicinas esenciales: penicilina, desinfectante. Y con una brújula, claro. (La del abuelo Joseph había quedado en manos de un ladrón leproso.)

Cuando el destino de la humanidad estaba en juego, trazar una línea era difícil. ¿Cómo saber si un trozo de alambre no determinaría la diferencia entre éxito y fracaso?

La mochila que consiguió empacarlo todo lo desalentó. Pesaba cuarenta y dos kilos.

—Parecía un caracol humano —dijo el Viejo.

Pero al internarse en las profundidades de su infancia (a mediados de agosto de 1945: lo recordaba bien, porque el bombardeo sobre Hiroshima y Nagasaki lo había impulsado a intentarlo cuanto antes), nada ocurrió.

Bajó ayudado por la soga y una linterna. No encontró nada que no fuese una cueva tortuosa. Olía a pescado y a yodo y solo conducía a *cul-de-sacs* que no mostraban fisuras.

Aun en contra de su raciocinio, lo intentó nuevamente saltando a oscuras. (Eso sí: utilizó la mochila para amortiguar el golpe.) Pero el resultado volvió a ser negativo. Se sentía como aquellos pioneros de la aviación cuyas máquinas se estrellaban contra el suelo, a poco de empezar a elevarse.

Caminó hasta el pueblo, donde se alojó en un *bed & breakfast*. Al verlo sucio y agotado, el conserje le preguntó si venía de lejos.

Le respondió que en realidad iba lejos, pero que había perdido el tren.

Se quedó allí una semana, sin salir de la habitación. Su depresión lo había privado de voluntad, aplastándolo sobre la cama.

Durante aquellos días dudó de todo. Trató de pensar como su propio abogado del diablo. Había inventado aquel cuento infame para no enloquecer, en la espantosa oscuridad del foso. La quemadura se la había hecho contra una piedra, tal como creía haberles mentido a sus padres. Ni siquiera el broche servía como prueba, por más que le constaba que era antiguo de verdad (lo había hecho revisar por un experto del British Museum): seguramente había estado en la cueva desde tiempos inmemoriales, donde el pequeño Melvyn lo había hallado y usado para obtener inspiración.

Al segundo día el dueño del *bed & breakfast* llamó a su puerta para asegurarse de que seguía vivo. Volvió con una bandeja de comida, que Melvyn apenas probó. El hombre insistió al día siguiente, aquella vez le alcanzó otra bandeja y un libro, «para que se entretenga y no piense en cosas sin sentido». Era *La espada en la piedra*, de T. H. White.

—Le gustará —aseguró el casero.

Melvyn no discutió. Estaba de acuerdo con el dueño del *bed & breakfast*.

Conocía *La espada en la piedra*. Y a T. H. White.

7.

—Perdón por interrumpirlo —dijo Milo—. Pero si no voy al baño *ya mismo*…

El Viejo lo relevó con un gesto. La interrupción le convenía también, ya tenía la garganta irritada.

Milo soltó la espada por primera vez en horas y salió dando zancadas.

Después de tantos años de guardar el secreto, el Viejo se había convencido de que su historia moriría con él. Cuando leyó *El Aleph* por vez primera, había considerado la posibilidad de ponerla por escrito, tal como Borges había hecho. Pero recordando su propia reacción ante el cuento, descartó la idea: ¡todo el que leyese el texto creería, también, estar en presencia de una fabulación!

Lo que nunca había imaginado era que iba a terminar por abrir la boca, y en presencia de una criatura como Milo. ¿Existía acaso un confidente menos preparado y fiable?

La única vez que había estado a un tris de hablar fue en presencia de Tim White. Había ocurrido en un pub de Irlanda, en 1943, durante una de sus bajas del servicio. Su compañero en aquella aventura de fin de semana había sido Brian Dooley, un excompañero de escuela que prestaba servicio en la Tercera División Mecanizada.

Fue Dooley quien reconoció a White: un hombre mayor que ellos, de fino bigote y pañuelo asomando del bolsillo, a quien presentó como exalumno de Cheltenham. La conversación fue ríspida al comienzo, dado que White no ocultaba su aversión a la violencia en general y a la guerra en particular. Pero al salir a la palestra el tema de la aviación, Melvyn y White encontraron un interés común. Hablaron largo rato del asunto, hasta que White confesó que le fascinaba porque tenía pánico a las alturas.

Con el correr de las pintas ocurrió lo siguiente: perdieron a Dooley (que, borracho en exceso, regresó al hotel) y Melvyn descubrió que White, que se presentaba a sí mismo como Tim aunque su nombre era Terence, había escrito *La espada en la piedra*.

Había comprado el libro en 1939, atendiendo a una recomendación de su madre. Pero al comprobar que se trataba de una novela para niños (eso creyó entonces, ocupado como estaba en probarse a sí mismo como adulto), la arrumbó en su biblioteca y olvidó por completo.

Nunca pudo explicarse la razón, pero *La espada en la piedra* fue uno de los pocos libros que metió en la maleta cuando la US Air Force lo envió a territorio europeo. Leyó la novela durante el viaje, no una vez, sino dos. Y cuando le concedieron su primer permiso de la base de Saint Mawgan, buscó los libros que la habían continuado:

The Witch in the Wood y *The Ill-Made Knight*. Revisar la leyenda del rey Arthur, y mejor aún con el humor y la profundidad de White, lo había ayudado a distraerse de los nubarrones que se cernían sobre su futuro.

Le confesó su admiración. Tímido como era, White trató de cambiar de tema. Pero cuando comprendió que su interés era sincero, ya no rehuyó la conversación. Que osciló entre las trivialidades (fue entonces cuando aprendió que Excalibur era una contracción del latín *ex calce liberatus,* que significaba «liberada de la piedra») y la discusión abierta.

Lo que más le había gustado a Melvyn de *La espada en la piedra* era la educación que Merlyn impartía al niño Wart, el futuro rey Arthur. Al convertirlo en distintos animales, le enseñaba primero a ponerse en la piel de otros y a desarrollar su empatía con todas las formas vivas; y en segundo término, a redescubrirse como parte de un sistema interdependiente, rechazando el rol del hombre como predador supremo y autocrático.

Lo que a Melvyn no terminaba de convencerle era que, habiéndose formado bajo esos preceptos, Wart aceptase sin rechistar su destino como señor de la guerra.

—No le pidamos al pobre Wart más de lo que pudo dar —dijo Tim—. Por más iluminada que hubiese sido su educación, no dejaba de ser humano. ¿Quién de nosotros está a la altura de lo que esperaba de sí mismo? Y además debió de ser un hombre de su tiempo. ¿Se habría sustraído usted al encanto de los pendones, las armaduras y las justas? Puede que Wart lo hubiese logrado, de haber permanecido Merlyn como su consejero. Después de todo el viejo era un hombre de *otro* tiempo, dado que vivía de atrás adelante. Pero el muy tonto se enamoró de una jovencita. Cosas que pasan cuando uno deja de ser sabio para volverse adolescente.

Melvyn estuvo a punto de contarle su aventura en la Inglaterra de Vortigern. Pero a esas alturas ya habían bebido demasiado, y le dio miedo que Tim se le echase a reír convencido de que no era él, sino la cerveza quien hablaba.

Se despidieron con un apretón formal. Y ya nunca volvieron a verse.

White tardó casi veinte años en publicar el libro siguiente de la saga, *The Candle in the Wind*.

Y su libro póstumo, *The Book of Merlyn,* había sido rabiosamente antibelicista.

A esas alturas Melvyn ya había cometido sus pecados de guerra. Cuando leyó *The Book of Merlyn,* llevaba décadas viviendo en el Delta. Pero las frases sonaron en su mente con la voz de Tim White. Como si hubiese escrito ese pequeño libro tan solo para él.

8.

Comprendió, al sobreponerse a su ensoñación, que en algún momento había oído correr el agua del depósito. Ya habían transcurrido varios minutos y Milo seguía sin aparecer. Los únicos sonidos venían de fuera: el río, el soplo del Nictálope entre las hojas.

Antes de abandonar la cocina, recuperó su escopeta.

Milo estaba en el living, caminando sobre un mar de páginas de diario. Aferraba la primera plana entre sus manos.

El Viejo se acercó. La portada hablaba del operativo que había acabado con la cúpula de Los Arcángeles.

—Fue una masacre —comentó—. Pobres pibes. Sus intenciones eran buenas, aunque un tanto inge…

Milo salió corriendo.

El Viejo lo siguió. Al cruzar el umbral, no vio rastro de Milo, y pensó que había regresado a su propio hogar. Pero entonces oyó una música familiar: el motor de la barcaza.

Cuando llegó al muelle, ya era tarde. Milo estaba en mitad del río.

9.

Melvyn Weyl regresó a la cocina para rescatar algo y volvió a salir.

La luna se había perdido detrás de los árboles, pero no necesitaba más luz que la que había: se sabía el recorrido de memoria.

La espada pesaba más que antes, cuando la había encontrado entre los restos de una barca, en una isla de la Tercera Sección. O quizás fuese que estaba perdiendo fuerzas. Todo lo que quería era devolverla a su lugar y echarse a descansar. Desempolvar aquella historia lo había agotado.

Tuvo energía para levantar una sola de las puertas del búnker. El espacio que abría era más que suficiente para su cuerpo esmirriado. Dejó la espada y echó un vistazo. Aun en la penumbra, comprobó que Milo no se había llevado nada. Allí estaban el broche roto y la mochila, que no se había atrevido a deshacer en espera de la oportunidad que nunca llegó. Y todo lo que había ido arrumbando a medida que lo encontraba. La ballesta y la pipa de opio. El cáliz de plata. El casco con los dos cuernos. La túnica que había quitado al cadáver del sampán. La tableta escrita con runas. El astrolabio. El sombrero bicornio. La clepsidra. El cañón. Y el resto de lo que había rescatado de los naufragios, en aquellas costas que más que al Delta pertenecían al multiverso.

Lo que no había podido llevarse ni servía como chatarra lo había destruido: naves, máquinas y cuerpos ofrecidos a las aguas, para que ningún lego se viese expuesto al espectáculo de lo inexplicable o intentase usarlo en su beneficio.

Todavía no había decidido qué hacer con lo que sí había conservado. Milo se había equivocado a ese respecto. Aquel tesoro no tenía valor de antigüedad, porque objetivamente no poseía ninguna. Si sometía los objetos a análisis de datación, los resultados dirían solo parte de la verdad: que aquellas cosas eran nuevas, o casi, porque en verdad lo eran. Al usar el portal, sus dueños originales se habían saltado los años que separaban su circunstancia del presente. El tesoro constituía una paradoja: tenía un enorme valor histórico y a la vez era flamante. Esa contradicción le había impedido usarlo para probar la existencia del *wormhole*. ¡No podía pretender que venía del pasado, cuando parecía fabricado ayer!

El único valor que le reconocía tenía otro signo. Su vida estaba desprovista de afectos, le costaba resignarse a la idea de desprenderse de aquellas cosas. Pero imaginaba que algún día lo bañaría todo con kerosene y le prendería fuego, con la ilusión de preservar el secreto de la Tercera Sección.

Ese día, empero, no sería hoy.

Cerró con candado, acomodó tierra y ramas con los pies para disimular la entrada y emprendió el regreso.

Su último pensamiento antes de dormir fue para Milo.

El Viejo no creía en Dios, pero de todos modos le pidió que lo protegiese.

Capítulo cinco

Milo (X)

El Viejo versus Melvyn Weyl — La trampa — José Merca y Bigotes —
La salud de la Viuda — El episodio inédito — Aparece Hugo Pratt
— El pecado imperdonable

1.

Le habría convenido vestirse con ropa decente. Para bajar los decibelios de la sospecha. Pero Milo no tenía ropa decente. Y todo estaba cerrado a aquellas horas. No habría podido comprar nada, aunque hubiese echado mano a los dólares.

Los llevaba encima desde que los sacó de su escondite. El contacto físico lo tranquilizaba: saber todo el tiempo que estaban ahí, presionándolo. La idea de dejarle el fajo al Viejo había cruzado por su cabeza, pero decidió que no. Al Viejo lo quería, confiaba en él. Pero su opinión sobre Melvyn Weyl estaba en entredicho.

No sabía qué lo perturbaba más, si tomarse en serio la historia (lo cual suponía, entre otras cosas, asumirlo como un bombardero hijo de puta: ¡otro Piloto!) o creer que se había tratado de un delirio: cosas del Alzheimer, o de la demencia senil.

Lo peor de todo era que Milo sabía, pero se resistía a aceptarlo.

Más allá de sus ribetes implausibles, la historia de Melvyn Weyl había avanzado de manera coherente. Algo en las antípodas de lo que un enfermo de Alzheimer era capaz de hacer. Un demente tampoco sostendría un relato así durante tanto tiempo. (*¿O sí? Patato no podría*)

Y además el relato había incluido cosas increíbles... *pero no más increíbles que aquellas que venían sucediéndole.* Desconfiar del Viejo lo habría obligado a descreer de su propia experiencia.

Dos o tres hechos aislados podían sugerir coincidencia, elementos ligados por el azar. Pero cuando se sucedían cuatro, seis o más, había que empezar a hablar de evidencia. A medida que el Viejo los apilaba sin darse cuenta, Milo se había salido de la vaina. ¿El niño Melvyn Weyl haciendo cosas que terminarían por ser atribuidas al pequeño Merlyn? ¿El sótano lleno de humo intoxicante? (Se había mordido la lengua para no decir: «Era un fumadero de opio y no estaba en Inglaterra. Usted ya lo sabe. ¡Por algo tiene tantos libros sobre el tema en la biblioteca!») ¿El agujero de gusano con boca sobre el Delta, que permitía la llegada de personas de otros tiempos y lugares, como lo era el Piloto... *pero también los Héroes?*

Milo no le había dicho nada al Viejo sobre Tariq y Blake. Tampoco sobre Moran y Metnal, apenas le había hablado sobre el Piloto. Pero la historia con que el Viejo había contraatacado estaba llena de puntas promisorias, datos que echaban luz sobre lo que había estado viviendo. Por eso había aguantado tanto, al punto de casi mearse encima: porque quería que el Viejo llegase al final del relato (¡el Baba lo habría interrumpido mil veces!) para recién entonces interrogarlo. Con tal de entender lo que pasaba, se habría sobrepuesto al vacío en la boca del estómago que le creó la noticia de que el Viejo había hecho... bueno, lo que decía haber hecho.

Todavía no había terminado *Matadero Cinco.* Pero había leído suficiente para que la confesión del Viejo —de Melvyn Weyl— le resultase escalofriante.

No tuvo tiempo de hacer preguntas. Cuando vio el diario al salir del baño, casi se muere. Por eso echó a correr, llegar al pueblo cuanto antes era una necesidad imperiosa.

Su sentimiento de culpa era tan grande que negaba importancia a todo lo demás: los Héroes, el Baba, don Maciel, el Piloto. Ni siquiera pensaba en el riesgo personal que afrontaba al presentarse en aquella casa.

Amarró la barcaza y dejó el puerto atrás. No había un alma allí. Su cuerpo quería emprender carrera, pero Milo lo frenó, no deseaba llamar la atención. Las calles estaban vacías. Cualquiera que corriese en aquella circunstancia parecería sospechoso, los sicarios de la OFAC tenían la costumbre de aparecer de la nada.

Y Milo necesitaba llegar a casa de la Viuda.
Quería echarse a sus pies y pedir perdón.

2.

A medida que se acercaba a la casa, empezó a dudar. Tampoco era cuestión de inmolarse al pedo. Si la OFAC seguía montando guardia, lo interceptarían cuando se plantase ante la puerta. Y Milo no podía permitírselo. Porque no quería que sacasen a relucir sus antecedentes. Porque no quería que lo vinculasen con el tiroteo del cementerio ni con el banco robado. Y porque no quería que le encontrasen los dólares. ¿Un pendejo como él, con cincuenta mil en el bolsillo? Aun cuando no pudiesen probar que habían salido del banco, los sicarios se los quitarían.

Se detuvo en la esquina de la casa. Detectó tres autos que parecían sospechosos y uno que formaba parte inequívoca de la escuadra de la OFAC. (Carecía de matrícula.) Pero desde su punto de mira no vio gente adentro. Y tampoco había sombras en los umbrales. Por una vez en su vida, la suerte le sonreía. Los sicarios se habían ido a comprar comida, o cigarrillos, o en busca de un sitio donde cagar. (Porque mear, meaban en cualquier parte como los taxistas.) ¡Era su oportunidad!

Se lanzó a caminar, silbando bajito. Fingiendo ser lo que nunca le habían permitido ser: una persona común y corriente.

Una vez que se cercioró de que los autos estaban vacíos, se abalanzó sobre la puerta. Hizo sonar el timbre tres veces y se arrepintió, eran demasiadas. Lo último que quería era asustar a la mujer, bastante pena debía de tener ya encima.

La puerta se abrió con violencia y Milo comprendió su error. Los sicarios no estaban comprando ni cagando, sino *dentro* de la casa.

Una manaza lo agarró por el cuello, pegó el tirón (que repercutió sobre su mano, Milo vio las estrellas) y lo metió adentro cerrando de un portazo.

3.

Se descubrió en el punto de mira de dos automáticas. Los sicarios le espetaban tantas cosas juntas, que Milo no sabía por dónde empezar.

Manos a la nuca. Quién sos. Qué hacés acá. Pelá el documento. Estás armado. Sos un terrorista. Abrí las gambas. Querés morir. Identifícate, te dije. (Milo no lo hizo porque no llevaba la documentación encima.) *Pendejo del orto, si no hacés lo que te digo...*

Lo salvó la Viuda. Que irrumpió a gritos, vestida con camisón y salto de cama, pidiendo que lo dejasen en paz.

Los sicarios le recomendaron distancia.

—Puede ser un terrorista —alegó uno, que ostentaba bigote reglamentario y tatuaje en la mano armada: un corazón cruzado por la palabra *MAMÁ*—. Ahora se ponen explosivos en el cuerpo, como en Medio Oriente. ¿*Usté* no lee los diarios?

—Capaz que es un Arcángel —dijo el otro. Este era más joven y más inestable. El timbre lo había sorprendido esnifando, tenía polvo blanco en las narices—. Posta que se quemó en la explosión, ¿no ve que está vendado?

La Viuda respondió que lo conocía. Que no era terrorista, sino enterrador del cementerio, uno de los que habían abierto la tumba de su marido. Y que la venda no cubría una quemadura, sino una herida que se había hecho en el trabajo.

La explicación sonó convincente en labios de la Viuda. Pero los sicarios no la creyeron del todo, eran desconfiados por naturaleza. Por eso el más joven lo agarró de la mano y pegó un tirón. Milo gritó. El sicario quería quitarle la venda. El dolor era atroz, pero Milo extendió el brazo, mejor facilitarle la tarea.

Solo se calmaron cuando vieron los muñones. No había quemaduras allí, las leves de la pólvora habían cicatrizado ya.

—Uh —dijo el de bigotes—. *Mierrr*-da... ¿Cómo te hiciste eso?

La Viuda no lo dejó responder. Dijo que el chico estaba ahí porque había prometido pagarle a cambio de cuidar la tumba de su marido.

—¿A esta hora?

—Hay gente que madruga para trabajar. ¡El turno del chico empieza en un rato! —replicó ella. Y demandó que le permitiesen llevarlo a la cocina, para ofrecerle un vaso de agua y arreglar el desastre que habían hecho con su vendaje.

La firmeza de la Viuda y el susto de Milo fueron tan persuasivos, que Bigotes se apartó para dejarlos ir. Pero José Merca no estaba convencido. Le puso una mano en el pecho para detenerlo. Le palpó la cintura, los tobillos, le levantó la camiseta para asegurarse de que no tuviese quemaduras en otra parte. Y todo ese tiempo, que fue breve en el reloj pero se vivió eterno en su mente, Milo sentía el bulto palpitando encima de la rodilla: el paquete de dólares, ajustado con gomitas, que había escondido en uno de los bolsillos menos frecuentados de su pantalón y que latía como el corazón del relato de Poe.

José Merca no lo encontró porque no estaba buscándolo. Perseguía armas y quemaduras, y ese bolsillo en particular no parecía en condiciones de esconderlas.

En cuanto lo dejó en paz, la Viuda lo enganchó por el brazo y se lo llevó.

Menos mal que el baño estaba a mitad de camino. Milo se zambulló y vomitó un hilo de bilis, mientras la Viuda le posaba una mano helada sobre la nuca.

4.

—¿Cómo te hiciste semejante cosa?

La visión de su herida no la impresionaba, pero sí la entristecía. Ya había desplegado su arsenal sobre la mesa de la cocina: tijeras, alcohol, algodón, Merthiolate, dos rollos de vendas nuevas.

—Gajes del oficio.

—¿Pero qué vas a hacer ahora? ¿De qué vas a vivir?

El alma de Milo perforaba el suelo. La mujer acababa de perder a las Hijas que le quedaban, pero todavía tenía espíritu para preocuparse por él.

—No se preocupe, doña. *Usted*, cómo está. Quiero decir... Me enteré de la noticia. Recién, por eso caí a esta hora. No sabe cuánto lo siento. Yo...

La Viuda se levantó. Milo pensó que iba a salir despavorida. Todo lo que hizo, en cambio, fue moverse de puntillas hasta la puerta y cerrarla sin hacer ruido.

—Aquí me ves —dijo en un susurro tan pronto volvió a su silla—. Dicen que me están custodiando, pero en realidad me tienen secuestrada. ¡En mi propia casa! La idea es usarme de rehén. ¡Para que las chicas no tengan más remedio que exponerse!

Milo se quedó sin palabras. La Viuda desinfectó «por las dudas» y después lo vendó, preguntándole cada dos vueltas si no le
apretaba demasiado. Milo repetía «No, no» y rogaba para que siguiese así, vendándolo lentamente. No quería que lo mirase a los ojos y
entendiese lo que estaba pensando.

*La vieja está sufriendo un brote. Niega lo que pasó, todo lo que
el diario dice: la OFAC cayendo sobre el refugio de Los Arcángeles, el
tiroteo, la explosión (seguro que era un depósito de armas), los cuerpos
calcinados...*

—Quedate tranquilo, que no estoy loca —dijo ella—. Mis Hijas no han muerto. De haber identificado sus restos, el Gobierno ya
lo habría anunciado. ¡Se la iban a perder...! Y además si las chicas se
hubiesen, ahm, *ido*, me habría dado cuenta. Cuando fue lo de Helena
sentí un desasosiego inexplicable, un fuego que me subía y bajaba por
acá: insoportable. Y entonces me llegó la noticia. Ahora no siento nada. Mis tripas están en paz. Y yo les creo. Cuando seas padre, vas a
entender. Uno desarrolla conexiones, ahm, *psíquicas*, con su cría. ¡Yo
sé que no están muertas!

Milo no la contradijo. La pobre mujer se estaba engañando.
Siempre pensaba que le había tocado la peor suerte del mundo, pero
la Viuda lo superaba. ¿Perder a su marido y a sus cuatro Hijas? ¿Quién
puede sobrevivir a una desgracia semejante sin morir también, aunque solo fuese por dentro?

Cuando se dio cuenta, ya le había pedido disculpas. Las palabras se le escaparon solas, potros que atropellaban la alambrada. La
Viuda estaba confundida y él también, ahora no le quedaba más remedio que explicarse.

—Si... Si yo hubiese hecho *algo más*... en vez de quedarme en
mi casa, digo... no habría pasado lo que pasó. A lo mejor sus Hijas...

La garganta se le trabó. Como si se hubiese tragado una pelota de tenis. Una sensación horrible, pero que le convenía. No se animaba a decirle más, prefería no hablarle de los Héroes ni de la iniciativa mesiánica del Baba (a quien había dejado en la estacada,
¡lindo amigo!): una cosa lo haría pasar por loco y la otra por miserable.

La Viuda pegó el último trozo de tela adhesiva y agarró la mano vendada.

—No tenés nada de qué disculparte.

Milo se moría de vergüenza, quería recuperar su mano y salir a la carrera.

—Bastante hiciste ya. Mirá la que acabás de pasar, nomás, por el simple hecho de venir a saludarme. ¡Sos un chico muy valiente!

Basta, doña. No me diga más esas cosas. Que si sigue tratándome bien, me voy a ir de la lengua y entonces me va a echar. Tan pronto entienda cómo soy realmente. Apenas descubra que soy un monstruo, una verdadera m...

—Eso sí, admito que el dibujo me hizo pensar.

Dibujo. De qué dibujo habla.

—El parecido es tan grande... No podía dejar de decírmelo, yo sé que es un disparate, pero... *¿Y si este chico puede hacer algo por nosotros? ¿Y si mi marido tenía razón?* Y eso que tu amigo me aclaró que no se conocían. Mi marido y vos, digo. Pero eso lo hacía más impresionante, todavía. Cómo fue posible que, ahm... *te adivinase.* Bah, no me hagas caso, yo sé que es una locura. No creas que espero de vos...

—Señora. Señora. Por favor. No entiendo nada. ¿Qué dibujo...?

—Pero cómo. ¿No te dijo nada?

—¿Quién?

—Tu amigo. El gordito. ¡Yo pensé...!

En vez de completar la frase le soltó la mano y fue hacia la puerta.

Asomó para asegurarse de que Bigotes y José Merca no constituyesen obstáculo. Finalmente, indicó que la siguiese con un gesto y se dirigió a las escaleras.

Sigilosa. Como un niño decidido a burlar la vigilancia de sus mayores.

5.

La Viuda cerró la puerta del estudio, abrió el carpetón y desplegó los originales sobre el tablero.

Se trataba de la aventura de la Cofradía Trotamundos. Ahí estaban todos en el cementerio, delineados con lápiz: Tariq, Blake, Moran y el Tejedor. (O sea, el Autor, Milo lo sabía porque el Baba lo había dicho.) Pero en los últimos cuadros irrumpía alguien más, un personaje nuevo. (El Baba había dicho además que el Autor lo había consagrado como Héroe: para él había sido un sueño.)

Pero el personaje nuevo no se parecía al Baba.

Se parecía a Milo, más bien. Tanto como una foto. Vestido con la ropa que Moran le había prestado.

La Viuda abrió la ventana. Siempre atenta esa mujer, Milo necesitaba aire.

Pensaba cosas contradictorias.

Gordo hijo de puta, se dijo primero. *Me vendiste que te había dibujado a vos como Héroe, que vos eras el señalado para la aventura. ¡Me boludeaste, me mentiste!*

Y después:

El Baba lo tenía claro. Sabía que yo no quería meterme en este bardo. Mintió para protegerme, para que no me sintiese obligado.

Lo único que le resultaba inequívoco era que el dibujo deliraba.

Milo no era ningún héroe. Un héroe no hace lo que Milo había hecho con el Vizconde. Un héroe no dejaba solo a su padre, a merced de un villano.

—Yo… Disculpe, doña, pero… No vaya a pensar que estos dibujos… Yo no tengo pasta para… No puedo proteger a nadie, yo. Ni a mi familia ni a mis amigos. ¿Qué podría hacer por sus Hijas? Si algo soy, en todo caso, es más bien…

—Nadie nace valiente. Uno llega a hacer ciertas cosas porque la circunstancia lo empuja, nada más. ¡A veces hay que tocar fondo, o, o… *sentirse acorralado*, para encontrar la verdadera medida de su valor!

La Viuda le refirió entonces una historia.

6.

Treinta años atrás el Autor se había cruzado con uno de sus artistas favoritos: el Tano Pratt, creador de *Corto Maltés*. (Una de las fotos del estudio mostraba a ambos durante una convención. ¡Pratt le llevaba al Autor más de una cabeza!) Sabiéndose un novato, el Autor se había atrevido a preguntarle qué opinaba de sus cómics. Y el Tano, que nunca había tenido pelos en la lengua, le dijo lo que pensaba.

Según Pratt, era evidente que se esforzaba demasiado. Los cómics que el Autor venía produciendo le parecían cerebrales, muy *ar-
ty*, demasiado pendientes de las modas del momento. Realmente buenos, le aclaró, pero no trascendentes, porque su corazón no estaba
operando allí: tan solo su ambición. A continuación le preguntó qué
cómic lo había decidido a convertirse en un autor.

Terry y los piratas, dijo su marido. Había descubierto la obra de
Milton Caniff gracias a una reedición que se hizo en la Argentina durante los setenta.

—Entonces Pratt le dijo... a mi marido le encantaba imitar su
acento, pero a mí no me sale... le dijo: «Hacé algo que te produzca el
entusiasmo que sentías al leer *Terry*, y dejate de joder».

El Autor siguió el consejo. Le dio vueltas y más vueltas al asunto, hasta que se le ocurrió un personaje inspirado en el Terry adulto.

—Tan convencido estaba de que iba a ser su consagración, que
no quiso vendérselo a ninguna editorial. Prefirió crear la suya. Pidió
un crédito, pero como todavía no alcanzaba, hipotecamos la casa, *esta* casa. Para mí era una locura, claro, ¿pero qué le iba a decir? ¡No me
dio el alma para pincharle el globo! En fin. La revista duró cuatro episodios. *Cuatro*. Y la guita se acabó. Pobre mi amor... ¡Fue como si le
pasase un tren por encima!

La Viuda abrió un armario. Se agachó para revisar la pila de revistas, tironeó de la punta de un ejemplar. Al confirmar que había dado con lo que buscaba, sacó la revista entera.

—Razones para el fracaso hay muchas —dijo, enseñándosela a
Milo—. Para empezar, la calidad de una obra no garantiza su éxito,
por excelsa que sea. Pero además la historieta era *demasiado* tributa-
ria de *Terry*... y del mismo Pratt, se nota a simple vista. ¿Qué pasa, la
conocías?

—N-n-no, no la había visto, *pe, p-pero*...

—Ese tipo de aventuras... tan retro, tan blancas... no estaban
de moda entonces. La gente consumía otras cosas. Superhéroes hechos y derechos, *manga* o cómic alternativo: Daniel Clowes, Craig
Thompson... Lo cierto es que lo sintió como una derrota. Llegaron
a medicarlo, el médico dijo que estaba deprimido. Un tiempo de
mierda, te aseguro. No fue hasta que lo llamaron de Belvedere y con-
cibió *Lava Man* que sintió que recuperaba su... no solo su capacidad y
su talento, ante todo *su hombría*. Había tocado fondo, sinceramente.

Pero en ese fondo encontró el coraje para hacer lo que siempre había querido. La única putada fue que le regaló sus mejores personajes a Belvedere. Las batallas que tuvo, ¡uf…!

Milo no podía creer lo que veía. El dibujo de su cara había pasado a segundo plano, esa revista vieja estaba detonando su cabeza. ¿Cómo era posible que el Baba, que se tenía a sí mismo por el ultra-archi-experto, no le hubiese dicho nada al respecto?

—Quedó tan quemado, que se deshizo de todos los ejemplares —dijo la Viuda. Seguía en la suya, mejor: no sabría cómo explicárselo—. Mi marido no quería que nada le recordase aquel fracaso: ¡vendió las devoluciones a un cartonero, por cuatro pesos locos! Estas revistas están acá porque las salvé yo. Las había escondido y después me olvidé; aparecieron el otro día, revisando cosas viejas. La vida es así. A veces el éxito no te acompaña y hay que insistir.

Bigotes irrumpió entonces, abriendo sin llamar.

—¿Viste que andaban en algo? —dijo José Merca por encima de su hombro.

La reacción de la Viuda sorprendió a los tres hombres.

—Este lugar es sagrado —dijo, y empujó a Bigotes con las dos manos. Lo pescó tan mal parado que lo hizo chocar con José Merca—. Para entrar acá hay que pedir permiso. —Otro empujón—. ¡Más respeto! —Los dos sicarios recularon más allá del umbral, sin articular defensa—. Y no estoy haciendo nada más que hablar con el chico. Así que fuera. Se me van de acá. ¡Fuera, dije!

Y les cerró la puerta en la cara. *Blam.*

Milo frunció la jeta de puro miedo. Esperaba que los sicarios regresasen de inmediato y como un tren, ¿cómo defendería a la Viuda con su mano mocha?

Pero nadie entró. Todo lo que oyó fueron pasos que se alejaban. Merca y Bigotes bajaban las escaleras con el rabo entre las piernas.

La Viuda resplandecía. Y a Milo le cayó la ficha, al fin lo entendió.

Esa mujer no se había amilanado ante la montaña de desgracias, ni lo haría en el futuro, porque era de las que nunca se daban por vencidas.

7.

—¿Me la puedo llevar?

Milo esgrimió la revista como quien agita una bandera blanca. La mujer dudó. Para ella era una reliquia.

—Pensé que el fan de la historieta era tu amigo.

—Sí, sí, pero...

Milo dejó la revista sobre el escritorio y la cubrió con la mano vendada. Sabía que la Viuda iba a apiadarse y se sintió una mierda, abusaba de su buena voluntad. Pero no le quedaba otra. La mujer había dicho que la revista no se conseguía fácil. Y Milo la necesitaba, era una prueba palpable, algo que mostrarle al Viejo cuando volviese.

—... Está bien, quedátela. ¡Te la ganaste!

Milo dio las gracias y dijo que era hora de regresar a casa.

Ya en la puerta, agregó que contase con él para lo que fuese. La cagada era que no tenía teléfono, pero se comprometía a visitarla seguido.

Ella lo abrazó con cuidado, para no aplastarle el brazo, y le respondió que no se preocupase.

—Tu amigo y mis Hijas están bien, te lo garantizo. Sofía es *muy* precavida. Ya se comunicarán cuando puedan. Ahora está complicado, vos ves cómo me tienen. Pero cuando encuentren manera...

Milo se desprendió con cierta brusquedad.

—¿Por qué habla de mi amigo? ¿Qué tiene que ver el Baba con sus Hijas, no entiendo, por qué...?

Una sombra de piedad veló la mirada de la mujer. Después miró para atrás, asegurándose de que los sicarios estuviesen lejos, y volvió a hablarle en un susurro.

—Como es tu amigo, pensé que sabías. —Pausa para juntar valor—. Me, me pidió que lo pusiese en contacto con Los Arcángeles. Yo me negué. Lo saqué cagando, te juro... Pero al final me pudo. Es muy persuasivo. ¡Lo sabrás mejor que yo! Aunque le discutí cada argumento, hubo uno que me agarró mal parada. Se aprovechó de los dibujos que acabás de ver. ¡El episodio inconcluso! Dijo que eran la prueba de que su participación podía ser importante. Que era el único que podía, ahm... *reclutarte a vos*, que eras el Héroe que mi marido había imaginado, o... qué sé yo, *entrevisto en sueños*. Y yo pensé en mis Hijas. Que necesitaban toda la ayuda del mundo, y la del

Cielo también. Pero, ojo, igual le pedí que me dejase meditarlo. Para qué. Presionó todavía más, pasaba por acá a cada rato. Y no paró hasta que le dije: *Ya te hice el contacto.*

Milo pensó en la portada del diario. En la hoguera de la foto. En la mención de los cadáveres carbonizados. En la promesa de una pronta identificación de las víctimas.

No tender su mano (¡cuando la tenía!) a las Hijas había sido el menor de sus pecados.

El mayor, aquel imperdonable, era haber permitido que el Baba fuese solo al muere.

Capítulo seis

Tariq (VIII)

Una resurrección — El cuervo — La batalla de Camlann — El dilema de la daga — Llegan los sajones — La maza del rey Osten —
«¿Ha visto usted a mi padre?»

1.

—La vida es sucia —había dicho el *dux*, la noche previa a la batalla de Camlann—. Se suda para concebirla, hurgando en una grieta que espesamos con nuestros fluidos. Y así nacemos: en medio de sangre y excrecencias, malolientes, dando y provocando gritos; como si se nos recordase que, por más natural que sea el proceso, ninguna de sus partes prescindirá de la agonía.

Que la muerte fuese sucia resultaba, pues, el más lógico de los corolarios. De no mediar una estocada o un corazón defectuoso, el final era siempre turbio. Más aún que el comienzo: la vejez y la enfermedad se mueven con lentitud, dañando a su víctima poco a poco, como si les deleitase la tarea. Y cuando la derriban, no cesan de ensañarse, propiciando el reencuentro con las excrecencias y los gritos en una perfecta inversión del parto. El hombre es arrancado del cuerpo de su madre y también es arrancado de la vida: con violencia que no por natural es menos atroz, oliendo a tumba abierta, despojado de la dignidad que ha construido, incapaz de controlarse, de pensar, de ser quien hasta entonces había sido, porque antes de perder la vida se pierden sus atributos; todos los borregos son iguales en el matadero.

—Ni siquiera se nos perdona en la batalla —había dicho Artorius, veterano de tantos lances—. Porque el tumulto impide el golpe
limpio y entonces se nos mortifica. Perdemos dedos, miembros,
sangre, vísceras, sentidos; y al final yacemos en un charco donde ni siquiera las inmundicias nos pertenecen del todo. Berreando como recién nacidos, cuando en realidad nos anunciamos como recién muertos.

2.

¿Dónde estaba ahora?

Había recordado las palabras del *dux* por razones obvias: porque la muerte lo había besado en los labios, seducida por la fealdad que adquirió al despeñarse. Como no podía mover la cabeza y
tenía una roca por delante, no veía casi nada con su único ojo abierto;
un impedimento que le inspiró gratitud, ya que carecía de coraje para
atender a la escena de su cuerpo roto.

Esa había sido su primera constatación al despertar: que el
cuerpo no le respondía y que sus miembros descansaban en ángulos
imposibles. Aunque torcida e hinchada (otra piedra en su campo visual), la nariz le decía que estaba en presencia de mierda y de sangre.
La reflexión de Artorius acudió a su mente de modo inevitable; y entonces recordó el empujón del traidor y su caída al vacío.

Estaba en el fondo de un barranco. Imposibilitado de moverse.

Pero no estaba solo. Uno de sus oídos zumbaba atrozmente, el
otro había registrado un graznido en las inmediaciones. Cuervos.
Conocía su avidez, ni siquiera esperarían a que muriese del todo. Lo
último que vería en esta vida sería un pico abierto y una lengua negra.

Se estremeció ante el batir de las alas, porque imaginó que precedía al ataque. Pero no hubo cuervo alguno que se abatiese sobre su
cuerpo; por el contrario, las alas se alejaban. ¿Desde cuándo despreciaban un plato tibio?

Tariq pensó en todo aquello que ya nunca haría. Volver a Hispania, abrazar a su padre, obtener algo similar a la sabiduría. Pero nada dolía tanto como la privación inmediata. ¿Qué sería de Artorius y
Medraut? ¿Cómo concluiría la batalla? ¿Se saldría con la suya el infame de Wulfsige? ¿Qué era aquel sabor en su boca: había vomitado
bilis al estrellarse o se trataba de amargura por la injusticia del final?

Su mente trastabilló, tenía cosas más urgentes que considerar. El dolor que había sentido hasta entonces era sordo, más parecido a una náusea que a una suma de calamidades. Qué invención tan maravillosa, el cerebro: superado el umbral de tolerancia, sumía a su dueño en un sopor que se parecía a la piedad.

Pero ahora sentía algo nuevo: una sucesión de picazones intolerables, y más aún por la imposibilidad de rascarlas. Sus manos no le respondían. Ni siquiera sabía dónde las tenía.

Su ojo solitario se llenó de lágrimas. Se compadeció de sí mismo, volvió a desvanecerse. Despertó para comprobar que su cuerpo todavía no lo había eximido del tormento. Quiso lamentarse, pero todo lo que produjo fue un mugido. Su boca estaba llena de líquido.

Por fortuna caía el sol. Su cuerpo descoyuntado no sobreviviría al frío de la noche.

Transcurrió el tiempo. Dejó de ver. Había empezado a tiritar. Fue durante aquellos temblores que creyó reconocer un elemento del que había perdido noción. Se trataba, sí, de una de sus manos. Podía agitar los dedos, de algún modo la orden de su cerebro había reencontrado el camino hacia una extremidad de la cual, por cierto, ya se había despedido. Algo dolía allí también, a la distancia insondable que todavía lo separaba de su mano; pero esos pinchazos importaban menos que la hazaña.

Usó los dedos para tantear su entorno. ¿Qué era aquello: sangre, orín, piedra... o parte de su propio cuerpo, vuelta insensible? Piedra, o al menos eso le sugerían sus uñas. ¿Y más allá? Si es que existía un más allá: que hubiese recuperado un mínimo control sobre una mano no significaba que pudiese propulsarla... No, no se trataba de una piedra: era una superficie resistente, aunque demasiado lisa para pertenecer a una roca. La yema de un dedo le transmitió la existencia de un filo. ¿Su espada? El arma de hierro debía de haberse partido al caer.

Recordó que había llevado algo más en la cintura. Una segunda hoja, que lo había acompañado en su viaje al mundo del Autor y regresado con él, para ser robada por Erconwald; y que Tariq había recuperado de su enemigo, junto con su cota de malla, en cuanto lo apuñaló en la tienda.

La daga de Merlyn. El puñal que lo había curado de la herida en el vientre, después de atracar el banco.

¿Podía curar aquel objeto un daño tan extenso como el que había recibido?

Lo único que sintió fue miedo. Porque no existe crueldad mayor que la de alentar una esperanza, cuando todo indica que es mejor rendirse.

3.

En la alborada una triste figura se desprendió de las rocas. Su ropa estaba teñida de sangre. Se arrastraba con la torpeza del primer anfibio, dejando atrás una espada rota y un casco abollado. Al topar con un escollo, descubrió que nada serviría salvo lo imposible e intentó incorporarse. Sus manos eran instrumentos aún toscos y desprovistos de fuerza, pero compensaban las limitaciones de sus miembros inferiores. Para su fortuna había caído sobre el flanco izquierdo, aquel de las extremidades menos fiables. Aunque dolida, su mano derecha obró el milagro.

Avanzó sobre sus cuatro miembros, con la inseguridad del primate al poco de nacer. Un hilo de agua que corría entre piedras sació la sed y le lavó el rostro. Costras de sangre se disolvieron entre sus dedos. La corriente se las llevó sin pedir permiso.

Allí donde ayer había un tajo, no encontró más que una cicatriz.

La práctica perfeccionó sus movimientos, al tiempo que la cura progresaba en su organismo. Todavía no se animaba a caminar sin ayuda, por eso se desplazó pegado al muro de piedra: era su punto de apoyo. Sintió el vértigo del niño lanzado a la aventura de la verticalidad.

El abismo donde había caído tenía salida. El bolsón de roca culminaba en una pendiente de tierra. Intentó subirla y cayó de rodillas. Una cosa era pisar piedra y otra mover los pies sobre el polvo inquieto; se proponía aprender a andar por segunda vez en su vida. No había parte del cuerpo que no le doliese. Pero tampoco había parte alguna que ya no le obedeciese; y eso le impulsó a superarse.

Detrás del cúmulo de tierra había huellas humanas, y más allá, un farallón. Era la cañada donde el *dux* había propuesto emboscar al enemigo. Los jutos ya no estaban allí, aunque abundaban las marcas de su paso. Odres vacíos, chisperos de pedernal, cabezas de flecha, deposiciones llenas de moscas. ¿Adónde había ido el enemigo? La mierda era fresca, las moscas no disimulaban su entusiasmo. ¿Qué boca se había tragado a los jutos?

Hizo un esfuerzo para olvidar su oreja izquierda, que parecía albergar un panal de abejas. El oído sano le dejó llegar a otra música, también familiar. A cada paso resonaba más fuerte. Arrastrando la suela de sus botas, caminó sorteando obstáculos: una hombrera de cuero, un capote, media flecha, un escudo, una mancha de sangre, un trozo de pan, tres dedos engarfiados sobre un manojo de pelo.

Se inclinó para apoderarse de una lanza, pero desistió. Demasiado pesada para sus dedos, para su brazo, para su alma. Era consciente del riesgo al que se enfrentaba, al aproximarse a la retaguardia del enemigo. Pero un simple vistazo le reveló que ya no había diferencia entre retaguardia y vanguardia, entre el paisaje terrenal y el retablo del infierno.

Tariq ben Nusayr asomó a la batalla con las manos desnudas.

4.

Sobre la ribera, entre las piedras, en el agua y también más allá, los hombres se mataban.

Trenzados entre sí, como hilos de un tapiz: dorados y azules, marrones y rojos.

Distinguió tres de las formaciones del *dux*, masas acorazadas. Un grupo de jutos cargaba contra una de ellas. La rompieron con sus cuerpos, produciendo un estruendo; después la cascaron con martillos, reduciéndola a un manojo de infantes asustados.

Tariq pisó el tapiz sin que nadie lo advirtiese. Su parsimonia lo tornaba invisible. Los soldados estaban atentos al movimiento brusco, al brillo del metal. No tenían ojos para un penitente opacado por la sangre y el polvo.

Su mano izquierda cubría la daga de Merlyn, que seguía enganchada a su cinturón. No quería que nadie se la arrebatase: si la perdía, rodaría por el suelo como una gallina sin cabeza. Su otra mano iba delante, manteniendo distancia de los cuerpos trabados en lucha; caminaba a la manera de los ciegos.

Se preguntó si alguien recordaría la razón por la cual peleaba. Todo lo que veía eran hombres desesperados por vivir, por escapar de la trampa a la que habían entrado con los ojos abiertos.

Ya no distinguía formas humanas. Le costó dirimir dónde comenzaba un cuerpo y terminaba otro. Se combatía en el barro: con los dientes, con los pies. Un picto escupió un bocado rojo. Un britón hurgó en una herida ajena con ambas manos. Tariq pisaba con cuidado, para no ser derribado por los estertores de brazos y piernas. No identificaba palabra alguna, tan solo gruñidos, quejas, alaridos.

Una espada le salió al cruce, en muda ofrenda. La recogió, pero no pudo esgrimirla. Arrastró la punta por el polvo durante un tramo y decidió soltarla.

Alguien lo embistió de costado. Comprendió que no iban a por él, había sido arrollado por una lucha ajena: tres pictos decididos a impedir la fuga de un infante del *dux*, herido y desarmado. En otro momento habría intervenido, pero ahora contempló la escena como quien ve la ilustración de un *Libro de horas*. Los pictos se echaron encima del soldado: uno de ellos le estiró del pelo, otro apuñaló la garganta desnuda, el tercero hurgó en sus bolsillos sin esperar a que se aquietase.

El picto del puñal descubrió a Tariq y sonrió. Pero el tintineo de las monedas le sonó mejor que la perspectiva de otra víctima, y se abocó a disputar el botín a sus compañeros.

Tariq se alejó, tambaleándose sobre el lodo tibio.

La experiencia lo había marcado, se sentía todavía más desnudo. Por eso se apoderó de un escudo britón. Enganchó la muñeca en la tira de cuero y se incorporó. Su brazo derecho seguía débil, pero el cuerpo lo ayudó a asimilar el peso.

Desde donde estaba divisó dos torbellinos. Uno era el que producía a su paso el rey Osten. Lo reconoció por su altura, aun cuando estaba cubierto de sangre: un demonio que se había plegado al combate.

El otro torbellino giraba en torno a tres jinetes, que grupa contra grupa defendían un perímetro. Tariq husmeó entre las patas nerviosas e intuyó a un britón que había puesto rodilla en tierra.

No es mala ocasión para encomendarse a Dios, pensó.

Se desplazó en aquella dirección. Uno de los caballos se encabritó, alzándose sobre sus cuartos traseros.

Al levantarse la barrera el guerrero britón le fue revelado. Tariq registró el pelo rojo hasta la raíz, la barba moteada de blanco, el capote de piel sobre el torso de oso.

Era Artorius. Sus manos se anudaban al mástil de la lanza que asomaba en su costado.

5.

Tariq se desconoció. Hasta ayer se habría lanzado a defender al *dux*, aunque solo fuese con los puños; habría usado su propio pecho como escudo. Pero hoy no conseguía mover un músculo para acudir en su ayuda.

Si le cedo la daga sanará de su herida, se dijo.

Y aun así, permaneció quieto, allí donde se había detenido.

Ni siquiera lo sacudió el progreso de Osten. El demonio juto no se detenía, ahora segaba vidas con el molinete de una maza.

Tariq no estaba a la altura de aquel adversario. Salirle al cruce sería inútil, el rey se lo quitaría de encima como quien espanta a una avispa.

Más razón para apretar el paso y llegar adonde Artorius. La única oportunidad del *dux* pasaba por esa daga, que Tariq apretaba como si fuese su parte más vulnerable.

¿Qué lo retenía? ¿El pánico, la cobardía que había germinado en su interior cuando se asumió mortal? Pero todo lo que sentía era calma. Una tranquilidad ultraterrena; más propia de su padre el filósofo que de su sangre siempre caliente.

Todo era frenesí a su alrededor. Los hombres golpeaban sin ton ni son, tratando de mantener la muerte a raya. En su locura, algunos herían a compañeros de armas: tal vez amigos, tal vez hermanos.

Gane quien gane, nada cambiará, pensó Tariq. *Seguiremos matándonos por cualquier excusa: tierra, credo, color, porque destruir es más fácil que construir, porque golpear nos confiere la seguridad de la que de otro modo carecemos.*

Lo que sentía (ahora podía ponerle nombre) no era calma, sino el más profundo desapego. La escena que se desarrollaba ante sus ojos era terrible, pero no lo conmovía, más bien lo llenaba de desaliento. No la encontró trágica en sí misma, solo en la medida en que constituía repetición y profecía: eco de batallas pasadas, promesa de masacres futuras. Era joven todavía, pero se decía: *Ya he visto demasiado*. Los paisajes, los idiomas y las costumbres cambiaban aquí y allá; sin embargo, había algo que nunca se alteraba: la determinación del hombre a usar sus cualidades, tan admirables en variedad y potencia, para las empresas más rastreras. El lucro. El poder. La lujuria.

Se preguntó si la daga estaba despojándolo de su humanidad. ¿O no se decía en su mundo que Merlyn era hijo de un íncubo?

No era ocasión para preguntas. Algo estaba ocurriendo. Aquel ruido. Se imponía a la cacofonía de las armas. Sonaba como un alud. Tariq miró a lo alto, creyendo que la montaña se le desplomaba encima; solo vio una mole parecida a todas, y en ello ajena a los devaneos de los hombres.

La lucha se llamó a un alto. Apenas se oyó el alud y el piafar de los caballos, los combatientes retrocedieron. Se estaban abriendo como el mar Rojo. Tariq alcanzó a ver lo que ellos veían ya: la marea humana al otro lado del río, avanzando al trote, con armas en ristre.

Sajones. Habían llegado al fin. Guiados por Medraut, que los conducía desde el risco de su cabalgadura.

Tariq buscó al *dux* con la mirada. Pero ya no veía su pelambre roja entre las patas de los animales. Tan solo sus botas, untadas de sangre y de tierra.

Artorius se había puesto de pie.

6.

Esta no es su lucha. Se trata de una causa perdida. Sería un sacrificio inútil. Las palabras de Caninus danzaron en su cabeza al son de la tentación.

Los sobrevivientes de la infantería se apartaron de Medraut, quitándose del camino de su espada. El caballo entró en el agua, arrollándola con su pecho. Durante un instante dejó de verlo, oculto tras la cortina de espuma.

Jutos y pictos reanudaron su presión. Maza, maza, cuerno, lanza, alarido, convencidos de que la victoria estaba a su alcance. El rey Osten los alentaba. Sus gritos eran inflamatorios, corrían como fuego griego entre sus filas.

Tariq se desplazó en dirección al *dux*. Los jinetes de Artorius le salieron al cruce, no lo reconocían. Se preguntó cómo se vería su rostro, ahora que había sido moldeado por la caída. Pero el escudo y la ropa lo identificaban como aliado, y por eso le abrieron paso.

El *dux* se arrojó a sus brazos. De su herida salían burbujas, la lanza había perforado el pulmón. Si no le cedía la daga mágica, moriría en cualquier momento.

Medraut y los sajones habían cruzado ya el río. La sorpresa se expandía entre jutos y pictos de modo tan devastador, que los inmovilizó; muchos dejaron caer los brazos y se abandonaron a la muerte, que acudió presurosa.

Los mismos britones tardaron en entender. Se lo iban diciendo unos a otros, como si no diesen crédito a sus ojos. *Los sajones se han sumado a nuestro bando. Medraut no nos ha decepcionado.* Y los jinetes de la guardia se lo anunciaron al *dux*, con voces jubilosas.

Pero para Artorius no era novedad. Sabía que Medraut triunfaría en la negociación, su única duda habían sido los tiempos. Quería frenar la invasión hasta que Medraut regresase con sus nuevos aliados, y en ello había triunfado. Sin embargo, no se contentó. El *dux* se escapó de las manos de Tariq, quería reintegrarse a la batalla. La lid de Camlann ya no lo necesitaba, sus soldados combatían con bríos renovados: lanza, tajo, tajo, Britania, grito, Britania, el invasor temblaba y cedía, se descubría acorralado. No obstante, Artorius embistió. Ya no era Camlann lo que le preocupaba, ya no Britania. Lo que lo desvelaba era una causa mejor.

Medraut avanzó hacia Osten a lomos de su caballo.

El rey de los jutos lo vio venir y soltó un grito de gozo. Nada deseaba más que dar cuenta de aquel que lo había traicionado; por eso lo incitó al encontronazo, llamándolo con los brazos abiertos. Los soldados se apartaron como ratas, nadie quería quedar en medio del choque.

Medraut espoleó a su bestia. Osten empezó a girar en círculo. Su maza silbaba, cortando el aire a velocidad cada vez mayor. Medraut se volcó sobre el cuello del caballo. Había comprendido que la maza cortaría el galope en seco y pretendía adelantarse con su espada.

Pero Artorius burló la guardia de sus jinetes y sorprendió a todos.

7.

Cuando Tariq lo entendió, era demasiado tarde. El *dux* estaba más allá de su alcance.

Consciente de que no lograría esgrimir la espada, Artorius la dejó caer. Sus piernas lo propulsaron hacia delante. Se deslizó entre los caballos que lo protegían y avanzó hacia el molinete mortal.

Varios gritaron para disuadirlo, Tariq entre ellos. Pero el *dux* no oyó, o no quiso oír. Bajó la cabeza y embistió como un toro.

La maza le dio de lleno sin que Osten pudiese evitarlo. El golpe lanzó al *dux* por los aires, pero también hizo algo más: arrancó el arma de las manos del gigante.

El camino de Medraut había quedado despejado, su caballo era una tromba. Sin embargo, malogró su oportunidad. Conmovido por el sacrificio del *dux*, desperdició el tiempo con que contaba para corregir su ataque; y en lugar de propinar un golpe mortal o intentar la decapitación, siguió apuntando al frente con su espada.

La punta golpeó a Osten a la altura del omóplato, y ante esa súbita resistencia se partió en tres pedazos.

El caballo siguió su camino, llevándose consigo a un Medraut desarmado.

Osten aulló de dolor y de rabia. Un puñado de jutos se apiñó en torno suyo, dispuesto a protegerlo. La herida era grave: la punta de la espada permanecía dentro de él, bailando entre los huesos que había roto al entrar.

Medraut tiró de las riendas. Lo hizo con tal brusquedad que el caballo se sentó y patinó entre el barro y la sangre.

El rey juto arrebató la maza a uno de los suyos y corrió en dirección a Medraut.

Tariq, que estaba más cerca, llegó primero donde Medraut y lo abrazó.

—No podrás contra Osten —le dijo—. Por más herido que esté. ¡Ese hombre es una fiera!

—¿Y el *dux*? ¿Dónde está, cómo está?

Tariq no encontró mejor respuesta que un rictus de angustia.

Medraut lo apartó para hacer frente a Osten.

Alguien le cedió una espada a tiempo.

Despojado de un brazo, que ya no le respondía, Osten sacudió su maza con una lentitud que hallaba frustrante; y así concedió a Medraut el tiempo que necesitaba, para colarse por debajo de su guardia y descargar el tajo con ambas manos.

El corte mordió a Osten por encima del cinturón. Aquel trozo de cuero era todo lo que evitaba que las vísceras cayesen al barro.

Confiado en su golpe, Medraut incurrió en el error fatal. Al ver que el rey soltaba la maza se le aproximó. Tal vez quiso verlo morir de cerca, o maldecir en su cara por el daño hecho a Artorius. Pero las palabras no llegaron a sus labios. Osten alzó la mano y lo agarró por el cuello. El apretón fue feroz, una trampa de hierro. La espada de Medraut se escurrió de sus manos, con las que trató de liberarse. Tarea improbable, los dedos del gigante se reencontraban del otro lado de su cuello.

El rostro de Medraut adquirió el carmín de una flor.

Y el mundo estalló en la reacción que había demorado. Los soldados de uno y otro bando saltaron en defensa de sus líderes, unidos en un mismo grito. Pero todos llegaron tarde.

El único sonido que produjo la garganta de Medraut fue un crujido.

Osten arrojó el cuerpo yerto lejos de sí. Contempló sus piernas, que parecían enfundadas en un pantalón rojo, y se desplomó de rodillas.

8.

Todavía había un hálito de vida en el *dux* cuando Tariq lo halló. Del mástil de la lanza no quedaban ni rastros, lo había perdido a causa del golpe o de la rodada. Al ayudarlo a incorporarse, los dedos del Moro dieron con la segunda herida; el orificio de salida.

Artorius estaba interesado en el destino de Medraut: quería saber qué había sido de él, si había acabado con Osten, si había sobrevivido a la batalla. Ni siquiera preguntó si habían vencido o no. Todo era *Medraut, Medraut, Medraut.*

Tariq le dijo que había resultado herido, pero que estaba a salvo. El *dux* quiso creerle, pero desconfiaba.

El Moro requirió la ayuda de tres soldados. Usando una capa a manera de camilla, trasladaron al *dux* entre todos.

El trayecto fue corto. Depositaron al *dux* junto a Medraut, que yacía todavía donde Osten lo había arrojado.

—¿Puede verlo? —preguntó Tariq—. Está inconsciente, sí. Pero no tardará en despertar.

Artorius no veía bien, o seguía siendo víctima de la incredulidad.

Tariq observó la daga que Medraut conservaba en la cintura. El Moro la había puesto allí sin que Medraut lo advirtiese, mientras intentaba disuadirlo de enfrentarse a Osten. Pensó en usarla para su experimento, pero en el último momento cambió de idea. No quería quitarla de allí, a riesgo de interrumpir la curación. Por eso recogió un casco aplastado. Lo limpió con una manga y lo puso ante las narices de Medraut. El metal se empañó con la siguiente exhalación.

—¿Lo ve? Respira con normalidad. ¡Pronto volverá en sí!

Artorius no dijo nada, ni se movió. Las lágrimas se deslizaron por su rostro y cayeron sobre la capa que lo cobijaba.

Medraut despertó a tiempo para ver al *dux* cerrar sus ojos.

Lo tomó en sus brazos y Artorius expiró.

9.

—¿Ha visto usted a mi padre?

Cerdic, hijo de Peredur, repitió su pregunta. Parecía intacto, a excepción del barro y las salpicaduras de sangre. Pero no lo estaba ni lo estaría, Tariq lo sabía bien. Nadie caminaba por el campo después de la batalla sin morir un poco. Cerdic llevaba horas andando entre cadáveres, escudriñando rostros lívidos, comparando manos cortadas con aquellas que Peredur usaba para acariciarlo. Le había formulado la misma pregunta a cada sobreviviente, sin obtener más que negativas.

Padres era todo lo que Tariq veía a su alrededor. La mayoría de los muertos habían dejado niños esperándoles. La suerte de una batalla podía revertirse durante la siguiente, pero había un saldo que resultaba irreversible: los miles de nuevos huérfanos, criaturas jutas, pictas, britonas y sajonas que ya no recibirían ni la caricia ni el coscorrón, que verían peligrar su alimento, que no volverían a oír la vieja canción ni aprenderían lo que podrían haber aprendido.

El cielo sobre Camlann se había llenado de aves de carroña. Esperaban su turno. Ya habían pasado los médicos, señalando a los heridos que aún tenían esperanza. Los soldados recorrían el campo de batalla para recuperar los cuerpos de amigos, vecinos, hermanos. Después vendrían los pobres, a saquear los cuerpos de los vencidos. Solo entonces bajarían los cuervos a obtener su banquete. Pero los más osados lo habían hecho ya. Se desplazaban dando saltitos, el menú era tan rico y variado que les costaba decidirse. Al detenerse torcían el cuello, gesto que en un humano se habría visto irónico; y entonces sobrevenía el picotazo.

—Tu padre ha muerto —dijo Tariq—. Lo encontrarás al otro lado del río.

Cerdic echó un vistazo en la dirección señalada y se humedeció los labios. La distancia que lo separaba de Peredur no era grande, a no ser que se midiese en cadáveres, en miembros mutilados, en litros de sangre.

—Recibió un hachazo y se desangró. Fue una muerte dulce —dijo Tariq, sin estar convencido de que existiese algo semejante.

Cerdic era un muchacho fuerte, no necesitaba consuelo. Seguramente contemplaba el futuro que tenía por delante, ahora que había perdido a su padre y a su señor de un solo golpe. Ya no le quedaba opción, la violencia lo había condenado a ser hombre.

Tariq quiso decirle que el futuro sería mejor; que Medraut llamaría a las partes a su mesa, sajones incluidos, y les propondría un gobierno donde todos los intereses estuviesen representados; cuya cabeza visible no sería un monarca, porque el dedo de Dios era invisible (por mucho que Fastidius pretendiese lo contrario), sino un hombre del pueblo, elegido por la mayoría. No era una idea nueva, ya la habían puesto en práctica los griegos; y tampoco era perfecta, porque no impedía que el oro corrompiese. Pero desde que la Historia empezó a ser escrita, no había surgido otra más meritoria.

Sin embargo nada dijo, para no perturbar el duelo. Era demasiado temprano para pretender que algo bueno surgiría de tanto horror. Una vez que cuervos y gusanos cumpliesen con su parte, el terreno volvería a ser fértil. Pero no todavía. Haría falta tiempo, y no cualquier tiempo: un tiempo de paz. Hasta que eso ocurriese, las semillas que cayesen morirían también. Se pudrirían en la tierra ahíta de sangre. Se secarían sobre la superficie impermeable del metal.

—¿Necesita ayuda?

Tariq ben Nusayr se había quedado allí, entre las moscas, porque todavía no estaba seguro de pertenecer al mundo de los vivos. Pero cuando Cerdic le tendió la mano, no dudó.

Caminaron lentamente, dejando la muerte atrás.

Capítulo siete

Milo (XI)

El ciruelo — La perversión del Héroe — Milo sale de cacería — Vadeando el río — ¿Y dónde está El Piloto? (bis) *— La cajita del Baba — Un* souvenir *ardiente*

1.

Apagó el motor de la barcaza en mitad del río. No quería despertar al Viejo, la corriente y la inercia lo arrastrarían hasta el muelle.

Amarró como pudo, con una mano sola no aspiraba a mucho. En cuanto pisó tierra, apretó el paso y se alejó de la casa. No tenía intención de entrar. Lo último que deseaba era verse obligado a dar explicaciones.

No estaba acostumbrado a contar qué le ocurría. Llevaba una vida entera tragándoselo todo. Don Maciel nunca había estado dispuesto a oírlo. (Solía decirle algo que, al dar con los libritos en la casa del Baba, entendió como paráfrasis de una tira de *Mafalda*: «Yo soy tu papá, pero no soy el papá de tus problemas».) El Viejo lo había tolerado apenas, cuidándose de expresar interés real por su persona… al menos hasta ahora. Pierre y el Bonzo eran pura extroversión, no sabían lo que significaba la intimidad. Y al Baba le había contado algunas cosas, pero nunca las esenciales. Demasiado impresionable. Por más que aligerase el cuento, siempre terminaba conteniéndolo en vez de obtener consuelo.

Por eso lo sorprendió la necesidad de hablar, de confesar. El asunto subía y bajaba por su garganta. Vomitar producía alivio inmediato, quizás sacarse un entripado produjese lo mismo. Pero para Milo eran puras conjeturas. Nunca antes se había visto compelido a confiar sus secretos. Quizás se debiese a que, por primera vez, contaba con el interlocutor adecuado. El Viejo —o sea Melvyn Weyl— era un asesino, y Milo también. Si había alguien en condiciones de entenderlo…

Pero no sería entonces. Aunque el Viejo se despertase, no podría decirle nada. Tenía claro que la sola mención de su amigo lo derrumbaría. Se echaría a llorar: mocos, sollozos, congoja, un asco (*un ajjjjjco*, le gustaba decir al Baba, subrayando la pronunciación) y Milo no quería mostrarse así. Siempre había vivido pendiente de su dignidad. Solía creerla herencia de su madre, aunque solo fuese porque don Maciel no había tenido ni pizca. Crecer solo en el Delta, que en aquel aspecto era la jungla, lo había llevado a mezclar los tantos. Se había convencido de que ser digno suponía ocultar el dolor, fingir fortaleza aun cuando la había perdido.

Por eso decidió callar. Hasta que saliese el sol y se resignase a la inevitabilidad de confesarlo todo. El Viejo —no, no: *Melvyn Weyl*— le dijo que había matado personas a montones como quien anuncia lluvia, y Milo quería para sí la misma calma. Ni se le cruzaba que el Viejo había trabajado años para obtenerla. Suponía que en cuestión de horas conseguiría el aplomo para decir: *Cuando era chico, un tipo al que llamaban el Vizconde abusaba de mí cada vez que mi papá dormía la mona. Un día se emborrachó también y yo le hundí la cabeza con una piedra.* Pero eso sería tan solo el aperitivo, algo para sensibilizar el paladar antes del plato principal.

Entonces diría: *Mi mejor amigo me pidió ayuda, yo le di la espalda y ahora está muerto.* Para que el Viejo asintiese desde la empatía, tomase una ginebrita y pudiesen pasar, ¡al fin!, a cualquier otro tema.

Soltárselo a Melvyn Weyl tendría esa ventaja. El Viejo no podría reprocharle nada, ningún asesino le decía a un colega *Uh, mirá lo que hiciste.* Sería como ir de vientre: cuestión de quitarse el peso de encima y retomar la vida donde había quedado. Después de todo, más allá del duelo las cosas seguían pintando prometedoras. Todavía tenía cincuenta lucas en el bolsillo.

Y ahora que palpaba la zona, recordó que también tenía una revista.

Dormir en su propia casa estaba fuera de cuestión. No quería ponérselo fácil al Piloto. Pero en el linde del terreno del Viejo había un ciruelo. El árbol que usaba de chico, cuando quería vigilar el acceso a la biblioteca. Si podía treparlo cuando medía la mitad, lo lograría ahora a pesar de la mano vendada.

No se equivocó. Pisó la cerca, se elevó y alcanzó el nudo central. Una rama que se trifurcaba le ofreció asiento y respaldo. Allí estaría a salvo de miradas indiscretas. Lástima que no le llegara ni gota de luz. La única lámpara cercana era la del muelle, pero había demasiado follaje: las hojas se comían la claridad.

Al poco rato ya vio mejor. Todavía no le daba para leer los textos (los globos de diálogo contenían borrones), pero al menos distinguía los dibujos. Por ejemplo, la ilustración de cubierta, que aunque bella le resultaba espeluznante.

Qué tarado, se increpó. *Es un dibujo, nomás. Por mucho que se le parezca, no es más que un garabato.*

Pero la ilustración no dejó de impresionarlo. Reproducía rasgos que no podía olvidar; creía verlos todo el tiempo, en cada sombra.

El rostro afilado de Mick *Ace* Fowler. A quien hasta entonces había llamado el Piloto.

2.

Milo retornó a los interrogantes que se había formulado desde que dejó a la Viuda. ¿Cómo era posible que el Baba no le hubiese mostrado revistas del maldito Ace Fowler? ¿Qué bicho le había picado al Autor, que primero les había mandado Héroes y después a aquel reverendo hijo de puta? ¿Tenía algo que ver con la foto que encontró en la portada de *Clarín*, cuando don Maciel vivía? (*¿Dónde puse ese puto recorte?... Ah sí. Menos mal.*) Y lo más urgente, porque de ello dependía su futuro: que Fowler fuese una criatura de ficción, como Tariq, Blake y compañía, ¿significaba también que era indestructible? El Baba atribuyó la sanación de Tariq al cuchillo que creía milagroso, pero las convicciones de su amigo no tenían valor probatorio. ¿Y si Tariq se había repuesto porque era el Héroe de una historieta, y eso significaba que no podía morir?

Tendría que haberle pedido a la Viuda los otros episodios, pensó. *A lo mejor encuentro una clave, una pista. ¡Cualquier cosa que me ayude a enfrentarme al tipo en mejores condiciones!*

Porque, de momento, la batalla no podía presentarse más despareja. El (ex) Héroe del cómic, grandote y armado, contra el Manco del Delta. Lo único que jugaba a su favor era el conocimiento del terreno. Pero ni siquiera estaba seguro de que el Piloto siguiese en las inmediaciones. Y si todavía lo estaba, no sería por mucho más.

Tengo que pescarlo antes de que me encuentre. Si lo agarro por sorpresa, quién te dice.

Se contentaría con leer el ejemplar en su poder, cuando se lo permitiese la luz. Después conseguiría un elemento ofensivo (el arpón, alguna espada o sable de los del búnker) y partiría en busca de la isla donde había caído el avión.

La idea de matar al Piloto lo reconfortaba. Se mintió que quería hacerlo por el Viejo, para protegerlo. Pero lo que necesitaba era descargarse. Quitarse de encima el dolor, que lo espoleaba desde que se había enterado del destino del Baba.

Imaginó el momento de rematar la faena. Le caería al Piloto con todo lo que tenía: arponeándolo como un poseso, aplastándole la cabeza con una piedra (su especialidad), degollándolo con un sable de la época de Napoleón. Y todo mientras lo puteaba y decía actuar en nombre de su amigo muerto.

La escena lo excitó tanto que el muñón volvió a dolerle.

Pero la adrenalina se diluyó en su cuerpo tan pronto como había aparecido. Y Milo se durmió sobre las ramas, por mucho que su culo protestase. Hasta que el escándalo que hacía el Viejo lo despertó y comprendió que ya había amanecido.

3.

El Viejo tenía uno de esos días, estaba a la vista. Salió de la casa dando un portazo. Caminaba con la cabeza gacha. Enseguida se subió a la barcaza. Milo esperó el arranque del motor, que no llegaba nunca. En vez de partir, el Viejo saltó al muelle. *Se habrá olvidado algo*, pensó Milo. Y entonces advirtió que había perdido la revista. Estaba al pie del ciruelo. La brisa agitaba sus páginas.

Por suerte el Viejo no la vio. Se metió en la casa sin dejar de maldecir. Milo se preguntó si le daría tiempo a bajar, recuperar la revista y trepar otra vez. Estaba calculando sus movimientos (al desplazarse de la rama trifurcada, su culo le recordó que seguía allí, y no precisamente feliz) cuando el Viejo volvió a salir. Esa vez pescaría la revista, no había forma de evitarlo: era un lamparón de colores entre las raíces del árbol.

Pero el Viejo viró para el lado contrario y se alejó. Se había puesto una campera y su gorro de lana, la mañana estaba fría. (Milo cayó en la cuenta con un estremecimiento, se le erizaba la piel.) ¿Adónde iba? No a la casa de Milo, que quedaba en la dirección opuesta. Pero era obvio que no se dirigía lejos, por algo había prescindido de la barcaza.

Milo esperó unos minutos. No fuese cosa de que el Viejo volviese por segunda vez. Cuando saltó a tierra, descubrió que el culo no era lo único que dolía. También la mano, la espalda, las articulaciones. Se sentía más viejo que el Viejo.

Su primera búsqueda terminó en fracaso. El llavero no estaba. *El Viejo hijo de puta se lo llevó adrede. O lo escondió. Tiene miedo de que lo afane, de que lo despoje de sus tesoros.*

Entonces encontró algo que no esperaba hallar, y que le venía mejor que un sable o un hacha.

La escopeta. El Viejo había dejado su escopeta. A la vista sobre la mesa del living, como si no fuese más peligrosa que un paraguas.

Estaba cargada. Lástima que no supiese dónde había más cartuchos.

Buscó por todos los sitios que se le ocurrieron. La alacena bajo la escalera, el estudio del Viejo, los cajones. (Hasta los de la cocina.) Pero no encontró munición alguna y no quiso perder más tiempo. Dos cartuchos eran mejor que nada. Un tiro de aquellos sentaría a un oso de ojete. La escopeta pesaba, debía de ser antigua, tenía dos gatillos. Milo no sabía nada de armas largas. Trató de no preocuparse, no había que ser Einstein para hacer *bam bam*. A no ser que el arma tuviese un seguro que Milo no identificaba.

En los libros no pasan estas cosas, se dijo. *El héroe agarra su arma, emprende la misión y, cuando llega el momento, la usa y punto. Nunca se le traba, nunca le explota en las manos, nunca tiene dudas. Ojalá la vida se pareciese más a los libros.*

Milo metió la revista dentro de una bolsita de Carrefour, la enganchó con su mano vendada, agarró la escopeta y dejó la casa.

El calor de la determinación no le duró mucho. A los quince minutos de marcha, el frío ganó la batalla. Empezaron a dolerle los hombros, a causa de su andar contracturado. ¿Por qué no se había abrigado, si ya había entendido que hacía fresco? Y para colmo la bolsita. ¿Para qué la había agarrado? Durante el arrebato le pareció razonable. Era una forma de llevar al Baba consigo, de invocar su protección. Pero ahora, con la escopeta en una mano y la bolsita en la otra, se sentía un pelotudo.

Como no quería volver atrás, decidió dejarla en un sitio discreto. Ya la recogería a su regreso. Si es que regresaba. No deseaba leer la carta nuevamente hasta entonces (lo último que necesitaba era sentirse mustio por dentro, acongojado, *débil*), ni tampoco abrir la puta cajita. ¿Para qué? Tenía una idea aproximada de lo que encontraría: un pin con la imagen de Flint Moran u otra imbecilidad por el estilo, de esas que para el Baba eran importantísimas. Si se trataba de una forrada así, se iba a sentir obligado a ponérsela. Y no tenía la menor intención de enfrentarse al Piloto —a Mick *Ace* Fowler— con un pin pedorro prendido en el pecho.

Si esto fuese un libro, lo que el Baba me habría enviado sería un arma secreta. Pero esto no es un libro. Y el Baba fue fiel a su estampa hasta el final. ¡Nunca bajó de su nube de pedos!

Milo escondió la bolsita y retomó el camino. Persistió en contra del frío, de la escopeta que le vencía el brazo (no podía darse el lujo de cambiarla al otro, tenía que estar listo, el Piloto podía sorprenderlo en cualquier momento) y de la carga más lastrante, que era la tristeza. Lo atormentaban las imágenes del final del Baba, que no cesaba de representar en su cabeza. Rezaba para que la explosión lo hubiese tumbado como un rayo. No toleraba la idea de que se hubiese arrepentido en el último momento, de que hubiese pensado en Milo, el Héroe del Episodio Inconcluso (¡el Héroe que Llega Siempre Tarde!), antes de sucumbir.

Su experiencia le decía que, aun cuando alguien se siente fatal, siempre es posible sentirse peor. Por eso no se sorprendió al llegar a aquel canal. Más bien le dio por sonreír, se habría reído a carcajadas de no temer el escándalo. Sin embargo, el humor le duró poco. Cuando el frío del agua le caló los huesos, Milo rechinó los dientes y maldijo.

Viejo y la remilputísima madre que te parió. ¿Tenías que sacar el cañón que hacía de puente justo ahora, me cago en...?

4.

La aproximación a la isla se tornó lenta. Los ojos no le alcanzaban para investigar cada árbol, cada mata de hierba, cada sombra. Y ni siquiera era cuestión de barrer con la mirada como un escáner: también tenía que mirar hacia atrás, para asegurarse de que el Piloto no le ganase la espalda. El Autor lo habría concebido como Héroe, pero a Milo le constaba que era una basura. ¿O no había demostrado que era capaz de disparar contra un pibe desarmado?

La revista no le había servido de mucho. Era una aventura de aviación durante la Primera Guerra. El Piloto tenía un mentor, a quien admiraba. Y un mecánico que hacía las veces de Pepe Grillo, su conciencia oficial. En aquel episodio, el Piloto realizaba una maniobra que arrojaba un saldo indeseado: la muerte de su mentor, que además era su mejor amigo. El avión se precipitaba entre llamas y llegaba el *continuará*. Milo no encontró en esas páginas nada que lo ayudase. Lo cual no significaba que no existiese, oculto entre líneas: si el Baba las hubiese leído…

Cuando el biplano entró en su campo visual, Milo bajó el ritmo del avance aún más. Prefería perder el tiempo que hiciese falta (total, ¿quién lo esperaba?) a exponerse tontamente. Le temblaba el brazo izquierdo, por eso apoyó los cañones sobre el antebrazo vendado. Eso mejoraría su puntería, pero la cuestión de los gatillos continuaba siendo un problema. Su mano estaba empapada como si la hubiese metido en el río. Temía que la escopeta se le resbalase, que en vez de hacer *clic,* su dedo patinase sobre los gatillos. Ya había visto disparar al Piloto. Un fallo y Milo moriría.

Terminó por bajar la guardia. Si el Piloto hubiese estado ahí, lo habría visto ya, lo habría atacado. La certeza lo confundió, porque le inspiraba alivio y desesperación simultáneamente. Por eso se cagó en las precauciones y empezó a gritar. Le dijo que había vuelto, que saliese a enfrentarlo. Lo desafió y lo insultó. «Che, Piloto, eh, ¿sos sordo o cagón, nomás?» Nunca usó su nombre propio, aunque ya lo supiese, porque le daba vergüenza pronunciarlo mal. (¿Fowler? ¿Fawler? Milo estaba familiarizado con el inglés leído, pero no con su fonética.) «Mostrá la cara, turro. ¿Qué hiciste con el loquito? ¿No viste que era un viejo?»

Pero nadie le respondió. Ni siquiera los pájaros interrumpieron su alboroto. Más bien lo redoblaron, parecían burlarse. Como si hubiesen entendido (tan bien como el Piloto, por lo menos) que Milo no tenía estatura ni para espantar cotorras.

5.

Su actitud siguió siendo vigilante durante el regreso. Nada había cambiado en esencia, el Piloto podía estar en cualquier parte. Pero Milo se había convertido en la encarnación del desánimo. Arrastraba la escopeta, la culata producía una marca interminable sobre el suelo. Si el Piloto encontraba esa huella, le caería encima, pero a Milo ya no le importaba. Todo lo que sabía era que así aliviaba su brazo cansado.

Al llegar al dichoso canal, comprendió que lo había olvidado, y por ende, soslayado la obligación de mojarse *por segunda vez*. No era que el frío le molestase ya, más bien se sentía acalorado. Lo que lo ponía de un humor de perros era la humillación. Llegaría donde el Viejo sin haber conseguido más que mojarse las pelotas. Pero aquella vez no maldijo, siquiera. Encaró el trance desde la ofuscación, su cerebro se había cerrado.

Si esto fuese una historieta, el globo sobre mi cabeza mostraría una nube negra.

A mitad del trayecto uno de sus pies resbaló sobre una piedra. Fue una sacudida nada más, Milo no tardó en recuperar el equilibrio. Pero el miedo le jugó una mala pasada. En la emergencia atinó solo a preservar la escopeta, si la mojaba, el Viejo lo colgaría. Por eso levantó aún más la mano izquierda, para que permaneciese fuera del agua aunque él cayese. La mano derecha, sin embargo, actuó con vida propia: salió disparada hacia abajo, para sostener en caso de caída; y así se metió de lleno en el río.

Lo único que le faltaba era que la bolsita de Carrefour no estuviese donde la había dejado.

Pero estaba. Apoyó la escopeta contra el árbol y la rescató. El tronco hueco había sido un buen escondite.

Se sentía cansado. Nada más agotador que la derrota, en esa área le sobraba experiencia. Pero hasta ese momento no había percibido cuán tenso estaba. Los nervios que le inspiraba el Piloto eran lo de menos, lo que lo había molido a palos era otra cosa: el miedo a perder el regalo del Baba. Esa bolsa de mierda contenía el legado de su amigo, por insustancial que fuese.

Se dejó caer al pie del árbol y releyó la carta. Ahora que podía considerar la circunstancia de su escritura (el Baba había sabido que iba a encontrarse con Los Arcángeles, lo que no había sabido era que además conocería a ángeles, serafines y potestades), el texto le resultó aún más devastador. Su amigo había muerto como un héroe de verdad, más allá de las mayúsculas. Reconociendo sus limitaciones y sus errores. Exponiéndose por el otro.

Te dejo este souvenir *porque sos el único que lo puede valorar,* había escrito. *Si me lo llevase yo, correría el riesgo de caer en manos inadecuadas. Va a estar mejor en las tuyas, seguro. ¡Hasta el Autor coincidiría conmigo! Acéptalo como muestra de la fe que te tengo, por más que haya pretendido lo contrario en un momento de rabia. ¡Siempre fuiste un gran amigo!*

Milo decidió abrir la cajita. Su culpa era tan insondable que se sentía capaz de ponerse el pin. El Viejo iba a mirarlo como si se hubiese vuelto idiota, pero no le importaba. Era lo menos que podía hacer. Llevar a su amigo como divisa. Aunque el pin tuviese un dibujito, para Milo sería siempre más: un símbolo del Baba, una forma de seguir llevándolo cerca de su corazón.

Siempre y cuando pudiese abrir la caja, claro. El gordo la había envuelto en papel de regalo y sellado con metros de cinta Scotch. Milo rascó con la uña. No llegó lejos, salió un jirón de cinta, pero debajo quedaban capas y más capas de pegote traslúcido. ¡Maniobrar con una mano sola era insoportable!

Trató de sostener la caja con la mano vendada, pero fue peor, porque estaba empapada. La tela adhesiva que le había puesto la Viuda cedía al agua, el vendaje se le estaba desarmando. Al ver que el muñón se había conservado más o menos seco, lo sacudió como si fuese un cowboy a punto de soltar su lazo. La punta de la venda giró, liberando lo que alguna vez había sido su mano. Milo puso la palma encima de la cajita *(¡Denme un punto de apoyo y moveré el mundo!)* y usó la mano izquierda como garra.

Dentro de la caja no había un pin. Ni un broche de corbata de *Star Trek*. Todo lo que guardaba era un trocito de gelatina incolora. Eso parecía, al menos, por la forma en que se movía al sacudir la caja.

601

Pensó que el gordo se había burlado. Pero al verla de cerca detectó un brillo familiar: como si alguien hubiese echado brillantina en la mezcla, antes de que la gelatina adquiriese consistencia. Entonces recordó a Desmond, que estaba hecho de una carne parecida. Eso debía ser: un pedazo de Desmond, que el Baba había recogido del suelo de Eontamer o del baúl del auto robado.

Típico del gordo. El paradigma del fervor inútil. Si por lo menos le hubiese regalado un pin... ¿Qué pretendía que hiciese con ese trozo de nada?

Al acercar un dedo, la gelatina empezó a brillar con luz propia. Milo se pegó un susto, la caja cayó a tierra. Como actuó por puro instinto, intentó levantarla con su mano hábil.

Pero esa mano ya no existía. Pulgar y meñique no le servían para recoger la caja. Para colmo la gelatina se le pegó al muñón. Sacudió la mano, pero no se desprendía. Usó los dedos de la izquierda para tirar, pero al hacerlo le dolió. Los muñones ardían. Cada vez más. Tanto que apeló a su mano sana para agarrar una piedra. Quiso golpear para quitarse esa mierda de encima (¡no quería arruinar su mano más de lo que ya estaba!), sin embargo, desistió. No se animaba, dolía demasiado: quemaba como nunca le había quemado nada, su mano era un fuego.

Aun en medio del incendio, la idea se abrió paso en su mente. Esto era lo que pensaba: que había algo de justicia poética en la pérdida total de aquella mano, la diestra que le había negado al Baba, a ese gordo de mierda que lo estaba haciendo sentir, sentir, *sentir*, como no lo había hecho desde que tenía cinco años.

Capítulo ocho

El Viejo / Milo

Platos grasientos y wormholes — *La última línea de defensa* — *El se-creto de la Tercera Sección* — *Una mano de miedo* — *Incendio en el Delta* — *Milo al rescate*

1.

Lavó el plato por segunda vez. Le fastidió, pero más lo irritaba topar-se con un plato grasiento a la hora de poner la mesa. Manías de hom-bre viejo. Melvyn Weyl llevaba demasiado tiempo haciendo las cosas a su manera. Lo bueno de los automatismos era que se hacían sin in-terrumpir el pensamiento. ¿Dónde estaba cuando la superficie resba-ladiza lo había distraído? Ah sí. Pensando en la topología del espacio-tiempo.

Platos grasientos y *wormholes*. Un título apropiado para su au-tobiografía. ¿Cuánto llevaba viviendo así: con los pies plantados en la existencia más ordinaria, mientras vigilaba la frontera que separaba aquel mundo de todos los demás?

Se sentía cansado. Tanto, que en los últimos tiempos ni siquie-ra había ido detrás de Homolka cuando decía *«Hoy mino»*. Melvyn Weyl se sabía cerca del final (¿o debía aceptar, más bien, que *deseaba* el final?) y había acabado por bajar la guardia.

Ya no conservaba esperanzas de encontrar la boca del *wormho-le*. Había desperdiciado medio siglo peinando la Tercera Sección. Si-guiendo una cuadrícula con paciencia china. Sobre tierra y también sobre el agua… y *dentro* del agua. Tragó tanta mierda durante sus inmersiones, que su intestino había terminado por habituarse. Ya no sufría más cagaderas. Solo se le aflojaba el vientre cuando comía sano. Y sin embargo, no flaqueó. Había perseverado con un rigor que hasta su padre habría reconocido. Melvyn Weyl ya no recordaba el significado de tomarse vacaciones. Cada «descubrimiento» de Homolka lo había movido a trazar una nueva cuadrícula, utilizando ese punto como núcleo. Lo único que había logrado era dar con los visitantes, o con las huellas y restos que constituían la prueba de su paso. Pero nunca había encontrado el portal *per se*, el fenómeno que le habría permitido probar (y ante todo: probarse) que su aventura infantil no había sido sueño ni delirio.

Homolka supuso un hallazgo, porque lo había puesto en la senda correcta: solo Dios sabía de qué modo intuía el momento en que el portal era usado. (Un conocimiento que no por inexplicable resultaba menos preciso.) El problema era que el Viejo llegaba siempre tarde: cuando el portal ya se había cerrado y no quedaban allí más que despojos, niebla y el perfume de una lluvia inminente.

Al acumularse las decepciones había diseñado un mapa, señalando con alfileres el lugar de cada descubrimiento y su fecha; esperaba que los saltos geográficos le revelasen un patrón, una conducta a cuya lógica pudiese anticiparse. Todo lo que deseaba era estar allí, en el sitio preciso, cuando el *wormhole* volviese a abrir su boca. Pero aun cuando había puesto a prueba infinidad de variables (números primos, secuencias fractales, constantes climáticas), nunca había conseguido otra cosa que sentirse el tonto más redomado. En cuanto se ilusionaba, Homolka volvía a asomar anunciando un prodigio y llevándolo en una dirección imprevista.

—*Hoy mino* —decía el loco. Y Melvyn Weyl agarraba su escopeta y sus cuadrículas y lo seguía con la cabeza gacha, jurándose que aquella sería la última vez.

2.

La última vez había tenido lugar tres años atrás. Estaba trabajando en el galpón (ya no sabía qué hacer con el velero, necesitaba una tecnología que el mercado seguía escatimándole), cuando oyó la llamada familiar. Homolka voceaba una novedad que ya había perdido atractivo para Melvyn Weyl: otro(s) visitante(s) del espacio-tiempo, que había(n) encontrado o tropezado con el portal e ido a parar a una época o a un universo que no podía(n) sino serle(s) extraño(s.)

Más allá de las variantes (¿con qué se toparía entonces: un *Homo neanderthalensis*, un soldado de Genghis Khan, el sacerdote de algún culto del futuro?), el paisaje que descubriría de seguir a Homolka sería el mismo de siempre: un escenario de naufragio o muerte (el viaje a su parcela de espacio-tiempo solía culminar de manera violenta), que lo obligaría a deshacerse de cadáveres y otras evidencias materiales, con el objetivo de que nadie se topase con el fenómeno inexplicable.

Había cumplido con esa tarea durante décadas. Por razones personales ante todo, pero también en el convencimiento de estar prestando un servicio. Cualquier ingenuo que diese con la evidencia habría abierto la boca, en busca de fama o de dinero. Y entonces se habría abatido un ejército de curiosos sobre la Tercera Sección. Gente que no solo habría dificultado la búsqueda de Melvyn Weyl, sino que además habría expuesto al mundo entero en su ignorancia de las fuerzas en juego. El Viejo solía bromear consigo mismo (no contaba con otro amigo en mejores condiciones de apreciar su humor), definiéndose como *la última línea de defensa del universo conocido*. De no mediar su vigilancia, el mundo entero habría desaparecido por ese agujero como la mugre dentro de la aspiradora.

Esa perspectiva ya había dejado de inquietarlo. Cualquiera que siguiese las noticias y su triste, poco imaginativa relectura de la Historia coincidiría al respecto: Melvyn Weyl había empezado a pensar que no le molestaría que el *wormhole* se llevase a millones de personas al otro extremo del espacio-tiempo.

Mejor solo que mal acompañado, se decía.

Por eso no se había alterado aquel mediodía al oír el pregón de Homolka. Si de todos modos iba a llegar tarde, ¿para qué apurarse? Seguir al loco no era difícil. Terminaría lo que tenía entre manos (que ya no recordaba, no había sido nada importante), cerraría el galpón para evitar miradas indiscretas y entonces haría su parte.

Se había distraído más tiempo del recomendable. (Ese era el problema de los automatismos: el cuerpo los practica sin protestar, pero no le gusta interrumpir la secuencia.) Cuando cayó en la cuenta, era tarde. Aun cuando prescindió de arma y de cuadrículas y emprendió una carrera desmadrada, sus ojos ya no dieron con Homolka. El loco estaba acostumbrado a recorrer el mismo sendero. De tanto trajinarlo había abierto una brecha entre la hierba. Caminaba hasta los confines de una isla, siempre era la misma. (Por alguna razón que a Weyl seguía escapándosele, aquella isla estaba llena de abejas. Incluso en lo peor del invierno.) Y a partir de allí, todo se tornaba nebuloso.

Tiempo atrás Weyl había conseguido un mapa de los que usaba la Prefectura. Lo impresionó por sus errores e imprecisiones. Al proyectarle encima su registro de los descubrimientos de Homolka, descubrió que la bendita isla no estaba en un sitio cualquiera, sino sobre la línea imaginaria que separaba la Segunda Sección de lo desconocido. Comprendió, además, que varios de los descubrimientos habían tenido lugar al oeste de aquella línea, lo cual significaba que, en aquellas oportunidades, Homolka había llegado hasta la isla… y desandado sus pasos.

A partir de la isla-trampolín, todos los derroteros se tornaban posibles. En un radio de 360 grados, lo cual abría un mínimo de 360 posibilidades.

Llegó hasta allí y asumió que Homolka se le había perdido. Seguirlo habría sido un despropósito, no había rastros visibles y nadie deja huellas sobre el agua.

Volvió a su casa temiendo lo peor. El mundo siguió andando.

La vez siguiente hizo lo mismo: oyó la noticia del advenimiento, pero no se plegó a la caravana. Al otro día visitó al loco en el sanatorio y lo encontró en el salón de siempre. Estaba claro que el *wormhole* no necesitaba de los oficios del Viejo para mantenerse a resguardo.

Hubo otras oportunidades similares, y Homolka volvió siempre a casa. Hasta que a Milo se le ocurrió la maldita idea de seguirlo.

Esa última vez, después de dejar a Milo a su cuidado, el loco había desaparecido. La directora del hospicio seguía sin tener noticias de su paradero. Todas sus solicitudes de dragar el río habían caído en saco roto. La Prefectura no tenía presupuesto para recuperar cadáveres de indigentes.

La desaparición de Homolka no era la única anomalía que había sufrido el proceso. Produciendo una escalofriante simetría, alguien había *aparecido*: aquel a quien Milo llamaba el Piloto.

Fue el primer «turista» en aventurarse por el Delta de quien Weyl supo fehacientemente.

Y también el primero en cometer un crimen.

3.

Se había quedado de pie ante la pileta de la cocina. Toda la vajilla estaba en el escurridor, chorreando agua tibia. Melvyn Weyl alzó la cabeza. La casa estaba en paz. El mundo exterior apenas latía, ensordecido por la noche. Las aguas y la brisa invitaban al recogimiento. Buscó la escopeta, se había acostumbrado a su compañía. No la vio por ninguna parte, pero no se preocupó. Sabía dónde estaba.

Aunque mantenía las formas, estaba convencido de que la vigilancia ya no era necesaria. El Piloto debía de estar lejos. Seguramente había regresado por el camino original, como los otros. La prueba más contundente era su ausencia. De permanecer todavía allí, en aquel universo, habría dado señales inequívocas de que continuaba cerca. Y el Viejo no había encontrado nuevas huellas de su paso.

La única que lo había visto era la madre de la niña del labio leporino. («Llámeme Telma, por favor: ¿o no somos vecinos?») Ella había sido abordada por un turista a quien definió como buen mozo antes de admitir que, en efecto, vestía de manera un tanto rara; el hombre se había presentado como empleador de Milo, por eso le había señalado el camino hasta su casa. Por fortuna no había relacionado aquel encuentro con la muerte de don Maciel. El Viejo tampoco hizo nada para iluminarla. Cuanta menos gente atase cabos, mejor para todos.

La mujer dijo que nunca había vuelto a verlo. Su tono sugirió que consideraba el desencuentro como un hecho lamentable. (Parecía arrepentida de no haberle señalado el camino hacia su dormitorio.)

No consiguió averiguar nada más.

Había empleado varios días en peinar la zona: desde el sanatorio de Homolka hasta la isla donde había caído el Sopwith Camel. Sin hallar rastros ni dar con nuevos testimonios. Nadie más se había topado con aquel «turista». Lo cual tenía sentido. El Piloto había emprendido el camino de regreso a su mundo. Eso era lo que hacía la mayoría. (Eso era exactamente lo que él había hecho, cuando niño.)

Los únicos que no daban la media vuelta y cruzaban el portal antes de que se cerrase eran aquellos que estaban heridos o enfermos.

O locos, pensó.

Weyl había perdido la cuenta de los cadáveres entregados a las aguas. Por lo general los despojaba de sus vestimentas y arreos, que según su interés quemaba o trasladaba al búnker. Una vez desnudos, les ataba pesas y los soltaba en mitad de la caleta, que era profunda de verdad. Solo entonces se relajaba. Hasta que Homolka anunciaba la llegada de un nuevo «turista». Una cosa era que las autoridades diesen con un cadáver putrefacto y otra muy distinta que encontrasen un cadáver vestido de vikingo, o con armadura de conquistador, o con un Colt del siglo XIX en la cintura. Aun cuando las heridas llamasen la atención (mordeduras descomunales, hachazos propinados por hojas irregulares, puntas de flecha talladas en piedra), nunca darían lugar a una denuncia formal. La Prefectura tampoco tenía presupuesto para permitirse la curiosidad. Y por fortuna, muchos de sus hombres carecían no solo de disposición y de tiempo para conjeturas, sino también de imaginación.

Existía, claro, la posibilidad de que alguno de los «turistas» hubiese alcanzado la ciudad para perderse en la masa. El Viejo carecía de prueba que sostuviese esta presunción, por lo demás lógica, o cuando menos, probable. Pero nunca había dejado de sospechar que Borges mismo podía ser uno de esos hombres. Lo cual explicaba no solo *El Aleph*, sino buena parte de su obra. La tardía radicación en Europa avalaba la teoría. Weyl dudaba de que los restos de Borges se encontrasen en aquella tumba de Ginebra. Suiza era el paraíso de la discreción. Así como los bancos defendían sus secretos, los cementerios protegían la información sobre sus clientes.

Y Melvyn Weyl sabía que los usuarios del portal necesitaban ser discretos.

Cuando se envejece pero la muerte no llega, pasar desapercibido se vuelve difícil.

4.

Milo lo oyó aproximarse, pero no se movió. Estaba atento a otra cosa. Sentado sobre el muelle, acunaba la escopeta entre sus brazos.

Su posición sugería reposo. Sin embargo, sus dedos no soltaban los gatillos.

El chico no renunciaba a la idea del Piloto. Lo había convertido en la encarnación de todos sus males. La venganza era un aliciente, algo que cargaba de sentido el futuro. La desaparición del Piloto, en cambio, podía suponerle una gran decepción. El ser humano rechaza la noción de que el azar pueda alterar su vida, en cualquier momento y con total impunidad. ¿Un hombre que viene de la nada, lo incapacita, mata a su padre y se desvanece? Hay gente que no se recupera nunca de esa clase de «accidentes»; tal vez sí en lo físico, pero emocionalmente...

Weyl había intentado explicarle la naturaleza de la Tercera Sección, sin entrar en galimatías científicos. Pero Milo no había entendido, o no había querido entender, la parte de esa naturaleza que se presentaba sujeta a capricho, o designio inescrutable. Estaba emperrado, no quería otra cosa que dar con el Piloto. Y el Viejo no sabía cómo explicarle que lo más probable era que no lo viese más. Había intentado distraerlo con cuestiones que pretendió más urgentes: la salud de su mano, por ejemplo. No le hizo falta fingir mucho, porque estaba convencido de que el pegote con que había regresado iba a producirle una infección. Pero Milo se atuvo a las pruebas (la ausencia de fiebre indicaba que no existía proceso infeccioso) y se negó a visitar un hospital.

Desde entonces no se distraía ni siquiera para leer un libro. Aceptaba las órdenes sin protestar (aun cuando fuesen ridículas y contraproducentes, como la de lavar los platos con una sola mano), pero seguía conectado con el exterior. Atento a que el menor ruido le anunciase la llegada del Piloto. ¡Si hasta iba al baño con la escopeta!

Le había seguido el juego hasta entonces, pero su paciencia se acababa. Melvyn Weyl no poseía talento para la contención y la guía. Lo suyo eran los hechos duros, la verdad de los números y las fórmulas.

—¿Por qué no vas a dormir? —preguntó—. No creo que asome, ya. No a esta hora.

—Al contrario. Esta hora es ideal para...

—Ay, nene, *boychik, mein Kind*... ¿Cómo sigue esa mano?

—Mejor. No duele, bah.

—¿Puedo...?

—No, estoy bien, en serio.

Milo le escondió la mano vendada. Lo cual no auguraba nada bueno, Weyl había percibido que estaba hinchada. Pero no podía forzarlo. ¿O sí? Ninguna empresa más descorazonadora que la especie humana, a la que hay que amenazar y hasta violentar para persuadirla de no autodestruirse.

—Si estás dispuesto a vigilar, podés escucharme, entonces. —El Viejo agarró uno de los pilotes, para no perder el equilibrio mientras se sentaba. No tenía ganas de irse de cabeza al río—. ¿Cómo venís en materia de física avanzada?

Milo se le rio en la cara. Era la primera vez que lo oía reír en mucho tiempo.

Melvyn Weyl balanceó sus piernas en el aire, como no había vuelto a hacer desde que era niño, y empezó a explicar lo que sabía inexplicable.

5.

Todo indicaba que uno de los rasgos más curiosos del Universo (aquel con mayúsculas, que reunía en su seno la sumatoria de los universos menores… pero se estaba adelantando, ya llegarían a ese asunto) era lo que los científicos llamaban *wormhole*. ¿Y qué significaba *wormhole*? Literalmente, «agujero de gusano».

Un agujero de gusano era un atajo (hipotético para los físicos, real para el Viejo aunque siguiese sin poder probarlo) entre dos o más puntos del espacio-tiempo.

—¿Atajo?

—Un túnel, si preferís.

Por la naturaleza misma del espacio-tiempo, un túnel semejante asumiría dos características simultáneamente. Primero: podía unir dos momentos distantes en el tiempo.

—Cómo, unirlos.

—Como en un viaje temporal. A la manera de H. G. Wells. Levantás el pie acá, ahora, y cuando das el paso ya estás en el siglo XIX o en la época de las pirámides.

—O más bien en el agua.

—La segunda característica es más complicada, porque implica un desplazamiento que no sería solo temporal. Hay gente que sostiene que un agujero de ese tipo te permitiría viajar a través de distintas eras, pero también de... distintos universos.

El Viejo hizo una pausa. Milo no dijo nada. O no lo había oído o esperaba que corrigiese el desliz en materia de número: había usado el plural cuando debía haber usado...

—Me oíste bien. Los universos múltiples no son novedad, la idea es tan vieja como la física cuántica. Se supone que nuestro universo... lo que tenemos delante de los ojos y estudiamos con telescopios y sondas... sería apenas una parte infinitesimal del Universo con mayúsculas. Este Universo contendría además una cantidad casi infinita de otros mundos, muchos de los cuales supondrían variaciones del nuestro a la manera musical. Interpretaciones de la melodía original, por así decirlo.

Weyl produjo una nueva pausa. Milo siguió imperturbable. El Viejo se irritó, gastaba margaritas en chanchos. Pero entonces Milo reaccionó con una pregunta.

—Quiere decir que... ¿hay otros Milos en, en... *otros* universos?

—Ajá. En este momento, en puntos distintos de la trama total, existe un Milo que conserva a su madre y a su padre, otro que tiene la mano entera, un tercero que ganó la lotería...

Milo sonrió. La idea lo divertía. Aunque Weyl no pudiese saber qué opción lo ponía más contento, si la de no ser huérfano o la de ser rico.

—La joda es que esos universos están fuera de nuestro alcance. No podemos observarlos mediante instrumentos, no podemos ir a visitarlos. La tecnología está a años luz de la posibilidad de conectarnos con esos escenarios. Las únicas maneras con que hoy contamos para, ahm, *interactuar* con otros mundos, son dos y tienen características, diría... *naturales*.

El Viejo se acomodó sobre las maderas del muelle. Ya le dolía el culo. Lamentó no vivir en un universo donde Melvyn Weyl poseyese un traste más mullido.

—La primera manera de trasladarse entre universos —dijo— no es solo física, sino metafísica. No podemos subirnos a una nave y visitar a una versión nuestra a la que le fue mejor, ya te lo dije. Pero nuestra existencia está diseñada de tal modo que cada una de nuestras acciones... y también omisiones, claro... supone la opción por un nuevo universo con minúscula. Quiero decir: cada vez que hacemos algo, o dejamos de hacerlo, el sendero de nuestra vida se bifurca y nuestro proceder *condiciona* el universo en que estamos. ¿Entendés? Como un *videogame,* donde cada movimiento redefine tus posibilidades. ¡Pero con muchas variantes más! Cada acto que protagonizamos *define* nuestro universo, lo acota, lo empuja en la dirección elegida. ¿No te parece fantástico? Siglos tratando de encontrar una justificación a la necesidad de un comportamiento moral... tanta religión, tanta filosofía... ¡y al final llegamos a la explicación por la vía de la ciencia!

Milo también se removió en su lugar. No entendía nada, o bien su culo se había sumado a la protesta.

—Lo que la física sugiere es que no somos víctimas del destino. Hojas lanzadas al viento, criaturas pasivas. Por el contrario, nos establece como actores determinantes de nuestra circunstancia. Y esa es la mejor defensa que conozco de la idea del libre albedrío. Dentro de las condiciones que nos tocaron en suerte, y asumimos tan pronto llegamos al pleno uso de razón, nosotros *escribimos* nuestro destino. ¡Nosotros *elegimos* nuestro universo! Pero ojo: esto no quiere decir que si tomamos equis decisiones vamos a llegar sin escalas a llenarnos de plata, o ser famosos, o ganar el campeonato. Todo puede salir mal. Lo importante es que, aun fallando, ese universo ya no será el mismo del que partimos. Más bien será un universo donde nos hicimos cargo de nuestras decisiones; donde permanecimos más fieles a la mejor versión de nosotros mismos. Lo cual no es poca cosa.

Pero aquella era apenas la manera cotidiana, y por ende, casi inadvertida, de moverse entre mundos.

—La que ahora viene a cuento es la otra forma de viajar *naturalmente* por el espacio-tiempo —dijo el Viejo.

Para eso servían los *wormholes.*

6.

Casi nadie discutía su existencia. Pero muchos sostenían que ningún ser humano estaría nunca en condiciones de atravesarlos.

—Por suerte hay otros físicos, también... gente como Stephen Hawking, como Kip Thorne... que se animan a diferir —dijo Weyl—.

Ellos creen que la naturaleza permitirá hacer uso de los *wormholes*, en tanto exista una densidad energética de carga negativa que pueda estabilizarlos. No entendiste ni jota, ya sé. Lo que me interesa que te entre es otra cosa.

La Tercera Sección ocultaba la boca de un *wormhole*. Fenómeno volátil, por cuanto parecía no tener ubicación fija ni permanecer abierto de manera constante. Pero que se manifestaba en aquella zona de manera recurrente, provocando en Manana Patato la turbación que bien conocían.

Cuando el *wormhole* abría sus fauces y regurgitaba, Patato decía *Hoy mino*.

—El Piloto llegó de esa manera. Proveniente del inicio del siglo XX, o para ser más preciso: de alguno de los tantos universos en los que también se libró la Gran Guerra. ¡Y en varios deben de haberse impuesto las fuerzas del káiser Willy!

El Viejo echó mano al bolsillo de su pantalón, como quien se asegura de no haber perdido un talismán. La cartulina arrugada seguía allí.

—Según mi experiencia —prosiguió—, esta boca del *wormhole* resulta, ahm... *traumática*, para los pasajeros que se bajan aquí. Muchos llegan heridos o muertos. Y los pocos que quedan enteros regresan antes de que la boca se cierre. Aunque también existe la posibilidad de que de algún modo sean, cómo decirlo... *reclamados* o... o... *chupados* por su vórtice. Eso. Yo creo que el Piloto se fue por donde vino. Por eso no te atacó, ni da señales de vida. Ya no está, Milo. Y la vida sigue, o al menos debería seguir. Cuanto antes lo asumas...

Milo recogió las piernas y se puso de pie, sin soltar la escopeta. El Viejo había imaginado que se ofuscaría, por eso estaba listo para intervenir. Pero su movimiento fue torpe. Quiso agarrar la manga para retenerlo, en cambio agarró su mano herida.

La habría soltado de todos modos, y de inmediato, para no producirle dolor. Sin embargo, la soltó por otra causa, por cierto inesperada.

Weyl aferró la mano y la sintió moverse. Algo se había sacudido con vida propia, allí donde solo debía haber vacío.

Se habría caído al agua de no haberlo sostenido Milo en el último momento.

Lo retuvo con una mano que tenía pulgar, meñique y otros dedos fantasma debajo de la venda.

7.

—¿Qué es eso?

—Para ser sincero, no lo sé.

La mano de Milo descansaba sobre la mesa de la cocina. Se apoyaba apenas sobre las vendas desflecadas, que el Viejo había podado con la saña que se destina a las hierbas malas.

—¿Cuándo se te puso así?

—En las últimas horas. Pero sigue sin dolerme. ¡Mire bien!

El Viejo se inclinó, curioso. Y Milo sucumbió a la tentación.

Movió los huesos verdes, como si jugase con una moneda invisible. El Viejo se pegó un susto padre. Sus maldiciones hicieron temblar los vidrios.

Lo único que había atrapado durante su cacería había sido una fiebre. Que disimuló ante el Viejo, porque no quería que volviese a amenazarlo con un hospital. Calló entonces a pesar de su aprensión, porque estaba sinceramente asustado. Tras haber visto a Desmond en acción, no dudaba de la naturaleza fantástica de la gelatina. Pero temía que en contacto con sus heridas abiertas le produjese una infección, o le contagiase un virus que nadie reconocería en hospital alguno.

Cada vez que quiso despegar la gelatina, vio las estrellas.

Pronto entendió que la fiebre tenía otra causa. Más prosaica. Al mojarse (por culpa del Viejo, que se había apropiado del cañón-puente y lo había compelido a echarse al canal), se había enfriado; de ahí la temperatura alta y el dolor de garganta. La mano, en cambio, se sentía fresca. La gelatina se había esparcido sobre los muñones, que hasta no hacía tanto habían sido la base de sus dedos.

Se vendó para evitar la mirada del Viejo. Lo hizo muy mal, pero desde que era manco había bajado su nivel de pretensiones. Después dio cuenta de una dosis de ibuprofeno. Se metió en la cama y no despertó hasta el otro día.

Una vez cumplido el rito del meo matinal, abrió la venda. La gelatina seguía estando allí, pegada como una lapa, verde y traslúcida igual que al principio. (Por suerte no brillaba, cosa que lo habría asustado aún más.) Pero a pesar de aquella transparencia, no pudo cotejar el estado de los muñones. La noche anterior los había visto a través de la materia inerte: tres círculos con ojos de hueso mocho, pequeños cuellos cortados. Lo único que vio entonces fueron nubecitas dentro de la gelatina, borrones tridimensionales. ¿Se trataba de una evolución o de un contratiempo?

Lo único que sentía era hambre. Se comió todo el pan que le quedaba al Viejo: tostado, con manteca y espolvoreado con azúcar, como se lo preparaba su madre cuando todavía contaba con dientes de leche.

A media mañana empezó a picarle. Se rascó por encima de las vendas. Tenía miedo de husmear. Quién sabe lo que estaba pasando ahí debajo. Seguía sin dolerle, pero olía feo. Como una heladera que nadie limpió en meses. Por eso prefirió concentrarse en otras cosas. Su vigilancia, ante todo. Tarde o temprano el Piloto asomaría las narices, y entonces…

Pero seguía brillando por su ausencia. Y Milo se sentía cada vez más tonto. Un niño que juega a montar guardia, bajo la mirada censora de los adultos.

Había encontrado fascinante la charla del Viejo en el muelle (no por su contenido científico, sino por sus implicancias extracurriculares: se le ocurrieron tantas asociaciones e hipótesis en tiempo récord, que imaginaba a sus sinapsis restallando como látigos), hasta que se le ocurrió hablar del Piloto.

El argumento lo indignó por partida doble. Porque pretendía arrebatarle la única satisfacción a que aspiraba (*Milo, ¡venganza!*, clamaba el fantasma de su padre), pero ante todo porque confirmaba sus temores. El Piloto era su última esperanza de hallar refugio en la tormenta, aquel Azote virtual que se lo había arrebatado todo: al Baba, a los Héroes, a las Hijas, a Manana Patato, a don Maciel, así como también le había quitado su mano y lo que le quedaba de orgullo. Representaba su única posibilidad de obtener consuelo, de mentirse que al menos había hecho algo para resarcirse, para devolver el golpe. La sola idea de que se hubiese desvanecido en el aire (imagen de extraña literalidad, si había que creer al Viejo) lo sublevaba.

Por eso prefirió la fuga a la respuesta. Agarrársela con el Viejo le había parecido tentador: más catártico que emprenderla contra la vida y la puta suerte, y menos inquietante que cuestionarse su responsabilidad en el asunto. Pero entonces Weyl (que así lo llamaba en su cabeza, cuando quería tomar distancia) lo había agarrado para frenarlo y el fenómeno de su mano había quedado en evidencia.

Allí donde el Piloto le había dejado muñones existía otra cosa. Tres huesitos recubiertos de gelatina verde. Medían lo que habrían medido sus falanges originales. Y además respondían a su mando, los movía a voluntad: meñique *anular medio índice* pulgar, tamborileando sobre la mesa y todavía asustando al Viejo.

Casi podía oír la risa del Baba. Al gordo le habría encantado. No habría parado de carcajearse hasta llorar, o hasta orinarse encima.

La mano de Milo parecía salida de *Cuentos de la cripta*. Roja y verde a la vez. Con dos dedos normales y otros espantosos, convidados de piedra. (Mohosa.) Aquí áspera por culpa de las quemaduras, allá suave como la gelatina que la envolvía.

Era dueño de una mano digna de un *zombie*.

8.

Cuando despertó estaba oscuro, todavía. Se rascó el bajo vientre, por encima del vello púbico. Uh, oh: los dedos verdes siempre se notaban más fríos. Recordar que contaba con una mano monstruosa le inspiró una sonrisa. Superaba a la aleta de pingüino, a la que se creía condenado. Abrió los ojos para echarle el enésimo vistazo (todavía no se había habituado a su suerte, ver para creer) y descubrió que tenía compañía.

Un hombre quieto. Desprovisto de rasgos, por obra y gracia de la penumbra.

El Piloto. Milo lo miró apenas, buscaba la escopeta. La idea de morir tal como había vivido (solo, indefenso, siempre a merced de los peores) lo llenó de pánico.

La escopeta no estaba donde la había dejado.

La luz de la linterna lo dejó ciego.

—Tranquilo —dijo el Viejo y apagó la luz. En efecto era el Viejo, en cuanto se inclinó hacia delante la claridad lunar se cebó en sus canas—. No pasa nada.

—¿Y qué hace acá, entonces?

—Miro.

Milo se sentó y recurrió a la sábana, cubriéndose como una doncella.

—No te miro a vos, forro. ¿Qué te creés, que soy un degenerado? Te habrías enterado hace tiempo —protestó el Viejo—. Miro tu mano. Que es todo un espectáculo. —El Viejo encendió la linterna y la aproximó a sus dedos verdes. Se habían hinchado en las puntas, coronadas por tres globitos. La visión asustó a Milo, que pensó lo peor. (Ya había olvidado que acababa de rascarse sin sentir nada raro.)

Cuando el Viejo apagó la luz, los dedos siguieron brillando. Era el mismo resplandor que Milo había registrado cuando quiso tocar la gelatina. Se extinguía poco a poco, como si estuviese animado por pilas que se despedían de su energía.

—No sé si el sueño me está engañando —dijo el Viejo—, pero juraría que he visto tus dedos, ahm... *crecer*. Solitos... Como las plantas de los documentales, que parecen desperezarse y florecer en un santiamén.

Milo no se sorprendió. La idea ya había pasado por su mente. Cuando descubrió las falanges, se había quedado viéndolas como un tonto, hasta que sucumbió a la inquietud. Tenía la sensación de que algo se movía debajo de la gelatina, un proceso en marcha que lo estaba beneficiando pero podía torcerse en cualquier momento. ¿Cómo saber qué le esperaba? Milo despertando para descubrirse insecto a lo Gregor Samsa. O *zombie* completo. O autómata traslúcido, un epígono de Desmond. A pesar de la desconfianza, nunca había considerado la posibilidad de detener la transformación. Culpa de la esperanza, que era un sentimiento adictivo.

—Si mi mano estuviese cubierta por un moco con personalidad, yo andaría a los gritos. Pero se te ve tranquilo —dijo el Viejo sin moverse de su silla—. Imagino que tenés cierta noción sobre, ahm... *las características*, o al menos el origen, de esta baba.

Baba. Tenía que usar justo esa palabra. Si lo había hecho a propósito, se merecía una puteada. Weyl no conocía a su amigo, pero se lo había oído nombrar.

Milo suspiró. Su garganta le recordó que estaba irritada. Era lo único que podía reprocharle al Viejo. El tipo no merecía otra cosa que gratitud. Desde que se pudrió todo, no había hecho más que protegerlo, aun a riesgo de su propia vida.

—Dudo que esté en condiciones de entender.

El Viejo soltó una suerte de graznido. No se le escapó que Milo imitaba su propia reticencia a hablar de ciertas cosas.

—Hacé la prueba y vemos —dijo, siguiéndole el juego.

La situación se había invertido. Ahora era el Viejo quien demandaba y Milo quien no sabía cómo explicar lo inexplicable. Estaba claro que solo eran capaces de decir la verdad al amparo de las sombras.

Ante la duda se inclinó por la receta más simple. Y empezó por el principio. Refiriéndose a aquella mañana, tan próxima en el calendario y que, sin embargo, recordaba como algo distante: más propio de una encarnación previa, entre la intuición y el *déjà vu*, que de una experiencia fresca.

Milo le contó a Melvyn Weyl que ese día había burlado a la niebla para llegar al cementerio. Y que una vez allí, se había visto envuelto en el entierro más raro de su vida.

9.

El Viejo lo escuchó atentamente. Milo se detuvo a menudo, en especial al principio. A veces se perdía a causa de su desmemoria, o de las insólitas avenidas que le abría el recuerdo. En ocasiones hizo un alto y reculó, convencido de que su exposición se había vuelto confusa. Pero su interlocutor no intervino ni lo interrumpió. Parecía entender que necesitaba darle aire al relato, dejarlo que encontrase su forma. Cuando Milo se trabó y lloró (ciertos pasajes le resultaron intolerables; el Baba era su común denominador), tampoco hizo nada que no fuese contenerse y esperar. Entre hombres parcos como Milo y el Viejo, bastaba la paciencia para obrar milagros.

El relato fue fiel a los hechos en líneas generales. No lo dijo todo, porque no existe historia en primera persona que no oculte tanto como cuenta. Calló, sin ir más lejos, su rol en la desaparición de cincuenta mil dólares. Y soslayó sus sentimientos respecto de don Maciel, contando con que la urgencia tornase superfluos ciertos detalles. Por lo demás Milo no incurrió en especulaciones. Sabía que el Viejo no las necesitaba. Se limitó a reflejar sus sucesivos desconciertos, consignando las interpretaciones del Baba (para quien todo quedaba explicado dentro de los parámetros del cómic) como una exégesis interesada.

Ya sobre el final retomó lo que no había sido más que una mención apurada a Desmond, porque el fenómeno de su mano seguía siendo un misterio.

—Yo, yo creo que... esta cosa que tengo acá está hecha de, de... la misma materia que ese, ahm, *bicho*. —(Palabras como *autómata* o *robot* tenían su belleza intrínseca, pero llenaban de vergüenza a aquel que quería ser creído)—. Mi amigo dijo que esa sustancia tenía un nombre, que por supuesto no recuerdo. Lo que importa es que conservaría las características de la materia orgánica... por ejemplo, la capacidad de algunos tejidos para cicatrizarse... al mismo tiempo que..., que adquiriría la singularidad de otras materias, por vía de su estructura molecular. Ya sé que hablo por boca de ganso, no tengo ni idea de estas cosas. Pero *yo vi* cicatrizarse a Tariq. Y también veo lo que usted ve, acá. Mientras no cuente con una explicación mejor...

Milo levantó su mano digna de E. C. Comics y flexionó sus falanges. Los globos seguían allí, en el extremo de sus flamantes dedos. Su forma era un tanto más oblonga de lo que había sido minutos atrás.

El Viejo se removió en la silla, que crujió bajo su peso. Giró la cabeza para espiar por la ventana, pero no había nada que ver, puro gesto nervioso. Después cruzó una pierna por encima de la otra e hizo bailar el pie que le quedaba libre.

Milo tenía toda la intención de aguantar al Viejo, así como el Viejo lo había aguantado a él durante la parrafada. Su seriedad era un buen principio, si algo había temido era que se echase a reír o que lo tratase como débil mental. Pero aquel silencio tenía doble filo. Milo se preguntaba si el Viejo habría dejado de oírlo hacía rato, cuando había dictaminado que la historia era un disparate.

—Yo sé que es difícil de creer, pero...

—Al contrario. —Respuesta inmediata. El Viejo no se había colgado, estaba más que atento—. Por debajo de los hechos en sí, y más allá de los delirios de tu amigo, existe una idea portentosa. Que nunca se me había ocurrido. ¡Y eso que llevo décadas dispuesto a creer en ella!

El Viejo le devolvió la escopeta, de la que se había apropiado al ocupar su puesto de vigilia. A continuación se levantó, no sin dificultad (necesitó ambas manos como pistón sobre las rodillas), y se desplazó hacia la puerta.

Milo ya estaba a punto de patalear *(Eh, loco, ¡no me va a dejar así!)*, cuando el Viejo dijo:

—Si el multiverso termina siendo algo más que una teoría conveniente y nos rendimos a la evidencia de que existen otros mundos... no me refiero a otros planetas, ya te lo aclaré, sino a universos que funcionan como variantes del nuestro... ¿cómo no concluir que incluso la más delirante de las ficciones... novela, película, teatro, serie, y sí, te lo concedo: también cómic... puede ser realidad, al menos en un mundo? ¿Cómo no creer que, al menos en uno de esos universos, *Hamlet* es un relato de no ficción? ¿Y que consecuentemente los autores son más bien cronistas de otros mundos, aun cuando no lo sepan... o mejor dicho, *médiums?*

10.

Ninguno de los dos pegó un ojo. Demasiadas cosas en las que pensar. El Viejo ni siquiera se acostó. Milo lo oía a cada rato. Deambulando por el piso de abajo como alma en pena, chocando cacharros en la cocina, escuchando su radio.

El perfume no sorprendió a Milo. Ocasionalmente había incendios en el Delta. A veces el accidente involucraba casas, por más humedad que hubiese, la madera ardía igual. Lo que se quemaba más a menudo eran los pastos. Para muchos lugareños no existía forma más práctica de desmontar un terreno. Un fuego así era bravo, pero se trataba de un riesgo controlado, las llamas nunca traspasaban los confines de las islas. Por eso Milo lo relegó al fondo de su mente, tenía pendientes cuestiones mejores.

Sin embargo, el aroma persistió. Y se hizo más acre con el correr del tiempo. Milo empezó a fastidiarse. El picor de la nariz lo tenía a mal traer cuando la puerta chilló y se cerró con un *cataplán*. El Viejo había salido. Lo vio a través de la ventana. De pie en la punta del muelle, con los brazos en jarras.

Milo también salió, aunque con la escopeta a cuestas. Lo sobrecogió el panorama, que no había visto desde arriba porque se lo tapaba el árbol.

El día amanecía solo a medias. Clareaba encima de la casa y más allá, en dirección al oeste; el cielo exhibía un celeste de camisa nueva.

Al este, en cambio, todo era negro. El humo se elevaba y expandía, decidido a prolongar la noche.

—¿Qué hay por ahí? —preguntó Milo, aun cuando conocía la respuesta.

—El puerto. El pueblo. La ciudad —dijo el Viejo. Seguía en su posición de vigía, apreciando la evolución de la humareda—. Llevo hora y pico oyendo la radio, pero no dicen nada. Lo cual es sospechoso. Acá se practica el refrán de manera invertida: *no news* significa *bad news*. Cuando el Gobierno mantiene silencio informativo...

—¿Me deja usar el barco? Le juro que se lo cuido.

—¿Tenés ganas de cruzarte con la OFAC? Porque eso es lo que vas a encontrar, si asomás por ahí. ¿Para qué querés ir?

—Tengo gente, allá. Compañeros. Amigos.

—A los que no vas a poder ayudar, aunque estén en problemas.

—Si no me la presta, me voy a lo de Jurado. Ahí hay teléfono público, puedo pedir una lancha.

El Viejo bajó los brazos y lo miró. Parecía a punto de increparlo. Pero la escopeta lo disuadió. O tal vez lo persuadió la mano de *zombie*, que concitaba su atención. Los globos que coronaban las falanges se habían puesto más oblongos, definitivamente. Milo los había articulado sin darse cuenta, al aferrar el cañón doble.

—Pensé que querías agarrar al Piloto —le dijo.

—Usted me convenció de que ya no está.

—Lo cual no significa que no puedas perseguirlo.

El Viejo metió la mano en un bolsillo y sacó algo para mostrárselo.

Un cartón arrugado. No, no: una foto. En blanco y negro. Era el retrato del doble de Milo, que el Piloto le había enseñado antes de dispararle.

—La encontré en la isla del Sopwith Camel —dijo el Viejo—. Sos vos, es obvio. Y a la vez no sos vos, como bien sabés. No tenés camisa ni pulóver como este, nunca te cortaste el pelo así. Puede ser una foto trucada, claro. Pero este es un papel de foto de los que ya no se usan. Y no imagino por qué alguien se tomaría el trabajo de semejante falsificación, para matar a un nadie como vos.

Así era el Viejo, de cuerpo entero. Incapaz de suministrar anestesia, aun cuando estuviese claro que Milo se encontraba débil o sensible.

—¿Mi hipótesis? Que este no sos vos, sino tu *alter ego* de otro universo. O el antepasado de tu *alter ego*, si es que se puede ser estricto en materia tan evanescente. El hombre a quien el Piloto pretendía cazar en su mundo. Cómo fue que se extravió por el camino y se metió en el *wormhole* es algo que me excede. Pero no deja de intrigarme. ¿No te gustaría saber? Quién es tu *alter ego,* por qué quieren matarlo. Si yo fuese vos, me estaría preguntando cómo averiguarlo. Porque el *wormhole* no funciona tan solo en una dirección, lo habrás entendido. Si triunfases donde yo fracasé y dieses con la boca del asunto, podrías descubrir además qué fue de Patato.

—¿Y ahora me lo dice?

La foto había vuelto a arrugarse sola, una flor que se marchitaba.

—Tenés tiempo de sobra. Una vez que tu mano se recupere...

—Tiempo es lo que no hay. ¡Este incendio...!

—No es cosa tuya. Si te metés en quilombos, vas a terminar como tu amigo el Baba: sin el pan y sin la torta.

—Mi amigo se metió en un quilombo porque no lo ayudé. ¡Y esa es una cagada que no me voy a mandar otra vez!

Esto último lo dijo gritando. Milo sentía un poco de vergüenza, nunca antes le había gritado al Viejo. Pero no se arrepintió. Estaba convencido de haber expresado su verdadero sentimiento. Toda una novedad.

—¿Me va a prestar el barco, al final, o...?

El Viejo se guardó la foto y salió rumbo a la casa.

Tardó más de lo que Milo había calculado. Cuando volvió, lo hizo con los brazos llenos. Llevaba dos camperas, un guante de albañil y una máscara antigás tan vieja como él.

—Ponételo —dijo, agitando el guante ante sus narices—. Para que nadie haga preguntas raras. Y para protegerte de quemaduras. No sea cosa que te la jodas otra vez. ¿O te quedan reservas de tu bendita gelatina? Me lo imaginaba. *Silly, silly boy...*

El Viejo le tiró una de las camperas y se inclinó para soltar amarras. Después saltó a bordo y encendió el motor.

Arrancó sin esperarlo. Milo salvó corriendo el corto tramo del muelle. Y se derrumbó al caer sobre cubierta, desparramando la campera y la escopeta. Lo único que no salió disparado fue el guante, que había tenido el tino de aferrar entre los dientes.

No pudo ver la expresión del Viejo, que estaba al timón y le daba la espalda.

Pero habría jurado que sonreía.

11.

Pronto el aire se tornó irrespirable. El Viejo se colocó la máscara y siguió timoneando. Milo tosía como un perro, lo cual desgarraba aún más su garganta. El Viejo ni se inmutó, pero la percusión terminó por fastidiarlo. Le dijo a Milo que sostuviese el timón y le ató un trapo húmedo sobre la cara. Olía a vinagre, pero estaba fresco. Vaya par que hacían. El anciano de la máscara antigás y el atracador de diligencias. (Con la escopeta y el triángulo sobre la cara, Milo se imaginaba bandido del Far West.)

—Ni sueñes con que te dé la máscara —dijo el Viejo, retomando su puesto—. El que quiso venir fuiste vos. Si se te pudren los pulmones, metete un dedo verde en la nariz y aspirá. ¡Capaz que te crece un par nuevo!

El humo comprometía la visibilidad. Pero el paisaje no tardó en alterarse de modos más alarmantes. El tránsito fluvial era casi nulo. Milo divisó una lancha colectivo, con el motor en marcha pero detenida a un costado del cauce. El chofer fumaba en cubierta, los pasajeros dormían, leían y hablaban por sus móviles; parecían haber coincidido en la conveniencia de no llegar a destino.

Las únicas lanchas que se cruzaron fueron las que iban en dirección opuesta, alejándose del incendio. Un par de taxis transportaban familias enteras: gente humilde, que había escapado con lo puesto y poco más. Un tercero llevaba tan solo hombres de aspecto tenebroso. No parecían sicarios de la OFAC, pero les clavaron la vista al pasar como si dijesen: *Olviden que nos vieron.*

Milo abrazó la escopeta con más fuerza.

El Viejo reconoció al chofer de una lancha. Se levantó la máscara y le preguntó qué pasaba.

—Un operativo —gritó el hombre de cubierta a cubierta—. ¡Mejor no asomar, a no ser que se trate de una urgencia!

Milo gritó:

—¿Dónde?

Eso era lo que lo desvelaba, el epicentro del incendio. Pero el chofer ya no lo oyó, el ruido de los motores había ahogado su pregunta.

El puerto estaba irreconocible. Por el cielo lleno de espirales de humo, sí, pero también por la quietud. No había actividad alguna. Al segundo vistazo se advertía que no estaba del todo vacío. La gente se había guardado: en el vientre de sus naves, detrás de los cristales de las oficinas. El agua se veía tan negra como el firmamento.

El único que se movía a la intemperie era uno de los serenos. Culminaba su tarea como si nada fuera de lo común estuviese ocurriendo. Milo lo conocía, lo había visto durante sus madrugones. Se quitó el trapo de la cara y le preguntó qué sabía.

—Un operativo —repitió el sereno. No sentía la necesidad de aclarar quién lo había lanzado, esas cosas eran obvias—. Contra la villa San Francisco. Parece que hay drogas, ahí. ¡Llevo horas oyendo tiros! Con tanta casa de cartón, qué querés. Mirá lo que es ahora: ¡un desastre!

Milo pensó en Pierre. En el Bonzo amenazado por su peor pesadilla, un fuego que regresaba a reclamar lo que todavía no le había quemado.

—Espéreme acá —le dijo al Viejo.

—Sí, claro. ¿Qué soy, yo? ¿Tu chofer?

Milo no respondió porque no tenía pensado responder. Ni oyó más, porque ya no estaba a tiro. Corría escopeta en mano, dejando atrás el puerto, al sereno, al Viejo.

Lo único que quería era llegar donde sus amigos. Hacer algo, ayudarlos antes de que fuese tarde.

Si es que no lo era ya.

Capítulo nueve

El Bonzo

Ventajas de vivir en San Francisco — Los Porfirio — El Gran Incendio — La emboscada — Criaturas de barro — La excavadora — El cielo se derrumba

1.

El barrio no era lo que muchos pensaban.

Tenía sus contras, obvio. Cuando se cortaba un servicio (por ejemplo, la luz, o el cable), no podías reclamar a nadie. Una vez la madre del Trompita se plantó en las oficinas de Edenor. Con los pelos así, toda ofuscada. «Disculpe doña», la pararon en seco, «pero usted no figura entre nuestros abonados». La mina discutió, todavía. Los tipos de seguridad la sacaron a empujones. La loca (porque le faltaban un par de jugadores, el Bonzo lo sabía) no había entendido, o no quería entender, lo esencial: en el barrio los servicios no se contrataban, se redirigían.

Todo cable admitía una extensión; toda tubería, una desviación. A veces había suerte y el cable pirateado conducía un servicio *premium*. O el aparato *trucho* funcionaba y uno obtenía lo que deseaba. Aunque siempre pasaban cosas. El wifi de Pierre funcionaba en la casilla donde meaba y cagaba, o sea, a cinco metros de la casa propiamente dicha: dabas un paso afuera y perdías la señal. «Por eso me puse ese nombre en el Facebook —le había explicado Pierre. Su amigo tenía una *notebook* que había rescatado de la basura—. Enrique Baranda. Quique Baranda. ¿Tendés? Q. Baranda. Por el olor. ¿No enten...? Sos un forro, vos».

Si las casillas estaban bien de cerramientos, el invierno era un paseo. Había que tener ojo con las garrafas (que no hubiese pérdidas) y con las estufas eléctricas (que nada se incendiase) y listo. Eso sí, las lluvias podían complicarle la vida a cualquiera. Además de filtrarse por arriba, aflojaban el terreno. Si llovía largo y tendido, las calles se convertían en ríos de barro y las vigas de las casillas empezaban a bailar. Pero en otros barrios, incluso en los residenciales de la Capital, también pasaban cosas. Caían dos gotas locas y se quedaban sin luz. Aunque la San Francisco solía zafar. Salvo cuando se quedaba sin luz el barrio del que tomaban la corriente.

Una ventaja extra era que la yuta no entraba. En otras zonas la vivienda cotizaba de acuerdo a parámetros convencionales: ubicación, luz natural, acceso a medios de transporte. La gente que llegaba a carradas de todas partes (y venían a diario, ahora: de la capital, del interior…) tenía claro que la cotización del barrio estaba en alza por aquella razón: la policía no asomaba las narices por la San Francisco. Ni siquiera la OFAC se había animado. Al menos hasta ahora.

Los quilombos del barrio se arreglaban en el barrio. Cuando se armaba bardo, la gente se juntaba. Informalmente, como quien no quiere la cosa. En las casas. En los pasillos. En el potrero. Y al rato se hacía lo que había que hacer. Aquel al que se le había ido la mano con su mujer sufría un accidente: maxilar partido, tres costillas rotas y a otra cosa. La que cagaba al marido que cumplía condena no conseguía que nadie le dijese ni buen día. El que choreaba a sus vecinos empezaba a ser víctima de la desgracia: se quedaba sin luz, se le caía una tapia, se le volaba la ropa tendida con tanta mala leche que caía en un charco de lavandina.

Eso era justicia, y no la otra. Ni abogados, ni papeles, ni demoras. Una cosa expeditiva, como tenía que ser. *Pim pum pam* y listo, todo el mundo en paz y el orden restablecido.

O así había sido, al menos, hasta que llegaron los Porfirio.

2.

La gente con historia en el barrio decía que todo había sido distinto, tiempo atrás. Los relatos se contradecían en detalles (fechas, nombres, la cabeza de los viejos lo mezclaba todo), pero coincidían en la existencia de ciclos definidos.

Los cuentos más antiguos remitían a un tiempo idílico, cuando todo el mundo tenía una changa y no había falopa. Después llegaron la dictadura y también Menem y todo se había ido al carajo. Se acabaron las changas, empezó el *cirujeo*. Y entró a circular droga de la peor. Los pibes se colocaban desde chiquitos: los encontrabas tirados en los pasillos, con los ojos volteados para adentro. Ciegos como estaban, ya ni siquiera salían a chorear: se contentaban con encañonar a cualquiera (sus propios vecinos, viejos, niños; según la leyenda, un tal Rufino había asaltado a su propia madre, sin reconocerla), para sacar una moneda con que costearse la nueva dosis.

La mayoría de esa gente no llegó a adulta o estaba presa. Todavía se hablaba del final del Tripa, uno de los transas del barrio, a quien se sospechaba culpable intelectual de la muerte del Frente. Hartos de sus transgresiones, los vecinos se habían complotado. Agarraron los fierros y salieron a buscarlo. Lo pescaron cagando a la intemperie. Y así murió: con el culo sucio, tal como había vivido, y más plomo adentro que las minas de Pasco.

Después llegó la crisis económica. Ese momento había sido el peor, uno de los puntos en que todos los viejos coincidían. La única fuente de trabajo estable era el menudeo de droga, que de manera inevitable se había convertido, también, en la principal causa de mortalidad. Casi nadie la palmaba por sobredosis, pero los pibes se ponían tan locos que se hacían matar. Y eso que la Bonaerense apadrinaba el tráfico. Puertas adentro del barrio era una cosa: problema interno, la policía no decía ni mu. Pero cuando un chabón amenazaba gente bien por San Isidro, no quedaba otra que bajarlo. La yuta necesitaba mantener las formas, alimentar la ilusión de que todo estaba controlado. Y los pibes dados vuelta eran irrecuperables, o al menos se los trataba como tales. Animales rabiosos. Para que el virus no cundiese, ninguna solución más expeditiva que el sacrificio.

Por suerte había aflojado, la cosa. Volvió el trabajo, apareció la Asignación Universal por Hijo. Esa fue la época en que habían llegado las familias de Pierre y del Bonzo, el Segundo Ciclo (Casi) Idílico. Ahí había aparecido también el primero de los Porfirio: Pompeyo, alias *Popó* (porque era tartamudo), el patriarca.

Pierre y el Bonzo habían nacido durante el tiempo bueno. Lástima que no había durado más. El Bonzo tenía once cuando Manuel Porfirio, el hijo de Popó, fue ungido cabeza del clan y se quedó con el tráfico; y catorce cuando el fuego arrasó media villa y un cuarto de su cuerpo.

3.

Las malas lenguas no se ponían de acuerdo sobre el incendio. Algunos decían que se había iniciado en uno de los laboratorios de Manuel Porfirio. Otros decían que Manuel lo había provocado, para despejar de intrusos las proximidades del laboratorio. (Estos incluían como evidencia las casillas levantadas sobre el territorio arrasado: todas habían quedado en poder del clan.) Y también estaban aquellos que juraban que el incendio lo había desatado Joel Porfirio, el hijo menor de Manuel.

Raúl Vergara, padre del Bonzo, se contaba entre los defensores de esta versión. Ellos sostenían que Joel había disparado un fierro nuevo para probarlo; que eran sus balas las que habían atravesado un par de casillas y herido a Alcirita, la prima de Pierre; y que una de dos, o esas balas habían producido la chispa original, o los Porfirio habían incendiado las casillas para eliminar la evidencia.

Lo indiscutible era que las llamas asomaron al rato de caer Alcirita. Que murió desangrada, porque la ambulancia no entró en el barrio con la excusa del incendio. El mismo Bonzo había llegado al hospital porque su padre lo cargó en brazos, salió del barrio y lo subió a un *remise*.

Nadie fue preso, ni por el incendio ni por Alcirita. Las únicas denuncias las habían presentado los Vergara, los Tocopilla y los Valdivia, que no conocían más abundancia que la de sus heridos y muertos. El juez las desestimó por falta de mérito. Fue así que Pierre, el Bonzo y los suyos quedaron marcados ante los Porfirio, y a cambio de nada. La familia Valdivia había preferido irse del barrio a correr el riesgo de perder a alguien más.

El Bonzo no se acordaba del incendio. El dolor y el trauma habían echado un velo sobre la experiencia; las drogas que lo saturaron en el hospital terminaron por diluirla. Volvió a casa con un poco de miedo, pero se relajó enseguida. Su alta se había demorado meses, a esa altura ya no quedaban rastros del siniestro. Había un bloque nuevo de construcciones, que su padre llamaba *Porfiriolandia* con algo a mitad de camino entre la ironía y la bronca.

El barrio carecía de vidrieras, así que no le costó retomar la vida como si nada hubiese ocurrido. Solo recordaba que era un monstruo cuando levantaba su mano abrasada, cuando oficiaba de blanco para la crueldad de un compañero *(Este ya era negro de antes, ahora se lo olvidaron dentro del horno)* o al cruzarse con alguien que era nuevo en el lugar. Hasta entonces no había inspirado muchas cosas: Jonathan Vergara había sido un chico del montón, memorable tan solo para su familia y sus amigos. Ahora que era el Bonzo, inspiraba cosas nuevas: piedad para algunos, asco para otros y horror en los desconocidos.

4.

Existía algo, sin embargo, que le impedía olvidarse de lo ocurrido ni siquiera un momento. No estaba a salvo ni siquiera en casa, que su madre había aligerado de espejos. Se trataba de algo que lo perseguía donde fuese: debajo de la lluvia y del sol, en la escuela o el potrero, y a todas horas. (A veces pensaba que era la verdadera causa de sus pesadillas, lo cual significaba que lo acosaba hasta en la cama.)

El Bonzo no podía sacarse cierto olor de sus narices. Había llegado a atormentarlo. Un día llegó al extremo de encajarse una manguera y abrir la canilla. Tan pronto volvió a respirar, el perfume volvió también. Era agresivo e impertinente, y parecía decidido a arruinarle la vida. Una pendeja linda lo era menos en presencia de ese olor. Una comida rica se jodía ante ese aroma. Durante un tiempo pensó que era culpa de la medicación, pero nada cambió cuando dejó de tomarla.

Al final entendió. Por mucho que se lavase, y aun cuando sumergiese la mano en colonia barata, el hedor no lo abandonaba.

Era el olor de su carne quemada.

5.

Cuando aparecieron los Pando, alguna gente se ilusionó. Pronto quedó claro que también movían droga, pero a diferencia de los Porfirio

eran gente seria. Trabajaban como perros, pagaban bien y no practicaban la violencia… o al menos se cuidaban de llamar la atención.

La ilusión había sido simple: que los Porfirio se pusiesen las
pilas para no perder clientela ni mano de obra. La competencia de los
Pando, imaginaron, los forzaría a emprolijar su quiosco. A cuidar de
su gente, a moderar sus patoteos. Nada de eso ocurrió. Dada la trayectoria de los implicados, pensar que los Porfirio harían lo más sensato había sido una ingenuidad. Manuel compró más fierros. Y Joel,
como estaba cantado, se limitó a volverse loco.

El primero en caer había sido el Cholo Pando: sobrino de Gusmán Pando, cabeza del clan. Lo habían sorprendido dentro de su camioneta al caer una tarde, apenas pisó la frontera del barrio (el Cholo
repartía alimento para animales), y matado allí mismo: *pam pam pam*,
remachándolo al asiento. Después le prendieron fuego. Don Gusmán
y los suyos entendieron que pasaba algo raro por el olor. Cuando se
asaba, la comida para perros y gatos olía raro.

Los Porfirio se atrincheraron, preparados para la represalia.
Pero Gusmán Pando los sorprendió de todos modos.

En lugar de devolver la violencia, hizo la denuncia ante la policía. Y fue entonces cuando ocurrió lo más desconcertante: la Justicia
actuó. Esperaron a que el Cholo fuese enterrado y a que Joel, de puro
aburrido, bajase la guardia. Tan pronto dejó el barrio para pisar el
Movidito (que era el boliche donde le gustaba mostrarse), lo cazaron
de las pestañas.

No duró mucho adentro. La evidencia en su contra era nula y
tenía testigos que corroboraron su coartada. Pero un cana que estaba
en su nómina aprovechó la cercanía y le confirmó lo que Manuel ya
había intuido: que los Pando tenían avales en la Justicia; y que el crimen del Cholo había puesto en marcha una contraofensiva, con el
objetivo de poner fin al poder de los Porfirio.

Manuel quiso jugar el mismo ajedrez, pero no le dio el cuero.
Primero, porque sus intentos de comprometer a los Pando ante la
Justicia no sirvieron de nada. Llegó al punto de formular una denuncia «anónima», con la esperanza de que aquellos que todavía le respondían dentro de la Bonaerense decomisasen un cargamento proce-
dente de Bolivia. Pero el soplo llegó también a oídos inconvenientes,
que se apresuraron a alertar a los Pando. Todo lo que la cana encontró
en las camionetas fueron toneladas de Dogui y Gati.

El segundo elemento en frustrar a Manuel en su deseo de hacerse el Maquiavelo fue, claro, Joel.

Su padre le había pedido que mantuviese perfil bajo. Y Joel había obedecido, dentro de sus posibilidades. Durante algún tiempo no se cargó a nadie. Apenas rompió huesos, autos y reputaciones: para lo que estaba habituado a hacer, se había comportado como un modelo de civilidad. Pero terminó cayendo en el lazo de todos modos. Le metieron una doble denuncia por abuso de menores. Un par de nenas con las que se había entusiasmado resultaron tener trece años. Las marcas que les había dejado como testimonio de su enjundia no lo ayudaron. Además de los moretones tenían huellas digitales de Joel sobre la piel y ropas, impresas en chocolate. Todavía no había ido a juicio, pero le auguraban un mínimo de diez años fuera de juego.

La gente creyó entonces que Manuel Porfirio estaba terminado. Se decía que, además de furioso, estaba paranoico, que se sentía vigilado y por ende tenía miedo de mover en cualquier dirección. Le contaba a todo el mundo que las dos chicas habían sido «puestas» por los Pando. Juraba que una de ellas era prima de Alcirita Tocopilla, aunque no pudiese probarlo.

Además le pegaron dos golpes que eran para volverse loco. Perdió cargamentos uno detrás del otro, como si se tratase de un principiante. El segundo había sido tan gordo que hasta llegó a los diarios, que, sin embargo, no mentaron su apellido: se conformaron con echar sombras sobre el barrio entero.

Gusmán Pando entrevió algo raro (la yuta que le respondía no había tenido nada que ver con los dos decomisos), pero no alcanzó a prever el golpe.

Cuando la OFAC cayó sobre el barrio en plena madrugada, todo el mundo sumó dos más dos.

Manuel Porfirio no estaba en su casa. Ni tampoco su familia, habían ido a Mar del Plata (o eso habían dicho, al menos) con la excusa de celebrar un aniversario.

El pacto de Porfirio con un grupo de la Bonaerense había hecho agua, pero eso no le había impedido picar más arriba.

Que la OFAC se presentase en el barrio solo podía significar una cosa.

El coronel Lazarte le había echado el ojo.

6.

El Bonzo fue de los primeros en reaccionar. La noche estaba más calma que de costumbre. No podía escuchar ni el zumbido de la heladera. Creyó que había sido víctima de una pesadilla y rodó sobre la cama, con la intención de dormirse nuevamente. Pero su nariz se lo impidió. Flotaba un olor inconfundible. El cuerpo del Bonzo lo recordaba tan bien, que se contrajo y erizó como si fuese un gato.

Salió de la casa, descalzo y sin decirle a nadie.

La noche se había desflecado sobre el barrio. El humo rodaba por los pasillos, como si tuviese vida propia y buscase una puerta en especial.

El Bonzo oyó gritos. No reconoció ninguna voz. Algunas daban la alarma, otras tan solo órdenes. A continuación sonaron los primeros tiros.

Regresó a la casa para despertar a los suyos. Cuando quiso encender la luz, comprendió que no había corriente. Sacudió a su padre y a su madre, entre los tres cargaron a los más pequeños.

No llegaron lejos. Todos los caminos estaban vedados. Algunos conducían a la zona donde atronaba el tiroteo. Otros estaban llenos de gente que intentaba huir, arrastrando carros y carretillas con la parte móvil de sus pertenencias. Uno estaba ocluido por la familia Cardozo, que se arremolinaba en torno a un cuerpo caído. El Bonzo apretó a su hermanito Marlon con más fuerza, arrancándole una queja. Ya había percibido los zumbidos, las balas perdidas salían de todas partes: las paredes de las casas no ofrecían resistencia, el barrio era un pueblo de papel.

Pisotearon sus propias huellas en pos de una salida. Era como remontar un laberinto. De día era fácil ubicarse, pero de noche y con los ojos estragados por el humo... El barrio nunca había tenido alumbrado público. Y el apagón les quitaba la posibilidad de guiarse por las luces de las casas.

Finalmente, dieron con un camino despejado. Se echaron a volar, llevados por el entusiasmo. Hasta que entendieron la razón por la cual nadie lo había elegido.

Humo negro. Era como estar dentro de una chimenea volteada. Tosieron como perros, se chocaron unos contra otros en su apuro por huir; esos topetazos arruinaron su sentido de la dirección.

El Bonzo comprendió qué debía hacer. Tenía que llevar a su familia en dirección opuesta a las llamas, que asomaban detrás de la barrera de humo.

Pero estaba agarrotado. Ni siquiera podía gritar. Su hermanito empezó a taconearlo como caballo. El Bonzo no respondió al estímulo.

El fuego, en cambio, se trasladaba al galope.

La humedad lo sorprendió. Creyó que su hermanito se había meado del susto. Pero no había sido el nene.

Las llamas avanzaban por el pasillo, deseosas de abrazar a su viejo conocido.

7.

El barrio no era lo que muchos pensaban. A ese respecto era mucho peor.

Otros sitios ofrecían ventajas. Sótanos con ventilación que alcanzaba a lo alto de la casa, por ejemplo. O la posibilidad de esconderse dentro de un tanque de agua.

No había sótanos en el barrio. Ni tanques grandes. Ni calles amplias y asfaltadas que facilitasen la fuga, y en consecuencia tampoco vehículos poderosos, más allá de bicis y motonetas.

Los pasillos no tenían espacio para una autobomba. Y si los bomberos entraban en el barrio (cosa que estaba lejos de representar un hecho consumado), no contarían con un flujo de agua corriente adecuado a sus mangueras.

Ya lo habían dicho en la tele la otra vez, después del primer incendio. No existía forma de extinguir un fuego en la villa que no fuese el polvo químico que se usa en los incendios forestales. Y ese polvo solo garantizaba un éxito razonable cuando se lo arrojaba desde un avión. Pero el barrio ardía a mayor velocidad que un bosque. Por muy rápido que despachasen un avión, llegaría tarde de todos modos.

En aquel entonces el intendente prometió ocuparse. Al poco tiempo presentó un plan para el tendido de cañerías. La gente estaba entusiasmada, por eso participó de la conferencia de prensa. La perspectiva de convertirse en propietaria de un inodoro y una ducha inspiró las sonrisas que adoptaron para las fotos. Pero el proyecto no llegó nunca a la fase de licitación. Problemas burocráticos, les dijeron:

dificultades del loteo, la traza, cuestiones que englobaban en la expresión «marco legal». Nadie había pensado que enmarcar algo podía ser tan difícil.

Hubo quienes, remisos a retornar al agua de bomba y los pozos ciegos, trataron de organizarse para hacerlo por las suyas. Terminó pasando lo de siempre. Desacuerdos, celos, falta de dinero y discordias fomentadas por la política. Antes de que el mérito se lo llevase otro, algunas agrupaciones boicotearon el proceso. Ahora el barrio ardía nuevamente, y nadie estaba en mejores condiciones que entonces para salvarlo.

El Bonzo se sintió arrastrado. Su padre lo había agarrado del pelo, con tal de arrancarlo del sitio donde se había clavado.

Se dejó llevar. Corría sin ver, siquiera. Prefería estrellarse contra una pared a abrir los ojos y ver el fuego. Todo en el mundo se había vuelto negro, gris y blanco, con la sola excepción de su resplandor malsano.

Alguien gritaba: «¡El potrero, el potrero!» Eran varias voces las que arengaban. Grandes y chicas, afónicas todas.

Mala hora para armar un picadito, pensó el Bonzo. Pero Raúl Vergara no estaba de acuerdo con su hijo, porque torció camino para abrazar aquel rumbo.

El Bonzo entendió cuando pisó el agua. Las voces habían tenido razón. El potrero estaba en la parte más baja y arcillosa del terreno, donde nadie había edificado para que no se le anegase la casa con cada lluvia. Aunque las tormentas fuesen breves, el sitio solía inundarse durante tres o cuatro días, para desgracia de los futboleros. La gente decía que ese terreno quedaba encima de una de las tuberías maestras del tendido cloacal, que la municipalidad había clausurado hacía años por orden de un juez. (Tiempo atrás los ladrones le habían dado gran uso, como vía de escape de la ciudad.) Esa era la razón por la cual el potrero drenaba el exceso de agua de manera tan lenta: en vez de filtrar hacia el centro de la tierra, las gotas se acumulaban sobre el metal y el cemento, que funcionaban como topes.

Había llovido dos días atrás. Por eso el potrero tenía todavía un ojo de agua, que en su punto más profundo llegaba a la altura de una media tres cuartos.

La gente que como ellos no había encontrado salida se había reunido allí. El Bonzo abrió los ojos y se pegó un susto. Los vecinos se habían echado al agua, empapado y embarrado, para protegerse del beso de las llamas.

Se lanzó de rodillas. A su hermanito no le gustó ni mierda, chillaba sin parar. Acto seguido se zambulló él mismo, como si se estuviese tirando al río. Metió la cabeza, agarró barro con ambas manos y empezó a untarse por todas partes. Estaba helado, pero no le importó. Mejor el frío a la otra opción. Puso especial atención a las partes de su cuerpo que ya tenía quemadas. Así camuflado volvía a parecer Jonathan Vergara, aquel que había sido antes de las cicatrices.

Su padre hablaba con un par de vecinos, a los que el barro y la noche le impidieron reconocer. No sabían gran cosa, tan solo que el tiroteo se había iniciado donde los Pando. Pero coincidían en la idea de que todo se debía a la OFAC. Los atacantes no tenían pinta de transas ni llevaban uniforme. De haber sido la Bonaerense, habrían acudido con su disfraz de combate y sus escudos de plástico.

Don Raúl preguntó lo mismo que el Bonzo quería saber: si el bardo había arrancado donde Gusmán Pando, ¿por qué ardía el barrio desde el otro extremo, impidiendo el escape hacia el río?

Ninguno de los vecinos tenía respuesta.

Permanecieron ahí. Panza abajo sobre el agua, para hurtar el cuerpo a las balas. Llegaba más gente a cada segundo, pronto el charco les quedaría chico.

Las zonas calientes, mientras tanto, no dejaban de crecer. El tiroteo comía terreno a toda marcha. Lo de Pando había quedado lejos; sin embargo, los fogonazos tajeaban la noche por detrás del bloque de casas más próximo. Y el fuego no solo se expandía a lo ancho, una barrera infranqueable: también a lo alto. Si se miraba en dirección al río, las casas parecían tener un tejado único, movedizo y brillante como un rubí. Cada pocos minutos había un estallido, las garrafas reventaban como globos.

El agua seguía fresca, pero todo lo que estaba por encima (su nariz y sus ojos, su cabeza embarrada) recibía el soplo del aire ardiente.

El profe de Geografía, que se llamaba Arnáez pero al que le decían *el Muerto*, les había explicado el concepto de amplitud térmica. Cuando en un lugar hacía alternativamente mucho calor (por ejemplo, de día) y mucho frío (de noche), hasta las rocas terminaban por desintegrarse: eso era la arena de los desiertos, sin ir más lejos.

El Bonzo pensó que no tendría la suerte de las piedras del Sahara.

Si no se los llevaba el incendio, los arrasaría el fuego de la OFAC.

8.

Casi toda la gente que se aproximaba lo hacía con un herido a cuestas. El Bonzo no se movía del charco, su hermanito le servía como excusa. Quería saber qué había sido de tanta gente (Pierre el primero, claro), pero no tenía forma de estar seguro. Los Tocopilla podían estar a su lado sin que los reconociese, embarrados de pies a cabeza. Y tampoco era capaz de hacerse oír, en medio del quilombo. Ni siquiera tenía fuerzas para ponerse de pie. ¿Era impresión suya o el agua había empezado a teñirse de rojo?

Los gritos se volvieron atronadores. Signo de impotencia, la gente quería organizarse pero no había cómo. Nadie sabía qué hacer con los heridos. Nadie encontraba forma de salir de ahí.

Una voz (el Bonzo la reconoció entre el ruido, era el Negro Brian) terminó imponiéndose a las demás. Decía que lo mejor era quedarse quietos, con el agua al cuello. En el peor de los casos el fuego llegaría al borde del charco y ya no avanzaría.

Al Bonzo no le gustó coincidir con Brian. Nunca le había caído bien. Era de aquellos que alzan la voz en todas las asambleas, propugnan la medida más radical y después se borran. Campeones de la Gente que en realidad eran Campeones de Sí Mismos. En realidad ni siquiera coincidía con él, quien estaba de acuerdo era su cuerpo: una máquina que se había trabado, el Bonzo se había cerrado sobre sí mismo como un candado.

Pero su mente le decía otra cosa. Con el volumen de fuego que se les venía encima, el agua se evaporaría. Y nadie podía saberlo mejor que él, que solo había sido Jonathan Vergara hasta que se convirtió en el Bonzo.

La vez anterior (ahora lo recordaba, como si hubiese ocurrido ayer) había intentado meterse en el piletón de la gomería del Goyo, lleno de agua sucia. El aire había alcanzado una temperatura tan alta que los pelitos de sus brazos se incineraban solos. Olía a pollo pasado por la hornalla. Menos mal que echó un vistazo antes de pegar el salto. El cemento del piletón parecía intacto, pero el agua burbujeaba como el caldero de una bruja. ¡A punto para echar el caldito de la sopa!

En aquel instante la lengua de fuego cruzó el umbral. Y explotó el primero de los tubos de aire. El Bonzo (porque ya era el Bonzo entonces, aunque no lo supiera) despertó sobresaltado, creyendo que lo sacudían para que no llegase tarde a la escuela. Descubrió que estaba en brazos de don Raúl, que corría en busca de un vehículo. Su mano había sido reemplazada por un tronco ennegrecido.

El Negro Brian estaba equivocado. Si no se movían pronto de ahí, lo más probable era que terminasen mal. Pero el Bonzo no encontraba modo de intervenir. Su cuerpo había regresado a la más tierna infancia: se sentía un bebé, incapaz de controlarse y cómodo en el charco de sus inmundicias. Y además, ¿quién iba a hacerle caso? El Bonzo no era nadie, no tenía autoridad. La gente estaba acostumbrada a reírse de él, o a ponerle cara de asco, pero nunca a escucharlo.

Ya no llegaba nadie más. ¿Dónde estaba el resto del barrio, qué había sido de ellos? Pandos y Porfirios lo tenían sin cuidado, estarían matándose por el título de Transa de la Semana. Pero el ojo de agua no reunía ni al diez por ciento de los vecinos. Y tampoco vio a muchos niños, más allá de sus hermanos y otros cinco o seis más.

El Negro Brian seguía arengando. Su vozarrón llamaba a la obediencia.

—... Tranqui, así, piolas, nos quedamos piolas —decía—. ¡Esto se acaba pronto! Al primer yuta que asome nos entregamos, las manos arriba, sin movimientos raros. ¡No están acá por nosotros, los tipos vinieron para bajar a los Pan...!

En ese instante sonó otro abejorro, zzzzzt. Y el Goyo, que estaba al lado del Negro (cerca cerca, hombro con hombro), se desplomó como bolsa de papas. Así seco, de una, como si alguien hubiese cortado el piolín que lo mantenía parado. Estaban tan apretados, ahí en el agua, que ni siquiera tuvo lugar para tumbarse como un cadáver decente. Se quedó recostado contra una mujer (¿la mamá de Toti?) que empezó a chillar. El Goyo largaba chorritos de sangre por el agujero del cuello. Surtidores. Cada vez más débiles, a medida que el *cuore* iba latiendo con menos fuerza.

Las rodillas del Negro bailaban. Se había quedado sin habla, por una puta vez en la vida. Era fácil saber qué pensaba. *Pude haber sido yo. Ahora yo estaría muerto y el Goyo de pie. Mirándome como un idiota, sin saber qué hacer.*

Todos iban a terminar muertos si no se movían pronto. Pero el Bonzo carecía de alternativas. ¿Qué iba a decir: *Sepan que este lugar es una trampa, lástima que no haya lugar que no lo sea?* La gente no quiere asumir que está frita, por más claro que se lo pongan: quiere soluciones. Y el Bonzo no era ningún líder. Tan solo era el recordatorio de lo que les pasaría, si se atrevían a quitar un pie del charco.

Un estruendo nuevo los convocó a otro asunto. (La vida era así, un momento estás pensando *Pobre Goyo* y un segundo después te lo olvidaste, chau, fue.) Venía de aquel lado, de donde salían los tiros. Y hacía tanto ruido que tapaba todo lo demás. *Crac troc tras.* Cada vez más cerca. El Bonzo se quedó mirando la nada, todos la miraban. Parecía una peli de terror, típico, cuando se oye el bardo en plena selva, ramas que se rompen, árboles que caen *(cada vez más cerca)* hasta que *chan,* aparece el monstruo y lo ves por vez primera. King Kong. Un dinosaurio. Un *predator.*

Lo único que le faltaba al barrio: un tiranosaurio, pensó el Bonzo y se le escapó la risa. Que se habría transformado en carcajada histérica, si el abrazo de su hermanito no le hubiese cortado el aire. Marlon Vergara, cinco años, que no había vuelto a abrazarlo desde que lo abrasara el fuego.

Las casillas venían cayendo a lo bobo. Como fichas de dominó. Hasta que se vino en banda la última tapia, *catacrac*, y pudieron ver al monstruo. Que no era un dinosaurio ni King Kong, aunque no dejaba de ser una criatura catastrófica.

Con el camino despejado, la excavadora cobró impulso. La gente pegó un salto, por el susto de la aparición y el miedo a ser arrollada como las casas. Pero el tipo que la manejaba pisó el freno. No iba solo, en el estribo estaba uno de los turros de la OFAC: bigote, pistola en mano, se ve que le iba diciendo lo que tenía que hacer.

El primero en reaccionar fue el Negro Brian. Salió del charco a los saltos. Parecía contento, como si se hubiese abierto el mar Rojo y asomado Moisés. (El Bonzo sabía más de la Biblia que de fútbol, de pibe su mamá lo arrastraba al templo.) Alzó los brazos para mostrar que no estaba armado y corrió hacia la excavadora.

No llegó lejos. Ni alcanzó a usar esa bocaza suya.

El turro de la OFAC se la borró de un tiro.

9.

La gente se movió en masa. Se habían puesto de acuerdo sin necesidad de hablar. Todo lo que querían era alejarse de la excavadora. Ni siquiera gritaban, salir del charco les reclamaba la suma de sus energías.

El sicario de la OFAC tiró otra vez. El Bonzo no vio caer a nadie, pero percibió que la gente enloquecía.

Recibió un rodillazo que lo echó de cara al agua. Salió de inmediato a pesar del dolor. Pensaba en Marlon: demasiado chiquito, la avalancha lo arrollaría. Alguien se le cayó encima, hundiéndolo más. Creyó oír un nuevo tiro a través del filtro del agua y, a continuación, la voz de don Raúl. *Jon.* Su padre odiaba que le dijesen Bonzo, una vez se había cagado a trompadas con un sobrino de Porfirio porque lo oyó llamarlo así. *Jon*, volvió a oír. ¿O estaba imaginándolo, nomás? La gente seguía caminándole por encima, manteniéndolo hundido. Tenía su gracia eso de haber sufrido el fuego y morir a causa del agua. Por más que arqueaba la espina, no lograba salir. El barro del fondo se disolvía entre sus dedos. Ya no daba más.

Sintió el tirón de pelo. Bendito pelo de los Vergara, duro como púa y grueso como tanza. Su padre ya lo había salvado de un tirón de esos, esta vez jugó sobre seguro. Tenía a Lucía y a Marlon debajo del mismo brazo, el otro lo estaba usando para pescarlo del charco. Tironeó hasta que lo puso de pie, entonces corrieron en la misma dirección de la gente: tratando de escapar del asesino de la OFAC, mientras salpicaban como quien pisa el mar por vez primera.

El Bonzo siguió a su padre como pudo. Le pesaba el cuerpo, la ropa embarrada. Buscaba a su madre con la mirada cuando resbaló. Don Raúl ni se dio cuenta, estaba en la suya. (Aproximándose a su madre, entendió: estaba ahí arrastrando a la Yoli, gracias al Cielo.)

Aquel alto forzoso lo ayudó a ver. Sus ojos habían captado la ocurrencia por los rabillos. Una turbulencia en la tierra, a un par de metros del arco de madera. Allí donde no debía haber nada había algo. El Bonzo corrigió el ángulo de su mirada. En efecto, algo se retorcía sobre un parche de tierra. Una forma que era cada vez más grande. Como una oruga que sale del capullo. Solo que en ese caso se trataba de una oruga enorme, que no dejaba atrás capullo alguno, sino la entraña de la tierra.

El Bonzo había oído la historia de aquella Creación de boca de los abuelos. (Que nunca había sido la misma Creación de la que hablaba su madre, los viejos nunca habían comprado del todo el rollo evangelista.) El hombre que había sido hecho de barro y dotado de vida. Debió haber sido algo parecido a lo que ahora estaba viendo. Porque lo que salía de la tierra era un hombre, ya estaba claro. Lleno de polvo y lodo, pero hombre al fin. ¿Cómo era posible que alguien estuviese enterrado y saliese por las suyas? ¿Qué había allí debajo, escondido en lo hondo del potrero?

El hombre sacudió la cabeza, produciendo una lluvia de polvo. (Estaba armado: esta vez Dios había creado a un hombre preparado para lo peor.) Después lo miró con gesto incrédulo, como si nunca antes hubiese visto una criatura semejante.

—¿Bonzo?

Casi muere de un infarto. Pero la sonrisa del hombre nuevo lo iluminó.

Era Milo. Sucio hasta lo irreconocible, pero Milo.

Parecía un cowboy, el hijo de puta. Por lo polvoriento, por la escopeta que llevaba en las manos, por el pañuelo anudado en el cuello.

—Bonzo, ¿me oís, estás bien? Eh, bolas.

—¿Q-qué, cómo…?

—Tenemos que rajar de acá. ¿Tus viejos, tus hermanos…?

El Bonzo alzó un dedo. Sonó otro disparo. Una señora que corría a la par de sus padres se fue de boca y no se movió más.

Quiso pedirle ayuda a Milo, pero ya no estaba ahí.

Hubo otro tiro, más escandaloso. Y ruido de vidrios rotos.

Milo había disparado mientras avanzaba en dirección a la excavadora. El primer escopetazo había volteado al conductor de la máquina, que ahora era un bulto recamado de vidrios. Aunque tocado por algunos perdigones, el hombre de la OFAC quiso contraatacar.

El segundo escopetazo le dio de lleno. La noche se lo comió de un bocado.

10.

La gente no había llegado lejos en su fuga sin sentido. La vanguardia se topó con el muro invisible del calor: el fuego todavía estaba a algunos metros, más allá de la barrera de las casas, pero su avance ya resultaba intolerable.

El mismo Bonzo seguía de rodillas sobre el barro, allí donde había resbalado.

Milo había pegado la vuelta. La gente lo miraba al igual que el Bonzo lo había mirado antes: como si se tratase de una aparición.

—Mejor bajen por ahí. ¡Es la única salida! —dijo.

El Bonzo no reaccionó. ¿Bajar? Nadie bajaba a ningún lado desde el barrio salvo al río, y ese camino estaba vedado.

—Acá, gil. ¡Vení, mirá!

Milo señalaba el agujero del que había salido.

El Bonzo miró y vio un hoyo negro.

Milo sacó una linterna del bolsillo. El agujero era más profundo de lo que el Bonzo había imaginado. Y a poco de la superficie adoptaba una forma de insólita regularidad.

Tenía una boca rectangular.

El Bonzo empezó a gritar, a llamar a la gente agitando los brazos.

—¡Por acá, por acá! ¡Vengan por acá, que hay salida!

Don Raúl fue el primero en acercarse, con los pequeños a la rastra. La alcantarilla daba a una escalera que bajaba hasta la tubería maestra.

—Tome —dijo Milo, entregándole la linterna—. Muéstreles el camino. Y vayan en dirección al río, tengo una barcaza ahí.

La gente ya se había apiñado a sus espaldas. Tan pronto don Raúl desapareció por el hueco, la gente se abalanzó. Marlon resultó empujado y se fue de cabeza. Lo habrían pisoteado, de no haberse impuesto Milo con la amenaza de su escopeta.

—Eh, eh, eh, ¡eh! ¡Tran-*quilos*, o no baja nadie más! Primero los pibes, los más chiquitos. Después las señoras. Después…

Al oír voces extrañas Milo calló. Los gritos se aproximaban. Surgían a sus espaldas, a través del canal que la excavadora había abierto.

La OFAC. Avanzaban hacia ellos, convocados por la inmovilidad de la máquina.

Milo puso la escopeta en manos del Bonzo.

—Controlá que no se atropellen para bajar. Y después bajá vos.

—¿Adónde vas?

—Si descubren el pozo van a bajar también, y nos van a matar a todos.

—¿Pero qué vas a hacer?

Milo sonrió nuevamente. El Bonzo no recordaba cuándo lo había visto así por última vez. La noche había estado llena de sorpresas, pero este Milo se llevaba la palma.

Lo vio correr en dirección a la excavadora. Tres mujeres que forcejearon para adelantarse lo distrajeron. «De a una. No sean jodidas. ¡De a una, dije!» Pero aun así volteaba la jeta a cada instante, tratando de pispear qué era de Milo.

Primero desapareció detrás de la máquina. Después la trepó. Sacar de allí el cuerpo del conductor y barrer los vidrios rotos le tomó un instante. Por suerte el motor había quedado encendido. Milo empezó a tocarlo todo: botones, palancas. El bicho pegó una sacudida. Los gritos volvieron a arreciar a sus espaldas, los hombres de la OFAC estaban a un paso. Milo giró entonces sobre el asiento y empezó a tirar. Para eso había ido más allá de la máquina, el Bonzo lo entendía al fin: para recuperar la pistola del sicario caído.

Los guachos de la OFAC devolvieron el fuego.

El Bonzo no vio más. Tuvo que amenazar a gente conocida, y de la peor manera («Deje pasar a la señora o lo mato yo, ¿es eso lo que busca?»), para lograr que el tránsito no se interrumpiese.

Tan pronto pudo, volvió a mirar. Milo ya no disparaba. Estaba echado sobre los comandos de la puta máquina, tratando de repetir el sacudón que había amagado ponerla en marcha. Los tiros repicaban sobre el vehículo, *pang peing pang*.

Faltaban bajar veinte personas, al menos. Más el Bonzo. Y Milo.

La excavadora saltó hacia delante, como si se hubiese desencajado de una trampa. En cualquier dirección, el Bonzo vio que Milo luchaba para controlarla. ¿Qué mierda pensaba hacer? Escapar a través del incendio era una locura. Además el bicho era lento, los sicarios jugaban con Milo al tiro al pato.

Llegó por fin el turno de los hombres para bajar. Eso aceleró el trámite. Los tipos ni buscaban la escalera, se tiraban de una por el agujero. Algunos sin mucha suerte, como lo revelaban los gritos de dolor.

Milo ya había corregido su trayectoria. Avanzaba en dirección al pozo. ¿Qué pretendía, arrollarlos? … No, claro que no, le indicaba con un gesto que se apurasen. Fácil de decir, pero…

La excavadora arrastraba todo a su paso. Los restos de casas que ya traía puestos, más basura y mugre. Cuando llegase al pozo, lo taparía. Eso era lo que Milo buscaba, lo entendió: que la máquina cubriese el pozo y despistase a la OFAC.

En cuyo caso él mismo quedaría a merced de los sicarios.

Podía resultar peor, todavía. *(Todo puede ser peor.* La frase favorita de su amigo Pierre. No lo había visto entre los que bajaban. ¿Qué había sido de él y de su familia, dónde carajo estaban?) Si los hombres seguían zambulléndose a ese ritmo y Milo avanzando al suyo, el Bonzo perdería también su oportunidad de escapar.

Milo pareció entenderlo a la vez, porque moderó la velocidad. Lo cual no dejaba de ser un disparate, así mejoraba las chances de los sicarios.

Cinco tipos más. Y después el Bonzo, si había suerte. Y después...

Milo repitió sus gestos frenéticos, *Apurá, apurá.*

El Bonzo le respondió con su mano-garra. Le hacía señas para que se acercase. Milo aceleró. El Bonzo comprendió que se había expresado mal. No había querido decirle que avanzase más rápido, tan solo que dejase la máquina y saltase al pozo.

Dos tipos más. Y después el Bonzo, si es que la máquina no se lo impedía.

La tenía casi encima cuando el último hombre desapareció por el hoyo y el Bonzo lo siguió. Al resbalar por el hueco se hizo mierda. Arriba era pura tierra, pero abajo era granito roto, miles de piedritas. Se desgarró piernas y espalda al deslizarse. ¿Cómo había hecho Milo para abrirse paso?

Su grito resultó ahogado por la proximidad de la máquina.

Por fortuna, abajo lo atajaron. Una cosa que la gente había hecho bien, les costaba organizarse, pero de vez en cuando la pegaban.

No tuvo tiempo ni de respirar, llovía tierra sobre su cabeza. Si no se apartaban de ahí, tendrían que desenterrarlos.

Alguien lo apartó de un empujón. El Bonzo rodó sobre sí mismo, se limpió los ojos y miró hacia arriba.

Todo lo que caía era polvo, cascotes, basura...

... *Y Milo.*

Que se dio un porrazo amortiguado por la tierra, pero fue vivo y rodó hacia un costado.

El Bonzo quiso levantarse para ir a ayudarlo. Sus pies resbalaron sobre el polvo, como pasa en los dibujitos cuando alguien sale corriendo.

Algo horrible sonó por encima. El Bonzo vio la pala de la excavadora, que pasaba por encima del hoyo; Milo había encontrado algún modo de trabar el acelerador. Pero entonces el ruido se puso más horrible. Y el techo estalló.

El suelo del potrero cedía bajo el peso de la máquina.

El Bonzo recibió una catarata de tierra, de piedras, de fragmentos de cañería.

Cuando abrió los ojos, entendió que la excavadora estaba suspendida a un metro y pico de su cuerpo. Había roto la tubería maestra y había quedado atascada en el agujero.

Milo lo ayudó a desembarazarse de la mugre. Y corrieron juntos, en dirección al globo de luz que producía su gente al alejarse por el túnel.

El lugar apestaba, peor aún que la *sputza* que el Bonzo olía a todas horas.

Chapaleaba entre la mierda, pero era feliz.

Capítulo diez

Milo (XII)

Pastor del rebaño — *Un pueblo insatisfecho* — *Calimba y* Crónica
— *La Aventura de la Tubería Maestra* — *Una mano* manqué — *Lo
que el Viejo escondía*

1.

Todavía no tenía claro cómo se había metido en semejante quilombo.
Bah, el cómo lo tenía claro. Lo que lo superaba era el porqué.

Hasta hacía muy poco, Milo había sido Milo, nomás. Un pendejo lleno de problemas que, por primera vez, se sentía libre: sin responsabilidades ni norte alguno, y con cincuenta lucas verdes en el
bolsillo.

En cambio ahora Milo era otra cosa. Arrendador y líder. La
gente a la que había salvado lo consultaba para todo. Dónde instalar-
se. La hora y el menú de la comida. Las perspectivas de futuro. (Hasta entonces habían vivido al día; sin embargo, se decían preocupadí-
simos por el mañana.) Milo había devenido su padre putativo, o más
que eso: su patriarca. El problema era que carecía de Tierra Prometi-
da adonde conducirlos.

La ocupación de la casa no le molestaba. La idea se le ocurrió
durante el viaje de regreso, y el Viejo no la había objetado. Milo había
estado a punto de abandonar la casa paterna, no la quería: demasiados
malos recuerdos. Y la gente necesitaba un sitio donde quedarse, al
menos de momento. Total, el mes ya estaba pagado. Y además no era

justo encajarle al Viejo el malón completo. (Idea que Melvyn Weyl parecía compartir. En ningún momento se había ofrecido a hospedar a nadie.)

La casa de Milo había sido un ataúd durante años: oscura, húmeda y solitaria. Pero al cedérsela a la gente se había transformado. Ahora estaba ocupada hasta el último rincón. Llena de ruidos, de movimiento, de ropa colgada, de risas y protestas. Olía a comida todo el tiempo. A comida y a mierda, claro. (¿Un único baño, para cuarenta y una personas? La peste era tan inevitable como el hacinamiento.)

En la barcaza del Viejo habían entrado doce, apenas. Catorce si se los contaba a ellos dos. Por suerte encontraron a Lucho, que manejaba una lancha taxi y aquel día le había tocado el primer turno. Al ver la montonera en el muelle lo entendió todo, y se ofreció a cargar al resto sin cobrar un peso.

—¿Adónde vamos? —preguntó.

—Vos seguime —le había dicho el Viejo.

En cuanto partieron, la gente se había llamado a silencio. Aquellos que viajaban con Lucho parecían embargados por la misma emoción. Leerles la mente no costaba nada. Todos miraban hacia atrás, en dirección al barrio que hasta entonces había sido su hogar. Acababan de perder lo que tenían, que nunca había sido mucho para empezar. Se preguntaban por la suerte de parientes y amigos, de quienes nada sabían. Durante su ensimismamiento, la música más frecuente era la de la marcación rápida de sus teléfonos: llamaban y llamaban, sin obtener contestación. De tanto repetirla, lograron que la sucesión de notas sonase desoladora.

Cuando les ofreció hospedaje, ni siquiera tuvieron ánimo para decir gracias. No les quedaba más voluntad que la del rebaño, que va donde su pastor dispone.

Tampoco se rebelaron cuando Milo reclamó sus teléfonos. La explicación tenía su lógica, no sabían si la OFAC pretendía perseguirlos. Y aquellos aparatos podían ser rastreados. Algunas voces expresaron consternación: si parientes y amigos los llamaban, marcarían aquellos números que Milo quería sepultar. Por eso Milo formuló un compromiso. Tomó nota de los números telefónicos que la gente dictaba. (El Bonzo fue su socio en la tarea. Al verlo escribir con su mano-pinza, pensó que tener un hermano debía de sentirse parecido.) Y prometió llamarlos desde un locutorio, tan pronto regresase a tierra. Después recogió los aparatos en una bolsa. Lucho había aceptado llevárselos consigo y tirarlos al agua, una vez que estuviese lejos.

Milo le pidió un minuto y volvió con un billete de cien dólares que Lucho no aceptó. Dijo que no estaba bien aceptar dádivas de quien nada tenía, y se fue. Las veces que había viajado en su lancha Milo lo había imaginado seco y frío, pero al final había resultado un tipazo.

Lucho no sabía que Milo tenía cincuenta lucas verdes. (Ni siquiera lo sabía el Viejo, Milo se lo había ocultado a todo el mundo. El único que se había avivado había sido el Baba. A quien, por cierto, había declinado salvar. Cuán conveniente.) En algo no se había equivocado, sin embargo: toda aquella gente había sido preservada del fuego, pero no de la indigencia.

Les abrió las puertas de su casa, les mostró las precarias instalaciones, les pidió calma. Para empezar no morirían de hambre, Milo les daba su palabra. El resto lo dirimirían una vez que hubiesen descansado y comido.

Mientras se alejaba en la barcaza del Viejo (el Bonzo lo acompañó, la idea era pisar tierra, cambiar dólares y comprar comida para salir del aprieto), Milo supo que lo sobrecogía un sentimiento nuevo. Alguna gente se había quedado en la orilla, o sobre el muelle desvencijado, viéndolo partir. Ni siquiera lo saludaron, a excepción de algunos niños. Simplemente lo miraban. Esas miradas mudas eran la única manera que tenían de decirle que confiaban en él... porque, básicamente, ya no tenían a nadie más en quien confiar.

Y Milo, cuya mano ardía debajo del guante (no era para menos, había abusado de sus buenos oficios cuando debería haberle concedido reposo), sintió que nada le importaba más que responder a esa confianza. Tener una familia de verdad debía de sentirse parecido.

Entonces se formuló la promesa. Dedicaría el tiempo que le quedase a hacerles la vida imposible a las bestias que se habían ensañado con aquella gente. Había llegado la hora de pasar a cobrar. Por el Peluca Rojas, por las quemaduras del Bonzo, por Helena y las otras Hijas, por el Autor, por la Viuda y hasta por su padre.

Esa era la razón por la que se había metido en el quilombo. Bah, *las* razones.

Lo haría por todos ellos, y por supuesto: por el Baba.

Había dejado de saberse Nadie para sentirse Alguien.

2.

Su entusiasmo duró lo que aquella excursión. Tan pronto pisó la isla nuevamente, arreciaron los reclamos. La gente se peleaba por la ubicación dentro de la casa. Demandaban mantas, jabones, una televisión. Criticaban la marca de leche que había comprado. Cuando dio lo que había creído una buena noticia (seis de las llamadas habían sido atendidas, algunos vecinos del barrio habían sido arreados por la Bonaerense), muchos se le fueron al humo. ¿Qué había sido de los demás? ¿Existían listas? ¿Se había comunicado con el hospital? ¿Por qué no había comprado *Crónica*?

El Bonzo lo ayudó a zafar, convocando a algunos a trasladar los víveres y a las mujeres a organizar la tarea en la cocina. Pero la mayoría de los hombres permaneció. Habían empezado a discutir entre ellos. Milo ni siquiera sabía cómo interpelarlos. El Bonzo le había dicho los nombres de todos, pero ya había olvidado más de la mitad.

Uno de ellos decía que el origen de todos sus males era haberse metido con los transas. Don Raúl Vergara (que se sentía acusado, aunque el acusador no hubiese hecho nombres) sostenía que los transas se habían metido con ellos. Un tercero dijo que no era tiempo de repartir culpas, sino de pensar para adelante. Otro dijo que no se podía pensar con la panza vacía, y repitió que su hijito sufría intolerancia hacia esa marca de leche. Don Raúl dijo que debía habérselo aclarado a Milo antes de que fuese a hacer las compras. El tipo le respondió algo en un idioma que Milo no entendió (¿quechua?) y don Raúl se le fue al humo. Tuvo que separarlos. Y ligó un par de sopapos durante el proceso.

Estuvo a un tris de perderse en la espesura y no volver más. Lo retuvieron los chicos, sin siquiera saberlo. Ellos buscaban su compañía. Lo seguían adonde fuera, preguntándole cosas. O lo vigilaban a la distancia, sin quitarle los ojos de encima. Le pareció que uno de ellos había empezado a imitar su manera de caminar, o cuando menos, la forma en que fruncía el ceño. Una vez pescó a uno con la mano metida dentro de una bolsa de plástico. Le extrañó que la dejase allí, no parecía estar metiendo ni buscando nada. Entendió que el pibe usaba la bolsa como guante, imitando su costumbre de usar una de esas prendas en su mano derecha.

A veces lo incordiaban, también. Se ponían pesados de tan serviciales. O se peleaban por pelotudeces, obligándolo a intervenir. (En esa actitud eran ya un espejo de sus mayores.) Pero Milo no lograba enojarse con ellos. Le recordaban su propia infancia, aquella era dorada que de algún modo revivía en su presencia. También le gustaba su buena voluntad. Los pibes no se quejaban nunca. Lejos de fijarse en las limitaciones del momento (¡aquella era una especialidad de los adultos!), se aplicaban a investigar las posibilidades de juego que abría su nueva circunstancia. El río. El muelle. Los puentes. La espesura. Los animales y bichos del lugar. Todo era una oportunidad para ellos; un trampolín a la aventura.

Y Milo se sentía responsable. Si les daba la espalda, se los comería la realidad, empujándolos a la adultez antes de tiempo. ¿Cuánto tardarían en resentirse, en empezar a justificarse, a depositar en los otros todas las culpas? ¿Cuánto en sucumbir a la envidia, en joderles la vida a los suyos? Milo sentía que todavía estaban a tiempo de ser salvados. Y por eso postergaba a diario su partida.

Menos mal que estaba el Bonzo. Su amigo lo entendía. Eso suponía, al menos, ya que casi no tenían tiempo ni de charlar: atender a la gente era una ocupación *full time*. Las veces que se cruzaban comentaban boludeces, o prendían un fasito que nunca terminaban. Siempre aparecía alguien preguntando o pidiendo algo y había que salir corriendo.

Si el Viejo lo hubiese visto en esas circunstancias, se habría cagado de risa. *¿Viste? Yo te dije. Les das una mano y te toman el codo. La gente es así. Te pide todo y nunca te da nada.*

Vivía sosteniendo discusiones mentales con el Viejo. *No es cierto,* le respondía. (*Se* respondía.) *Los pibes te lo devuelven todo multiplicado por mil. Les das una pavada, o les prestás un segundo de atención, y te tratan como si fueses dios.*

Pero el Viejo nunca contestaba.

No había vuelto a verlo desde que rescataron a la gente.

Todos los días se prometía ir a verlo. Y al llegar la medianoche comprendía que la jornada había vuelto a escaparse entre sus dedos.

3.

Algunas cosas se aclararon con el correr de las horas. Cuando llegó la lancha de Calimba, Milo compró varias cosas (leche de otra marca, para empezar; y también cigarrillos, que los hombres consideraban indispensables) y le mangueó un vistazo a su ejemplar de *Crónica*.

—¿Tenés visitas? —preguntó Calimba. Era indisimulable: los pibes correteaban por todas partes, las mujeres tendían ropa y los hombres fumaban al sol.

—Ahm, sí. Parientes. Lejanos —agregó, porque había muchos que se parecían más a Evo Morales que a Milo.

—¿Y tu viejo? Hace un huevo que no lo veo.

—Está dentro. En la cocina. Con tanta gente que atender...

Calimba no dijo más nada. Estaba claro que no le había creído, pero tampoco quería incomodar a un cliente, y mucho menos en un momento tan promisorio: con lo que Milo le estaba comprando ya se había hecho el día.

El impulso de Milo era confiar en Calimba, en esa circunstancia podía ser un aliado valioso. Pero prefirió callar. No eran tiempos de arriesgarse en vano. El dinero del Gobierno y la tenaza de la OFAC podían convencer a cualquiera de hablar de más.

Calimba le dijo que se quedase con el diario y zarpó, silbando bajito.

Según *Crónica*, el operativo nocturno había tenido por objetivo «erradicar uno de los laboratorios de droga más importantes del Gran Buenos Aires». Lazarte había declarado que, al encontrar resistencia, sus hombres se defendieron. En ese enfrentamiento habían muerto dieciséis malvivientes, en su mayoría extranjeros; y tres «heroicos» agentes de la OFAC.

—Uno de esos es tuyo, flaco —dijo Tolosa, palmeándole la espalda. Milo recordaba que se llamaba Tolosa porque ya lo tenía calado. Siempre se las ingeniaba para desquiciarle los nervios, y aquella vez no fue excepción. El muerto no le producía satisfacción alguna, no se trataba de un gol o de una puntuación excelsa en un *videogame*. Seguramente el tipo había sido un hijo de puta (¿qué hacía en la OFAC, si no?), pero eso no significaba que su esposa lo fuese, o que los hijos que había concebido se mereciesen el dolor de aquella violencia.

—¿Y por qué no hablan de los desaparecidos? —dijo otro, que también leía por encima de su hombro. A este todavía no lo identificaba—. Porque eso somos, ¿o no? ¡Cuarenta personas no se evaporan sin que nadie se avive!

—Nosotros no somos cuarenta personas —dijo don Raúl Vergara—. Somos cuarenta Nadies. ¡No importábamos cuando estábamos vivos...!

—Quizás sea lo mejor —intervino Milo—. ¡Ojalá signifique que no los están buscando! —Y retomó la lectura, rodeado de más gente a cada segundo.

Según Lazarte, el fuego se había iniciado en el laboratorio, que los malvivientes incendiaron para acabar con la evidencia que los incriminaba. Por fortuna las llamas habían sido contenidas antes de que trascendiesen las fronteras del barrio.

—Claro, mientras los que se quemen sean mierdas como nosotros...

—¿Y no dice nada de los Porfirio, ni de Gusmán Pando?

—Para mí que Porfirio se salió con la suya.

—Para mí que Pando.

—Para mí que ninguno. Por algo llevaron las excavadoras. ¡Lo que quieren es arrasar el barrio para levantar un *shopping!*

Milo se estaba asfixiando. La gente lo apretaba, estirando el cogote para echar un vistazo al diario.

Terminó dejándolo en manos ajenas. Y se escabulló en busca de aire.

Ya se estaba alejando cuando lo alcanzó la voz.

—Milo, eh. —Más que voz era vocecita. Cristian, el nene de la bolsa como guante—. Estamos pescando, allá. ¿No querés venir? Marcos sacó un bicho así. ¡Yo creo que es un dorado!

—Ahora no puedo. No tengo tiempo.

La carita de decepción le partió el alma, pero tenía que ser fuerte. Necesitaba un respiro. La gente lo agotaba. ¿Por qué era tan difícil contentarla?

Siguió caminando sin mirar atrás, para no arrepentirse. Ya compensaría a Cristian a su regreso.

Tenía algo importante que hacer.

4.

Y, sin embargo, no se animaba.

Quería hablar con el Viejo. Pedirle auxilio. Pero temía al rechazo. ¿Por qué iba a ayudarlo en una tarea que le había sugerido, no, no: más bien *insistido,* para que no acometiese?

Ah, si el Viejo se hiciese cargo... La gente lo miraba con respeto, el Viejo transmitía autoridad. Sería mejor líder que Milo sin siquiera esforzarse. O al menos eso era lo que Milo se decía, ilusionado con la perspectiva de renunciar a su responsabilidad. Con el Viejo al timón, Milo podría dar un paso al costado. Melvyn Weyl no tenía pelos en la lengua, sin duda haría lo que él no se animaba a hacer: poner en caja a la gente, ubicarla en otra parte, mandarla a trabajar.

En suma, sacársela de encima.

Con un poco de suerte lo lograría antes de que su dinero se acabase. Milo no renegaba de la promesa que se había formulado: todavía quería hacer algo útil, joderle la vida a la OFAC. Pero debía haber un modo de cumplir con su deseo que le permitiese conservar parte de las cincuenta lucas.

Nunca había tenido nada. ¡No era justo que de la noche a la mañana se viese obligado a alimentar tantas bocas! Se trataba de gente sana, en condiciones de ganarse el pan. Había llegado la hora de trazar una línea en la arena... pero Milo no se animaba a hacerlo. Tenía miedo de equivocarse. ¿Y si la gente volvía al barrio, o al menos a tierra firme, y la OFAC la cazaba de las pestañas? No quería sumar esa culpa a su mochila, bastante tenía ya con el Baba y las tres Hijas.

Pero para el Viejo no significaría nada. Cargaba con doscientos mil muertos en su haber, él mismo lo había confesado. Decepcionar a cuarenta personas no podía ser para Melvyn Weyl más que un paseo por el parque.

Eso sí, no tendría más que una oportunidad de planteárselo. Un único tiro: si lo erraba, clausuraría aquella puerta para siempre.

Para colmo el Viejo no estaba de humor. Se notaba a la legua. Había cerrado todas las cortinas. Era obvio que no quería ser molestado. Debía temer que Milo cayese solicitando asilo para nuevos indigentes... o para pedir exactamente lo que ansiaba pedirle.

Trepó al árbol de siempre. Allí iba a estar a salvo de demandas, al menos por un rato. Mientras tanto, pensaría alguna treta para sacar al Viejo de su cueva.

5.

Le gustaba la sensación de poder en su mano. Los nuevos dedos ya le respondían, al menos tanto como los originales. El miedo que más lo había incomodado durante el rescate había sido, precisamente, el de perder aquello que todavía no había terminado de recuperar. Que se le jodiese la mano de alguna de las mil maneras posibles: el fuego, otro balazo, un desprendimiento.

Al descubrir que el barrio estaba acordonado, había recordado la existencia de la tubería maestra. Pierre lo había llevado a jugar ahí más de una vez, a escondidas de mamá Tocopilla. Abajo el olor era insoportable, pero matar ratas los divertía: con hondas, con piedras, con pistolas de aire comprimido o bajo calibre, para después atarlas por las colas y esgrimirlas como trofeo.

En aquel tiempo el barrio era la mitad de lo que había llegado a ser. El terreno del potrero todavía no había sido rellenado. Pierre y Milo bajaban siempre por la misma boca de tormenta, cuya tapa estaba floja.

Ya cursaban la secundaria cuando Pierre le contó que alguien se había robado aquella tapa. Se podían sacar unos cuantos pesos a cambio de semejante plancha de metal. Pero uno de los pibes del barrio había caído por el hueco, rompiéndose huesos. Fue entonces cuando la gente decidió taparlo.

La noche del ataque de la OFAC Milo decidió alejarse del barrio. No había forma de sortear el control policial, y menos aún armado con la escopeta. Los turros ni siquiera le habían abierto paso a los camiones de bomberos: bien podía arder la Roma de los pobres, sin que nadie se rasgase las vestiduras o compusiese oda alguna. Con la imagen de la tubería maestra en mente, había retrocedido en dirección al puerto. No le costó dar con una de las viejas bocas de tormenta, en plena intersección de dos calles.

Avanzar por allí abajo suponía meter los pies en agua podrida. Pensó *Que sea lo que Dios quiera* y se puso en marcha. El olor era lo de menos. Lo que lo espantaba era la idea de que ratas nadadoras le mordisqueasen los tobillos. Ah, si hubiese conservado las botas que Flint Moran le había prestado...

Contaba con que el pobrerío hubiese usado basura y tierra para tapar el acceso a la tubería maestra. De ser necesario retornaría a la barcaza y arrastraría al Viejo con pala y todo. La capa de basura no podía ser muy gruesa, el del potrero había sido siempre un terreno bajo y propenso a las inundaciones.

Cuando dio con la boca, pensó que había tenido suerte. El hueco estaba tapiado con planchas de madera. Bastaba tocarlas para percibir que estaban podridas, por culpa de la humedad que allí se estacionaba. Si lograba romperlas (y eso no parecía difícil, eran delgadas y se deshilachaban al contacto), la basura caería por el hueco y Milo podría asomar en la superficie, dentro del perímetro del barrio.

Aquella suerte había durado poco. Apenas retiró las planchas, comprendió que lo que sostenían no era polvo ni basura, sino granito; o en su defecto cemento, enriquecido en la mezcladora con miles de piedritas. Las yemas de su mano izquierda se habían despellejado al simple contacto.

Lo que necesitaba para despejar aquel acceso era un cartucho de dinamita.

Cambió de brazo. El derecho se le estaba durmiendo, de conservarlo enganchado a un barrote de la escalerilla. No quería darse por vencido, aunque más no fuese porque no se le ocurría otra opción. Tal vez hubiese una rajadura en el cemento que le permitiese meter una cuña y hacer presión. Pero con la mano enguantada no podía percibir nada. Por eso mordió la prenda y se la quitó de un tirón.

Sus dedos nuevos seguían incompletos. Todavía le faltaban articulaciones y los huesos de la punta, que tenían un nombre tan gracioso: falangetas, había dicho el Viejo. A diferencia de los dedos de la mano izquierda, no le comunicaban dolor al hurgar entre las piedritas. Lo cual le pareció bueno y malo a la vez. No quería destrozarse, tenía miedo de retirar la mano y descubrir hebras de carne verde.

Para su sorpresa, el cemento empezó a desmigajarse. Podía quitar trozos enteros. Cuando apretó uno, le pareció que tenía la textura de una esponja. Seguramente el agua lo había podrido, como había hecho con las maderas. La única precaución que tomó fue apartar el cuerpo de la boca de tormenta, para que el material y la tierra no le cayesen encima.

Una corriente de aire lo había reanimado. Volvió a colocarse el guante y subió.

La tradición ubicaba el infierno en las profundidades, un paisaje similar al corazón ígneo de la Tierra. Tan pronto asomó la cabeza, comprendió que también se llegaba al infierno desde abajo.

6.

Ahora su mano estaba completa. Con falangetas y todo. En la horqueta que le servía de asiento, se quitó el guante y la contempló por enésima vez.

A simple vista pasaba por una mano normal. Los dedos habían perdido su verdor, adoptando un color idéntico al resto de la mano. Pero si se los miraba de cerca revelaban que su textura era diferente. Parecían estar recubiertos por un musgo fino, que se fundía con su epidermis original. Por más que estirase o pellizcase la piel, no encontraba nada parecido a costura o cicatriz.

El tiempo que estuvo mutilado había sido una tortura. Llegar a articular algo parecido a una vida normal le habría supuesto una voluntad de la que carecía; estaba más preparado para el fracaso que para la gloria. Por eso agradecía el milagro. Pero ni siquiera esa consciencia lo protegía de la insatisfacción. Que jamás habría confesado ante nadie que no fuese el Baba: porque no solo había sido el artífice del fenómeno, sino que además habría sido el único en condición de entenderlo.

En la euforia que el milagro le inspiró, se había atrevido a esperar otra cosa. Ya que había sido invadido por una gelatina verde de origen desconocido, ¿por qué limitarse a desear que le devolviese una mano normal? Lo que experimentaba era fantástico por definición, algo que escapaba a los confines de lo que la ciencia asumía posible. No resultaba excesivo, pues, esperar que los dedos nuevos lo fuesen también en sus capacidades. ¿O no había sido testigo, acaso, de lo que las extremidades de Desmond podían hacer?

Por supuesto que no deseaba tener dedos que se convirtieran en ganzúas. (Aunque la idea lo seducía, imaginaba que debía de ser doloroso.) Pero se sentía con derecho a esperar de ellos algo más. Fuerza extrema. El poder de transmitir energía eléctrica. O de producir fuego.

El Baba habría entendido su decepción. Peter Parker fue picado por una araña, y recibió una panoplia de superpoderes. En cambio Milo Maciel, que ligó una transfusión de materia proveniente del espacio exterior (¡en el sentido más literal!), no había obtenido más que tres dedos que olían raro por mucho que los lavase.

Apoyó la mano sobre el tronco del árbol. Le pareció sentir algo inesperado: como si no hubiese tocado corteza sino piel, debajo de la cual fluía sangre helada, o al menos algún líquido. La retiró asustado y volvió a ponerse el guante.

Ya contaba con su truco. Llamaría a la puerta del Viejo, con la excusa de mostrarle su mano completa. ¡Nadie más propenso a sucumbir a la curiosidad científica que Melvyn Weyl!

Saltó a tierra. Su corazón batía lento, y aun así, se sentía exultante; un equilibrio que le era inusual, y de cuyo origen no se atrevía a dar razón.

7.

Llamó a la puerta. Nadie respondió. En un momento le pareció que las cortinas se agitaban, y supuso que le abrirían de inmediato. Pero no ocurrió. El Viejo no podía no haberlo reconocido. ¿Le estaba negando acceso con toda alevosía?

La puerta estaba abierta. Un tanto ofuscado, arremetió y entró.

—Ahm, soy yo. Eh ¿Me oye? ¿Dónde anda?

Con las cortinas cerradas, la casa se veía oscura en pleno día. El hall de entrada, el living y los pasillos formaban parte de la misma, única sombra.

Aguzó los oídos. Nada. Se arrimó a la base de la escalera.

—¿Está arriba, o…? ¿Quiere que suba o lo espero acá?

El silencio persistía.

Venir desarmado fue una mala idea. ¿Y si alguien nos vendió a la OFAC? Lucho. Calimba. Cualquiera de los tipos a los que asilé. Si alguno se encanutó un teléfono y pidió inmunidad a cambio del soplo…

Se quitó el guante sin saber por qué. De inmediato se le erizó la piel del cuello, como si hubiese recibido un soplo helado.

—Acá estoy.

La voz llegaba desde lo alto de la escalera; y aun así Milo retrocedió, como si la distancia no le resultase suficiente.

—Ups… No esperabas verme, está claro. ¿Te comieron la lengua los ratones?

A pesar de la burla, Milo persistió en el silencio.

Su trabajo lo había acostumbrado a la proximidad de los muertos. Pero nunca lo había puesto en la necesidad de conversar con uno.

EXPLICIT LIBER QUINTUS

LIBRO SEXTO

LA BATALLA DEL DELTA

Capítulo uno

Milo (XIII)

Día de cenizas — *Las hienas* — *El huésped del búnker* — *Fleur du Lys* — *La Casa n.º 13* — Life during wartime — *La primera plana de Clarín* — *Pierre tiende una trampa*

1.

Le tocó un lindo día. Pura suerte, que Milo agradeció. La ceremonia se haría más llevadera.

El cementerio era otra cosa bajo el sol. Nunca perdería del todo su halo siniestro, el olor lo volvía imposible. Por más viento que soplase, seguía encajado allí, como un sombrero demasiado ajustado. Pero el cielo celeste significaba un regalo. Le permitía pensarse en un lugar distinto. Con más de jardín que de camposanto.

Ahí no había enanos de yeso, tan solo ángeles de granito. La diferencia pasaba por la luz, que le cambiaba el signo a todo. El rayo del sol encendía los verdes y hacía posible ver otra cosa. Que remover la tierra y sembrar trae más consecuencias que el llanto, por ejemplo. La vida empujaba desde abajo y con fuerza irreprimible. Mirase donde mirase, el panorama se repetía. Lápidas rajadas y hierba que asomaba por las heridas. Cruces torcidas y piedras desplazadas por la energía de los brotes.

En otro momento el pensamiento lo habría consolado. Pero Milo seguía estando nervioso. Por las razones obvias y algunas más, que no había sabido prever. Para colmo el Viejo se había puesto pesado. Desde que le comunicó su decisión y lo invitó a participar, no había dejado de molestarlo a cada rato.

—¿Estás nervioso? —le había preguntado por vez primera delante del espejo. Milo no sabía cómo estaba. Ni siquiera sabía cómo verse, qué pensar de la imagen que tenía ante sí. No había vuelto a vestir un traje desde el entierro de su madre.

El Viejo le había prestado uno. Tenía tantos años que parecía a la moda: negro con rayas grises, bien finitas. Al principio pensó que no le iba a entrar, pero le quedaba pintado: el joven Melvyn Weyl había sido más robusto que su versión anciana.

También le había prestado una camiseta sin mangas, la camisa blanca, un par de tiradores, medias y zapatos negros. Y guantes de cuero muy caros, a juzgar por la etiqueta. *(Chester Jefferies — England's Finest Gloves Since 1936.)* Milo protestó un poco, se sentía indigno. Pero el Viejo había insistido para que los usase, y en ambas manos.

—¿Estás nervioso? —volvió a preguntar en la barcaza. Milo había repetido su negativa. De todos modos ya no estaba tan seguro.

Si me lo pregunta otra vez lo mando al carajo, pensó en la puerta del edificio, mientras esperaban. Pero el Viejo ya no dijo nada. Más bien parecía compartir su nerviosismo. Las vestimentas formales (también vestía traje, había tardado mil horas para elegir uno) le habían permitido verlo bajo una luz nueva. Ya no parecía el Viejo de siempre. Más bien tenía aspecto de *dandy*: flaquito, erguido, zapatos brillantes, luciendo su tres piezas de Savile Row como una segunda piel. Le faltaba un bastón, nomás. ¡Si hasta se había perfumado!

Milo se sentía honrado por su compañía. Solo había invitado a gente que le importaba de verdad.

Ahí estaba Pierre, por ejemplo. Había caído preso la noche del operativo y había obtenido la libertad al día siguiente, cuando intervinieron los abogados del CELS.[*]

Tania había sido la segunda en llegar. Vestía de negro y llevaba un ramo de flores. Al verla, Milo pensó que habría sido adecuado comprar una corona o algo así; de cualquier forma ya era tarde.

—Esta ropa la estrené cuando el entierro de mi hermano —dijo ella después de besarlo.

Mujeres. Nunca dejaban de hacer reproches.

---

[*] Centro de Estudios Legales y Sociales.

El Bonzo y su familia habían viajado con Milo y el Viejo. Les había dicho que no era necesario, que no tenía sentido desafiar la vigilancia de la OFAC. Pero don Raúl no quiso saber nada. El Bonzo lo decía siempre: cuando se le metía que algo era lo correcto...

Los Baba Padres habían sido los últimos en presentarse. Se lo había pensado mucho antes de avisarles. No quería que la ceremonia los entristeciese aún más, que los hiciese pensar en el hijo desaparecido. Pero al final no pudo evitarlo. El Baba había dicho siempre que lo consideraban parte de la familia. Y allí estaban. Baba Madre aportó el segundo arreglo floral: rosas amarillas.

La única persona a quien decidió no invitar fue a la Viuda. Le habría gustado verla, pero no quería llamar la atención de la OFAC. Y esos mierdas la seguían adonde fuese. No era momento de cruzarse en la mira de los sicarios; nunca lo era, en verdad, pero aquel día menos aún.

2.

Una vez que la familia que estaba adentro terminase el trámite, llegaría su turno. Milo no sabía qué hacer mientras tanto. ¿Debía comportarse como un anfitrión, sacar conversación para que la gente se relajase? No estaba habituado a formar parte del bando de los deudos, se sentía responsable por sus invitados. Pero no se le ocurría qué decir. Por fortuna Pierre le ganó de mano.

—Ya arreglé todo. Para esta noche. ¡Listo el pollo! —le dijo, hablando bajito y por el costado de la boca. Si lo que quería era disimular, no estaba haciendo el mejor trabajo—. Vos estás seguro, ¿no? Digo, porque...

—¿Y vos estás seguro de que no te siguió?

—¿A mí?

Ese era el momento en que Pierre debía haber agregado, sin mediar silencios: *Claro que no. Estoy hiper-recontra-archi-seguro de que no me siguió.* Pero no dijo nada. Más bien se mostró timorato. Incapaz de articular una respuesta convincente.

El tipo de la funeraria pospuso su preocupación. Tenía la manía de agarrar a Milo por el brazo, cada vez que le dirigía la palabra.

—Venga por acá —le dijo. Le indicaba que se aproximase a la furgoneta. En la empresa lo habían tratado de *vos*, hasta que sacó a relucir los billetes.

Milo se movió rápido para desprenderse del tipo. Que de inmediato abordó a los demás, guiándolos con un gesto de su mano con manicura.

—Los señores que van a ayudar a cargar el féretro, si no les molesta…

Milo eligió el tirador de la punta. El resto se distribuyó a los costados: Pierre y el Bonzo, Baba Padre y el Viejo, con don Raúl cerrando el círculo.

—Nos ponemos en marcha —dijo el funebrero.

Milo tiró del féretro. Pesaba mucho. Menos mal que llevaba guantes. La argolla de hierro se le habría enterrado en la mano.

Siempre pensó en su madre como una mujer de buen tamaño, porque conservaba el registro infantil: para Milo jamás había dejado de ser más grande que él. Cuando la enterró en la fosa común, descubrió que había tenido físico de pájaro. No parecía poseer huesos, sino palitos de helado. Y, sin embargo, se lo estaba haciendo difícil. A Milo le costaba tirar del cajón.

—Sin detenerse, por favor.

El sol no tenía manera de colarse en el edificio. Pero igual hacía calor en la sala. Culpa del horno donde incineraban, que estaba al otro lado de la pared.

3.

La ceremonia fue tan simple como breve. El cura dijo dos tonterías (Milo le habría pagado para que se fuese, pero imaginaba que a su madre podía hacerle ilusión) y después el Viejo leyó el principio del libro que había llevado. Lo hizo en inglés, porque la única edición de *David Copperfield* que tenía estaba en ese idioma.

—*Whether I shall turn out to be the hero of my own life, or whether that station will be held by anybody else, these pages must show.*

La voz del Viejo retumbó en la sala con un toque de solemnidad. Aun cuando su inglés no alcanzaba para traducir a Dickens, Milo recordaba el significado de la frase. La había leído mil veces en la edición de su madre, hasta que se la robaron en el refugio. Quería decir algo así como: *Si voy a ser o no el héroe de mi propia vida, es algo que está por verse.*

Le pareció más que apropiada.

Y eso fue todo. O casi. Tania y Baba Madre pusieron las flores arriba del cajón. Las compuertas que separaban la sala del horno se abrieron. El funebrero volvió a la palestra, empujando el ataúd sobre rodillos de metal. Había un hombre al otro lado de la ventana, detrás de él se veían pilas de cajones. El tipo se adueñó del ataúd y cerró las compuertas. La representación había terminado.

—Puede pasar a buscar las cenizas en cuarenta y ocho horas —dijo el funebrero—. O lo hacemos nosotros si prefiere, y usted va a la cochería.

Dijo que las recogería. No quería a ese tipo cerca de las cenizas de su madre.

Salieron. Alguien lo abrazó. Jodido sol que cegaba, se pasó un guante por los ojos.

Al habituarse a la claridad, descubrió a sus viejos colegas. Miraban desde lejos. Chismeando por lo bajo, sin atreverse a vulnerar la barrera invisible que separaba a los clientes del personal de servicio.

Que Gómez y Barrios se hubiesen aventurado hasta allí, tan lejos de los nichos, indicaba que la curiosidad había sido más fuerte que su indolencia. Milo y don Maciel habían desaparecido sin previo aviso, ahora Milo retornaba vestido como un señor y disponiendo de los restos de su madre como mandaba Dios. Casi podía oír sus voces, repitiendo variantes de la misma pregunta: ¿de dónde había sacado el dinero?

Se había alejado apenas cuando el grito lo alcanzó.

—Eh, nene. ¿Te cargaste a tu viejo y cobraste el seguro?

4.

Milo quiso pegar media vuelta. Pero el Viejo lo retuvo.

—Ignoralos —dijo—. ¡Nada les va a doler más!

Milo disentía. Les dolería más si los cagaba a golpes, como había soñado tantas veces. Ya no podían despedirlo de su trabajo en el cementerio, ni tampoco a su padre. ¿Cuál era la gracia de tener una mano cero kilómetro si no podía usarla?

Pensó que el Viejo se preocupaba por sus guantes. Empezó a quitárselos, no quería mancharlos con sangre. Pero el Viejo tenía otras cosas en mente.

—Te convendría conservarte entero. No olvides los asuntos pendientes —dijo—. Además viniste a despedir a tu madre. ¿Qué pensaría ella?

Ah, qué turro. Ese era un golpe artero. El Viejo estaba dispuesto a todo, con tal de disuadirlo. Aferraba su mano nueva, se la había llevado al pecho. Qué piel más fría, la suya.

Milo quiso responder una guarrada: *Mi vieja me diría: «Rompeles el culo a todos»*, algo por el estilo. Pero no le salió nada. Ya no experimentaba la crispación que lo había encendido. Solo sentía... *asco*, sí. Náusea. Como si se hubiese zampado doce huevos fritos. Su mente, que se había regodeado ante ciertas imágenes (la boca rota de Barrios, la efusión de su sangre), no experimentaba ahora más que repulsión.

El Viejo se apartó para dejarlo en otras manos.

—Tu mamá estaría orgullosa —dijo Baba Madre.

Milo seguía avergonzado. No podía decirle la verdad. Si le confesaba qué había sido de su hijo, no iba a conseguir más que aumentar su sufrimiento.

—No pierda la fe —fue todo lo que atinó a decir.

Y se sintió una mierda.

5.

Dejaron a don Raúl y familia en la casa del Delta, sobre el muelle. Milo no pensaba ni asomar, pero alguna gente lo esperaba con gesto compungido. Querían expresarle sus condolencias. El Bonzo se encogió de hombros, como quien se excusa. Era obvio que había hablado de más.

Milo agradeció de manera seca. Lo invitaron a comer. Se excusó, tenía cosas que hacer. Y dirigió una mirada al Viejo, que seguía al timón. El motor bramó, anunciando la partida. Uno de los chicos le dijo a Milo que no parecía Milo, así vestido. Eso le arrancó una sonrisa. Pero entonces habló Salvatierra, uno de los vecinos del barrio.

Preguntó cuándo pensaba volver. «Porque hay algunos problemitas», dijo.

Milo respondió que volvería en cuanto pudiese.

Se habían alejado unos metros apenas, cuando el Viejo dijo:

—La gente es como el Delta. Una idea que suena maravillosa, cuando se la cuenta. Pero que en la práctica está llena de inconvenientes.

Una vez llegados a destino, Melvyn Weyl se metió en la cocina y empezó a preparar algo. Nada complicado: hamburguesas de pollo, papas fritas del congelador, el Viejo era el rey de la comida rápida. Milo preguntó si necesitaba ayuda.

—Mejor descansá un rato. Lo vas a necesitar.

Se quitó los guantes finos, el saco y la camisa, pero no más. Le había tomado el gusto a la imagen que le devolvían los espejos. Aunque al principio no se reconoció en el reflejo (*¿Quién es este chabón tan elegante?*), había terminado por encontrarle la gracia. Le sugería que otro Milo era posible. Eso sí, no olvidó ponerse el viejo guante de trabajo. Se sentía desnudo sin su protección.

Salió al jardín que estaba a espaldas de la casa. No tardó en dejar atrás el galpón. Entonces aminoró el paso, debía controlar su ansiedad. Alguien podía estar vigilándolo. Ahora había satélites que te filmaban: invisibles para el ojo humano, pero capaces de seguirte paso a paso. Estaban bajo control del ejército yanqui, pero nunca se sabía. Lazarte había sido embajador en Estados Unidos durante el gobierno anterior. Debía de conocer a todo el mundo ahí. Seguro que si pagabas te prestaban el servicio.

Se detuvo ante el búnker. Apartó las ramas y golpeó sobre sus puertas: dos toques cortos, dos largos, cinco cortos.

Sonaron las cadenas. Milo no podía verlas, porque habían quedado del lado de dentro.

Una de las puertas se levantó un poco. Por el hueco asomaron un par de ojitos.

—¿Fueron mis viejos? —preguntó el Baba.

—Ajá.

—¿Cómo los viste?

—Tristes, pero disimulando. ¿Qué esperabas?

—Huelo a comida. Decime por Dios que no es mi imaginación y que…

—El Viejo está cocinando. Cuando esté listo…

—*Perá.* Tomá.

Los ojitos desaparecieron. Pero regresaron al instante, el Baba le ofrecía una botella de plástico.

—No me hagas…

—Es meo, nomás. Ya te dije que soy un as conteniendo lo otro. Vacialo por ahí y devolveme la botella, dale.

Lo único que le faltaba. Tener que disponer de las inmundicias de su amigo el paranoico. Aquel que no paraba de hablar de satélites, que había preferido encerrarse en el búnker a dormir en la casa, que creía que la OFAC vigilaba sus pasos como si fuese el Enemigo Público n.º 1.

Bastante tenía Milo con su propia mierda.

Si todo salía bien, se desharía de parte de ella esa misma noche.

6.

Cuando el Baba lo sorprendió en la casa del Viejo, se quedó paralizado. ¿Estaba vivo de verdad o se trataba de una alucinación? Temía parpadear y que el gordo desapareciese. Lo lógico hubiese sido subir la escalera, para sacarse la duda. Pero ignoraba cómo concluir esa acción. ¿Debía abrazarlo, dando rienda suelta a su felicidad? (Milo desconfiaba, nunca había montado un potro semejante.) ¿O convenía que lo cagase a golpes y después lo atase, para asegurarse de que no volvería a escapar? (También existía la posibilidad de combinar ambas estrategias. Ese camino le había parecido el más atractivo.)

El primer paso lo dio el Baba. El escalón crujió bajo su peso.

Ergo el Baba es real, pensó.

Real, sí, pero con diferencias. El recuerdo de su amigo no coincidía del todo con la aparición. Estaba más flaco. Vestía ropas que nunca antes le había visto: zapatillas, jeans, camisa a cuadritos, una campera de tela de avión. (Parecía gastada, pero era de la marca del cocodrilo.) Llevaba el pelo más corto que de costumbre. Y tenía flor de raspón en la parte derecha de la quijada, que al principio confundió con una sombra. En cualquier caso no era nada comparado con lo que Milo le haría, en cuanto le pusiese las manos encima.

—Soy yo, sí. Enterito —le había dicho el gordo. Bajaba despacio, deslizando la mano sobre la baranda como una diva del cine; tampoco tenía muy claro cómo comportarse, ni qué decir. Quién sabe lo que veía en su expresión: Milo sentía cosas tan contradictorias que su cara debía de ser un nudo—. Me, ahm, me enteré por este hombre... el Viejo, ¿no?... que pensabas que, que... *había muerto*. Pero no me pasó nada, ya ves. *Casi* nada. —Señaló entonces el raspón de su cara—. ¡Tuve suerte! Bah, suerte no: Sofía lo había previsto todo... Ya te lo explico. Pero acá estoy. Sano y salvo. ¡... Ay!

Milo le había pegado en el brazo, justo abajo del hombro. Los ojos del Baba se llenaron de lágrimas. (Al rato le mostró la consecuencia: un moretón del tamaño de un pomelo.) Pero eso no había sido todo, Milo no estaba dispuesto a concederle respiro. Lo agarró por las solapas de la campera, los insultos le estorbaban en la boca.

No llegó a articular ninguno. El Baba retrocedió y cayó para atrás, arrastrándolo consigo. Un segundo más tarde estaban tumbados sobre la escalera. Empujándose para poner distancia, más rojos que remolachas. El Baba apartaba la cara mientras agitaba ambas manos, como si Milo no fuese Milo, sino un enjambre.

—Qué raros que son, ustedes. —El Viejo estaba en lo alto de la escalera, envuelto en una toalla blanca y chorreando agua—. Tanto penar por la ausencia del otro... ¡y cuando se encuentran, se agarran a los bifes!

Había sido ridículo, sí. Por suerte. Los había ayudado a reír. Una vez que empezaron a carcajearse, les había costado un triunfo levantarse de la escalera.

7.

El Viejo puso la botella de ginebra, dos vasos altos y un cubo con hielo sobre la mesita del living. Su actitud fue terminante, como la de quien distribuye una vacuna entre salvajes.

—Esto acaba con los temblores y afloja las lenguas —dijo, y los dejó solos.

El Baba apuró el primer trago y arrancó con el relato.

—Para serte sincero —dijo, con los ojos llorosos y las mejillas en llamas—, venía tratando de dar con las Chicas desde que Eontamer nos dejó huérfanos. —Se ve que así las llamaba ahora, ya no eran más las Hijas: habían pasado a ser *las Chicas*—. Como estaba seguro de que ningún amigo suyo iba a hablar con un desconocido... ni siquiera tratándose de un gordito tierno como *moi*... opté por la vía de investigación más adecuada para... urp, *sorry*... mis talentos.

O sea, internet.

Había gastado parte de sus ahorros en locutorios distintos y distantes entre sí, abrevando en dos fuentes simultáneas. Una, la lista de las (posibles) amistades y relaciones de las Chicas. Para eso esculcó registros escolares, universitarios y hasta deportivos. Las cuatro habían practicado hockey en el Club San Fernando, hasta que le dijeron al Autor que no querían ir más. Hubo un incidente entre Helena y sus compañeras de equipo, a consecuencia del cual las Chicas se solidarizaron con su hermana mayor. No habían querido decir mucho al respecto, pero Bárbara se refería al asunto como la Noche de los Bastones Rotos.

El Baba inventó un *alter ego* para meterse en Facebook sin ser identificado. Porque el Baba tenía una cuenta a su nombre, pero de sus 374 amigos oficiales 373 eran fans del cómic, el *fantasy* y la ciencia ficción de todo el mundo. (Y el 374 era el pesado de su primo Miguel.)

—Estuve a punto de derrapar, te juro. La cantidad de pe-lo-tu-*deces* que pone la gente en Facebook... Y cuando opinan de política, te querés hacer el *harakiri* con un pelapapas. Pero me la banqué. Y mi *alter ego*... que tiene cara de nabo, usé la foto de mi primo, je... empezó a hacer amigos virtuales de a poco. ¡A esta altura mi otro yo es más popular que *este* yo! Ahm, ¿dónde me quedé? Ah sí: mi segunda línea de investigación. Los foros de fans del cómic en general, y del Autor en particular. Se me había ocurrido que las Chicas podían usarlos para comuni...

—Gordo. *Gor*-do. Oíme. —Milo sentía que la mano nueva le hervía dentro del guante, como si quisiese estrangular al Baba sin consultarlo—. ¿Podés concretar? No me interesa el Facebook, ni tu investigación. ¡Todo lo que quiero saber es cómo te hiciste eso en la jeta, si estás bien o no y, y... qué pensás hacer!

—¿Qué es ese guante? —preguntó el Baba, que había pescado el movimiento nervioso—. ¿Una moda nueva? No me digas que te hiciste fan de Michael Jackson.

—¿Querés otra piña?

—Epa, tranquilo. Dejame decirte... esto es importante, posta... que entrecruzando gente de esas listas di con una cuenta de Facebook que... pará, oíme... empecé a creer que esa cuenta, a nombre de una tal Fleur du Lys, era de una de las Chicas.

—¿*Fler*...?

—«Flor de lis», significa. Como la flor preferida de los alquimistas.

—Como la marca que el verdugo pone a Milady en *Los tres mosqueteros.*

—Esto me sube y baja. ¡Es como tomar lava! ¿No hay leche en esta casa?

8.

Entrar a la página de Fleur du Lys le había demandado trabajo. Milo no quiso oír nada, no necesitaba que el Baba le probase que era listo. Pero el gordo insistió.

—Es importante. La página, quiero decir. ¡Para que entiendas bien!

El Facebook de Fleur du Lys era puro misterio. No había allí ninguna seña personal. Nada que permitiese imaginar su nombre, su sexo, su edad. Lo único indiscutible, dado su lenguaje y la tendencia a comentar noticias locales, era que se trataba de un argentino o argentina.

Las fotos que colgaba eran igualmente elusivas: ningún autorretrato, más bien traslucían estados de ánimo (instantáneas de la calle y sus personajes, piruetas de la luz sobre la ciudad anónima) a tono con los textos y comentarios. Que comunicaban una intensa, casi maníaca soledad. E iban desde lo personal (un poema de Alejandra Pizarnik, que decía así: ¿*Qué haré conmigo? / Porque a Ti te debo lo que soy / Pero no tengo mañana*) hasta lo público, siempre de la misma manera esquiva. Al enlace que conducía a un artículo sobre la aprobación a la gestión del presidente (sesenta y cinco por ciento, según la encuestadora) le había agregado como comentario: *Sauve qui peut (la vie.)* Que significaba algo así como «Salve quien pueda (la vida)» y era además el título de una peli de Godard.

—¿Y eso qué? —dijo Milo—. Podía ser la página de cualquier argentino con ganas de pegarse un tiro. ¡Hay millones, hoy en día!

—El único dato duro que me avalaba era la fecha. Fleur du Lys apareció en Facebook el mes que las Hijas pasaron a la clandestinidad ...Una prueba más que débil, ya sé. Pero lo que no me dejaba dormir era otra cosa. La... ¿cómo decirlo?... el *espíritu* de la página, lo que comunicaba con cada entrada. —El Baba hizo una pausa para beber y limpiarse el bigote de leche—. Lo que Fleur de Lys decía, o insinuaba cada vez que colgaba algo nuevo, era la clase de cosas que yo venía pensando y sintiendo desde que decidí irme de casa. Parecía el diario íntimo de alguien que no puede comunicarse con su gente, pero que de algún modo quiere hacerle entender que está bien. ¡Si no era una de ellas, le pegaba en el palo!

Pero todos sus intentos de confirmar la identidad de Fleur du Lys fracasaron.

Aunque deprimido, seguía visitando a la Viuda disfrazado como el Chico de la Biblia. Cada vez que le pedía que lo pusiese en contacto con Los Arcángeles, la mujer se negaba. Lo único que se modificaba era su estado de ánimo: a medida que pasaban las semanas, la sentía más sola y más triste. Por eso un día, ya a punto de irse, le dejó copia en papel de algunas páginas de Fleur du Lys.

—Pensé que le iban a hacer bien. Porque aunque no hubiesen sido escritas por las Chicas, podían ser leídas como tales. Te ayudaban a sentirlas cerca, te... *reconfortaban*. Y me fui, lo más campante.

—Gordo...

—Pará, que ya llego. Siguiente visita. Apenas entro, la vieja me caza del cuello y me dice: «¿Cómo llegaste a Fleur du Lys, eh, eh, eh?» Estaba sacada, me escupió toda la oreja. Le conté lo mismo que a vos y me preguntó si alguien más sabía. «Claro que no, palabra de *scout*, le dije... Los *scouts* también tienen una flor de lis por símbolo, es gracioso... Y después cambió de tema.

—¿Vos me estás jodiendo?

—A los dos días vuelvo y lo primero que hace es decir: «¡Te conseguí una reunión con Los Arcángeles! A estas alturas, vas a estar más seguro dentro que fuera».

Pero se había equivocado.

En cuanto le presentaron a las Hijas, la Casa voló por los aires.

9.

Los salvó el hecho de que aquel refugio (la Casa n.º 13, o Casa Segura) hubiese sido organizado por Sofía. Lo había hecho con la sola colaboración de Uriel, uno de los Arcángeles fundadores, que había sido geólogo y muerto de un cáncer de páncreas fulminante. Uriel sabía de explosivos y había llevado a la práctica la idea de Sofía. Que en realidad no era suya, sino de su padre. O sea, del Autor.

—¿Te acordás del episodio treinta y tres de *Doctor Incógnito*? Bueh, no importa. Ahí el villano sorprende a Incógnito en su guarida. Pero Incógnito la tiene preparada para garantizarse la huida, en caso de que alguien le tienda una emboscada. Eso es lo que hizo Sofía. Con la ayuda de Uriel colocó explosivos en la Casa Segura, que era donde hacían las reuniones importantes. Y no se lo dijo a nadie, el pobre Uriel se llevó el secreto a la tumba… Había cargas en el jardín, en el patio trasero y en el techo, para frenar a potenciales atacantes. Y otra carga más en la sala de reuniones, que se activaba sola en cuanto te encerrabas en el búnker. Porque había un búnker, ahí. Debajo del suelo. Para entrar tenías que empujar un armario, que cubría el agujero por el que te metés, *te metías*. Una vez ahí, volvías el armario a su lugar… yo no lo vi, estaba desmayado en ese momento… y entonces se detonaba la última carga.

—Si estabas desmayado, ¿quién te metió en el búnker?

—*The girls*… Pasamos cuatro días, ahí. *¡Cuatro!*

—Y vos, chocho, me imagino.

—¿Tas en pedo? Comíamos comida enlatada. Meábamos en un inodoro químico.

—No me digas que les mostraste tu piji…

—Cuando estábamos a oscuras, no seas pelotudo. ¡No cagué nunca! ¿Te imaginás la *sputza*? ¡Lo que no había logrado la OFAC casi lo logro yo con un par de pedos! Cuando al fin salimos, me pasé una hora en el baño. Debo de haber roto un récord de longitud. Y no hablo de la temporal, precisamente. En fin, ¿no te parece increíble que Sofía se haya inspirado en un episodio de *Incógnito*? ¡El Autor nos salvó la vida!

—También se podría decir que el Autor los metió en ese despelote —dijo Milo—. A vos, pero ante todo a sus propias Hijas.

El Baba no dijo nada, pero era obvio que el comentario le había disgustado.

—La gran duda durante esos días —prosiguió— era si podríamos salir una vez pasado el peligro. ¿Y si el derrumbe había trabado el puto armario? Para colmo, no estábamos en condiciones de hacer ninguna prueba. Cualquier desplazamiento podía alertar a la OFAC, que se había adueñado del lugar. Los oíamos todo el tiempo. Caminando de aquí para allá. Cagándose de risa. Hurgando entre los escombros. ¡No nos animábamos a hablar más que por señas!

—Seguro que las cagaste a preguntas igual. ¡Jugando al oficio mudo!

—Mejor cagarlas de ese modo y no del otro. Fue… algo loco, para decirlo discretamente. Sentía que me ahogaba. Y ahí abajo no había Ventolín, claro. Pero no era solo cuestión del aire viciado, de la baranda a muerto y del tufo a transpiración. Cuando te sentís encerrado, te agarra la necesidad de, de… *moverte*, de estirar los pies aunque sea un cachito. ¡Es casi compulsivo! Y cada movimiento era un ruidito, ahí dentro. De día prendíamos la luz para vernos las caras, Uriel había instalado una conexión eléctrica. Pero de noche teníamos que apagarla, para que no se colase por ninguna grieta y nos deschavase. Te estoy hablando de ocho, diez horas de oscuridad total. Al principio se oían los ruidos que hacían los sicarios, después ni eso. Susurros y latidos, nomás. Era como estar en… no sé: ¡la panza de una ballena!

Lo que impidió que enloqueciese fue la posibilidad de hablar del Autor. De escuchar cosas de su vida, de recordar sus historias, de que le contasen de dónde las había sacado y qué claves escondían.

—Si no empecé a los gritos fue porque quería preguntar más cosas. Me aguantaba hasta que caía el sol y ahí empezaba. Hablábamos hasta que nos vencía el sueño. Y al día siguiente nos despertaban los pasos que llegaban de arriba. Otra jornada de tortura… Mirándonos las caras, jugando a boludeces: el ta-te-ti con piedritas, Dígalo con Mímica… ¿Vos sabías que los juegos fueron un invento de los lidios, para distraerse en medio de una hambruna? Yo tampoco. Me lo contaron ellas. Porque su padre se lo había contado, cuando eran chiquitas.

Hablar sobre el Autor lo había salvado, pero a ellas también. Responder preguntas en el fondo del pozo les recordó por qué habían llegado allí, y ante todo por qué era imperativo salir. Tenían mucho que hacer, todavía, antes de abandonarse al relax de la tumba.

—No sabés lo que son esas mujeres —dijo el Baba, que había acabado la leche y consideraba la posibilidad de un nuevo trago de ginebra—. Yo estuve todo el tiempo al borde del brote, macho, pero *ellas*... no se quebraron nunca. Y yo que creía que el Autor tenía una noción... cómo decirlo... *exaltada* de lo que debe ser un héroe. Desde que las conozco, empecé a pensar que más bien fue un realista.

10.

La cuarta noche asomaron del pozo. La OFAC ya había retirado a sus perros guardianes. De la Casa Segura quedaba poco y nada: unas paredes, hierros retorcidos, escombros y un olor a gas que mareaba pero era bienvenido, porque disimulaba el otro aroma. En el operativo habían muerto seis hombres de la OFAC y no menos de doce Arcángeles, supo el Baba en cuanto se metió en internet.

—Entonces nos separamos. Cada uno para un lado distinto —dijo el Baba—. ¡Como los hijos de Martín Fierro!

—¿Te dejaron en banda?

—La situación era insostenible. Por un lado, a ellas les convenía que las hubiesen dado por muertas.

—Decíselo a su madre.

—Ya sé, ya sé.

—No sabés un carajo. Si supieras, no le habrías hecho a *tu* madre...

—¿Puedo hablar? ...Tarde o temprano los análisis de laboratorio iban a certificar que no había ADN del Autor entre los restos. Mientras tanto, el mundo las daría por muertas. Eso les concedía margen para hacer ciertas cosas... no preguntes qué, son más misteriosas que la Esfinge de Tebas... sin llamar la atención. Pero, claro, también suponía otro tipo de problemas. No podían recurrir a la estructura, ni buscar refugio en otras Casas. Lo cual las dejaba en la calle. Sin recursos ni protección. Por eso sugirieron que me fuese.

—¿Sugirieron?

—Sí señor. Me preguntaron: «¿Tenés adónde ir, a quién recurrir?» Porque a diferencia de ellas yo no estaba en una lista de perseguidos.

—La cana te busca.

—Como tipo que se fugó de casa, sí. ¡Pero no como terrorista! Por eso les dije: «Tranquilas, que yo me arreglo. Tengo un amigo que, que... con el que cuento, despreocúpense». Y así fue.

—Pero no viniste. Ni les avisaste a tus viejos, para que se calmaran.

—Es que tenía, *tengo*, la certeza de que... la cosa no terminó. No todavía.

—Claro que no. A estas alturas ya deben de saber que están vivas. Las van a cazar como a pichones. Están más expuestas que antes, más vulnerables.

—¿No oíste nada de lo que dije? Ellas no tienen nada de vulne...

—¿Sin guita, sin armas, sin protección y en la mira de la OFAC?

El Baba guardó silencio. Pero no había sido un silencio derrotado. Más bien parecía estar contando mentalmente: *uno dos tres*, como quien se abstrae para recuperar el control.

Milo aprovechó para hacer fondo blanco. Puta que ardía, la ginebra...

—Yo tenía algo de plata —retomó el gordo—. Que me había llevado de casa. Ahorros. Vos sabés, lo que juntaba haciendo tareas ajenas.

—Más lo que les choreaste a tus viejos.

El Baba abrió la boca, pero en el último momento eligió callar. Después de haberlo acusado *a él* de ladrón, no podía decir ni mu.

—Pasé algunas noches en el refugio del templo evangélico. Donde me dijiste que te trataron mejor —continuó el Baba, como si no lo hubiese oído—. Mientras se me curaba un poco lo de la cara, que llamaba la atención. Ahí compré esta ropa, que es usada. Y después me fui a una pensión. Hasta que atacaron el barrio. Qué manga de hijos de puta, ¿no? Cuando uno cree que ya no pueden llegar más bajo... En fin, decidí venir a verte. Cosa que no había hecho antes porque... *vos sabés*. No habíamos quedado en los mejores términos. ¿Te dio Pierre, ahm...?

Milo asintió, con la cabeza gacha. Si explicaba entonces la utilidad de su obsequio, el Baba iba a enloquecer. Especulando sobre Desmond y las propiedades de la mano, forzándolo a hacer pruebas en busca de poderes ocultos. Y no era momento para pelotudeces. Tampoco le agradaba la idea de revelar que le debía algo tan *grosso*. Había disfrutado mucho acusando al Baba de ladrón, rebajándolo a su altura.

—En fin, tomé una lancha-taxi hasta tu casa, encontré al Bonzo, me dijo que no estabas pero que era probable que hubieses venido acá. Y el señor, que había oído hablar de mí y estaba bastante al tanto de, ahm…, *nuestra historia*, me, m-m-me sugirió que me quedase.

—Era lo más prudente —dijo Milo.

Cuando le contó el rol que había asumido durante el incendio, el Baba se puso pálido. Entendió que la OFAC podía estar vigilando a Milo por sus propias razones, y no quería caer en sus manos como un chorlito.

—Lo único que me falta: ¡haber escapado de, de… *aquello*, para, para…!

No dejaba de ser una reacción saludable: la experiencia le había enseñado el terror sagrado que tanto había luchado Milo por inculcarle.

Milo dijo que, en todo caso, ya había cometido el error; y que lo mejor sería permanecer en la casa, hasta que organizasen una forma más discreta de sacarlo de allí que la barcaza u otra lancha-taxi.

El Baba no quiso saber nada. Aun con las ventanas tapadas, la casa distaba de ser una fortaleza. Y si la OFAC se había animado a hacer lo que hizo en el barrio, a la vista de todo el mundo, en aquel rincón del Delta sería capaz de cualquier barbaridad.

Fue entonces cuando Milo le dijo que conocía un escondite ideal.

11.

Más que abrazar la opción del búnker, el gordo se había resignado a ella. ¿Otra vez encerrado, y sin el aliciente de la compañía de las Chicas? Milo sabía, sin embargo, que su renuencia acabaría cuando viese el tesoro. Por eso se limitó a encender la luz (había una ficha instalada, el Viejo le había dicho dónde) y le cedió el paso.

Al principio el Baba no entendió. Había asumido que había un búnker allí porque el Viejo era un personaje, de esos excéntricos que el Delta atraía como la miel a las moscas. Pero al toparse con los objetos arrumbados (Milo no le había anticipado nada, no quería perderse su reacción), se quedó mudo.

Todo lo que había allí lo deslumbraba, remitiéndolo al imaginario de la aventura. Las armas. El sextante. Los cascos. La máscara antigás. (Que el Viejo había devuelto oportunamente, después del incendio.)

Lo primero que agarró fue la espada.

—Pero esto es... parece... *nuevo* —dijo el Baba, probando el filo con un dedo.

—Es nuevo —replicó Milo.

—Uh. *Déjà vu* —dijo el gordo, cambiando la espada por un libro. Era *Almayer's Folly* de Joseph Conrad. Una primera edición, a pesar de lo cual se veía recién salido de la imprenta—. La última vez que sentí algo así fue cuando pisamos Eontamer. Ese *feeling* de estar metido dentro de algo que parece una reproducción perfecta, tipo set de Hollywood, y a la vez transpira una verdad que... Porque este libro hasta huele a nuevo, pero, pero... ya nadie imprime en este tipo de papel, ni usa este material para encuadernar, ni...

El Baba clavó la vista en Milo, demandando algún tipo de confirmación. Pero él se quedó callado. Estaba disfrutando demasiado.

—Decime algo, forro. ¿Ando cerca: frío, tibio...?

—Todo lo que hay acá es nuevo —dijo Milo—. Y a la vez es viejo. Ahí donde lo ves, ese libro tiene más de un siglo. Y la espada, uf...

El Baba dejó el libro y se acuclilló junto al cañón. Milo no necesitaba aclarar esa fecha, estaba grabada sobre el metal. Los dedos del Baba recorrieron las muescas, como si no confiase del todo en sus ojos.

—Vos sabés de qué va todo esto —dijo. No había sido una pregunta, claro—. *Please*, contame. Antes de que me salga una hernia, por pura ansiedad.

En lo que hacía a la historia del Viejo, Milo la hizo corta. Lo que le interesaba (porque le interesaría al Baba, estaba seguro) era llegar cuanto antes al fenómeno: la existencia de un *wormhole*, o agujero de gusano, con boca en un punto del Delta tan impreciso como próximo.

—Un agujero de gusano es...

—Un atajo entre tiempos —dijo el Baba al toque—. Y hasta entre universos paralelos, si se quiere. Como el de *Star Trek: Deep Space Nine*.

Maldito Baba. En materia de cosas raras, lo sabía siempre todo.

Su cabeza funcionaba tan rápido, que no tardó en unir los puntos que Milo había tan solo empezado a enumerar.

—Uy, Dios. Me va a estallar el coco. Si eso pasa, deciles a mis viejos que los quiero. Y no dejes que me velen a cajón abierto. —El Baba se deshizo de la pipa de opio con que jugueteaba, en su ansiedad iba a terminar por romperla—. ¿Se te ocurrió pensar que, que... entre el *wormhole* desde el que habría salido todo esto y nuestra, ahm, *aventurilla* con los Héroes, puede haber algún tipo de, mmm... *conexión?* Occam no falla nunca, loco. *Principio de economía o de parsimonia.* La explicación más simple suele ser la verdadera. Algo como lo que vivimos en el cementerio es, es... *excepcional,* no hace falta que te lo explique. ¿Cuál es la probabilidad de que al rato nos topemos con *otra* cosa excepcional, y para más datos del, del... *tamaño* de lo que acabás de contarme? Exacto. Ninguna. Menos que cero. O sea que tiene que haber relación entre ellas. ¡No puede no haberla! Si los Héroes llegaron acá por... Uy, Dios. El pozo de Tariq. El sótano de Blake. El huracán que sacudió a Metnal. ¿Entendés, boludo? ¡Todo cierra! Las implicancias... *Dios mío.* Mirá si, si... los Héroes no son cosa de la imaginación del Autor, sino, sino...

—El Viejo dijo algo parecido —admitió Milo—. Si hay tantos mundos paralelos como dicen, no es loco pensar que en algunos pasen... o hayan pasado... las cosas que nosotros creemos ficción.

Al Baba se le había aflojado la mandíbula. Estaba empezando a asustarlo. Su amigo era un crío, pero toda esa grasa lo volvía candidato a un infarto.

—Un mundo donde no solo existe Ulises, sino también Circe y las sirenas —dijo—. Donde Ciudad Gótica consta en los mapas de Estados Unidos. Donde el Doctor Incógnito...

Ahí se quedó. Parecía que se le había fundido el cerebro.

Hasta que reaccionó de golpe, agarró la espada y dijo:

—Apagá la luz.

—¿Qué?

—¡Apagá la luz, pelotudo!

Milo obedeció. No quería que lo degollase en su ataque de locura.

El Baba levantó una de las planchas de metal (por eso pudo verlo, la noche estaba más clara que el búnker), y espada todavía en mano, asomó la cabeza afuera.

—¿Qué mierda...?

—¡Ssshhh!

El gordo siguió pispeando hasta que se dio por satisfecho. Después cerró y le pidió que encendiese la luz. Milo ya ni chistó. Patato lo había adoctrinado: a los locos se les lleva siempre la corriente.

—No está.

—¿Quién no está?

—El Viejo.

—¿Cómo que no está?

—No está cerca, quiero decir. Que es lo que importa. Decime, ¿vos confiás en ese tipo? ¿Cuánto sabe? De lo nuestro, quiero decir.

—No todo —dijo—. Me dio vergüenza contar ciertas cosas. Pero algo le conté.

—¿Algo?

—Bastante. Ojo, yo confío en él. ¡Lo conozco desde hace un huevo!

—A tu viejo también, y no le confiás ni una culebra por miedo a que la envenene.

—Mi viejo está muerto.

12.

El pasmo del Baba le dio un respiro. Necesitaba ordenar sus ideas, encontrar un modo de decir lo insoslayable: que ciertas explicaciones (cómo era posible que los mundos del Autor sangrasen sobre el suyo, por ejemplo) eran menos importantes que el efecto concreto... *y sus consecuencias*. Lo tenía a Pierre trabajando en el asunto, con la esperanza de contener cuanto antes uno de los coletazos. Pero quedaban otros mil frentes abiertos: las Hijas y la Viuda, la gente del barrio, la evolución (o involución) de su mano...

El Baba se le fue encima. Lo abrazaba.

—Salí, nabo.

—Lo siento mucho.

—No digas boludeces.

—¿Qué pasó?

—Te lo cuento después. Lo que quiero es que entiendas que yo... yo *confío* en el Viejo. Ya sé que es un cabrón. Pero en todo caso es un cabrón que no me falló nunca. Estuvo ahí cuando lo de don Maciel, cuando lo del incendio, cuando, cuando...

Era el momento indicado. Milo se había quitado el guante y levantado la mano.

El Baba lo miró extrañado (la mano no tenía nada raro a simple vista, en eso tenía razón) y alzó la propia para chocarla.

Qué gordo pelotudo.

—Okey, entendido —dijo el Baba—. Vos confiás en él, yo confío en él. No se hable más… Ahora decime, ¿sabés cómo funciona el *wormhole?*

—No, no cre…

—Porque todas estas cosas vinieron de ahí, ¿no?

—Eso dice el Viejo. Pero el cañón lo encontré yo. Estaba hundido en uno de los canales, acá nom…

—Por eso las cosas parecen nuevas. Porque *son* nuevas. ¡Aunque tengan cientos de años! Qué de-*lirio*… Y decime, ¿sigue abierto el *wormhole?*

—Yo diría que sí.

—Porque en ese caso pueden seguir llegando. Los Héroes, digo.

—Uf… Decime, ¿conocés a un personaje que se llama, ahm, Ace Fowler?

—Nnnno, no que recuerde. ¿De quién es?

—Del Autor.

—¿Del Au-*tor?* ¿Tas seguro? Nunca lo oí nombrar. Será de lo primero que hizo… Pero oíme, pensalo: ¡mirá si vienen, o vinieron ya, *los otros* personajes! Sabés de qué te hablo: Doctor Incógnito, Adam de la Selva, Lava Man.

Puta madre. Me había olvidado. ¿Cómo se lo digo?

—Si aparecieran, tendríamos una oportunidad. Con las Chicas, quiero decir. Para salvarlas. ¡Y sacarnos a la OFAC de encima!

En ese caso estamos fritos, pensó Milo.

Le contó entonces lo que había descubierto. Aquella mañana en la cual, mientras ataba diarios y cartones, había dado con cierto ejemplar de *Clarín*.

Terroristas abatidos en enfrentamiento con la OFAC, decía en primera plana. Con la foto por debajo, tamaño catástrofe. Mostrando los cuerpos de las tres víctimas. Nadando en su propia sangre. Con los ojos vidriosos, expresando el desconcierto que habían sentido en la muerte.

—Las caras me resultaron conocidas. Me costó identificarlas, claro, porque nunca se me hubiese ocurrido buscarlas por ese lado… nunca antes del cementerio, quiero decir. Te habría consultado, eras la persona indicada. Pero ya te habías pirado. Lo confirmé después, cuando fui a ver a la Viuda y le eché un ojo a la colección.

Todavía conservaba el recorte. Sintió el impulso de salir en su busca, esa página lo explicaba todo. Pero habría sido un regalo de mierda. El regalo del Baba le había permitido recuperar su mano, en cambio él iba a obsequiarle un documento que acabaría con sus esperanzas.

—Eran ellos, gordo. El Doctor Incógnito. Adam de la Selva. Lava Man. Los cadáveres, quiero decir. Es obvio que vinieron... antes que Tariq y los demás, lo sé por la fecha que figura en el diario... y que, que... resultaron... ¿Querés que vaya a buscar el recorte? Pará, enseguida ven...

El Baba lo frenó de un tirón. Sin decir nada. Ni siquiera lo miraba, más bien lo rehuía.

¿Qué se le dice a alguien que acaba de perder a sus ídolos? Tratándose del Baba, las disquisiciones entre realidad y ficción no tenían sentido. Si le insinuaba que se trataba de gente que nunca había conocido, no lograría más que indignarlo.

Tal vez si se ponía en su lugar... Quiso recordar qué había sentido cuando mataron al Peluca: su viejo amigo (y fugaz cuñado) el Peluca Rojas, que era lo más parecido a un héroe que Milo había conocido. Pero no le sirvió de mucho. Lo único que había sentido entonces era deseo de matar. No sería fácil inspirar en el Baba una bronca semejante. Aunque un poco más curtido, seguía siendo un tierno.

—Eh, gil. Dale, no te pongas así.

Lo despeinó de un zarpazo. Pero el gordo ni se inmutó.

—Baba, mirame. En serio, che. Gor...

—No te gastes. —Su voz se había puesto ronca—. Nada de lo que digas va a cambiar lo que... Puta, soy un forro. ¿Cómo me puedo poner así por...?

Bajó la jeta. Ya no podía hablar.

—Estamos solos, gordo. Es así —dijo Milo. No desentonaba como comienzo de discurso. Si tan solo supiese cómo seguir. Porque tenía que seguir. No podía encallar en ese punto, hubiese sido criminal de su parte—. Somos vos, yo... y un viejo de cien años. En el mejor de los casos se anotarán Pierre y el Bonzo, que ni siquiera tiene diez dedos... No te rías, pelotudo: ¡limpiate los mocos!... Pero nadie más. ¡Una banda de pelagatos!

—La Armada Brancaleone, diría mi abuela.

—Pero algo vamos a hacer. Porque algo se puede hacer, siempre. Para empezar estamos equipados, ¿o no? Tenemos espadas, sables, un mosquete, un cañón...

Los mocos del Baba volvieron a asomar. Se limpió con la manga, el muy asqueroso.

—Contá conmigo. Palabra de pelagatos —dijo Milo. Y le ofreció su mano para sellar el trato.

El discurso no iba a pasar a la historia, pero había logrado su objetivo. Estaba a la vista, podía sentirlo: el Baba había vuelto a entusiasmarse, era como si una luz se le hubiese encendido adentro.

—¡Tenemos que contactar a las Chicas! Necesitan ayuda, hoy más que nunca. Refugio. Protección. Ahm, *dinero*.

Milo suspiró. A esa altura ya había asumido que nunca disfrutaría de los dólares.

—*O ka*. Todo lo que tengo está a tu disposición... No te ilusiones, que no es lo que pensabas. Apenas me llevé cincuenta lucas. Gasté parte en darle de comer a la gente y otra en un trámite personal... voy a cremar el cuerpo de mi vieja... pero lo que quedó se puede usar. Igual no sé cómo pensás contactarlas. ¿No se abrieron de vos?

—Me dejaron un número de teléfono. No lo dije antes porque no quería que el Viejo lo supiese, pero si vos decís que es de confiar...

Ese era el problema con los discursos aleccionadores.

Pronunciarlos era lo de menos. Lo difícil era estar a la altura.

13.

A la mañana siguiente, justo antes de la ceremonia de cremación, Pierre le confirmó que había cumplido con la misión encargada: pactar un encuentro con el Piloto. Todo estaba arreglado, ocurriría esa misma noche.

La noticia profundizó el dolor de aquella hora. Por supuesto que ansiaba el encuentro. Lo había soñado durante días, y perseguido activamente desde que Pierre le contó que el Piloto lo había abordado. Lo que no había previsto entonces era que el Baba reaparecería, y en un momento tan jodido.

Tenía que ser así, estaba visto. El funebrero se le estaba acercando con las manos tendidas. *Hoy se termina el Piloto, o me termino yo.*

Pero no era tan simple como eso. Ahora tenía más claro que nunca que, sin su ayuda, el Baba caería. ¿Cuánto tardaría en ser detenido por las fieras de la OFAC, o en ser herido, o…?

El peso de lo que estaba en juego esa noche se había duplicado en un instante.

Si Milo sucumbía ante el Piloto, no sería su única víctima.

Capítulo dos

El Piloto (II)

El Nuevo Mundo — Un Rolex por un pasaje — Cuestiones de alma-naque — «¿Mister Fowler?» — Un Judas — El fin de Tom Carnar-von — Una muerte en la familia

1.

Después del incidente volvió al punto de partida. La isla donde se había estrellado. Dada su situación, era lo que más se parecía a un hogar.

Llegó con la lluvia. Un chaparrón que no intentó esquivar. Pensó que lo ayudaría a quitarse el olor a vómito. Durante el aguacero creyó que lo había logrado, pero en cuanto escampó lo asaltó el mismo asco. Eran sus manos. Apestaban. Las hundió en el lodo y frotó hasta cansarse. Después tumbó la espalda contra un árbol (uno que no era aquel que sostenía el avión, en aquel clima funcionaría como pararrayos) y se abandonó a un sueño intranquilo.

Al despertar buscó la foto. Seguía en su bolsillo. Eso lo reconfortó. Tanto como la comprobación de que no se había equivocado de hombre. (A no ser, claro, que el ingeniero tuviese un hermano gemelo.)

El olor del que había querido escapar lo atacó nuevamente. No era culpa de sus manos, ya no: el barro había cumplido su función. Lo que hedía era la foto. Debía de haberla tocado sin darse cuenta, mientras se alejaba de la casa de la veleta. Su primer impulso fue quemarla, pero se reprimió. Era uno de los pocos lazos que conservaba con su vida previa. Y en el mundo donde había naufragado (porque había visto poco y nada, pero lo suficiente para entender que se trataba de *otro mundo)*, necesitaba aferrarse a todo aquello que lo ayudase a conservar la cordura.

Los signos de extrañamiento se habían multiplicado mientras buscaba a Niemand. Los botes que surcaban las aguas no le habían parecido excepcionales, más allá de su mal gusto en la elección de colores; como ninguno de ellos era una nave militar, les había prestado poca atención. Pero las islas habitadas exhibían una tecnología desconocida. Antenas (porque no podían ser veletas) con forma de plato. Un despliegue circense de iluminación artificial. Segadoras que funcionaban con energía eléctrica.

Las ventanas de las casas se abrían a panoramas dignos de H. G. Wells. Pantallas que proyectaban continuamente algo parecido al cine, aunque en color y con sonido. Hornos eléctricos. Teléfonos desprovistos de cables. En un momento se escondió de un hombre que hablaba solo, mientras caminaba por su jardín. Le costó entender que en realidad le hablaba a un aparato que cabía en la palma de su mano.

¿Dónde demonios había ido a parar? La tesis de haberse topado con una colonia experimental no resistía el escrutinio. Al extrañamiento del idioma y del clima se sumaba la precariedad de las casas. Aun en la pobreza, aquella gente hacía uso de una tecnología digna de la literatura fantástica.

No había caído en Jutlandia, ya lo sabía, aunque distaba de estar claro dónde había ido a parar. Aquel sitio no sufría los rigores de la guerra. De no estar familiarizado con el acento de su bisabuela habría concluido que pisaba tierra española. Tenía tanta necesidad de creer en algo, que habría ignorado el hecho de que no podía llegar tan lejos sin recargar combustible.

Por fortuna el avión no era un espejismo. Respondía con un *clang* a cada piedrazo que le atinaba.

2.

Pasó una noche destemplada. A la luz del nuevo día sopesó sus opciones. Si permanecía allí, se vería obligado a procurarse alimentos. Podía probar frutos exóticos, perseguir animales (no había visto nada más suculento que un sapo) o practicar la pesca. Pero esas empresas requerirían tiempo y lo impulsarían en la dirección de una vida salvaje. Su barba y sus cabellos crecerían más allá de lo aceptable. Su ropa se ensuciaría aún más. Pronto perdería la posibilidad de acercarse al ingeniero sin llamar la atención. Y eso era algo que quería evitar. No se lo decía con todas las letras, pero le bastaba con la intuición: si actuaba con negligencia y permitía que la misión se diluyese, corría el riesgo de perder la razón.

Las órdenes de Hainaut le marcaban un norte. Ateniéndose a ellas podría al menos huir hacia delante.

Niemand ya no era tan solo un objetivo militar. Cuando lo atrapase, postergaría la pregunta por los planos, para arrancarle primero la respuesta que creía más vital.

Mick *Ace* Fowler quería saber a qué mundo se había asomado.

Nadie mejor que el ingeniero para explicárselo.

3.

Registró por última vez los rasgos de Niemand y se deshizo de la foto. La idea era desprenderse de toda evidencia que pudiese comprometerlo.

Robó prendas de distintas sogas, con la intención de vestirse a la usanza del lugar, y guardó su uniforme y el arma dentro de un mantel con el que confeccionó un atado. Lo único que conservó puesto fueron las botas, porque no podía obtener otro calzado sin entrar en una casa y exponerse a ser descubierto. De todos modos tomó la precaución de dejar que el pantalón (de una tela rústica, que su piel repudiaba) ocultase la caña: cualquiera que lo viese pensaría que llevaba zapatos.

Volvió entonces donde la mujer que había abordado al principio. Era la única que lo había mirado sin miedo en los ojos. Le dijo que la casa que le había indicado estaba deshabitada, y que no quería emprender el regreso sin pagarle a «Milo» lo que le debía.

Ella se ofreció a conservar el dinero. Dijo que cuando viese al muchacho se lo daría. La niña del labio leporino se frotaba contra sus faldas, recordándole todo aquello de lo que carecían.

Fowler repuso que era algo que prefería hacer personalmente. Aunque estaba dispuesto a recompensarla por su información.

La mujer dijo que Milo trabajaba en el cementerio. Eso lo sorprendió, pero supuso que era lógico que instalasen el laboratorio en un lugar discreto.

Según la mujer, lo más seguro era buscarlo en la escuela. Dijo el nombre del establecimiento, que Fowler memorizó.

Alegando que había dejado su billetera en el hotel, se quitó el anillo de los Flying Aces. Afirmó que era de oro puro y lo mordió a modo de demostración. La mujer no parecía feliz con la transacción, pero se cuidó de rechazarla.

Cuando le preguntó cómo llegar a la escuela, ya no obtuvo precisiones.

—Tomesé la colectiva y pregunte en el puerto —dijo la mujer. Y cerró la puerta en su cara.

Caminó sin rumbo fijo. Se cruzó con alguna gente sin animarse a abordarla. Si preguntaba qué era «la colectiva», levantaría las sospechas que hasta ahora había logrado evitar.

Al rato dio con un muelle abarrotado. Hombres y mujeres que parecían esperar algo. Esperó también, a prudente distancia. Veinte minutos después arribó una lancha. La gente formó una fila y empezó a subir.

Pagaban a cambio de un *ticket*. Cuando llegó su turno, dijo que acababan de robarlo. Y preguntó si podía entregar su reloj en trueque por el pasaje.

Era el Rolex que Tom Carnarvon le había regalado para su último cumpleaños. Se había resistido a deshacerse de él hasta entonces, no encontraría mejor oportunidad: llevaba sus iniciales y la fecha grabadas.

El timonel examinó el reloj y dijo:

—*Pst...* ¡Cada vez los hacen mejor!

Fowler no entendió el comentario (Rolex era una marca nueva), pero sí el gesto con que el timonel lo invitó a pasar.

Buscó un asiento vacío y se relajó. La lancha retomó su andar, produciendo ondas sobre el agua de color té.

4.

El impacto que había recibido al espiar las casas se redujo a nada en el puerto. Allí sí había embarcaciones que lo deslumbraron: por sus líneas novedosas, por la potencia de sus motores.

Pero lo más escalofriante era la ciudad que se alzaba detrás del amarradero.

La altura de sus edificios. El tráfico enloquecido de sus calles. Había más buses que en Londres. Los automóviles también abundaban. Eran más rápidos y silenciosos que las máquinas que conocía. Tom habría dado una mano a cambio de la oportunidad de pilotar alguno.

Se conducía a demasiada velocidad, y de manera agresiva. Le costó reunir valor para cruzar las calles. Mientras tanto, se entretuvo mirando mujeres. Exhibían las piernas con desparpajo.

Todas hablaban en español. Con el mismo acento que había registrado en las islas, tan parecido al de su bisabuela.

Cuando se fijó en carteles y leyendas, comprendió dónde estaba. Lo repetían los anuncios oficiales, las puertas de las oficinas. *Provincia de Buenos Aires*. El mismo sitio que su antepasado había gobernado, mucho antes del nacimiento de Mick Fowler.

Sintió que le faltaba el aire. Entró en un bar y pidió agua, no tenía dinero para pagarse el trago que necesitaba. Lo miraron con mala cara, pero al ver que no se trataba de un vagabundo consintieron.

No existía modo de que el Sopwith Camel hubiese sostenido el vuelo hasta la Argentina. Aunque su desmayo hubiese durado un día entero, el avión debería haber sucumbido a la falta de combustible. La reserva no habría alcanzado para sortear los Pirineos. ¡Mucho menos habría estado en condiciones de cruzar el Atlántico!

Ese golpe lo preparó para el que lo alcanzó mientras bebía el agua.

Le preguntó al barman si lo del almanaque era una errata.

—¿En qué parte?

—El año —repuso Fowler.

El barman dijo que se trataba del año correcto.

Le preguntó dónde estaba el baño.

Pero no llegó del todo a destino. La arcada lo dobló apenas cruzó el umbral. Llevaba días sin comer nada sustancial, no vomitó más que bilis. La efusión le recordó el olor que tanto detestaba.

Salió de allí envuelto en sudor frío. Alguien se burló a sus espaldas, preguntándole al barman si no le habría servido ginebra en la confusión.

—El gringo no tiene mucho aguante —dijo otro.

De regreso en la calle confirmó lo que sus sentidos le habían anunciado, sin que les creyese. Allí estaban las pruebas. En las pantallas ubicuas, en las faldas mínimas, en los teléfonos mágicos, en los vehículos aerodinámicos.

Mick *Ace* Fowler no solo había viajado a miles de kilómetros de su objetivo.

También había viajado a un siglo distinto del suyo.

5.

No le habría costado nada asumirse víctima de un colapso nervioso. O imaginar que aquel sitio era un paisaje mental, producto del coma en que había caído al estrellarse.

Pero antes de resignarse quería hacer una última prueba.

—Recuerde este número —le había dicho Valise, cuando le encargó la misión en nombre de Hainaut—. Le será útil en caso de emergencia.

Había pasado momentos difíciles en su vida, pero ninguno más digno de ser considerado alarmante.

¿Serviría la cifra de ocho números en aquel mundo? Podía corresponder a una infinidad de cosas. Coordenadas físicas. La clave de una caja fuerte. Una cuenta bancaria. El *locker* de una oficina de correos.

Empezaría por lo más simple. Estaba a pocos pasos de un local de teléfonos públicos. Entró y se dirigió al fondo, ante la mirada confundida del encargado. La mayor parte de los clientes contemplaba pantallas pequeñas, mientras golpeteaba sobre teclados. Tenían la misma configuración de las máquinas de escribir. *QWERTYUIOP.* ¡Algo que el tiempo transcurrido no había alterado!

—Oiga, don, ¿lo puedo ayudar?

El encargado se dirigía a él. Fingió ignorarlo mientras observaba a la gente de las cabinas.

—Eh, usted. ¿Es sordo o qué?

Una mujer marcó diez números. (En aquel mundo los teléfonos carecían de disco, respondían a una versión abreviada del teclado.) Pero otros tres se estaban comunicando con destinos identificados por ocho números.

Pidió disculpas al encargado y le preguntó si conocía algún negocio donde vender oro.

Empeñó su cigarrera por una cifra que no discutió, aunque imaginó que acababan de estafarlo.

Regresó donde los teléfonos y pidió permiso para usar uno.

Marcó la cifra con un dedo tembloroso. Llamaba.

Estaba a punto de cortar (tardaban demasiado) cuando le respondieron.

—*¿Señor Fowler? Es usted, ¿no es verdad? ¿Mister Michael Patrick Fowler? Hola, hola. ¿Me oye?*

Claro que oía. Lo que no podía era responder.

No había esperado encontrar aliados en el siglo XXI.

6.

—*¿Mister Fowler?* —insistió la voz del otro lado—. *Está asombrado, claro. ¡A mí me pasaría lo mismo en su lugar! No se preocupe, estamos acá para ayudarlo. Le vamos a dar todo lo que necesite para su misión. Alojamiento. Dinero. Armas. ¿Dónde está ahora?*

No supo qué indicación dar.

—*¿Me llamó desde un teléfono público? Entonces lo ubicamos enseguida. ¡No se mueva de ahí!*

¿Cuántos minutos más pasó en la cabina, sosteniendo un teléfono que solo emitía tono? Aun cuando hubiese querido medirlos, se había visto obligado a desprenderse del Rolex. El tiempo, estaba visto, era algo que ya no podía considerar a su alcance.

Tardaron una eternidad en pasar a buscarlo. El auto no vibraba casi, más bien ronroneaba como un león satisfecho.

Al volante iba un conductor con aspecto de guardaespaldas: ancho, seco, silencioso. El hombre que iba en el asiento de atrás no podía serle más disímil. Añoso, de una palidez malsana, gafas y cabellera raleada, tenía aspecto de contable o de tomador de apuestas. Vestía un traje encima de un chaleco de lana y una corbata de colores excesivos. Era tan bajo que sus pies no alcanzaban a tocar el suelo del automóvil. Al hablar difundía por el aire un vago perfume a menta. Pronto comprobaría que consumía pastillas de manera compulsiva.

—Llámeme Coffret —le dijo—. Estoy al servicio del señor Hainaut. Ya sé que suena insólito, pero no lo es. Los intereses del señor Hainaut trascienden las fronteras nacionales y las temporales también. ¿Que cómo lo hace? No me pregunte. ¡A ese respecto estoy tan perdido como usted!

Coffret anunció que lo llevaba a un apartamento donde podría descansar. Allí encontraría material informativo, que lo ayudaría a naturalizarse con el mundo que «visitaba». (Ese fue el término que empleó, y con buen tino, porque le inspiró alivio. Si estaba de visita, significaba que en algún momento volvería a su mundo original.) El objetivo era ayudarlo a moverse a sus anchas. Para evacuar cualquier duda o solicitar algo, todo lo que tenía que hacer era llamarlo.

Le entregó uno de esos teléfonos sin cable que tanto lo maravillaban. Cada vez que quisiese comunicarse, no tenía más que apretar el número 1 y la tecla *send*. De ese modo el número se marcaría solo.

Fowler cogió el teléfono. Pero en vez de guardárselo, lo dejó sobre el asiento.

Coffret le preguntó si algo le perturbaba.

—¿Por dónde empezar? —respondió—. A ver qué le parece esto. Estando usted, ustedes, aquí, en este lugar y en este tiempo… ¿cuál es el sentido de traerme a mí desde…? Quiero decir, ¿para qué tomarse semejante trabajo, cuando…?

Coffret le ofreció una pastilla. Tras su negativa se llevó una nueva a la boca.

—El señor Hainaut nunca hace nada por una sola razón. Seguramente hay explicaciones que se me escapan. Pero sí hay algo que puedo decirle. Tenemos claro que para nosotros llegar al, al *ingeniero*, es muy, muy difícil. El hombre está, ahm, *prevenido*, digamos, contra cualquier movimiento nuestro. Conoce el paño. Nos ve venir. Usted, en cambio, puede llegar hasta él con toda facilidad. ¿No se lo cruzó tan pronto aterrizó, o estoy equivocado?

—Todavía no consigo explicarme aquel encuentro.

—No se gaste. Todo lo que necesita saber es que el ingeniero tiene una, ahm, *proclividad*, diría, a cruzarse en su camino… y viceversa, claro. Y que estaba inclinado a abrirle los brazos, dándole la oportunidad que nosotros no hemos tenido.

—Una oportunidad que eché a perder.

—No del todo, espero. ¿Hago mal en confiar, o cuenta usted ya con una pista concreta sobre su paradero?

—Así es. Aunque no estoy muy seguro de tomarla en serio. Usted sigue sosteniendo que Niemand es ingeniero. De ser así, la información con que cuento no valdría de nada.

Coffret hizo sonar la pastilla contra sus dientes.

—Me alegro de poder ser franco con usted —dijo—. El señor Hainaut temía que la, ahm, *discordancia* entre este mundo y aquel del que viene fuese demasiado para su salud psíquica. Pero veo que no necesito tratarlo como si estuviese hecho de cristal. No, Niemand no es ingeniero. Y en consecuencia, no está en posesión de plano alguno. Pero créame cuando le digo que todo su mundo... me refiero al mundo del que usted proviene... depende de la suerte de ese muchacho. Si no hace lo que el señor Hainaut le encomendó, jamás podrá usted regresar a su hogar. Y no porque no exista la tecnología para permitirle la travesía. No podrá volver, simplemente, porque el mundo que conoce y en el que ha crecido ya no existirá.

7.

El apartamento era simple hasta lo espartano. Tenía un refrigerador lleno de alimentos y bebidas, pero carecía de línea telefónica. Tampoco había pantallas de las que abundaban fuera, con teclado o sin él. Sus paredes estaban adornadas con reproducciones de clásicos, nada más moderno que un Renoir. Se le ocurrió que Coffret había supervisado el arreglo, despojando el lugar de tecnología que pudiese inquietarlo. Impresión que profundizó al revisar la biblioteca: contaba con algunos autores de ficción (Conan Doyle, Verne, Conrad), pero dedicaba la mayor parte de los estantes a volúmenes de historia. Todos hablaban del siglo que se había perdido a bordo del Sopwith Camel.

El triunfo del Káiser lo deprimió. Y más aún la noticia de que Von Richthofen había sobrevivido a la Gran Guerra, para ser consagrado Mariscal del Aire.

El futuro del que hablaban los libros no era mucho más alentador. Un presidente americano asesinado. (Franklin D. Roosevelt.) La caída de la Unión Soviética. La armada americana destruida en Pearl Harbor. Alemania y Japón enfrentadas en una Guerra Fría. La discreción con que Coffret se movía era comprensible, desde que la Argentina y otras naciones de América Latina se encontraban bajo supervisión asiática.

Leyó hasta que sus ojos le dijeron basta, mientras bebía una copa de whisky. (De una calidad horrible.) Después se tumbó sobre la cama, tan solo para probarla. Le pareció que más que acostarse se había echado a flotar. Terminó durmiéndose sin habérselo propuesto.

Cuando despertó, el sol ya estaba alto. Se lavó los dientes. Encontró un botiquín tan bien provisto como el refrigerador. Se dio una larga ducha, con el agua escaldándole la piel. Aquel mundo nuevo tenía sus ventajas.

El armario estaba lleno de ropa de su medida. (Eso ya no lo sorprendió.) Eligió un traje sobrio, porque quería integrarse en el paisaje. Las telas eran livianas, casi irreales. Su traje se electrizaba al simple contacto de la mano.

Llamó a Coffret, que prometió enviar en su busca el auto que ya conocía, con chofer y todo. Su idea era llegar a la escuela sobre el mediodía, a la hora de salida.

El sitio era un edificio desangelado. Los adolescentes que concurrían allí (más que salir, parecían darse a la fuga) no tenían aspecto de genios, pero Fowler ya había aprendido a desconfiar de las apariencias. Con su traje adocenado tampoco él parecía el líder de los Flying Aces. Si permanecía demasiado en aquel mundo, corría el riesgo de arratonarse y desarrollar una adicción a las pastillas de menta.

Coffret le había dado precisiones y una recomendación. Las precisiones eran las siguientes: que buscase a los alumnos del curso medio y preguntase no por Niemand, sino por el verdadero nombre del muchacho, Milo Maciel. Según Coffret, no habían conocido su identidad hasta que Fowler los proveyó de información vital: que vivía en el Delta, que alegaba trabajar en el cementerio. Por fortuna tenía prontuario, las autoridades locales lo estaban buscando para interrogarlo sobre ciertos crímenes. Hainaut no estaba descaminado, se trataba de un joven peligroso.

La recomendación fue esta: que se presentase como pariente de la madre de Milo, muerta en una fecha que Coffret le obligó a memorizar.

Así lo hizo. No tardaron en remitirlo a un jovencito en particular. Sus ojos se iluminaron cuando Fowler dijo ser pariente de Milo, pero pronto cambiaron a una luz distinta: la de la desconfianza. Fowler no podía culparlo. En este punto la recomendación de Cof̃-fret le había parecido descabellada, por cuanto Fowler y Milo no se parecían en nada. Su acento inglés tampoco ayudaba, quizás resultase inverosímil que Milo pudiese tener parientes en *aquella otra* isla.

El muchacho sostuvo que Milo llevaba días sin asistir a clases.

Fowler le preguntó si sabía dónde encontrarlo.

El muchacho quiso saber por qué lo buscaba.

Fowler dijo que a Milo ya no le quedaban más parientes de sangre que él mismo. Y que tenía la intención de ofrecerle la ayuda que necesitase.

El muchacho preguntó cuánto estaba dispuesto a pagar por la información.

Fowler le preguntó qué cifra le parecía válida.

El muchacho dijo un número. Fowler lo redujo a la mitad. (Imaginaba que le había pedido algo disparatado.) El muchacho aceptó.

Fowler dijo que no llevaba encima una cantidad semejante. Pero le propuso que se viesen allí mismo tres días más tarde. (Un tiempo prudente, dado que desconocía las modalidades bancarias de aquel mundo.) Le entregaría la mitad del dinero a cambio de una cita puntual, y el resto cuando lo llevase ante Milo.

El pacto quedó sellado con un apretón de manos.

Antes de retirarse, Fowler le preguntó cómo se llamaba.

—M-M-Mazzocone —dijo el muchacho.

8.

Todas las mañanas a eso de las diez entraba la mujer de la limpieza. Antes de aplicarse a lo suyo, le pedía permiso para actuar, como si se tratase siempre de la primera vez. Aquel día, sin embargo, había llegado con las manos rebosantes de paquetes. Era su ropa, que Coffret había enviado a limpiar: el uniforme, las botas, el capote. Olía a perfume y a cuero lubricado. Eso lo puso de buen humor. Le recordaba una de las frases favoritas de Tom Carnarvon. *Llegar a la batalla en condiciones, querido Mick, equivale a dar el primer golpe.*

¿Qué habría hecho Tom en aquellas circunstancias? Sus palabras solían inspirarlo. *Nada es imposible*, predicaba cada vez que se topaban con una dificultad. Aquella tarde Fowler había creído oír la frase de su amigo, en cuanto identificó al escuadrón enemigo. Le pareció que la formación de los Fokker era imperfecta, que los alemanes estaban distraídos. Y por eso se había precipitado, lanzando una jugada individual. ¡Cargarse al Barón Rojo estaba al alcance de su mano!

Por supuesto, aquello no era todo lo que Tom decía. ¿Cómo era la frase completa? *Nada es imposible cuando uno apela a los mejores ángeles de su naturaleza.* Fowler tendía a olvidar esa última parte. Que por cierto irritaba a sir Herbicide, el padre de Tom, porque era una cita de un discurso de Abraham Lincoln y sir Herbicide odiaba a los americanos.

Fowler prefería la primera parte, aquel *nada es imposible*, porque lo suyo eran los desafíos: la proclividad a vivirlo todo como una competición, que debía ser ganada a cualquier precio. Y la segunda parte condicionaba los resultados a los medios. Sugería que aquello que se obtuviese contrariando a los ángeles no tenía valor.

No había pensado en precios cuando lanzó su jugada, sino en la gloria personal. Pero la escuadra enemiga rompió formación como si no respondiese a cinco mentes separadas, sino a una sola. Dos Fokker se le habían echado encima, obligándolo a cambiar de curso y alejándolo de Tom. Y su amigo había recibido el fuego cruzado de otros dos (¡aquella gente sí que trabajaba en equipo!) mientras Von Richthofen contemplaba la escena desde una altura beatífica y sin mancharse las manos.

Tom habría perseverado en su misión, se dijo mientras revisaba la pistola. Era el único tema en el que Coffret se había mostrado terminante. No tenía nada contra su revólver reglamentario, que podía llevar también si lo deseaba. (Fowler lo había limpiado de manera obsesiva durante los últimos días.)Pero, para asegurar el resultado de la misión, convenía que usase una pistola moderna. Eran más rápidas, fallaban menos y se recargaban en segundos. El chofer le había mostrado cómo usarla. Habían agotado un par de cargadores en un polígono de tiro.

Ya no albergaba dudas. Mataría a Milo Maciel, porque era lo que Hainaut le había indicado. Desde que Tom integró los Flying Aces al esfuerzo bélico (una decisión que Bucky Shoales había cuestionado pero no Mick, a su juicio todo lo que Tom decía era sensato),

Fowler se había convertido en un militar. Y los militares no cuestionan ni desobedecen sus órdenes.

Pero ahora quería matar por una razón extra.

Acabar con el muchacho no significaría tan solo cumplir con su deber. Sería también la única manera de justificar *la otra* muerte, aquella que había perpetrado dentro de la casa de la veleta.

El viejo estaba borracho en pleno día, y olía a sepulcro abierto. Había reconocido la foto, pero no había querido decirle nada respecto de Niemand. No le dejó otro camino que atarlo e interrogarlo con dureza. Había sido como golpear un saco lleno de lodo: tan agotador como inútil.

Durante un respiro, aun a pesar de los labios rotos y la boca ensangrentada, el viejo le había preguntado si estaba dispuesto a pagar por la información. (Era lo mismo que Mazzocone le había demandado a la salida de la escuela. A un siglo de su tiempo original el mundo se había convertido en un sitio despreciable, desde que todos parecían dispuestos a vender sus afectos por monedas.)

Fowler le respondió que pagaría lo que le pidiese. De ser necesario, estaba dispuesto a asaltar un banco con tal de asegurarse la información.

Pero no obtuvo del viejo más que risotadas. Un hilo de baba roja temblaba, colgando de su barba de días.

—Lo *pior* de todo —le había dicho— es que lo vendería, le juro. La pelea contra la tentación la perdí hace mucho, ¡uf! Ya ni me acuerdo… Pero no puedo decirle dónde está. No es que no quiera, es que no tengo idea. Ya no me dice nada, el pibe: ni qué hace, ni adónde va. Y no lo culpo, ¿cómo podría? Si yo lo espanté… Qué locura, ¿no? Voy a terminar salvando la vida de mi hijo porque lo expulsé de la mía, nomás. ¡No me diga que no le ve la gracia!

Fowler no tuvo tiempo de responder. Había oído pasos sobre la grava del camino. Solo atinó a tapar la boca del viejo con una mano y arrastrarlo con silla y todo al interior de un armario.

Tan pronto se encerraron allí el viejo había dejado de resistirse. Esa era la razón por la cual no habían sido descubiertos. De seguir pataleando y quejándose, el intruso (todo lo que Fowler había visto era una sombra con una escopeta) seguramente los habría oído.

Esperó un lapso prudencial antes de dejar su escondite. Lo primero que hizo fue sacudirse la mano, que el viejo había bautizado con su sangre, su baba y sus mocos. Se sentía tan asqueado que deseaba golpearlo porque sí, tan solo para desquitarse. Pero habría sido un esfuerzo vano, porque el viejo ya estaba muerto.

Tardó un instante en comprender la causa. Tenía claro que no lo había asfixiado adrede. Su mano no había cubierto las fosas nasales: era por allí, precisamente, por donde el viejo había excretado su mucosidad. Solo que en realidad no era tal, sino vómito. Que el viejo había querido lanzar fuera, para encontrarse con la boca clausurada. Sus fosas nasales no habían dado abasto. La mayor parte de aquel fluido hediondo había ido a parar a sus pulmones.

Aquella muerte lo había espantado y lo espantaba todavía: por lo gratuita, por lo injustificable, por el olor que le había impregnado y que nunca había dejado de asolarlo... y por lo que insinuaba respecto de su persona.

Por eso ya no rechazaba la idea de matar al muchacho. Al contrario, la abrazaba con fervor. Porque, una vez que lo hiciese, aquella otra muerte adquiriría el rasgo de lo necesario, de lo que había resultado imprescindible en camino a un bien mayor: la misión, pieza del rompecabezas de la victoria que había diseñado el Alto Mando.

El hecho de que en los libros la guerra hubiese sido perdida presentaba una paradoja. Pero Fowler ya había aceptado que la cuestión estaba más allá de su comprensión. Después de todo no era más que un piloto. Ante un hombre como Hainaut, que no solo había tenido la habilidad de amasar una fortuna, sino que además manejaba los hilos del tiempo, ¿qué actitud cabía, que no fuese la diligente mansedumbre con que lo obedecía Coffret?

El hombrecito tenía cáncer, estaba seguro. Cuando olvidaba llenarse la boca de pastillas, soltaba un aliento apestoso, propio de quien se pudre por dentro.

Se duchó otra vez, se puso el uniforme, se lavó los dientes.

Con la noche llegaría su expiación.

Capítulo tres

Milo (XIV)

El basural – El misterio de Alain – Cita con la muerte –Milo pierde su ventaja – Bang bang – E y O – Los lanzallamas – Trueno, relámpago y lluvia

1.

Pierre le había contado mil historias del basural. Hallazgos milagrosos: zapatillas nuevas, ciervo patagónico en lata, ventiladores en sus cajas originales. Pero por lo general contaba anécdotas asquerosas. El gato muerto dentro del congelador. El amigo que había caído en un charco rojo y salido envuelto en tripas. La valija llena de partes humanas. (Según Pierre, la habían vaciado para venderla.)

Milo nunca cuestionaba esos relatos. En el peor de los casos se trataba de exageraciones, o de apropiación de historias ajenas.

Pierre decía que la gente que vivía cerca del basural se las veía negras. Tenían problemas de salud: cosas raras en la piel, dificultad para respirar. El agua que tomaban sabía raro. A veces comían rico, encontraban cajas de yogures que no habían llegado a su fecha de vencimiento. (Aparentemente no habían oído hablar de la cadena de frío.) Pero otras comían guiso de nutria y anguila pescada en el Reconquista. Una vez la madre de Pierre aceptó quedarse a cenar con aquellos vecinos. Pierre no dijo nada para que no lo confundiesen con un exquisito, se limitó a deshacerse del coágulo de sangre que flotaba en su plato.

Que lo eligiese como destinatario de aquellas historias no era raro. Para Pierre, Milo y él eran almas gemelas. Después de todo trabajaban en lugares a los que la gente no quería acercarse; y vivían de aquello que a los demás había dejado de servirles.

Aunque también era posible que Pierre lo considerase un par por otra razón. Milo había perdido a su madre cuando tenía cinco, Pierre había perdido a su hermano cuando tenía ocho. La madre de Milo descansaba en el mismo cementerio donde trabajaba. El cuerpo de Alain debía de estar en algún punto del basural que Pierre hurgaba a diario, buscando oro entre la mierda.

Milo se preguntaba si Pierre no tendría miedo de toparse con sus restos.

2.

La muerte de Alain nunca dejaría de ser un misterio. Desde el «accidente» de Diego Duarte en 2004, las autoridades no permitían entrar a los cirujas más que una hora por día. Una vez que la guardia les abría paso, la multitud (con carros, con bicicletas) se lanzaba a la carrera colina arriba. Al coronar la cima e iniciar el descenso, cualquiera podía ser arrollado y pisado hasta morir.

Alain había ido solo, aquel día, porque su madre no se sentía bien y Pierre tenía examen al día siguiente. (Matemáticas. Pierre ya las odiaba, pero las odió más desde entonces.) Algunos cirujas recordaban haber visto a Alain a su llegada, pero ninguno estaba seguro de haberlo visto salir. ¿Era posible que alguien muriese en medio de una avalancha sin que nadie lo advirtiese? Claro que no. Pero sí era posible que tan solo algunos percibiesen el disturbio, en medio de la arremetida. Pocos sitios se prestaban más naturalmente a disimular la presencia de un cadáver, aun a plena luz del día, que aquel basural.

Tampoco eran inusuales las disputas que se tornaban violentas. Cuando estaba en juego la comida de los hijos, no costaba nada ponerse salvaje. No había semana que no ocurriese alguna paliza, o combate entre mujeres, o herida con algo punzante. ¿Había perdido Alain durante una escaramuza de aquellas? Era posible, tanto como la perspectiva de que no hubiese recogido nada valioso y hubiera decidido regresar por la noche. La entrada al predio estaba prohibida a aquellas horas, pero colarse era fácil. Lo complicado venía después.

Aunque ya no hubiese gente para disputar la mercadería, los riesgos se multiplicaban. Cualquiera podía quedar sepultado bajo la basura, como le había ocurrido a Diego Duarte. O ser asesinado por la policía que patrullaba el lugar. O echarse al río para escapar de la persecución y morir ahogado, o baleado desde Campo de Mayo. Los tiros no llamaban la atención de nadie, eran la música que más se bai-. laba en la zona.

Pierre citó allí al Piloto porque lo consideraba territorio propio, paisaje que jugaría en su favor. Pero Milo sabía que el lugar le sería tan ajeno como a su adversario. O quizás más, porque conocía demasiadas historias sobre el basural para ponerle un pie encima sin temer lo peor.

3.

No le molestaba tanto el olor como la oscuridad. Por suerte Pierre lo guiaba, era su Virgilio. Se dirigían a la zona que llamaban la Metalera. Cuando marchaban por terreno alto, el fulgor de las estrellas encendía formas con un halo fantasmal. El esqueleto de un paraguas, el guardabarros de una bicicleta, el marco romboidal de una ventana. Pero la mayoría de lo que se iluminaba carecía de forma definida. Superficies brillantes (latas abolladas, papel de regalo, envases de plástico) que se nimbaban aquí y allá, salpicando el terreno; un mar lleno de algas fosforescentes.

Milo se preguntó si el mar de los Sargazos del que hablaban los libros brillaba también, no recordaba el detalle.

Mejor no pensar en libros. Nada de lo que se aprende leyendo me va a servir de mucho, acá.

Cuando Pierre lo guiaba hacia lo hondo, las colinas imponían sus sombras y Milo dejaba de ver sus pies. Más que caminar parecía estar hundiéndose en un agujero sin fondo. Aguzaba el oído para no perder contacto con su Virgilio, que se había convertido en una sombra más.

En un momento se lo llevó por delante. Pierre golpeó contra sus piernas, se había agachado.

—*Shhh.* Mirá ahí, ¿ves?

—¿Ahí, *dónde?*

Milo se agachó también, para imitar a su amigo en la precaución.

—Sobre la cinta asfáltica. Mataron las luces, pero los deschavan las del panel.

Milo se fijó en un resplandor que parecía flotar. Lo que estaba viendo era la silueta de dos cuerpos humanos, torsos sin cabeza ni piernas.

Había un auto allí. Con el motor encendido.

—Vigilancia —susurró Pierre. Y reculó agachado, jugando al cangrejo.

Milo se ayudó con la mano enguantada. Tenía miedo de usar la otra, la desnuda, y cortarse o tocar alguna inmundicia.

Los desperdicios producían un jugo que se llamaba lixiviado. Drenaba hacia abajo y se mezclaba con las napas de agua. Por esa razón los árboles de las cercanías desarrollaban raíces poco profundas, sedientas de lluvia: para no beber de las aguas envenenadas que eran características del lugar.

La gente que vivía en aquellos parajes no podía permitirse la delicadeza de los árboles. Bebían lo que salía de las canillas y ya. A lo sumo bromeaban, diciendo que la gente con plata no era la única en tomar aguas saborizadas.

El Piloto los esperaba en la zona que llamaban la Quemota. Donde los cirujas que recogían metales los quemaban para quitarles la escoria. Pierre le había dicho que era fácil darse cuenta de que habían llegado. La Quemota era el sitio donde lo que se olía ya no era pestilente, sino más bien embriagante y tóxico.

4.

¿Quién era el Piloto para Pierre? Milo le había dicho que se trataba de un asesino y Pierre no formuló más preguntas. La vida le había enseñado a no perder el tiempo en búsquedas inútiles (era más factible encontrar oro entre la basura que ciertas respuestas: ¿cuánto había girado en torno a la desaparición de Alain sin obtener nada a cambio?) y Pierre trataba de no complicarse. El Piloto era enemigo de Milo. No necesitaba saber más.

Sobre la cinta asfáltica, a la altura de la Quemota, había una garita de madera. Pierre le había sugerido al Piloto que se escondiese allí, para que Milo no desconfiase.

—Me dio un fangote de plata —le había explicado Pierre en el cementerio, después de la cremación—. ¿Seguro que no querés ir miti y miti? Esto de las cenizas debe de salir caro. Y además te lo merecés, el que se juega el cuero sos vos.

Milo no quería plata. Andaba detrás de otro tipo de paga.

En la desolación del basural, la garita parecía una cápsula llegada desde lo alto. Según Pierre había aparecido de un día para otro. La gente decía que la garita misma era basura. Como la habían encontrado llena de bolsas negras, asumieron que la casilla también había sido tirada a lomos de un camión para ser conducida a su destino final. Lo cierto era que la Bonaerense se la había apropiado, como sede ocasional de sus vigilancias. Por eso algún pibe la había pintado como la pintó, con restos de aerosoles, carbonilla y barro.

Cuando la garita entró en su campo visual, Milo asumió que estaba salpicada, cubierta de manchas. Durante el acercamiento comprendió que las manchas no eran tales, sino dientes dibujados. Y que la parte que parecía víctima de un baldazo de pintura roja representaba una lengua. La garita era una boca, sede del garguero, del *buche*. Unas fauces que se abrían allí con la intención de zamparse a los desprevenidos.

Pierre lo desconcertó al hacerle una seña rara. Recordó que se la había enseñado antes de partir. Era el gesto con que le comunicaba que había llegado la hora de seguirle la corriente, de pretender que se ignoraba víctima de una celada.

Su amigo dejó el lecho de la basura impulsándose con los brazos, como quien sale de una piscina, y caminó por la cinta asfáltica. Ya no quedaba ni rastro de sus modos sigilosos, actuaba como quien se siente seguro.

Dichoso él. Si mi pecho sigue a esta marcha, voy a terminar teniendo un infarto.

—Paremos acá un cachito, dale, que estoy molido —dijo Pierre. Eso formaba parte de la actuación, al menos hasta un punto: a ninguno de los dos le resultaba difícil mostrarse cansado—. Cómo me fumaría un fasito… Pero acá no conviene prender ni un fósforo. ¿No sentís que el aire es raro? Es que hay gases locos, flotando. Conozco gente que tuvo alucinaciones. Dragones a lunares, esas cosas.

Milo trastabilló. No formaba parte de la actuación, estaba mareado de verdad.

Una luz lo cegó. El Piloto los apuntaba con una linterna. Pierre alzó los brazos, su rostro expresaba miedo. Ya no estaba actuando. Había negociado con un tipo fino y bien vestido, que hablaba raro; pinta de turista. Pero el hombre que lo encaraba era dueño de una figura impresionante: abrigo largo, botas que relucían aun en la oscuridad, una máscara (máscara o gorro, la luz no dejaba ver bien) y un arma compacta y gris.

Aun a contraluz, Milo advirtió que no se trataba del viejo revólver. Lo que blandía era una 9 mm.

Su mano se encogió dentro del guante: un perro que, al ver el palo, entiende lo que le espera.

5.

—Señor Mazzocone, puede retirarse —dijo el Piloto. La voz movió a Milo a la sumisión, su mente la asociaba al dolor del pantano. Sintió el impulso de agacharse y cubrirse la cabeza.

¿Mazzocone? Cierto. Pierre le había contado que en su negociación con el Piloto se había hecho pasar por Mazzocone. Con tartamudez y todo. «Fue un detalle, ¿o no?», le había dicho, orgulloso. «Si el tipo hacía averiguaciones, todo el mundo le iba a confirmar que Mazzocone te la tenía jurada».

—Primero la plata —decía ahora Pierre—. Me debe la mitad. «Cuando me entregue a su amigo», fue el trato.

—¿No le parece que la posibilidad de conservar la vida es buena paga? —dijo el Piloto. Y levantó el arma para apuntar a Pierre.

—¡No, no, no!

Ese era el momento que Milo había temido. La vida se las ingeniaba para voltear el mejor plan, nunca más sólido que un castillo de naipes. Milo había asumido el riesgo de que el Piloto lo balease sin más: sabía que era posible que el tipo hiciese *pam pam* de una, y a otra cosa. Aquel era un peligro que había estado dispuesto a correr, con tal de conseguir la oportunidad de hablar con su adversario.

La muerte de Pierre, en cambio, era un albur que no había querido considerar. Porque si asumía que existía el riesgo de que el Piloto matase a su amigo (para eliminar un testigo, o aunque solo fuere para sacárselo de encima), se habría visto en la obligación de cancelar la operación. Y eso era algo que no había querido hacer. Enfrentarse al Piloto era para Milo una cuestión demasiado importante.

Más importante incluso que la vida de mi amigo. Con tal de vengarme, no me importa cargar otro muerto a mi lista.

—¡Eh eh eh, oiga, acá!

Milo agitó ambos brazos. Parecía un náufrago que llama la atención de un barco distante. Una gestualidad peligrosa, por cuanto podía persuadir al Piloto de que pretendía atacarlo. Pero Milo insistía, porque sabía que de ese modo el Piloto se concentraría en su amenaza para olvidarse de Pierre.

La 9 mm se pegó a la linterna. Lo apuntaban ambos ojos.

—Déjelo ir, por favor. Yo hago lo que quiera, le digo lo que quiera. *¡Le entrego los planos!*

Eso era lo que le había reclamado la primera vez, ¿o no? Planos. Por mucho que se habían devanado los sesos, ni el Viejo ni él habían entendido de qué planos se trataba. Pero estaba claro que, para el Piloto, revestían la mayor de las importancias.

Tan pronto pronunció la palabra mágica, la linterna se apagó.

—Date la vuelta —dijo el Piloto—. Con las manos en alto.

Todavía ciego, Milo obedeció.

Ya está. Este es el momento. Ahora me pone el fierro en la nuca y chau Pierre, chau Viejo, chau todo. Qué manera más pelotuda de mo...

El frío del arma en la nuca interrumpió su pensamiento. Pero lo que invadió su cuerpo a continuación no fue una bala, sino la mano que el Piloto había consagrado hasta entonces a su linterna.

Le palpaba el cuerpo en busca de un arma.

Apenas veía a Pierre, su amigo era una sombra. Trató de sugerirle que se fuese con cabezazos espasmódicos, pero Pierre no quería dejarlo solo.

—Andate, dale —le dijo al final—. El señor no te va a hacer nada, ¿no es cierto?

El Piloto no respondió. Seguía revisándolo.

Al abrir la campera, descubrió lo que llevaba en el bolsillo interno. Se lo quitó de un manotazo. Milo no hizo ni dijo nada. Todo lo que quería era que Pierre completase su fuga. Si ganaba la hondonada antes de que el Piloto reaccionase, estaría a salvo.

El Piloto dejó caer la revista y encendió la linterna.

Se quedó allí clavado, iluminando la tapa. Milo también podía aprovechar la distracción para escapar. Pero en aquel momento era lo último que deseaba.

El Piloto adelantó la puntera de su bota para abrir la revista. Lo que vio en su interior tampoco lo tranquilizó.

Estaba contemplando el número 4 de la historieta *Ace Fowler*.

6.

—¿Qué es... qué es... *esto?*

Milo estaba familiarizado con esa perturbación. La había visto sacudir los huesos de los otros Héroes. Aquellos que el Autor había creado después y sin embargo habían llegado antes, a liderar un rescate del que nada sabían: Saigon Blake, Tariq el Moro y Flint Moran. Al ver su propia vida reflejada en dibujos y fragmentada en cuadros, aquellos hombretones que se tenían a sí mismos por sobrevivientes de mil aventuras habían sentido temblar la tierra bajo sus pies.

—Una revista de historietas —dijo Milo—. Un cómic, bah, como los llaman ustedes. Habrá visto alguno en los diarios de su época. ¿El *Yellow Kid?* ¿*Little Nemo?* —Milo había aprovechado su reencuentro con el Baba para preguntar por el origen de aquella narrativa. Pero no le había dicho cómo usaría semejante conocimiento—. Y usted es un personaje de ficción, al menos en este mundo. Un dibujito. Un garabato. Algo que existe en dos dimensiones, nomás.

El Piloto volvió a alzar su arma.

—Este objeto tiene la contundencia de lo real —dijo—. Me pregunto si disparará balas dibujadas.

Milo repitió el movimiento disuasorio de sus brazos.

—Déjeme hablar, dele, porque si no se va a quedar sin, sin... *entender.*

—¿Qué tengo que entender?

—Que lo engañaron. Que nada es como piensa.

—¿Quién me engañó?

—Eso no lo sé. Me lo va a tener que decir usted. ¡Espere, por favor, deje que le muestre!

Con los brazos extendidos y las manos abiertas en señal de sumisión, Milo se aproximó a la revista. Quería recogerla, la necesitaba para explicarle lo esencial. Mientras tanto, siguió hablándole, sin quitar la vista de la 9mm.

—Digamé: una vez que su amigo murió... en aquel combate en avión contra el Barón Rojo... cómo era que se llamaba... Tom Car... Carn...

—Carnarvon.

Milo se quitó el guante, no podía hojear la revista con la izquierda.

—Después de su muerte, digo... ¿qué pasó, qué le pasó a usted? Fue algo raro, ¿no es cierto?... No me diga nada: una angustia muy grande. ¿La sensación de, de... no saber qué hacer, para dónde disparar?

Milo advirtió que el Piloto lo miraba con una rara expresión.

Qué boludo, pensó. *Me había olvidado.*

—Es mi mano, sí. La que usted me... Mire, toque. ¡Es de verdad!

El Piloto acercó el foco de la linterna. Bajo esa luz, la mano «nueva» de Milo parecía normal.

La linterna cayó, o el Piloto la soltó. Rodó sola por el suelo, deteniendo su ojo sobre la revista abierta.

El Piloto lo tenía agarrado de la mano. Milo sintió algo similar a lo que había ocurrido cuando tocó al Viejo. La extraña percepción de que no había uno, sino dos corazones latiendo en su pecho. Y la visita de una tristeza profunda, que no le costó conectar con la expresión perdida del Piloto.

—¿Me va a escuchar ahora? —A Milo le costó reconocer su propia voz, le salió estrangulada, *adulta.*

El Piloto lo soltó para echarse de rodillas... o *caer* de rodillas. Ni siquiera lo apuntaba con la pistola, ya: había apoyado el cañón sobre la basura.

El asesino de mi viejo está a mis pies. Puedo patearle la pistola así, ¡tac! Reventarle la oreja de una piña y dejarlo sin equilibrio, de una. Y entonces...

Pero Milo no hizo nada. Ni siquiera se acordaba de qué había planeado decir, por eso dijo lo primero que le vino a la mente.

—Lo que pasa en ese capítulo… la muerte de Tom Carnarvon, quiero decir… *no es culpa suya.* Fue algo que el Autor hizo a la desesperada… matar a uno de los personajes principales, el mejor amigo del Héroe… para ver si levantaba las ventas. *Ace Fowler* era una revista que, ahm… no vendía mucho, y entonces el Autor…

—El Autor.

—El hombre que creó el personaje de Ace Fowler, que lo dibujaba y escribía.

—Debería hablar con él. Está claro que no ha hecho muy bien su trabajo.

—El Autor está, ah… *muerto.* Todo esto lo sé porque me lo contó su mujer, la Viuda. Ella me regaló esa revista, que está fuera de circulación desde hace, uf…

El Piloto había vuelto a apuntarlo. Milo se maldijo. Había perdido su oportunidad, por culpa de… ¿de qué?

—Admito que lo de la mano es… *desconcertante* —dijo el Piloto. Se había puesto de pie sin dejar de encañonarlo—. ¡Pero todo lo es en este lugar!

—Oiga, don, yo… yo no soy ingeniero. ¡Ni siquiera terminé la secundaria! Mire estas manos: no son las de un universitario, precisamente. Soy sepulturero, yo. Como mi papá. El viejo al que usted mató en mi casa, ¿o ya se olvidó?

El rostro del Piloto se desarmó en una mueca.

—Eso me, me… *desconcertó,* cuando entendí —dijo Milo—. Usted no es, no debería ser un asesino. Los personajes del Autor son… bravos, sí, y complicados, pero buena gente. ¿Por qué hizo semejante cosa? ¿Por qué quiere matarme *a mí?* No tiene explicación, a no ser que usted responda ahora ante… no sé: *otra gente.* Por ejemplo, el tipo de la Editorial Belvedere. ¡O alguien del Grupo Gryphon!

El Piloto levantó su brazo armado.

La historia del pantano se repetía. Pero Patato ya no estaba ahí para salvarlo. Y el arma que el Piloto blandía no era una pieza de museo, sino una automática, que respondía al gatillo con la velocidad del rayo. Si el Piloto lo decidía, Milo moriría antes de producir un nuevo pestañeo.

—Nada de lo que dices tiene sentido para mí —respondió el Piloto—. Lo cual no me sorprende. No entiendo qué clase de mundo es este. ¿Lo entiendes tú? ¿Acaso estamos ya en el infierno? Mi mente insiste: «Aférrate a lo que sabes». Pero lo que sé no es mucho. Mi amigo Tom recomendaba: «En la hora crucial apela a los mejores ángeles de tu naturaleza». Un consejo inútil, porque no hay nada en mi alma que se parezca a un ángel. Por fortuna decía algo más: «Las cosas son imposibles hasta que se encuentra el modo de acometerlas». Eso me sienta mejor. Aun cuando sigo sin entender, tengo la intuición de que puedo deshacer este nudo gordiano.

Milo cerró los ojos. El universo estalló, más allá de sus párpados.

Su cuerpo empezó a arder. Pierre tenía razón respecto de los gases: moriría baleado y abrasado por el fuego encendido por el disparo. Su único consuelo era que el Piloto sucumbiría también; pero en aquella circunstancia Milo no sintió nada parecido a la alegría.

Cayó al suelo como una manzana podrida.

7.

Cuando abrió los ojos, descubrió a Fowler tumbado. Boca abajo. Con media cara anegada en sangre. Y la espalda convertida en picadillo.

El Viejo entró a la carrera en su cuadro visual, escopeta en mano. Le decía algo que Milo no alcanzaba a oír, las detonaciones lo habían dejado sordo. Esperaba que se detuviese a ayudarlo, pero en vez de frenar el Viejo pasó de largo.

Milo se incorporó y miró hacia atrás. A sus espaldas yacía un desconocido. Un tipo bajito, de aspecto insignificante, que vestía un suéter a cuadros debajo del saco. Tenía una pistola en la mano y un balazo en la frente, del que ascendía una voluta de humo.

El Viejo había sucumbido a un ataque de rabia. Estaba zapateando junto al cuerpo del enano. Pisoteaba un objeto, algo que se negaba a romperse. Finalmente cedió (debió de existir un *crac* que Milo no pudo oír), lo que convenció al Viejo de que era hora de dedicarse a otra cosa.

El objeto era una radio. Como las que usaban los polis de la Bonaerense.

El Viejo se plantó delante de Milo, pidiéndole concentración. Le hablaba a borbotones. Milo indicó que no podía entenderle. El Viejo maldijo (no hacía falta perfecta audición para darse cuenta) y le dio la espalda, aferrando la escopeta con un gesto imperioso.

Milo estaba convencido de haber entendido lo esencial. El Viejo le había disparado al Piloto en el último instante, cuando creyó que ya no quedaba otra salida. El ardor sobre el cuerpo de Milo no se debía a explosiones gaseosas, sino a los perdigones. Algunos habían superado la barrera del Piloto, el Viejo no había conseguido un ángulo que lo preservase del todo del escopetazo.

Se lo había repetido hasta el cansancio, mientras ensayaban el curso de acción. «Quedate lejos del Piloto. Lejos». Pero al llegar el momento Milo había desoído el consejo, y pagado por ello.

Lo insólito era que el Piloto no le había disparado a Milo. La única bala que soltó se había dirigido, clara y nítida, a la cabeza del otro hombre: el tipito que estaba desparramado sobre la basura.

Nadie fallaba a semejante distancia, y menos un tirador experimentado. ¿Se había referido a eso el Piloto, al hablar de un nudo gordiano: a la decisión de defender a Milo, aun cuando significase enfrentarse a sus nuevos patrones?

El cuerpo del Piloto se contrajo en un espasmo. ¡No estaba muerto!

Le costó darlo vuelta. Su capote estaba teñido de sangre.

El Piloto le hablaba, su boca se abría y cerraba con desesperación.

No entiendo una mierda. No oigo nada. ¿Qué está tratando de decirme?

Milo buscó al Viejo con la mirada. Necesitaba un intérprete. Pero el Viejo estaba pendiente de otra escena, más panorámica: las luces que habían cobrado vida en distintos puntos del basural.

Camiones. Excavadoras. Autos como aquel que ocupaban los vigiladores.

Desde los emplazamientos más disímiles, se movían en dirección a ellos.

El Piloto repetía una y otra vez la misma palabra, que Milo no podía oír.

Se concentró en sus labios. Lo único que identificó fueron las vocales.

E. O. ¿Qué palabra sería esa, cuál su importancia?

El Viejo lo agarró del cuello, obligándolo a levantarse. Milo se resistió, la boca del Piloto se había llenado de sangre. ¡Si no lo volteaba otra vez, se ahogaría!

Pero el Viejo no estaba para jodas. Le puso la jeta a un palmo de distancia y le gritó, con fuerza que penetró el algodón de sus oídos:

—¡Nos van a matar!

Nunca lo había visto así. Estaba cagado de miedo.

8.

Milo se dejó llevar. Volaban sobre la basura, el terreno más irregular. Pronto entendió que el Viejo no sabía adónde iba. Se limitaba a alejarse de las luces que se aproximaban, para cambiar de curso apenas una nueva les salía al cruce.

El único que podía sacarlos de ahí era Pierre. Que no estaba por ninguna parte.

Atravesaron una lomada que tenía por límite una calle. El Viejo se lanzó por la bajada sin soltarlo, la basura rodaba con ellos.

Todavía no habían dejado de caer cuando apareció el auto.

No podían frenar, el suelo se deshacía bajo sus pies.

El Viejo lo soltó, precipitándose de cabeza. Milo abrió los brazos para amortiguar su propia caída. El guante había quedado atrás, su mano estaba desprotegida. No quería cortarse, infectarse. Aun así, terminó en cuatro patas.

El auto había dejado la calle para aventurarse sobre la basura.

El Viejo disparó desde el suelo. Muchos perdigones repicaron contra el frente de la carrocería, el resto pasó por encima del techo.

Los vigilantes abrieron las puertas del auto a la vez. Ellos también tenían escopetas. Sin despegar las manos del suelo, Milo alzó el culo con la intención de erguirse. Pero lo que ocurrió entonces abortó el movimiento.

El auto comenzó a hundirse en la basura. Y la lomada que habían cruzado en la carrera se les fue encima. Toneladas de basura. Milo no oyó gritar a los polis, pero los vio abrir las bocas y torcerlas en su angustia. La mugre los tapó de inmediato.

El Viejo lo conminó a levantarse. Las luces estrechaban su cerco.

Corrieron por el camino. Cuando el cielo se encendió con una primera llamarada, se echaron sobre el asfalto. Pero el fuego no los persiguió, se había iniciado lejos. La nube abrasó el aire a baja altura, detrás de la lomada, y después se extinguió.

Al instante estalló otra, allí donde el camino se perdía en una curva. Y después otra, más cerca de la cinta del Reconquista. Y una cuarta.

Se iniciaban allí donde había luces persecutorias. Cuando se disolvían, las luces originales ya no estaban.

Milo vio una de las figuras recortada contra el fondo de fuego. Saltaba en el lugar, agitando los brazos en un gesto de victoria. No era un poli, evidentemente: sus ropas estaban raídas, vestía jirones.

La chispa hizo que volviese la vista a otro sitio. Se trataba de un nuevo ciruja, encendiendo el trapo de un cóctel molotov. La botella trazó una parábola. Al caer produjo un globo de fuego; engulló otro de los faroles, que ya no volvió a brillar.

El ejército de cirujas protegía su territorio. Sabían cómo aprovechar los bolsones de gas. Los fuegos se sucedían sobre el horizonte, inutilizando las máquinas de los intrusos.

Y Pierre hacía señas desde una hondonada. Los invitaba a moverse, a seguirlo.

Avanzaron entre los pliegues de la noche, mientras los lanzallamas cubrían su retirada.

9.

El viaje de regreso transcurrió en obligado silencio. Pierre ya no los acompañaba. Desde el operativo de la OFAC vivía con sus tíos, que tenían una casita en un barrio hecho y derecho; nadie lo buscaría allí. Y el Viejo no se apartaba del timón. Estaba furioso consigo mismo. Se castigaba por la muerte del Piloto, que se había revelado innecesaria. ¿Cuántos secretos se había llevado aquel hombre a la tumba? ¿Qué cosas habría podido decir sobre el agujero de gusano, que ya no compartiría?

Milo estaba contento de haber salido entero, pero eso no lo eximía de preocupaciones. Se preguntaba por las cosas que había dejado atrás. El guante. La revista de *Ace Fowler*. ¿Se podían obtener huellas digitales de la tela y el papel? Las suyas estaban en el sistema, lo habían hecho tocar el pianito más de una vez. Sin embargo, alentaba esperanzas: que los objetos pasasen desapercibidos entre la basura, o hubiesen sido destruidos por el fuego.

¿Qué palabra incluía las vocales *e* y *o*? Para colmo el Piloto era inglés, lo cual ampliaba la búsqueda a otros idiomas.

Quería preguntárselo al Viejo. Pero como seguía sordo, se habría visto obligado a gritar, y les convenía navegar sin llamar la atención. Tampoco lo asistía la posibilidad de escribir, no había papel y lápiz en la barcaza.

Su mano nueva había salido relativamente indemne. Los dedos estaban intactos. Lo que ardía era la palma, entre las líneas de la vida. No había percibido herida alguna a simple vista, lo cual no significaba que no se hubiese raspado o quemado sin advertirlo, entre la basura y el fragor de la acción.

Se inclinó sobre la cubierta y hundió la mano en el río. La fuerza de la corriente la empujó hacia atrás y Milo no se resistió. Lo primero que sintió fue frescor y, por ende, alivio. El contacto lo calmaba, empujándolo a un estado casi zen: su respiración había vuelto a ser profunda.

Sin embargo, al cerrar los ojos sintió algo más. Distante al principio, tanto como el mundo de los sonidos. Creyó que se trataba de la vibración del motor en el agua. Poco después el Viejo apagó la máquina (ya estaban cerca, aun cuando habían optado por el desvío que los llevaba al otro extremo de la isla) y la vibración persistió. No, el motor no tenía nada que ver. Se trataba de otro tipo de turbulencia.

Milo elevó la vista al cielo. Se le había ocurrido que se avecinaba una tormenta.

Pero el cielo estaba despejado. Las estrellas asomaban detrás de los árboles, rubíes que rodaban sobre terciopelo negro.

El Viejo arrojó la soga para amarrar la nave.

10.

Caminaron en dirección a la parte trasera de la casa, con lo que Milo asumió como sigilo. (Puede que el Viejo estuviese haciendo un ruido infame, pero Milo seguía sin oír más que un acople.)

Cuando pasaron junto al búnker, Milo le hizo saber al Viejo que se quedaría allí. Quería ver cómo seguía el Baba y a la vez mostrarle que no le había fallado, que estaba vivo y dispuesto a cumplir con su promesa. El Viejo se encogió de hombros (seguía desquiciado) y prosiguió su marcha rumbo a la casa.

Milo se echó ante las puertas de metal y golpeó la clave. Esperaba que una de las tapas se levantase, dado que esta vez no podría oír el ruido de las cadenas.

Pero nada ocurrió.

Lo intentó nuevamente, aunque con más fuerza. Esta vez apoyó la mano sobre el metal, con la esperanza de registrar la vibración del candado al abrirse, o del correr de los eslabones sobre la manija.

El búnker estaba tranquilo como una tumba.

Tiró con bronca de ambas manijas. No halló resistencia alguna. El interior del búnker no le mostró más que penumbras.

Estaba a punto de bajar (se había decidido a intentarlo, aun cuando hubiese preferido hacerlo con un arma en la mano), cuando algo lo tocó en el hombro.

Se pegó flor de susto. Pero identificó la silueta, aun en la oscuridad. El Baba estaba fuera del búnker. Debía de haber salido para vaciar su botella plástica. Quién sabe cuántas veces lo había llamado sin que lo oyese, de hecho seguía hablándole sin que Milo registrase una palabra.

Al ver más allá de su cabeza entendió que el Baba no estaba solo.

Lo rodeaban tres siluetas de contornos femeninos.

Milo pensó en las brujas que anunciaban a Macbeth su destino aciago.

Las mujeres que acompañaban al Baba eran más jóvenes, pero no menos inquietantes.

Capítulo cuatro

El Baba (IV)

Hégira del Delta — Las Hijas obtienen asilo — Llegan las patrullas — Milo conducción — Hoy mino — ¿Melvyn o...? — El saqueo del búnker — Siegel & Stockman

1.

La naturaleza nunca fue lo suyo. De chico sus padres lo sacaban a varear, como si se tratase de un caballo de competición. Mucha plaza, vueltas en la calesita hasta que se mareaba y adiós almuerzo. Paseos por la costanera, solo redimidos por el perfume a choripán. Picnics de fin de semana con la parentela. (Quien dice picnic dice hormigas coloradas. Y quien dice parentela, también.) En cuanto terminaba la escuela lo metían en la colonia del club. Sus compañeros lo recibían a golpes, para que entendiese quiénes mandaban. Por eso esquivaba las sombras a partir del día dos. Mejor insolarse que ligar más palazos.

Con el tiempo los Baba Padres se habían rendido. No había que ser Einstein para comprender que no tenía alma de naturalista. Lo único que le interesaba era tumbarse a leer debajo de un árbol, mientras sus coetáneos chillaban y saltaban como monos. ¿Cuál era la gracia de interactuar con un sistema que carecía de interfaces tan útiles como escaleras mecánicas, aire acondicionado y controles remotos?

Y sin embargo allí estaba. En la barcaza del Viejo. Remontando canales en plena noche, rumbo a un rincón del Delta del que nunca había oído hablar. Y cagándose de frío, aun cuando el verano estaba ya a tiro de piedra.

También era posible que no fuese el frío lo que lo hacía tiritar.

¿Podían verlos los satélites, a pesar de la noche cerrada? El saber del Baba sobre tecnología bélica era vago. Se sabía incapaz de diferenciar la imaginación enfebrecida de un producto probado en laboratorio. Pero estaba convencido de que aquello que mostraban ciertas pelis (las ópticas que permitían ver en la oscuridad a través de una pátina verdosa, o las que registraban el calor corporal) era verdadero. El ejército de Estados Unidos y las empresas de mercenarios cazaban terroristas de esa manera; obtenían coordenadas para enviar misiles teledirigidos. Su única duda pasaba por el alcance de aquellos visores. Contaba con que la distancia jugase en su favor. Con un poco de suerte la penumbra disimularía sus movimientos.

Piel de gallina. El Baba se frotó los brazos desnudos.

La última vez que había sentido algo así fue en el cementerio, cuando Milo lo llevó a ver la tumba del Autor.

2.

—Por lo menos no hay mosquitos.

Sofía se le había aproximado. Hasta entonces cada uno había estado en la suya, presa de sus pensamientos, viajando en calma y silencio; la única actividad había corrido a cargo del Viejo, que debía timonear y usar el faro buscahuellas (lo mínimo indispensable, por precaución) cuando algo le sugería la cercanía de un obstáculo.

—A esta hora ya ni se sienten —dijo el Baba—. Lo jodido es el atardecer. Ahí no hay aerosol ni repelente que valga.

Sofía no dejaba de parecerse a Pte San Win, y sin embargo no podía ser más diferente. Por lo pronto no sabía ni jota de tecnología alguna. Era una de las cosas que le había reprochado a su padre. Lo que fascinaba a Sofía eran las matemáticas: especulación pura, la búsqueda de la armonía numérica que subyacía a (casi) toda realidad. La ciencia aplicada no podía tenerla más sin cuidado, y por eso no aceptaba a Pte San como el homenaje que el Autor había imaginado. Le parecía una prueba inapelable de hasta qué punto su padre la desconocía, la malinterpretaba.

El dibujo del Autor la había estilizado. Pte San era más alta que Sofía, comparando la estatura del modelo original con la del Flint Moran que había conocido. Y además tenía cintura de avispa, donde Sofía era más bien cuadradota.

Para el Baba esto sugería que el Autor idealizaba a su Hija. La había recreado en el papel no como era en verdad, sino como la veía a través de sus ojos de padre embelesado: bellísima y de un talento que trascendía su mundo. Pero el Baba no se animaba a decirlo. Ni siquiera durante el encierro en el búnker, cuando la circunstancia lo había convencido de que existía entre ellos verdadera intimidad. Porque tenía miedo de que Sofía se lo comiese crudo, acusándolo de tener la mirada entre ingenua y sexista que según ella definía al Autor.

Casi podía oírla. *Claro, porque si no me parezco a Angelina Jolie no sirvo, ¿no es cierto? Y si mi saber no es práctico, carece de valor, n'est-ce pas?*

3.

—Vos no tenés duda alguna, ¿no? —La que hablaba no era la Sofía imaginaria, sino aquella que estaba a su lado—. Digo. Como vos sos, em, *tan fan* de las historias del viejo, creer en, en… *todo esto* debe ser más… un placer, supongo, que un ruido espantoso.

—Si estás sugiriendo que no me cuestiono nada porque soy un nabo que lee historietas…

—No, no, por favor, no era mi…

—Nadie puede haber leído a tu papá sistemáticamente y ser un tonto. Romántico, tal vez. Un tanto ingenuo, incluso. Pero tonto, no. Tonto nunca.

—Insisto, no quise…

—Tonto es el que se resigna a ser menos de lo que puede. Tonto es el que cree que puede lastimar sin salir lastimado, el que está convencido de que se salió con la suya.

—Baba, *please*, perdoname y pasemos a otra co…

—Una vez, *una puta vez* que la realidad se parece a mis sueños… ¡y ahí venís vos, con la intención de pinchármelos!

Sofía se rio. El Viejo lanzó un chistido. Sin darse por vencida, ella pasó un brazo por encima de los hombros del Baba y lo apretó.

—No quise pincharte nada. —Había vuelto a hablar en susurros—. Pero vos me entendés. Miro, y veo, y *lo* veo, y te juro... no puedo terminar de, de... *aprehender* semejante... ¡No me entra en la cabeza! Este mundo ya no es el que yo conocí, Baba.

—Viniendo de donde yo vengo, y habiendo vivido lo que viví, eso no es necesariamente una mala noticia.

Sofía ya lo había soltado. Qué pena.

La barcaza perseveraba en su rumbo, guiada por un hombre que no se habría perdido en aquellos parajes ni aun ciego. Ahora rozaban un juncal, que les susurraba su propia adhesión al silencio.

Detrás venían las otras naves. Milo cerraba el desfile a bordo del velero del Viejo. El Baba miró por encima de su hombro y divisó al Bonzo, firme sobre la cubierta del bote de Tolosa. Desde que había descubierto el casco (se parecía al icónico de Sutton Hoo, lo cual lo remitía al siglo VI, o a lo sumo al VII), no se lo quitaba ni para dormir. Era fácil entender la razón. La máscara que pendía de la pieza frontal cubría *exactamente* las zonas que el Bonzo había sacrificado al fuego: los pómulos y la nariz. Mirándolo con el casco puesto, al Baba le recordaba al Bonzo tal como había sido.

El Bonzo alzó la mano en un saludo mudo. Se había puesto un guante sobre la mano calcinada, eso sí era nuevo.

—Este es el mundo que tu papá hizo posible —dijo el Baba al volver la vista al frente—. No es el primero en cambiar la Historia, ni será el último. Pero la mayoría se ha movido, y se moverá, por ambición o sed de gloria. Lo que tu papá hizo, en cambio, fue por amor a ustedes. Nada que se derive de eso puede ser del todo malo.

Un bebé rompió a llorar en uno de los botes. Se oyeron los siseos de los adultos que intentaban calmarlo. Hasta que alguien (la madre, presumiblemente) tuvo la mala idea de cubrirle la boca. El llanto se hizo más rotundo y despertó a otro niño.

Desde el río vieron una casa sumida en sombras. La humedad y la podredumbre la habían inclinado, parecía una casa dispuesta a saltar.

—*Wir sind verdammt* —dijo el Viejo.

4.

Al Viejo le había disgustado la llegada de las Hijas. Seguro que también le molestó su propia llegada, pero al menos había disimulado; por deferencia a Milo, imaginaba. Una cosa era esconder a un pendejo buscado por la policía. (Por la forma en que el Viejo lo miraba, estaba claro que no lo creía muy peligroso.) Pero dar asilo a tres Arcángeles era distinto. Detrás del trío no estaría solo la Bonaerense, sino ante todo la OFAC del coronel Lazarte.

—Ya no somos Arcángeles —había dicho Bárbara con la intención de tranquilizarlo—. La mayor parte de la organización nos cree muertas. Y los que saben que sobrevivimos nos prefieren lejos. ¡Como si fuésemos leprosas!

Aunque a regañadientes, el Viejo les había abierto la puerta. Le urgía revisar a Milo, evaluar el estado de sus oídos. Bárbara se hizo cargo del asunto, bajo la clínica luz del baño. Sabía lo que hacía, había trabajado años en la sala de emergencias de uno de los barrios.

—Pero acá hablamos de heridas de bala —retrucó el Viejo.

—Le dije que trabajaba en la villa, no en Palermo Hollywood. ¡Veía cohetazos todo el tiempo!

Sacarle las postas de la escopeta y desinfectarlo fue lo más fácil, se trataba de heridas superficiales. Parte de lo que ocluía el oído derecho de Milo eran residuos de pólvora, que Bárbara retiró. Por debajo estaba la inflamación, que cedería en tiempo y forma. El oído izquierdo se veía mejor. Milo sostenía que ya podía registrar algo, aunque las voces sonasen todavía como si procediesen del fondo del mar.

Terminadas las abluciones, Bárbara asumió la vigilancia en el exterior de la casa (era la única que estaba armada; o más bien *calzada*, como le gustaba decir) y el resto se reunió en el living. A oscuras. Con los libros como únicos testigos. Y los rasgos velados por las sombras, una colección de camafeos.

Sofía empezó pidiendo disculpas. Dijo ser consciente de que su presencia podía comprometerlos: al Viejo como dueño de casa, a Milo porque todavía era un desconocido. Pero su situación, explicó, se había vuelto desesperada. Después de la explosión de la Casa n.º 13 habían intentado retomar el control de la organización. Pero para ello deberían haber probado que habían sido víctimas de una traición, y no encontraron evidencias ni testimonios sólidos. Peor aún, habían advertido que parte de la organización parecía satisfecha con el cambio de políticas.

—¿De qué cambio habla? —preguntó el Viejo. Se había sentado a limpiar la escopeta, sobre una silla que había ubicado en el límite del living con el vestíbulo de entrada; como si quisiese insinuar que seguía estando más fuera que dentro.

—Lo que Munqar quiere decir…

—No, no, basta de Munqar —dijo Sofía, interrumpiendo al Baba—. Eso ya fue. Estamos fuera de modo irremediable. Yo soy Sofía, nomás. Mi hermana es Bárbara —añadió, con un pulgar que apuntaba hacia fuera. Y después, señalando a la que había elegido sentarse sobre la alfombra—: Y ella es Miranda.

—Lo que Sofía quiere decir —retomó el Baba— es que la nueva conducción es, ahm, *más permeable* a encarar otro tipo de acciones.

—¿O sea?

—Violencia —dijo Sofía.

—¿Qué hay de malo con la violencia? —intervino Milo. Miranda le hizo un gesto para que hablase más bajo, estaba al borde del grito por culpa de la sordera. Cuando retomó la palabra, lo hizo con sordina, pero sin haber perdido nada de su pasión—. Yo nunca jodí a nadie, pero estoy harto de que me jodan. ¡De algún modo hay que decir basta!

Sofía improvisó un gesto que transparentaba inquietud. Al retomar su explicación demostró que no quería embarcarse en una polémica, porque soslayó el tema por completo.

—Lo concreto es que perdimos, o debimos renunciar a nuestra cobertura: casas, contactos, apoyo financiero. Hicimos lo último que estaba a nuestro alcance… esto es, entregarles cierto material a medios internacionales, y asumimos que no quedaba otra que replegarse. Hasta que algo pase. —Sofía no era de las que se sienta a esperar a que cambie el viento. La revelación de sus limitaciones como militante debía de haberle sentado como un golpe—. ¡Y si no pasa nada, buscaremos algún modo de salir del país!

—¿Y su mamá? —preguntó Milo—. ¿Dónde quedó, dónde está ahora?

—Se escapó de casa, donde la tenían prisionera. Y ahora está escondida. En un lugar que ni siquiera nosotras sabemos y, por ende, no podríamos confesar —dijo Miranda. El Baba no podía ver bien su cara, pero estaba convencido de que había sonreído. Que Milo se preocupase por su madre debía de inspirarle ternura.

Sofía refirió que el Baba se había comunicado con ellas justo a tiempo: cuando estaban a punto de salir a la intemperie, sin planes ni puertos seguros.

—La clave… ¿Se puede decir, ahora? Lo que me habían dado era el número de un *call center*. Cuando ustedes se fueron —dijo el Baba, dirigiéndose a Milo y al Viejo—, caminé un rato, hasta que di con una casa en la que tenían teléfono. Llamé y dije que estaba interesado en un producto que había visto por la tele. Un estimulador neuronal. Que por supuesto no existe. Ahí me dijeron que se comunicarían conmigo y, en efecto, a los cinco minutos me llamó Mun… So-*fía*. Yo le dije que tenía un lugar donde podían esconderse, así que si alguien es responsable, acá, *c'est moi*. Las cité de inmediato en un recreo, Las Casuarinas. ¡Sabía que conocían el lugar, porque estaba de fondo en una de las fotos que vimos en la casa!

En ese instante había girado la vista hacia Miranda, de la que esperaba una sonrisa en pago a su sagacidad. Pero nada parecido ocurrió. El Baba descubrió entonces que Milo sostenía la cabeza así no para presentar su oído izquierdo y oír mejor la conversación, sino para mirar de frente a Miranda.

Sofía reiteró sus disculpas ante el Viejo. Si así lo deseaba, se irían de inmediato.

El Viejo cerró la escopeta; sonó a trampa al chocar mandíbulas.

Milo le dijo entonces que necesitaba hablarle a solas.

Cuando volvieron, el Viejo les ofreció quedarse.

—La noche, al menos. Y mañana vemos. —Después de lo cual desapareció por las escaleras, para ya no volver.

El Baba le preguntó a Milo cómo lo había convencido.

—Le dije que eran las Hijas del Autor.

—No me digas que le gustan las historietas.

—¿Al Viejo? Ni en pedo. ¡Pero es fan de los universos paralelos!

5.

El viaje se había decidido apresuradamente. Fue lo único en que las partes habían coincidido. Todo lo demás había sido objeto de controversia, discusiones y agonía generalizada. ¡Hasta el clima!

Milo y el Viejo se habían trenzado con la más pelotuda de las excusas: un viento que era un azote o al que llamaban Azote, el Baba no había entendido bien. Milo decía que se venía una tormenta y el Viejo lo desmentía, remitiéndolo a la evidencia de los cielos: despejados de un extremo a otro, y sin aureolas raras en torno a la luna.

El clima era un elemento clave en la opción del destino del viaje. El Viejo sostenía que la noche sería tranquila y que, de ser posible, debían apuntar a territorio uruguayo. En cambio Milo decía que la tormenta les caería encima a mitad de camino, por lo que convenía recalar en un puerto más próximo: por ejemplo, en la Tercera Sección.

El Baba nunca había sabido que existiesen más de dos.

De momento se imponía el Viejo. Los botes progresaban en la abundancia de la marea. En cuanto zarparon habían visto un par de velas flotantes, que homenajeaban a navegantes desaparecidos. No había sido el mejor augurio.

Pasaron delante de casas que conservaban encendidas las luces del jardín. Pero hacía más de una hora que no divisaban construcciones que no estuviesen a oscuras, abandonadas o en franca decadencia. Muelles que, al sucumbir sus pilotes a la podredumbre, boyaban en el agua. Cabañas sobre columnas, que parecían los colmillos de una enorme calavera.

El Baba estaba con Milo tan solo en una cuestión: tormenta o no tormenta, el hecho de haber partido con poco más que lo puesto complicaba la perspectiva de un viaje largo. Y llegar a territorio uruguayo constituía una travesía, ya que era imposible moverse en línea recta. Según palabras del Viejo mismo, de la Tercera Sección en adelante el Delta era un laberinto hecho y derecho. Parte del camino habría que improvisarlo, remontando canales que podían concluir en bocas sin salida. Eso suponía tiempo, demasiado para sobrellevarlo en ayunas.

Los bebés se habían calmado porque tenían a mano su provisión, pero los adultos carecían de alternativas tan jugosas. Ningún bote había cargado más que lo que había a mano: algunas latas, pan, sobras. El Baba temía verse obligado a depender de frutos raros, de la carne llena de espinas de los peces barrosos (detestaba el pescado) o de guisos enriquecidos con nutrias y ranas.

La fuga se había decidido por la mañana, cuando llegaron las visitas.

El Baba se lo había perdido porque durmió en el búnker, junto a Milo. Pero las chicas se habían echado sobre los sillones del living. Por suerte se levantaron con las primeras luces y fueron a la cocina a prepararse un té. El ruido de la lancha al detenerse llamó la atención de Miranda. Estaba a punto de asomarse a la ventana cuando el Viejo la frenó y les dijo que se escondiesen.

Las enseñanzas de su madre arrojaron inesperados rendimientos en esa ocasión. Sofía había hurgado en los cajones para no servir nada sin antes colocar un mantel sobre la mesa. El único que el Viejo tenía era demasiado grande para la cocina, pero Sofía lo desplegó igual.

Así permanecieron durante la visita: escondidas debajo de la mesa como niñas, al amparo de un mantel que arrastraba sus faldones por el suelo.

Una vez que se consideró a salvo, el Viejo los despertó con golpes sobre el metal que sonaban como campanas.

—Vino la Prefectura —les dijo—. Están yendo casa por casa. Preguntando por las muchachas. Me mostraron una foto. Parece que alguien las reconoció en el recreo.

El Baba se había puesto rojo como un tomate.

—¿P-p-prefec-*tura?* —repitió Milo, que no estaba seguro de haber oído bien.

—Un oficial, sí. Acompañado por tres tipos de civil con pinta de turros, que recorrieron el jardín y miraron a través de las ventanas. Como les hablé en alemán y los traté mal, se fueron enseguida. Pero van a volver, seguro. Con más gente, todavía. Querrán entrar y meter las narices en todo. ¡Incluido el fondo del jardín!

Fue el Viejo quien primero habló de irse. Una vez que las chicas dieron su aprobación, Milo aceptó. (Por algún motivo que se le escapaba, nadie le había preguntado al Baba si estaba dispuesto a irse. Puede que su opinión no le importase a nadie; o bien daban por descontado que los acompañaría, aunque decidiesen viajar al Valhalla.)

Pero cuando quedó claro que el Viejo quería salir ya, y sin más carga que abrigos y provisiones, Milo sospechó algo raro. Y empezó a apremiarlo.

—¿Y los libros? ¿Y sus cálculos? ¿Y los tesoros de allá abajo?

El Viejo respondió que quedarían allí hasta que volviese, pero Milo no le creyó. En cuanto la casa estuviese vacía alguien la saquearía, y lo mismo ocurriría con el búnker cuando los curiosos perdiesen la prudencia.

A esas objeciones el Viejo respondió con un encogimiento de hombros. Lo cual confirmó a Milo que había hecho bien en sospechar.

Acorralado, el Viejo repuso que la de las chicas no era la única foto que le habían enseñado.

También le mostraron una de Milo. Foto de prontuario. Un poco vieja, de las primeras veces que le habían hecho tocar el pianito.

Con tal de salvar a Milo, el Viejo había decidido desprenderse de todo.

6.

Lejos de asustarlo, la noticia persuadió a Milo de que no podía irse. Y el Viejo se cabreó, con furia digna del Zeus tronante.

No era que Milo no valorase el gesto. El Baba lo conocía. Cualquier atención hacia su persona lo conmovía, hasta el punto de volverlo tonto. Pero descubrirse buscado no suponía consecuencias tan solo para él: estaba la gente que había acogido en su casa. Bastaba con que uno de ellos admitiese que lo conocía para que los arreasen a todos. ¿Cuánto tardarían, entonces, en identificarlos como fugitivos del incendio del barrio? ¿Y cuánto en colgarles causas por destrucción de propiedad privada, homicidio y todo lo que el Código Penal les permitiese?

Por eso toleró las invectivas, con tal de que el Viejo le dijese lo que necesitaba saber. ¿A qué hora había pasado la lancha? ¿Iba parando en cada casa? ¿Tenía posibilidad de adelantársele si iba corriendo por los caminos interiores?

El Viejo se puso verde. Pero Milo se estaba yendo, ya. A la carrera.

Le gritó que aunque llegase a tiempo no podría salvar a aquella gente, porque irse era imperioso y no había lugar para todos en su barcaza.

Pero Milo no lo oyó. O se aprovechó de que todavía podía jugar la carta de su sordera.

Dos horas y media después reapareció. Con todo el mundo detrás. Caminando en fila. Cargando niños, bebés y otros bártulos.

Parece el Éxodo Jujeño, pensó el Baba.

Los peregrinos refunfuñaban. El Baba se preguntó si Milo habría amenazado con fusilarlos, al igual que Belgrano, con tal de lograr que moviesen el culo.

En su ausencia el Viejo había resuelto parte del problema. El galpón de atrás albergaba un velero de pequeñas dimensiones. Le faltaban los mástiles, que según decía se colocaban rápido. Botarlo no costaría mucho, y menos ahora que sobraban las manos. El problema más grande era el timón, que nunca había llegado a montar. En el peor de los casos pensaba remolcar el velero desde la barcaza. Y desde ya, entre ambas embarcaciones no lograrían transportar ni a la mitad de la gente.

Cuando adivinó las intenciones del Viejo, el rostro de Milo se transfiguró. Lo alegraba saber que seguía contando con su mentor. Y se ofreció a probar los mandos del velero. El Baba lo vio trepar la escalera y saltar a bordo, con destreza de simio.

Una vez instalada la batería, el motor se encendió al primer toque. Todo lo que hacía falta era llenar el tanque, el Viejo dijo que usaría parte de la reserva que tenía para la barcaza. En cuanto al timón de codaste (que así se llamaba, según oyó), el Viejo había instalado la parte mecánica: el timón *per se*, las conexiones que lo ponían en movimiento. Pero nunca había resuelto la cuestión del comando. Lo lógico hubiese sido instalar una rueda de timón hecha y derecha, como la que hacían girar Jack Sparrow y el gremio de piratas en pleno. El Viejo, sin embargo, había intentado desarrollar una tecnología que le permitiese al timón de codaste hacer algo más que virar a babor o estribor.

—Nunca lo logré —admitió—. Supongo que era demasiado esperar de un simple bote, por más innovaciones que le echase encima.

Justo entonces advirtió el Baba que la placa de metal del timón era doble, o triple en parte del trayecto, y poseía extrañas articulaciones.

—Déjeme probar —dijo Milo, y desapareció de la vista.

El Viejo se lanzó a describir las conexiones que había dejado sin terminar, a la altura del tablero. No había terminado de pormenorizar cables y colores, cuando un chirrido cortó sus indicaciones por la mitad.

La placa del timón se movía. Para aquí, para allá, para aquí...

—*Gott im Himmel*. ¿Cómo...?

—Es una boludez —dijo Milo—. ¡El velero lo maniobro yo, no se preocupe!

La cuestión del transporte faltante también halló solución. Tolosa tenía un primo que vivía sobre el mismo arroyo, a media hora. Según decía, este hombre era dueño de un bote que nunca usaba porque comía combustible a lo loco. Podía pedírselo, o sacárselo a cambio de unos pesos. Como Tolosa y Miguel Valdivia sabían navegar, el Viejo les cedió su barcaza. Y Milo les dio pesos y dólares, para que se asegurasen el bote y comprasen combustible en cantidades discretas. (No sin zozobra, terminó por confesarle Milo: hasta que Tolosa y Valdivia volvieron, había vivido con las bolas de moño pensando que se iban a rajar con la plata.)

Mientras Tolosa y compañía hacían su parte, el Viejo dirigió a Milo y sus ayudantes en la botadura del velero. Y las chicas improvisaron un refrigerio, dirigido sobre todo a los más pequeños, antes de conducir al grupo al otro extremo de la isla. Ocultos entre los penachos de las casuarinas, estarían a salvo de las miradas.

Todo parecía en orden cuando ocurrió aquello para lo que nadie se había preparado.

Sonó la puerta. *Toc toc toc.*

El Viejo, Milo y el Baba se miraron, pensando lo mismo. No había pasado ninguna lancha de Prefectura por el río. ¿Acaso patrullaban ya la zona a pie?

Milo espió entre los cortinados. Lo que vio lo instó a sonreír. Y a abrir la puerta de inmediato, sin consultar a nadie.

No se trataba de oficial alguno. Ni de un sicario de la OFAC.

Era un viejito con pinta de loco (pañuelo al cuello, pantalón anudado con una soga) que sonreía de modo beatífico y hablaba en una media lengua.

—*Hoy mino* —decía—. *Ya mino. ¡Ya llegó!*

Después de lo cual pegó media vuelta y retomó el camino, bordeando el canal.

7.

Milo nunca le había hablado de Patato, una de las tantas cosas que se había guardado. Se lo contaría después, a su regreso. En aquel instante, todo lo que hizo fue demostrar que el loco revestía una importancia que no se percibía a simple vista.

—Hay que seguirlo —dijo Milo.

—Yo voy —replicó el Viejo, escopeta en mano.

—¿Adónde van?

El Baba quería preguntar lo mismo, pero Bárbara le ganó de mano. Había entrado a la casa por la puerta trasera, buscando agua potable para los críos.

—Es, ahm… difícil de explicar. *Pero importante* —dijo Milo—. ¡No nos va a llevar mucho! Si Tolosa llega antes que nosotros, carguen a la gente mientras…

—Si es importante para ustedes, lo es para mí. Y para mis hermanas. Y para la gente —dijo Bárbara—. Así que yo voy, también.

—¿Vas a dejarlos sin protección? —dijo el Viejo, que todavía tenía la esperanza de sacársela de encima—. Sos la única que tiene un arma usable, el resto son matagatos.

—Si cae la OFAC estamos fritos, conmigo o sin mí. Mejor ni disparar en ese caso. Pero si lo de ustedes es tan importante como parece… no se ven las caras, está claro… esto sí que puede ser útil —dijo Bárbara, palpando su cintura a la altura de la pistola.

Sin haber podido articular palabra (cosa que, todos lo sabían, no constituía poco mérito), el Baba quedó a cargo de la casa. Bárbara le dijo que llevase agua para los pibes y que informase a sus hermanas de la improvisada expedición.

—Enseguida volvemos —dijo Milo. Y salió trotando, detrás de Patato. El Viejo se le sumó al instante, era decrépito pero podía moverse. Y Bárbara lo siguió, cerrando la puerta a sus espaldas.

Cada vez que pinta algo divertido me marginan, pensó el Baba. Pero se consoló, pensando que al menos podría dedicarse a una de sus actividades favoritas.

Mirar a Miranda. En su paladar, la aliteración sabía igual que un dulce.

8.

Esto es lo que Milo le contó a su regreso, mientras la gente se subía a los botes (Tolosa y Valdivia habían llegado diez minutos antes con una nave extra, acallando los rumores) y Bárbara intentaba explicar a sus hermanas lo que ni ella se explicaba.

Que habían seguido a Manana Patato a prudente distancia, porque no le gustaba que le estuviesen encima.

Que habían caminado más de una hora, encontrando formas de cruzar de una isla a otras que parecían imposibles hasta que el loco probaba lo contrario con el ejemplo. Puentes colgantes. Lianas.

(«¿Lianas?», había repetido el Baba. A lo que Milo respondió: «No me hagas hablar. ¿Querés que te cuente lo importante o no?»)

Que al dificultarse su marcha en una isla llena de helechos «de este tamaño» Milo había sido atacado por la espalda.

Que el susto se le fue en un instante, cuando entendió que no se trataba de un ataque real, sino de una broma. Pero que dado que la broma era algo que solo Milo podía entender, el Viejo había estado a punto de abortarla de un escopetazo.

Bárbara no había hecho nada en aquella circunstancia. Ni siquiera levantar el brazo que sostenía la pistola. Lo que estaba viendo la había inutilizado para toda otra efusión que no fuese el asombro.

Tariq quitó entonces la espada que había puesto al cuello de Milo y lo abrazó.

—Aquí estoy —le había dicho—. ¡He vuelto para cumplir con mi promesa!

9.

Este fue el único pasaje de lo ocurrido que Milo reprodujo en detalle, a pesar de que debían apurar la partida. Lo hizo porque sabía que haría girar la cabeza del Baba sobre su cuello, como las hélices de un helicóptero.

Primero había presentado a Bárbara y al guerrero.

—¡Veo que ya las habéis salvado! —había dicho Tariq, para que Milo le informase que todavía estaba lejos de ser el caso.

(«La mina estaba a punto de llorar, te lo juro», sopló Milo al oído del Baba. «Como si no lo estuviese viendo a él, sino a su propio padre. ¡Y yo que creí que era incapaz de llorar aunque le arrancasen un brazo!»)

La parte importante vino después, cuando Milo le presentó al Viejo.

—Melvyn Weyl —había dicho el Viejo, tendiéndole la mano.

—Merlyn —repuso Tariq.

—No, no. *Melvyn*.

—*Mer*-lyn —insistió Tariq—. ¡Reconocería esa voz en cualquier tiempo!

10.

Melvyn. Merlyn. Melvyn. Merlyn. Milo había estado en lo cierto, su cabeza no había dejado de dar vueltas desde entonces. *Melvyn. Merlyn. Melvyn...*

El Viejo no parecía haberse dado por enterado. Pero el Baba había empezado a mirarlo de otra forma. A imaginárselo en el rol. A proyectarle encima unas ropas que no eran las que vestía, a cambiarle la escopeta por un cayado.

Estaba claro que el Viejo nunca había sido Merlyn. La historia que le había contado a Milo ya era inverosímil en sí misma. De haber sido Merlyn durante alguna excursión al pasado, podría haberlo confesado sin pasmar más a su amigo.

Pero eso no significaba que el Viejo (¡que *Melvyn*!) no pudiese convertirse en *Merlyn* en el futuro.

Todo lo que tenía que hacer era dar con la boca del *wormhole*, que acababa de escupir a Tariq en el corazón del Delta.

11.

—Vos me entendés —le había dicho Sofía, de pie en la proa—. Miro, y veo, y *lo* veo, y te juro... no puedo terminar de, de... *aprehender* semejante... ¡No me entra en la cabeza!

El Baba la entendía, por cierto. No había alcanzado a oír la explicación, lo que Bárbara había dicho antes de enfrentarlas con la realidad; pero sí había visto la cara que Sofía y Miranda pusieron al toparse con un hombre que era un dibujo del Autor hecho carne y hueso.

El Baba había tratado de meterse en medio, no quería perderse nada. Pero Milo lo forzó a mantener distancia. Por eso se perdió las palabras, aunque vio el resto: la expresión de las chicas, sus lágrimas, la forma en que Miranda se abrazó a Tariq como si no fuese quien era, sino su padre mismo; como si aferrarse a Tariq le permitiese recuperar lo que creía perdido para siempre.

Sí, también el Baba había llorado. Como un pelotudo. Y hasta había sentido celos de Tariq, aun cuando sabía (el Autor nunca había hecho esfuerzo por disimularlo) que el guerrero prefería a los hombres como amantes.

12.

Fue el Viejo mismo (Melvyn-*Merlyn*) quien sugirió que echasen mano de las cosas del búnker que pudiesen servir en la emergencia. No estaba del todo claro a qué se enfrentarían en la Tercera Sección, y tan cerca del secreto a voces de la boca del *wormhole*. En presencia de alimañas, o al menos de vegetación tupida y el paso vedado por troncos, algunos elementos podían ser muy útiles: hachas, espadas, picas.

El Bonzo, que actuaba como delegado de la gente del barrio, eligió a cuatro muchachones para que trasladasen los objetos a los botes. Les dijo cómo construir angarillas con cañas y mantas, y se metió en el búnker con el Viejo, Milo, el Baba y Tariq.

Enseguida dio con el casco parecido al de Sutton Hoo, y se lo encajó para ya no quitárselo. La superficie brillante del peto de una armadura (de la época de los conquistadores, estimó el Baba) le confirmó que la máscara cubría sus quemaduras. Y a partir de entonces empezó a abrir el espectro de lo que necesitaban.

—Los cascos también vendrían bien —había dicho el Bonzo—. Proteger el coco nunca está de más, ¿o sí?

Como nadie se lo rebatió, se había aplicado a juntar cascos a lo loco.

Había de todo. Espartano. De centurión e infante romano. Vikingo con cornamenta. De guerrero de las Cruzadas. (Esos que pare-

cían un tacho de metal dado vuelta, y convenientemente agujereado.)
Morrión español a lo Hernán Cortés. Americano de la Segunda Guerra, envuelto en redecillas. Y hasta uno que no habría desentonado en
la cabeza del Hombre de la Máscara de Hierro.

Pero, claro, el Bonzo no se había detenido ahí.

—Algunas partes de armadura pueden servir —había dicho—.
¡Y los escudos!

Las angarillas terminaron haciendo tres viajes. Al final había
tanto para distribuir, que las mujeres empezaron a reclamar su parte.

A juicio del Baba, el momento más notable había ocurrido
cuando Tariq señaló hacia un rincón y dijo: «Yo conozco eso».

Era un maniquí. Que había aparecido flotando en el Delta y
el Viejo conservó, porque le parecía tan histórico como el resto del
tesoro.

—Es un Siegel & Stockman. Francés —dijo—. Mil novecientos
veintipico, imagino.

—Tiene el rostro del muñeco de Merlyn que vi en la caverna
—dijo Tariq.

El Viejo no entendió a qué se refería. Pero el Baba sí.

En su mente, una pieza del *puzzle* había encontrado su lugar.

Capítulo cinco

Milo (XV)

Napalm — El Autor, Último Acto — La niebla retorna — Chau, brújula — El ciervo — Ojos que brillan en la noche — El niño del fumadero — Se viene la tormenta

1.

La gente dormía sobre cubierta. Debajo de cada manta asomaban varias cabezas. Se habían tranquilizado poco a poco, como quien se deshace de lastre. Mecidos por los botes en la oscuridad uterina. La canción, por cierto, sonaba irresistible: el runrún de los motores, que inspiraba confianza; el regodeo del agua al saborear las quillas. De vez en cuando se oía una gallineta o un carpincho, protestaban por la intrusión. Para entonces quedaban pocos en condiciones de inquietarse.

Llevaban seis horas de lenta marcha. La aguja del indicador de combustible (analógico, tratándose de una nave reformada por el Viejo no podía ser de otra forma) ya había entrado en su zona roja. Pronto usaría la única lata extra que había tocado al velero en el reparto. Mientras viajasen por aquellos canales, que trababan la circulación de los vientos (el follaje absorbía hasta la más mínima brisa, sacudiendo copas de árboles como cascabeles), no podría hacer uso del velamen. Que, por lo demás, el Viejo nunca le había enseñado a usar.

Miranda no dormía. El Viejo había distribuido a las Hijas en los botes: Sofía en la barcaza, Bárbara en el bote de Tolosa. (Que llevaba atado un bote extra, donde iban diez personas más: los adolescentes se habían ofrecido como voluntarios.)

La única que había puesto cara de asco era Bárbara, porque entendía el prejuicio que subyacía a la decisión: para el Viejo, lo mejor que podían hacer las Hijas durante el viaje era atender a la masa, como si fuesen azafatas. Pero no había llegado a protestar, porque veía bien que sus hermanas estuviesen a la mayor distancia posible. Le temía a un golpe único que arrasase a las tres.

—El hijo de Lazarte trabaja para Fieser Chemical. Una empresa norteamericana —le había oído decir, mientras la gente se acomodaba en los botes—. De las pocas que todavía fabrican napalm, porque el Gobierno de Estados Unidos no ratificó el protocolo que regula su uso. Si nos llegan a ubicar desde el aire...

El Viejo no dijo nada, pero al elevar la vista al cielo le concedió la razón. Ese clima sin vientos propiciaba los vuelos rasantes. Por eso apuró aún más el expediente, ubicando a una Hija en cada embarcación.

Milo había sido el más beneficiado por el reparto.

La pendeja lo calentaba. Todas las hermanas estaban buenas, pero Miranda era la única que sentía accesible.

Bárbara tenía algo de mantis. Capaz que te la curtías y te arrancaba la cabeza.

2.

Cuando la caminata en la estela de Patato se prolongó, Milo había aprovechado para abordarla. Tenía una buena excusa. No había olvidado la misteriosa mención de Sofía, que había hablado de un material «puesto en manos de medios internacionales» sobre el que había evitado dar precisiones.

Bárbara no parecía dispuesta a explayarse, pero al final cedió. Según dijo, se trataba de una grabación.

—Mi viejo se desmarcó de la gente que yo había puesto a vigilarlo —contó mientras avanzaban entre helechos gigantes—, y me dejó pagando. ¡Su brillante idea me costó el puesto! Pero va a terminar por tener razón, al final. Si algo puede revertir el partido es lo que hizo entonces, el muy turro.

El Autor había organizado un encuentro con el coronel Lazarte. Quería que el jefe de la OFAC firmase un documento que garantizaba inmunidad a sus Hijas. Una vez dada esta conformidad, el Autor pensaba poner los papeles en manos de un conocido de la infancia: Silvio Román, a quien ellas registraban, apenas, como «el amigo de papá que tiene un taxi». Consciente de los riesgos que entrañaba la situación, Román aceptó implicarse. El Autor le había pedido que, cuidándose de no ser seguido (según parece, había pocos más duchos al volante), volase con el documento firmado al encuentro de Bárbara. En cuanto oyese que había llegado a destino, el Autor acompañaría a Lazarte sin oponer resistencia.

Por supuesto, Lazarte quería garantizar su propia seguridad. Dijo temer una revancha de parte del Autor, en venganza por la muerte de Helena.

El Autor repuso entonces (Román había sido testigo de la negociación telefónica, fue él quien le refirió a Bárbara esta información) que la existencia de violencia en sus historias no significaba que él mismo fuese violento. Una de las consecuencias del crimen de Helena era su flamante fobia a las armas. Nadie que hubiese identificado el cadáver de su hija querría volver a ver orificios semejantes.

Pero una cosa era rechazar la violencia y otra muy distinta resignarse a la injusticia. El Autor soñaba con Lazarte pudriéndose en prisión, por el resto de su vida; y así se lo dijo por teléfono, sobreponiéndose al nudo de su garganta.

Lazarte repuso que no le temía a él, sino a sus protectores. Y de ese modo le reveló al Autor algo que ignoraba: que Bárbara tenía gente siguiéndolo todo el tiempo.

El Autor prometió que se libraría de los hombres de Bárbara, siempre y cuando Lazarte acudiese a la cita sin más compañía que su hijo Roberto. (Aquel que trabajaba para Fieser Chemical.) Seguramente creyó que, en presencia de Roberto, Lazarte no se animaría a improvisar un tiroteo; o tal vez quiso que, aunque solo fuese por un rato, Lazarte sintiese el mismo miedo que él padecía a diario.

El procedimiento que el Autor ideó lo ponía a salvo de una trampa y, por ende, lejos de la mira de francotiradores. Le dijo a Lazarte que lo iría llamando a intervalos, desde distintos celulares, aproximándolo al punto de la cita; y que realizaría la llamada final, proporcionándole la dirección exacta, en cuanto se librase de la vigilancia de Bárbara. De ese modo las fuerzas de la OFAC y Los Arcángeles quedarían equidistantes del encuentro. Y de sonar un tiro, acudirían al mismo tiempo, generando un enfrentamiento del que Roberto Lazarte podía salir herido o muerto.

¿Había creído realmente que se saldría con la suya? El régimen no se caracterizaba por su respeto a la legalidad. Ningún documento habría sido una barrera efectiva para proteger a las Hijas. Milo pensó que el Autor había sido un ingenuo y seguramente se le notó en la cara, porque Bárbara se apresuró a decir que su padre se había preparado para lo peor.

Cuando la cita culminó de manera trágica, Román cumplió con la segunda parte de sus instrucciones: decirle a Bárbara que Lazarte estaba al tanto de sus movimientos. Entre lágrimas, el taxista le había referido aquello que solo terminaron por confirmar con la caída de la Casa n.º 13: que entre Los Arcángeles había cuando menos un topo, un traidor: — un Lucifer.

Lo que el taxista no sabía era que el Autor había grabado su propia muerte.

3.

Cuando los pasajeros se durmieron, Miranda se instaló junto a Milo. Se sentó contra el panel coronado por los instrumentos y le habló así:

—Cualquier cosa que necesites, decime.

Milo no estaba acostumbrado a tener gente como Miranda a sus órdenes. La posición que se había visto obligado a adoptar lo estaba matando (tenía la mano metida dentro de la ranura del panel y no podía quitarla, a riesgo de perder el control de la nave), pero valía la pena con tal de que Miranda siguiese a sus pies. La diferencia de alturas tenía sus recompensas, aun en la penumbra. Desde donde estaba veía la unión de las tetas de Miranda, a través de la apertura de su camisa.

De vez en cuando le pedía algo: agua, una galletita, un pañuelo para el sudor de su frente, con la intención de que no se durmiese. Pero no había sido necesario. Miranda tenía demasiado en qué pensar para darse el lujo de relajarse.

Por eso le contó lo que Bárbara había alcanzado a decirle, hasta el momento en que Tariq lo sorprendió por la espalda. Sabía que el

Autor había grabado su propia muerte en imágenes, pero ignoraba los detalles.

—Ojo, si no querés hablar del asunto, yo lo entiendo, ¿eh?

Miranda se tomó su tiempo para responder.

—Mi viejo citó a Lazarte en la puerta de un quiosco. Justo enfrente de un departamento que había alquilado en secreto —dijo sin levantar la vista. La única protección que adoptó fue la de abrazar sus rodillas con más fuerza—. Había instalado tres cámaras, ahí. Sobre la ventana. Apuntando al punto preciso del encuentro. Antes de pararse en el lugar, pasó por el departamento y las puso a grabar. Cada una había sido fijada en un tamaño de plano distinto. General, americano, primer plano. ¡Mi papá siguió componiendo cuadros hasta después de muerto!

Pasado el entierro, la Viuda recibió la visita del encargado de un garaje cercano, donde el Autor había guardado su auto durante años. Su presencia no inquietó a la Viuda ni a los cancerberos de la OFAC. Era lógico que el hombre quisiese cobrar lo que se le adeudaba, o bien preguntar qué sería del coche que seguía dentro de su propiedad. Pero el tipo del garaje llevaba algo más que una factura. El Autor le había confiado un sobre.

«Si me pasa algo», le había dicho, «dale esto a mi mujer sin que la yuta se entere».

Dentro del sobre había una llave y una dirección. Que la Viuda demoró en hacer llegar a Sofía, dado lo espeso de la vigilancia.

En el apartamento que la llave abrió estaban las cámaras. Y en su interior, las imágenes que narraban el mismo crimen mediante tres planos diferentes.

La visión de aquel material había sido dolorosísima. Pero su valor era incalculable. Para empezar probaba que no habían sido ellas las asesinas, como pretendía el régimen. Mejor aún, revelaba la identidad del verdadero criminal: el coronel Lazarte, que había matado al Autor en presencia de su propio hijo.

—Cuando Lazarte desenfunda, mi viejo echa la cabeza hacia atrás —dijo Miranda. Su vista estaba perdida en la nada—. Por eso el primer tiro es fallido, no lo mata, sino que le vuela la mandíbula. Todo lo que se ve es un borrón, pero estoy segura de que si ralentizás la imagen… El segundo tiro es el definitivo. Lazarte le pone la pistola acá, a esta distancia, y… como la cara de mi viejo está volteada, le pega atrás de la oreja. Ahí sale de cuadro en dos de las cámaras, porque cae como bolsa de papas. Pero la del primer plano se queda clavada en el lamparón de la pared. Que empieza a chorrear sesos, sangre y huesos.

Milo no dijo nada. Más que la escena descrita, le impresionó la calma con que Miranda la había contado. Quién sabe cuántas veces había revisitado esas imágenes en su mente, desde la revelación.

Cada vez que Milo pensaba en el cadáver de don Maciel, sentía un vacío en el estómago, a pesar de que los sentimientos por su padre no eran amorosos. ¿Qué producía ese recuerdo ineluctable en el alma de Miranda, que tanto parecía haber amado al suyo? Como se había hecho un bollito allá abajo, ni siquiera podía verle los ojos. (Cosa lamentable: ni ojos, ni tetas.)

—Lo… *La ventaja* del material es que involucra a Lazarte, y Lazarte no es un sicario más de la OFAC, sino un miembro notable de este Gobierno —continuó Miranda—. Cuando las imágenes circulen por el mundo… esta gente se toma sus días para chequear la veracidad del asunto, pero ya deben de haber terminado, o estar a punto… el régimen se va a deshacer de Lazarte, tratando de minimizar daños.

—¿Vos creés que el tipo se lo va a bancar mansamente?

—Sofía dice que se va a volver loco.

—Eso es lo que yo creo.

—Parece que el tipo ha juntado mierda… información comprometida… sobre buena parte del gabinete, y tal vez sobre el presidente mismo. ¡A la mejor manera de Hoover!

—¿Quién?

—El fundador del FBI. En ese caso no solo caerá él, sino también otros.

—Si es que caen. Lo más lógico es que negocien entre ellos, como siempre se hace. ¿Nunca oíste ese refrán: *Entre bomberos no nos pisamos la manguera?* No, lo que yo creo es que van a tratar de cortar el problema de raíz.

—¿O sea…?

—Ir detrás de ustedes, con todo lo que tienen. Si las pescan vivas y las hacen, ahm… *confesar públicamente* que el material es fraguado…

Acá Miranda sorprendió a Milo al procurarse una sonrisa.

—Tenés una forma peculiar de levantarme el ánimo —dijo.

—Yo no quiero levantarle el ánimo a nadie —respondió Milo—. Lo que quiero... una vez al menos, en mi puta vida... es ganar.

4.

Poco antes de las cinco la niebla lo cubrió todo. Al principio había sido una nube tenue, vapor que flotaba sobre el agua. Cuando Milo se avispó, no solo se había elevado por encima de sus cabezas, sino que además se había vuelto espesa. Ya ni siquiera veía las lucecitas del bote que tenía delante. Guiaba el velero por puro instinto.

La voz de alto no tardó en llegarle. El Viejo había decidido parar. Milo agradeció al Cielo. En la última hora ya había sufrido dos calambres en la mano. Las únicas veces que se apartó de los controles fueron brevísimas, el tiempo que le llevó disponer de las boyas sin que Miranda se diese cuenta.

Todo el mundo se había tragado la explicación: que Milo metía la mano en el panel porque el timón dependía del contacto entre cables, que no podía fijar con tela adhesiva. Para que el velero girase a babor debía hacer contacto con unos, a estribor con otros: eso había dicho. En plena noche Miranda había pedido que le diese instrucciones, para ponerse en condiciones de relevarlo. Pero Milo había declinado la oferta, con lo que esperaba que sonase como abnegación.

En realidad no se lo había explicado porque no tenía la menor idea de lo que hacía.

Todo lo que sabía era que al meter la mano en la ranura (meterla plana, sin siquiera toquetear nada a conciencia) el timón se movía como Milo quería. Al principio había verbalizado mentalmente sus deseos: *Ahora a babor, ahora a estribor, un poco más, o menos.* Con el correr de las horas comprendió que ni siquiera necesitaba *pensar* sus órdenes. El timón hacía lo que tenía que hacer, lo que Milo esperaba de él, aun cuando su cabeza estuviese ocupada en otra cosa.

El único que había percibido algo raro era el Viejo, que sabía bien qué cables había dejado sueltos. Pero no hizo más que clavarle sus ojos de rayos X, porque en aquel momento no contaban con tiempo para perder en especulaciones.

Algún poder tenía su mano nueva, estaba claro. Aunque no se sintiese en condiciones, todavía, de explicarse cuál era.

5.

Condujo el velero hacia una cala, guiado por las voces que a su vez reproducían las indicaciones de Tariq. El Viejo había designado al Moro como parte de su tripulación. No le extrañaba que lo quisiese cerca, seguramente tenía mucho que preguntarle. Aunque lo más probable era que el Baba lo hubiese acaparado. Ya lo había atosigado en tierra antes de partir. Queriendo saberlo todo: cómo le había ido, si se había encontrado con su rey, qué había sido de Mordred, si había usado nuevamente la cueva de Merlyn. Y no había parado hasta que el Viejo le dijo que cerrase el pico y moviese el culo.

La cala era arenosa, las otras naves habían encallado antes que Milo. Los chicos del bote habían tenido suerte, saltaron a tierra casi sin mojarse; pero las barcas de mayor calado se habían visto obligadas a frenar más lejos de la playa. Milo le dijo a su gente que no era imprescindible dejar el velero. Sin embargo, nadie quiso quedarse. La idea de boyar en medio de la niebla no les apetecía, preferían reunirse con los demás aun al precio del remojón.

Milo fue el primero en abandonar el velero, armado con el arpón del Viejo. Se había quitado los zapatos y ligado los cordones, para colgarse el par del cuello y preservarlo del río. De todos modos lo fastidió mojar los pantalones, nunca había tenido tiempo de quitarse esa parte del traje.

Tenía la intención de ofrecer su mano a Miranda, pero ella no le dio tiempo, saltando detrás de él. Ella había imitado el truco de los cordones, colgándose sus botitas del cuello. Una cagada, porque tapó así los pezones que se marcaban debajo de la camisa.

Se asociaron para ayudar a la gente. Todos repetían el rictus de máscara trágica al contacto con el agua. No costaba nada percibir sus miedos, su ansiedad. ¿Dónde estaban? ¿Qué era aquella niebla? A pesar de que se cuidaban de decirlo, ninguno confiaba del todo en ellos, en la propiedad de su liderazgo. Y Milo se sabía incapaz de ofrecerles confianza.

La playa era un anfiteatro ocupado por gente a medio vestir, escurrían pantalones y faldas sobre la arena. Ninguna de las Hijas le dio el gusto de imitarlos y él tampoco lo hizo. No quería hacer el ridículo, el frío había achicado su dotación hasta dimensiones infantiles.

El Viejo le enseñó su brújula.

—Está así desde que apareció la niebla —le dijo.

La aguja giraba para un lado y después para el otro, sin detenerse nunca.

—¿Qué pasa? —preguntó Bárbara Jeans Mojados. Detrás de ella venían Tariq y el Baba, cuyos pantalones hacían el ruido más extraño.

—Esta zona es conocida por sus peculiaridades atmosféricas —dijo el Viejo.

—¿Significa eso que no sabe dónde estamos?

—No desde que la brújula enloqueció.

Admitirse impotente le costaba un triunfo.

Al Viejo tampoco le gustaba perder.

6.

Decidieron alejarse de la playa, en busca de cobijo más sólido que la niebla.

El desplazamiento dio pie al más anómalo de los espectáculos. El boliviano ataviado con casco de vikingo. El paraguayo aferrado a una pica. El chaqueño Tolosa, blandiendo un sable de las guerras napoleónicas. La madre del Bonzo, con un mosquete colgando de su hombro. Doña Tota, abuela del Peluca Rojas y por ende de Tania, protegida por un escudo erizado de flechas.

Avanzaron hacia la masa negra de los árboles.

—Todo el mundo apretadito y junto, los chicos de las manos —dijo Sofía, marchando paralela a la fila. Hablaba con la calma de una maestra jardinera—. ¡No queremos perder a nadie en la oscuridad!

Una vez que alcanzaron al bosque, recurrieron a linternas y faroles. El Viejo los instó a seguir, adentrándose en la espesura. Casi nadie hablaba, el miedo era más fuerte. La flora les resultaba extraña (árboles que solo estallaban en ramas a alturas inalcanzables, lianas enmarañadas, más helechos, mucho hongo a ras del suelo), pero Milo ya había perdido la capacidad de asombrarse al respecto.

El Baba se acopló a su ritmo. Había vuelto a echarse encima el equipo elegido en el búnker: la espada que Milo sacó a la luz cuando interrogó al Viejo; un escudo que se cerraba en forma de ojiva, pintado con una quimera y una flor de lis; y un casco romano, que sabía reñido con la parafernalia escogida, pero que, a diferencia de los cerrados yelmos medievales, no interfería con su vista. En su momento había intentado echarse encima una cota de malla, para cambiar de opinión de inmediato. No se sentía capaz de cargar semejante peso, lo cual había hecho reír a Tariq.

—La resistencia no es un don innato, *my dear friend*, sino algo que se adquiere —le dijo entonces.

—¡Yo no podría adquirirla ni aunque la vendiesen en un negocio!

Milo le había sugerido que eligiese un arma más contundente (un rifle Winchester, por ejemplo, que estaba cargado y había terminado en manos de don Vergara) y había decidido callar ante la negativa. Estaba seguro de que, llegado el momento, el Baba no sería capaz de blandir semejante espada; pero también sabía que, iluso como era, no daría el brazo a torcer ni ante la muerte.

—¿Sabés lo que me dijo Tariq? —Ya estaba respirando con dificultad, entre las armas y el pantalón mojado debía de ser como acarrear una cruz—. Que la Inglaterra a la que volvió no era la misma que conocía. Por lo que contó, en vez de reintegrarse a la Inglaterra de la fantasía… la mayoría de los relatos artúricos son anacrónicos, vos lo sabés: le aplican al siglo v o vi armas y modas que no se conocieron hasta mucho después… lo que digo es que Eontamer no lo devolvió a *esa* Inglaterra, de la que el Autor abrevaba… la Inglaterra mítica de Geoffrey de Monmouth… sino a la Inglaterra real. O para ser más preciso, ateniéndome a los términos del multiverso: lo llevó a *una de las Inglaterras reales*. Donde Arturo no era un rey, sino apenas un *dux*. Donde Mordred no fue un villano, sino su mano derecha.

Milo lo escuchó a medias. Estaba pendiente de otra cosa. Un perfume que le sugería aguzar sus sentidos. Olía a carne asada. Pero el Baba no se daba cuenta, no; seguía perorando.

—Dice Tariq que Mordred presidió un concilio… uf, ¿es necesario caminar tan rápido?… al que asistieron representantes de las comunidades de las islas. Y que de ahí salió una ley que todos aceptaron… y una forma de gobierno democrático a la ateniense, incluso con sus limitaciones… ¡que eligió al mismo Mordred como primer líder!

—Gordo, ¿a mí qué carajo…?

—¿No te impresiona? Digo. ¿Saber que, que… en algún punto del Universo con mayúsculas… Tariq ayudó a que en Inglaterra se reconociesen los derechos de todos sus habitantes, no sé… como seis o siete siglos antes de la Carta Magna?

—A nosotros no nos cambió nada. O no estaríamos donde estamos, en medio de la nada y con las bolas paspadas. Así que mejor regulá tu aire y mirá dónde pisás. ¿O querés romperte un tobillo?

El Baba aceptó el límite a regañadientes.

Cuando miró por encima del hombro para asegurarse de que no se rezagara, registró el casco del Baba cuatro metros atrás. Marchaba junto a Miranda.

Miralo vos, al gordo. Primera vez que lo pesco tratando de levantarse una minita. Aunque apunta muy alto. Esa pendeja…

El grito lo frenó en seco, arrancando a pájaros y bestias de su sueño.

Mucha gente se echó al suelo. Milo había puesto rodilla en tierra sin siquiera darse cuenta. Se levantó y avanzó a gachas, arpón en mano, en dirección al escándalo.

La que había gritado era una de las adolescentes: Paulita, una prima de Tania. Se asustó cuando el farol del Viejo encendió una figura entre las sombras. Era un ciervo del pantano. Macho, dada la cornamenta.

—Calma, que ni siquiera es de verdad —decía el Viejo, que se había acercado a examinarlo—. ¡Es una estatua! —En efecto, la tocó con la punta de la escopeta y no se movió. Sonaba compacto, a materia rígida—. ¡Levántense, así seguimos un poco más!

Milo se aseguró de que la columna hubiese retomado la marcha, y apretó el paso para alcanzar al Viejo.

—No me gusta nada —le dijo el Viejo, de modo que nadie más oyese—. ¿Qué hace una estatua así en este lugar? La gente de acá no es panteísta. Los únicos altares que te encontrás son precarios, y están consagrados a la Virgen. Nunca encontré un tótem ni nada parecido. Así que es raro. Debe de haber, o haber habido, gente de… *fuera*. Así que ojo. Estate atento.

—Présteme la escopeta.

—¿Cómo?

—No se preocupe, que me quedo acá, al lado suyo. ¡No me voy a ninguna parte!

El Viejo cedió, aun sin estar convencido. Y escopeta y arpón cambiaron de manos.

Siguieron moviéndose por el bosque: un gusano fosforescente con excrecencias metálicas, que hacían *cling* y también *clang*.

7.

Habían caminado veinte minutos cuando el Viejo agarró el cañón de la escopeta.

—Dame —dijo con voz queda. Trataba de no llamar la atención.

—No —dijo Milo.

El Viejo no esperaba esa respuesta. Pero tampoco soltó el arma.

—Te pedí que…

—Dígame qué pasa y se la doy.

—Alguien nos sigue. Flanco izquierdo, a mi altura… No mires para ahí, gilún. Dale, soltá.

—No.

El Viejo tampoco esperaba aquella respuesta. Eso facilitó que Milo pegase un tirón al arma, liberando el cañón. Después de lo cual se despegó de la vanguardia, retrasándose hasta la altura de Tariq, que oficiaba de último hombre.

Pobre mi madre. El Viejo debe de estar puteándome a lo loco.

No le costó mucho ubicar el fenómeno al que el Viejo se refería. Oírlo era imposible, dado el ruido que producía la columna al avanzar: además de *clangs* y *clings* estaban los *squish squish* de las ropas mojadas, los grititos de los bebés y los comentarios temerosos intercambiados en voz baja. Pero podía ver al intruso avanzando a la par. Se movía veloz entre los árboles. Siempre agachado, para que su cabeza no superase la altura de los helechos. Lo que lo traicionaba era el resplandor de sus ojos. Brillaban como brasas, aun detrás de la cortina vegetal.

Milo podía sorprenderlo. Todo lo que tenía que hacer era apagar la linterna, o entregársela a otro, y desprenderse de la columna sin ser visto.

Sin embargo, escogió otra vía de acción.

—Venga, acompáñeme —le dijo a Tariq, tomándolo del brazo.

Juntos avanzaron al encuentro del Baba. Milo le quitó el casco romano, dejándolo en manos de Miranda, y le pidió que lo siguiese.

—¿Por qué, qué pasa?

—Menos averigua Dios…

—Pero mi casco…

—Vas a estar más seguro sin él.

El trío se desgajó del grupo, con Milo a la cabeza. Se movieron hacia el punto en que Milo había visto las brasitas por última vez. En cuanto arrancaron en aquella dirección, el brillo se esfumó, pero Milo estaba convencido de que seguía en las inmediaciones. Por eso se detuvo a prudente distancia. Abrió los brazos para frenar al Baba y a Tariq y dijo, de modo que nadie pudiese dejar de oírlo:

—Son ustedes, ¿no es cierto? —Se desplazó a un costado para no velar la visión del intruso. El Baba no sabía qué hacer, Tariq ya había echado mano a su espada—. ¡Somos nosotros!

El rostro del intruso asomó entre la V formada por dos árboles. El resplandor infernal dibujaba los rasgos de una bestia.

A espaldas de Milo estalló un globo de gritos y expresiones de terror. Por eso se giró, quería decirle a la gente que no se asustase. Pero el Viejo lo sorprendió. Se había aproximado sin que se diese cuenta. Y le arrebató la escopeta de un tirón.

Le habría disparado al mandril gigantesco de no haberse materializado otra figura. Surgió a la altura de sus pies, para elevarse inmediatamente como una torre. El Viejo quiso conservar la escopeta, pero el hombre era demasiado para él; le bastó un empujón para que el Viejo cayese hacia atrás, rodando entre las hierbas.

Milo lo ayudó a levantarse.

—El señor se llama Melvyn Weyl y es un amigo —dijo. El corazón del Viejo latía a velocidad de pájaro, se había asustado de verdad. Pero a esas alturas los rasgos del mandril ya no brillaban, habían vuelto a formar parte de la gorra—. Ellos son Flint Moran y Saigon Blake. Son, ahm, *colegas* de Tariq, por así decirlo. ¡Y deben de haber llegado acá del mismo modo!

8.

La gente no dijo mucho. Dos tipos vestidos de manera rara ya no constituían sorpresa. Al ver que se abrazaban con Milo, el Baba y Tariq, dejaron de temer; cuando entendieron que estaban allí para engrosar su escolta, sintieron alivio.

Las aleladas fueron las Hijas. Aun cuando ya habían pasado el trance con Tariq, la irrupción de personajes de su padre por triplicado potenció su emoción en proporción equivalente.

Pero aquella vez las presentaciones de rigor no produjeron asombro tan solo en ellas. Porque aunque el Baba dijo sus nombres verdaderos, Moran y Blake no veían a Bárbara y Sofía, sino a sus versiones idealizadas: aquellas mujeres a las que tanto habían amado y a quienes habían perdido.

Pte San Win. Lady Qi Ling.

—Ellas son, ahm, *las Hijas del Autor* —subrayó Milo, tratando de arrancarlos de su marasmo.

—Y ellos son de verdad —dijo el Baba—. Quiero decir que, que... que *son gente*, también. Respiran, sangran, hablan. ¡Aunque ahora no estén en condiciones de hacerlo!

El Viejo entendió que el asunto iba para largo y decidió armar el campamento. Aquel enclave resultaba tan bueno o malo como cualquier otro en semejantes circunstancias. La razón por la cual no había amanecido ya era evidente. El cielo del Delta estaba cubierto por un colchón de nubes negras.

Blake fue el primero en reaccionar. Respondió a una de las preguntas que el Baba vomitaba, diciendo que habían regresado a través del sótano del fumadero de opio.

—Me había dado resultado las dos primeras veces. Como ven, también funcionó la tercera.

La repregunta del Baba caía de madura.

—Pero cómo. ¿Qué pasó con Eontamer?

—Murió. Y Desmond con ella —dijo Moran. Miraba a Sofía casi con pena, como si la noticia fuese a afectarla al igual que a Pte San Win—. Durante la revolución liderada por la Sociedad China Libre, que al menos culminó en triunfo.

—¿R-r-revolu-*ción*? ¿Como la que concluyó en la República Popular, p-p-pero *medio siglo antes*?

—Che, Baba, pará la moto —dijo Milo—. Resolvamos las cuestiones prácticas, lo imprescindible, y después hablamos lo demás.

Milo los puso al tanto sobre la situación, del modo más somero: estaban huyendo para proteger a las Hijas, y llevándose consigo a toda aquella gente, que también estaba en la mira de la OFAC. Se sabían mal armados y peor pertrechados, no disponían de alimentos ni para durar el día. Su única riqueza relativa eran los botes, que en la tormenta que se avecinaba no les servirían de mucho.

Blake dijo que llevaban allí media jornada, y que el hambre lo había impulsado a cazar y asar un ciervo.

—Los otros animales se veían demasiado magros, o simplemente repugnantes. ¡Ratas sin cola de este tamaño!

—Se llaman carpinchos.

—Tan pronto atrapé a la hembra apareció el macho. A Moran le dio pena, no quería matarlo en vano; y por eso lo inmovilizó con su, ahm, *rayo*.

—No sabía si necesitaríamos su carne. Nuestra intención era salir de aquí para ir a buscarlos. ¿Dónde está Metnal?

—Metnal.

—¿M-M-*Met*-nal?

—¿Se refieren a…?

Las Hijas habían balbuceado al unísono, conscientes de la naturaleza de aquel personaje.

El Baba dijo que no habían vuelto a saber de Metnal desde la despedida.

—Debe de haber vuelto a Guatemala. La noticia de la muerte de Helena lo, ahm, *lo afectó mucho* —dijo, mirando a las Hijas—. Ustedes saben. Por lo que se parecía Helena a Lara. Su amada en la historieta, ¿se acuerdan?

Las Hijas cuchichearon. Finalmente Sofía asumió la palabra, para preguntarles si recordaban la fecha exacta de la desaparición de Metnal.

Milo y el Baba se exprimieron el cerebro. Y a duras penas produjeron una fecha aproximada.

—¿Por qué, qué pasa? —quiso saber el Baba.

—Digamos que… por esos días ocurrió algo con el cuerpo de mi hermana, de Helena, que… entonces le atribuimos al régimen, claro. ¡Era la única opción sensata! Pero ahora que ustedes dicen que Metnal estuvo acá… ¿Qué clase de… *persona* era? Quiero decir, ¿lo creerían capaz de…?

El Baba no esperó que completase la frase para dar su opinión.

—¿Metnal? Uf… ¡Yo lo creo capaz de cualquier cosa!

9.

Sentados bajo la melena de un sauce, oyeron el relato de Saigon Blake: cómo Qi Ling había encendido la mecha de la revolución, salvado del desastre el Palacio de Verano y consagrado a un nuevo emperador, llamado Lóng, que representaba la restauración de la dinastía Ming después del interregno manchú.

—Lóng es un niño. Que probablemente no tenga una gota de sangre Ming —dijo Blake—. De hecho era un esclavo al que Qi Ling rescató de las manos de un general. Lo cierto es que Qi Ling tenía otro plan, a largo plazo, que conducía a la fundación de una república asesorada por un consejo de sabios. Pero la realidad fue más veloz que sus sueños. La inminencia del ataque al Palacio de Verano forzó su mano. Y el levantamiento concluyó con un éxito que ni siquiera ella había previsto. Favorecido, por cierto, por la intervención de Eontamer. Que adoptó la forma de un dragón volador, lo cual convenció a la población de que el Cielo mismo llamaba a la rebelión.

Qi Ling había repelido a los bárbaros, haciéndose con un poder que no podía ejercer abiertamente: el pueblo chino no habría tolerado la autoridad de una mujer. Inspirada por el asombro que el dragón había producido, difundió la siguiente historia mediante impresos que pegó en los muros de cada ciudad: que al caer en tierra (como había caído Eontamer, envuelta en humo y llamas) el espíritu de la bestia había migrado al alma del niño, hasta entonces llamado Boyang. Así imbuido, Boyang había liderado el tramo final de la lucha, que concluyó con la expulsión de los extranjeros del territorio chino. Esta narrativa había encendido la imaginación de la gente. La Revolución del Pueblo no podía sino ser irreprochable, porque había sido conducida por el más digno de sus representantes: un niño, lo cual equivalía a decir un inocente.

Una vez alcanzada la victoria, Qi Ling hizo que Boyang se confesase heredero de la dinastía Ming. El pueblo lo consagró entonces por aclamación, asumiendo Boyang el nombre imperial de Lóng, que significaba, precisamente, *dragón*.

—Qi Ling entendió que la república de los sabios era una quimera, en aquellas circunstancias. Y decidió propiciar un gobierno que obtuviese el favor de la gente, dotándolo de formas conocidas: la figura del emperador, el poder asentado en la Ciudad Prohibida. Por supuesto, la Sociedad China Libre encarna el poder real detrás del trono. Lóng se ha definido a sí mismo como el Emperador del Pueblo, y proyectado su reinado sobre tres ejes: la protección de sus fronteras, el combate al hambre y la educación obligatoria para todos sus súbditos.

Blake miró entonces fuera del círculo. Bárbara organizaba un sistema de vigilancia para el cual había reclutado a los adolescentes, con el Bonzo a la cabeza. La visión forzó al pirata a producir un silencio. Durante un momento pareció dudar, no sabía si estaba aún en la China del siglo XIX o en el Delta del presente.

—Allí no había lugar para mí —dijo—. La expulsión de los extranjeros era un gesto político que no podía permitir excepciones. ¡Hasta mi amigo Cembrero tuvo que irse, a pesar de los servicios que había prestado a la revolución!

—Aro aro aro —dijo el Baba—. ¿Cómo que *amigo*? ¿No era que Cembrero...?

—Si tuviese que explicarlo, diría que el universo al que Eontamer nos condujo no era... *exactamente* aquel del que me ausenté.

—Yo me llevé una sorpresa semejante —dijo Tariq.

—En aquella... *versión*, por así decir, de mi mundo, Cembrero no me había traicionado. Y Qi Ling y yo teníamos una relación amorosa que el triunfo de la revolución volvió insostenible. Más allá de la inconveniencia del romance con un extranjero, necesitaba consagrarse a la tarea que tenía por delante. Organizar un país desmembrado, educar e inspirar a su pueblo, construir un ejército poderoso a partir de milicias, delincuentes amnistiados y campesinos. Aun cuando hubiese permanecido allí, ella nunca se habría hecho tiempo para mí. Para Qi Ling no hay nada más digno que la causa de China, a la que ha consagrado su existencia. —Aquí volvió a echar un vistazo en dirección a Bárbara, para bajar los ojos de inmediato—. Fue entonces cuando recordé una promesa formulada a viejos amigos. Les había dicho que volvería a ayudarlos en cuanto resolviese mis asuntos, así que...

—Con la muerte de Eontamer murieron también mis planes de regresar a Tecumseh —intervino Moran—. Le pedí a Blake que me condujese al fumadero del que había hablado, para confirmar una sospecha que alentaba desde el comienzo. Pte San había dotado a Eontamer de una tecnología que le permitía, cómo decirlo... *olfatear*, si se quiere, la existencia de ciertas anomalías del espacio-tiempo llamadas...

—¡*Wormholes!* —El Baba no iba a perderse la oportunidad de brillar.

—Así es. Abrigaba la esperanza de que el sótano fuese la boca de un agujero de gusano, tal como la cueva de Merlyn. Si estaba en lo cierto, no solo regresaríamos aquí, sino que además tendríamos oportunidad de estudiar la red de... Existe algo llamado «anillo romano», que es en realidad una trama de túneles que conecta puntos del espacio-tiempo. Si ese laberinto tenía una salida en la Inglaterra del siglo v, y otra en el Hong Kong del siglo xix... y otra aquí, por supuesto... ¿por qué no creer que puede conducir también a *mi* universo, y a *mi* tiempo?

—Cuando llegamos aquí pensamos que habíamos ido a parar al lugar equivocado. ¡No había rastro de la ciudad ni del cementerio! —dijo Blake.

Aquí Milo tenía algo que aportar.

—Ustedes llegaron por primera vez poco después de una tormenta. ¡Como la que tenemos encima! —dijo—. Para mí que la boca del túnel que comunica con este lugar... una boca abierta a ras de tierra, a diferencia de las otras dos: el fondo del sótano de Hong Kong, lo hondo de la cueva de Merlyn... esta boca, digo, parece más bien... *móvil*. Eso explicaría por qué mi amigo Melvyn, el Viejo, lleva años buscándola sin suerte.

—Se imaginarán la sorpresa cuando los vimos acercarse —dijo Moran.

—No fue más grande que la sorpresa anterior —dijo Blake—. Antes de descubrirnos aquí pasamos por otro sitio. Un extraño jardín de invierno. ¡Nunca había visto uno de semejantes dimensiones! Y consagrado a un cultivo igualmente insólito: arbustos espinosos, de esos que no dan más que frutos ínfimos, al cuidado de un único hombre...

—El Rey de los Espinos —dijo el Viejo. Se había aproximado en silencio.

—¿Acaso lo conoce?

—Pasé por allí una vez, con la misma brevedad. Cuando era un niño de esta altura. Escapando del sótano de un fumadero de opio, donde me habían puesto a trabajar como esclavo.

Blake entrecerró los ojos. Miraba al Viejo como si su figura se le hubiese vuelto borrosa y necesitase enfocar.

—¿Es posible que sea...?

—Para usted todo esto debe haber ocurrido hace muy poco —dijo el Viejo. Sus ojos habían adquirido un brillo que Milo nunca le había visto: chispeaban con picardía, más dignos de un fauno que de un licenciado de Harvard—. Pero para mí fue algo que pasó hace mucho, *pero mucho* tiempo.

10.

La niebla había adelgazado, aunque sin irse del todo. El viento, que había empezado a desperezarse, despeinaba la coronilla de los árboles; pero la nube que volaba a baja altura sobrevivía casi intacta. Las naves ancladas en la cala casi no se veían. Lo único que sobresalía con nitidez era el mástil del velero, que se bamboleaba sin cesar; un dedo lívido que expresaba una persistente negativa. Y por encima el cielo abrumador, generando más y más electricidad a cada instante, hasta el punto de la sobrecarga.

Los planes del Viejo ya no servían. Con el cielo cubierto y la brújula inútil, la dirección de la travesía no podía ser más que incierta. En la inminencia de la tormenta (que bien podía convertirse en un Azote, ahora lo admitía), navegar era arriesgado en sí mismo. Pero el Viejo se negaba a descartar la opción. Permanecer en una isla carente de refugios también podía ser mortal en caso de Azote. Ni siquiera la copa de un árbol era segura cuando el barro llegaba, devorándolo todo.

—Yo creo que tenemos que quedarnos —dijo Milo.

—No nos va a dar tiempo para construir refugios —dijo el Viejo.

—A lo mejor no hacen falta. Habría que recorrer la isla, buscando el punto más alto. Si hay formaciones de piedra acá en la playa, seguramente habrá elevaciones.

—Puedo amarrar los botes para que el huracán no se los lleve —dijo Blake. Formaba parte de la patrulla de reconocimiento que el Viejo había organizado. El cuarteto se cerraba con la imprescindible Bárbara. Como el Viejo era ajeno a esta parte de la historia, lo había permitido a pesar de la inquietud del pirata.

—Hágalo, entonces —dijo el Viejo—. Los que sobrevivan al Azote necesitarán una forma de irse de acá.

Blake se movió al trote, encantado de tener una excusa que lo alejase de la viva imagen de Qi Ling. Una vez en el borde del agua, se quitó botas y arreos para entrar al río.

—Yo le diría al Baba que busque un refugio natural. Un promontorio de piedra —sugirió Milo—. Y llevaría ahí a los pibes y a los viejos. El resto tiene que ocuparse de la defensa.

—¿Qué defensa? —dijo el Viejo.

—¿Pensás luchar contra la tormenta? —dijo Bárbara, socarrona.

—Me refiero a las defensas contra la OFAC. Es posible que los sicarios lleguen antes que el Azote —dijo Milo.

Las caras de desconcierto no lo intimidaron, porque las esperaba.

—No me miren así. Ustedes saben como yo que no van a parar hasta acabar con vos y tus hermanas. Uruguay tampoco es seguro, no sería la primera vez que se lanzan operaciones ilegales en territorio ajeno. Como está la cosa, puede que ni Suiza les dé garantías efectivas. Para mí lo mejor es hacerles frente. De una puta vez. En este territorio, *nuestro* territorio.

Bárbara lanzó una carcajada. Que murió de un hachazo, cuando comprendió que Milo hablaba en serio.

—*Du bist verrückt... Crazy in the head!*

—Necesitaríamos un ejército —acotó Bárbara, que había aceptado considerar la idea—. Y toneladas de armas, que no tenemos.

—Contamos con algunos recursos, que bien utilizados... ¿Viste el ciervo que encontramos? Bueno, Moran lo dejó así. O sea que puede...

—*Nonsense*. Además no nos van a encontrar. Con este cielo no habrá vuelos de reconocimiento. Y en la tormenta no se van a animar a hacer movida alguna. No señor: ahora hay que aguantar el chubasco, y después saldremos como estaba previsto.

—Yo creo que la OFAC va a llegar antes. Pronto, *muy* pronto.

—¿Creés... o *sabés*? —preguntó Bárbara.

—Fui dejando boyas por todo el camino —dijo Milo—. Y si aun así no pescan la pista... lo cual no sería extraño, son bastante pelotudos... al menos seguirán la señal del teléfono.

Milo sacó el celular de un bolsillo y lo arrojó a la arena, a los pies de Bárbara.

—Con este celular llamé al *call center*. El del número que le habían dejado al Baba. Les dije que ustedes estaban bien, a punto de tomar una lancha rumbo al Uruguay.

Bárbara aplastó el teléfono de un pisotón. El Viejo no reaccionó ante el súbito *crac*, tenía la cabeza escondida entre las manos.

—*Verdammt* —volvió a decir entre dientes.

—Por eso sé que van a venir —dijo Milo—. Porque yo les avisé.

Capítulo seis

La Cofradía

Et tu quoque — Sofía, o la Furia — Día de elecciones — El monumento a Milo — El Baba se hincha — Una burbuja volcánica — Caza muy menor — La daga vuelve

1.

Uy, la que se había armado. Flor de quilombo.

Apenas volvieron de la playa, fue evidente que algo había pasado. El Viejo tenía cara de velorio. Bárbara echaba chispas, se puso a cuchichear con Sofía. Y Milo se veía raro. Tenso, llevaba puesta una mueca de lobo. Que no se le quitaba, más que sonrisa era un rictus.

Cuando comprendió a qué se debía, el Baba también se sintió raro. Por un lado estaba tentado de sumarse al coro condenatorio. (*¿Et tu quoque, Brutus?* Sí, sí: por mucho que quisiese a su amigo…)

Milo los había condenado a una muerte segura. No existía forma de enfrentarse a la OFAC con éxito. Aun cuando la tormenta los salvase del napalm, no los eximiría del combate cuerpo a cuerpo. Ni siquiera podían contar con la eventualidad de ir a prisión. Lazarte no tomaría prisioneros. ¿Quién encontraría los cadáveres, en aquel rulo endemoniado del Delta?

Pero la situación creada también tenía algo excitante. Ahora contaban con Tariq, Blake y Moran. Que aunque no equilibrasen la balanza, dejarían un tendal de sicarios… y un jardín de estatuas que conmemoraría el día en que el régimen conoció el miedo.

2.

—Pensalo —le dijo Milo tras revelarle el asunto—. Para empezar no hay forma de que ataquen por el aire. Con el viento que se va a levantar... ¿Los helicópteros esos, que parecen avispas? Se los van a meter en el orto, a los *Sea Monkeys*.

—Sikorskys.

—Acá los canales son angostos. Pasan las lanchas más ligeras de Prefectura, y gracias. Lo cual significa, primero, que no van a poder traer a toda la gente que querrían. Y segundo, que van a quedar a merced de la tormenta. Una vez que se largue el Azote...

—Vos —había tronado la voz a sus espaldas—. Sí, vos. —Era Sofía. Una Sofía irreconocible: roja como un tomate, Furia reencarnada. Venía con Bárbara y Miranda. Ya no serían Arcángeles, pero seguían siendo los Ángeles del Autor, se movían en trío como los Ángeles de Charlie—. No sé si tratarte como un pelotudo o como un inconsciente, nomás. Pero quiero que entiendas que acabás de regalarle al régimen la mayor de sus victorias. Porque no va a ser tan solo una victoria militar. Este desastre va a ser una derrota para la causa popular, que además de vidas inocentes...

—Los sicarios no son ino...

—Vos ya abriste la boca, ahora hablo yo. —Milo cerró el pico, la autoridad de Sofía era indiscutible. Se expresaba con tanta fuerza que la gente estaba empezando a mirarlos—. Además de las vidas de los compañeros que están acá, este desastre va a retrasar el triunfo de la causa popular en años. *A*-ños. Lo cual significa más hambre, más represión, más lavado de cerebro, más enfermedad que podría haber sido evitada. ¿Y todo por qué? Porque el nene quiso intercambiar golpes con el matón del barrio. Y no se puede. *No. Se. Puede.* Cuando bajes a dos, te van a mandar cien. Cuando agarres un fusil, te van a tirar misiles. ¿Qué pensás que trataba de decir mi padre, con la frase que eligió para su lápida? *El abismo llama al abismo.* ¡Y la sangre produce más sangre!

—No estoy de acuerdo —dijo Milo—. Si la mayoría de la OFAC operativa cae en esta trampa, lo que vos llamás *la causa popular* va a estar mejor, no peor.

Bárbara sonrió fugazmente, no quería que Sofía la viese.

—Te equivocás —repuso Sofía—. Cuando los medios prueben que emboscamos y matamos a agentes de la OFAC... que serán una mierda, pero tienen hijos, esposas... le habremos confirmado a la gente que somos lo que Lazarte dice que somos. Terroristas. O sea, criminales. Tipos que operan al margen de la ley.

—Y después el pelotudo soy yo —dijo Milo, con una tranquilidad que le puso al Baba los pelos de punta.

3.

—Eh, flaco, eh —dijo Bárbara, que se sentía obligada a dar la cara por Sofía. La gente había empezado a acercarse, trataban de entender qué pasaba.

—Si esperás que los medios hablen bien de vos, buscate una silla cómoda —dijo Milo con la misma calma.

—Me importan un carajo los medios. O al menos *esos* medios —dijo Sofía—. Lo que me inspira son dos principios simples. Primero, la certeza de que la cosa no va a cambiar hasta que exista un movimiento popular que se convierta en actor determinante. ¡El peso de los números, de las mayorías! Y eso implica laburo político de base. Crear redes. Y tener la paciencia de los que son sabios de verdad. Eso es lo que hemos estado haciendo, lo que Los Arcángeles se proponían hacer.

—Pero ya no —se le escapó al Baba—. Digo. Ahora que la conducción está en manos de, ahm... ¡Vos misma temés que caigan en la violencia!

—El otro principio —dijo Sofía como si no lo hubiese oído— es personal. Yo quiero aportar a la causa popular, hacer todo lo que esté a mi alcance. Pero no a cualquier precio. No quiero ganar por ganar. Si descubro que en el camino me convertí en lo mismo que despreciaba...

—Yo no te propuse crear un grupo de tareas —repuso Milo—. Todo lo que digo es: *tenemos a la OFAC encima. Hagamos lo que esté a nuestro alcance para defendernos.* —Acá hubo un murmullo extendido, mucha gente se estaba dando por enterada de la situación—. ¿O también te parece mal defenderse?

—Claro que no —dijo Sofía. Y reparó en la gente que los rodeaba. Muchos asentían cuando Milo hablaba, después de todo lo conocían: era aquel que los había salvado de la OFAC cuando el asalto al barrio. En cambio Sofía no era para ellos más que una concheta de Virreyes (una descripción injusta, pero comprensible) que para colmo estaba metida con esos terroristas de los que la tele hablaba pestes—. Lo que quiero decir es que no estaríamos obligados a defendernos, *si no hubieses puesto a la OFAC sobre nuestra pista.*

Los murmullos crecieron. Y aparecieron preguntas, la gente quería saber de qué hablaba Sofía. Algunos miraron a Milo con gesto reprobatorio, la marea se volvía en su contra.

—No está bien tomar decisiones a espaldas de la gente —dijo Sofía. Trataba de capitalizar el momento—. Puede que a veces no actúen como uno querría, la Historia está plagada de pésimas elecciones. Pero si no respetás la voluntad de las mayorías...

—Okey, okey. Digamos que me equivoqué. La fuga nocturna no era momento para una asamblea y yo tomé una decisión. Pero ojo, que no se trata de una decisión cerrada. El que quiera puede irse con vos, todavía. Subirse al barquito y pirar de acá.

—Estoy de acuerdo —dijo Sofía—. Los que vengan con nosotras...

—No van a llegar muy lejos, cuando se largue la tormenta. Yo conozco estos vendavales, por eso recomiendo quedarse en tierra firme. Lo mejor es encontrar una edificación sólida, y de ser posible en un lugar alto.

La ola de aprobación que había cosechado Sofía murió antes de llegar a la playa.

—Los que quieran quedarse, bienvenidos —dijo Milo—. Esta isla tiene alguna elevación, estoy seguro, aunque no la veamos desde acá. Por eso propongo que el Baba lidere un grupo de reconocimiento... salvo que prefiera irse, claro... para que ubiquemos a los chiquitos y a la gente grande donde no llegue el barro.

El Baba asintió. Sus temores no habían amainado, pero tampoco deseaba perderse el espectáculo.

—Mientras tanto, el resto puede colaborar con la defensa —prosiguió Milo. Estaba inspirado, nunca lo había visto así—. Si lo que intenté hacer funcionó y la OFAC salió detrás nuestro, acuérdense de mis palabras: están a punto de sufrir la peor de las palizas. ¡Y sin que nosotros movamos un dedo! No olviden que son gente de ciudad, acostumbrada a que nadie se le resista. Acá fuera, expuestos al Azote y en los barquitos de la Prefectura... que cuando de ellos depende no salen nunca, con este clima... van derecho a un naufragio seguro.

Milo dirigió la mirada al Viejo. Que seguía estando serio, pero no hizo gesto alguno para contradecirlo.

—Y si llegan antes que la tormenta, tenemos cómo entretenerlos. Estos señores que ven acá —dijo Milo, señalando a Blake y compañía— son guerreros excepcionales. Y yo lo puedo decir, porque los vi en acción. ¿Se acuerdan de lo que pasó en el cementerio de San Fernando, cuando la OFAC quedó culo p'arriba? Bueno: ¡fueron ellos!

Los Héroes se descubrieron en el centro de todas las miradas. La atención no parecía incomodarles, al contrario: se veían más altos y anchos que de costumbre.

A ojos del Baba, nunca se habían parecido más a sus contrapartes dibujadas.

4.

—Este señor... Moran, se llama... tiene un arma que nos va a venir bien. Puede convertir a la gente en piedra. ¡En serio! ¿Se acuerdan del ciervo que encontramos? No era una estatua, era un ciervo de verdad que él...

La asamblea había tomado un giro inesperado, desembocando en la Avenida de la Incredulidad. Milo había calculado mal. El Baba y él se habían acostumbrado a determinados fenómenos, pero la gente era escéptica. Algunos se reían, otros miraban a Milo como si desvariase.

—Es fácil de probar —dijo Milo. Y le espetó a Moran—: ¡Hágamelo a mí!

Moran frunció el ceño.

¡Si ya me lo hizo antes, en el cementerio!

Moran agarró la manopla, que llevaba enganchada a su cinturón. Tan pronto alzó el brazo en dirección a Milo, la gente que tenía alrededor empezó a abrirse. La precaución que observaban hasta los incrédulos inspiró a Milo una sonrisa.

Tal como el Baba sabía ya, la manopla no era el más espectacular de los *gadgets*. No producía ruidos ensordecedores, apenas un zumbido de baja frecuencia. Y tampoco brillaba o fabricaba destellos, tan solo una luz fría y puntual a la manera de un láser, pero nunca roja: ahora volvió a ser amarilla, como en el cementerio. No resultaba más llamativa que una linterna de extraño diseño.

Pero lo que resultaba inapelable era su efecto.

Milo se había convertido en una estatua. Allí mismo, a la vista de todos. Había tenido el tino de separar las piernas y erguir la cabeza, antes de que la luz empezase a jugar con sus átomos; por eso la efigie transmitía un aire de seguridad, que resultaba fácil confundir con talante triunfal.

Los niños asumieron la vanguardia en materia de curiosidad. Estaban asustados y excitados a la vez. La primera en tocarlo (y en retirar la mano, y en soltar una carcajada) fue una nena de anteojitos azules y trenzas anudadas en lo alto de la cabeza. Una vez roto el hielo, se abalanzaron todos, como si hubiese llegado Santa Claus. Un nenito se agarró de una de sus piernas para colgarse. Otro más grande lo, golpeó con una rama, a la altura del brazo. El palo se rompió al contacto.

Se habrían quedado horas, de no haber sido desplazados por sus mayores. Todos querían tocar la estatua, comprobar que sus ojos no estaban engañándolos. Los únicos que se privaron del placer fueron Sofía, Bárbara y el Viejo. Si hasta Miranda se le acercó, plantándole una mano en el pecho como si buscase el tictac de su corazón.

—¿Por qué no lo cargamos en un barco y nos vamos? —dijo Bárbara, que tenía un extraño sentido del humor.

Las pupilas de la «estatua» pegaron un salto.

5.

Miranda fue la primera en lanzar un grito y apartarse. Y la gente que estaba cerca la imitó, víctima del mismo miedo. Eso creó el claro que Moran aprovechó para revertir el proceso. Un instante después Milo se sacudía, haciendo sonar sus vértebras. Los niños lo saludaron con gritos. Seguían siendo los mejores espectadores.

—Como ven, el coso ese puede ser útil —dijo Milo. Se oía gangoso, su lengua estaba entumecida—. Habiendo uno solo no podrá acabar con todos los sicarios, pero entre su efecto y el susto que provoque…

Milo alzó su mano derecha, la observó (quién sabe qué esperaba ver) y se frotó un ojo como un niño con sueño. Esto el Baba lo entendió al vuelo. Cuando dejó de ser estatua, había sentido dolor ahí mismo, la peor sinusitis de su vida.

—Lo que no pueda la tormenta y no lo logren el coso ni las armas, lo haremos nosotros —dijo Milo. Caminaba entre la gente, con paso aún tentativo—. Armando trampas en los canales. Volteando puentes, si los hay. Pero para eso necesitamos trabajar, y cuanto antes. ¿Vienen, o qué?

Le respondió un murmullo tan vago como aprobatorio. Que Milo halló insuficiente, por lo cual decidió insistir.

—Esta es una oportunidad que no se da todos los días —dijo—. ¿Cuántos de nosotros vimos alguna vez que la balanza tire para el lado de la justicia? ...Exacto. ¿Y nos lo vamos a perder, una vez que lo tenemos a mano? Yo estoy cansado de bajar la cabeza y aguantar los golpes. Y no es que quiera convertirme en lo que detesto, no. Pero tampoco quiero vivir a cualquier precio. Lo único que tengo que hacer, acá, es colaborar con la bronca de la naturaleza. —Y esto último lo dijo mirando a Sofía—: La destrucción se la van a atribuir a la tormenta, sin duda. ¡El régimen no va a aceptar una derrota así, y mucho menos a manos de un adversario humano!

—Que tengas suerte, entonces —dijo Sofía. Y preguntó por segunda vez—: ¿Quién se viene conmigo?

Tolosa levantó la mano a toda prisa. Pero tan pronto se dio cuenta de que estaba casi solo (los únicos que alzaron los brazos fueron dos viejos y cuatro chicos, que estaban jugando), la bajó con vergüenza.

Ni siquiera Bárbara y Miranda se les habían sumado.

Sofía se encogió de hombros. Parecía aliviada.

—Que se cumpla la voluntad de la mayoría, entonces —dijo. Y después, con resignación—: A ver, capitán. ¿Qué hay que hacer?

6.

Antes de partir a reconocer la isla, el Baba apartó a Milo del grupo que lo acosaba con demandas. No hizo falta irse lejos. Encontraron resguardo al cobijo de un par de abedules, que habían crecido muy juntos.

—Es probable que dentro de un rato te esté puteando en todos los idiomas. Hasta en élfico. ¡Y en klingon! —dijo el Baba—. Pero en este momento quiero decir que estoy… orgu-*lloso* de vos, mucho. Te sienta bien, este bardo. Te pone pilas. ¡Te vuelve locuaz! No voy a decir que me gustaría que el quilombo dure, porque estaría mintiendo. Pero sí me gustaría que durase este Milo.

Y no dijo más nada. Si volvía a abrir la boca, se iba a echar a llorar.

Así que palmeó a Milo como si fuese a verlo dentro de un rato (lo cual era factible, pero no necesariamente: nadie sabía cuán lejos estaba la OFAC, podían caer sobre la isla en su ausencia) y se alejó en busca de su grupo.

Milo calló. No sabía decir cosas lindas. Pero se quedó ahí, viendo irse al gordo. Que había crecido mucho en ese tiempo, y no a lo ancho como de costumbre. Milo también estaba orgulloso. El gordo tenía un cagazo padre, pero no dejaba de ponerle garra al asunto. Ahí estaba marchando, espada en la cintura y el casco en la cabeza, dispuesto a cumplir con la tarea encomendada. Que Milo le había cortado a medida: cuando la OFAC les cayese encima, todo lo que quería era que el Baba estuviese lejos.

—La vida es así. *Retorcida.* Y uno se retuerce en consecuencia. Por eso creamos situaciones imposibles, a veces. Para vernos obligados a hacer lo que de otro modo, en pleno uso de sensatez, habríamos evitado. —El que hablaba era el Viejo. Quién sabe cuánto tiempo llevaba observándolo.

—No sé de qué habla —dijo Milo. Y pasó a su lado sin mirarlo, en dirección a la gente que esperaba órdenes.

7.

La isla no era grande. Cinco hectáreas, de acuerdo al cálculo del Viejo. Solo tenía una cala con forma de herradura, aquella a la que habían arribado. El resto de su contorno era rocoso y dificultaba el desembarco. Aun así, existían cuatro enclaves que permitían descender de una lancha, y con comodidad si la marea era alta.

No podían destinar gente a vigilar tantos puestos. Pero nada impedía que los chicos que ya no eran tan chicos, muchachitos de entre once y trece años, prestasen sus ojos a la tarea, y eventualmente sus piernas. La protesta formal de Bárbara fue anotada, pero no procedió. Los críos estaban encantados de formar parte del esfuerzo.

Al roto anillo de piedra que cercaba la isla lo sucedía una depresión. La mayor parte de este segundo círculo estaba cubierta por tierra fértil de color pardo, mullida al tacto y generosa en nitrógeno. El bosque era rico en árboles de raíces hondas, como robles, olmos y abedules. Alguien creyó divisar un erial ganado por los cerezos. («Si no supiese dónde estoy», dijo Blake, «juraría que he ido a dar a un bosque de la China».) Las magnolias, cargadas de flores nuevas, convocaban a las niñas a jugar a sus pies; les gustaba acogerse a su cielo de estrellas blancas, carnosas y fragantes.

Pero a un costado de la cala (al Viejo le habría gustado hablar con propiedad y decir «a oriente» o «a occidente»; sin embargo, la brújula seguía padeciendo un brote psicótico), el segundo anillo se rompía también, para albergar la excepción de un pantano. A simple vista parecía un parche de terreno desprovisto de árboles. Pero las narices alertaban sobre su malicia. Allí ya no olía a magnolia ni a cerezo, sino a materia en descomposición.

El Viejo alertó de sus peligros de un modo muy gráfico. Arrojó una moneda de un peso al corazón de aquel terreno, a la manera de un disco: cuidando que cayese sobre una de sus caras, y así ofreciese mayor resistencia. La moneda se aposentó sobre la pelusa del suelo… y al instante desapareció en una entraña líquida, sin producir sonido.

El promontorio más alto estaba en el centro de la isla. No lo habían visto al llegar porque la niebla lo había escondido. Era una elevación discreta: cincuenta metros, piedra más o menos, un mirador que se elevaba apenas por encima del bosque. El Baba dijo que desde allí se percibía que la isla era un fenómeno volcánico que no había llegado a fruición. Una explicación que sonaba adecuada, siempre y cuando se ignorasen las características geológicas del Delta.

Puente había uno solo. Colgante. De una extensión de casi cien metros. Y una trocha angosta, que permitía el paso de un hombre a la vez. Conectaba puntos altos de las islas (el Baba fue el primero en verlo, a la distancia; Moran llegó a su base poco después, con la orden de estudiarlo), allí donde el terreno caía en picado a un tramo del río especialmente torrentoso. En la comba de su panza, lo separaban de las aguas unos cuatro metros, dependiendo de la hora. En sus tramos más empinados, la diferencia entre el puente y la pendiente rocosa se volvía mortal.

—La calzada es de madera y, por lo tanto, vulnerable al fuego —dijo Moran—. Pero su corazón es de acero: los cables, los pilares que lo sostienen en tensión. Desmontarlo o inhabilitarlo nos tomaría un tiempo que no tenemos.

—¿Y por qué no usar el coso? —dijo el Baba, que ya había regresado al campamento con su buena nueva; apelaba a la definición que Milo había acuñado para hablar del rayo—. Si convirtió un vidrio en agua, en el banco, cambiará el acero en, en…

—La diferencia molecular entre un cristal y un líquido no es mucha. En esencia, todo vidrio es un líquido que drena con lentitud. Pero el acero es más difícil de alterar. Tal vez podría… licuarlo un poco, elastizar lo que se caracteriza por su rigidez. Pero eso demandaría del rayo toda su energía —dijo Moran. Hablaba en un susurro, no quería que lo oyesen más allá de aquel círculo—. Y desde que Eontamer murió, no he podido recargarlo. A decir verdad, no sé cuánto tiempo más nos será de utilidad.

8.

Al caer la tarde ya no quedaba mucho por hacer. El frenesí fue reemplazado por la espera, un tiempo muerto para todo lo que no fuese el nerviosismo. Dondequiera que volcaban su atención, se encontraban con limitaciones que subrayaban lo precario de su circunstancia.

Nadie contaba con abrigo adecuado para una borrasca. En su momento habían dejado el barrio con lo puesto: ropa liviana, conforme con la primavera; y desde entonces no habían tenido ni la oportunidad ni los medios para renovar su guardarropa. El Viejo había aportado el contenido de sus armarios, pero lo que había salido de allí bailaba ahora sobre hombros infantiles, debidamente remangado.

Todavía no sabían, tampoco, qué tomarían para la cena. El ciervo macho (que volvió a la vida para ser sacrificado y descuartizado por Blake, lejos de la vista de los niños) había sido consumido por entero a mediodía. Como la vigilancia era constante, no podían destinar manos a la pesca y la cacería.

En cuanto acabó el almuerzo, el Baba lideró la marcha hacia el promontorio que los alejaría de las líneas de fuego. El sitio contaba con un saliente que podía protegerlos de la lluvia, siempre y cuando el viento no se arremolinase.

Lo acompañaba la prima de Tania, que cerraba la comitiva. Los viejos habían decidido retrasarse, atentos a lo que el camino pudiese ofrecer en términos alimenticios. Al frente de la fila, con su bolso lleno de galletas que los padres habían puesto en común, el Baba se sentía el Flautista de Hamelin.

Los viejos llegaron dos horas después, con las manos casi vacías. Las frutas que habían encontrado estaban podridas o verdes y, por lo tanto, altas por demás. Y los animales (gallinetas, nutrias) se habían negado a ser cazados con palos y las hondas que habían fabricado, inspirados por los recuerdos de la infancia y la goma de los corpiños. (Uno de los abuelos tenía un matagatos, pero no había querido desperdiciar plomo en la cacería.) La excepción a su fracaso había sido un carpincho, engordado a base de bellotas como un cerdo, que los viejos exhibieron como si se tratase de una pieza mayor.

Los niños la saludaron con expresiones simultáneas de repugnancia y triunfo.

9.

Al caer la tarde Tariq encendió un fuego. La hoguera fue saludada como un acontecimiento. Desde que dejó de trabajar, la gente solo había sentido una cosa además de miedo, y eso era frío. Pero el Viejo había insistido: nada de humo hasta que la noche disimulase sus volutas. ¿O acaso querían apresurar la llegada de los sicarios?

Cuando las llamas prosperaron, Tariq se alejó. La gente daba codazos para aproximarse y el Moro no quería disputarles lugar; estaba acostumbrado a lidiar con la intemperie.

Además consideraba problemas más acuciantes. La inminente violencia, para empezar. Una de las cosas que lo entristecía de aquel futuro al que Merlyn lo había lanzado era que no hubiese abrazado la moderación. Las formas podían haber cambiado, pero no así el impulso de subyugar al otro hasta despojarlo de su dignidad. Aquella gente a la que Milo protegía no se diferenciaba mucho de los esclavos de su época. No llevaban cadenas ni respondían a un señor específico, pero mostraban características de la servidumbre: la propia desvalorización, la avidez de aquel habituado a no tener nada, el individualismo, la tendencia a reproducir entre sus filas las mismas discriminaciones de que era objeto desde lo alto de la escala social.

Era un grupo humano indisciplinado, que no conocía sino las formas más superficiales de la solidaridad. Y por eso mismo distaba de estar en las mejores condiciones de enfrentarse a un ejército.

El hombre del futuro debe de haber formulado el más oscuro pacto, pensó. *Ha desarrollado un poder de fuego devastador, digno del Dios del Antiguo Testamento, que solo usa para arrasar a pueblos mal pertrechados y desnutridos. Nadie lanza sobre otro semejante violencia, a no ser que no esté en paz con su alma.*

La visión de la hoguera, siempre hipnótica, lo ayudó a despojarse de sus pensamientos angustiosos. Allí estaba lo que hacía falta saber. En lo que hacía al fenómeno de la vida, todo era cuestión de proporciones. Sin calor no había vida posible, pero en el calor excesivo no había sino destrucción.

Concentrado en la música del fuego, Tariq el Moro (que en nada creía que no fuese el poder de la razón, moderada por la empatía) le pidió a la energía que impulsa la vida que, en las horas por venir, le concediese el calor necesario, ni más ni menos: para que lo templase y le otorgase flexibilidad, y no lo destruyese en el proceso.

Por un instante creyó que el fuego entraba en diálogo, con una voz fundida y refundida en mil fraguas.

—Cuando nos conocimos, usted me confundió con otra persona. —El Viejo se le había puesto al lado, hombro con hombro. Contemplaba también la algarabía del grupo que el fuego congregaba—. ¿Cómo me llamó?

—Merlyn.

—¿Como el mago de las leyendas?

—Como el consejero del rey Arthur.

El Viejo —*Melvyn*, había dicho llamarse— sonrió, pero a Tariq la distinción no le parecía menor, ni mucho menos graciosa. Los magos eran artistas de feria. De Merlyn se contaban numerosos prodigios, era verdad, y sin embargo ni uno solo sonaba a obra de un nigromante: más bien eran hazañas propias de un hombre de ciencia, sabio o cuanto menos sagaz. ¿El traslado a territorio britón de las piedras del Anillo de los Gigantes? Nada que un ingeniero no pudiese hacer, desde que Egipto erigió las pirámides. ¿La «transformación» de Uther en Gorlois, que había dado por resultado la concepción de Arthur en el vientre de Ygerna? Un simple truco teatral.

Uther arribó a la fortaleza de Gorlois dentro de una armadura, con el escudo de Cornwall y escolta digna de un noble. Todo lo que podía llegar a enseñar a través del visor de su casco, y en plena noche, era su nariz; y a juzgar por la herencia recibida por una de las hermanas de Arthur, a quien Tariq vio en la corte, Gorlois había sido dueño de una con aspecto y dimensiones de berenjena. ¡Nada que un actor no pudiese reconstruir, con arcilla o cera!

Ni siquiera el hecho de que Ygerna lo aceptase en su lecho era concluyente. La duquesa no estaba acostumbrada a que la abordase allí nadie que no fuese el duque mismo. ¿Quién otro se animaría a tal cosa en la penumbra de su aposento, sin temor a ser condenado a muerte? Seguramente, se había dado cuenta demasiado tarde. Y decidido seguir hasta el final, en brazos de un hombre que (decían las malas lenguas) también contaba con un apéndice del tamaño y grosor de una berenjena, aunque dispuesto en un sitio de mayor utilidad.

10.

—Usted dijo reconocer mi voz —prosiguió el Viejo—. ¿Cómo es posible que le sea familiar, cuando obviamente no lo era mi rostro?

Tariq le contó lo que había ocurrido en la cueva. Habló de la imagen vestida como el Merlyn de los retratos, aquel muñeco que tanto se parecía al que el Viejo había guardado en su sótano; y de la voz que había repetido mil veces el mensaje, cincelándole en la mente sus palabras.

Bienvenido. Estás a punto de embarcarte en la mayor aventura de tu vida. Cree en todo lo que veas, por fantástico que parezca, citó Tariq.

—En estas circunstancias el mensaje suena apropiado.

—Hay más. Dijo usted también: *Estaré allí cuando me necesites. Es tiempo de partir, ya cierra tus ojos. Abandónate a la música. ¡No pienses más que en ella!*

—¿A qué música se refiere?

—A una extrañísima, cuya antífona decía: *Nada es real.*

El Viejo volvió a sonreír, del mismo modo desconcertante que al comienzo.

—No, no —dijo al fin—. Yo *no puedo* ser. Me… ¡Ningún universo, por desgraciado que sea, merece un destino semejante! Yo soy apenas Melvyn Weyl. Un hombre que nunca hizo nada notable, salvo… Melvyn Weyl es nadie, *menos* que nadie. Una rata de biblioteca, un diletante; bueno para nada que no sea postergar decisiones. No, no podría aceptar semejante tarea. ¡Sería inmerecido!

—Mi padre decía que nadie puede ser juzgado inepto antes de acometer la labor. En esto se inclinaba ante la sabiduría de Jesús: *Por sus frutos.…*

Una ráfaga de viento avivó el fuego. Los pequeños lanzaron gritos de placer, mientras las chispas hacían piruetas.

El Viejo giró, dando la espalda a la hoguera.

—La crueldad de la vida es infinita —dijo con un hilo de voz—. ¿Tiene usted idea de cuánto esperé esta oportunidad? Y ahora que está a mi alcance… —Alzó sus manos flacas. Temblaban sin parar—. Ya no puedo hacerlo. Demasiado viejo. Demasiado… *cobarde*, sí, esa es la palabra. Menos mal que no voy a sobrevivir a la que nos espera. Porque si me salvase… ¡me moriría de vergüenza!

11.

—Tome —dijo Tariq echando mano a su cintura.

—¿Qué es eso?

—Algo que le pertenece.

El Viejo sostuvo la daga. Tenía dedos de tejedor de conjuros.

—Esto no es mío.

—Pues usted, o alguien con su voz, me proporcionó esta daga en el fondo de una cueva. Debo decir que fue de inmensa utilidad: me salvó la vida en una oportunidad, y a Britania en otra. ¡Ya es hora de que vuelva a su legítimo dueño!

El Viejo abrió la boca, pero nada dijo. Se limitó a sorberse los mocos, mientras estudiaba el grabado con forma de salamandra.

Entonces sonó el primero de los truenos.

El cielo se aprestaba a caer sobre el Delta.

Capítulo siete

La Cofradía (II)

El cielo en llamas — La Chinita — Propiedades del ligamen — ¿Una herramienta excepcional? — La Dama del Agua — I Am the Walrus — Estalla la tormenta

1.

Si la tormenta llegaba antes que la OFAC, la derrota sería inevitable.

Habían hecho lo que estaba a su alcance para contrarrestar un ataque. Para el Azote, sin embargo, no había preparación posible. Lanzada la tormenta, no existirían lugares seguros. Permanecer en tierra sería tan peligroso como encaramarse a un árbol, el Azote los volteaba como un campeón de bowling. La única opción era correr territorio arriba, pero aquello habría implicado el abandono de sus puestos. Una iniciativa a la que no podían arriesgarse hasta el último momento, cuando ya sería tarde para alcanzar una altura recomendable. Una vez que rompiese a llover, el agua pondría la tierra en movimiento y el río de barro haría imposible el ascenso.

Qi Ling no sabrá dónde morí, ni sospechará en qué año, pensó Saigon Blake.

Milo le había encargado el frente principal. El grueso de las fuerzas enemigas desembarcaría en la cala y Blake saldría a atropellarlo. Estaba al mando de lo más parecido a un grupo de choque que habían podido organizar: una primera línea de armas de fuego, en su mayoría anticuadas (el Winchester, su Remington; le dolía admitir que su revólver valía de poco contra las armas de aquel mundo) y una segunda línea de armas blancas. Como ni siquiera podían cubrir el ancho de la playa, habían dejado abierto un flanco: de emprender la retirada, los sicarios lo elegirían, para verse frenados por el pantano. Por eso había aceptado el consejo de Tariq. En aquellas condiciones, no podían darse el lujo de errar un tiro.

Los vigías estaban en sus puestos. Mientras tanto, Blake esperaba, al resguardo del bosque. El cielo había empezado a bramar hacía rato. Los relámpagos encendían las arenas con un resplandor espectral.

Habría pagado su peso en oro con tal de agenciarse una pipa de opio.

2.

—Dice el Viejo que la clave es el viento. Que nunca llueve antes de que empiece a soplar a lo loco. Parece que primero te mojás porque el Azote barre el río, desparramando agua. Y entonces, cuando ya estás hecho sopa, *paf:* te cae el chaparrón.

Blake no había podido quitarse a Bárbara de encima. Como dueña del arma más moderna, pertenecía al frente principal. No obstante, había tomado una precaución, la de asignarla a un ala del grupo, aquella que debía empujar a la OFAC hacia el pantano; es decir, lejos de él durante la batalla. No podía permitirse la distracción de estar cuidándola.

Pero durante la espera no tenía cómo evitarla. Todo el grupo estaba allí, masticando nervios entre los árboles. Los tópicos de la charla menor se habían agotado en las primeras horas; sin embargo, Bárbara seguía encontrando excusas para hablarle. Por eso se había apartado del grupo, con la excusa de fumar a solas un cigarrillo (de horrible sabor, por cierto) que alguien le había regalado: para concentrarse en la trascendencia del momento, que podía ser de los últimos de su vida, y dejar de pensar en la mujer idéntica a su amada.

Una precaución que no le había servido. Bárbara no había tardado más que medio cigarrillo en aparecer a sus espaldas.

Blake no contestó a los comentarios sobre la lluvia. De todos modos no se hacía ilusiones, sabía que a Bárbara no la desalentaría el silencio.

—Debe de ser raro, ¿no? Eso de toparse con alguien que se parece mucho a quien querés… porque a mí me dijeron siempre Chinita, pero *no soy* chinita… y que sin embargo sea una persona distinta. —Bárbara le quitó el cigarrillo y se lo llevó a los labios. ¿Era algo propio de ella, o serían así de descaradas todas las mujeres de aquel mundo?—. A nosotras, al menos, nos resulta rarísimo verlos. A ustedes. *Buffff.* —Ahora le ofrecía el cigarrillo, como si, más que devolvérselo, lo invitara a tomarlo. Esta vez disfrutó del efímero contacto con sus dedos—. Es como… no sé… como si nuestro padre hubiese vuelto. Y estuviese acá, entre la gente, aunque no pudiésemos encontrarlo.

A diferencia de Qi Ling, Bárbara sonreía mucho. Al principio había valorado esa tendencia, porque le permitía separarlas en su cabeza. En las últimas horas, sin embargo, había entendido que la generosidad de aquella boca no aplacaba su atracción; el efecto que producía era más bien contrario.

—Por un lado… entendelo, *please*… nos resulta difícil tomarlos en serio. Para nosotras son los juguetes de papá, aquellas tonterías con las que pasaba el tiempo… y por las cuales le pagaban, aunque tarde y mal. Pura entelequia, quiero decir. Tres o cuatro ideas, un poco de investigación histórica y el esbozo de una personalidad, dentro del *container* de un dibujo —dijo, y lo pinchó con un dedo—. Y a la vez tengo miedo de… *perforarte*, de que te rompas al contacto como el papel de una revista. Miedo, en fin, de que *no seas*.

Blake dio la calada final y apagó la brasa sobre la corteza de un árbol.

—Pero vos estás convencido de *ser*, ¿o no? Digo. Recordás tu infancia, tu, *tus experiencias*. Tu vida, bah. ¡Para vos fue real!

—*Es* real. —Tenía el deseo de empujarla contra el árbol, para demostrarle cuán palpable podía ser—. Como real fue mi tentación de tomar un bote y huir cuando nadie me veía. Como real es el miedo con que lucho a cada instante, para reafirmar mi decisión de estar aquí. Si mi vida no fuese verdadera, ¿por qué tendría temor de perderla?

Bárbara caminó, aplastando hojas muertas. Su atuendo era masculino a más no poder (pantalones, una camisa) y, en esto, opuesto a las vestimentas que Qi Ling frecuentaba. Pero tenía el inquietante efecto de ceñir sus formas como un guante.

—En cambio yo —decía Bárbara—, que siempre tuve los pies sobre la tierra… en vida de mi viejo, la imaginación era *su* monopolio… no puedo creer lo que pasa. Lo que está pasando; lo que *me* pasa. Quiero decir: estoy acá, *sé* que estoy acá, cagándome de frío y de hambre. ¡Mi reino por un choripán, por un inodoro, por una campera abrigada! La cabeza sigue funcionando, ¿no ves? Mi piel responde. —Aquí deslizó su mano sobre la corteza, la frotación produjo un susurro—. Y sin embargo… siento que todo le está pasando a otro. Como si estuviese dentro de una peli. ¿Película, cine?… No importa. *Siento que estoy en medio de un sueño, que como todos no tendrá más consecuencia que el despertar.* Debe de ser por la… rareza de lo que me rodea, imagino. La isla misteriosa. Los Héroes salidos de las revistas. La proximidad de la muerte, en la que me doy cuenta que nunca había creído… hasta ahora.

Ya no sonreía. Y en esa seriedad también se diferenciaba de Qi Ling. No había allí determinación, pasión, fuego. Más bien se trataba de una tristeza antigua, afeada por el temor presente.

—Estos pueden ser nuestros últimos momentos, ¿o no? Y no quiero perdérmelos. Quiero estar acá. Por entero, cien por cien. Y no sé cómo hacer. Ya probé a lastimarme y no funciona. El dolor forma parte del menú de la peli. Por eso quiero probar otra cosa, algo fuera de programa. ¡Pero necesito que me ayudes!

La sonrisa retornó. No era la misma de siempre. Eso lo asustó.

—Quiero coger. Acá, ahora. Puta, ¿cómo se dice en tu mundo? Hacer el amor, no sé: ¡follar! Ahora entendiste. Ja, ja, ¡si vieras tu expresión…! ¿Me vas a dar el gusto? Necesito que me ayudes a sentir. Y no tengo a nadie mejor a quien pedírselo. *Gracias, papi, por haber dibujado siempre hombres tan atractivos.*

Blake quiso ver cuán lejos estaba su tropa. Pero Bárbara le enderezó la cara y le plantó un beso.

Fue un asunto breve. Hubo que lidiar con ropas y arreos, vencer al frío, moverse de pie contra el árbol. Las percepciones de Blake funcionaron también de modo abrupto. Todo lo que registró era entrecortado, saltaba de una sensación a otra: la resistencia de un pezón bajo la lengua, la mano pescando en su entrepierna. Lejos de sometérsele, Bárbara lo azotó con su cuerpo. Como si lo invitase a ir más allá, en busca de algo que aquella experiencia les había negado hasta entonces.

En algún momento ella gruñó o dijo algo, pero no para sus oídos; más tarde comprendería que lo había hecho para espantar a un intruso. Blake estaba distraído, aplicado a contenerse: no quería estallar sin haberla complacido. Pero no lo logró y se apagó entre sus brazos.

Ella le concedió unos segundos. Después lo obligó a arrodillarse y le acercó su pubis desnudo.

Blake nunca había conocido a nadie igual.

3.

Milo había sugerido a Tariq que fabricase armas. La isla no era pródiga en materias primas: ofrecía solo piedras, ramas y cañas. Tariq convocó a las mujeres, por lo general más hábiles con las manos. Reunieron rocas y tacuaras, molieron el vidrio de sus pocas botellas, fabricaron lanzas y mazas (como la soga de que disponían había sido destinada a otra función, emplearon fibras vegetales) y, al caer la noche, endurecieron puntas entre las brasas. Tariq relevó entonces a la mayoría, quedándose con las cuatro que habían mostrado talento. A medida que reunían experiencia, lo hacían más rápido. Las instaría a trabajar hasta que llegase la OFAC, o hasta que la lluvia obligase a buscar resguardo.

No creo que estas armas sirvan de mucho, pensó Milo al supervisar la producción, entre magra y penosa. *Pero mantienen ocupada a la gente.*

A Moran, que había sido cazador, le pidió que pensase en trampas.

Las limitaciones a que se enfrentaba no solo eran temporales (¡corrían contra el reloj!), sino también tecnológicas. Contaba con dos palas pequeñas, un hacha, diez metros de soga y bengalas que habían sacado de los botes.

—Ah, si viviese aún Eontamer… ¡Con ella se fueron todas las trampas de que disponía! —dijo, mientras contemplaba sus pobres herramientas.

Milo le preguntó por Desmond. Quería saber de qué materia había estado hecho.

Moran dijo que su estructura era metálica, y que la carne que lo envolvía había sido concebida en el laboratorio: una invención de Pte San Win.

—Nuestro mundo pone límites al intercambio molecular entre sólidos —dijo Moran. Parecía contento ante la posibilidad de distraerse de su inminente fracaso—. Y Pte San quería para Eontamer una tecnología nueva. Que pusiese fin a las interfases entre el piloto y el sistema operativo de la nave. Fue durante esa busca que dio con un elemento desconocido. Una sustancia rara e inestable, que obtuvo de un meteorito que había caído en Tecumseh. La bautizó *ligamen*.

El primer uso del ligamen fue la fabricación de un guante, que Pte San había instalado en el corazón operativo de Eontamer. Moran metía allí la mano y el ligamen decodificaba y transmitía sus órdenes, sin necesidad de teclear ni verbalizar nada. Sin embargo, existía un mínimo *delay* entre la orden cerebral y la respuesta de la nave, que a juicio de Pte San todavía era exorbitante.

—Pronto comprendió que el ligamen tenía otras propiedades, que no había sospechado. Bajo ciertas condiciones tendía a reproducirse, como la materia viva. Y ese tejido nuevo hacía gala de una energía que aumentaba exponencialmente y lo alentaba a… cómo explicarlo… *interactuar*, a integrarse en los sistemas que encontraba a su paso. Lo cual habría sido extraordinario en sí mismo, si el ligamen no hubiese probado además que actuaba con direccionalidad clara. Con intención, por así decirlo. Como si su materia no fuese inerte, sino, ahm… *inteligente*.

Al integrarse a un sistema nuevo, el ligamen hacía siempre lo mismo: completarlo, de modo que optimizaba su funcionalidad. Aplicado a un esqueleto como el de Desmond (todo lo que Pte San había diseñado hasta entonces era la estructura metálica y el sistema operativo), lo había revestido de una materia que lo protegía y dotaba de elasticidad, al tiempo que enriquecía su capacidad receptora.

—¡Lo dotó de sentidos! —dijo Moran.

El ligamen que Pte San había instalado en Eontamer también se reprodujo, extendiéndose por la nave como una enredadera. La científica encontró dendritas hasta en la más simple de las conexiones eléctricas. Al desarrollarse había asumido nuevas funciones, dando pie a una versión superadora del original: aquello que Pte San gustaba llamar «su sistema nervioso».

—Todo lo cual constituye un tema extraño de conversación, en estas circunstancias. Y especialmente deprimente, cuando considero las piedras y palos con que me veo obligado a trabajar… ¿A qué viene tu interés, justo en este momento?

Milo se cercioró de que no hubiese curiosos cerca y alzó su mano.

4.

Desde que prescindió del guante, nadie había notado nada raro. Pero a diferencia del resto, Moran estaba preparado para ver lo que había que ver: aquel resplandor casi imperceptible, y a la vez real, que trascendía la opacidad de la piel.

—Perdí tres dedos de un balazo, en su ausencia —dijo Milo—. Todavía tenía la herida abierta cuando encontré algo que el Baba me había dejado. Un… pedacito de Desmond, por así decir, que quedó acá cuando ustedes se fueron. Estuve torpe… manejarse con la izquierda no es joda… y se me cayó encima. ¡Se me pegó! Y no me lo pude sacar con nada. ¡La paranoia que me comí…!

Moran miró en derredor con expresión de alarma (nada más contagioso que la paranoia) y lo agarró con ambas manos; tuvo la precaución, sin embargo, de aferrarlo a la altura de la muñeca.

Milo abrió y cerró su mano, para demostrarle que funcionaba perfectamente.

—Ojo, que no hace nada raro. ¡No es como la de Desmond, que sacaba destornilladores!

—Claro que no. Esa función era algo que Pte San diseñó, como parte de su estructura metálica. Lo que el ligamen hizo con Desmond fue dotarlo de… *otras potencias*. Lo hizo, ahm… ¿cómo definirlo? … único.

—Conmigo fracasó, entonces. ¡Sigo siendo el mismo de siempre!

—A juzgar por lo que te he visto hacer en las últimas horas, no estaría tan seguro.

Moran seguía estudiando la mano, cuidándose de no tocarla.

—¿Estás seguro de que nada fuera de lo habitual te ha ocurrido desde entonces?

—Que me haya dado cuenta… Puede que me haya servido para timonear el velero, de un modo parecido al suyo con la nave… pero ese cacharro no es Eontamer, claro.

Moran tocó su mano al fin, aunque sin perder del todo la reticencia. Palpó cada hueso nuevo, cada coyuntura, los nudillos. Y finalmente la estrechó entre las suyas. Estaban calientes, o al menos así le pareció a Milo. Y se sentían mullidas, hasta delicadas, aun cuando se veían llenas de callos.

—Te parecerá tonto. Pero me ayuda a creer que... que Pte San no ha muerto, o al menos que no se ha perdido del todo.

—Ya la va a encontrar. Si estuviese muerta, usted lo sentiría, ¿o no?

Vaya. No era tan cierto que no sabía decir cosas lindas.

Moran suspiró y lo soltó.

—No dejes de prestarle atención —dijo el cazador—. Si lo que sé del ligamen vale de algo en este mundo, no tardará en ofrecerte potencialidades nuevas. ¡En un sentido u otro, esa mano debería revelarse como una herramienta excepcional!

—Lástima —dijo Milo— que no voy a tener tiempo de ponerla a prueba.

5.

Miranda sentía más fastidio que miedo. Estaba harta de que la tratasen como minusválida. Milo había intentado enviarla a cuidar niños, en compañía del Baba; seguramente a instancias de Sofía. Se había negado de plano, aun a coste de ofender al gordito. Milo aceptó el límite, pero no volvió a asignarle tareas. Entre esa negativa y decirle inútil a la cara no había gran diferencia.

Le preguntó a Tariq si podía sumarse a su grupo de recolección de cañas y piedras. Trabajó duro a la par de las demás. Pelándose los dedos, llenándose de astillas. Sin embargo, al caer la noche fue relevada de sus funciones. Las actividades manuales no estaban entre sus fuertes, lo admitía. Pero el hecho de que Tariq conservase a Sofía fue la gota que colmó el vaso: ¡hasta su hermana la pacifista era más hábil que ella fabricando armas!

Descubrió al Viejo solo, sentado al pie de un roble. Parecía abatido.

Al acercarse vio que tenía un cuchillo en una mano, y la otra teñida de sangre. Todavía manaba, de un tajo que corría paralelo a las líneas de la vida.

—No se preocupe —le dijo—. Voy a, a... *buscar algo*, para limpiarlo, para desinfectarlo, y enseguida vuelvo.

—¡No! —fue el grito que recibió por respuesta—. No quiero nada, no necesito nada. ¡Que me dejes tranquilo, nomás!

A Miranda ni siquiera se le ocurrió qué decir. Habría sido un gran momento para castigar al Viejo con una frase brillante, pero se dio cuenta de que estaba poniéndose roja y no atinó más que a irse.

Caminaba sin dirección fija cuando entendió que Milo agradecería el aviso. A ella el Viejo la tenía sin cuidado, pero para el pibe parecía importante. Una figura paterna. Según el Baba, el padre de su amigo era un monstruo. ¿Dónde estaría ahora?

Corrigió su marcha para dirigirse a la playa. Estaba oscuro, pero recordaba el camino. Milo debía de estar allí, en el frente principal... con Bárbara.

Todos los tipos morían por Bárbara. Su hermana se comportaba con brutalidad, los trataba como el culo. Y en vez de enojarse, los tipos se babeaban. Hacían todo lo que les pidiese, aunque se tratase de cosas humillantes. Milo no debía de ser excepción. Por algo se la había llevado al frente, donde estaba la gente que creía valiosa.

Apartó las hojas de un matorral enorme y se dio cuenta de que había errado el camino. No había ido a la playa, sino topado con un canal interior que le vedaba el paso. Para colmo, se cayó. Al tratar de frenar su avance abombado, se torció un pie y se desplomó de culo; estuvo a un paso de meterse al agua.

Qué pelotuda, pensó. *Pato criollo, diría mamá: una cagada detrás de otra.*

Empezó a incorporarse, no sin dolor. Su tobillo protestaba. Al hacerlo registró su cara en el reflejo del agua. Se veía apenas en la penumbra, pero lo suficiente para apreciar que estaba hecha un desastre. *Eso no es una cabellera como Dios manda, sino nidos de carancho.* La voz de su madre seguía persiguiéndola. Era la frase con que atosigaba a Helena, que había vivido peleada con el peine. De hecho el reflejo del agua se asemejaba más a su hermana que a ella misma. No era la primera vez en aquellos días que se encontraba parecida. De chica eran muy distintas, nada que ver. Debía de ser efecto de la pena, uno se asimila a lo que extraña.

Se quedó de rodillas, buscando a su hermana en el espejo del agua.

Así es, oyó dentro de su cabeza. *Soy Helena.*

Miranda sonrió con nostalgia. *Qué lindo sería que me hablase otra vez.*

Soy Helena, repitió la voz. Sonaba igual a su hermana, las voces se recuerdan con más fidelidad que los rasgos.

A pesar de la noche cerrada, el reflejo aparecía cada vez más nítido.

Miranda levantó una mano, pero la imagen no la imitó.

6.

Se echó hacia atrás, arrastrándose con torpeza hasta que el matorral le pinchó la espalda. El corazón la abrumaba, latía locamente. Y, sin embargo, todo parecía en calma alrededor. Estaba sola, rodeada por la vegetación y la brisa. En su cabeza no resonaba más voz que la propia, llamándose a la cordura.

Se quedó allí un rato, hasta que creyó a su corazón bajo control. Lo más sensato habría sido desandar el camino y buscar la cala, pero Miranda se conocía. Nunca había sido de las que obedecen la primera orden, ella tenía que probarse que el mando era atinado. No se iría de allí sin asomarse otra vez al canal, como un narciso.

Esta vez no vio nada. Algo lógico, puesto que la luz era ínfima. El agua parecía negra, ondeaba de manera oleaginosa.

Hasta que estalló un relámpago. Y en la claridad vio a su hermana en el agua. Tan nítida como si estuviese viva. Sonriendo como solo ella sabía sonreír.

No te asustes, le dijo.

El relámpago había pasado. Pero no la había dejado sola, la voz seguía abrazándola en la noche.

Soy yo, sí. Hablándote. Desde el otro lado.

Un par de gotas perturbaron la superficie del agua.

Tus lágrimas saben a vos, dijo Helena. *Pero no deberías llorar. Porque somos privilegiadas. ¡Nadie puede hablar con los que están más allá de la Barrera! Sin embargo, nos tocó un tiempo que nada tiene de convencional. Más bien es de esos tiempos en que pasan cosas que nadie cree posibles.*

¿Estás...?

Muerta, sí. ¿Cómo están...?

Bien. Sufrieron como locos, te extrañan, pero están llenos de luz. Mamá los tiene adoptados a los dos, tu marido es un hijo más. ¡La muy turra ya le está buscando novia!

Miranda se preguntó si debía decir lo ocurrido a su padre. Y al hacerlo comprendió que no estaba hablando con su garganta, y que todos sus pensamientos alcanzaban a Helena.

Ya lo sé, le dijo. *Lo de papá. El viejo está conmigo. Pero no quiere hablar. Dice que no se siente fuerte. Acá también hay que ser fuerte, no vayas a creer. Yo puedo verte a vos, pero si al lado tuyo estuviese el nene, mi hijito, mi amor... no me daría el alma. Así que será otra vez. Porque habrá otra vez. Todo el mundo termina cruzando la Barrera. Lo que no es habitual es que los de este lado crucemos al otro. Pero este, como te dije, es uno de esos tiempos.*

No entiendo.

Ya entenderás. Metnal llegó a Xibalbá, para destronar a Ah Puch. Desde acá podemos sentirlo.

¿Metnal?

El río desaparecerá, como ocurrió hace mucho. La frontera entre el Otro Lado y este se borrará una vez más. Y la Oscuridad perderá la batalla en plena noche. ¿Se entiende ahora?

¿Me estás cargando?

No puedo ser más clara. Pero no te preocupes. Vamos a estar con vos, con ustedes. Eso era lo que queríamos decirte.

—No te vayas —dijo Miranda, ahora sí con su voz. Y metió ambas manos en el agua, tratando de asir lo inasible.

Algo la tocó allá abajo.

Aun a su pesar Miranda las retiró, el susto fue más fuerte que el deseo.

No me voy, dijo Helena. *No puedo irme del todo, porque ya soy más que yo. También soy vos. Y soy mi hijo. Y soy mi marido. Yo soy él, como tú eres él, como tú eres yo, como todos somos, juntos. Así decía la canción de los Beatles que le gustaba al viejo, ¿te acordás? Acá ya no dibuja pero sigue cantando... Lo estoy escuchando, ahora. Dice que te prepares, porque la canción que está por sonar es una que no escuchaste nunca.*

7.

Cuando Helena se fue, Miranda volvió a llorar. Sentía la cabeza vacía. Saltó al agua con desesperación, sin que nada la tocase más que la humedad.

Dilapidó sus últimas fuerzas saliendo del canal. Más lloraba, peor se sentía. Tenía la sensación de que cada lágrima era un poco Helena, y por eso se castigaba: porque estaba derramándola, echándola fuera de sí, perdiéndola a cada sollozo.

Se quedó tumbada junto al canal, hecha un bollito. Ya no tiritaba, no tenía energía ni para padecer frío.

Lo raro era que había dejado de sentirse mal. Como si, al vaciarse de lágrimas, hubiese hecho lugar en su alma para que la habitase algo nuevo.

8.

Oyó las voces, pero no se movió. Sofía debía de haber dado la alarma, siempre estaba atenta a sus extravíos. De pequeña se perdía cada dos por tres. Sofía solía organizar las partidas que iban por ella. Les decía que revisasen cada lugar más de una vez, porque para Miranda perderse era un juego y por eso cambiaba de escondites con tal de prolongarlo. Sin embargo Miranda no se movió, no esa vez. Porque deseaba ser encontrada, y sabía por quién.

—Acá estás —dijo Milo. Había atravesado el matorral con la sutileza de un mamut, tenía la cabeza y los hombros llenos de hojitas—. Menos mal. ¡Tu hermana está como loca!

—¿Cómo me encontraste?

—Qué se yo. ¡Te encontré!

Milo envolvió su propia mano, la derecha, con la otra; un gesto raro, propio de alguien tímido y, por ende, distinto, digno de otro, de un no-Milo.

Cuando bajó los ojos, Miranda creyó que le había echado un vistazo a sus tetas. La ropa mojada le ajustaba el cuerpo con descaro.

Cruzó un brazo sobre el pecho y amagó levantarse, pero no pudo. ¿Y si se había hecho un esguince en el tobillo? Milo se ofrecería a llevarla a hombros y Miranda no quería. Sonaba a treta de Bárbara, las cosas que hacía para que los chongos comiesen de su mano; y ella no deseaba sugerirle al pibe algo equivocado.

Le tendió la mano a Milo, pidiendo ayuda.

Milo la sorprendió al vacilar.

Pero Miranda insistió con su brazo extendido, un puente a medio construir.

Milo la agarró y cerró los ojos. (Cuán delicado de su parte, cuán no-Milo.) Su apretón fue leve, como si tuviese miedo de hacerle daño.

Miranda tiró. En lugar de ofrecer resistencia, Milo cayó de rodillas. Como si ya no hubiese nadie a quien avisar de nada, como si ya no existiesen más urgencias.

Tenía que admitirlo, el pibe era más de lo que parecía. Hasta entonces no había mostrado más que una sola cara, su costado gallito, de licenciado de la Universidad de la Calle: pícaro, atrevido. Y hasta con cierto atractivo para quien valorase ese *flair* popular, bien reo. Se vestía con gracia: eso de los tiradores por encima de la camiseta y la campera de cuero arriba era un *look* peculiar, que sin embargo llevaba con naturalidad.

Pero el Milo que se había echado a sus pies no tenía nada de gallito. Se permitía sentir otras cosas, que tampoco temía mostrar… o había perdido capacidad de esconder.

Esa mirada, por ejemplo. Cuando abrió los ojos, Miranda creyó que le habían puesto un par nuevo. No encontró allí restos de la picardía, ni tampoco del infierno que asomaba siempre por debajo. Más bien parecía confundido. Parpadeaba sin cesar, acomodando la vista al mundo ignoto.

Pero no era cosa de la mirada, nomás. Todos sus rasgos se habían aflojado. Como si hubiese vuelto a ser niño delante de sus ojos. Exactamente: como si Milo hubiese regresado a sus cinco años, y todavía no pudiese creerlo.

Miranda lo advirtió entonces. Las voces que atravesaban la espesura ya no mentaban su nombre. Decían otra cosa, *transmitían* otra cosa.

La alarma. Eran ellos. Los sicarios. Llegaban con la tormenta.

—¿Oís?

Milo asintió casi con pesar. El niño debía irse, ya no había tiempo para el niño.

—¿Vamos?

—Vamos —dijo Milo.

Y sin soltarle la mano se puso de pie.

Capítulo ocho

La Cofradía (III)

Un desembarco accidentado — Arbustos mortíferos — Entre dos fuegos — Jugando a las estatuas — Un ataque arbóreo — ¿Quién es Esther Williams? — El Azote

1.

Primero fue el viento. Un ataque desde el cielo.

Arriba, sobre la roca, los niños fueron desterrados de su sueño. La mano que los sacudió era fría y efectiva, les llenó los ojos de tierra. El llanto de unos pocos se contagió a muchos. Se abrazaban a los viejos, al Baba. Temían ser arrancados de allí, que el aire se los llevase lejos.

El Baba los acogió lo mejor que pudo. Le hacían falta más brazos. Por suerte su cuerpo era un ancla. El viento dispersaba las palabras de aliento. Lo único que importaba era el gesto protector, el pecho transformado en nido.

Las ráfagas doblegaron a los árboles. El Baba tuvo la sensación de estar elevándose sin haberse movido: el montículo devenía montaña.

No identificó el ruido que el viento le llevaba, a cambio de las palabras que le había quitado. Le llegó entrecortado. ¿Ramas que se rompían o redoble de metralla?

2.

Con el viento, Blake comprendió que la estrategia de Tariq serviría de poco.

El aviso lo dio el Rafa, lo cual implicaba que llegaban botes. Milo había elegido al Rafa porque sabía chiflar con fuerza. Bárbara fue la primera en oírlo, en abandonar la protección de los árboles para pisar la arena. El Rafa volvió a chiflar desde lo alto del promontorio, aquella vez Blake lo oyó claramente. Tan apurado estaba el Rafa que no supo frenar, porque se despeñó y empezó a rodar hacia la cala. Bárbara acudió a su encuentro. Pierna torcida en extraño ángulo, posible fractura de tibia. Bárbara ordenó que se lo llevasen, pero el Rafa no quiso, no estaban para permitirse un hombre menos.

—¡Dame algo con qué tirar! —gritó desde el suelo.

Blake hundió las botas en el cauce, quería cerciorarse. Se lo confirmó el resplandor sobre el agua. ¿Era verdad que además oía los motores, o se trataba de su imaginación?

Cruzó y descruzó sus brazos en lo alto. La señal fue recibida en la playa. Lucía arrancó para dar aviso a los del segundo frente, Milo la había elegido porque corría como un galgo.

—Yo me quedo con vos —gritó Bárbara cuando Blake la alcanzó.

El pirata no entendió. Pero percibió que Bárbara tenía las manos vacías.

Le había dejado su pistola al Rafa.

Estaba desarmada.

3.

Tariq, que dormitaba, se despertó con la sacudida de Lucía. Comprendió que el enemigo estaba *ad portas* y movió a Chaparro de una patada. Chaparro se levantó a los tumbos, encendió la linterna (que Milo había dejado a su cuidado, para que avanzase sin tropiezos dentro del bosque) y partió a poner sobre aviso al tercer frente.

—¿Y Milo? —preguntó Lucía, haciéndose oír por encima de la ventolina.

Tariq no supo qué decir. Solo entendió que no estaba allí, donde debería.

—Deséame suerte —reclamó Moran. Tariq sabía lo que aquello significaba. Moran se estaba despidiendo. Por si acaso ya no volvían a verse. El plan los obligaba a separarse, cada uno de ellos tenía algo inaplazable que hacer. Se enfrentaban a la posibilidad de morir en distintos puntos de la isla. Lejos de los rostros conocidos, del abrazo de un camarada. Pero ya no quedaba tiempo para arrepentirse. Moran se lanzó a trotar, perdiéndose en el bosque. Tariq no pudo decirle nada, los hombres tiraban de sus ropas demandando precisiones.

Los había obligado a ascender al árbol asignado: muchas veces, con su carga al hombro, hasta que mecanizaron los movimientos. Incluso los había empujado a intentarlo de noche, para que se habituasen a trepar a oscuras.

Pero ahora, con el viento desatado, nada era lo que había sido. Porque no había rama que se quedase quieta.

Los árboles se sacudían, como si quisiesen quitarse un enjambre de encima.

4.

El Viejo estaba despierto. El viento le impidió oír los gritos de Chaparro, pero de todos modos vio su luz a la distancia. El haz se entrecortaba por culpa de los árboles, le pareció estar viendo una proyección de cine.

Cuando Chaparro cayó a sus pies, el Néstor ya no estaba ahí. El Viejo lo había despachado hacia el cuarto frente. Milo no lo había explicado, pero sus razones para elegir a Néstor habían sido transparentes. El chico era primo del Bonzo y Milo quería preservarlo. Por eso le había dado aquella comisión: correr hasta el puente, dar el aviso y permanecer ahí.

La tesis de Milo era que nada iba a ocurrir en el puente. Lazarte desconocía el terreno (ellos mismos lo habían desconocido, hasta hacía pocas horas) y, por ende, no iba a utilizar el lugar del terrible modo en que hubiese podido, de estar al tanto: lanzando un ataque desde la isla contigua y atrapándolos entre dos fuegos. Milo no había querido inutilizar el puente porque podía ser útil, de verse obligados a huir; en ese caso intentarían cortarlo después de cruzar. Pero había

creado un cuarto frente, con Sofía a la cabeza. Si los sicarios pretendían escapar, Sofía y los suyos les cerrarían el paso.

Aquel era su objetivo de máxima, había dicho. Impedir que
uno solo de los sicarios saliese de esa isla, que entonces se convertiría
en la tumba de la OFAC.

Tanto leer libros le pegó mal, pensó el Viejo.

En su situación, hasta un objetivo de mínima resultaba pretencioso.

5.

Cuando el Néstor llegó al puente, no encontró a Sofía. Ni siquiera a
Miranda. Tan solo estaban doña Olinda, la madre del Bonzo, que sufría de artritis en las manos; don Haroldo, a quien la diabetes había
dejado medio ciego; y las tres chicas embarazadas. Ninguno estaba
despierto más allá de Olinda, a quien los nervios tenían a mal traer. La
mujer lloriqueaba, le dijo al Néstor que, en ausencia de «las chicas»,
no sabía qué hacer.

Los primeros disparos sonaron en la lontananza. ¿O se trataba
de árboles que caían, arrastrando a sus vecinos?

6.

El viento arreció, encrespando el río. Las tristes naves que los habían
llevado hasta allí tensaron los cabos que las ataban a tierra. El bote
que iba atado a la barcaza de Tolosa se astilló, dos cascos mayores ofi-
ciaron de tenaza. Blake lo vio hundirse, las aguas engulleron los restos de un bocado.

Todo el plan podía desmoronarse. Si el viento cortaba los tien-
tos y lanzaba las naves a la deriva, los sicarios de la OFAC no sabrían
que su presa estaba en la isla y seguirían camino. Lo cual sonaba casi
deseable, preanuncio de un final menos cruento. Buena parte de las
sorpresas que tenían preparadas se habían visto comprometidas.

La estratagema de Tariq había prometido buenos frutos, eso sí:
en caso de que el viento no adquiriese dimensiones de huracán. El
Moro decía haberla visto funcionar con gran éxito. La idea era escon-

derse dentro del paisaje, de modo que el enemigo superase esa posición sin verlos, para lanzar un ataque por la retaguardia. Milo había vetado la idea de cavar en la arena, diciendo que la más mínima brisa pelaría el lugar y los dejaría al descubierto. Por eso habían optado por esconderse dentro de matorrales, que talaron y desplazaban a su antojo.

El problema era que el enemigo llegaba del brazo de un fuerte viento.

Blake había modificado su emplazamiento en el último segundo. Los había instado a moverse a un extremo de la cala, aquel opuesto al pantano. De ese modo, si el viento los desnudaba, apelarían a la protección de las rocas. El ataque perdería efectividad, pero seguía siendo preferible a morir sin haber tirado un tiro.

—Bajame a alguno que esté bien cerca —dijo Bárbara en su oído. Le había pegado su cuerpo, quemaba con su calor—. ¡Necesito un arma que reemplace la que perdí!

No la había perdido, la había entregado en un gesto que más que generoso había sido necio. Pero no había tiempo para discutir. Las naves enemigas entraban en la cala. La luz de sus faroles se colaba entre las hojas, que eran todo lo que los separaba de las balas.

La creciente desnudez del arbusto no era, sin embargo, el más apremiante de sus problemas.

Le estaba costando un esfuerzo retener el tronco del matorral.

Si una ráfaga se lo arrancaba de las manos, quedaría al descubierto frente a un pelotón de fusilamiento.

7.

Desde el escondite adivinaron, más que vieron, que la flota había anclado. Porque era una flota: liviana, dado que la envergadura de los canales limitaba el calado, pero tan múltiple como sugería el sustantivo. Contó al menos una docena de faros rompenieblas y entendió que detrás venían más navíos. El Viejo se los había descripto con precisión. Botes Zodiac Hurricane de diez metros de eslora, rodeados por un collar de caucho naranja. Capaces de alcanzar los cuarenta nudos y de conservarse estables aun con mal tiempo.

Además de las lanchas de Prefectura distinguió otro tipo de naves. Botes civiles de motores poderosos. Alguien coordinaba su desplazamiento por radio, porque anclaron a una distancia que los prevenía de chocar entre sí. Los oficiales sacaron a relucir balsas, que se inflaron de manera automática. Con gran torpeza, pero persistiendo, los sicarios las botaron al agua y bajaron de las naves. Al mando de timoneles inexpertos, la mayoría resultó volteada por el oleaje.

Las lanchas que utilizaban botes rígidos tuvieron peor suerte. Sometidos al capricho del viento, funcionaron como armas mortales: partieron huesos y mantuvieron cuerpos bajo el agua hasta que los ahogaron.

Pero los sicarios no dejaron de avanzar. El miedo a lo que recibirían si fracasaban era más grande que el temor a los elementos.

Ya han sufrido bajas antes de pisar el campo de batalla. Y el agua inutilizará parte de sus armas, pensó Blake. No era un mal comienzo.

Las sombras comenzaron a desfilar delante de él. Respiraban y avanzaban con dificultad, pero se movían.

Blake percibió que Bárbara se sacudía a su lado. Parecía dispuesta a lanzarse contra los sicarios, armada con sus uñas. Pero no podía hacer nada al respecto. Si soltaba una mano se le escaparía el matorral, si abría la boca sería oído.

Todavía no entendía cómo no los habían descubierto. Lo que jugaba a su favor eran las limitaciones de la percepción. Los sicarios no los veían porque no esperaban verlos. Estaban consagrados a sus problemas: la ropa empapada, el viento, el temor a que el agua inutilizase sus armas. Pocas linternas llegaron indemnes a la playa, avanzaban guiados por los faroles de los botes. Que revelaban un panorama desalentador: el bosque era una boca negra, cuyos dientes devoraban los haces de luz. Una vez que entrasen allí, estarían ciegos.

Las sombras que desfilaban delante de los arbustos se iban espaciando, pero no acababan nunca.

Pronto, se consoló Blake. *Todo lo que necesitamos son unos segundos más.*

Entonces, como si una mano prodigiosa cerrase una espita, el viento se acabó. Las exclamaciones de aliento se multiplicaron entre los invasores.

Blake sintió frío a su lado. Y al instante oyó un disparo. La música de un estallido que reconocería entre miles.

Liberó una mano para desenfundar su Remington. Pero no lo encontró.

Al deshacerse del matorral descubrió a Bárbara, arma en mano. Y a un sicario tumbado sobre la arena, perdiendo sangre y vapor a través de su herida.

8.

Bárbara le arrojó el Remington, que voló como un *boomerang*. Blake no había disparado aún cuando Bárbara volvió al ataque. Abrió fuego con el fusil del sicario muerto. Una ráfaga interminable, que diezmó a los rezagados por la espalda. Ni siquiera les había dado tiempo de girar para investigar el primer tiro.

Blake vació su revólver. La sorpresa seguía surtiendo efecto, el pirata no perdió una bala: derribó blancos fijos, agarrotados por el *shock*. Cuando oyó el *clic* del tambor vacío, soltó el arma y disparó con el fusil que había recogido. Se lo arrebató a su primer muerto, una consigna que se habían grabado a fuego: tan importante como producir bajas era apoderarse de sus armas.

Pac pac pac pac. En la China había oído hablar de cañones que disparaban ráfagas en rápida sucesión, pero nunca había visto uno. Lo que ahora tenía entre manos era un fusil que hacía eso, precisamente, y además era liviano como pluma. Se le escapó un grito de triunfo, matar así era fácil.

Bárbara ya había agotado su carga. Tenía una rodilla en tierra, disparaba con el segundo fusil que había recogido. Don Raúl estaba apenas por detrás, con las piernas ligeramente abiertas y la culata del Winchester al hombro.

Blake le gritó a Bárbara que recogiese armas. Le había endilgado adrede el saco marinero, para que se viese obligada a retrasarse. No le obedeció, como era predecible; hasta que terminó con su cargador y se vio obligada a buscar reemplazo.

La salvó el hecho de encontrarse agachada. Don Raúl se había inclinado también. El rifle había dejado de serle útil, acababa de echar mano a una escopeta. Los disparos les pasaron por encima e hicieron blanco en Tolosa, que había ganado el flanco de Blake creyendo que su proximidad lo mantendría a salvo.

Tolosa dio un cabezazo y cayó de bruces. Les disparaban desde las lanchas. La desaparición del viento, que ya no agitaba las aguas, les permitía afinar su puntería.

Estaban al descubierto. Al menos hasta que alcanzasen el cobijo de las rocas.

Aun si tenían esa suerte, habrían malogrado la ofensiva. Parte del enemigo se había replegado en la dirección deseada, o sea, desplazándose rumbo al pantano. Pero el grueso seguía avanzando en línea recta, rumbo al bosque. Todavía eran demasiados (Blake calculó unos doscientos, a simple vista), que conservaban intacto su poder de fuego. El segundo frente sucumbiría a su ariete en cuestión de minutos.

Se vieron obligados a dividir su ya pobre descarga, mientras reculaban hacia el pedregal: Blake y Bárbara haciendo blanco en las lanchas, el resto acicateando al enemigo, que ya se había repuesto de la sorpresa. Perdieron a otros dos hombres en la retirada. Blake ni siquiera registró quiénes eran. Lo único que lo distrajo fue un grito de Bárbara. La bala había dado contra el saco marinero, que ofició de escudo.

El roquedal era un buen lugar para resistir. Ofrecía parapeto contra las descargas de ambos ángulos, las aguas y la playa. Lástima que la resistencia no fuese una opción. Cuanto más tiempo permaneciesen allí, más fuerte se haría el enemigo. Una vez que los sicarios consolidasen su posición en la isla, volverían a desalojarlos. Y para entonces, Blake y los suyos se habrían quedado sin municiones.

No, no podían permanecer en el roquedal. Blake estudió el panorama a sus espaldas. El farallón de piedra era empinado, pero tenía salientes para sus manos y botas. Todo lo que debía hacer era trepar como un mono y saltar más allá del alcance de las balas. Había hecho cosas más difíciles. Pero no olvidaba que aquel no era ya su mundo. En su mundo se habría escabullido con las balas picando alrededor. Allí, en cambio... Además no estaba solo. Sus hombres no podrían trepar ese muro de piedra. Demasiado bajos, poco ágiles, mal calzados. Necesitaba al menos tres para acometer la maniobra que creía imprescindible.

Pero (lo sabía) solo contaba con una persona.

La única a quien no quería arriesgar en semejante iniciativa.

9.

Los trallazos sonaban cerca. Más allá del bosque, donde empezaba la playa, los sicarios se batían a duelo con Blake y su gente. Un espectáculo de fuegos artificiales a ras de tierra. El juego de luces, entrecortado por la empalizada de los árboles, reescribía el horizonte de Moran en blanco y negro.

La estrategia de Milo había sonado promisoria. El enemigo los superaba en todo: número, armamento, tecnología. Sin embargo, tenía una debilidad.

La OFAC reclutaba matones hechos y derechos, a los que condenaba a una eterna adolescencia. Hombres que habían dejado de crecer, desde que asumieron que abrirse paso a golpes constituía una forma de vida. La OFAC les confería visibilidad social, poder, armamento, la impunidad que abrigaba a la institución toda. Estaban habituados a inspirar terror con su sola presencia, a agredir sin recibir respuesta.

En aquella isla estarían fuera de su elemento. Allí no había vecinos que amedrentar ni puertas que patear. Allí no había carteles indicadores ni brújulas fiables. Allí no había nadie que se echase a temblar al verlos, tan solo sombras.

La tesis de Milo era tan simple como tentadora. Los sicarios habían olvidado lo que significaba sentirse débiles, temerosos, en inferioridad de condiciones. Estaban habituados a moverse como manada, a imponer el peso de su leyenda negra. Si se los sometía a lo imprevisto, si se los disgregaba, se verían sorprendidos por la evidencia de su propia debilidad. Y los sicarios de la OFAC no sabían funcionar desde la desventaja. Ni siquiera eran un cuerpo militar, hecho a la coordinación sobre el terreno; más bien se comportaban como los grandes predadores, que ignoran la experiencia de ser acosados.

Asustados, dejarían de ser operativos.

—Y lo que no podamos hacer nosotros, lo hará el Azote —había dicho Milo.

Moran aminoró la marcha. Debía corregir su posición. Desplazarse lateralmente, para que no lo alcanzase el fuego de Blake y los suyos. Ya había oído estallar cortezas en los árboles que tenía por delante.

Una vez que se hubo arrimado al filo del bosque, se agachó. Moviéndose espasmódicamente, del cobijo de un tronco a otro. Lo importante era acercarse al terreno ocupado por los sicarios. La desventaja del dispositivo creado por Pte San Win volvía a desafiarlo: solo podía ser usado a corta distancia, lo cual lo forzaba a exponerse.

Los primeros hombres que se colaron en el bosque se le escaparon. Todavía estaba demasiado lejos. Por eso apretó el paso y fue descubierto. El sicario frenó, alzó su arma, adoptó la posición de quien fusila.

Unos centímetros más, pensó Moran.

El sicario retuvo su disparo. La visión de Moran, que llevaba bajada la visera de su gorra y lucía como un mandril, había interferido con su instinto. Pero aunque perdió un latido de su corazón, terminó disparando de todos modos. Ese segundo desperdiciado permitió a Moran modificar su curso; avanzó por detrás de un árbol, que absorbió el impacto que de otro modo habría sacudido su cuerpo.

Moran cerró los ojos para no ser cegado por la luz amarilla y empleó su rayo.

Cuando volvió a abrirlos, ya no lo apuntaba más que una estatua.

La usó de cobertura para inmovilizar a otro sicario. Lo dejó congelado en posición de avance, como un soldado de la *Grande Armée* vencido por el invierno ruso. Después se arrojó al suelo, moviéndose a la rastra. Sorprendió a otro sicario, pero su sucesor alcanzó a verlo. Moran cerró los ojos nuevamente y alzó la mano enjoyada por el disco de Pte San. A pesar de su momentánea ceguera, percibió el relámpago dorado. El disparo no llegó a salir del arma que lo encañonaba.

Otra de las contraindicaciones del rayo: le impedía apoderarse de armas enemigas, que quedaban prisioneras de las manos de piedra.

Había dejado inerme a una docena de enemigos cuando lo derribaron. Moran rodó por tierra, perdiendo su gorro. El sicario se había lanzado de cabeza al bosque, evadiendo las descargas de Blake; y se había topado con Moran en su carga taurina, tumbándolo sobre el suelo y cayendo también.

Se miraron durante un instante, atontados. El sicario comprendió que no se trataba de uno de los suyos. Por suerte había perdido el fusil en el topetazo, tuvo que extender un brazo para alcanzarlo.

Moran cerró los ojos y giró la cara.

Ningún resplandor amarillo le atravesó los párpados.

El rayo se había quedado sin energía.

El sicario ya había recuperado su fusil.

A Moran no le quedaba más que una oportunidad.

Su cuchillo de caza, largo como un machete, alcanzó al sicario en la cara. No había sido un buen lanzamiento. El arma golpeó con su extremo romo y rebotó sobre la tierra. Pero el choque quebró el maxilar superior. El grito del sicario no alcanzó a tapar el ruido del hueso.

El dolor lo paralizó un instante. Moran no necesitaba más.

Cortó la cabeza y la arrojó fuera del bosque. Cayó donde los sicarios, que, en pleno avance, tardaron en comprender qué era lo que se les colaba entre las piernas. A continuación soltó un grito de guerra. Se lo había enseñado un guerrero lakota. Sabía el efecto que causaba, porque lo había experimentado: era un alarido que helaba la sangre.

Volvió a colocarse el gorro y encendió el visor. Uno de los sicarios captó su imagen entre los árboles: los ojos rojos que brillaban en la oscuridad, las facciones de mandril. Su expresión fue de terror. Moran lanzó un segundo grito y emprendió el regreso a la carrera.

Si le disparaban le atinarían por la espalda, la distancia que los separaba no era grande. Lo único que lo beneficiaba era el trauma que acababa de infligirles: la visión de la criatura demoníaca, su voz de ultratumba, el macabro descubrimiento de los colegas convertidos en estatuas.

Eso le dio el margen que precisaba. Cuando los disparos arreciaron (una descarga que mayormente encajaron los árboles), Moran ya estaba lejos de su alcance.

10.

Tariq lo vio venir desde lo alto. La cara del simio se aproximaba a toda velocidad: roja, fulgurante, como si volase sola en la oscuridad. Aunque suponía que el resto la habría visto también, Tariq lanzó el silbido que ponía a su gente sobre aviso.

Moran superó la línea de sus árboles, volviéndose invisible.

Los sicarios venían detrás. Disparaban como si quisiesen talar el bosque. Los fogonazos los ayudaban a avanzar, eran la única luz que los guiaba en la espesura. Esto se les volvió contraproducente, dado que al dejar de tirar (porque habían vaciado sus cargadores, o porque la criatura demoníaca estaba ya lejos de su alcance) se quedaron a oscuras. Y al descubrirse en tinieblas, llamaron su marcha a un alto.

Dentro del perímetro cuyos árboles habían ocupado Tariq y los suyos.

Podían oírlos allá abajo. Tropezaban entre las raíces. Se llamaban unos a otros, maldecían, encendiendo fuegos efímeros y diminutos.

El grito de Moran sonó por tercera vez desde un rincón inesperado, convocándolos al silencio.

—Es inevitable que nos vean —había dicho Milo al explicar sus intenciones— y que entiendan que encontraron a la gente que buscaban. Eso los va a animar. La sensación de que están a punto de cumplir con la tarea, de que se vienen las felicitaciones, los ascensos. La idea es sugerirles que somos *algo más* de lo que creían. Eso no va a ser difícil, el terreno está preparado. Los encontronazos de los últimos meses... los señores Blake, Moran y Ben-Nusayr les han hecho frente, ya... les demostraron que no somos el enemigo habitual. Por eso nos conviene alimentar sus temores. ¡Quiero que, una vez que pisen la isla, se caguen de miedo!

Tariq y los suyos les habían preparado un menú variopinto. Los ruidos le comunicaron que sus hombres se le estaban adelantando en la acción. Un zumbido al que sucedió un lamento ahogado: alguien había enlazado a un sicario por el cuello para elevarlo por los aires. Un crujido de melón que se aplasta: uno de los sicarios que había encendido lumbre sucumbió al mazazo que le había llegado desde lo alto.

Era su turno. Se ajustó la máscara de gas que habían rescatado del sótano del Viejo. La había enriquecido con corteza de árbol, barro y hojas. El Baba le había dicho que parecía un monstruo *steampunk*. Como de costumbre, Tariq no había entendido.

Abajo alguien disparó, encendiendo una breve luz.

Tariq saltó al vacío, con la punta de su espada apuntando a tierra.

No pudo ver qué daño produjo al caer, pero había sido definitivo. Su espada atravesaba un cuerpo sólido y aún tibio.

Una lumbre más se encendió a su lado. Tariq temió que le disparasen, pero no ocurrió. Su imagen debía serles pavorosa, entre la máscara, la capa oscura y la espada ensangrentada.

Se apresuró a dar un tajo. La lumbre se extinguió. Después saltó al árbol que había entrevisto detrás de su víctima y trepó a toda velocidad.

Justo a tiempo, porque los sicarios disparaban ya a tontas y a locas, hiriéndose entre ellos.

El olor le reveló que la segunda parte del menú estaba siendo consumida. Habían dedicado tiempo a recoger barro del pantano, que atesoraron en cuanto continente tenían: botellas de plástico, cascos. Una vez lanzado el ataque (la orden era clara: golpear una vez y salir, ascendiendo lo más alto que pudiesen), el resto de sus socios arbóreos derramaría la mugre sobre los sicarios: un líquido espeso y pestilente. Chorrearía desde sus cabezas, les cerraría las narices, les llenaría las bocas de un sabor de muerte.

Una voz de mando logró detener el tiroteo. Anunciaba la llegada al perímetro de una luz potente, no: los faroles eran dos. Tariq no distinguía formas allá abajo, lo cual garantizaba que estaba a salvo de convertirse en blanco; pero podía imaginar el panorama. Los cuerpos ensartados por lanzas y picas, hendidos por tajos, con las cabezas aplastadas, salpicados por un líquido negro que olía a peste.

Un primer farol apuntó hacia arriba. El otro lo imitó al instante. El momento crucial. Si llegaban a divisarlos sería una masacre.

Hubo un ruido inusual, porque provenía de las alturas que Tariq habitaba. Alguien se había movido en la copa de otro árbol, o sacudido ramas en un intento de no caer.

Los faroles siguieron el ruido. Pronto advirtieron que no tenía origen en un fenómeno humano. El viento soplaba nuevamente. Todas las copas se agitaban, rozándose unas con otras en el vaivén.

La voz que mandaba abajo creció, para hacerse oír en la borrasca. Organizaba a sus tropas, que se dividieron en grupos y comenzaron a alejarse.

A Tariq le habría gustado enterarse de sus planes. Pero no distinguió las palabras, porque en la altura los árboles sonaban como un nido de cascabeles.

Se agarró con fuerza. El tronco se bamboleó otra vez para un costado y ya no regresó a su posición original. Tariq sabía que los árboles eran flexibles, nunca había imaginado que pudiesen serlo tanto. Si dejaba de soplar repentinamente, el Moro sería lanzado al espacio como la piedra de una catapulta.

Pensó en la conveniencia de descender, aunque solo fuese un poco. Pero tenía miedo de soltar una mano y ser arrancado de su percha.

Y entonces resonó la explosión.

11.

Bárbara había ascendido el farallón a espaldas de Blake, pero pagando un precio. El disparo le había arrancado parte de los gemelos de la pierna izquierda, por encima del tendón de Aquiles: un bocado de lobo.

—Puta, che. ¡Ya no voy a poder usar minifalda! —dijo. Trataba de minimizar el hecho, pero su voz temblaba.

Blake usó el pañuelo de su cuello para taponar la herida y una correa para cortar el flujo de sangre. Allí en lo alto de las piedras Bárbara estaría a salvo, al menos por un rato. Lo peor era aquello que Blake debía enfrentar a continuación. Se había resignado a hacerlo con Bárbara, a sabiendas de que se trataba de una empresa demencial para dos personas. Ahora debería intentarlo solo.

—Quédate aquí. Volveré pronto —le dijo, dando un beso sobre la frente húmeda y con pelos pegoteados.

—Eh. ¿Adónde vas? —dijo ella, reteniéndolo por una manga.

—Tengo que hacer algo. Y tú no puedes caminar.

—En el agua no lo necesito.

Bárbara lo había entendido todo sin necesidad de hablar. Maldita muchacha. Tenía la incómoda costumbre de estar en lo cierto.

La cargó sobre su hombro. Debía de estar cansado, porque aunque Bárbara tenía la figura de Qi Ling la encontró más pesada.

Descendieron hasta que el terreno se curvó y la grava se desprendió bajo sus pies. Bárbara saludó el chapuzón con una risotada.

Blake se quitó las botas y nadó por detrás de las naves propias, con la muchacha en su estela. Solo contaba con sus piernas para el desplazamiento, porque tenía los brazos levantados: preservar el fusil del agua era vital. Aquello demoró su avance, al tiempo que lo cansaba más de lo necesario. Pero no había alternativa. Se pegó a los cascos viejos, recamados de caracoles. Los usaba como pantalla, con la intención de ganar las espaldas de la flota enemiga.

La lancha más próxima estaba a cuatro metros del velero del Viejo. Una distancia vastísima, para ser recorrida a velocidad de tortuga. Pero los tripulantes estaban a estribor, concentrados en la batalla que tenía lugar en tierra. Ambos vestían uniforme. La OFAC había ordenado a los oficiales de Prefectura que no abandonasen los botes. De rodillas sobre cubierta, ambos hombres esgrimían fusiles con los que disparaban sobre la antigua posición de Blake. Su gente seguía resistiendo allí. ¿Cuántas bajas habrían sufrido desde que se había ausentado?

Blake cedió el fusil a Bárbara, a pesar de sus protestas.

—Lo que voy a hacer, tengo que hacerlo en silencio —dijo. Susurraba en el agua, a través de dientes que castañeteaban.

—No vas a poder bajar a dos sin hacer ruido. Vas a necesitar cobertura.

—Si te expones…

—No te preocupes. ¡Voy a aplicar la Estrategia Esther Williams!

—Nunca oí hablar de ella.

—Qué lindo que sos —dijo Bárbara.

Y se separó de su lado, nadando hacia popa.

Cuando la vio dejar el fusil dentro de la lancha, creyó que había enloquecido. Por fortuna los oficiales no advirtieron la maniobra. Bárbara le reclamó silencio con un gesto y se sumergió.

Blake también se desplazó a popa: porque era la parte más baja del bote, y por lo tanto facilitaría su ascenso, y porque prefería estar cerca del fusil. Si Bárbara fallaba, al menos podría recuperarlo y disparar.

Pero Bárbara no falló. Estaba haciendo algo, más allá de su campo visual, que había concitado la atención de los hombres. Habían bajado los fusiles y miraban al agua, boquiabiertos.

El pirata supo que aquel era el momento. Se impulsó con delicadeza, tratando de no alterar el equilibrio de la nave. Una vez en cubierta sorteó el obstáculo del fusil y desenfundó su daga.

—¿Qué les pasa, muchachos? —oyó decir a Bárbara—. ¡No me digan que no vieron nunca una sirena!

Blake degolló al oficial más próximo de un tajo, con énfasis sobre la carótida. Eso le permitió disponer de la hoja, cuya punta penetró en el ojo del segundo oficial; cayó como plomada, sin emitir ni un suspiro.

En aquel instante debió haberse agachado, para no ser visto por la tripulación de las otras lanchas. Pero la imagen que registró en el agua lo paralizó.

Bárbara flotaba de espaldas. Se había quitado la camisa. Boyando sobre el agua, sus pechos parecían aún más generosos de lo que había visto en tierra.

—Hombres —dijo Bárbara.

Entonces lo alcanzó el grito. Alguien lo había descubierto. Un oficial de la nave que tenían más cerca.

—Dame el cuchillo —dijo Bárbara—. ¡Y encendé el motor!

La daga estaba en el aire, todavía, cuando sonaron los primeros disparos. Los vidrios de la cabina estallaron, sembrando astillas. Por suerte tenía a mano los fusiles de los muertos. Disparó una ráfaga por encima de su cabeza. Esa era la parte fácil. ¿Cómo demonios se encendía el motor de aquellos botes?

Estaba claro que debía entrar en la cabina. Lo cual suponía arrastrarse sobre cristales. Muchacha del demonio, ¿para qué quería arrancar la tonta nave?

No fue tan complicado. Había una llave puesta, similar a la de los automóviles que Metnal había conducido. Lo difícil iba a ser abandonar la cabina. Lo estaban ametrallando con dos armas, o quizás tres. De momento lo favorecía el ángulo, pero si la lancha más próxima se movía en su dirección ya no tendría protección alguna.

Le pareció escuchar que Bárbara gritaba, tratando de imponerse al barullo de las balas… En efecto, le decía que se arrojase al agua, que ella lo estaba esperando.

Blake esperó a que las ráfagas se cortasen para intentar la zambullida.

El disparo lo sorprendió a mitad de camino. Sintió que un tronco le había caído encima, atinándole detrás de la oreja; y al instante se hundió en un remolino negro.

12.

Bárbara se olvidó de todo. De la daga de Blake, que perdió entre las aguas. De la intención que la animaba cuando cortó la manguera del combustible. Todo lo que quería era rescatar al pirata, que había quedado tumbado encima de la goma color naranja. Lo agarró del cuello de su chaqueta y tiró hacia el agua. Al hacerlo se llenó de sangre. Blake olía a pólvora y a pelo quemado. Puro peso muerto, se movió centímetros mientras las balas volaban sobre el cuerpo.

No le quedó otra que apoyar las plantas de ambos pies sobre cubierta (con lo que le dolía la pierna: ¡aquello iba a ser un infierno!) y tirar con todas sus fuerzas.

Gritó como si estuviese pariendo, pero logró llevárselo. Y siguió pataleando a pesar de su padecimiento. Porque si quería sobrevivir, y si quería alcanzar tierra con el cadáver de Blake, necesitaría el parapeto de los botes viejos.

Lo que Bárbara había dejado inconcluso al ocuparse de Blake lo llevó a fruición el viento. Su primer efecto fue crear la corriente que ayudó a Bárbara a llegar a la orilla, aun con Blake a cuestas: una mano tan grácil como prodigiosa, que en ningún momento admitió réplicas.

En un momento algo (quizás una bala) encendió el combustible que la lancha había derramado desde su manguera cortada. El fuego alcanzó la nave, que se incendió pero no estalló; a esa altura el tanque ya estaba vacío, no produjo más que llamas y el humo negro del caucho.

El viento lanzó la lancha convertida en pira contra su vecina más próxima, con fuerza de ariete. Detenida en su fuga por el tope de la nave que venía después, la lancha que había quedado convertida en el jamón del sándwich explotó.

Bárbara se incorporó en la orilla. No veía nada, el viento estaba cargado de agua. Cada gota dolía como latigazo sobre su piel desnuda. Una bocanada súbita la arrojó encima del cuerpo de Blake, que lo toleraba todo en silencio.

Pegada a la tierra y a Blake, se sentía más a salvo. Oyó una segunda explosión, el ruido de objetos contundentes al golpearse unos contra otros.

Con las dos manos como pantallas sobre los ojos, quiso ver qué estaba ocurriendo.

Y así entendió que, donde antes había río, ya no había nada.

Capítulo nueve

La Cofradía (IV)

Vida y obra del viento — El Viejo agrede a Milo — Todos los árboles (no) son iguales — Helena dice — Bárbara y el torrente — La bengala — El asalto final

1.

El viento que el Viejo llamaba Azote se llevó el agua del lugar. El fondo de los canales exhibía su vientre fofo. Avivadas por el soplo, las llamas consumían las lanchas escoradas sobre el barro. La playa estaba llena de cadáveres rebozados con arena, y así semejantes a figurines de arcilla. La mano invisible que los desplazaba contribuía con la ilusión de su liviandad.

Don Raúl Vergara había sido pillado en el cuello por un rebote. El resto de sus compañeros había muerto ya, o al menos lo parecía; yacían hechos un ovillo, como si esa posición los ayudase a no salir volando.

Los árboles gritaban, unidos en un alarido interminable. Tariq se sentía como Ulises: atado al mástil de su nave, mientras las sirenas chillaban a su alrededor. De vez en cuando el grito adquiría un matiz que se perdía en la distancia. El Moro no podía ver (tenía los ojos ciegos de tierra, de polen), pero imaginaba que había oído a un compañero —otro más— que había sido arrebatado de su rama por el huracán.

En la altura de la roca nadie gritaba. Los niños estaban más allá del miedo. Desde el cobijo que daba la cuña de piedra, contemplaban demudados el espectáculo del cielo. El techo de nubes había descendido hasta casi tocarlos. El viento borraba su propia obra y dibujaba una nueva, con trazos de vapor negro. Era un artista inquieto, nada parecía conformarlo. Harto de su impericia, empezó a producir círculos concéntricos, un remolino que engullía los rastros de su fracaso.

El Baba oyó un bramido ensordecedor. No había sido un trueno, no; al igual que Moran, el firmamento había agotado sus rayos. Más bien el ruido de algo monumental, que acababa de rajarse de lado a lado. ¿El cielo mismo, la tierra, el promontorio de piedra que en cualquier momento se disolvería bajo sus pies?

2.

Cuando oyó que el enemigo llegaba, Milo sintió tristeza. Hasta entonces había estado ansioso, se salía de la vaina. Alentaba la ilusión de que disparar y desgarrar la carne iba a servirle de descarga; una efusión que anularía la violencia que había recibido en su vida. Se trataba de un pensamiento mágico: aquel que explica la saña del hombre primitivo, que quería vengar en el cuerpo del oso muerto el miedo que otros osos le habían inspirado. Pero su ingenuidad no lo volvía menos real. Milo sabía que su alma estaba llena de una lava negra que se lo comía vivo, y de la que necesitaba librarse. La violencia podía no ser una solución elegante, pero al menos estaba a su alcance.

Ahora que había llegado el momento, ya no estaba seguro. Porque, aun cuando la lid se saldase en su favor, seguramente habría costes. Pagaderos no en metálico, sino en algo más raro y en consecuencia más valioso: la salud de los suyos. De repente los sicarios le importaban poco. La idea de vengar todas las desgracias palidecía al lado de un deseo positivo: conservar vivos a aquellos que quería seguir teniendo cerca. El Viejo y el Baba, para empezar. El Bonzo y su familia. Pero también Miranda, cuyo contacto le había inspirado un emoción que nunca había sentido. Y Sofía y Bárbara, que tanto significaban para la Viuda. Y los Héroes, claro, que estaban exponiendo la piel por los demás. Y los nenitos, que no tenían la culpa de nada. (¡Como ningún niño!) Y los viejos, que se merecían una caricia final y no un balazo. Y...

—¿Vamos? —le había dicho Miranda.

—Vamos —dijo Milo, pero no porque estuviese de acuerdo, sino porque la conjugación y la intención le resultaban nuevas. La gente no solía hablarle en plural, más bien se dirigía a su persona singular para increparla, *vos, vos, vos, andá, vení, traé,* nunca le preguntaban si quería algo, por lo general recibía órdenes o descalificaciones.

Cuando se dio cuenta, ya habían atravesado los matorrales.

Iban. Miranda y él, *ellos.* Al encuentro de los otros.

3.

Su idea original había sido formar parte de la ofensiva de la playa. El primer golpe que asestasen debía ser contundente. Si la ficha del dominó estratégico que había armado no caía de la forma adecuada, el resto de las acciones no se encadenaría. Por eso había prometido a Blake su colaboración (la pistola Luger que había tomado del búnker conservaba cuatro cartuchos, los usaría para apoderarse de un arma moderna), aun al precio de soportar el sarcasmo del Viejo. Que en un aparte, porque al menos había tenido esa decencia, le había preguntado si se creía un héroe de verdad.

—No te confundas —le dijo—. Vos no sos un héroe. Sos un pendejo de la calle, cabeza, resentido, ¡lleno de mierda!, que está haciendo algo bueno por primera vez en su vida… *pero por las razones equivocadas.* Este mundo te jodió de más, tu Tánatos es más fuerte que tu Eros, y por eso corrés a la muerte con los brazos abiertos. Pero si te hacés matar, no vas a ser un héroe: vas a ser el cadáver de un estúpido, nomás. Así que cuidate. Tenés mucho que resolver, antes de estirar la pata. Porque este mundo jodido necesita desjoderse, pero nunca llegaremos a nada si la buena gente se entrega a la mentira de la muerte romántica. Acá no hay que ser romántico. Hay que ser vivo. Y para *ser* vivo, hay que *estar* vivo.

—Ca-*rajo* —respondió Milo, que hervía por dentro, a causa de lo que consideraba una agresión inmerecida—. Mucho consejo, para venir de un tipo que lleva siglos sin hacer nada porque, claro, sin su agujerito mágico…

Después de lo cual se alejó, en un alarde de descortesía. Y desde entonces evitó cruzárselo, porque su cabreo no se había aplacado.

Pero ahora que el enemigo les caía encima, Milo no fue a la playa. Arrastró a Miranda al pantano, porque allí estaría protegida, esa depresión era el sitio más seguro después del protovolcán del Baba; pero ante todo se dirigió allí porque quería ver al Viejo.

No soportaba la idea de que aquellas palabras que habían intercambiado, amargas hasta la raíz, se convirtiesen en las últimas entre ambos.

Por suerte Sofía, que también estaba ahí, se encargó de Miranda. Cuando las vio abrazarse (Sofía tenía lágrimas en los ojos, se había preocupado en serio), supo lo que tenía que hacer. Y aunque el Viejo había arrancado a decir cosas que tal vez fuesen importantes (algo respecto de la lluvia y su efecto sobre la mecha), Milo lo cortó en seco con la sorpresa de su propio abrazo.

Corría el riesgo de que el Viejo lo rechazase, lo tratase de tonto o le diese un coscorrón. Pero no hizo más que dejarse abrazar; un poco tieso al principio, más laxo después. Y Milo pudo concentrarse en lo que deseaba, que simplemente era sentir.

Sintió vergüenza, y calor, y tristeza, y alegría, y miedo de perder, y esperanza, y escalofríos, y confusión, y sed.

Y todo eso junto, así batido, se parecía mucho a estar vivo de verdad.

4.

Al Viejo se le quedó la mente en blanco. Por lo general su cabeza era una colmena en hora pico: miles de ideas zumbando a la vez, entrando y saliendo, apareándose. Pero cuando Milo lo embistió con su pecho, se apagó como una vela. Todo lo que su mente producía era estática, como los televisores de antes cuando terminaba la programación. Qué chico, aquel. ¿Qué quería, qué esperaba? Saltaba de pretenderse el Napoleón del Delta a la emoción infantil. Y no era tiempo para abrazos. Tenían cosas urgentes entre manos. El Rafa había dado la voz de alarma, era hora de matar y morir.

Milo temblaba. Debía de ser el miedo. El Viejo lo estrechó por primera vez. Porque a lo mejor sentía frío, también. Si lo apretaba fuerte, dejaría de sacudirse.

El chico olía a sudor, a humo, a madera. A lo mejor olía siempre así, nunca se le había acercado tanto. Melvyn Weyl solía estar muy ocupado. ¡El destino del mundo dependía del uso que diese a su *wormhole!* Bastante generoso había sido, al tolerar la intrusión del crío en su santuario. Lo había dejado entrar en su casa, en su biblioteca, en su heladera. ¡Había hecho por él más de lo que la sensatez indicaba!

En aquel instante sonaron los primeros disparos. Milo tensó los brazos. Pero Melvyn Weyl no lo dejó salir. Si le hubiesen preguntado por qué, no habría sabido qué decir. Sofía y la otra nena lo estaban mirando. ¿No tenían nada mejor que hacer?

Los tiros arreciaban. Había que despabilarse, que ponerse las pilas, pero no antes de hacer algo impostergable.

—Tomá —dijo Melvyn Weyl, soltando al muchacho para entregarle la daga de Tariq.

—No —dijo Milo.

—No te pregunté si la querías. Te dije que la tengas.

—Y yo dije que no. Conozco el poder de esa cosa.

—Más razón, entonces.

—Si yo me la quedo, capaz que... *lo lastiman.* Y entonces no va a poder usar el agujero mágico.

—Hay cosas más importantes.

—Yo necesito que se quede con el puñal. Que encuentre el puto agujero y deje esta cosa en la cueva. Porque si Tariq no la encuentra ahí, no va a venir. Y si no viene, yo nunca... Ni usted ni yo...

Milo se apartó. Parecía incómodo, ahora.

—Oiga, no me la haga más difícil. Cuídese y no joda —dijo.

Sacó la Luger y emprendió un trote, perdiéndose en el bosque umbrío.

—¿Qué fue eso? —preguntó Miranda, que todavía miraba la mancha negra que se había devorado a Milo—. Lo del cuchillo. ¡No entendí nada!

—Vos preocupate por vos —dijo el Viejo—. ¡Andá al puente ya mismo, antes de que este lugar se convierta en un infierno!

Melvyn Weyl no tenía margen, ni estaba de humor, para explicar ciertas cosas. ¿Qué podía entender aquella chiquita, cuando ni siquiera él había sabido hasta entonces que el corazón humano y el destino del mundo estaban conectados?

Hasta entonces había creído que todo dependía del *wormhole.* Ahora comprendía que su vida habría languidecido sin remedio, de no haber permitido, aun a regañadientes, que Milo le diese la vuelta como un guante.

5.

A Milo le costó avanzar por el bosque. Las balas zumbaban cerca, venían de todas partes. Reventando árboles que tenía delante, pero también al costado, y atrás. Las palabras del Viejo le pesaban. ¿Cuál era el límite entre el coraje y la irresponsabilidad? ¿A quién le serviría si sucumbía en el bosque?

Ni siquiera sabía qué estaba ocurriendo. ¿Cómo le habría ido a Blake en su ofensiva? ¿Habría lanzado Moran la suya propia? En ese caso, ¿por qué no se había cruzado con su máscara roja en el bosque? ¿Acaso...?

Eso de tener mucho que perder era nuevo para él. Querer a la gente estaba bien, pero también podía ser un lastre.

¿Cuánto tiempo había desperdiciado, ya, al cobijo de aquel árbol? Milo no sabía nada de árboles. Apenas distinguía al sauce y al palo borracho, porque eran peculiares. No saber nada de árboles era un error, como el de esa gente que cree que todos los chinos son iguales. Aquel que lo protegía era uno de esos que no suelen verse en el Delta. Muy añoso, nadie desarrolla semejante tronco en poco tiempo. ¿Qué sería: un roble, un lapacho? En su larga vida había soportado muchos Azotes, y allí seguía.

¿Qué mierda hago acá, pensando en árboles, cuando todo el mundo lucha por su vida? Yo los expuse a esto. No puedo borrarme. ¡Tengo que hacer algo!

Se despegó y sorteó el espacio que lo separaba del árbol siguiente.

Fue entonces cuando empezó a soplar el viento. En dirección contraria a la de su avance. Ya no arreciaban las balas, sino las hojas del sotobosque, los pastos arrancados, la tierra misma. Sintió que se le taponaba la boca, que invadían sus narices. Alzó las manos para cubrirse, no quería quedar ciego. Un roble quedó manco con un grito agónico. La rama que perdió le pasó delante, errándole por poco.

Cuando comprendió que daba pasos sin moverse, se abrazó al árbol más próximo. Pensó en las Hijas y en el Viejo, con la esperanza de que el pantano les ofreciese santuario; pensó en el Baba y en los chiquitos, que allá arriba no tendrían tanta suerte; pensó en el Frente Vital, a quien nunca antes le había pedido un milagro.

Seguía allí cuando atronó la primera explosión. Después se impuso el ulular del torbellino. ¿Habían cesado los disparos, o era que el viento ahogaba los sonidos? Y a continuación *bum bum*: más explosiones. ¿Qué estaba ocurriendo? ¿Qué era lo que había volado? En cualquier caso no se trataba de nada que hubiese previsto. Las cosas no estaban saliendo bien. La vida no había cambiado, todavía hacía lo de siempre, prostituirse ante los poderosos: ¿en qué había estado pensando, cuando creyó que el Azote podía beneficiarlos a ellos en vez de a la OFAC?

Aquel árbol era lo único que impedía que saliese volando. Milo estrechó su abrazo, aun cuando sentía que el viento y los detritos le despellejaban las manos.

Y de repente, la tromba cesó. En menos de un minuto, no se movía ya ni una hoja. Milo se sintió aturdido por el silencio, un despojamiento que no pertenecía a aquel mundo. Y que por eso mismo duró poco, roto por los disparos que se reanudaban.

Desprenderse del tronco no le resultó fácil. Había transpirado tanto que se le habían pegado restos de corteza. Frotó la palma contra el pantalón y avanzó en la dirección de las descargas. Podía ver sus chisporroteos más allá de la arboleda, aquella escaramuza no estaba lejos.

Por eso llegó a tiempo para ver morir a Tariq.

6.

Esto es lo que vio, en la estela de una linterna que había caído al suelo.

A Tariq que se deshacía de los restos de su espada, quebrada por encima de la empuñadura, y que se quitaba la máscara antigás.

Al sicario que tenía enfrente, armado con una Itaka.

A Tariq abriendo los brazos, en un gesto de rendición. (¿O era de entrega?)

Al sicario disparando a quemarropa.

A Tariq desapareciendo del haz de luz, como arrebatado por un viento que soplaba solo para él.

Milo quiso empuñar la Luger. Su mano estaba agarrotada. Desenganchó la pistola del cinturón y se le cayó al suelo.

Echó a correr sin siquiera pensarlo. Embestiría al sicario con las manos desnudas. Una locura, sí, pero no le importaba. Solo pensaba en matar.

El sicario no lo vio venir (el haz de la linterna fue su condena: había ajustado la vista a su claridad y no registraba nada que quedase fuera) hasta que tuvo a Milo encima. Para entonces era tarde. Milo lo arrolló, levantándolo en el aire.

Finalmente tocó tierra. Pero no tuvo oportunidad de respirar. Milo saltó sobre su cuerpo, como si pretendiese domarlo.

El muchacho levantó el puño. Quería aplicar a ese golpe su fuerza entera, porque necesitaba cobrarse mucho. El grito arrancó desde las entrañas y acompañó el arco de su brazo, muriendo con su descarga.

Crac. Su puño había llegado más lejos de lo que esperaba. Alzó la mano de inmediato, creyendo que necesitaría un segundo golpe. Pero estaba equivocado.

El rostro del sicario se había hundido, como si lo hubiese atizado con una maza. No pudo precisarlo en la oscuridad, pero lo que veía ya no tenía aspecto humano; más bien se parecía a una máscara de goma, pisoteada y salpicada de negro. El cuerpo que abultaba bajo sus piernas ya no se movía.

Milo quiso abrir su puño, pero no pudo. Por lo menos no le dolía. Debía ser cosa del shock, de la adrenalina. Lo último que necesitaba era quebrarse un hueso.

Cuando al fin pudo abrirlo oyó un crujido y pensó lo peor. Sin embargo, el dolor seguía ausente. ¿Debía seguir intentándolo, o convenía inmovilizarlo? Otro crujido. No sonaba a hueso partido, una música que le era familiar. Más bien sonó a madera al tensarse. Como si su mano entera no fuese de carne y hueso sino, sino…

Milo la acercó a sus ojos para ver mejor. La descubrió pegoteada con sangre y pedacitos de corteza. Y comprendió entonces que Moran había tenido razón.

Contaba con una herramienta excepcional. Que ignoraba cómo usar.

7.

Tariq no había muerto aún. Milo palpó el pecho devastado por los perdigones. Todavía latía, aunque del modo más tenue.

—Voy a buscar la daga —dijo Milo.

Pero Tariq no lo dejó. Lo agarró de la mano y lo retuvo.

—Ya es tarde.

—¿Cómo lo sabe?

—Tengo experiencia en la materia. Y preferiría… no morir so-lo.

El dolor punzó su frase, obligándolo a arquear el cuerpo.

Milo alzó al Moro para que la sangre no lo ahogase. Su mano seguía presa del puño de Tariq, que había empezado a sufrir estertores.

¿Qué se le dice a un hombre que muere en tus brazos? ¿Existen palabras que den consuelo verdadero?

Milo sentía la más horrible de las angustias. Como si él también pisase el umbral de la muerte. Lo cual no dejaba de ser realista: aunque se sintiese protegido por una campana sorda, estaba rodeado de gente que disparaba y caía y gritaba; una batalla que era igual a aquella que habían librado los primeros hombres, y que sería reeditada en las batallas por venir. ¿Cuándo tardaría en recibir un tiro, o en ser atacado por la espalda sin poder defenderse?

Tariq se fue apagando en sus brazos. Y Milo dejó de sentir angustia. Tiró con delicadeza de su mano. El Moro ya no apretaba, pudo sacarla con facilidad: la sangre era el mejor lubricante. Con esos dedos sucios, despejó el rostro de Tariq de los cabellos que lo cubrían. Le dio un beso en la frente como había hecho con su padre al despedirse, como había perdido la oportunidad de hacerlo con el Peluca Rojas.

Cuando Tariq volvió a hablar, no sintió sorpresa.

Dice Helena que reúnas a tu gente y busques el punto más alto.

Era su voz, de eso no tenía dudas. Ya no sonaba estrangulada por el dolor. Pero su rostro seguía en reposo, Milo no había visto sus labios al moverse.

—¿Helena?

Esa Helena, sí.

Esta vez estaba mirando los labios. No se habían movido.

Insiste. Dice que te apures.

En aquel momento percibió el ruido. Venía de lejos, pero se acercaba al galope. El suelo vibraba bajo sus pies. Pero allí no había trenes, claro.

Entonces recordó las historias que el Viejo contaba sobre el Azote. Y entendió que la tormenta estaba lejos de haber terminado.

Helena tiene razón, pensó.

Tendió al Moro sobre el sotobosque y emprendió la carrera más loca de su vida.

8.

Bárbara sintió el cimbronazo y no supo qué pensar. Seguía varada en la orilla. Había intentado llevarse el cuerpo de Blake, pero la subida y su pierna se lo impidieron. Se había alejado unos metros, rezando para cruzarse con alguien conocido, cuando el estremecimiento la tumbó de rodillas. Rodó playa abajo, no quería desproteger a Blake aun cuando ya estuviese más allá del bien y del mal. Se sentía responsable por su destino. Había destrozado parte del asombroso legado del Autor.

Cuando oyó el fragor, creyó que se trataba de un trueno. Pero el estruendo no provenía del cielo, sino del otro extremo de la cala. Llegaba a través del canal que el viento había abierto, al robarse toda el agua.

Lo comprendió un momento antes de que su vista se lo confirmase.

El agua retornaba como tromba. Venía todo lo que se había ido, y más. Arrastrando consigo los restos de las lanchas. Una avalancha negra. Que rompía las orillas del canal a medida que se aproximaba, llevándose consigo tierra y árboles.

Consideró las distancias, calculó velocidades. Si emprendía carrera hacia arriba, todavía podía salvarse.

Pero solo podría hacerlo sola. Si es que su pierna herida le respondía.

Bárbara estaba cansada. Suspiró.

Quería ver hasta el final, pero sus ojos se cerraron por instinto.

El agua la arrastró y se la llevó de allí, como una hoja más.

9.

El temblor empeoraba a cada paso. Milo no tardó en caer. Se había desplomado sobre un fusil de asalto: un Kalashnikov, propiedad de un sicario que ya no estaba en condiciones de usarlo. Se apoderó del arma, le fue útil para remover escoria. Entre la penumbra y las vibraciones de ultratumba, los sicarios se mostraban perdidos.

Fue arreando a la gente que encontró en el camino. Moran esgrimía un cuchillo estilo Bowie, de una hoja larga como su antebrazo y negra de sangre. El Bonzo seguía aferrado a su casco y su hacha de guerra, igualmente humedecida. Ninguno de ellos sabía nada de Blake ni de Bárbara.

La primera lengua de agua penetró en el bosque. Milo y los suyos sintieron que el suelo cedía bajo sus pies y volvieron a caer. El alud de barro acudió en su busca, pero se quedó corto. Llegó a unos cinco metros de distancia y sucumbió al reflujo.

Moran entendió que habían recibido una segunda oportunidad. Agarró a Milo por el cuello de su campera y lo obligó a pararse. Pero el muchacho no quiso seguir corriendo cuesta arriba.

—¡Voy a buscar al Viejo y las chicas!

—¡Demasiado tarde! —repuso Moran.

Pero Milo se le escabulló.

—¡Nos vemos arriba! —dijo, ya alejándose.

Moran no estaba tan seguro. Pero perseguir a Milo sería un despropósito, estaban rodeados de gente que necesitaba protección en su ascenso: hombres, mujeres, adolescentes, los viejos que habían querido mostrar que todavía valían.

—¡Corran o mueran! —gritó.

Nadie discutió la consigna.

10.

Milo trepó la lomada que lo separaba del pantano y no vio a nadie. Ni las chicas ni el Viejo. El sitio estaba intacto: árboles retorcidos, emanaciones mefíticas, seguía siendo un vergel siniestro. Estuvo a punto de pegar media vuelta y enfilar hacia el promontorio, pero no podía creerlo. ¿Los habrían tomado prisioneros? ¿Se habrían escondido?

Atravesó la depresión hasta que los zapatos se le hundieron en el barro. No quería ir más lejos, corría el riesgo de caer en la trampa que habían pergeñado. Ni siquiera recordaba dónde habían escondido los bidones de nafta. Una chispa apenas y el pantano se convertiría en un ojo de fuego.

Nada por aquí, nada por allá. ¿Dónde…?

—¡Eh!

Milo volteó su cuerpo. Apuntando el fusil, a sabiendas de que no le convenía disparar aunque descubriese a su lado al mismísimo Lazarte.

Era el Viejo. Escopeta en mano. Asomando detrás de unas cañas, metido hasta las rodillas en la mugre.

—¿Y las chicas?

—Las mandé al puente.

—¿Qué hace ahí?

—Quería ver si la mecha se había soltado.

—Deje, ¡vamos, venga conmigo!

—¡Creí que iba a quedarme acá hasta que me tapase el barro! Es el Azote, ¿no es cierto? Te dije que era de miedo…

—Vamos, vamos, ¡mueva el orto!

El ruido hizo que Milo se agachase. Ya había aprendido a reconocerlo. Otro alud de barro que arrasaba todo a su paso. Siseaba como una olla al rojo bajo un chorro de agua, con el chasquido de árboles quebrados como contrapunto. Si superaba el coto de la lomada, se les iría encima, y eso sería el final. Milo entrecerró los ojos, esperó lo inevitable. Pero no ocurrió.

Tendió la mano a un Viejo que ya no estaba ahí.

—¿Dónde…?

Lo vio aparecer con la escopeta al hombro y los brazos llenos de bengalas.

—No quería…

—¡Vamos de una vez!

Cuando coronaron la lomada, vieron un paisaje nuevo. Parecía que nubes grises habían caído sobre el suelo, cubriéndolo con su masa esponjosa. No más plantas, no más verde, apenas un emplasto pródigo en burbujas y olor a mierda.

Lo bordearon hasta que terminaba y corrigieron su rumbo para buscar el puente.

—¿Dónde están? —preguntó el Viejo.

—¿Quiénes?

—Los hijos de puta.

—Qué sé yo. Por ahí.

—Al pantano… no llegó ninguno.

—Hable menos… ¡y corra más!

—¿Qué te pensás que soy… el Mercurio de pies alados?

—Tariq está muerto —dijo Milo. Ese pareció tener por consecuencia el silencio del Viejo, hasta que unos metros más allá dijo:

—¿Se habrá llevado el barro… a todos esos mierdas?

Como si quisiesen demostrarle hasta qué punto estaba equivocado, los soldados se desprendieron del tejido de la noche.

Estos no eran gente de la OFAC, o al menos no pertenecían al común de los sicarios. Vestían uniformes negros llenos de correas, portaban armas largas y visores infrarrojos. Media docena, contó Milo, pero debía de haber más, porque la radio de uno de ellos sonó en busca de contacto.

—Alto ahí —dijo el líder—. ¡Manos a la nuca!

Ni Milo ni el Viejo obedecieron de inmediato. Estaban demasiado pasmados por la sorpresa… o al menos Milo lo estaba.

—¿Querés salvar a tu gente? —El Viejo ni siquiera esperó respuesta, lo había planteado de manera retórica—. Entonces corré.

Y disparó una bengala Albatross que estalló con luz roja, cegando a los soldados ataviados con visores.

11.

Bárbara se sintió engullida. Tragada por la ballena. El agua recorrió su cuerpo, presionándola con fuerza, sacudiendo brazos y piernas, como una niña brusca que quiere asegurarse de que su muñeca está entera. Había cerrado los ojos y contenido el aliento, el golpe contra las piedras debía llegar en cualquier momento y eso sería todo: telón, *the end*. Ya nunca más *continuará*, eso había sido antes, la vida entera había sido un *continuará* diario, pero ahora era tiempo del cuadrito final.

Se dejó llevar, era absurdo resistir. Una vez, en México, de vacaciones con la familia, se había arrojado por un tobogán de agua que la desplazó a la misma atolondrada velocidad. Someterse a semejante fuerza era placentero. Lo único que la molestaba era la creciente presión del pecho. Pronto dejaría de reprimirse y sus pulmones se llenarían de agua fría.

No tengas miedo.

Eso creyó oír. Sonó con la voz de su hermana mayor, a quien le había cabido siempre el sayo de protectora. Había leído que la cabeza hace esas cosas ante la angustia del final: la ilusión del túnel de luz, el cerebro que se inunda de endorfinas.

Ya falta poco.

Eso era cierto. Pero no tranquilizador. A medida que se acercaba al momento del salto, su cuerpo se rebelaba más, no quería saber nada con la muerte. Se descubrió pataleando y braceando como una poseída.

Estoy acá, dijo la voz.

¿Acá dónde? Bárbara no vio nada, el torrente seguía siendo oscuro. Pero registró que había ido a dar a una corriente interna, que fluía a mayor velocidad. El agua la abrazó, la arropó, la hizo girar sobre su eje como la mecha de una perforadora.

Al fin se retiró. Bárbara también se vio echada hacia atrás, hasta que algo la frenó. Estaba tumbada sobre terreno baboso. Entre árboles. Al aire libre.

Sus pulmones se abrieron como una flor al sol. Una sensación orgásmica, que apenas disminuía con cada inhalación.

Se tocó el pelo. Estaba llena de barro, parecía un recién nacido.

Alguien tosió. Blake yacía a su lado. Se agitaba, consciente solo a medias.

Bárbara lo estrechó entre sus brazos.

—Estoy acá —le dijo.

12.

Después de conducir a la gente donde el Baba, Moran volvió sobre sus pasos. Lo acompañaba el Bonzo, que estaba preocupado por Milo. Y más aún cuando escuchó las descargas. Armas automáticas de alto calibre. Sonaban idénticas, algo alarmante. Apestaba a operativo militar. Lo fuese o no, se trataba de un poder de fuego superior.

Se apostaron detrás de piedras, a ambos costados del camino. Era la vía de ascenso más natural, el resto del terreno era escarpado o presentaba una barrera de arbustos espinosos.

Y esperaron. Ya no se oían disparos.

La tierra seguía vibrando. Lo cual sugería que las masas de agua y barro seguían topándosela en su curso. Desde allí no podían verlas. Apenas les llegaban ráfagas de viento y el sonido de los árboles al derrumbarse.

Al cabo de un lapso tan breve como eterno creyeron oír otra cosa. Acercándose velozmente. Alguien que jadeaba.

Cuando le preguntaron por el Viejo, Milo sacudió la cabeza.

—Vienen —dijo al fin, todavía sin aire. Se aferraba al arpón, que hasta no hacía mucho había estado en manos de Miguel Valdivia—. ¡Comandos!

Moran percibió la multiplicación de las luces al pie del promontorio. Poderosas linternas. Espaciadas a intervalos regulares. Que barrían el terreno (todo él, aun sus trayectos más empinados y espinosos) en su avance.

Estaban rodeados.

Con delicadeza al principio, con severidad después, la lluvia se abatió sobre la isla. Recubrió las piedras y aplastó arbustos para iniciar carrera descendente, acudiendo a la llamada del gran curso de agua.

Capítulo diez

La Cofradía (V)

Los espinos — La fe necesaria — Pensamientos postreros — La carga final — Visiones de agua — El Baba pasa al ataque — La aurora — Velas en el horizonte

1.

Desde las alturas el Baba quiso entender qué ocurría. Se sentía como un ciego en el cine. Solo veía sombras y la ocasional luz brillante, al tiempo que era sometido a ruidos ensordecedores que no podía identificar. La historia que había imaginado a partir de aquellos estímulos era, cuando menos, incierta. ¿Qué había estallado? ¿Quién gritaba de dolor? ¿Por qué las bengalas no habían producido el fuego que estaban destinadas a encender? Y lo más torturante: ¿qué fuerza oscura sacudía la isla? Ese elemento había inclinado la película hacia el género de terror. Algo los invadía con un poder que hacía temblar la tierra y talaba árboles como yuyos, pero el Baba no comprendía qué era. Tenía la sensación de haber ido a dar a un capítulo perdido de *Lost*, donde el humo negro la emprendía contra todo.

El reencuentro con Milo fue una alegría en medio del diluvio. Pronto pesaron más las ausencias, que eran demasiadas: Blake, Bárbara, Tariq, el Viejo, don Raúl, Tolosa, el Rafa… Había que cuidarse de la pena que incapacita y desespera, todos los que estaban ahí arriba habían perdido a alguien: hijo, abuelo, padre, madre. Y todavía quedaba demasiado por hacer.

Milo había pensado en la opción del puente. Barajaba la idea de saltar el cerco enemigo y huir a la isla contigua.

El Baba lamentó oficiar de aguafiestas. El puente había sido volado poco antes de que se largase a llover. Obra de los comandos, seguramente. Una de las pocas escenas de la película que el Baba entendió, dado que el fuego la iluminó en detalle.

Milo se quedó sin palabras. Prefería no decir nada a decir lo que todos pensaban. Que estaban atrapados allí. En aquella roca desnuda, propicia para nada, más allá del sacrificio humano. Asediados por un enemigo que no sabía de piedad.

Moran intervino. Como el Baba llevaba tiempo en aquel sitio, le pidió que lo acompañase a reconocer el terreno.

—¿Ahora? —preguntó el Baba, atento a la cortina de agua que bañaba al mundo. La mirada de Moran le confirmó que había sido una pregunta pelotuda. Y sin perder un instante emprendió la marcha, abandonando el alero de piedra.

Ambos supusieron que Milo se quedaría atrás. Sofía se le había acercado con el botiquín del bote de Tolosa. Pero Milo rechazó su atención (más allá de cierta dificultad para moverse, no padecía nada grave) y marchó también, arpón en mano.

El patrullaje resultó infructuoso. Había una caída a pico que podrían haber acometido, de contar con pitones y sogas para todos. (Lo cual, estaba claro, distaba de ser el caso.) El resto vedaba el descenso mediante una espesa mata de arbustos espinosos. Que bajo la lluvia no podían ser incendiados. Y exhibían una elasticidad que se resistía a las cuchilladas de Moran. El cazador golpeó y golpeó, sin lograr más que abollar un arbusto y llenarse la mano de arañazos.

2.

—Au. Concha. Puta —dijo Milo, que no solo se había se enganchado el pantalón, sino que se había perforado la mano en tres puntos distintos—. ¡Estamos jodidos!

Se chupó la yema del índice, que había sido una de las víctimas. La sangre sabía como siempre. Lo cual significaba que su mano había vuelto a ser normal, pobre consuelo. ¿Había algo que podía hacer con ella y no estaba haciendo? En aquel momento no deseaba otra cosa que convertirla en una motosierra, o mejor aún: en un lanzamisiles, que le permitiese borrar de la tierra a esos hijos de puta. Pero permanecía ajena a sus deseos. Era la más convencional de las manos: sucia, temblorosa, la lluvia lavaba su sangre y se la llevaba a la tierra.

Sofía y Miranda arribaron a la cima calva del promontorio. Querían saber a qué atenerse. Bajo el chaparrón, el círculo que formaron constituía el más triste de los concilios.

Milo fue sincero. Tenían solo dos opciones.

La primera era rendirse. Probablemente los adultos no saliesen nunca de la isla, pero los chicos…

—No te creas —dijo Sofía—. Van a subir a sangre y fuego, tirando primero y preguntando después. Y si algún crío se salva y se lo llevan, le harán la de siempre. Quedárselo, o regalárselo a familias amigas. Despojarlo de su identidad. No, no, rendirse no es una opción. Los padres y madres que acaban de morir no querrían a los chicos en manos de sus asesinos. ¡Hay destinos peores que la muerte!

A Milo lo impresionó la calma de Sofía. Le recordó a la Viuda, que tenía la misma capacidad de mostrarse entera aunque todo se derrumbase a su alrededor. El Autor debía de haber sido distinto. Más débil, por lo pronto. Como todos los hombres.

La otra opción, retomó, era resistir. Concentrarían el fuego sobre el camino principal, el resto de los soldados verían demorado su avance por las rocas y los espinos.

—Eso es lo que hay que hacer —dijo Miranda. Sonaba convencida.

El wet look *la favorece*, pensó el Baba.

—Ganar tiempo —prosiguió Miranda.

—¿Tiempo para qué? —dijo Milo—. ¿Tenés el teléfono del Séptimo de Caballería?

—No, claro que no. —Miranda se sonrojó, Milo la había avergonzado—. Pero estoy convencida de que… algo va a pasar.

—Sin duda —retrucó el Baba.

—Me refiero a… *algo distinto*. Ya van a ver. ¡Tienen que tener fe!

—¿Fe en qué? —preguntó Milo.

—Cómo en qué. Después de todas las que pasamos, gente… ¡Fe *en mi papá!*

3.

Hicieron lo poco que quedaba por hacer, más por inercia que por convencimiento. Comprobar su armamento. (Demasiada blancura: muchas espadas, lanzas, hachas, y poca pólvora.) Redistribuirlo. (Las armas de fuego quedaron en manos de aquellos que no eran capaces de pelear cuerpo a cuerpo.) La lluvia insistía en aplastarlos, como si sugiriese la inutilidad de todo esfuerzo.

Se ubicaron donde pudieron, sin decirse más. Esperando. Las linternas habían desaparecido, pero eso no representaba necesariamente un signo auspicioso. Tan solo sugería que los atacantes habían vuelto a usar sus visores nocturnos. De haber francotiradores entre ellos, los cazarían de a uno, y sin siquiera correr riesgos.

Fue un tiempo de silencio, propicio para los pensamientos postreros.

Moran pensaba en Pte San. No tenía miedo a morir, le pesaba tan solo el hecho de que, a diferencia de Blake y de Tariq, no tendría posibilidad de salvar su mundo antes de caer.

Sofía pensaba en su madre. Se preguntaba qué le diría, cómo le explicaría lo ocurrido a Bárbara y a Miranda. Aun cuando sabía que esa explicación nunca tendría lugar, porque tampoco ella saldría de allí.

El Baba estaba atento, nomás. Iba a ser su primera entrada en combate (¡debut y despedida!) y no quería pasar papelones. El momento era tan peculiar, tan (¿qué palabra se adecuaba mejor?) *feérico*, que no podía dejar de apreciarlo. La noche encapotada. La lluvia cayendo a baldes. El promontorio desolado. Codo a codo con las Hijas del Autor, con uno de sus mejores personajes, con sus amigos del alma. Sosteniendo un arma en las manos húmedas. ¿Quién le habría dicho meses atrás que iba a vivir algo igual, aun cuando se tratase de su última experiencia?

Milo contemplaba su mano. Se sentía idiota, parecía un Hamlet a quien le habían robado la calavera sin que se diese cuenta. Pero aun así persistió, porque lo que estaba en juego era más importante que su dignidad. *Hacé algo, hija de puta*, pensaba. *Convertite en un lanza-llamas, en un cañón, en lo que más te guste, pero sacanos de esta. ¿Qué querés que haga: que te frote como lámpara de Aladino, que te diga una palabra mágica — que te rece?*

Miranda pensaba en Helena y en su padre. Les hablaba dentro de su cabeza, como había hablado al inclinarse ante el canal. *Me dijeron que no me preocupara. Bueno, hasta acá llegué. ¿Van a ayudarnos o no? Yo creí...* Sin embargo, no oyó respuesta alguna, aun cuando se llamó a silencio. La voz de su hermana ya no resonaba, ni siquiera pequeña o remota. Alzó la cara al cielo, dejándose mojar. En su desesperación se dijo que debía tener paciencia, tal vez Helena le hablase ahora desde la lluvia.

Lo único que habló entonces fueron las bocas de los rifles. Y así llegó el final.

Que no fue el que ninguno había imaginado.

4.

Desde lo alto del promontorio todo se vio confuso, o no se vio. La mayoría de los defensores estaban agachados, hurtando su cuerpo a las balas. Pero algunos alzaron sus cabezas, y hasta se lanzaron cuesta abajo para luchar: por ejemplo, Milo, Moran y el Bonzo. Eso les permitió presenciar parte de lo que ocurría, pero solo parte: aquella ínfima porción de la realidad en que se vieron involucrados. En consecuencia urdieron explicaciones que sostenían coherencia con lo vivido, aunque pecasen por reduccionismo. La única en condiciones de apreciar la totalidad de la experiencia fue Miranda. Porque también había asomado, aunque no para intervenir, sino para observar; y porque una experiencia previa (que de allí en adelante prefirió atribuir al dominio de lo soñado) le había ofrecido un prisma que coloreó su percepción.

Lo que todos aceptaron como verdad fue lo siguiente.

Que en su impulso final, el Azote había vuelto a violar la isla.

Que había desviado agua de los canales, penetrando el territorio y rompiendo contra la base del promontorio. Este oleaje, violento como el de un tsunami, golpeó a parte de la fuerza invasora; y al retirarse se había llevado los cuerpos.

Que a causa de su turbulencia, o porque antes había arrasado una formación insular más lábil, el torrente regresó una segunda vez ya no como agua, sino como barro. Esa oleada tomó contacto con la pendiente más suave del promontorio; y ascendió sin esfuerzo, sepultando a los invasores bajo toneladas de limo. Su fuerza le permitió subir casi hasta la cima, convenciendo a los defensores de que sufrirían el mismo, infausto destino. Después de todo la naturaleza era ciega a las distinciones entre justos y pecadores. Pero en aquel caso, tal vez a cuenta de su misma excepcionalidad, se dio por satisfecha con lo ya hecho; y se desdijo en parte, puesto que el barro rodó cuesta abajo y ya no volvió a molestar.

Que, al calmarse los elementos, descubrieron los defensores que se habían quedado sin enemigos; y que el nivel del agua había ascendido, al punto de convertir al promontorio en una nueva isla, minúscula por demás.

Pero algunos percibieron otros fenómenos, que evitaron comentar.

Miranda había visto, por ejemplo, que al enfrentarse a la inminencia de una ola los invasores no habían reaccionado de modo predecible. Ninguno había tratado de escapar, corriendo hacia lo más alto. Ni habían gritado como se grita ante lo inevitable. Un soldado había interpelado a la masa de agua que se le iba encima, como si se dirigiese a una persona viva. Otro había elegido dispararle, como si las balas fuesen a detener una tromba de agua. Un tercero se había lanzado al cuello de su compañero, como si lo responsabilizase de lo que ocurría. Una hipótesis podía ser que hubiesen visto en el caudal algo que no llegaba a ser registrado desde lo alto; otra, que en la antesala de la muerte hubiesen sufrido una suerte de psicosis colectiva.

El Bonzo fue de los primeros en lanzarse al ataque. En su atolondramiento, resbaló en el barro y se deslizó por la ladera. Descubrió que se había detenido casi a los pies de un enemigo, a quien un peñón había preservado del oleaje. El soldado estaba en condiciones de ametrallarlo. Sin embargo, lo ignoró. Estaba ocupado retrocediendo. Pero no de la amenaza del agua, tal como el Bonzo la entendía. Más bien lo atormentaba algo que el Bonzo no llegaba a ver.

El soldado tenía puestos los visores nocturnos y, sin embargo, se cubría los ojos, como si la lluvia que le caía encima fuese de luz. Además balbuceaba, decía incoherencias. (Por ejemplo: *Yo no quería, doña, se lo juro. ¡Pero cumplía órdenes!*) Eso explicaba por qué no había matado al Bonzo de inmediato; aun cuando parecía mirarlo por debajo de la pantalla de sus dedos, actuaba como si no lo viese. Ni siquiera reaccionó cuando el Bonzo se levantó y se le acercó hacha en mano.

Un observador en posesión de otros saberes (Miranda, sin ir más lejos) habría considerado esta variante: que el soldado hubiese visto al Bonzo, pero lo hubiese confundido con la misma clase de espectros que lo asolaban desde la lluvia; en ese caso no se habría defendido porque consideró al Bonzo igualmente inmaterial.

Pero el Bonzo no sabía nada de fantasmas. Era un lumpen, una criatura criada en la selva de la calle. Como tal, no sabía sino de oportunidades. Y agarró la suya al vuelo, despachando al soldado de un hachazo.

Un tentáculo de barro lo salpicó. La mancha le pasó por delante y cubrió al cadáver, como quien marca algo que le pertenece. Y el Bonzo, que no creía en lo inmaterial pero tampoco era tonto, decidió correr cuesta arriba.

5.

El Baba había salido detrás del Bonzo, gritando para darse ánimos: una locomotora de carne que blandía una espada. Al superar un terraplén vio algo que Miranda ya había visto: el soldado que disparaba hacia la nada, o con la pretensión de frenar la tromba de agua. Estaba a apenas tres metros y dándole la espalda, lo cual constituía una oportunidad apreciable, si no la única, de que el Baba se impusiese en el combate.

Es mío, pensó. Entonces se le ocurrió que el pensamiento se había expresado con una seguridad de la que carecía; y que, por cierto, la voz que lo había verbalizado no era la suya. Más bien le había sonado parecida a la de Tariq.

Aquella idea contuvo su avance. Y al hacerlo, lo salvó. Una ola derribó al soldado con su filo, aplastándolo contra la ladera. Y al retirarse se lo llevó consigo.

El Baba recogió los visores que habían quedado en el barro. No tenían para él valor intrínseco, pero imaginó que le serían útiles cuando en el futuro quisiese convencerse de que todo aquello había ocurrido de verdad.

6.

Milo se deshizo de la campera, que pesaba toneladas a causa del agua, y salió tercero en la acometida. No quiso adelantarse a sus amigos para no humillarlos, por lo que intentó un desvío. Trepó una escalera de piedra, suponiendo que podría andar por encima del farallón que bordeaba un codo del camino. Lo que no previó fue que esa altura estaría llena de espinos.

Pero algo lo disuadió de bajar por donde había venido. Una aberración que al principio creyó ilusión óptica, o error inducido por la penumbra.

Había irrumpido con fuerza en aquellas alturas. Y al hacerlo le pareció que los matorrales espinosos retrocedían, en simetría con su empuje. Frenó, desconfió de sus sentidos, volvió a arremeter.

Los espinos se echaron atrás. Esa vez estaba seguro.

Dio un nuevo paso, ahora discreto. Nada ocurrió. Con alivio, convencido de que había sido víctima de la sugestión, alzó la mano hacia el arbusto que tenía más cerca.

Y el espino avanzó inclinando la testa, como perro que busca una caricia.

Lo que ocurrió después fue el grito, los gritos. Milo se desplazó por una cuña que había entre los arbustos (y que no recordaba haber visto antes, honestamente), y al llegar a una depresión, contempló lo que tenía lugar a sus pies.

Más que nada había visto sombras. Pero por los movimientos y los gritos, se convenció de que los soldados estaban siendo atacados por los espinos.

Poco después, cuando la tormenta ya había amainado, Milo volvió a aquel paraje. Pero no encontró otra cosa que arbustos. Los cuerpos de los soldados habían sido desprendidos y engullidos por las aguas.

Por eso no contó nada. Porque no podía mostrar prueba de lo ocurrido. Y porque todo el mundo estaba pendiente de otras maravillas.

7.

Salieron de sus escondites con el final de la lluvia, a comprobar que era cierto lo que se decía: que el ataque había terminado y que los agresores se habían ido. Al persuadirse se abrieron a la alegría. Y lloraron y se abrazaron. Ya habría tiempo para penar por los muertos, e incluso para enfrentarse a los nuevos inconvenientes. (¿Cómo saldrían del islote donde habían quedado varados, como nuevos Robinsones?) Era momento de celebrar la supervivencia, la propia pero también la de los otros: vecinos, parientes, amigos. Miranda estrechó a Sofía y solo la soltó para abrazar al Baba. El Bonzo aprovechó para besar a Lucía, pero olvidó quitarse el casco. Le cascó un diente y perdió, así, una oportunidad que había tenido mucho de dorada.

Milo se alejó un poco más, siempre incrédulo, hasta topar con el filo del agua. Allí se agachó para mojar la mano y repasar su cara, sucia de barro.

Al aquietarse la superficie se formó una imagen que confundió con la suya, porque se le parecía. Con el corazón latiendo como el de un colibrí, reconoció a otra persona. Una mujer cuyos rasgos creía haber olvidado.

Se quedó inmóvil, temeroso de que la ilusión se disolviese al menor disturbio sobre el agua. Cosa que al fin ocurrió, pero sin producirle tristeza, porque Milo ya había percibido algo que el líquido reflejaba en su lugar.

El cielo se había abierto. En lugar de la bóveda oscura, había un caracol de colores, pura luminiscencia.

—¡Una aurora boreal! —dijo el Baba en cuanto se reunieron.

—En todo caso austral —lo corrigió Sofía.

—Viento del sol —dijo Moran.

—Como si se hubiese hecho de día en plena noche —dijo Miranda.

Todo el mundo estaba pendiente del espectáculo. Era una visión que quitaba el aliento. Los arcos habían empezado a enroscarse sobre sí mismos, virando cada vez más al verde esmeralda.

—Metnal lo hizo. ¡Se coronó rey de Xibalbá! —dijo el Baba.

—¿Qué cosa? —preguntó el Bonzo, todavía deprimido por su fracaso ante Lucía.

—¿Nunca leíste *Metnal el vampiro*? Está buenísima. Trata de un vampiro que quiere cargarse al diablo, y entonces...

8.

El fulgor les permitió apreciar la nueva configuración del paisaje. El agua se extendía hasta el horizonte, apenas interrumpida por las copas de algunos árboles. También les reveló que una embarcación se acercaba.

Blake dirigía el rumbo, manipulando las velas. Parecía intacto, pero había perdido algo: parte de una oreja, cuyos aros de metal habían desviado la bala que podría haberlo matado.

Bárbara lucía radiante. Su atuendo era un tanto inusitado (la chaqueta de Blake por encima de su torso desnudo), pero nadie se animó a pedir explicaciones.

El Viejo estaba débil, todavía. No había recibido más que un par de disparos, que habían bastado para que los soldados lo diesen por muerto. En cuanto lo ignoraron, se había escabullido. Blake y Bárbara lo encontraron en lo alto de un haya de tronco curvado, hecho un ovillo para conservar el calor. La bendita daga era una maravilla, decía: se sentía mejor a cada segundo.

La gente era demasiada para el velero, que de todos modos resistió. No quedaba un metro libre sobre cubierta: todo el espacio estaba ocupado por gente mojada, hambrienta, triste y feliz a la vez.

Milo encendió el motor y metió la mano en la ranura del panel.

—¿Adónde vamos? —preguntó Miranda.

—Uh, yo sé: ¡a perseguir al conchudo de Hainaut! —dijo el Baba.

—¿Qué dijiste?

—Hainaut —repitió el Baba—. El villano del que hablaba el Autor, en su historieta póstuma. ¡La causa de todos nuestros males!

Milo comprendió que eso había dicho el Piloto antes de morir. E-*no*. Que así se decía Hainaut, cuando se pronunciaba en adecuado francés.

—¿Puedo opinar? —dijo Moran.

Pero Milo no lo registró, porque solo quería contentar a Miranda.

—Vamos adonde vos quieras —le dijo.

Miranda miró en derredor. Había agua por todos lados. Y cada dirección entrañaba una posibilidad.

Epílogo

La casa estaba bien, más que bien. Tenía un único inconveniente: los libros. Qué manera de juntar mugre. El Bonzo había sugerido meterlos en cajas, pero su madre se había negado. Una vez por semana se pasaba el día limpiando: estante por estante con un trapo húmedo, y cada libro con un trapo seco. Le haría algún tipo de ilusión. Nunca había vivido en una casa con bibliotecas.

El taller que el Viejo tenía en el galpón resultó una mina de oro. Contaba con todo lo necesario, y más también. Al principio, dada la necesidad, el Bonzo había considerado la posibilidad de vender herramientas. Llegado el caso, las reemplazaría después. (Por otras más baratas, claro.) Pero en el último momento se inspiró. Después de poner la casa en condiciones empezó a recorrer las islas, fatigando cada puente, y preguntando si alguien necesitaba ayuda para arreglar algo.

Las consecuencias del Azote habían sido grandes; y beneficiaron al Bonzo por segunda vez en poco tiempo. Había trabajo de sobra para carpinteros, albañiles, electricistas y gasistas. El Bonzo no era nada de eso, pero se daba maña. Y exhibía un set de herramientas que daba envidia a Dios y María Santísima. La gente lo contrataba porque *parecía* eficiente. Y pronto descubría que, aunque impresionaba como una limitación, la mano con tres dedos era útil a la hora de colarse en espacios exiguos — por ejemplo, tuberías y bocas de luz.

Las lanchas de Prefectura molestaban cada vez menos. Los helicópteros ya se habían rendido, durante un tiempo habían fastidiado el día entero con sus rotores. Los pocos cuerpos que habían aparecido (cinco de cientos, una ínfima parte) tenían los pulmones llenos de agua y algún hueso roto.

Nadie habló de tajos, y mucho menos de hachazos.

La prensa había reducido el asunto a su mínima expresión. Lo trató como un incidente más dentro de la catástrofe. Entre las víctimas del huracán había contado a «un grupo de agentes de seguridad que realizaba entrenamiento en la zona». El Bonzo, que nunca antes había echado el ojo a un diario, recortó ese pedacito y se lo guardó. Lo consideraba parte de su botín de guerra.

Cuando se sentía triste o quería recordar, se metía en el búnker. Volvía a ponerse el casco, su viejo casco, y se tumbaba sobre los escalones. Le gustaba la sensación de llevarlo puesto. Pronto descubrió que le bastaba imaginarse que lo tenía en la cabeza para desenvolverse mejor. Cuando invitó a salir a la Gladys Fonseca (que no sería Lucía, pero tenía lo suyo), recurrió a ese truco y le fue de puta madre. Tanto que lo repitió con la Lorena, con el mismo éxito. Lástima que la Gladys se enteró. La gorda se le fue encima y el Bonzo pensó: *Uy, qué bien me vendría tener puesto el casco de verdad.*

Había instalado a su madre en la habitación del Viejo y a sus hermanitos en el estudio. Al principio fue raro verlos en ese ambiente, rodeados de símbolos de un saber ajeno: la computadora antigua, las calculadoras, el escritorio, las paredes tapizadas por fórmulas. Pero se aclimataron enseguida. Su hermanita metió allí un florero que había encontrado abajo, lo renovaba apenas se ponía mustio. Marlon había pegado sobre el corcho la foto de una mina en bolas, que llegó como envoltorio de unos huevos que Calimba les vendió. Tenía su gracia, la imagen, rodeada de números, signos y corchetes del mismo modo que se rodea a las Vírgenes de coronas y estrellas. Nuestra Señorita del Cálculo Trigonométrico.

El Bonzo dormía en el sofá del living, que era más blando que todas las camas que había conocido. Aunque el polvo que juntaban los libros lo hacía estornudar.

A veces oía llorar a su mamá en plena noche. A esas alturas ya no le decía nada. Al principio le había insistido, *Vieja, pensá en los chicos.* Era lógico que extrañase a don Raúl, pero tenía que ser fuerte para sostenerlos. Como no sirvió de nada, el Bonzo decidió dejarla en paz. Ya se le pasaría. Necesitaba tiempo. Llegar a la instancia en que el recuerdo dejase de doler. El Bonzo también extrañaba a su padre, pero ya había cruzado aquel umbral. La circunstancia lo había obligado a oficiar como el hombre de la familia. No lo había hecho mal, don Raúl se sentiría orgulloso.

Con los primeros pesos que ahorró se compró un botecito. Una cosa sencilla, con un motor Evinrude que pronto se vio obligado a reparar. Pero le servía para moverse por las islas y extender el radio de sus servicios. Algún día pintaría su logo en los flancos, para hacerse publicidad. Pero todavía no estaba seguro del texto. Podía ser *Reparaciones El Bonzo: solución para todo.* O *El Bonzo Reparatutti: cirujano de cosas.* ¡Ya se decidiría!

El problema con el Evinrude era una de las piezas de las que dependía el encendido. Se la habían vendido rota. (El precio de la inexperiencia.) El Bonzo había construido una parecida que funcionaba bien, el motor arrancaba al primer piolazo. Pero duraba poco, esa era la joda. Algún día, cuando le diese el presupuesto, la reemplazaría por una original. Mientras tanto no tenía más remedio que construir nuevas cada dos o tres semanas.

En eso estaba, sobre la explanada que daba al canal (el Azote había arrancado el muelle, no tenía más remedio que atar el barquito a un pilote), cuando vio que se acercaba Manana Patato.

El loco pasaba a diario, de ida y vuelta y a las mismas horas. Era viejo, pero hablaba como un nene. Y siempre decía lo mismo. *Hoy no mino, ¿eh? Pero miene manana. ¡Manana o patato!* El Bonzo le había ofrecido agua y comida más de una vez, pero el tipo no frenaba. Seguía su marcha como un tren de trocha angosta, repitiendo el único verso que sabía.

Por eso lo sobresaltó aquel mediodía, cuando bajó a su encuentro recitando algo distinto.

—*Che, che... Ojo, que minieron. ¡Ya minieron!*

El Bonzo no entendió. Pero sí tuvo claro que se trataba de algo importante, porque el loco se había desviado de su camino y hasta lo había pinchado con un dedo, cuando rehuía el contacto físico como la peste.

—¿Cómo que *minieron*?

—*Sí, sí: ¡ya minieron!* —dijo el loco, remontando la cuesta para seguir camino.

—¿Quiénes? Oiga, ¿de qué me habla?

Pero el loco ya se iba, cantando su mantra. *Ojo que minieron. ¡Ya minieron!*

El Bonzo se había quedado con la boca abierta. Por suerte le cayó la ficha a tiempo. Milo le había encomendado a Patato, como parte de lo que dejaba a su cuidado en la casa del Viejo. Le había dicho que a su manera el loco estaba al tanto de todo, que tenía puré en lugar de cerebro pero que igual *sabía*. Así que no podía tratarse de otra cosa.

Estaba claro quién había *menido*. Ellos habían *menido*.

Le pegó un grito a Marlon para que guardase las herramientas, en aquel lugar había que andarse siempre con cuidado. Y sin perder más tiempo salió detrás del loco. No fuese cosa que lo perdiese de vista.

Hubiese preferido estar presentable, o al menos con las manos limpias de grasa. Pero ellos entenderían. ¿O acaso no eran sus amigos?

Agradecimientos

Además de la información, lo que colabora con el autor y su proceso es la gente que lo ayuda a bienvivir durante la gestación del libro. Por eso, me gustaría agradecer a las siguientes personas: Andrés Neuman, Eduardo Hojman, Juan Gabriel Vásquez, Rodrigo Fresán, Angelica Ammar, Javier Salinas, Jordi Soler, Hermes D'Ceniceros, Cristina López Sanz, Ana Tagarro, Marcelo Piñeyro, Silvina Senn, Ángels (Serpiente Suya), Javier González, Cristina Zumárraga, Matthias Ehrenberg, Juan Boido, Elsa Drucaroff, Eduardo Fabregat, Gustavo Nielsen, Andrea Maturana, Sergio Olguín, Leo Oyola, Miguel Rep, José Pablo Feinmann, Marcelo Camaño, Rodolfo Páez, Nicolás Hochman, Alejandra Laurencich, María Negroni, Mayté Bravo, Horacio Verbitsky, Claudio Zeiger, Mariana Enríquez, Ángel Berlanga, Graciela Mochkofsky, Alejandro Soifer, Pablo Plotkin, Adrián Navarro, Alejandro Awada, Federico Luppi, Susana Hornos, Cristian Alarcón, Sabina Sotelo, Miriam Sosa, Sofía Polimeni, Irene Polimeni Sosa, Martiniano Cardoso, Daniel Tognetti, Rosana Cortés, Ariel Piluso, Laura Marés, Nicolás Lidijover, Pasqual Górriz, Frank Wynne, Amalia Sanz, Eugenia Zicavo, Daniel Morales, Osvaldo Pereira, Teresa Toledo, Anna María Rodríguez Arias, Cecilia Roth, Jorge Cossia, Víctor Bassuk, Liliana Piñeiro, Claudia Vanni, Juan Sasturain, Iván Lublinsky, Abel Gilbert, Flavia y Javier Figueras.

Y a aquellos vinculados al cuidado del libro, en España, Argentina y más allá: Pablo Álvarez, Gerardo Marín, Riki Blanco, Rosa Junquera Santiago, Raquel Abad Pastor, Gonzalo Albert Bitaubé,

Mónica Adán Frutos, Julieta Obedman, Augusto Di Marco, Antonio Santa Ana, Julia Saltzmann, Nicole Witt, Jordi Roca.

A mi esposa Flavia, compañera de travesías y capitana en las tormentas. A mis hijas grandes: Oriana, Agustina y Milena. Y muy especialmente, al pequeño Bruno y al recién llegado Oliverio: ¡al fin una de aventuras!

Buenos Aires - Barcelona - Buenos Aires

2009-2014

Índice

Biografía del autor

Marcelo Figueras (Buenos Aires, 1962) es escritor, cineasta y periodista. Ha publicado las novelas *El muchacho peronista, El espía del tiempo* (Alfaguara, 2002), *Kamchatka* (Alfaguara, 2003) y *La batalla del calentamiento* (Alfaguara, 2007), *El año que viví en peligro* (Alfaguara, 2007) y *Aquarium* (Alfaguara, 2011.) Escribió junto a Marcelo Piñeyro los guiones de *Plata quemada* (Premio Goya a la mejor película de habla hispana, elegida por *L. A. Times* como una de las diez mejores películas del año) y *Las viudas de los jueves*. También escribió los guiones de *Kamchatka* (mejor guión del Festival de La Habana y elegida para representar a la Argentina en los Oscar) y *Rosario Tijeras*. Publicó además un libro para niños, *Gus Weller rompe el molde*. Sus libros están siendo traducidos al inglés, al francés, al alemán, al italiano, al holandés, al polaco y al ruso.